le Tem

ABBÉ MUGNIER

JOURNAL

(1879-1939)

Texte établi par Marcel Billot
Préface de Ghislain de Diesbach
Notes de Jean d'Hendecourt

MERCVRE DE FRANCE

Ce livre est publié avec l'aimable autorisation de Mesdames de Moustier et de Yturbe filles de la comtesse de Castries, légataire de l'abbé Mugnier, et la participation de Christian de Bartillat, petit-fils par alliance de Rosita de Castries.

AVERTISSEMENT

Durant quelque soixante années, l'abbé Mugnier a tenu son journal presque chaque jour. Beaucoup de ce qu'il y notait reste trop proche du quotidien pour retenir le lecteur d'aujourd'hui. Lui-même en était conscient, qui n'envisageait — peut-être aussi pour d'autres raisons — que « d'en faire un ou deux volumes », lorsqu'il lui suggérait ou lui demandait de le publier.

La présente édition est donc un choix. Ce n'est probablement pas, dans sa totalité, celui qu'aurait retenu l'abbé. Plus qu'il ne l'aurait sans doute fait, nous nous sommes attachés à mettre en relief sa personnalité — particulièrement le jeune prêtre dont la justesse de vue, aujourd'hui avérée, porte témoignage sur l'Église de France à la fin du XIXe siècle. De même pour le Faubourg Saint-Germain : son regard, pour admiratif qu'il est, n'en décèle pas moins les soubresauts de sa fin. Et si nous avons fait la part belle à ses rencontres, à ses amitiés littéraires, c'est qu'elles ont été la passion de sa vie et que par lui, nous entendons « en direct » ce que disaient Huysmans, Barrès, Proust, Valéry, Cocteau et tant d'autres... et ce qu'on disait d'eux.

De ce que nous n'avons pas retenu nous aurions un seul regret, si quelque biographe ne devait un jour le révéler ; c'est l'itinéraire, perceptible tout au long du *Journal*, de ce jeune Corrézien qui devint la coqueluche des salons parisiens ; de ce prêtre, mis au ban par ses pairs, qui fut le pasteur bienveillant d'une singulière et tumultueuse paroisse : celle des gens de lettres. Il en garde une célébrité que ne lui eût point donnée le siège épiscopal auquel il lui arriva, parfois, de rêver.

MARCEL BILLOT

PRÉFACE

Dans le Paris de la Belle Époque, un homme dispute à Boni de Castellane, non le sceptre de l'élégance, mais la faveur des femmes, la confiance des hommes et aussi cette estime qu'accordent les gens de lettres à ceux dont le talent ne leur porte pas ombrage. On le voit partout, c'est-à-dire dans ces quelques grandes maisons où il suffit d'entrer pour être vu de toutes parts, et envié de tous. Cette position privilégiée dans le Faubourg Saint-Germain lui permet un jour de rabattre la superbe d'un parvenu qui, fier de ses belles relations, les lui nomme en demandant, à chaque nom, si c'est là le vrai Faubourg. Chaque fois, l'abbé Mugnier fait un signe de dénégation, si bien que l'importun, déçu, s'écrie :
— Mais alors ? Qu'est-ce que c'est que le Faubourg Saint-Germain ? Serait-ce l'endroit où je ne suis pas ?

— Je ne voulais pas vous le dire... lui répond l'abbé.

*

Celui-ci n'en est pas pour autant un abbé de cour, rivalisant avec Mgr Veye de Veya, protonotaire apostolique qui s'habille chez Worth. L'abbé Mugnier offre dans ces salons l'aspect plutôt déconcertant d'un curé de campagne, avec ses gros souliers carrés, sa soutane élimée et son curieux chapeau tricorne qui, au même titre que son rabat, évoque le XVIIIe siècle. Il est si piètrement vêtu qu'il fait pitié et, dans certaines maisons, l'on profite de ce qu'il est à table pour raccommoder en hâte ses gants troués, recoudre les boutons de son manteau, consolider son parapluie dépenaillé. Sans être mal tenu, il est fort négligé dans sa mise et ne se fait aucune illusion sur la première impression qu'il produit : « Je ne suis qu'un pauvre diable d'abbé... » dit-il volontiers, à quoi Mme de Noailles observe un jour : « Il y a de la coquetterie dans cet aveu... »

D'une parfaite honnêteté intellectuelle, il ne cachera jamais son penchant pour ce monde où il s'est imposé par les qualités les moins faites pour y réussir : la modestie, la sensibilité, la fraîcheur d'âme et peut-être aussi l'admiration qu'il lui a vouée ; la société lui sera reconnaissante de ce qu'il l'estime plus qu'elle ne vaut. En 1897, il note dans son *Journal* : « Ce que j'aime, dans ce monde, c'est le cadre, les noms, les belles demeures, la réunion de beaux esprits, le contact des célébrités... » Tourné vers le passé, il est surtout sensible à ce qui a été consacré par l'Histoire, embelli par la patine du temps.

Trente ans plus tard, il ne reniera pas cette profession de foi mondaine, mais la nuancera : « Mon culte des grands hommes allait de pair avec ma pitié pour les humbles. À Saint-Sulpice, j'ai voulu sauver les malheureux, les fils des Fédérés. À Saint-Nicolas-des-Champs, le pauvre sonneur me paraissait un frère de Quasimodo. J'ai aimé les grands noms, les beaux hôtels pour la part d'histoire qu'ils me rappelaient. Le passé étincelait à mes yeux... Au soir de ma vie, je ne puis que remercier le Ciel qui m'a donné le pain et même le gâteau quand les miens, mes parents et grands-parents surtout, ont été souvent gênés matériellement. »

*

Né en 1853 au château de Lubersac, où son père effectuait les travaux de restauration, il dut quitter le Limousin après la mort de son père et vint à Paris où l'influence de sa mère, une Lorraine très pieuse, le pousse doucement vers l'état ecclésiastique. C'était un jeune garçon timide, naïf, enthousiaste, sincèrement religieux. « Mon enfance, ma jeunesse ont été craintives. La peur de pécher me paralysait et je péchais tout de même sans en avoir certains bénéfices... » écrit-il assez drôlement dans son *Journal*, le 29 avril 1912. Peut-être n'aurait-il pas choisi cette voie si sa mère ne lui en avait pas montré les avantages : la paix du cœur et cette forme d'ascension sociale qui permet au prêtre de s'asseoir à la table du châtelain. « Ma mère s'est réjouie quand je suis devenu prêtre, dira-t-il à Marthe Bibesco. Elle croyait que j'aurais la paix ! Et je n'ai pas eu la paix... J'ai eu le trouble des autres ! »

Il a d'abord éprouvé la tentation, si l'on peut dire, de devenir jésuite. C'était pendant la guerre de 1870. Il avait dix-sept ans. « J'étais entré dans la Société de Jésus pour y vivre et pour y mourir, et ça a duré quatre jours ! Je me suis mis à pleurer, je me sentais perdu. Je pleurais parce que j'avais dit adieu à ma mère. On me disait : Vous avez trouvé une autre mère, la Compagnie. Je trouvais que c'était une mère bien sèche. »

Avant cette brève expérience, il avait été admis, sur la recommandation du marquis de Lubersac, au séminaire de Nogent-le-Rotrou pour achever ensuite sa formation à celui de Saint-Sulpice. Ordonné prêtre par Mgr Guibert, il avait d'abord enseigné au Petit Séminaire de Notre-Dame-des-Champs, puis avait été nommé vicaire à la paroisse de Saint-Nicolas-des-Champs, dans le quartier des Halles.

*

C'est alors qu'il commence de tenir régulièrement un *Journal* dont maints passages trahissent son découragement devant les difficultés et surtout l'inutilité de sa tâche, devant la mesquinerie de ses confrères, leur étroitesse d'esprit, la sottise des fidèles, toutes choses qui le font un peu douter de sa vocation. Lorsqu'en 1881 il passe de Saint-Nicolas-des-Champs à Saint-Thomas-d'Aquin, il constate que, malgré la différence des quartiers, prêtres et paroissiens restent les mêmes, ou sont pires. « Harpagon règne dans la sacristie ; la direction du catéchisme est confiée à des hommes dépourvus de tout enthousiasme... L'égoïsme, l'avarice, l'accaparement des âmes, la légèreté, le succès injustifié, la bêtise des dévots, la vulgarité décorée, voilà ce que je vois ici... Et je ne dis rien du confessionnal, sorte de terrier où la curiosité, l'indiscrétion, le verbiage, la niaiserie se disputent les consciences de quelques femmes hystériques, scrupuleuses, bavardes, désœuvrées... » Ces femmes dont il notera une autre fois qu'« elles veulent crier ça sur les toits de Dieu ! ».

Ce pauvre vicaire, qui a naguère souhaité pouvoir « déposer la soutane pour agir plus efficacement dans les faubourgs », se résigne peu à peu, s'efforçant d'améliorer ses rapports avec ses paroissiens, de les comprendre et de les aider. Il a d'abord confessé leurs domestiques, palefreniers et femmes de chambre, ce qui lui a donné quelque aperçu des péchés des maîtres. Bientôt ce sont les maîtres qui viennent à leur tour, attirés par la réputation de ce nouveau vicaire, compréhensif et indulgent. « Pardonnons à l'humanité, car c'est nous pardonner à nous-mêmes... » affirme-t-il avec conviction. Il a fait des progrès en psychologie, sachant questionner ses pénitents, les mettre en confiance au lieu de rester sur la réserve,

« recommandant seulement les vertus opposées aux péchés qu'on (lui) avait avoués ».

Ce ne sont pas seulement ses qualités de cœur et d'âme qui séduisent, mais aussi celles de son esprit. Passionné de littérature, il a déjà fait quelques conférences appréciées, où il a mêlé agréablement les lettres et la religion, comme, par exemple, celle intitulée « Comment George Sand a perdu la foi. » Il prêche aussi, mais sans plaisir, car il répugne à s'exhiber en chaire :

« Notre-Seigneur a donné la parole aux hommes pour qu'ils s'en servent, observe-t-il un jour, mais il n'a pas dit qu'il fallait se mettre dans un coquetier ! »

Le succès de ses conférences, et même celui de ses prêches, le tact avec lequel il reçoit certains aveux et les facilite, lui valent les suffrages de la bonne société. Les femmes du monde assiègent désormais son confessionnal. Bien qu'il affirme « qu'elles s'entendent admirablement à faire perdre au clergé, vieux ou jeune, le meilleur de son intelligence ou de son temps », il est sensible à cette ferveur féminine, lui à qui toute intimité dans ce domaine reste défendue. « Nous autres prêtres, répète-t-il souvent, nous ne pouvons aimer que des mortes... » Dans ses conférences, dans ses écrits, sur Mrs Craven ou sur la nièce de Lamartine, passe quelque chose de sa nostalgie de la femme, de celle qu'il aurait pu aimer s'il avait choisi une autre voie. « Toutes mes amours n'ont été que littéraires, écrit-il le 30 août 1894. Mes vœux m'ayant interdit la femme, tout mon cœur a passé dans mes livres. L'enthousiasme n'est au fond qu'une déviation, qu'un déguisement de la volupté... » Certains jours, le regret de l'existence qui aurait pu être la sienne l'accable et trouve un écho poignant dans son *Journal*, seul confident de ses échecs et de ses nostalgies. « Comme le fond de ma nature est triste ! avoue-t-il le 20 décembre 1890. Je suis triste parce que ma vue est certainement menacée. Je suis triste parce qu'il me semble que mes supérieurs ne jettent jamais les yeux sur moi. Je suis triste parce que mon cœur reste vide ou à peu près. Je suis triste parce que je me suis lancé dans une direction où l'on n'aboutit pas intellectuellement. »

*

Sa vraie vocation, c'est la littérature, ses véritables confrères, ceux parmi lesquels il se sent à l'aise, ce sont les écrivains, et son Dieu, c'est Chateaubriand, dont les *Mémoires* sont devenus son bréviaire, au point d'en savoir par cœur de longs passages. Cette vocation seconde, car il ne négligera jamais la première, va se révéler lorsque Huysmans, en proie au doute et à l'inquiétude, viendra lui demander conseil. Il le convertit, l'envoie pour un temps à la Trappe d'Igny et devient l'un de ses familiers, ce qui achève de l'introduire dans cette république des Lettres dont Maurras, plus tard, le sacrera « grand aumônier ». Avec lui et quelques autres, il va régulièrement dîner à *La Petite Chaise*, rue de Grenelle, dîners d'hommes où l'on ne parle que de femmes. Les propos échangés, confessions involontaires, s'enregistrent dans le *Journal* qui, dès lors, change de ton pour devenir une chronique du Paris littéraire et mondain de cette époque. L'abbé Mugnier cesse de se tourmenter et va tenter de vivre en bonne harmonie avec son temps et avec ses contemporains. « Je ne veux plus me laisser troubler par les choses ecclésiastiques et paroissiales. Je lirai, je me soignerai, j'aimerai ma mère, je cultiverai de belles âmes, et je laisserai les morts enterrer les morts. C'est le seul moyen de couper court à tout regret, à toute ambition, à toute tristesse. Dans l'état d'âme où je suis, tous les honneurs de la profession ne vaudraient pas la peine que je me donnerais pour les atteindre. » Le remède, malheureusement, ne sera pas toujours efficace et l'on trouve dans le *Journal*, huit ans plus tard, ce cri de détresse : « Je crève de solitude morale. »

*

Cette nouvelle liberté d'esprit lui vaudra quelques difficultés avec sa hiérarchie, mais lui amène en revanche nombre de fidèles qui, jadis rebutés par le rigorisme de l'Église, admirent sa manière de mettre l'Évangile en pratique. Pour Ferdinand Bac, qui lui consacrera un chapitre de ses *Intimités de la IIIe République*, il était « le dernier survivant du *Sermon sur la montagne*. Lui seul pouvait, à Paris, donner l'impression d'y avoir assisté, d'avoir bu à la source de ce noble et irréalisable amour pour le prochain resté, pour la plupart, une image sans signification. Dans tout ce qui émanait de l'esprit de l'abbé Mugnier, on lisait cette loi. Elle ne venait pas de la seule discipline ecclésiastique. On sentait que cette bonté, cette intelligence suprême étaient plutôt un effet irrésistible de sa nature, hors de tout commandement sacré, une chose aisée comme un instinct. Aucun de ses gestes n'était subordonné à une contrainte, ni même à un devoir. Les paroles jaillissaient de son cœur. C'était parfois aussi autant de créations spontanées de son esprit quand il savait donner à son pardon des excuses qui amusaient la galerie. Sa forme légère pouvait contenir une solution heureuse à un état sans issue, un remède à une maladie morale ».

Ce ne sont plus seulement les cénacles littéraires qui s'ouvrent à lui, mais les salons les plus aristocratiques du Faubourg Saint-Germain où sa tournure étonne, avant que sa parole ne charme. Ceux qui jugent que la place d'un prêtre n'est pas dans le monde s'efforcent de l'embarrasser ou d'afficher des opinions propres à heurter les siennes.

*

Un jour qu'une maîtresse de maison l'a convié, sans le prévenir, avec le Grand Rabbin, il ne s'en offusque pas, mais, au moment de passer à table, s'efface devant le représentant de l'Ancien Testament en lui disant : « Passez le premier, Monsieur, vous êtes mon grand-père... »

À un dîner chez la duchesse de Rohan, sa voisine lui désigne une beauté sur le retour qui arbore une très jolie croix de diamants sur une poitrine décharnée où saillent de grands os : « Avez-vous vu la croix ? » demande la dame. « Non, réplique l'abbé, je n'ai vu que le calvaire... »

Une autre fois, alors que des beautés mûrissantes n'ont pas craint de s'exposer en de trop généreux décolletés, un perfide interroge l'abbé Mugnier : « Comment considérez-vous toutes ces nudités ? — Comme des reliques... »

Un de ses mots les plus célèbres est sa réponse à une actrice vieillissante qui lui expose son cas de conscience :

« Quand je passe devant mon miroir, je m'écrie : *Je suis belle !* Est-ce un péché ?

— Non, murmure l'abbé, ce n'est qu'une erreur. »

Le plus difficile n'est pas d'avoir de l'esprit, mais de s'en servir avec modération. L'abbé n'est jamais sarcastique, amer ou méchant, mais il sait remettre les gens à leur place. Choqué de le voir déjeuner et dîner aussi fréquemment en ville, un invité lui déclare ironiquement : « On vous enterrera dans une nappe... — Avec vos miettes ! » lui décoche l'abbé. À quelqu'un qui lui reproche son indulgence, estimant sans doute, comme Léon Bloy, qu'un vrai catholique doit être féroce, il répond doucement : « Quand je monte à l'autel, je ne dis pas : *Voici la panthère de Dieu !* Je dis : *Agnus Dei.* » Il l'avouera un jour à la princesse Bibesco : « Je suis trop prompt à soupçonner le Bien... »

Alors qu'il était encore jeune vicaire, accablé des soucis de sa paroisse, une dévote, surprise qu'il n'eût pas trouvé le temps de suivre les conférences du Carême à Notre-Dame, s'était exclamée : « Comment ! Vous n'êtes pas allé entendre le Père Sanson ? — Non, avait-il soupiré, je me contente d'écouter la mère Dalila... »

*

Souvent, il est objet de questions embarrassantes, qu'il élude avec à-propos. Après avoir conté devant lui la scabreuse histoire d'un jeune couple parti en voyage de noces avec la mère de la mariée et l'amant de celle-ci, le narrateur, qui attend une condamnation sévère, lui demande ce qu'il pense de ce scandale : « Prions pour les voyageurs, suggère l'abbé Mugnier qui ajoute : d'ailleurs, c'est dans le *Rituel* ! » Dans ces arènes que sont certains salons, où l'on déchire à belles dents son prochain, il descend à son tour, sans peur et sans reproche. À quelqu'un qui s'en étonne, il rétorque placidement : « Je peux bien aller chez la comtesse X... Ne suis-je pas le représentant de ceux que l'on faisait croquer par les tigres, dans les cirques ? » Avec encore plus de courage, il ira voir le terrible Léon Bloy, qui lui déclarera :

« Monsieur l'Abbé, je vous remercie d'être venu me voir, car tous ceux qui sont venus me voir ont eu sujet de s'en repentir. »

Nullement désarmé par cette avance, Bloy bavera haineusement sur l'abbé, comme sur tant d'autres, au nom d'un christianisme qui n'est chez lui qu'une haine de plus*.

André Germain, qui rencontre beaucoup l'abbé

* Voir note n° 100.

Mugnier entre 1900 et 1914, explique son succès par sa candeur, qui lui fait trouver le monde plus amusant qu'il n'est : il s'y rend par plaisir, sans éprouver un seul instant la tristesse de la société qui, ravie de le voir apprécier des plaisirs dont elle est lasse, y reprend goût grâce à lui. « Et parce que dans un tel milieu il ne s'ennuie pas, tous vont à lui. » Jugement qui paraît légèrement faux, lorsqu'on a lu le *Journal* de l'abbé et vu comment lui-même jugeait ce monde. Plus fine, la princesse Bibesco écrira : « L'abbé Mugnier avait du monde, ce qui est bien autre chose que d'en être ; et il en avait compassion. »

*

Il n'est plus seulement confesseur ; il est devenu confident, ami, conseiller, voire critique littéraire, assailli de tous côtés par ces gens du monde qui ont le génie de dévorer le temps des autres. Or, l'abbé Mugnier conserve ses activités paroissiales à Sainte-Clotilde et ne sait plus où donner de la tête. Déjà, en 1894, il notait qu'il était « malade physiquement de la dispersion d'esprit », comme Michelet. « Je connais trop de monde. Je suis trop accessible. L'un m'intéresse à ses projets de mariage, l'autre à ses études, l'autre à ses scrupules, celui-ci à son âme, celui-là à l'âme du prochain. On me propose du bien à faire, un livre à lire, etc. etc. Et il faut dîner ici et là, répondre, donner un signe de vie, d'amitié, etc. » Vers ce pasteur universel accourent les brebis les plus diverses. Un Anglais, protestant, traverse chaque année la Manche pour se confesser à lui.

« Pourquoi ne pas le convertir ? demande-t-on à l'abbé.

— Parce que je n'aurais plus le plaisir de confesser un protestant ! » avoue-t-il.

Avec les années, le mal ne fait que croître et l'abbé, trop répandu dans le monde, aspire à la solitude qui lui permettrait de lire, dans le silence d'une thébaïde, ses chers auteurs, mais il lui faut répondre à tous ces appels de la chair malade, de l'esprit morose ou angoissé.

« Je dois aller chez la duchesse de Pimodan, objecte-t-il un soir, alors qu'on veut le retenir à dîner. Je ne peux pas m'en dispenser. Elle m'a écrit que l'être qu'elle aime le plus au monde est à l'agonie... C'est son chat. »

Plus il fréquente la société, plus il en voit la sécheresse de cœur, la vanité, les faux-semblants, mais il reste persuadé que l'amour est le seul remède et qu'à cet égard l'Église, trop militante, est la première qui devrait en manifester davantage. Il réprouve certes l'anticléricalisme de Combes, la loi de Séparation, les Inventaires, mais il n'approuve pas pour autant le bellicisme des catholiques, leurs manifestations violentes, les positions de Maurras ou les diatribes de Léon Daudet, bref tout ce qui tend à diviser les Français. Il voit dans le véritable amour de son prochain le seul moyen de mettre un terme à tant de querelles nationales et internationales, mais il est à peu près le seul à le dire si hautement, *vox clamans in deserto*. De cette attitude si chrétienne, ses amis citent un merveilleux exemple. Un jour, après avoir entendu une « horrible confession », il sort du confessionnal, court après le pécheur qui s'éloigne et l'embrasse en disant : « Pardonner, ce n'est pas assez : il faut encore aimer ! »

Le 11 novembre 1918, quand sonneront dans toute la France les cloches de l'Armistice, songeant à la douleur des vaincus, il écrira le jour même à deux femmes avec lesquelles il a été fort lié avant la guerre : Cosima Wagner et la princesse de Reuss.

*

Entré dans l'intimité d'illustres familles, appelé à recueillir les plus singulières confidences, convive aimable que les plus célèbres hôtesses se disputent, l'abbé Mugnier s'est trouvé placé dans une position qui donne un intérêt tout particulier à son *Journal*. Dans certaines pages, c'est parfois le secret de la confession qui transpire un peu, malgré l'anonymat des personnages, mais la plupart du temps ce sont des anecdotes, des mots ou des traits d'esprit qu'il rapporte, ceux qu'il a lui-même entendus ou bien, surtout lorsqu'il s'agit d'écrivains, dont il est toujours curieux, ceux que lui racontent les familiers de Verlaine, de Flaubert, d'Anatole France. Au retour de ses dîners en ville, il note sur des bouts de papier, des dos d'enveloppes ou de factures tout ce qui l'a frappé, amusé ou scandalisé, sans y joindre son opinion personnelle. C'est à partir de ces notes, certaines fort piquantes, qu'il rédige son *Journal*, éliminant ce qui lui paraît indigne d'être gardé pour la postérité. « Voilà donc ma vie, note-t-il mélancoliquement le 27 janvier 1921, recueillir des mots, noter des rencontres, être un parasite des vivants et des morts, puis cultiver des regrets de toutes sortes. »

Ce *Journal*, tel qu'il est publié aujourd'hui, risquerait de faire paraître l'abbé Mugnier prêtre moins consciencieux qu'il ne fut et c'est pour prévenir ce reproche de frivolité qu'il a écrit, le 10 décembre 1938, une mise en garde à ses futurs lecteurs, protestant solennellement du zèle et du dévouement avec lesquels, malgré tant de mondanités, il a rempli ses fonctions sacerdotales. Le nouvel archevêque de Paris en est d'ailleurs convaincu qui en 1924 le nomme chanoine. Pour tout le monde il restera néanmoins l'abbé Mugnier et bien peu lui donneront ce titre.

*

Sans être l'épicurien que, dans sa candeur, il se croyait devenu, l'abbé Mugnier est sans doute un

Athénien. C'est du moins ce qu'affirmait l'organiste Widor qui le prétendait « né d'une faute de Sapho avec Pindare ». Il a une étonnante connaissance des Anciens, révère la Grèce et Rome, sachant tout ce que le christianisme a emprunté aux religions primitives. Un jour, entendant chanter le *Te Deum* dans la cathédrale de Chartres, il se montre frappé par ses accents et s'écrie : « Écoutez, c'est le chant de Salamine ! » Grand lecteur, malgré l'affaiblissement progressif de sa vue, il a du goût et même du flair, devinant les futurs talents, s'enthousiasmant pour de jeunes auteurs, sachant apprécier Claudel autant que Cocteau, Proust et Paul Valéry, Baring et Morand. Avec finesse, il discerne la faille secrète dans le livre ou dans l'auteur. Après avoir déjeuné avec le jeune François Mauriac, il dit à Marthe Bibesco : « Il n'a pas assez de santé pour être païen. » Lorsque Paul Bourget vieillissant lui annonce son désir d'épouser sa secrétaire, il observe : « Cette fois, ce sera *le Démon de minuit.* » Un des écrivains qu'il a le mieux connus, après Huysmans, est la comtesse de Noailles sur laquelle il a laissé de nombreux et piquants témoignages, séduit, souvent malgré lui, ou plutôt malgré elle, par son égocentrisme rayonnant, sa ferveur païenne et le culte qu'elle rend elle-même à sa propre personne, culte auquel il est fréquemment invité, rue Scheffer. Il l'assistera dans ses derniers jours. Après sa mort, on lui demandera si elle s'est confessée et si elle est enfin revenue à Dieu :

« Elle m'a dit des choses si belles... Que voulez-vous, expliquera-t-il, j'ai *risqué* l'absolution ! »

Dans cette existence partagée entre le monde et Dieu, l'amour des Lettres et le soin de son ministère, il n'y aurait guère de place pour les affections humaines, cette timidité de cœur et d'esprit qu'il n'a cessé de rechercher, s'il n'avait trouvé en deux femmes bien différentes, mais également remarquables, cette protection féminine qui lui fait cruellement défaut depuis la mort de sa mère. La comtesse François de Castries, puis la princesse Bibesco, ses deux nièces d'élection, vont devenir en réalité les mères adoptives de ce vieil ecclésiastique qui, à soixante ans passés, avoue : « J'ai été un enfant à tout âge... »

La comtesse François de Castries qui, deux fois veuve, mène une vie retirée, est la *nièce première*, celle à laquelle il lègue son *Journal*. La princesse Bibesco, sans cesse errante, prend le titre de *nièce seconde* et entretient avec l'abbé une active correspondance qu'elle publiera sous le titre évocateur de *La Vie d'une amitié**. Peu avant sa propre fin, elle consacrera un autre livre à l'abbé Mugnier, *Le Confesseur et les Poètes**. La comtesse de Castries est l'ange protecteur, l'Antigone qui veille sur le bien-être et la santé de l'abbé. Lorsque celui-ci, dont la vue ne cesse de faiblir, abandonne son ministère pour devenir aumônier d'un couvent de sœurs, rue Méchain, elle met à sa disposition une voiture, un chauffeur, puis une secrétaire qui lui fait la lecture et répond à son courrier. Marthe Bibesco est plutôt le démon tentateur, celle qui flatte son goût du monde et de l'Histoire, sa passion des lettres. Avant qu'il ne perde complètement la vue, elle l'entraîne, en 1927, en Grande-Bretagne, sur les traces de Chateaubriand et de Shakespeare. Par ses innombrables lettres, elle le rattache à l'Europe, cette Europe moribonde qui glisse de plus en plus vite vers la révolution, la guerre et l'anarchie.

Bien qu'aveugle, l'abbé Mugnier, qui voit avec les yeux des autres et devine avec son cœur, garde le même intérêt passionné pour la vie. En 1900, se croyant vieux, il écrivait : « Ah ! j'aimerais cependant à vivre longuement, par curiosité, par crainte de la mort... » À quatre-vingt-six ans, il avoue à Mme Jean

* 3 volumes (Plon, 1951-1957).
** Grasset, 1970.

Tharaud : « Si je devais revivre ma vie, je la revivrais avec plus d'enthousiasme encore. »

La guerre venue, il demeure à Paris et s'y éteint doucement, lucide et résigné, le 1er mars 1944, à quatre-vingt-onze ans. Le mot de la fin, c'est sa vieille servante qui le prononce. Sachant l'admiration de son maître pour Chateaubriand, elle a, en lui fermant les yeux, ce mot admirable :

« Ah ! Monsieur le Chanoine va être bien content : il va pouvoir enfin faire la connaissance de Monsieur le Vicomte ! »

GHISLAIN DE DIESBACH

JOURNAL

1879

16 juin

Je veux sortir du Petit Séminaire[1]. Cette vie classique, officielle, peu sacerdotale me lasse. Quatre heures de classe de grammaire épuisent ma verve ou plutôt la tarissent. La discipline m'agace, le ministère pour lequel je me suis fait prêtre me manque.

La vie spirituelle et sacerdotale a considérablement baissé en moi. Les exercices nécessaires de piété sont omis ou incomplètement faits ; ce morcellement de l'existence nuit au recueillement de l'esprit et du cœur. Oui, le feu sacré s'est assoupi en moi. En sortant du Grand Séminaire, j'étais moins critique, moins égoïste, plus ardent, plus généreux, plus sensible.

Je veux sortir de ces grands murs, je veux échapper à ce tapage, je veux respirer un air moins chargé de fatigue, de paresse, d'indiscipline. Le professorat tel qu'on le conçoit est une déviation du sacerdoce. Enseigner la religion, oui. Mais s'abêtir dans l'enseignement monotone des mêmes règles de grammaire, jamais !

21 juin

Je lis *Jacques Vingtras* par Jean La Rue (Jules Vallès). L'ouvrage porte cette singulière dédicace : « À tous ceux qui crevèrent d'ennui au collège, ou qu'on fit pleurer dans la famille, qui, pendant leur enfance, furent tyrannisés par leurs maîtres ou rossés par leurs parents. » C'est Vingtras qui raconte son enfance. Une âcre odeur de haine, de rancune, de fiel, s'exhale de ces pages. Style extraordinairement animé et parfois naturel. Talent incontestable. Imagination et sensibilité de matérialiste. Il a un vif sentiment de la nature simple, villageoise, pauvre et laborieuse. L'amour des champs inspire çà et là de jolis et courts paysages à son pinceau de révolté.

Quelle singulière manie ont nos éducateurs modernes de nous rejeter constamment vers le passé ! Faire l'esprit de l'enfant qui est la vie par excellence dans un milieu de choses mortes, quelle étrangeté !

26 juin

Aujourd'hui à Saint-Augustin, au service qui a été célébré pour le repos de l'âme du fils[2] de Napoléon III. En sortant de Saint-Augustin, derrière l'église, la foule attendait Cassagnac. Le vaillant défenseur de toutes les idées conservatrices a été unanimement salué par les chapeaux levés, les cris de : Vive Paul de Cassagnac[3] ! et les applaudissements, le tout sans trop de tapage.

Foule compacte et distinguée. Hommes et femmes portaient sur leurs vêtements, l'insigne bonapartiste : les violettes. J'ai même vu cette fleur sur la soutane d'un prêtre. Pauvre petit prince !

10 juillet

Il est bientôt minuit. J'arrive du Cirque d'Hiver (Boulevard des Filles-du-Calvaire). M. de Mun[4] a prononcé un magistral et long discours sur « les écoles chrétiennes et les droits du père de famille ». Un auditoire immense pour entendre l'ex-député de

Pontivy. Sous les lustres étincelants, retentissaient des milliers d'applaudissements... On a crié : Vivent les Frères ! On a battu des mains au nom de l'Église Catholique !

M. de Mun a écrasé le Conseil Municipal de Paris, la loi Ferry, les ministres actuels et exalté les hommes de dévouement, les vrais éducateurs de l'enfance et de la jeunesse, la foi qui les crée et les anime. Tout cet amphithéâtre fourmillant de têtes humaines frémissait d'un lyrique enthousiasme. Redeviendrons-nous populaires ? Foule énorme en dehors du Cirque.

28 août

La mort du prince impérial a remué tout Paris. Où qu'on aille, on voit sa photographie. La sympathie qui s'attache à la mort prématurée et sanglante d'un jeune homme serait peut-être capable de ressusciter une dynastie.

Les époques républicaines sont pleines de personnalités. Jamais les hommes ne se sont moins effacés qu'en ces temps-ci. Depuis 1871, mille silhouettes se dessinent, mille têtes nouvelles se profilent. Jamais la mémoire de nos petits-neveux ne sera capable de renfermer tant de noms propres ; jamais tâche aussi écrasante n'aura pesé sur la plume des plus volumineux historiens. Gambetta est l'homme dominant. Victor Hugo et Thiers viennent ensuite. Mais Thiers est déjà mort et les seuls discours qu'on prononce à l'inauguration de ses statues peuvent faire revivre son souvenir.

Clemenceau, Louis Blanc, Paul Bert, Blanqui, Jules Ferry, Grévy (très discret dans le fauteuil présidentiel).

Depuis un mois les amnistiés de la Commune rentrent à Paris, en vrais conquérants. C'est à faire craindre et à trembler. De quel œil voient-ils les blessures de la capitale à peine fermées et pansées !

Puissance des mots, à cette époque : que de mots créés qui font plus que fortune ! Romantisme et naturalisme en littérature ; opportunisme et intransigeance en politique ; libéralisme et cléricalisme, ultramontanisme en religion ; positivisme et matérialisme, spiritualisme en philosophie.

12 novembre

Je n'ai rien dit encore de la nouvelle situation qui m'est faite depuis deux mois et plus.

J'ai lâché le professorat pour le ministère humble, actif et dévoué de vicaire. On m'a placé à Saint-Nicolas-des-Champs, rue Saint-Martin, près du Conservatoire des Arts et Métiers, à quelques pas des Halles Centrales, aux portes des grands boulevards, dans la fièvre du négoce. Ici, nulle trace de vie intellectuelle. L'industrie absorbe tout.

On a jugé bon sans doute d'éprouver mon imagination trop éprise de beau en la jetant toute vive dans le milieu étouffant et prosaïque du commerce. Le boulevard de Sébastopol, la rue de Turbigo, la rue Saint-Martin sont dénués de poésie intime. Il n'y a que la vie ardente du travail. Trop de boutiques, trop de peuple, trop de cris, trop de voitures, trop de marchands, trop d'appels incessants et vulgaires ! L'église Saint-Nicolas-des-Champs est grande, mais sévère ; la chaire est très haute. La sacristie est obscure et sans horizon. Les vicaires, sacristains, suisses, bedeaux, tour à tour s'y casernent, s'y fatiguent.

J'administre tous les sacrements : quand il s'agit de produire des actes extérieurs, matériels, déterminés, rien de plus facile. On verse l'eau, on fait l'onction, on prononce les divines et fécondes formules sur le pain de l'autel ou sur la tête du pénitent ; mais quand il faut consoler un malade, exhorter un mourant, diriger une conscience, c'est la série des travaux d'Hercule.

Nous, prêtres, nous sommes par la fatalité des temps chassés de partout, des Parlements où pas une soutane ne siège, des Académies dont pas un seul de nous n'occupe un fauteuil quelconque, du foyer des théâtres où l'opinion publique nous verrait figurer d'un mauvais œil.

1880

7 mars

Pauvre vie que celle du vicaire ! Pauvre être renfermé dans une sacristie entre des chandeliers éteints et des bureaux ouverts. L'église est belle quand dans ses cinq nefs la foule pieuse voit circuler, à travers l'encens et les cantiques, le cortège brodé et doré des aubes et des chasubles, des ostensoirs et des croix ! Moins quand au lendemain de ces pompes divinement bruyantes, le vicaire dépouillé de ses ornements de la veille et réduit à son triste habit noir est condamné, pendant des heures entières, à recueillir les propos des gens d'église, à respirer un air maussade, à méditer, d'un esprit lent et d'une imagination terne, le prône banal du dimanche à venir ou les divisions mortes d'un catéchisme prochain. Oh ! comme l'idéal est absent, fugitif, proscrit !

Oui, je veux le dire, sur ce papier discret que j'initie à mes plus intimes pensées, ce que je déplore, avec une indicible amertume, c'est que le clergé actuel a fait un pacte avec la vulgarité, avec l'étroitesse, avec la négation de tout ce qu'il y a de vraiment idéal et beau. Il a chassé la poésie de son cœur, de ses lèvres, de ses jugements, de sa vie.

Oh ! Je suis plus que jamais désolé de l'incroyable rupture qui s'est faite entre les républicains intelligents et nous. Pourquoi n'avons-nous pas tenté de nous rapprocher de ces hommes si admirablement doués, qui se déclarent aujourd'hui par la parole ou par la plume, nos irréconciliables ennemis ?

Depuis quatre-vingts ans surtout, tout prêtre français conjugue, à tous les temps et à tous les modes, le verbe souffrir. On ne lui ouvre aucun horizon qu'il puisse fixer de ses regards éblouis et ravis. On le laisse seul avec ses abstractions mystiques, ses souvenirs de séminaire, ses impuissances présentes, ses incapacités dérobées.

2 mai

Je suis toujours profondément triste. Mon ambition voit à regret s'écouler des jours vides de succès, sans espérance aucune. Et puis toutes les difficultés religieuses de l'heure présente me saisissent extraordinairement. Non ! Nous ne savons pas prêcher la religion : nous l'avons défigurée dans nos paroles et dans nos actes.

Il n'y a, dans l'église, que les sacristains qui ont maintenant le droit de faire resplendir le beau. Ils allument les cierges immaculés, ils dressent harmonieusement les vases de fleurs, ils remplissent les cassolettes d'encens, ils font reluire l'or des tabernacles, ils manient tout le jour les chasubles dorées et les calices précieux. Pendant ce temps, le prêtre dans sa stalle murmure des paroles dont il ne veut pas entendre la sublime signification ou jette du haut de la chaire des paroles qui sont sans écho.

27 mai

Journée bien remplie pour moi. À 2 heures, j'étais à Ville-d'Avray, assistant, au bord de l'étang, à l'inauguration du monument dressé à Corot.

Pressé dans le *profanum vulgus*, entre les modestes blouses bleues, j'enviais ceux qui avaient place et rang, sous la tente dressée à cet effet et dont les franges bleues et rouges s'envolaient au vent. Et puis, le cœur serré, je me disais aussi intérieurement : pauvre vicaire que je suis, qu'est-ce que je fais là ? J'ai quitté un office avant la fin pour assister à cette fête toute profane. Est-ce que Corot et la moderne école du paysage sont entrés dans la théologie ?

Nous prêtres, nous clergé, nous Église, nous sommes bien en dehors de tout ce qui se fait, dans la société, de littéraire et de poétique et d'artistique. Autrefois les peintres et les sculpteurs invoquaient le patronage des cardinaux et des papes. Aujourd'hui quel est l'évêque, quel est le prêtre qui patronne ouvertement, publiquement, officiellement les beaux-arts ?

Je crois avoir fait acte de vrai libéralisme en m'associant à cette fête de Ville-d'Avray, par ma simple présence. Je voudrais qu'on pût voir mainte soutane à toutes les manifestations de la littérature et des arts.

29 juin

Je viens d'assister au dernier Salut des Pères jésuites de la rue de Sèvres. Église comble, la cour intérieure qui précède la chapelle, pleine. Les trottoirs de la rue de Sèvres en face du square garnis de curieux. Les voitures du faubourg Saint-Germain étaient là. Il y avait, m'a-t-on dit, à la loge, un registre où l'on s'inscrivait en foule. Les hommes entraient et sortaient. Honneur aux Pères ! Il est odieux que ce soit pendant la même semaine où l'on discute l'amnistie que les décrets du 29 mars soient appliqués[5]. C'est pendant la nuit que les agents du gouvernement vont, dit-on, notifier aux Pères résidants leur expulsion officielle. MM. Ferry, Cazot, Freycinet, Grévy ont assumé sur leur tête de politiques une responsabilité qui les écrasera. Je le souhaite.

13 juillet

Aujourd'hui, ou plutôt ce soir, veille du 14 Juillet, c'est-à-dire de la grande fête nationale qui sera la fête du drapeau, de la République française et aussi de l'Amnistie, je suis sorti pour voir quelques préparatifs de la fête : Ils sont inouïs. Cordons de verdure, arcs de triomphe : tout ce que l'imagination populaire peut rêver. J'entends depuis des heures les pétards faire explosion. C'est un bruit assourdissant. Je crois entendre les mitrailleuses des Versaillais et des Communards ensemble. Tout à l'heure la Marseillaise a été chantée, jouée aux applaudissements du public. Ce chant impressionne comme l'écho d'une révolution.

Pourquoi a-t-on choisi le 14 juillet ? C'est à cause de l'anniversaire de la prise de la Bastille. 1789 et 1880 fraternisent. Les années ont beau s'accumuler, les souvenirs de la forteresse détruite demeurent. Le peuple des faubourgs connaît cette page de l'histoire de France, s'il en ignore toutes les autres. Comme il est vrai de dire que la Révolution française dure toujours !

14 juillet

J'ai assisté à la fête, du mieux que j'ai pu, et en laïc. Indescriptible délire. D'ici où j'écris, c'est-à-dire du troisième de ma rue Bailly, et à 11 heures passées, j'entends des rumeurs de foules accompagnées de coups de pétards retentissants. Une fête se compose de bruits, de cris, de mouvements, de feux. À ce compte, celle d'aujourd'hui est complète et historique.

Le peuple de Paris est insatiable de feux de bengale dans les feuillages, de lanternes et de lampions éclairés, de feux d'artifice qui s'étalent en mille teintes vives et précieuses comme de magnifiques queues de paons. Il est insatiable de statues dressées, de guirlandes de gaz, de lumière sous toutes les formes, lumières dans les globes blancs, rouges, lumières à la cime des monuments présentant l'aspect de lignes légèrement frémissantes. J'ai vu ainsi nombre de monuments éclairés superbement, ce soir : la Bourse, l'Opéra, le Pavillon de Flore, l'Institut.

La place de la Concorde éclairée : guirlandes de feux de gaz se reliant les unes aux autres. Çà et là les points particulièrement éblouissants de la lumière électrique.

La cathédrale Notre-Dame était constellée de feux électriques qui faisaient saillir ses statues des rois et ses balustrades et ses roses et les faisceaux de drapeaux qui l'ornaient par endroits d'une manière vraiment royale. Le drapeau tricolore s'harmonise bien avec les sculptures du Moyen Âge. Les bons vieux rois avaient un air penché, discret dans leur galerie de la façade. Ils semblaient se dire : est-ce que le président Grévy nous effacera tous par la splendeur des fêtes qu'il vient de donner au peuple républicain de Paris ?

Notre-Dame, sauvez la République française.

Les pétards jaillissent impétueux, imprévus, avec des sifflements courts suivis de détonation. C'est dans les rues populeuses comme la rue du Faubourg-Saint-Denis, près de la Porte et dans ma rue Saint-Martin que je les ai vus et entendus produire le plus surprenant des fracas, à travers la foule admiratrice des trottoirs et de la chaussée ! Des étoiles filantes qui couronnent leur chute par une détonation : tels sont ces singuliers engins de réjouissance publique. Parfois, l'air en est tout à la fois éclairé et obscurci : il y a des brumes de poudre.

De jour, j'ai été au Château d'Eau, place de la République. Là se dresse l'immense statue de la République, la femme forte de 1880 qui tient à la main je ne sais quel rameau d'or. Les grandes dates de la Révolution étaient inscrites, sur des poteaux ornementés et dressés *ad hoc*.

Place Voltaire, j'ai admiré la statue de Ledru-Rollin à l'attitude inspirée : « À Ledru-Rollin, le suffrage universel. » Tout près, sous une petite tente, en plein gazon, on pouvait admirer un modèle de la forteresse de la Bastille taillé dans le monument détruit en 1789. On se pressait pour voir et le peuple devait se livrer à des interprétations plus ou moins fautives au point de vue de l'Histoire. J'ai descendu la rue de la Roquette jusqu'à la Bastille. La rue et celle qui y donnait étaient splendidement ornées de drapeaux, de feuillages, de lanternes préparées. Les fenêtres des pauvres avaient cet ornement symbolique : le drapeau aux trois couleurs. Les faubourgs les plus laids, les plus sales rues de Paris avaient aujourd'hui un poétique costume teint aux couleurs du pays.

6 septembre

J'ai fait, la semaine dernière, ma retraite à Saint-Sulpice. Le cardinal Guibert et son coadjuteur Mgr Richard ont parlé tour à tour. Pas une idée hardie ne sortira de cette hiérarchie pressée et, je crois, décidément fermée à toute idée nouvelle. On ne pense plus. On n'imagine plus.

On revient à tout bout de champ sur la « vie intérieure » que nous devons pratiquer, sans oser dire que la vie de prêtre aujourd'hui doit se répandre et dominer partout si elle veut être féconde. Les anciens s'écriaient avec douleur : les dieux s'en vont, les dieux s'en vont ! C'est à nous de dire aujourd'hui, les yeux pleins de larmes : les hommes s'en vont, les hommes s'en vont ! Mais les femmes nous restent et je vous assure qu'elles s'entendent admirablement à faire perdre au clergé vieux ou jeune, le meilleur de son intelligence et de son temps.

L'organisation et la réglementation officielle nous lient et nous tuent. On ne voit, dans le sacerdoce, que l'administration des sacrements, les exercices de piété (oraisons et lectures spirituelles) la régularité extérieure. Le prêtre séculier n'est-il qu'un religieux absorbé dans sa propre perfection ? Le prêtre n'est-il pas plutôt l'homme de relation par excellence ? Rien pour le travail, rien pour l'étude ! Tout le côté intellectuel est passé sous silence. Il n'en est pas fait mention, et cela à une époque et dans un siècle où les hommes de parole et de plume conduisent évidemment le monde. Et pas un des curés qui écoutaient nos prélats dans leurs stalles n'aura assez d'initiative pour se demander si la direction imprimée est la bonne, s'il n'y en aurait point une préférable. Tous de courber le front et la conscience ! Tas de roseaux mobiles ! Pas un chêne ! Je voudrais que le clergé qui a du sang dans les veines se donnât rendez-vous dans la cour de l'archevêché, rue de Grenelle et se mît à crier sous les fenêtres de nos vénérables pasteurs : « Liberté, liberté de faire le bien de toutes les manières ! Donnez-nous carte blanche. S'il faut déposer la soutane pour agir plus efficacement dans nos faubourgs, accordez-nous toute permission. »

5 novembre

J'ai passé quelques heures à stationner sur le trottoir de la rue du Regard, en face du couvent des oratoriens qui devait être crocheté et qui ne l'a pas été. L'ignoble besogne a été remise probablement à demain matin. Monsieur Constans fait coïncider la visite de ses agents avec le lever du jour ; aurore et nuit se croisent. Il y avait par moments de vrais attroupements que les gardiens de la paix ne tardaient guère à dissiper. En vain, car ils se reformaient bientôt. On entrait sous les portes cochères, on se bousculait à l'arrivée des gardiens de la paix, on échangeait là, sur le trottoir ou sur la chaussée, des dialogues des plus curieux. La porte de l'Oratoire était bien et dument fermée. A deux fenêtres, assez petites, les Pères se montraient par instants avec des laïcs : jeunes gens venus pour servir de témoins aux oratoriens. Plusieurs d'entre eux se dressaient jusque sur le toit. Les Pères faisaient descendre leurs lettres par la fenêtre. Service de poste primitif !

Les agents ne sont pas venus. J'en ai été quitte pour me refroidir les pieds, pour fatiguer mes yeux, pour causer à l'un et à l'autre.

Voilà que l'exécution des décrets s'achemine à sa fin. Tout sera fini demain au plus tard.

6 novembre

J'ai été aujourd'hui, par la brume, voir les portes fracturées des dominicains de la rue Jean-de-Beauvais et des maristes de la rue de Vaugirard. J'ai, comme saint Thomas, mis la main sur les plaies vives. Fortes entailles. La hache du gouvernement a bien manœuvré.

La Commune de 1871 et la République de 1880 ont plus d'un trait de parenté. La seconde fait avec des décrets ce que la première osait avec des fusils. Mais la Commune n'était qu'une exception, une ville en délire. La République est le gouvernement de tous. Les ordres ne partent plus de l'Hôtel de Ville, cerné de barricades, mais du palais de l'Élysée et des Chambres.

1881

5 janvier

L'ex-général Eudes[6], de la Commune, assistait et présidait aux obsèques du vieux Blanqui. Eudes qui nous a délivré si joliment un laissez-passer à Issy en 1871. Je me souviens bien de cette matinée, c'était le mercredi 5 avril, je crois, où nous partîmes du Séminaire : j'avais repris l'habit laïque, mais j'emportais un gros paquet de soutanes et de rabats. À la barrière, je n'eus qu'à ouvrir ce clérical fardeau. Quelle animation il y avait alors à Issy ! Cette matinée était, si je m'en souviens bien, claire et chaude. J'emportais la *Connaissance de Dieu et de soi-même* de Bossuet. On criait, je crois, dans la rue de Vaugirard « l'arrestation du citoyen Darboy ». J'allais retrouver mon petit nid de la rue de Rennes et mon église de bois, cette église qui vibrait avec toutes ses vitres, au passage des voitures. J'ai passé là, rue de Rennes, près de la gare Montparnasse, le Siège et la Commune. Le Siège avec son hiver terrible et ses obus plus terribles encore. La Commune avec ses manifestations écarlates.

21 janvier

Les élections municipales du 9 janvier 1881 ont été généralement républicaines dans le sens opportuniste. C'est un prélude aux élections législatives qui cloront l'année [7]. Nous marchons donc à la République définitive. Des républicains dans les communes, des républicains dans les Chambres. De tous les scrutins de villes et de campagnes sort la République. Neuf conseillers municipaux conservateurs à Paris !

1884

3 juillet

La race des apologistes chrétiens est épuisée. La religion qui avait, au commencement de ce siècle, des défenseurs comme de Maistre[8], Chateaubriand, Lamennais, Lacordaire[9], Montalembert[10] n'a d'autres soutiens maintenant que Mgr Freppel, de Broglie et Chesnelong[11]. Il y a quelques prêtres, quelques laïcs distingués. Pas un génie qui écrive et qui parle. Ah, nous sommes singulièrement éprouvés ! Victor Hugo et Ernest Renan, le poète et le philosophe, dressent contre nos doctrines tout le prestige du style et de la gloire. Battus par les écrivains, nous le sommes par la politique. L'heure est à l'épreuve et à la stérilité.

Pendant les vacances, je prends toujours des résolutions pour le reste de l'année. Ces résolutions nouvelles, je veux les tenir, je les tiendrai :

1. Être habituellement grave et doux, modérer ma gaieté, mes saillies, mon enthousiasme.

2. Rester le moins de temps possible à la sacristie. La sacristie me fait déchoir intellectuellement, moralement. J'y tiens des conversations, j'y prends des attitudes dont la dignité sacerdotale a nécessairement à souffrir. Par conséquent, m'occuper de choses urgentes, quand je m'y trouve. Y faire ma correspondance. Y avoir plumes, papier, enveloppes, encrier à

mon usage. Le mardi surtout, jour de garde, recourir à ce moyen. Ne jamais arriver avant l'heure de ma messe, afin d'éviter la tentation.

3. Me lever assez tôt pour être au travail dès 7 heures. Déjeuner à 11 heures. Faire une promenade (boulevard des Invalides, Odéon, Luxembourg, Tuileries). Être à mon bureau à 2 heures. De 2 heures à 6 heures travail acharné. Dîner puis promenade aux mêmes lieux. Ne pas travailler à la lumière ou ranger. Me coucher entre 9 et 10 heures.

4. Le mardi, même règlement le matin ; à la sacristie, écrire mes lettres ou lire quelques auteurs de spiritualité. Le dimanche rester chez moi jusqu'à vêpres.

5. Sans être coquet, tenir davantage à la correction de la tenue. Soutane, douillette, chapeau : être propre. Faire faire plus souvent ma barbe. Ne pas marcher comme un fou dans les rues.

6. M'exercer à la prédication. Éviter mes très considérables défauts. Je multiplie les gestes à l'excès. Je lève la main au-dessus de la tête. Je m'agite trop. Me calmer, me posséder, aller doucement.

7. Ne jamais commencer un livre sans l'achever. J'en ai commencé un si grand nombre ! J'en ai achevé si peu ! Courir de livre en livre, c'est entretenir en moi je ne sais quel maladif défaut de suite. Ne pas ajourner la lecture du journal quotidien : lire vite et prendre note sur-le-champ, pour jeter au panier la feuille publique.

Je lis les *Paroles d'un croyant*. Si Lamennais y déclame contre les rois qui abusent de leur sceptre, il recommande aux petits de s'unir entre eux pour renverser les oppresseurs, de s'aimer, de croire en Dieu, en la Providence, en l'efficacité de la prière. Dites, si vous le voulez, que le croyant prêche la révolution, mais il ne la prêche que fondée sur la justice et la charité, mais il la justifie et la conserve au nom de l'Évangile.

Lamennais, c'est Clemenceau plus l'Évangile.

9 juillet

Excellente et surprenante, l'initiative du député aveyronnais Joseph de Fabre à l'endroit de Jeanne d'Arc. 250 députés républicains ont signé une proposition de loi qui tendrait à instituer une seconde fête nationale, le 8 mai. Et c'est la Pucelle qui en serait l'objet.

16 juillet

Oh ! que je me serais bien entendu avec Maurice de Guérin. C'est une âme qui s'emboîtc merveilleusement dans la mienne. Je lis son journal. Cette Chesnaie était un nid d'aiglons. Il y avait plus de grands hommes réunis sous l'aile de Lamennais que dans deux ou trois générations de Saint-Sulpice. Mon âme se retrouve et se mire dans l'âme de Guérin. J'ai rêvé mon identification avec la nature. J'ai essayé, en maintes pages, de la décrire avec un scrupule amoureux ; je me suis, comme le frère d'Eugénie, défié de moi-même, me trouvant inférieur à mes désirs. J'ai horriblement souffert de l'état confus de mon intelligence. Ah, si j'avais rencontré un Maurice qui eût été un autre moi-même ! Maurice lit, à La Chesnaie, Bernardin de Saint-Pierre, Homère, Hugo, etc., etc. À la bonne heure ! Et moi, dont la jeunesse lévitique pâlissait sur les *Institutions* de Monseigneur Bouvier ! Entré en décembre 1832, Maurice quitte La Chesnaie en septembre 1833[12]. Les persécutions contraignaient Monsieur Féli de se mettre au dehors de toute congrégation. Monsieur de Guérin a donc connu, pendant une année, Lamennais blessé et s'efforçant de fermer ses blessures[13].

Ah ! si j'avais vécu, en 1831, 1832, je me serais arrêté sous la bannière de l'oracle de La Chesnaie, sauf à le quitter, après condamnation. Mais en poursuivant M. Féli de mon impérissable vénération.

Mais, en 1871, il n'y avait pas de Chesnaie et Saint-Sulpice ne ressemblait guère au manoir breton.

août

Le Congrès s'est réuni à Versailles. La première séance a été orageuse. Les journaux parlent de « chahut » et de « boucan ». Le Royer est président de Congrès. Que sortira-t-il de ce tapage des députés et des sénateurs réunis en Assemblée nationale[14] ?

11 août

Le Congrès de Versailles continue. M. Bocher a lu une déclaration « mélancolique », au nom des Orléans. En vérité, la monarchie ne sortira pas de l'Assemblée nationale. La République est maîtresse de l'avenir. La droite peut se dire vaincue, écrasée, anéantie.

août

M. de Falloux vient d'écrire, dans *le Correspondant*, un article très courageux, à propos de la *Vie de Mgr Dupanloup*. Il tonne une dernière fois et avec une vigueur extrême contre *l'Univers* et l'école de Veuillot[15].

29 août

En Chine, l'amiral Courbet[16] couvre de gloire le drapeau français. Les exploits du fleuve Min nous consolent un peu de nos antiques revers. L'escadre de notre amiral a raison des navires de guerre, des canonnières et des jonques. Courbet poursuivra la lutte jusqu'à ce que la cour de Pékin se prononce. Le ministère Ferry recevra, comme contrecoup, un éclat nouveau et une chance plus sérieuse de durée. En vérité, la Providence bénit les armes républicaines.

7 septembre

On a inauguré, à La Motte Saint-Hérayе, un monument à la mémoire de l'abbé Jallet, député du clergé poitevin aux états généraux de 1789. Monsieur Antonin Proust, ancien ministre de Gambetta, a présidé ! L'abbé Jallet a été l'un des premiers à prendre parti pour le tiers état.

Le journal *Le Temps* écrit ces lignes : « La paix entre la République et l'Église serait vite faite si nous avions beaucoup de successeurs de l'abbé Jallet dans le clergé français. Il faut espérer que cela viendra, car il semble que les préjugés du clergé à l'égard des principes de 89 et du régime politique qui est la consécration de ces principes tendent plutôt à s'affaiblir qu'à s'accroître. » Inutile de dire que le clergé et même l'évêque Bellot de Minières se sont abstenus. Il n'y a pas de place pour les prêtres républicains dans l'Église de France, telle que *l'Univers* l'a défigurée.

Monsieur l'abbé Chaillot me disait encore ce matin tout le mal que les jésuites ont fait. « Depuis 1815, me disait-il, les jésuites n'ont pas produit un livre marquant ; ils n'ont eu ni un saint ni un martyr missionnaire. » Il m'a cité le mot de Disraeli : « Cet ordre a été fondé par les juifs espagnols qui voulaient remettre le trouble dans l'Église. Ils ont empoisonné l'Évangile à petites doses. »

5 octobre

La Trappe. J'y suis enfin ; j'ai été de Laigle à la Trappe à pied. Un bon Frère tout de brun vêtu et fort courbé m'a dit, en m'amenant à l'hôtellerie : « Les jésuites sauvent tant d'âmes ! » Et moi de répondre : « Vous en sauvez beaucoup », et lui : « Mais ça ne se voit pas tant ».

Les trappistes, après avoir été expulsés, sont rentrés, sans faire de bruit. Ils sont convaincus qu'on ne leur en veut pas. Il n'y a pas une heure que je suis à la Trappe et déjà Frères ou Pères ont eu le temps de me parler du libéralisme, de Montalembert, de Dupanloup et du gouvernement. Le Frère hôtelier a du bon sens. Il m'a dit qu'Henri V a commis une sottise en s'accrochant au drapeau blanc et qu'au fond, il préférait vivre en exil, avec sa bonne femme.

7 octobre

Je viens de présenter mes respects au Révérendissime abbé. Dom Étienne a un beau front, barbe et moustache noires. Il est méridional. Il m'a dit que Saint-Sulpice était tout-puissant à Rome. Il m'a dit que Monsieur de Rancé était janséniste comme on est libéral aujourd'hui. Dans cent ans, m'a dit l'abbé, on parlera du libéralisme comme du jansénisme. La *Vie de Rancé* par Chateaubriand est un misérable roman, m'a-t-il dit ! Il m'a dit encore que depuis la Révolution, il y a une telle fièvre dans les esprits « qu'on ne sait plus se taire », que « quand on a une idée on veut la dire », et que, par conséquent, le vent ne souffle plus aux ordres contemplatifs. On veut agir. Dans l'antichambre du Père abbé, j'ai vu et lu un sonnet par Monsieur de Rancé, abbé de la Trappe, qui se termine par ce vers : « Vivre, sans vivre en saint, c'est vivre en insensé. »

Ainsi en quelques mois, j'ai traîné ma pauvre soutane à La Chesnaie, à Port-Royal, à la Trappe. Partout des bois et des étangs. Mais La Chesnaie n'est plus qu'une habitation privée et Port-Royal un souvenir. Seule, la Trappe subsiste et l'on y prie. L'œuvre d'Arnauld et de Lamennais a passé, la réforme de Rancé subsiste : la pénitence et le travail manuel ont des chances de durée que ne comporte pas la vie de l'esprit. Les trappistes sont debout sous la République de Jules Grévy comme ils étaient debout sous la monarchie de Louis XIV.

8 octobre

Je lis la *Vie de Rancé* par Chateaubriand. Ce livre procède par bonds et saccades. Ce n'est plus la suite harmonieuse des *Martyrs*. Imagination risquée. Il y a du Veuillot et du Hugo dans ce Chateaubriand du déclin. Il vise à l'originalité et devient excentrique. Mais on rencontre des éclairs, et de grands coups de plume et d'aile !

J'entends tous les soirs le *Salve Regina*, dans l'église, à peine éclairée. Chœur de voix viriles. Je ne suis pas touché, ému cependant. Plus pieux, je le serais sans doute.

Dans ma chambre, outre le crucifix, deux images, celle du Sacré-Cœur de Jésus et celle de « L'intérieur de Marie ». En entrant, lundi, à la Trappe, j'ai vu une statue du Sacré-Cœur. La Trappe, elle non plus, n'échappe pas aux déviations du temps.

Non, je ne me ferai pas trappiste : c'est trop dur. Je ne me sens pas le courage nécessaire et cependant, quand on croit ardemment à la brièveté de la vie et à l'immortalité de l'âme, la logique vous pousserait là !

1885

22 mai

Victor Hugo est mort. Hier l'archevêque de Paris avait écrit à Madame Lockroy[17], une lettre digne, que j'eusse voulue plus belle encore.

J'ai appris cette fin du grand poète, en sortant de la rue Bouret où m'appelait mon œuvre de Belleville On criait dans les rues *la mort de Victor Hugo*, comme j'ai entendu crier la mort de Gambetta et du comte de Chambord. Ainsi va le monde. Maintenant Hugo sait qui a raison du prêtre ou du libre penseur.

Les journaux ne retentissent plus que d'un nom : celui du poète national. On prépare des funérailles triomphales. Le Panthéon est désaffecté. Hugo traversera Paris, de l'Arc de Triomphe au Panthéon. On n'aura rien vu de pareil, depuis le commencement du monde.

31 mai

Ce soir, vers 6 h 20, j'étais dans l'Avenue des Champs-Élysées et je regardais le catafalque du poète qui se dressait, au centre de l'Arc de Triomphe. Il m'apparaissait de loin, avec des lignes confuses et poudreuses. Les foules allaient et venaient. Je me suis approché assez près, et j'ai pu considérer ce monument noir et argent. Des cavaliers maintenaient l'ordre.

Autour de moi, on vendait de la limonade et des photographies d'Hugo. Le groupe qui surmonte l'Arc de Triomphe était voilé d'un crêpe. Un crêpe aussi tombait comme un voile transparent sur l'un des pieds du monument, dissimulant à peine bas-reliefs et groupe.

Il dort, dans ce grand cadre, le pauvre vieux poète qui a fait rêver ma jeunesse. Tant de monde autour d'un cadavre ! En vérité, il faut que nous ayons tous la foi en l'immortalité de l'âme ! « Qui de nous, qui de nous, va devenir un Dieu ? » disait Musset. La réponse vient de se faire entendre. Victor Hugo aura bu jusqu'à la dernière goutte le nectar de la gloire humaine. Le voilà bien consolé de son exil ! La République n'est pas ingrate envers les siens.

Je suis revenu à Saint-Thomas-d'Aquin. Sur la place de la Concorde, j'ai vu que les statues des villes de France étaient drapées, comme des veuves inconsolables, dans un vaste crêpe. J'admirais aussi les réverbères posés de distance en distance sur le pont et dont les nœuds de crêpe s'envolaient au vent. Certes, tout cela est grandiose, poétique. La postérité parlera de ces obsèques inouïes.

Chateaubriand que diriez-vous, si vous viviez encore ? Que diriez-vous de l'enfant sublime devenu et mort vieillard impénitent ?

1er juin

Je viens d'assister aux funérailles de Victor Hugo, du haut d'une fenêtre donnant sur la rue du Dragon et sur le boulevard Saint-Germain. C'était vraiment colossal. J'étais chez le sonneur de Saint-Thomas-d'Aquin. Je suis ivre de tant de bruit, de foules, de couronnes portées, de musique, de costumes, de manifestations.

Je note ici ce qui m'a causé le plus d'impression. C'était, outre l'armée à pied et à cheval qui encadrait cet immense défilé, qui l'ouvrait et qui le fermait, d'abord cette suite de chars traînés par des chevaux vêtus de housses noires et blanches et portant des montagnes de couronnes. Non, jamais tant de couronnes aux mille couleurs n'ont été jetées au pied d'un défunt. Un Himalaya ! Le corbillard où reposait Victor Hugo était celui des pauvres, triste et noir. Mais quel défilé ! Les dénombrements d'Homère sont surpassés ! Le journal le plus exagéré ne dira rien de trop. J'étais à mon poste à midi : le défilé qui avait commencé à 12 h 40 s'est terminé à 6 h 20. Tout mon pays était là ! Tous les âges, toutes les corporations, toutes les associations étaient représentés. Je regardais particulièrement ces lycéens, ces jeunes gens, ces enfants qui escortaient le poète auguste ! Que de couronnes portées sur des brancards, couronnes qui défiaient en grosseur et en beauté les grappes de la Terre Promise ! Des femmes défilaient avec des hommes, qui portaient, elles aussi, leurs couronnes. Et les drapeaux et les bannières flottaient au vent. Parfois, souvent même, la foule vivement battait des mains. J'ai cru l'entendre applaudir le char algérien qui s'avançait, surmonté d'un palmier, et aussi l'Alsace-Lorraine. Elle applaudissait encore la musique — voire même la Marseillaise et l'air de « Mourir pour la patrie ! ».

Le boulevard Saint-Germain, mon pacifique quartier, était un fourmillement de visages et de chapeaux. Foule sous les arbres verts de la chaussée, foule aux balcons. Quelques audacieux étaient perchés sur les toits. Sur le trottoir, échelles, estrades sur lesquelles le public se hissait pour mieux voir. Les becs de gaz étaient allumés sous leurs crêpes. On eût dit un œil rouge sombre qui regardait çà et là.

L'Histoire racontera ce poème vivant dont j'ai été le témoin.

Peut-être, je dois l'avouer, le caractère de ces obsèques était-il trop bruyant, trop profane. Il y avait un grossier et lourd parfum de foire qui se dégageait de ces masses. Moi, du moins, à certains moments, j'étais ému et je me répétais à moi-même, en songeant à l'absence du prêtre : quel malheur irréparable de n'avoir pas pour soi l'âme de la patrie ! Ah ! c'est là, en face d'un tel spectacle que j'ai mieux saisi et douloureusement savouré l'isolement du sacerdoce ! La religion qui était tout, autrefois, se renferme, de plus en plus, dans l'Église et devient le fait d'une minorité féminine !

Tout à l'heure, 8 heures du soir, j'ai été, en haut de la rue de Médicis, regarder de loin le Panthéon. La croix du Dôme subsiste encore : seule, la croix du fronton a été enlevée. Derrière les colonnes, j'ai vu des tentures noires. Hugo mort a ouvert, à lui seul, les portes fermées du Panthéon. Mais il en a chassé Dieu[18] ! Ces funérailles nationales, toutes splendides qu'elles soient, feront pleurer plus d'un prêtre, entre le vestibule et l'autel. De temps en temps, je regardais, avec mélancolie, le clocher de Saint-Germain-des-Prés. Le temps était superbe et parfois de beaux coups de soleil venaient dorer les casques et les instruments.

Je n'oublierai pas le 1er juin 1885 où j'ai vu mon pays, le monde entier suivre l'humble corbillard de Victor Hugo. Quelle ironie, si Dieu n'a pas eu pitié de cet homme !

Le culte des grands hommes sera une caractéristique de ce siècle à son déclin. Certes, je suis bien de mon siècle, moi qui ai tant de fois passé sous les fenêtres du grand homme, moi qui, tant de fois, l'ai fixé de mes yeux au Sénat !

30 juillet

La session de la Chambre est close. Les députés élus en 1881 se représentent devant leurs électeurs. Cette chambre coïncidait presque avec mon entrée à Saint-Thomas-d'Aquin. Elle a détrôné Gambetta et pour toujours. Elle a renversé Jules Ferry et pour un temps. On ne parle pas de cette Chambre avec enthousiasme. Les élections prochaines sont fixées au dimanche 4 octobre.

16 août

Notre tort, à nous catholiques français, à nous prêtres, c'est de considérer les incroyants comme des ennemis qu'il faut écraser, morfondre et non pas convaincre, persuader et convertir.

31 août

Hier encore Jules Ferry a prononcé un long discours sur la politique opportuniste dont il est, à cette heure, le grand représentant. Ah ! si nos évêques prenaient l'habitude d'exprimer leurs idées, de tracer publiquement leurs programmes ! Hélas ! quand ils ouvrent la bouche, c'est pour balbutier les mêmes refrains. En vérité, quelques années de régime parlementaire ne feraient pas de mal à l'Église de France ! Je voudrais voir restaurer les Assemblées du clergé[19] ! On aurait alors une direction, un contrôle et les réformes nécessaires.

9 octobre

Au lendemain du succès des conservateurs, au 4 octobre, *Le Temps* écrivait : « Pour la première fois, depuis 1871, la République a perdu du terrain en France. » Et *Le Temps* fait cette confession : « Cédant au radicalisme et à sa logique, les divers gouvernements républicains, dans ces dernières années, ont peut-être trop glissé à gauche. »

18 octobre

Aujourd'hui, scrutin de ballottage. Qu'en sortira-t-il ? Les républicains ne se sentent pas bien rassurés ! Vacquerie écrit dans *Le Rappel* : « Nous sommes en présence de l'ennemi. »

19 octobre

Les républicains l'emportent et crient victoire. Le duc de Broglie est renvoyé par le département de l'Eure à ses chères études historiques.

Jules Ferry avait dit, à Bordeaux, en août dernier : « Vous savez que les réformes qui dépassent l'opération moyenne du pays sont condamnées d'avance. » Il a dit encore que le programme de la future Chambre ne devait pas être « celui de l'absolu ». Il a parlé du « caractère essentiellement relatif que doivent avoir toutes les conceptions politiques ». Il a dit qu'il ne fallait pas confondre un programme politique avec un idéal politique. Jules Ferry disait encore : « Nous avons conquis le suffrage universel des campagnes, gardons-le bien, ne l'inquiétons pas, ne le lassons pas. »

1889

15 décembre

Hier, le vicomte de Vogüé[20], le plus jeune des académiciens a présidé notre banquet de la rue de Grenelle. J'étais son voisin de droite et nous avons causé beaucoup et de tout. Il n'y a pas de banalité dans l'auteur du *Roman russe* et de *Souvenirs et visions*. Il m'a raconté les difficultés qu'il avait eues pour implanter, chez Hachette, les littérateurs russes.

Sous-Offs de Lucien Descaves attaque l'armée et révèle des turpitudes. « Chez le soldat, les sentiments habitent les parties basses, l'âme se répartit dans la culotte. »

J'ai fait, 44, rue de Rennes, une conférence sur l'œuvre d'Émile Augier[21].

Une cinquantaine d'écrivains parmi lesquels Daudet et Zola, Goncourt, Richepin et Bourget protestent contre les poursuites intentées contre *Sous-Offs*, sur la demande du ministre de la Guerre. « Depuis 20 ans, disent-ils, nous avons pris l'habitude de la liberté. »

1890

31 mai

Entendu Renan au Collège de France. Il est plus gros, plus rhumatisant que jamais. Toute la vie est concentrée dans cette tête, vrai globe intellectuel. La bouche est grande, parfois dédaigneuse, gourmande, la voix a des notes dures. L'œil jette aussi, à certains moments, un éclat sévère et troublé. C'est évidemment un passionné à l'intérieur. Il sourit de temps en temps et c'est le sourire du sage.

23 juillet

La presse parle de l'épouvantable drame de la rue d'Avron : toute une famille se suicidant pour échapper à la misère et cela d'un consentement unanime. Politiques et théologiens, que faites-vous donc ? Remplacez par l'action positive le verbiage de vos discours et de vos livres. Tant que la société sera aussi mal organisée, Rousseau aura prise sur moi.

11 août

Quelques hommes faisaient l'exercice dans une allée du bois de Saint-Cloud où j'étais assis tout à l'heure. J'étais navré d'entendre le chef prodiguer des mots comme : « animal », « cochon ». Ne peut-on apprendre les armes poliment et sans grossièreté ?

29 août

Avant-hier l'abbé M., de Saint-Honoré-d'Eylau, hier M. B., de Saint-Louis-d'Antin, me disaient à peu près ceci : « Nous sommes bien malades... Plus rien ne va dans l'Église de France. La médiocrité nous gouverne. Combien de temps cela durera-t-il ? » Le premier de ces deux prêtres allait plus loin et ajoutait : « Les jeunes prêtres n'ont plus la foi. L'édifice dogmatique est ruineux. » Eh ! oui le malaise est général et le pauvre cardinal de Paris s'en va répétant : « Portez la tonsure ! » C'est lugubre. On n'a jamais vu un archevêque remplir aussi bien les fonctions d'ordonnateur des pompes funèbres !

Quant à ma paroisse de Saint-Thomas[22], elle est en petit ce que le diocèse est en grand. Harpagon règne dans la sacristie ; la direction des catéchismes est confiée à des hommes dépourvus de tout enthousiasme : que l'Église soit peuplée ou non de fidèles, ce sont toujours les mêmes offices ; aucun renouvellement, nulle réforme, un piétinement sur place. L'égoïsme, l'avarice, l'accaparement des âmes, la légèreté, le succès injustifié, la bêtise des dévots, la vulgarité décorée, voilà ce que je vois ici, depuis l'an de grâce 1881.

Et je ne dis rien du confessionnal, sorte de terrier où la curiosité, l'indiscrétion, le verbiage, la niaiserie se disputent les consciences de quelques femmes hystériques, scrupuleuses, bavardes, désœuvrées, le dessous du panier. Les femmes et les enfants, tels sont nos fidèles. Le reste ne compte pas ou compte peu. Et encore n'avons-nous pas toutes les femmes. *Tristia**, dirait Ovide !

* Fâcheux événements. Tristes choses.

1er septembre

Le général Boulanger est de plus en plus lâché par ses anciens partisans. Les *Coulisses du boulangisme* dont Mermeix est l'auteur font grand tapage. La complicité du parti monarchique avec la Boulange en ressort avec évidence.

14 septembre

Au fur et à mesure que les révélations se font sur le boulangisme, Magnard, du *Figaro*, remercie le gouvernement d'avoir fait le procès de la Haute Cour. C'est la duchesse d'Uzès qui a versé trois millions dans l'espoir que Boulanger rétablirait « la monarchie libérale ». Amazone, statuaire, femme d'œuvres, l'ex-paroissienne de Saint-Thomas ; cette veuve a évidemment voulu jouer un rôle. A-t-elle aimé le général ? Que projetait donc ce dernier ? Servir la royauté, l'Empire ou la République ? À parler franc, il ne me déplaisait pas de voir surgir du nouveau à l'horizon de la politique. Et moi aussi, je répétais : « La France s'ennuie. » Mais j'étais étonné et fâché qu'on s'éprît d'un homme qui n'avait été que ministre, qui ne jouissait d'aucun illustre passé. La guerre avait fait une légende à Gambetta. Mais Boulanger était le fils de son cheval et de Paulus. J'aurais préféré une tout autre généalogie. Voilà pourquoi je n'ai pas pris à cœur l'affaire du boulangisme.

Boulanger se défend d'avoir voulu trahir la République. C'est son Comité, dit-il, qui a noué les alliances avec la droite.

18 septembre

J'ai eu l'audace d'adresser une carte sympathique à la duchesse d'Uzès qui est vraiment une étoile au firmament de l'aristocratie contemporaine. Elle m'a répondu cette fière parole : « Je ne doute pas que les honnêtes gens soient avec moi, mais j'aime qu'ils me le disent. » Voilà qui n'est pas banal.

17 octobre

Madame X. assiège ces jours-ci mon confessionnal qu'elle remplit de ses scrupules et de ses chagrins. Son union n'est qu'une juxtaposition... Le milieu qu'elle habite est étroit et triste au-delà de tout ce qu'on peut rêver. Qu'on y ajoute les terreurs d'une conscience exagérée : elle a peur de son cœur et croit rendre gloire à Dieu en refoulant une sensibilité qui la dévore. De là des réactions de spleen, d'ennui, des « envies de pleurer à perpétuité » et un affolement de tête et d'âme. J'essaie, avec un succès tout relatif, de relever cette victime du mariage, de la province et de l'éducation religieuse. Elle n'espère qu'en l'élection de son mari comme sénateur. Paris la pacifierait un peu. Et ce n'est pourtant pas le monde qui l'attire, puisqu'elle fait fondre ses bijoux en clé de tabernacle.

20 décembre

Comme le fond de ma nature est triste ! Je suis triste parce que ma vue est certainement menacée. Je suis triste parce qu'il me semble que mes supérieurs ne jettent jamais les yeux sur moi. Je suis triste parce que je me suis lancé dans une direction où l'on n'aboutit pas intellectuellement. Je devrais dédaigner tout cela, me contenter de mes lectures, de mes travaux, de mes enthousiasmes d'antan et d'aujourd'hui.

1891

31 janvier

Entendu, l'autre jour, l'abbé Faure, aumônier de la Grande Roquette. Figure commune, mais parole intelligente et vive. Il est plein de son sujet si poignant. En six ans de ministère, il a vu dix-sept condamnés à mort, dont quatorze au moins ont bien fini. Il nous a cité cette monstruosité : la mère d'un supplicié venant réclamer les souliers neufs que son fils avait lors de son entrée en prison. On lui apprend qu'il les portait à l'exécution. Et elle de reprendre : « L'imbécile ! Il ne pouvait pas prendre de vieux souliers pour faire vingt-cinq pas ! »

6 février

La vicomtesse de Balincourt m'a parlé tout à l'heure de Jacques d'Uzès dont la maîtresse Mlle d'Alençon est montreuse de lapins, au cirque ! Même étant auprès des princes, il l'avait fait venir ! Ô aristocratie humiliée ! Tout Paris connaît la chose.

10 février

La baronne X. sort de chez moi. Elle m'a résumé très rapidement sa vie. Elle a rêvé l'idéal dans le mariage. Son mari bon, mais non communicatif.

D'où peu d'échanges, alors elle s'est jetée dans l'amour maternel, comme une « folle ». Elle n'aurait pas cherché à aimer en dehors de son mari, tant elle était retenue par la crainte d'une tache ! La mort d'un jumeau de trois ans lui a brisé le cœur. Elle en serait morte de démence. Le Père V... l'a sauvée, par la violence, en lui interdisant ses crises de désespoir. La baronne s'est tournée vers Dieu, en qui elle respire et vit maintenant. Elle fait tout religieusement.

Alors, passage de M. Dx qui l'aime et qu'elle aime. Elle « avait déserté le côté de l'amour humain ». Elle y revient aujourd'hui avec des transports insensés. Que le monde soit détruit, pourvu qu'elle et lui subsistent !

Toutefois elle est chrétienne et ne veut point mal faire. Peut-elle caresser, étreindre M. Dx comme une mère étreint et caresse son enfant ? M. Dx est altéré de ces manifestations sensibles. Quant à l'amour qui crée, l'amour générateur (elle s'est exprimée ainsi), il ne lui inspire que de l'effroi et tout se borne à ses désirs, à des poussées. « J'ai cru que je n'étais qu'une âme, j'ai aussi un corps. » De tout ce qu'elle éprouve et de cet amour la baronne me dit n'avoir aucun remords. Et cependant elle demande, elle pose des questions, elle est affamée de franchise et de précision.

15 février

Entendu le commencement de la première conférence de Mgr d'Hulst[23], à Notre-Dame. Le successeur du Père Monsabré[24] se fait mieux entendre que je ne pensais, mais rien, rien, rien de l'orateur. Le discours doit ajouter à la parole écrite. Le discours de Mgr d'Hulst enlève plutôt qu'il n'ajoute. Cette voix est sèche et ce talent ne vibre pas. Il est vrai que je ne suis resté là qu'assez peu de temps et que je ne suivais guère les idées exposées.

4 mars

J'ai fait hier une conférence sous ce titre : « Comment George Sand a perdu la foi. » Beaucoup de monde.

Dimanche dernier, j'ai traversé rapidement Notre-Dame, pendant la conférence de Mgr d'Hulst. Les auditeurs sont moins nombreux. Il fallait entendre les désolations d'une chaisière ! « C'est un four ! »

Mardi saint

Depuis quelque temps, je confesse beaucoup, beaucoup trop : jeunes filles, veuves, mères inquiètes, etc. La confiance a été lente à venir. Il faudra maintenant qu'elle ait des limites. Consoler, orienter : mission du confesseur. Je n'ai de clients et de clientes que depuis que j'emploie la méthode personnelle. « Vous avez des enfants... Quel âge ont-ils ?... Quel est le côté faible de votre vie ?... etc., etc. » Dans ma candeur sacerdotale, je restais autrefois sur la réserve, recommandant seulement la vertu opposée aux péchés qu'on m'avait avoués. Il faut plus d'audace et entrer dans les âmes qui ne demandent qu'à être envahies et remuées. Et puis faire preuve d'expérience, de largeur, mettre le soleil où sont les ombres.

Ce que j'entends au confessionnal : tiraillements domestiques entre femmes et beaux-parents ; jeune fille qui ne peut pas s'entendre avec sa mère ; épouse délaissée par son mari ; mère qui adore ses enfants et qui voudrait en être extérieurement aimée ; chrétienne tiède qui s'afflige de la médiocrité de sa vie ; esprit tourmenté qui croit n'avoir pas la foi et que la bonté seule du confesseur rassure ; natures molles, lectrices frivoles, âmes préoccupées du désir de plaire, gens qui avouent n'avoir aucune piété ; une jeune fille pour qui son frère éprouve un amour coupable...

Le maréchal de Moltke est mort à la fin d'avril. Il avait 91 ans et venait de jouer au whist. Il était, dit-on, « bureaucratique ». En 1870, on le réveilla pour lui apprendre la déclaration de guerre. À quoi, il répondit : « 4e cartonnier à gauche. » Il renfermait tout le plan de campagne.

28 mai

Mme Berthe Courrière[25] m'a amené, ce soir, à la sacristie, le romancier Huysmans. Conversation très curieuse. Je note : « J'ai des atavismes religieux. » Zola est matérialiste. Cependant un jour, Huysmans le fit blêmir en lui parlant de la mort. Qu'a-t-on à craindre quand on est matérialiste ? Huysmans, lui, est spiritualiste et catholique. Il assiste à la messe à Saint-Séverin et aime à entendre chanter des *Salutaris*. Il est enthousiaste de sainte Thérèse qui connaît si bien, dit-il, l'âme humaine. Tout cela dit d'une voix douce et sympathique. Il vient d'écrire *Là-bas*, un livre satanique, plein de messes noires. Il voudrait écrire un ouvrage dans la note opposée. Mais pour l'écrire, il désirerait se transformer, en finir avec certaines habitudes. Comment faire ? Il songe à faire une retraite à la Chartreuse ou ailleurs.

« Un moine manqué » disait de lui sa compagne.

En tout cas, Huysmans est un humble et un sincère.

4 juin

Le vicomte belge de Spoelberch de Lovenjoul[26], qui m'avait déjà écrit, est venu me voir aujourd'hui à la sacristie. Il est grisonnant et parle avec une chaleur exaltée, presque sans s'arrêter. Il prépare une histoire des œuvres de George Sand. Il m'a énuméré ses richesses, archives, lettres, etc., etc. Il est catholique et, comme tel, il déplore dans Mme Sand l'absence totale de sens moral. Mais il admire passionnément son talent. En quoi nous nous ressemblons tous les deux.

La vicomtesse d'E. m'a raconté le malheur qui arrive à sa fille et à son gendre. Ils ont récemment marié une fille. Celle qui restait vient de se sauver avec une baronne, la générale de R. (femme suspecte, portant chemise d'homme, etc.). Cette enfant était un monstre qui menaçait de tirer sur son père.

7 juin

Les choses mystiques conduisent aux choses charnelles, m'a dit Huysmans, mais le tout se passe dans la tête. Quel mystère que cette transition du pur à l'ignoble ! Huysmans a le dégoût, mais non le repentir. Il s'éprend toujours d'Angèle de Foligno[27] et de Marie d'Agreda[28]. Je le reverrai.

18 juin

Revu Huysmans. Il a suivi les cours de la pension Hortus où enseignait Fontaine, un futur membre de la Commune. Il n'aime pas les Grecs qui se sont installés à Saint-Julien-le-Pauvre. Leurs cérémonies l'agacent. Il voudrait consacrer une monographie à saint Séverin. Lit Marie d'Agreda, qu'il trouve souvent ennuyeuse. De sainte Thérèse, de Marie d'Agreda et d'Angèle de Foligno, c'est cette dernière, italienne, qui l'emporte, comme *cris d'amour* sur les deux autres espagnoles. Il trouve que les femmes chrétiennes sont mieux partagées que les hommes. Elles ont le « céleste Époux » tandis que la Sainte Vierge ne nous suffit pas. Il voudrait procéder à un « lavage » avant d'écrire un livre mystique et pur. Il croit qu'il est difficile à un romancier d'être chaste, à cause des images dont il est obsédé. Huysmans est attaché au ministère de l'Intérieur, au Service de la sûreté. Il ne parle que d'un certain Père Boullan qui est le docteur Johannès de *Là-bas*. À tous les auteurs mystiques, il semble préférer le Flamand Ruysbroeck dont le Belge Maeterlinck a publié, à Bruxelles, je ne sais plus quel ouvrage. Enfin, il va se rendre à La Salette. N'a pas goûté le pèlerinage d'Ars.

3 juillet

Que faut-il penser de cette littérature nouvelle dont certains raffolent ? Paul Verlaine, Stéphane Mallarmé, Jean Moréas, Ibsen, Georges Rodenbach, Maeterlinck, etc., sont encore des inconnus pour moi. Pas de dédain *a priori*. Regardons d'un œil libre et jugeons.

J'oubliais Joséphin Peladan, Villiers de l'Isle-Adam et Maurice Barrès dont le style compliqué n'est pas sans charme, du moins pour moi.

Madame Chantelouve de *Là-bas* existe et a fait du mal à Huysmans. Huysmans admire, dans *Certains*, Degas, Félicien Rops (ce dernier passé maître en hystérie mentale ou délectation morose, c'est-à-dire en grandes œuvres lubriques). Pour Huysmans *(Certains)*, l'art doit osciller entre la pureté et la luxure, comme le monde lui-même. L'art doit être ou satanique ou mystique.

10 juillet

Hier, longue conversation avec Huysmans qui m'a gracieusement remis un exemplaire de *Là-bas*, orné d'un hommage bien senti. Il a répété ses aveux, m'a refait, devant témoins, sa confession : « Je suis obscène de cervelle... surtout les jours d'orage ; ma cervelle se faisande. » Quand il fait froid, la vertu du romancier est assurée. « La littérature est contrainte à la chasteté. » « Il ne faut pas céder une première fois à la tentation charnelle, car il n'y a pas d'assouvissement. »

Huysmans croit en cette matière à la force du milieu. C'est ainsi qu'à Lyon, chez la mère Thibault, il n'est jamais tenté. Il m'a donné des détails navrants sur la sodomie à Paris. Elle existe et tend même à se développer. Les forts de la halle pratiquent la chose. Il y a, rue des Vertus (quelle ironie que ce mot !), un bouge où ils se réunissent pour s'y souiller de la sorte. Huysmans y a rencontré, non sans surprise, un auteur dramatique connu. Quant à Pierre Loti, il est notoire qu'il est coupable du fait avec « mon frère Yves » qu'on habille de soie à cet effet. Zola était chaste, avant de sc faire maigrir. Depuis il a changé étonnamment. Il a enlevé une bonne à qui, je crois, il a fait un enfant.

Oublié de noter que M. Huysmans m'a dit qu'il reconnaissait à la voix ceux qui pratiquent la sodomie. Ce vice féminise.

15 juillet

C'est Boullan qui a fourni à Huysmans les documents sur les messes noires. Huysmans n'a pas été mis en rapport avec des prêtres pratiquant la chose. Boullan vit à Lyon, avec la mère Thibault chez un architecte. Que peut bien être ce trio-là ?

15 août

Revu Huysmans jeudi dernier. Il était accompagné de M. Remy de Gourmont. Huysmans a été impressionné par La Salette où il a vu un paysage qui se résume dans un *tapis de billard* et dans la *pierre ponce*. La Grande Chartreuse ne l'a pas saisi du tout. L'auberge monastique l'a révolté. Quant à l'office de nuit, il n'y a vu que de vieilles femmes en chemise, en bonnet de coton et une lanterne à la main. Mais ce qu'il adore pour lui-même, c'est la cellule au lait de chaux, où il est revenu sur son passé, où il s'est dégoûté de lui-même, et de ses antécédents. « Vingt-cinq ans d'ordures ! » m'a-t-il dit. Huysmans va maintenant écrire sa propre existence, la bataille de la chair et de l'esprit mystique qui se livre en lui. « Je me vidangerai l'âme. » Quelle adorable sincérité !

1er octobre

Le général Boulanger s'est suicidé hier sur la tombe de sa maîtresse. Ambition et amour : telle a été cette vie que l'histoire et la légende se disputeront. Ce coup de revolver dans le cimetière d'Ixelles est un nouveau triomphe pour la République.

15 octobre

Huysmans sort de la sacristie. Il m'a dit qu'il possédait toute une bibliothèque mystique ; qu'il était éreinté après la confection de chacun de ses romans et qu'il était obligé de prendre du bromure pour se remettre le système nerveux ; que des Esseintes était en partie Huysmans lui-même et en partie M. de Montesquiou, qu'il préférait saint Bernard à Cicéron ; que le souvenir de la cellule de La Salette le préservait contre les tentations féminines.

30 octobre

Lundi dernier, MM. Remy de Gourmont et Huysmans sont venus chez moi. Remy de Gourmont est timide. Sa conversation n'a pas la verve spirituelle de celle de Huysmans. Il espère qu'une revue de Belgique imprimera son livre sur la poésie latine et chrétienne. Il compte en consacrer un autre à la prose. Il rêve aussi d'écrire sur les hérésies. Ce sujet l'attire. Il s'étonne que le clergé ait si peu de goût pour les Pères et la théologie. Quant à Huysmans, qui m'a apporté *Certains*, il est délicieux à entendre. Il a une si jolie et si franche façon de traduire ce qu'il pense des hommes et des choses ! Presque tous les soirs il va à Saint-Sulpice, quand les femmes ne chantent pas. Les voix d'enfants de chœur le ravissent. Il va aussi entendre les carmélites dont les gémissements lui semblent si bien exprimer le fond de la vie.

Il m'a parlé de Paul Verlaine. Ce dernier lui a

raconté qu'ayant un jour demandé à se confesser à Saint-Jacques-du-Haut-Pas, il avait été éconduit par le suisse qui l'avait trouvé mal vêtu. Verlaine est une âme d'enfant, mais qui sombre dans les abominations. Son entourage est ignoble. Verlaine boit l'absinthe et Huysmans semble croire qu'on est perdu quand on a cette habitude. Verlaine est sodomiste. Il ne peut écrire qu'à l'hôpital ou en prison. C'est en prison qu'il a composé *Sagesse*, son chef-d'œuvre. Il est catholique. Huysmans m'a raconté qu'il l'a conduit un jour au Pont-Neuf pour le vêtir. Verlaine réclamait à chaque pas l'argent pour en faire un autre et triste emploi. À propos de *Marthe*, son premier livre, Huysmans dit qu'il y aurait à refaire ce livre et à écrire de belles choses sur les femmes publiques. Elles regrettent toujours la maison. Marthe était une ancienne maîtresse adorablement jolie de Maroteau, et qui avait fait le coup de feu pendant la Commune. Huysmans veut lire sainte Gertrude et sainte Mechtilde. Il trouve saint François d'Assise adorable, mais « trop gai ».

26 novembre

Huysmans s'est chauffé, ce soir, au feu de la sacristie. Il m'a parlé de tables tournantes, de larves, de satanisme. Pour lui, les esprits qui se communiquent à nous par les tables sont très inférieurs. Ils sont sots et abjects. L'un d'eux lui ayant dit ces jours-ci : « Je suis sainte Angèle de Foligno », Huysmans lui a répondu : « Tu mens. »

Il est ravi de ses soirées à Saint-Sulpice. Il a cru remarquer que ce sont des gens malheureux en ménage, des bossus qui fréquentent l'église. Il n'aime pas Guaïta et semble avoir peur de lui. Il est revenu enfin sur les excentricités plus ou moins indécentes qui se passent à Lyon, chez Boullan. Il n'aime pas

Axel de Villiers de l'Isle-Adam et préfère les *Contes Cruels*.

Remy de Gourmont m'a dit que Mallarmé était un admirable causeur, que Villiers de l'Isle-Adam détestait Renan, et que son ouvrage *l'Eve future* est à lire — qu'on ne tire que des médiocrités des tables tournantes (l'une d'elles était un charretier qui demandait à boire).

31 décembre

Huysmans m'a encore parlé du livre qu'il veut consacrer à la *Bataille charnelle*. Il connaît le sujet à fond et par expérience, hélas ! C'est le soir surtout que la chair est tentée. Aussi Huysmans condamne éloquemment les églises qui ne sont pas ouvertes le soir. Il affirme que le plaisir charnel est suivi d'une expiation, même immédiate, ici-bas. Il est difficile à un littéraire d'être chaste, à celui qui boit des alcools : « L'alcool est diabolique. » Les grands boulevards portent au vice : « La queue du diable traîne sur l'asphalte, sous les lumières électriques. » « On s'y soûle les yeux, on s'y pocharde l'âme. » Nous avons encore causé des mystiques. Il a trouvé leur défaut, leur « tare ». Ils n'ont pas de pitié. Ainsi saint Jean de la Croix et sainte Thérèse qu'il ne faut pas lire quand on souffre. Saint Jean de la Croix qui est « rectangulaire ». Le mysticisme c'est la culture de serre qui aboutit à faire des monstres ou des saints. Le mysticisme est l'art de la religion.

Huysmans songe à la liquidation. Il veut changer de vie, l'an prochain faire une retraite, chez les trappistes, dans les environs de Pâques. Alors, il écrira son livre : « Avant La Salette, La Salette, Après La Salette », etc.

1892

13 janvier

Passé la soirée d'hier chez Huysmans dans son cinquième de la rue de Sèvres, près du couvent des Prémontrés. Les pièces sont toutes petites et décorées de mille objets d'art. C'est un grand collecteur d'épaves. À une juive, il a acheté un ostensoir ; il a trouvé sur le quai un missel et avenue de l'Opéra une chasuble.

De l'Odilon Redon aux murs et dans les cartons. Cet artiste a vraiment l'imagination du cauchemar. Que signifient le serpent-auréole qui étreint une femme nue, la tête du singe à l'œil extatique, portée par les pattes d'une araignée déséquilibrée, cette tête de femme derrière une grille, cet œil qui regarde, cette face de cyclope monstrueuse et riante ?

Gustave Moreau est là aussi, avec sa Chimère volante, Salomé hypnotisée par la tête de Jean-Baptiste, suspendue, rayonnante, dont le sang coule et dont la bouche ouverte lance encore le *non licet*, tandis qu'Hérode est immobile sur son trône, comme un Bouddha abruti. « Il y a, me disait Huysmans, quelque chose de sacerdotal et de hiératique dans cette reproduction d'un chef-d'œuvre. » La danseuse est une nudité enguirlandée de joailleries. Quant au bourreau, il se tient debout et raide, comme en faction.

Huysmans mettra, dans son prochain livre, des

« coins de Saint-Séverin, des carmélites, des coins de la Glacière (où Huysmans affectionne un certain couvent de franciscaines, des figures de paysannes aux taches de son) ». C'est dans cette dernière chapelle que tous les ans, on lui fait suivre le Saint-Sacrement, un cierge à la main. Huysmans peindra aussi les églises, le soir, où se donnent rendez-vous les femmes éplorées, les déshérités, les bossus... Il mettra encore dans son roman, la mère Thibault[29], cette femme de Lyon qui fait tant de pèlerinages, qui ne mange presque rien, qui lui envoie des ceintures, des paquets de plantes, des parfums pour chasser « les ouvriers du mal et les larves ». Sur cet intérieur lyonnais, le romancier est inépuisable. Le vieil architecte Misme, l'abbé Boullan et ses guérisons de maléfices sont des types exceptionnels. Boullan n'aurait pas été interdit, mais il a fait cinq ans de prison. Guaïta qui fait du satanisme lui ayant écrit sa condamnation à mort, pendant cet été, je crois, Huysmans fut témoin de scènes nocturnes dans lesquelles Boullan luttait contre l'esprit mauvais.

On mange, à Lyon, les volailles que les clients guéris et reconnaissants envoient. Huysmans m'a montré, dans un médaillon, une parcelle d'hostie tachée de sang, en forme de cœur, consacrée, dit-on, par Vintras[30]. Mais dans son prochain livre, Huysmans rendra la mère Thibault orthodoxe.

L'auteur des *Sœurs Vatard* a renié son passé. Il avait vécu autrefois avec des matérialistes ; Zola, Maupassant, tous matérialistes. C'est en écrivant *À rebours* que Huysmans s'est transformé. Il doit cette transformation « au dégoût de l'existence et à l'art ». Son futur roman doit se terminer par une communion. La communion lui fait peur parce qu'il ne voudrait pas retomber ensuite. Au fond du satanisme, m'a-t-il dit, il y a de la sodomie ; c'est ce qui fait la force dans l'ordure. Peladan[31] a montré du talent dans *Le Vice suprême*.

Le Père Alta n'est autre que l'abbé Calixte Mélinges.

Une des choses qui abat la tentation de luxure, c'est la douleur.

Huysmans m'a dit être fatigué par les interviews au sujet de Maupassant, il va y mettre fin par une lettre adressée à la France où il célébrera sainte Thérèse au point de vue psychologique.

Huysmans est, en vérité, un causeur charmant. Zola, m'a-t-il dit, le trouve « fêlé ».

Flaubert était un chaste. Il trouvait que la femme etait inutile. Quand il venait à Paris, il faisait une noce de matelot.

29 janvier

Hier, Huysmans m'a dit, à la sacristie, que M. de Gourmont écrivait un misérable roman dans le Mercure de France : « C'est du marivaudage de mauvais prêtre dans un aquarium. » Il blâme le procédé qui consiste à appliquer la liturgie aux choses amoureuses (procédé de R. de Gourmont).

Huysmans m'a redit son désir d'en finir avec ses hésitations et de donner à son prochain livre, *La Bataille charnelle*, une fin chrétienne. Mais la communion l'épouvante. Il a mis deux ans à accumuler des notes avant d'écrire *À rebours* qui a commencé son évolution au point de vue religieux. Enfin, il est revenu sur Angèle de Foligno, à laquelle il pense sans cesse. C'est pour lui la vraie, la seule mystique.

20 février

M. de Larmandie m'a conduit, ce matin, chez Peladan, rue de Naples.

Le Sâr, très aimable, avec sa Forêt-Noire sur la tête ! Et quels yeux ! Évidemment, une figure de névrosé. Nous causons. Il parle très facilement ce langage inusité qui est fait de concret et d'abstrait. Je note au hasard et en courant :

« Le Cantique des Cantiques, c'est du Baudelaire, avec des détails viveurs. »

« L'émission nerveuse d'un être hiératique a une puissance étonnante. Un prêtre pourrait tuer à distance. » Peladan a été jusqu'à me dire qu'il ne se ferait pas scrupule, s'il était prêtre chargé de la direction de l'Église, de pratiquer l'assassinat à distance sur les ennemis.

Peladan voudrait que l'Église se mît à la tête des arts. À quoi je lui ai répondu que cela était indifférent à l'Église qui ne s'occupe que du salut. Son plan est un plan de voirie morale, m'a-t-il répondu. L'Église, a-t-il ajouté, y perd, car le mysticisme deviendra le wagnérianisme. Peladan multiplie les mots de *dynamisme*, de *projection nerveuse*, de *animique*.

La conversation que je ne puis malheureusement pas fixer tout entière, parce qu'elle tient dans des formules extraordinaires est d'une facilité rare.

Comme je prenais congé et que je le félicitais des choses artistiques qui l'entourent, il m'a répondu : « Je m'entoure de formes éduquantes pour l'œil. »

28 février

Le dégoût des choses paroissiales me tient au cœur. Je n'aime pas mes supérieurs. Je ne leur trouve ni génie, ni vertu, ni justice. J'abhorre la sacristie où j'ai perdu un temps si précieux. Le contact des confrères n'élève point. Combien je préfère les simples fidèles !

Mon curé est un violent mal élevé. Saint-Thomas-d'Aquin s'enfonce dans une irrémédiable décadence. Tristes hommes, tristes choses ! Comment tout cela se terminera-t-il ? Ah ! si je n'avais pas certaines relations exquises et des besoins intellectuels, je serais perdu. J'aurais dû vivre dans un autre milieu. J'ai eu beau me dévouer au patronage, exercer avec entrain mon ministère sacerdotal, l'Archevêché ne m'en tiendra aucun compte. Ces imbéciles n'écoutent que leurs semblables. L'administration ecclésiastique est la pire de toutes. J'écris cela avec conviction.

4 mars

Hier, vu Huysmans à la sacristie. Il m'a dit l'orgueil du Concourt[32] actuel. Ce dernier lui aurait dit de sa pièce *Germinie Lacerteux* : « C'est aussi beau que du Shakespeare. » Les premiers volumes de son journal étaicnt intéressants, les derniers sont « des notes de blanchisseuse », etc.

Quant à Zola, il écrit de 9 h à midi, sans s'arrêter. « C'est un charpentier, il a les poings maçons. » « Un gros coloriste. » Il ne connaît pas la nuance. Il dira que quelque chose est rouge, non du carmin. Mais il est puissant. C'est Huysmans qui lui a fourni les éléments de son *Rêve*, notamment la *Légende* de Voragine. Mais Zola n'y a rien compris. « Il est entré là-dedans, avec ses souliers et a fait sauter le lait. » Zola ne voit que des *instincts*.

Huysmans a également connu Flaubert qui était un « gros commis voyageur ». Huysmans en revient toujours, au point de vue catholique, à Villiers et à d'Aurevilly. Huysmans prétend que le public ne veut pas s'ennuyer. Il cherche des choses gaies. De là, le succès du *Commandant Laripète* de Silvestre. Pour l'auteur de *Là-bas*, le point de vue artiste prime tout. Écrire avec art ! Et partant, se résigner à n'avoir qu'un très petit nombre de lecteurs.

6 avril

Pierre Loti reçu à l'Académie française. Son discours a été un « je » perpétuel. Mais que ce talent me sourit ! Je n'adore que la gloire littéraire, et tout le reste pour moi n'est rien.

22 avril

Huysmans m'a vanté les ciels distingués de la Hollande. Il a commencé son roman La *Bataille charnelle*.

27 avril

Huysmans m'a redit que c'est *À rebours* qui marque dans sa vie une orientation nouvelle. Mais comment, entouré du monde que l'on sait, a-t-il pu écrire un livre pareil ? L'auteur lui-même l'ignore. À son apparition, Zola fut très étonné. Il croit que son disciple de Médan est « toqué » et a quelque « fêlure ».

Huysmans a été en Normandie, au convoi de Flaubert. Il s'y est passé des faits regrettables. Les gens de lettres sont loin de garder toujours le sentiment de leur dignité. Huysmans s'étonne et s'afflige que Banville se disant catholique, n'ait chanté que le paganisme. « Quelle bravoure ! » Enfin l'entretien a roulé, comme souvent, sur La Salette comparée à la Chartreuse, sur les offices religieux, sur les Requiem et les De profundis.

20 mai

Vu Remy de Gourmont dans son modeste intérieur de la rue du Bac. Sa robe de chambre est un froc de capucin. Son *Latin mystique* est lent à paraître ; faute de l'éditeur. Des exemplaires seront en papier violet-évêque et rouge-cardinal. « On ne s'intéresse pas à la littérature aujourd'hui », me répète-t-il d'une voix timide et légèrement bégayante. La littérature consiste à écrire, sur du papier extravagant, à l'usage de quinze maniaques.

2 juillet

Huysmans va décidément faire une retraite à la Trappe d'Igny. J'ai obtenu pour lui l'autorisation. Il m'a écrit là-dessus deux lettres très précieuses. Il y va, malgré tout, « comme un chien qu'on fouette », mais avec résolution.

10 août

Léon XIII qui s'était laissé interviewer en février, par un rédacteur du *Petit Journal*, sur la question républicaine, vient de recevoir Séverine[33] envoyée par *le Figaro* pour interroger le Saint-Père sur l'antisémitisme. Il paraît que cette dernière a essuyé, dans la presse catholique, les quolibets scandalisés de quelques pharisiens. Aussi, je lui ai immédiatement envoyé une carte avec ces mots : « Madame, Madeleine brisa, un jour, son vase d'albâtre aux pieds du Christ, et toute la maison, dit l'Évangile, en fut embaumée. C'est ce parfum que j'ai cru respirer entre vos lignes datées de Rome, et je souhaite que, comme Madeleine aussi, vous restiez insensible aux anathèmes des pharisiens. Il sera beaucoup pardonné à celle qui a beaucoup aimé les humbles et les petits. Je suis, Madame, le bien respectueux admirateur de votre talent et de l'usage que vous venez d'en faire. »

17 août

Hier soir, Huysmans m'a conté, sur son balcon, entre deux verres de bière, ses impressions sur la Trappe. Il est ravi des convers. Les visions obscènes et les scrupules l'ont assailli. Il a communié deux fois. Les influences diaboliques ont été telles qu'il a eu l'idée du suicide. Le Père qui l'a confessé n'a exprimé aucun étonnement. Je ne sais plus quel trappiste lui ayant avoué qu'on était, au couvent, obsédé de tentations lubriques, Huysmans lui a dit : « On n'a donc pas la paix, même dans les monastères. » Cette constatation fait songer. Il a lu les exercices de saint Ignace qu'il déteste. Il a trouvé le moyen de connaître tous les Pères ou à peu près. À la chapelle, il a senti des « effluves » se dégager et l'envelopper. L'absolution lui fit l'effet du *vent qui soulève*. La communion lui a produit moins d'impression. Il est désolé de communier pour sa propre utilité, au lieu de communier pour Dieu. Et comme je lui disais d'écrire tout ce qu'il a ressenti, il m'a répété : « C'est très difficile. Il y en a qui croient à un moment donné, on ne sait pas pourquoi. C'est mon cas. » Il n'y a donc eu pour Huysmans ni coup de foudre ni autre chose. Quand il s'est réveillé, à son retour, dans l'hôtel Jeanne-d'Arc de Reims, il a éprouvé un vrai désenchantement. « Je dois me faire maintenant une petite religion, ce n'est pas ça ! » m'a dit Huysmans.

Ce romancier, à force de lire les mystiques, s'est fait une âme à leur image et ressemblance. Il m'a reparlé encore de sainte Thérèse, de sainte Lydwine.

C'est de chez Zola qu'est partie la nouvelle communiquée ensuite aux journaux sur l'entrée de Huysmans à la Trappe. Zola dit : « Huysmans est un toqué » car il considère la mysticité comme une fêlure.

21 août

Zola est parti pour Lourdes, mêlé aux pèlerins. Il veut se documenter et écrire ensuite un roman religieux.

2 septembre

Huysmans est venu hier soir à la sacristie. Il m'a raconté de nouveau sa confession à la Trappe, ses obsessions démoniaques. Il ne parle que de démon. Il m'a défini les *Exercices spirituels* de saint Ignace : « Une mécanique en acier de Birmingham. » Je remarque que ses conversations sont presque toujours les mêmes. Il s'absorbe dans les mêmes petits faits et n'en sort plus. Il est convaincu de la nécessité de ne pas succomber une première fois à la tentation (des femmes) car une seule rechute vous engage dans une série de fautes.

9 octobre

Je ne veux plus me laisser troubler par les choses ecclésiastiques et paroissiales. Je lirai, je me soignerai, j'aimerai ma mère, je cultiverai de belles âmes, et je laisserai les morts enterrer les morts. C'est le seul moyen de couper court à tout regret, à toute ambition, à toute tristesse. Dans l'état d'âme où je suis, tous les honneurs de ma profession ne vaudraient pas la peine que je me donnerais pour les atteindre.

1893

20 janvier

Remy de Gourmont vient de bégayer quelques mots au coin de mon feu. Il a répété plusieurs fois l'épithète qu'il préfère : « médiocre ». Il lui semblait curieux de voir le pape jeter un *interdit* sur la France, au lieu de se déclarer républicain. Gourmont ne goûte ni Barrès, ni Séverine.

1er février

Hier, j'ai fait, rue de Rennes, une conférence sur les salons de la Restauration. Beaucoup de monde. Comme toujours, j'avais préparé ce travail au dernier moment : d'où fatigue. Ma vie est trop dispersée.

23 février

Huysmans est venu me voir aujourd'hui. Il m'a dit avoir terminé la première partie de son futur roman : *En route*. Mais il ne paraît pas satisfait de ce livre : « C'est un piétinement sur place. »

Il m'a longuement entretenu des déceptions de la chair. La femme sent mauvais si elle a marché quelque temps. Huysmans a la chair triste, à la différence de Zola, qui a la chair gaie. Sur les nuits de noce, Huysmans était navrant à entendre. « Dire que c'est dans une chambre d'hôtel, dans un lieu de passage que les femmes perdent leur virginité. » Huysmans est passé maître dans la science des souillures de l'humanité.

8 mars

Quelle vie que la mienne. En quelques jours, je fais un prône sur la Tentation, une conférence ecclésiastique sur le panthéisme, une conférence historico-littéraire sur les salons de la Restauration. Le tout entremêlé d'instructions catéchistiques et de patronage. Dispersion absolue. Et tout cela presque bâclé ! Et les dîners en ville se succèdent, et les stations au confessionnal, et la correspondance suit son cours. On n'y tient plus.

8 mai

Vu ce matin le cardinal Richard. Il m'avait fait écrire d'aller le voir. Il a avoué que j'avais dû souffrir avec le curé de Saint-Thomas, étant donné ma nature et la sienne — m'a dit qu'on avait l'intention de me déplacer, m'a demandé s'il était bien vrai que j'avais une répugnance à être second vicaire, m'a enfin promis de me donner un poste.

25 mai

Huysmans m'a dit, à la sacristie, ce soir, qu'il allait refaire son roman sur un nouveau plan. Plus de Salette. Paris et la Trappe seulement. Le livre sera plus « blanc » qu'il ne devait l'être à l'origine.

30 juin

Vu Huysmans qui est indigné du dernier roman d'Émile Zola, *Le Docteur Pascal*. Un oncle qui couche avec sa nièce pour faire des enfants. La reproduction, il n'y a que cela. Huysmans y voit la justification de la conduite de Zola qui a quitté sa femme pour une bonne, afin de faire des enfants.

25 novembre

Qu'adviendra-t-il de l'œuvre des Filles chrétiennes où je me suis fourvoyé par mégarde ? Fondée par une demoiselle qui est condamnée à passer sa vie au lit, elle a déjà une résidence, un embryon de béguinage, rue d'Alençon. J'ai dit la messe et parlé ce matin, fête de sainte Catherine, devant une quinzaine d'associées. Et cet après-midi, nous avons eu un goûter dont une galantine de faisan était la pièce de résistance. On y avait ajouté des pots de crème et d'autres douceurs. Œuvre inoffensive, enfantine, qu'un saint François de Sales eût bénie ! Dans la multiplicité infinie des ordres, on se demande vraiment pourquoi les vieilles filles n'auraient pas le leur.

20 décembre

Huysmans m'a parlé ce soir, d'une façon délicieuse, de la cathédrale de Chartres qu'il a visitée : « Un rêve de pierre... il n'y a plus de chair... C'est émacié, décharné... C'est filiforme. » « La pierre extérieure est du biscuit grignoté. » Celle de Beauvais lui plaît moins. Mais la ville est morte et ne lui déplaît pas.

Sur la trappe d'Igny, encore des réflexions curieuses. Le Père Isaac, le gardeur de cochons, grogne comme eux. Il les guérit en les aspergeant d'eau bénite.

Huysmans mettra dans son livre sa préférence pour les couvents. Trois églises y figureront : Notre-Dame-des-Victoires, pour le courant de la foi, Saint-Sulpice pour la maîtrise, Saint-Séverin pour l'architecture religieuse. Quatre mille lecteurs ont déjà retenu *En route*. Il n'aime pas le Sacré-Cœur, envisagé comme « viscère ».

1894

20 janvier

Mgr Foucault est venu déjeuner aujourd'hui chez moi. Déjà dégoûté d'être évêque. Il est ennuyé d'avoir à s'occuper de niaiseries telles que les querelles des curés de campagne avec leurs maires. Au salon, au coin du feu, le jeune évêque s'est déboutonné. Les réformes à faire dans l'Église le tourmentent. Cela ne peut pas durer. L'Église doit sortir du moule où elle a été enfermée. Ainsi, pourquoi la première communion ne suffirait-elle pas pour nous unir au Christ, comme le baptême ? Foucault jette aussi à l'eau le jeûne et l'abstinence, les six commandements de l'Église. Il faut simplifier, débarrasser la religion de tout un appareil qui la gêne. Nos prédications ne servent à rien. Pur convenu. Nous parlons à des convertis. Mgr Foucault a peur pour l'avenir. Dans l'ordre civil comme dans l'ordre ecclésiastique, on est emprisonné dans les conventions. « Le bateau fait eau », m'a-t-il dit. Les femmes resteront toujours accessibles à la religion parce qu'elles sont « malheureuses ». Il ne voit pas la nécessité de la confession détaillée. Un aveu général suffirait. L'évêque de Saint-Dié ne m'a jamais tant parlé, ni si librement. La mitre lui a un peu délié la langue.

22 mars

Confessé hier toute la journée. Quelle institution que la confession obligatoire ! Quel fameux tour Paris nous jouerait si, un matin, tous ses habitants se précipitaient dans nos boiseries ! On crierait grâce.

10 juin

Huysmans me disait hier : « Devant la porte d'un cloître, je hennis comme un vieux cheval d'escadron qui retrouve son régiment. »

6 juillet

Michelet dit quelque part qu'il a été malade physiquement de la dispersion d'esprit. C'est mon mal à moi. Je connais trop de monde. Je suis trop accessible. L'un m'intéresse à ses projets de mariage, l'autre à ses études, l'autre à ses scrupules, celui-ci à son âme, celui-là à l'âme du prochain. On me propose du bien à faire, un livre à lire, etc., etc. Et il faut dîner ici et là, répondre, donner signe de vie, d'amitié, etc. Pendant ce temps-là, le ministère paroissial suit son cours.

10 juillet

Huysmans a laissé de très bons souvenirs à Igny. M. Rivière m'a dit qu'il a été courageux, qu'il avait eu à lutter contre le démon. Le Père Léon ne sera pas fâché qu'il fasse, dans son nouveau roman, une certaine réclame pour la Trappe d'Igny.

11 juillet

Parlé de Huysmans avec le Père abbé qui s'appelle Augustin. Quand Huysmans a communié pour la première fois, le Père a remarqué qu'il éprouvait une sorte de terreur, ce qui a été pour lui-même une impression fâcheuse.

M. Rivière, saint laïque installé à la Trappe, parle beaucoup du « démon », de la nécessité de la communion à outrance. Quand il se rend à Paris, il passe la nuit à Montmartre.

30 août

Toutes mes amours n'ont été que littéraires. Mes vœux m'ayant interdit la femme, tout mon cœur a passé dans mes livres. L'enthousiasme n'est au fond, qu'une déviation, qu'un déguisement de volupté. Chateaubriand, Sand, Lamartine, etc., ont pris la place que les jeunes filles, les femmes auraient nécessairement occupée, si ma vocation eût été celle de tout le monde. Combourg, Nohant, Saint-Point, La Chesnaie n'étaient que des voyages de noces.

Ceux qui ont inventé l'enfer peuplé manquent de cœur. Ils ont imaginé un Dieu qui leur ressemble. Une immense pitié doit régner dans l'au-delà. Il y a, dans le monde, assez de chagrins, de deuils, de désespoirs pour faire pleurer Dieu lui-même. La justice s'exerce suffisamment ici-bas. Le mal laisse en nous son aiguillon comme une méchante abeille... Les passions nous brûlent. Et puis, pas de proportion entre le temps et l'éternité. Je crois que l'enfer existe, mais qu'il n'y a personne dedans. L'humanité a beau être terrorisée, enfant, par la description de ces supplices, elle n'a pas ou peu changé pour cela sa ligne de vie... L'enfer n'a pas assez inspiré les bons. Il n'a pas suffisamment contenu les méchants. Nous avons tous besoin d'être conduits par la persuasion et par l'amour.

2 septembre

Huysmans m'a encore reparlé des offices qui font sa joie, de la Belgique où il veut retourner visiter les musées. Bruxelles, Anvers, Bruges et Gand : les seules villes à voir. Après quoi il composera un livre de descriptions de cathédrales ou de toiles, sous ce titre : *Pour eux*. Chaque étude sera, en effet, dédiée à un moine, soit bénédictin, soit trappiste.

Flaubert et Barbey d'Aurevilly se sont détestés parce qu'ils ne se sont pas connus, a dit encore Huysmans ; ils se ressemblaient et étaient faits l'un pour l'autre.

3 septembre

Hier, dans le petit restaurant de la rue des Beaux-Arts où j'avais été le surprendre, Huysmans m'a dit qu'il renoncerait volontiers à la littérature pour s'enfermer dans un cloître. Ce sacrifice ne lui coûterait pas. Encore reparlé de Saint-Wandrille dont les bois sont jolis, mais où les bénédictins ne respectent pas assez la règle du silence. Il n'admire pas les encycliques de Léon XIII. Il trouve ce pape bavard.

23 septembre

Ils m'étonnent, les théologiens, avec leur formule : le latin est la langue de l'Église. Oui ou non, l'Église est-elle une mère ? Donc, elle doit parler la langue de ses enfants. Le latin de nos offices entre pour beaucoup dans notre insuccès.

Vous dites : mais il faut fixer d'une manière immuable les discours que vous tiendrez à l'Éternel. À quoi bon ? Eh ! laissez donc chacun parler à sa guise. L'important n'est pas qu'on parle de telle ou telle façon, mais qu'on parle. Le latin, c'est encore ce vieux reste de la société d'autrefois, qu'on appelle l'étiquette. En prescrivant l'usage du latin, on a voulu peut-être prévenir l'hétérodoxie on a glissé dans l'abstention religieuse.

19 octobre

Ma vocation était d'être professeur, mais à la condition qu'on parlât de moi. J'ai faim et soif de la sympathie d'autrui. Au fond, la gloire, toujours la gloire ! Or, la gloire c'est le public qui vous aime.

1er novembre

J'ai gardé de toutes mes prédications une impression peu agréable. J'arrivais dans une église que je ne connaissais pas. Il fallait, en deux secondes, se familiariser avec la chaire, trop élevée en certains endroits. Si c'était la nuit, je me trouvais dans un milieu plus ou moins éclairé. J'enlevais mes lunettes pour être moins intimidé par l'assistance et voir surtout en dedans, dans cette mémoire dont je redoutais les défaillances. J'avais, avant de monter en chaire ou en l'escaladant, des terreurs folles. Il me semblait que toute ma prose soigneusement préparée d'avance s'évanouissait. Ou j'avais trop ruminé mon affaire en l'apprenant par cœur et j'étais à la merci d'un mot, d'une comparaison dont l'oubli eût amené la déroute entière, ou j'étais insuffisamment armé et je prêchais à la hâte, suppléant par des gestes et des intonations violentes et des répétitions à la méditation profonde du sujet. Que de fois, rentrant à la sacristie, j'ai constaté que j'étais resté un quart d'heure seulement, quand je m'imaginais avoir parlé plus longtemps. Savoir développer c'est ce qui me manque parce que je ne me possède pas.

Je me tournais, me retournais, me consumais dans la pénombre des sacristies, de ces sacristies où l'on piétine autour de vous, où l'on vous distrait à plaisir, où le bedeau vient vous chercher comme pour la guillotine... Ai-je assez souffert, dans ces moments-là, pendant qu'une porte entrouverte laissait venir à moi les chants lointains ou étouffés de l'Office !... Pendant que le *Magnificat* prenait fin, mes phrases intérieures marchaient à la débandade. J'ai eu souvent le cerveau anémié, en regardant les fidèles, au commencement du sermon. Peu réjouissants, ces souvenirs.

24 décembre

Le capitaine Dreyfus a été condamné par le conseil de guerre à la dégradation militaire et à la déportation à vie. Il aurait trahi son pays, en communiquant des documents importants.

1895

20 février

Succession de dîners en ville. Je suis né à la vie de parasite. Huysmans m'a envoyé son volume *En route. Quid putas ?* Je lui ai écrit la lettre suivante : « Bien que faisant partie d'un clergé que vous n'estimez guère, me croirez-vous si je vous dis que ce roman renferme des beautés de premier ordre et m'a tiré des larmes qui ne sont pas encore essuyées. La pauvre petite Trappe d'Igny va tressaillir en sa solitude et le cygne de l'étang sera rêveur. Je n'ai jamais nié la vertu héroïque qui habite là-bas mais je vous assure que j'ai rencontré maintes fois l'âme d'un convers sous l'humble soutane du prêtre de paroisse. Vous si bon, si compatissant pour les pauvres, pour les petits, pourquoi n'avez-vous pas étendu votre pitié jusqu'à nous ? Eux, les moines, sont isolés et protégés ; nous, nous sommes mêlés au monde et aux prises avec la vie matérielle. Il fallait nous plaindre et nous aimer quand même, pour nous rendre meilleurs. Nous n'avons pas de talent, soit. Avez-vous rencontré des écrivains et des orateurs chez saint Benoît et saint Bernard ? Gémissez sur notre insuffisance, mais n'opposez pas une partie de la chrétienté à l'autre. Il faut pratiquer l'hospitalité de cœur qui est la charité tout entière. À part cela, vos pages sont superbes et je leur prédis un grand succès. Les vicaires parisiens qui sont mes amis vous lisent entre deux convois et ne vous garderont pas rancune. Et je m'applaudirai toujours de vous avoir connu, à la veille d'une crise d'âme que vous immortalisez dans votre dernier ouvrage. »

4 mars

Vendredi dernier, c'était le banquet Goncourt. Je n'y étais pas. Quand viendra le jour où la soutane sera de toutes les fêtes littéraires ? Clemenceau, Zola, Daudet ont célébré le maître. Ah ! Les lettres, les lettres, ma grande passion !

10 mars

Dîné, hier soir, avec Huysmans, le comédien Girard[34], Landry[35] et Boucher, dans un petit restaurant de la rue de Grenelle. Huysmans est content de son livre *En route*. La presse donne. Zola ne lui a encore rien écrit. Huysmans mettra les Primitifs et les Cathédrales dans un autre roman. Il retournera bientôt en Belgique pour revoir les premiers. Il a célébré les ciels de Hollande. Nous avons causé Trappe d'Igny, prêtres de campagne, etc. L'auteur d'*En route* est content d'avoir fait avaler à ses contemporains la confession, le plain-chant, etc.

19 mars

Je viens de faire ma conférence sur Huysmans. Le marquis de Ségur a été content, plus content que de celle sur Mme de Lamartine. Il avait amené la comtesse de Guerne et la comtesse Potocka. Moi, toujours éreinté, travaillant à la dernière heure, ne profitant jamais des expériences passées. Évidemment je mourrai aveugle et détraqué.

21 mars

Figaro, Gaulois, Journal, Gil-Blas parlent de ma conférence sur Huysmans.

22 mars

Envoyé à Mme Richard Wagner, ma plaquette sur le grand homme. Wagner, Mme de Lamartine, Huysmans, sujets bien disparates que j'ai traités depuis novembre.

25 mars

Reçu une lettre de quatre pages de Mme Richard Wagner, datée de Bayreuth. Il m'est doux de rayonner sous forme admiratrice.

L'Argus de la Presse continue à m'envoyer des découpures des journaux qui ont relaté ma conférence huysmanesque. Il en vient de Belgique, d'Angleterre, d'Allemagne. C'est toujours la même rédaction ou peu s'en faut. La presse se répète.

28 mars

Je prêche une retraite aux jeunes personnes de Saint-Vincent-de-Paul. Ce que je dis est plus que médiocre. Que la prédication est lassante ! J'exhale et je crie, pendant quelques minutes, des mots, des mots, des mots. Et je suis fatigué, et ma vue est plus troublée que jamais. Qui me guérira ? Mon Dieu, ayez pitié du pauvre pécheur que je suis ! Vicaire, on ne peut pas être prédicateur. La parole réclame toute la vie ou rien. On ne lui fait pas sa part. La parole est le don de soi tout entier.

1er avril

Été hier soir surprendre Huysmans et ses amis, rue de Grenelle, dans l'humble restaurant où ils dînent, chaque dimanche. Huysmans m'a parlé de la bêtise du Père abbé de la Trappe. Il paraît qu'on a bu du champagne à la cinquantaine du frère Siméon. Huysmans aurait trouvé dans le livre d'un jésuite qui se vend chez Haton, tous les conseils de spiritualité du Père Bernard, mot pour mot. Cet homme ne dit rien de lui et *feuillette sa partition*, avant de vous confesser. Huysmans préférerait être oblat chez les bénédictins qui sont moins secs, s'occupent de vous davantage. Mais sous le rapport du style, il dit que les bénédictins sont les plus ennuyeux du monde. « Leur style est monté sur un ton d'ennui. »

7 avril

Huysmans m'a dit être revenu à l'Église par le pessimisme, « le pessimisme de l'Église ». Quand il publiait *Marthe*, à Bruxelles, il allait aussi au musée et admirait les Primitifs. C'est *Marthe* qui lui fit faire la connaissance de Zola. Il lui avait envoyé ce livre. « Il n'y avait alors personne en littérature, dit tranquillement Huysmans ! Il n'y avait que les Goncourt et Zola. » Il a connu Zola pauvre, habitant aux Batignolles. Il admire *l'Assommoir* et *Germinal*. Huysmans a fait ses études à la pension Hortus où, grâce au défaut de surveillance, il se commettait des horreurs. Ce qu'il aime le plus, dans ses romans, c'est la quantité de livres qu'il est obligé de fouiller pour les préparer.

Chose curieuse, Huysmans répète à peu près toujours les mêmes réflexions, les mêmes images. « Dès le lendemain du jour où je me suis trouvé dans un cloître, j'étais chez moi. » Il se sent capable de faire tous les sacrifices pour y vivre, comme oblat.

18 mai

L'Allemagne, à distance, me réenchante. Je voudrais être en Allemagne ou en Italie. Il me faut des terres à souvenirs, des poussières de grands hommes à ramasser pieusement. L'autre jour, errant à travers les tombes du Père-Lachaise, avec la vieille vicomtesse d'Espies, j'ai tressailli devant le monument de Daniel Stern. Elle était née au pays de Goethe, à Francfort-sur-le-Main, en 1805. Hier j'entre à la bibliothèque Cardinal et je demande les *Souvenirs* de Madame d'Agoult. Me rattacher, par la pensée, aux âmes sentimentales d'autrefois, c'est le fond de ma vie. Là gît toute ma passion.

26 mai

Vu Huysmans. Il rêve du cloître où l'on s'occuperait de la rénovation de l'art religieux. Ce serait la règle bénédictine. On y ferait du pur plain-chant. On y parlerait moins que chez les bénédictins. On ornerait l'autel de fleurs symboliques, suivant le temps de l'année. Il y aurait la « liturgie des fleurs ». La scabieuse serait cultivée pour la semaine sainte. L'iris « fleur malade », « lys des exorcismes », serait l'ornement des fêtes tristes. Comme arbres, des épicéas, etc. Pas de fontaine ou de jet d'eau, comme à la Chartreuse : « On croirait entendre un urinoir. » Comme le couvent serait fait pour des artistes, la bibliothèque renfermerait tout Flaubert, Goncourt, etc. Il y aurait du Rops dans les cartons. Pas de bégueulisme. « L'Église, dit Huysmans, se meurt de bégueulisme. »

15 septembre

Dîné ce soir chez Huysmans. La fameuse maman Thibault nous servait. Anatole France est un vilain homme, à tous les points de vue, dit le romancier. C'est la cathédrale de Beauvais qui est décrite dans *Le Rêve* de Zola. Dom Guéranger est dénué de talent. Il n'a pas d'idées dans son *Année liturgique*. Et le repas fini, quand nous avons bu la Chartreuse verte (la seule propre dit l'auteur) et du Raspail (où il y a un goût d'encens), il nous montre ses auteurs mystiques reliés diversement avec beaucoup de fantaisie puis les dessins d'Odilon Redon qui a illustré Flaubert, Baudelaire, etc. Ce sont des yeux : un œil posé sur un champignon, un œil qui monte... une araignée dont la tête est humaine, avec des yeux langoureux.

26 octobre

Je sors de chez Huysmans. La mère Thibault m'a servi une tasse de thym cueilli par elle sur le sommet du Saint-Pilon au-dessus de la Sainte-Baume. Le romancier m'a expliqué son futur roman à peu près comme il le conçoit. Il fera mourir Gévresin dont il prendra la bonne qui est Mme Thibault. Puis il ira à Chartres étudier une vie. Quelle vie ? L'auteur l'ignore encore. Il étudiera aussi la symbolique des couleurs, avec une toile de Fra Angelico ; puis la cathédrale et par comparaison les autres cathédrales. Il éreintera les architectes modernes et finira par faire une description d'un cloître bénédictin.

30 octobre

Passé la journée à Chartres, avec Huysmans. Il raffole des personnages qui s'allongent au portail royal. Gustave Moreau partage la même admiration. Nous avons longuement considéré ces reines ou ces saintes dont l'une est délicieusement souriante, dont une autre est adorablement pensive. Cette dernière a « aussi peu de chair que possible ». Des nattes tombent de ces têtes de femmes. Huysmans s'intéresse aussi beaucoup à l'ange du cadran dont la figure lui semble « étrange », « incertaine » ; ou il est tout à fait pur ou il est très pervers.

Revenons au portail royal que notre romancier préfère à tout. Telle physionomie lui rappelle Verlaine, telle autre lui paraît « grêlée par le temps ». Et après avoir tourné autour de la cathédrale « enveloppée par le vent », nous nous extasions à l'intérieur devant les vitraux.

Huysmans trouve dans certains vitraux des ressemblances avec des tapis persans. Ne sont-ce pas des souvenirs des croisades ? Il compare les vitraux du chœur à la lame de l'épée, les rosaces au bouclier, le clocher à une cotte de mailles, symboles de la défense de l'Église, au Moyen Âge. Après avoir déjeuné au Grand Monarque, nous allons prendre l'abbé Belnoue qui nous conduit à la maîtrise. Enfin on se rend à l'évêché où le romancier et moi nous avions été le matin. L'air abandonné de ces jardins de l'évêché frappe l'auteur d'*En route*. Dans un bassin, il constate la présence de trois poissons rouges, et ce, dit-il, pour obéir au principe ternaire qui est une des lois de la symbolique.

31 octobre

Huysmans a remarqué la mort de Chartres. M. Belnoue lui a dit que le caractère du Beauceron, c'est l'apathie.

Le romancier aime beaucoup la crypte où nous sommes descendus. Il y a là « des odeurs de très vieilles huiles » qui le ravissent.

9 décembre

Hier Huysmans m'a dit qu'il comptait parler, dans son livre, de La Salette et de Lourdes. La Salette, c'était la Vierge en larmes... par conséquent elle avait l'art pour elle. Lourdes, c'est la gaieté. Huysmans fera ressortir le côté *réclame* de Lourdes. D'abord c'est Lasserre[36], mauvais écrivain, dont le livre en est au trois-centième mille. Après c'est Zola, celui qui dans le monde des lettres a les plus forts tirages. Lasserre a fait pénétrer Lourdes dans les régions catholiques. Zola dans les autres milieux.

14 décembre

Un triduum [37] en l'honneur de saint Joseph pour le 25e anniversaire de la proclamation de ce saint comme patron de l'Église universelle ! Et cela en décembre ! Pauvre Église de France et de Paris ! Des saluts, des consécrations, des processions, une cloche : voilà ce qu'on substitue au *Génie du christianisme* et à l'*Essai sur l'indifférence*.

23 décembre

Rochefort publie les *Aventures de sa vie* dans *Le Jour*. Zola publie *Rome* dans *Le Journal*. Le pamphlétaire de *La Lanterne* est une âme sèche. Rien du penseur chez lui. Le style est classique. Je collectionne cependant les numéros, après les avoir parcourus, tant les mille et un détails de la vie privée me passionnent ! Je suis un vivant qui goûte la vie, pourvu que cette vie ait été brillante en elle-même ou par ses rencontres.

1896

10 janvier

Confessé, ce soir le Sâr Peladan qui doit se marier demain à Saint-Thomas. Le Père Alta ne pouvant venir, il voulait que je fusse son suppléant dans la cérémonie mais je ne puis me résigner à être la risée de la presse et du clergé. J'ai donc décliné l'honneur, en donnant une mauvaise raison. Peladan m'a parlé de « passionnalité », du « salut du sentiment », de son désir de « réfracter la lumière », de la joie qu'ont dû éprouver les croisés en allant dans la Palestine, etc., etc. Il est vraiment très intéressant, mais il faut prêter une ferme attention, car sa langue est étrange, peu usuelle. Après son voyage d'Italie, il m'invitera à dîner.

Paul Verlaine vient de mourir.

Les ministres Bourgeois, Doumer, parlent beaucoup dans leurs discours de justice fiscale · c'est ainsi qu'ils présentent les nouveaux impôts qui se lèvent à l'horizon. Il s'agit de l'impôt sur le revenu, personnel et progressif.

12 mars

Georges m'écrit de Bourges. Il ne comprend pas mon zèle pour Huysmans. Je ne parle de lui que parce que je le connais. Sans quoi, *En route* ne m'eût que médiocrement satisfait. Mais j'ai un peu vécu ce livre et c'est cela qui m'a fait adopter ces pages où abondent les défauts et des défauts que je sens avec une telle force !

13 mars

Je sors de chez Huysmans qui m'a lu quelques stupidités relevées dans les bollandistes : — Saint Jean de Matha qui, enfant, à certains jours, s'abstenait de téter par pénitence, etc. Et il m'a parlé aussi de la « folie furieuse » de Durand de Mende qui, dans son *National*, pousse le symbolisme jusqu'à écrire cette phrase inénarrable : « Les vases où l'on dépose les mouchures des lampes sont les cœurs des fidèles. » Il enchâssera ces sottises et d'autres semblables dans son futur roman. Dans un livre édité chez Blond et Barral, sur les saints des corporations, il a découvert le patron des imbéciles, saint Colomban. Mme Thibault était là debout qui nous écoutait.

26 avril

Hier soir Dessus est venu chez moi, flanqué de Huysmans et de Landry. Huysmans m'avait conté, avant l'arrivée des deux autres, que Jean Lorrain qui écrit dans *Le Journal*, avec talent, était un sodomiste. Il a visité avec lui les milieux sodomistes qui avoisinent les Halles. Car les sodomistes ne sont pas des raffinés, mais des bouchers de la Villette, des forts de la Halle. Lorrain est toujours fleuri de gardénias, couvert de bagues et puant de parfumerie, avec des ongles peints. Et Huysmans de s'écrier : « L'inutilité de tout ça ! » Lorrain subit d'affreuses opérations. On « l'ouvre comme un fruit », on lui arrache « des orchidées de douleurs », c'est là le plus clair résultat de ses vices.

Dessus est arrivé ensuite et a commencé ce que Huysmans appelle ses vociférations. Lamennais avait, mort, le corps d'un enfant, mais quel phallus !

Sa main gauche était plus forte que l'autre, car après sa chute, il s'était exercé à l'escrime.

Renan couchait avec sa sœur. Lockroy aurait avoué qu'il aurait donné à Renan la croix de commandeur, en souvenir des exploits érotiques de l'auteur de *La Vie de Jésus* avec sa sœur Henriette, sous la tente.

Dessus n'aime pas le *côté abdominal* du clergé. Bossuet avait plusieurs enfants. Cinq, je crois.

On a dit un mot de Peladan. Selon Huysmans, Peladan est un sacrilège. Il couchait avec une femme et le lendemain il allait communier.

Telle a été cette soirée dont Sodome et Gomorrhe font toujours les frais.

Dessus a dit des horreurs du premier duc Decazes. Decazes, un cabotin de la rue Culture-Sainte-Catherine. Comme il était de *belle performance*, il entra à la Cour et fit le mal avec Madame Mère et la reine Hortense. Il a assassiné le duc de Berry.

Ce vieux M. Dessus qui vomit tout cela et d'autres choses encore a la foi très profonde. Il aime les saints.

14 mai — Ascension

Je ne monte ni sur terre ni au ciel. À 42 ans passés, je me sens triste et vide. De grandes fatigues nerveuses m'ont diminué. Ma vue m'inquiète absolument. Mes fonctions à Notre-Dame-des-Champs et le quartier m'irritent. Je n'égaie pas mon intérieur, loin de là, et tout autour de moi m'agace. Comment guérir ? Quand on me parle de celui-là, de celui-ci qui avance, qu'on favorise, j'en suis dépité. Je me sentais si bien fait pour escalader les hauteurs et m'y asseoir.

22 mai

J'ai mis le nez dans D'Annunzio. Il est difficile de l'en tirer. Tout ce qu'il y a de plus poétique et de plus charnel. Nature et sens, tout est en fête.

21 juillet

Huysmans fait partie de l'académie Goncourt. J'ai donné à dîner à la Petite-Chaise, à toute la bande Huysmans. Huysmans m'a dit qu'il était certain d'être sur la liste des Goncourt[38]. « Vous êtes de la fondation » lui avait dit ce dernier mais il s'apprête à lutter contre la bande Daudet qui est l'ennemi. Huysmans n'apprécie nullement Daudet comme homme. Il est faux, perfide, ajoute Girard. Huysmans considère que Mirbeau est un être immonde qui a épousé Alice Regnaud pour sa fortune.

Huysmans s'est réconcilié à l'enterrement de Goncourt avec les Rosny. Il va lutter avec eux pour faire passer Lucien Descaves[39] contre Hervieu et Barrès.

Goncourt était *inconscient* quand il écrivait dans son *Journal* des choses de nature à contrister un confrère. Goncourt était incapable de nuire volontairement.

Goncourt était trop malin pour coucher avec Mme Daudet. Il se faisait désirer, c'est tout. Huysmans a été voir sa servante Pélagie qui lui a dit : « Goncourt connaissait son monde. » Pélagie était très au courant des affections vraies de son maître et elle vous accueillait en conséquence.

Huysmans, vers la fin de la soirée, est devenu très expansif et très causeur. « Les Goncourt sont nos pères, nous en dérivons tous. » Ils ont apporté la langue nerveuse, la sensation. *Manette Salomon, La Faustin* qui est un fameux livre et *L'Éducation sentimentale* de Flaubert : c'est de là que vient toute la littérature moderne, répète Huysmans.

L'Éducation sentimentale, pour les idées ; *Manette Salomon* et *La Faustin*[40] pour le style : voilà les origines du naturalisme. Huysmans est naturaliste, lui aussi. Ce naturalisme, c'est le cadre, le milieu, la réalité. Les Primitifs étaient eux aussi, des naturalistes. Seulement, il faut, comme eux, y ajouter autre chose.

Huysmans est un *naturaliste catholique*. Chez François Coppée, Mademoiselle Read me conte la trahison de Peladan à son endroit et envers Barbey d'Aurevilly. Peladan convoitait l'héritage littéraire. Il alla jusqu'à mener une campagne contre elle avec le concours de Mme de Bouglon, « l'ange blanc » des *Memoranda*. Celle que Barbey appelait sa fiancée. Puis elle me parle de Mme Maillat qui a été la maîtresse de Peladan et qui s'offrait aux gens de lettres, et en particulier à Huysmans, qui en a fait Mme de Chantelouve et dont il a publié les lettres dans *Là-bas*.

1er septembre

Les hommes s'occupent plus de gouverner leur pays que de se gouverner eux-mêmes. Nous sommes plus patriotes que moraux.

28 septembre

Dîné, hier soir, chez Huysmans avec Landry. Huysmans était triste. Il m'a remis mon exemplaire des *Sœurs Vatard* avec une dédicace originale. Et à ce propos, il a rappelé le temps où il faisait la paie aux brocheuses et où Désirée (qui portait bien ce nom dans la réalité) lui disait : « Faut-il que j'appelle ma sœur ? » (Elle n'en avait que dans le roman.) Et Huysmans d'exprimer sa « dégoûtation » de tout. Le succès lui vient trop tard, quand il rêve tout autre chose. « La Trappe, dit-il, m'a cassé les reins. »

Le sulpicien Ferret[41] est venu à la fin du repas. Huysmans voyage avec lui... Mais Ferret commence, paraît-il, par gêner un peu la liberté de notre romancier. Je tiens cela de Landry. Pour moi, je suis surpris que l'écrivain se laisse ainsi mener par quelqu'un qui n'est pas intellectuel.

19 octobre

Dîné, hier soir, chez Huysmans, retour de Solesmes. Bien qu'il y ait été admirablement reçu, Solesmes l'attire et ne l'attire pas. On y respire, dit-il, une vague odeur de collège. Il a trouvé des moines satisfaits, des offices luxueux, mais le souvenir qu'il emporte, c'est celui de Mme l'abbesse. Elle est « épatante » dit-il. Elle a été élevée et formée par Dom Guéranger. Elle lui a dit : « Nous n'avons pas besoin des miracles de Lourdes. » Elle lui a donné son fameux livre sur l'oraison. Ce bon Huysmans nous a décrit les pierreries qui ornent les vêtements de l'abbesse. Il nous a fait boire du vieux sauternes pour fêter ma nomination[42]. Huysmans parle de Dom Romain de la Pierre qui vire, comme de celui qu'il préfère à tous.

29 octobre

Igny. J'y suis depuis mardi, on m'a donné la chambre de saint Benoît, celle qu'occupa Durtal. M. Rivière, le vieil oblat est très aimable. Il parle du démon qu'il faut vaincre, de l'orgueil qu'il faut abattre. Il aime beaucoup Huysmans pour sa sincérité, pour sa droiture. Il a défendu *En route* dès le commencement, contre le Père abbé et surtout contre le Père Léon.

30 octobre

Vu le Père abbé. Il regrette de n'avoir pas laissé Huysmans révéler, il y a deux ans, le nom de la Trappe de l'Atre. Le clergé de Reims a lu *En route*. On demande au Père Augustin de visiter la cellule de Huysmans. Un grand nombre de gens du pays lui avaient demandé de les prévenir, lors du séjour du romancier au monastère. Il m'a raconté avoir suivi Huysmans après sa première communion, et remarqué qu'il avait l'air tourmenté. Partout où il va, l'abbé est interrogé.

20 novembre

Hier soir Huysmans m'a raconté « la luxure porcine » de Guy de Maupassant. Un jour, dans un dîner de 14 personnes (Huysmans en était), Maupassant se vanta de lasser une femme. On se rendit (les 14) rue Feydeau et devant tous, Maupassant se mit à poil et fit cinq fois la chose avec une femme. Flaubert était là qui surveillait et s'amusait beaucoup de tout cela. Les audaces lubriques de Maupassant charmaient Flaubert qui disait : « Ça me rafraîchit. » Huysmans dit que personne n'a poussé plus loin que Maupassant « l'absence de pudeur ». Un autre jour, Maupassant, Bourget et Huysmans ayant dîné ensemble, Bourget dit : « Je veux faire la fête. » Maupassant et Bourget entrèrent dans la même pièce à femmes. Maupassant ayant déculotté Bourget, lui dit : « C'est tout ce que vous avez à montrer à ces dames ? » Sur quoi Bourget prit la fuite. Une autre fois, Maupassant fit l'acte vénérien, à plusieurs reprises, devant un Russe qui dit : « C'est l'ataxie avant deux ans. »

22 novembre

Ah ! Quel tribut j'ai dû payer, en arrivant à Sainte-Clotilde. Tout s'expie. Ce sont mes yeux qui m'inquiètent toujours. Jamais les ombres n'ont été plus voyageuses. Église de Sainte-Clotilde plus que sombre. Une catacombe... Me voilà devenu un chat-huant.

1897

7 janvier

Dîné hier soir chez le Sâr Peladan dont c'était la fête (puisque c'était la fête des Rois). Avant le repas, le petit page délicieusement costumé est venu apporter au Sâr une couronne d'argent doré sur un coussin, en lui disant : « Permettez, maître, que l'innocence couronne le génie. »

Le Sâr sourit fort aimablement et à propos de tout murmure des formules. Il admire beaucoup Chateaubriand qui est pour lui le plus grand prosateur du siècle et Fabre d'Olivet[43] qui explique l'histoire avec ces trois facteurs : Dieu, le destin ou l'accumulation du passé et la liberté humaine. Saint Yves[44] est aussi un homme de génie.

Curieuse réunion où je n'étais peut-être pas tout à fait à ma place.

Huysmans sort de chez moi. Il a terminé ses reines du portail chartrien. Il en est content. Il a découvert des choses très curieuses dans le *De secretis mulierum* d'Albert le Grand. Les urines des vierges ont un rôle particulier dans la médecine du Moyen Âge.

Le lis, dit un vieil auteur, a le pistil en forme de verge d'âne. Le lis est le lotus occidental. Il symbolise la fécondité. Voilà pourquoi les rois l'avaient choisi, pour symboliser la perpétuité de la race.

12 janvier

J'ai reçu, il y a quelques jours, une lettre d'Eugénie Krantz, maîtresse de Verlaine chez laquelle le poète est mort. Une extraordinaire abondance de fautes d'orthographe. Elle n'est pas intéressante, cette femme, m'a dit M. Delahaye.

13 janvier

Georges Verlaine, le fils du poète, m'a été amené, ce matin, à la sacristie. Il me paraît gentil.

15 janvier

Dit, ce matin, la messe du bout de l'an de Verlaine. Beaucoup de monde, à la chapelle de la Sainte Vierge. M. Stéphane Mallarmé est venu me remercier après. Nous avons causé un instant. Nous avons dit que le poète était un vrai catholique : « Il y a des infiltrations étrangères dans les autres poètes, Lamartine, Hugo, dit Mallarmé. Verlaine est "l'enfant de chœur". » Alors j'ai dit à Stéphane : « L'Église doit mettre les poètes dans les stalles du chœur. » À quoi il a répondu : « Ce sont des chanoines. »

27 février

Je vais à la nonciature pour avoir, à l'usage de Huysmans, la permission de lire les ouvrages à l'Index[45].

Été chez Huysmans qui m'a parlé de trente-six mille sujets : de son roman, de l'École de Cologne qui est léchée et sans piété (les vierges sont des dondons mafflues, des cuirassières, etc.) ; de Soltz où l'on trouve une place aux dalles armoriées ; de Hambourg où abondent les prostituées, non pas nues comme au Chabanais, mais bien et magnifiquement vêtues, avec un service sanitaire mieux fait qu'en France ; de Gillot rue des Petits-Champs dont la devanture offre des harengs saurs qui brillent comme des cuirasses et où Zola s'approvisionnait de poitrines d'oies fumées de Poméranie, etc., etc.

Huysmans a été dernièrement avec « deux porcs », Uzanne et Lorrain, aux Folies-Bergères. Il n'y avait pas été depuis longtemps. « Oh ! l'inutilité de tout ça ! » s'écriait-il, en voyant des femmes à poil qui ne sont même pas bien bâties. Et il se félicitait de sa chasteté.

25 avril

Huysmans a dîné, hier soir, chez moi avec ses amis.

Il n'aime pas Alphonse Daudet qui est, dit-il, un modèle de « perfidie ». Sa littérature c'est du « bibelot japonais, du sous-art d'étagère ». *Sapho* est mieux que le reste. Il a copié Dickens, dans d'autres livres.

16 août

Hier, dîné chez Huysmans où j'ai mangé d'exquises aubergines à la tomate. Conversation toujours fort limitée. Il aime la cathédrale de Reims qu'il appelle « une majesté délicate ». On a causé de Solesmes, etc. Avant le repas le romancier m'a montré l'épaisseur de son manuscrit de *La Cathédrale*. Il s'est laissé, m'a-t-il dit, déborder par l'érudition. Le livre ne sera pas lu.

30 août

Dîné, hier, chez Huysmans qui a parlé longuement de Jean Lorrain qui est sodomiste, sadique, démoniaque, qui prend plaisir à pervertir. Lorrain déclare que la femme sent mauvais. Il préfère son semblable, son sexe, non pas le jeune homme qui sent le « poulet » mais l'homme qui sent le « pain chaud » (sic). Sommes-nous assez revenus au paganisme ? Ô

Lucien ! Lorrain a subi des opérations nécessitées par cette sorte de luxure. Il se porte très bien, malgré tout, et, dit Huysmans, « ça lui donne du talent ». Ce qu'il écrit est « infâme et délicieux ». Il dicte ça à sa mère (sic). Huysmans plaide pour son talent et va quelquefois dîner avec lui.

4 septembre

Qu'il était délicieux de lire, hier presque au bord des étangs de Comelle, à Chantilly, les *Mémoires* de Mme d'Épinay ! Un vrai roman où le cynisme est à peine déguisé ! Ce XVIIIe siècle manquait de sens moral. Ce d'Épinay qui rend malade sa femme, laquelle à son tour, rend malade Dupin de Francueil... Horreur ! Ça doit encore aujourd'hui se passer de même. Ce que j'aime dans ce monde, c'est le cadre, les noms, les belles demeures, la réunion des beaux esprits, le contact des célébrités...

6 septembre

Hier, Huysmans me contait que Victor Hugo était jusqu'à la fin un colosse « libidineux ». Il montait sur les omnibus pour y ramasser des petites filles avec lesquelles il se satisfaisait. Huysmans est grand admirateur du Hugo de la dernière manière, le Hugo des *Misérables*, des *Travailleurs de la mer*, de *L'homme qui rit*. Personne, dit-il, ne fera la mer comme lui. Zola a essayé, mais impossible.

Ce brave Huysmans se sert, depuis quelque temps, de cette formule : « Je m'assieds dessus. » Ainsi, comme je lui demandais quels étaient ses auteurs du XIXe siècle, il m'a répondu : « Hugo, Baudelaire, Flaubert, Goncourt, d'Aurevilly, Villiers de l'Isle Adam, Verlaine, Gautier, Vallès. Le reste, a-t-il ajouté, je m'assieds dessus. » Il a dû oublier Balzac dont il fait grand cas. Huysmans n'aime pas Musset.

12 septembre

Comme je vis rétrospectivement ! Le passé m'est tout. L'avenir ne compte pas. Je préfère ce qui a été à ce qui sera. Il me faut la patine du temps.

13 septembre

Hier Huysmans nous a lu, à Landry et à moi, quelques pages de *La Cathédrale*. C'est vraiment très beau, très brillant, très pénétré, très suppliant.

11 octobre

Dîné hier soir chez Huysmans avec Landry, Descaves, etc.

On a causé succession Goncourt. Huysmans de dire combien il méprise Octave Mirbeau. Il assistera aux réunions où l'on nommera des académiciens et ce sera tout. Il votera toujours contre Léon Daudet. Lucien Descaves fait l'éloge des deux derniers romans d'Anatole France : *L'Orme du mail* et *Le Mannequin d'osier*. Impossible de mieux peindre « la fin d'une société ». Les épreuves de *La Cathédrale* étaient sur la petite table de Huysmans.

9 décembre

Toujours la fièvre. Je descends d'une chaire pour monter dans une autre. Les réunions se succèdent : ouvroir, dames de charité, enfants de Marie, Mères chrétiennes de Sion, Filles de Sainte-Catherine, catéchismes.

17 décembre

Alphonse Daudet est mort subitement à 57 ans.

19 décembre

Ne laissons pas prévaloir une légende, au risque de contrister les apologistes de l'avenir. Daudet était mort depuis une heure, quand on est allé chercher le prêtre. Mon curé a présidé à la mise en bière. C'est tout. On a mis au mort un crucifix entre les mains. Le tenait-il vivant ? Oh ! la sincérité d'outre-tombe !

Hier, à coup de marteaux, on a ouvert, au Panthéon, les cercueils de Voltaire et de Rousseau. Les deux squelettes ont été vus et palpés. Berthelot a tenu le crâne du premier. J'envie ceux qui ont assisté à cette scène macabre.

Vu, ce soir, Huysmans qui m'a dit combien Daudet lui était antipathique. Et l'auteur d'*En route* d'ajouter combien le monde des gens de lettres est abominable. Des gens qui disaient du mal de Daudet le pleurent maintenant. Vous verrez, demain à Sainte-Clotilde, des « têtes immondes » me dit-il. Charcot aurait fait beaucoup de mal à Zola et à Daudet. Zola, dit encore Huysmans, a une peur extrême de la mort. Il aura des tremblements à l'heure dernière. Enfin il me raconte le dîner qui eut lieu à Rouen, après l'enterrement de Flaubert. Ils étaient tous plus ou moins éméchés. Coppée « dégueula » au retour.

Daudet fut héroïque dans la souffrance, dit encore Huysmans et cela pour des inutilités, pour recevoir et aller dans le monde.

Vu Huysmans, ce soir. Il se définit un naturaliste mystique. « Hugo et Balzac, dit-il, ont été les deux grands lapins du siècle ». Le naturalisme a refait le milieu. Hugo est naturaliste dans *Les Misérables*. Sa *Notre-Dame de Paris* manque de documents. Au fond Huysmans applique dans *La Cathédrale*, le même procédé que dans *Les Sœurs Vatard* : l'observation, l'analyse, le document.

1898

6 janvier

Hier soir, Huysmans me disait qu'il n'aimait que les saints un peu « persillés ». Ce brave romancier, il est à la recherche des épithètes. Oh ! le fichu métier d'écrivain ! Mais au moins, c'est un métier plein d'unité. Tandis que nous, vicaires, nous jetons notre âme et notre vie à tous les vents. Nous sommes des écartelés vifs.

11 janvier

Peladan est venu me voir, ce matin, à la sacristie. Il m'a apporté *Œdipe et le Sphinx*. Il m'a dit que Huysmans n'avait pas « les vues panoramiques de la pensée ». Le Sâr va se rendre en Asie Mineure, etc. Un voyage de trois mois.

15 janvier

Ce matin, j'ai dit la messe, à Saint-Étienne-du-Mont, pour le deuxième anniversaire de la mort de Paul Verlaine. Très peu de monde.

Toujours l'affaire Dreyfus, toujours et plus que jamais, malgré l'acquittement d'Esterhazy. Zola a écrit à Faure une série retentissante d'accusations.

29 janvier

Hier, 28 janvier, fait ma conférence au Cercle catholique sur *La Cathédrale* de Huysmans. Un monde énorme. On a dû, à la dernière heure, utiliser toute la salle. Narfon m'a fait des articles bienveillants. J'ignore si j'ai réussi. J'ai des doutes.

31 janvier

Narfon m'a couvert d'éloges justes et injustes, dans *Le Figaro* et dans *Le Gaulois*. Huysmans, hier, n'était pas content de lui et il l'appelait un « gaffeur ».

8 mars

J'ai écrit laborieusement, pour *Le Correspondant* qui me les a demandées, quatre pages mesurées sur *La Cathédrale*. Gaston Deschamps me blague, dans *Le Temps*. Rod, dans *Le Gaulois*, me cite avec un point d'interrogation. J'apparais maintenant comme l'introducteur sacré de M. Huysmans.

13 mars

Huysmans a découvert, dans la vie de sainte Lydwine des choses étranges : des seins de vierges qui fleurissaient et donnaient du lait, sainte Lydwine demandant à un ange la permission pour son confesseur de boire à cette source... Ces seins fleurissaient, la veille de la Nativité de la Sainte Vierge et c'est ce qui purifiait tout !

22 juillet

Vu hier soir Huysmans. Cette fois, c'est définitif. Il n'entrera pas à Solesmes. Il y a été et il l'a dit au Père abbé.

1er septembre

Les événements se précipitent. Le lieutenant-colonel Henry avoue qu'il a commis un faux contre Dreyfus. Il se coupe la gorge au rasoir. Boisdeffre donne sa démission. Le ministre Cavaignac qui est l'une des victimes du faussaire ira-t-il jusqu'à la révision du procès Dreyfus ? Zola et les intellectuels doivent se réjouir. Nous sommes en pleine pourriture. Plus de conscience, ou du moins les gens de conscience sont rares. Le gouvernement républicain excite les passions humaines, plus que tout autre. S'il résiste au dreyfusisme comme au panamisme et au boulangisme, il aura la vie plus que dure, coriace.

4 septembre

Hier, au confessionnal une femme m'a révélé l'existence de brasseries (il n'y en aurait que trois comme celles-là) à Paris, où, après une consommation élevée, on fournit, au premier, dans des salons d'un luxe inouï des femmes à des femmes, des femmes à des hommes, voire même des enfants, petites filles non encore violées ou qui le sont déjà et qui simulent une virginité perdue... Toutes les folies de la débauche... Il y a des hommes, qui, à force de sensations intenses, perdent connaissance et qu'on transporte dans leurs voitures. Des femmes s'amusent avec des chiens, des danois dont on entend les aboiements. De vieux messieurs viennent, pour des sommes importantes, voir derrière des rideaux les spectacles auxquels leur impuissance les empêche de se mêler. Cette femme qui a été caissière dans l'une de ces maisons, m'a confié que les mères venaient proposer leurs filles encore vierges. Le tout est payé des milliers de francs. Toute cette luxure se fait en silence, et ceux qui entrent dans ladite brasserie n'en soupçonnent rien. Paris, Babylone, Sodome, Gomorrhe ! Ô folie des sens !

5 septembre

Dîné, hier soir, chez Huysmans, seul. Il m'a dit que les moines de Solesmes se trompaient sur le motif qui lui avait fait acheter un terrain à Ligugé. Grand éloge du Poitou, du clergé de là-bas qui a de la culture intellectuelle et de bonnes caves, autres bibliothèques que le romancier apprécie beaucoup. On lui fait fête dans les presbytères.

11 septembre

Stéphane Mallarmé vient de mourir. Il est venu, un matin, me serrer la main, après une messe dite pour Verlaine.

19 octobre

Été voir Huysmans qui va me confier la mission de faire paraître des morceaux choisis de ses œuvres, à mettre dans toutes les mains.

14 novembre

Dîné, hier soir, chez Huysmans. Il a été ravi des « vieux saintonge » qu'il a bus chez les prêtres poitevins. On a causé de la plaquette Belleville[46], cet animal de prêtre envoie son livre partout. Huysmans achète des livres, avant de s'enterrer à Ligugé : il va en finir avec Solesmes, dans un article qui paraîtra demain, dans *L'Écho de Paris*. Il se berce aussi d'une lettre que lui a écrite la prieure du carmel d'Alger qui est une princesse Bibesco[47]. Il constate que ce sont les mauvais prêtres qui se déclarent contre lui.

20 novembre

L'abbé d'Igny est venu me voir, l'autre jour. Il reste partisan de Huysmans et blâme Belleville. Ce brave trappiste est sensé, modéré, honnête et bon. Il n'osait pas, avant la dernière détermination de Huysmans, voir ce dernier trop souvent, dans la crainte de paraître exercer une pression. Il tient à ce que le nom de son monastère figure dans le recueil qui paraîtra.

L'annonce du livre de l'abbé Belleville fait le tour des *Semaines Religieuses. O beata simplicitas !* Ô l'intolérance cléricale !

21 novembre

Hier, Huysmans me répétait que la chasteté n'est pas possible en dehors de l'idée religieuse. S'il n'était pas sincèrement revenu à Dieu, il trouverait du plaisir dans le commerce charnel des femmes.

23 novembre

Le sulpicien M. Roby est venu m'inviter, de la part de M. le Supérieur de Saint-Sulpice à faire une conférence aux deux séminaires réunis, à Issy. Sujet possible : l'apostolat littéraire.

23 novembre

Je trouve Huysmans très embêté de toutes les cochonneries de l'abbé Belleville. Il craint l'Index.

27 novembre

C'est aujourd'hui, 27 novembre, que je suis né, le 1er dimanche de l'Avent, à 8 heures du soir. J'ai, paraît-il, fixé tout de suite la lumière mais le lendemain, il faisait si froid, à mon baptême, que mes yeux en ont été fatigués. Ainsi, en 1853, j'apparaissais sur terre, qu'y ai-je fait jusqu'ici ? J'ai mené une vie décousue. J'ai été mené toutefois par un bon génie invisible. Un jésuite m'envoie à Nogent[48], un jésuite sur lequel j'étais tombé au hasard et qui se trouvait être le confesseur du marquis de Lubersac. La guerre et la Commune m'enferment à Saint-Sulpice. Au lendemain de mon sacerdoce, je vais à Saint-Aignan. Un vicaire général compatissant me fait nommer à Saint-Thomas. Un autre vicaire général me persuade d'être second vicaire. M. Gardey fait le reste. Je rencontre l'abbé Charles Perraud. Je salue Mme Craven et Mme de Lamartine. Je suis reçu chez Mme Wagner. J'envoie Huysmans à Igny. Soyons reconnaissant. C'est un devoir qui m'est fort doux.

1899

29 mars

Défilé de femmes et de jeunes filles à mon confessionnal. Toutes les fautes. L'humanité est incorrigible. Confessé de très grands noms et de très humbles. Toutes les consciences sont en butte aux mêmes tentations.

29 mai

Encore quelque temps et je ne grimperai plus chez Huysmans, le dimanche soir, pour y dîner amicalement. Hier, il ne causait que de sa nouvelle maison de Ligugé, de l'architecte qui a raté le cloître, en y faisant du « musulman » ; alors pour réparer le tout, Huysmans est en quête de chapiteaux. Il songe à l'anémone pour symboliser la Vierge, à l'églantine pour symboliser sainte Lydwine, au corbeau de saint Benoit, etc. L'autre jour, allant à Ligugé, il a vu une « armée de libellules bleues qui forniquaient ».

2 juin

Cette haine des juifs est vraiment insensée ! Les femmes s'exaltent contre eux. Des femmes qui se disent chrétiennes. Quelle misère !

Été dîner chez Lucien Descaves, là-bas à l'extrémité du Petit Montrouge sur l'un de ces boulevards qui porte un nom militaire, le long des fortifications. L'auteur de *Sous-Offs*, nous a présenté sa nouvelle femme. J'étais entre elle et Stock, le libraire des deux romanciers. Car Huysmans était là, avec les amis du dimanche : Landry, Girard. Descaves travaille debout. Il prépare un livre sur la Commune.

En revenant, Huysmans me disait : « Je sais bien que je m'embêterai à Ligugé, mais je m'embêterai en faisant mon salut, dans d'autres conditions qu'à Paris... » Quand je songe à cette femme avec laquelle Descaves va copuler, le soir, je trouve qu'il est plus agréable d'entendre les complies et d'aller se coucher tout seul.

4 juin

C'est fait. Les chambres réunies ont voté la révision. Dreyfus est renvoyé devant un conseil de guerre, à Rennes. Édouard Drumont vomit les injures sur Bellot-Beaufré et sur le ministre de la guerre Krantz, dont je confesse la femme et les enfants. Drumont est la pire canaille de ces dernières années, canaille en ce sens qu'il ameute toute une partie du pays contre l'autre ; en ce sens encore qu'il a fait dévier les catholiques vers la haine et le fanatisme. Où est l'Évangile ?

5 juin

Dîné, hier, 11, rue de Sèvres. Huysmans n'a pas la conversation variée ni élevée. Il répète souvent le mot « gueule » à propos de tout. « Les femmes qui chantent dans les églises, disait-il, ont des cheveux en échalotes, des gueules dépavées, de la farine et du lait tourné dans la voix. » Les hommes ont du « tartre de tonneau ». Puis, il tombe sur l'Index qui a frappé *Les Misérables* où Hugo a écrit sur les couvents et sur la prière les plus belles pages qui existent. Enfin, on a causé vivement de l'Affaire. Huysmans est antidreyfusard, antisémite. Pour lui, cette campagne c'est « l'assommage de la vieille société, c'est une guerre contre la religion ». Les catholiques écoperont, etc. Landry m'a conté que Coppée est très antidreyfusard. Les questions de justice et l'humanité ne comptent pas, aux yeux de ces nouveaux convertis. Quelle pitié ! Et hier, on avait jeté sur les pavés des églises, les feuilles de rose de la Fête-Dieu ! Moins de roses et plus d'amour les uns pour les autres !

Suivant Huysmans, le meilleur livre de Descaves ce sont *les Emmurés* qui n'ont eu d'ailleurs aucun succès, parce qu'il a fait des aveugles gais, au lieu d'en faire des gens qui souffrent de leur infirmité.

12 juin

Huysmans nous citait l'autre soir, ce mot que lui dit Mallarmé : « Les hommes politiques détestent les gens de lettres comme les marchands de vin détestent les prêtres, sans savoir pourquoi. »

19 juin

Encore débordé. J'écris très péniblement quelques pages de préface aux morceaux choisis de Huysmans. Le spontané qui est en moi est un vrai martyre, la plume à la main. Et puis, il faut voir l'un, voir l'autre, courir chez un malade. Ah ! quelle besogne ! J'y succombe. Toute prose commandée est pour moi un cauchemar.

27 juin

Dimanche dernier, dîné, avec Landry et Girard, la dernière fois chez Huysmans. Dans la petite salle à manger était encore le saint Denys portant sa tête. J'ai regardé les toits de ce qui fut jadis un couvent de Prémontrés et où les sœurs Vatard brochent toujours. Ceci est encore la fin d'un monde. Je ne mangerai plus la cuisine de Mme Thibault. Je ne verrai plus si souvent le front tendu et plissé du maître. Je n'entendrai plus si souvent sa voix qui nasille sourdement.

1891-1899. Huysmans a fait époque, dans ma vie de prêtre. J'ai acquis par lui et pour lui une certaine notoriété. On m'a cru, on me croit encore son convertisseur. Erreur ! Je n'ai fait que l'accueillir de mon mieux et l'orienter vers la Trappe d'Igny. Il ne s'est jamais confessé sacramentellement à moi. Peut-être aurais-je été plus flatté de sa confiance. Mais alors il me devenait difficile de parler et d'écrire à son sujet. C'est la Providence qui arrange tout.

Il m'a fait une dédicace pour la comtesse de Pomereu « la sœur en souffrance de Lydwine ». Puis je l'ai embrassé et j'ai descendu ce haut et petit escalier pour ne plus jamais le remonter. Qu'il soit heureux à Ligugé !

2 juillet

Ce Dreyfus qui a révolutionné le monde — sans le savoir —, débarquant, dans la presqu'île de Quiberon, par la pluie et le vent, et du *Sfax*, dirigé vers la prison de Rennes, quel tableau à la Shakespeare ! S'il est innocent, quel crime !

Ah ! le vide de ma vie ! J'ai beau être accablé de pieuses besognes et courir, à travers le Faubourg Saint-Germain, de salle à manger en salle à manger, tout cela me laisse l'âme trouée, ravinée, incertaine et morte.

23 juillet

Quitté enfin Paris, dimanche dernier. Été boire du lait et entendre psalmodier les trappistes à Igny. En me promenant seul, sans aucun souci paroissial, à travers les herbes et les graminées, dans l'allée de beaux arbres qui domine la petite abbaye, je me sentais dans cet état que Nietzsche appelle dionysien. J'évoquais Durtal, qui, grâce à moi, a immortalisé ces tilleuls, ces deux étangs, cette petite chapelle si peu mystérieuse. M. Rivière (l'oblat M. Bruno) nous a fait manger une omelette de champignons cueillis par lui.

10 septembre

Hier, samedi, ils ont de nouveau condamné Dreyfus, avec circonstances atténuantes. J'attendais avec une palpitation intérieure le verdict. D'instinct j'étais porté vers l'acquittement. De cet œuf noir, que sortira-t-il ? Voilà le plus grand procès du siècle terminé. En apparence du moins. Le conseil de guerre (5 membres) a voulu sauver l'armée incarnée dans les Mercier, les Boisdeffre, les Roget, etc. Ainsi finit la formidable campagne menée, dans *Le Figaro*, par Cornely qui y a déployé un talent infini. Les Rochefort, les Drumont, les Judet, les Lemaître, les Barrès triomphent. Quelle sera la réponse des Jaurès, des France, des Clemenceau, des Cornely et des juifs et de l'étranger ?

19 septembre

Été voir Huysmans à Ligugé. La maison se détache toute blanche sur un terrain en pente, au-dessus d'un espace libre qu'on appelle le champ de foire. Un pignon reposant sur un petit cloître aux chapiteaux symboliques. J'énumère les symboles : la corde de saint François et la feuille de la violette, emblème de l'humilité ; le fer à cheval que les voyageurs suspendaient à la porte de l'auberge en l'honneur de saint Martin et la vipère dont ce dernier avait guéri les morsures ; l'emblème de sainte Thérèse et la marguerite (prénom de Mme Leclaire) ; les feuilles de rose dont sainte Lydwine fut couronnée par les anges, l'hysope et le palmier qui rappellent l'humilité et la justice de saint Joseph : *Justus ut palma florebit*, la *rosa mystica* de la Sainte Vierge et l'anémone ; le trèfle à trois feuilles avec les mots : *Sancta trinitas unus deus* ; sainte Françoise, romaine, patronne des oblats, rappelée par la *tour des miroirs* et les feuilles de vigne. J'oubliais la médaille de saint Benoît, son corbeau et la feuille de chêne : emblème de la puissance de l'ordre qu'a fondé le saint.

Huysmans occupe le premier étage. Sa chambre de travail et sa chambre à coucher feront l'envie de tous les visiteurs. Le vert foncé des portes se mêle au rouge vif de l'andrinople qui tapisse les murs et les reliures rouge de Saturne, vert mousse, potiron, violet d'évêque, etc., font merveille dans les bibliothèques. Avec de tels documents choisis, venus de toutes parts, rangés avec amour, évocateurs de l'art, de la mystique, de la liturgie, du satanisme, on peut vivre en province toute une éternité. Goncourt, Flaubert, Zola, Balzac, Verlaine, Barbey d'Aurevilly ne paraissent nullement surpris d'habiter la même chambre : ils finiront par se sanctifier, en un tel voisinage de saints et de saintes. Sur la table du romancier, l'*ordo* bénédictin.

6 octobre

Grève du Creusot qui dure toujours. M. Schneider lutte pour l'autorité du patron contre celle du syndicat qui voudrait créer l'égalité industrielle de l'ouvrier et du patron.

24 octobre

Vie vide que la mienne. Est-ce que je gagne le pain que je mange et la bourriche qu'on m'envoie ? Les pauvres que le Christ évangélisait et dont il faisait ses apôtres ne recevaient ni lièvre ni perdreaux. Dans certaines paroisses, le prêtre est une sorte de petit bourgeois qui ne se refuse rien. Je suis bien logé, bien nourri, considéré suffisamment, payé pour des attitudes de figurant dans des cérémonies gaies ou tristes. Combien voudraient être à ma place !

9 novembre

Mon curé m'a dit que mon nom se trouvait, paraît-il, sur la liste des futurs évêques, pour le jour où je serais *épiscopable. Quid ?*

16 novembre

Été chez Stock, retrouver Huysmans pour le service de presse des *Pages catholiques* qui viennent de paraître. Moi, pas content du tout de ma préface !

19 novembre

Dîné, ce soir, à La Petite Chaise avec Huysmans et ses amis. Huysmans a été saisi par les messes de l'Abbaye-aux-Bois, « la tiédeur, l'intimité de l'église ». Et il s'extasie sur les offices du matin, à Ligugé. On arrive dans le noir. L'église est embrasée de lumières, pour matines. Puis tout s'éteint et le Père abbé dit la messe et vous tend son anneau à baiser. Ah ! ce brave Huysmans a les impressions courtes et son « génie du christianisme » se réduit à peu de chose. J'ai rarement vu homme avoir si peu d'idées générales et pivoter toujours sur le même point en conversation.

28 décembre

Un siècle qui débute par le consul Bonaparte et qui finit par le président Loubet !

1900

6 janvier

Tout à l'heure, à Sion, parlé devant une fort belle assistance des mères chrétiennes. Je suis touché de ce que l'on ne se lasse pas encore de ma parole.

Et puis, ma machine se lézarde en maints endroits.

Ah ! j'aimerais cependant à vivre longuement, par curiosité, par crainte de la mort, etc.

Envisageons toutes les perspectives, même les plus impossibles. Me voici évêque. On m'expédie à Saint-Flour ou à Limoges. Après les premiers scintillements des pierreries de ma jeune mitre, après l'ivresse du sacre, je me trouve enterré tout vivant, dans une petite ville pas très mouvementée, et d'où la société est absente. Les prêtres redeviennent ma compagnie quotidienne, ces prêtres avec lesquels je converse rarement depuis les temps lointains du séminaire.

Vraiment, toute médaille a son revers...

Dîné tout à l'heure avec la vieille princesse Wittgenstein[49], dans son beau salon. Elle est très indépendante dans ses jugements et s'étonne toujours de l'intolérance antidreyfusarde des catholiques.

1er février

Est-ce assez drôle ? Pour cesser d'être jaloux de certains hommes, il faut que je les fréquente, que j'entre dans leur intimité ; qu'ils m'estiment. Je supporte qu'ils soient connus à condition d'être, moi-même, connu d'eux.

23 mars

Été voir aujourd'hui la comtesse de Montebello qui m'a dit combien on avait tort, en matière d'éducation, de s'appuyer sur un principe...

« Il faut élever les enfants, dit-elle, non pour l'héritage qu'on a reçu, mais pour celui qu'ils auront. »

26 mars

Hier soir à 10 h, j'ai été à l'ambassade voir M. Siegfried Wagner qu'on fêtait à Paris. Revu là les Montebello, la comtesse Greffulhe[50] à qui j'ai dit que la femme était un rêve parce qu'elle est née du sommeil de l'homme.

Revu encore M. Robert de Montesquiou[51] qui m'a dit avoir « essoré » ce qu'il y a de vétusté à Versailles. Il m'a dit encore ce qu'il faisait pour des inconnus : Desbordes-Valmore, Hello, etc. Il dit « la messe littéraire pour eux, quelque chose d'analogue à ce qu'on fait pour les âmes du purgatoire ».

4 avril

Le marquis de Lubersac m'a demandé, par lettre, de me tenir dans les environs du pont Bineau où devait avoir lieu le duel de son fils Guy avec Michel Ephrussi. J'y suis allé avec un domestique et me suis tenu dans la voiture.

On n'a pas eu besoin de mon ministère et j'ai béni Dieu.

12 juillet — Ligugé

J'y suis depuis lundi dernier, à la Maison Notre-Dame, non à l'Abbaye. Huysmans me fait admirer les tortillons de la bryonne qui grimpe où il veut, trouve au bouillon blanc l'air d'une pagode hindoue ; compare à un domino, à son piano, le mélange des dominicains et des bénédictins réunis hier pour l'office de la Translation de saint Benoît ; me répète qu'il a goûté le *Gaudeamus* (*introït* de la messe) dont le *celebrantes* lui rappelle David dansant devant l'arche. Reproche à la vie de sainte Lydwine des bollandistes de manquer de suite, de chronologie ; voudrait enfin que la vie religieuse fût une sorte de fusion entre l'esprit chartreux et l'esprit bénédictin.

L'auteur d'*En route*, voit clairement les défauts et les lacunes de ses voisins.

29 novembre

Depuis mon entrée à Sainte-Clotilde, je me suis jeté à corps perdu dans ce qu'on appelle le ministère : confessions, visites aux malades, catéchismes, rapports multiples avec les paroissiens ; je n'en sors plus. L'état de mes yeux a contribué à cette forme nouvelle de ma vie. J'ai conquis très rapidement la confiance d'un assez grand nombre de fidèles, et j'espère bien qu'on ne dira plus de moi que je ne suis pas homme d'église.

Je manque de confidents. Je ne vois personne à qui parler à esprit et à cœur ouverts. Huysmans est à Ligugé. Mgr Le Nordez à Dijon. Je dois donc me contenter des familles où je vais dîner, milieux conventionnels ou libéraux, où il faut atténuer, éteindre, dissimuler, corriger toutes choses.

Je crève de solitude morale.

1901

16 mai

J'aime les beaux salons à boiseries dorées, à glaces, à lustres. J'aime les salles à manger parées de fleurs et de femmes. La mondanité est, en moi, incorrigible.

7 juillet

Le Sâr Peladan sort de chez moi. Il veut faire un seul Évangile des quatre. « Nous ne valons que par nos tristesses, m'a-t-il dit. Elles seules sont conscientes. »

18 juillet

Revu le général de Galliffet. Étonnant, merveilleux de verve, d'entrain anecdotique. L'ancien ministre de la Guerre ! Il a fait tuer 70 communards et la légende imbécile lui en met 30 000 sur la conscience. Il a empêché Rochefort d'être lapidé par la foule, de Saint-Germain à Versailles. Thiers lui offrit, en 1871, de remplacer Viney, ce qu'il refusa. Gambetta était un brave homme parce qu'il refusa, un jour, un chèque considérable. Galliffet admire le rôle de Gambetta, dans la Défense nationale. Le général a été élevé au Petit Séminaire, sous M. Dupanloup, qui était « un mauvais coucheur », qui « manquait de charme ». Il m'a raconté à quelle occasion il s'est brouillé avec le supérieur Dupanloup. Il s'agissait de se confesser souvent. Le jeune Galliffet, très innocent alors, disait n'avoir pas de « contrition parfaite » pour se soumettre à ce régime. Dupanloup l'appela depuis, une brebis perdue.

Galliffet mettait du linge propre, avant une grande bataille, dans la guerre de Crimée !

Il n'aime pas qu'on appelle un général le *Père* en temps de paix... c'est alors une baderne. Mais sur le champ de bataille, au contraire cette appellation fait honneur à celui qui la reçoit.

« Trop de lavements, de chaises percées, dans Saint Simon, » disait, ce matin, le général. Et il fallait le voir debout, près de son chien noir, nous disant en plein air : « Je regrette qu'on ait guillotiné la reine ; mais non le roi (Louis XVI). Il était par trop bête... ! »

Très amusant, très aimable, Galliffet ! Il a assisté à ma messe.

23 juillet — Bayreuth

Arrivé ici après une nuit de grand express. Et je me suis couché après avoir entendu le *Vaisseau fantôme*[52].

24 juillet — Parsifal

C'est un *Génie du christianisme* sur la scène. Ce soir promenade au parc, sous la pluie.

25 juillet

Hier, soirée de musique chez Mme Wagner. Revu Siegfried, deux de ses sœurs, la comtesse Wolkenstein, M. de Wolzogen. Les allées de Wahnfried étaient pleines de voitures.

Beaucoup de livres dans le grand salon. Des tableaux aux murs. Recouverte, la table du maître.

La plupart des invités, très nombreux, se tenaient debout. Des rafraîchissements circulaient. Je n'ai pas vu d'autre soutane que la mienne.

26 juillet

C'est de Wagner que Renan aurait pu dire justement, qu'il « a roulé les dieux morts dans un linceul de pourpre ». Wagner aime la machinerie féerique. Il forme les nuages, il dégage des vapeurs vertes, rouges, il fabrique la foudre, l'éclair, tous les éléments, tous les phénomènes. Cette scène de Bayreuth est un perpétuel devenir.

Je me suis promené encore hier, dans le parc. J'y ai rencontré des étrangers, des Français et nous avons, en quelques minutes, évoqué sous ces ombrages, Voltaire, Notre-Dame de Bayreuth, la Clairon, Chateaubriand. Quant à celle que Voltaire appelait Notre-Dame de Bayreuth, je déjeunai chez elle tout à l'heure. La Margrave réside maintenant à Wahnfried.

Je sors de Wahnfried. J'étais à la droite de la fille de Liszt et de Daniel Stern [53] aux cheveux gris. Des œillets sur la table ; de bons vins blancs dans les verres. Mme Wagner m'a dit qu'elle écrivait à l'empereur pour que *Parsifal* ne soit pas joué en tous lieux, contrairement à ce que le Parlement, grâce aux socialistes, a voté [54].

Elle ne trouve pas l'*Histoire de ma vie*, de G. Sand, distinguée.

Elle n'aime pas les *Confessions* de Jean-Jacques. Elle a connu Nietzsche en 1869. Il était « outrecuidant ». Il était toujours malade, avait des maux de tête. Elle a voulu lire *Zarathoustra* ; elle a trouvé cela bête. Nietzsche n'a rien d'original. Et cependant, il a de grands admirateurs en Allemagne.

Mme Wagner parle avec admiration des *Lettres d'un voyageur* de Sand. Au salon, revu le portrait de Schopenhauer par Lenbach qui l'a fait le philosophe étant mort. Il ne l'avait vu que dans la rue. Le portrait de Mme d'Agoult est aussi au salon et Mme Wagner par Lenbach. Et le jeune Liszt par Ingres (un dessin).

Hier *Siegfried*.

20 août

Igny. Fête de saint Bernard.

Revu l'allée des tilleuls, les deux étangs, la chapelle en rotonde. Et j'habite la cellule de saint Benoît. Avec le roman *En route* de Huysmans, que j'ai acheté à Nancy, il m'est facile de le suivre pas à pas, au fil de ses tentations charnelles, de ses scrupules, de ses doutes. Ce sont les *Confessions* d'un Augustin réaliste ; mais à Milan, a-t-on plus souffert, s'est-on plus débattu qu'à Igny ?

21 août — Igny

Elle a bien sa poésie, cette toute petite Trappe que j'ai découverte il y a des années déjà. Très exacte, minutieusement exacte, la description d'Igny. De la chapelle, des étangs, des allées, etc., dans la seconde partie d'*En route*.

25 août

Paris. Finie ma vie errante et libre. Je suis rentré hier soir au gîte.

26 août

Vu le cardinal Richard[55] chez lui. Il m'a parlé de la haine que nos gouvernements ont contre la religion. Ah ! Le saint homme ! La pensée ne le dévore pas !

28 août

Comment ramener à l'unité les forces dispersées de mon âme ? Elle est dans un perpétuel courant d'air.

30 août

Les bénédictins s'en allant de Ligugé, Huysmans va rentrer à Paris. Il aura juste eu le temps de prendre des notes pour *l'Oblat*. Je suis heureux de le revoir ici. Bien que je regrette les si délicieuses lettres qu'il m'écrivait de là-bas.

À quoi se résume actuellement, la vie de l'Église, en France ? Une série de protestations inefficaces contre les tracasseries républicaines. Et c'est tout. Ces pauvres évêques qui ne savent que prendre le chemin de Lourdes, de Paray-le-Monial ou du Sacré-Cœur de Montmartre ! C'est du faux Moyen Âge. L'abus de la prière ! Elle finira par perdre tout son prestige ; elle se détruira d'elle-même. Je voudrais bien savoir si ces allées et venues perpétuelles produisent, dans les âmes, plus de justice, plus de sincérité, de bonté, de dévouement.

16 septembre

Huysmans et Narfon ont déjeuné chez moi. Huysmans va loger définitivement chez les bénédictines de la rue Monsieur.

Il a parlé du départ des religieux par « petits paquets » ; de carmélites qu'on a vues, sur la frontière, emportant leurs pots de fleurs.

Huysmans nous a dit qu'il n'aimait pas la campagne. Qu'à Ligugé il ne sortait pas.

20 septembre

Maurice Barrès renonce à la politique et revient aux lettres[56]. Très bien ! Parfaitement bien !

Tout à l'heure, je conseillais à Mlle Read[57] d'écrire ses Mémoires. Elle m'a conté que la comtesse d'Agoult se partageait entre M. de Ronchaud et M. Trubert. C'est elle, je crois, qui, invitant je ne sais combien d'hommes à dîner, disait : « Tous initiés. »

5 octobre

Explication avec mon curé. Il a été horriblement froissé parce que j'ai admis à mon confessionnal des enfants du catéchisme qui s'adressaient à lui. J'étais de bonne foi, ignorant la plupart du temps les noms de mes pénitentes, n'attachant pas à ce fait l'importance que lui attribue mon pasteur. Il m'a cru des desseins noirs, d'un vicaire qui essaie de supplanter son curé. Oh ! que j'étais loin de penser de la sorte !

Être seul gardien d'un temple, comme Démodocus, tel serait mon rêve. Nous sommes trop près les uns des autres, dans les sacristies. Les amours-propres, la jalousie, les susceptibilités fermentent.

De 1879 et plus particulièrement de 1882 à 1901, quel chemin j'ai parcouru. Un chemin de fièvre et de nerfs. Point d'évolution régulière, harmonieuse. Je suis plutôt coupé comme un ver, et les anneaux ne parviennent pas à se rejoindre.

9 novembre

Trouvé ce soir Huysmans rue Monsieur, dans sa nouvelle installation non encore terminée. Il était assis près d'un poêle très chaud, et lisait *Les Misérables* en s'étonnant une fois de plus que ce livre, qui renferme de si belles pages mystiques, ait été mis à l'index. Il est là, dit-il, plus en province qu'en province.

18 décembre

« On parle beaucoup de vous, me disait tout à l'heure la princesse Wittgenstein. Défiez-vous, car il y a des personnes perfides. Elles interprètent mal ceci, cela. On dit que vous êtes très mondain », etc., etc. La Princesse me trouve trop de « candeur ».

1902

1er janvier

Dîné ce soir chez Huysmans, 20, rue Monsieur, avec Girard et Landry. Huysmans ne parle que des offices des bénédictines. Il nous a cité les processions où le prélat invite la future religieuse à venir. Les chants redoublent d'insistance. « C'est, dit-il, comme la fascination d'un bon serpent. »

Parlant de certains catholiques pas très sérieux, il disait : « Ce sont des âmes... en meringue. »

Pas gai, cet appartement. Les livres sont bien disposés. Sur la table, des *ordo* annotés, très annotés.

Il n'y a que Huysmans pour avoir fait de ces annotations-là. *L'Oblat* en sortira.

29 mars

J'ai un terrible amour-propre. Je voudrais être le premier partout. C'est tout simplement absurde.

2 avril

Tout me fatigue hormis l'exercice de ma liberté.

10 avril

Je suis le prêtre des Noces de Cana. Je ne suis pas celui du jeûne au désert.

8 mai — Ascension

Ce soir, j'ai dîné seul avec Huysmans, rue Monsieur, dans ce logis où il se sent « déprimé » car il y fait froid. On n'y voit pas beaucoup, et les bibelots n'y ont pas leur valeur.

Nous avons causé de tout. Huysmans reproche aux bénédictins leur « oisiveté ». De Solesmes, il n'est sorti que la paléographie musicale. On lui en voudra, dit-il, de la publication de *l'Oblat*. On se brouillera avec lui, après ce livre.

Puis, un mot sur Zola « victime de Hugo ». Zola a voulu dire son mot sur tout, comme Hugo ; Zola coule par le dreyfusisme. Zola est un déménageur. « Il a des reins » au point de vue littéraire. Il entretient un double ménage. Il vivait à Médan sur un pied de 100 000 F. Comment fait-il maintenant ?

Huysmans s'intéresse aux *recluses* d'autrefois qui étaient des oblates, vivant emmurées.

23 mai

Huysmans veut quitter son appartement. Il en a assez des Pères Du Bourg et Besse. Le premier ne songe qu'à dénoncer l'autre. Quel drôle de monde, dit-il. Je lui réponds que la liturgie ne les a pas transformés.

22 juin

Dîné ce soir chez Huysmans avec Jules Bois, retour de Rome, Landry et Girard. Huysmans plus furieux que jamais contre son appartement [58] et le milieu de surveillance et de délation où il se trouve. Sortir de là au plus vite, tel est son cri unique.

12 août

Peut-être prononçons-nous trop souvent le mot âme. Pourquoi ne pas dire : soi-même ?

17 août

Dîné ce soir, chez Huysmans, dans son nouveau logis de la rue de Babylone. J'ai vu la lune, m'a-t-il dit, que je n'avais pas vue depuis un an. J'avais une joie d'enfant. La rue Monsieur n'est pas à regretter. Après *L'Oblat*, il écrira peut-être deux volumes sur les saints de chaque jour, mais il choisira les saints étrangers, ceux qu'il préfère. Il a eu beaucoup d'ennuis, en quittant les bénédictines, à cause d'une gaffe commise par Coppée. D'où des articles défavorables dans la presse. « Je suis parti, dit-il, dans un feu d'artifice d'étrons. » Il est honteux de son opuscule sur Don Bosco où l'on a oublié d'insérer une page. Les salésiens sont d'un niveau intellectuel très bas.

D'ici au mois de novembre, je vais achever le rangement de mes manuscrits. Girard a commencé celui des livres et de la correspondance. J'ai vécu jusqu'à présent dans le chaos. M'habituer aussi à écrire en plus gros caractères. Répondre tout de suite aux lettres. Si je vivais deux cents ans, la dernière centaine serait parfaite. Se perfectionner et mourir !

23 août

Quel tollé contre Combes ! La Bretagne a résisté. Résistance ! Est-ce un mot d'ordre chrétien ?

28 août

La fermeture des écoles congréganistes[59] est un attentat à la liberté, mais l'esprit général y gagnera.

31 août

Dîné, ce soir, chez Huysmans. Les « tout de même », les « salauds », les « voyous » pleuvaient dans sa conversation. Il était très loquace. Il a déclaré à Landry et à moi que *L'Oblat* serait le livre le plus violent qu'il aura fait paraître. Loubet, le pape, les moines, le clergé, tout le monde écopera. Pour Huysmans, Dom Cabrol est le seul bénédictin qui ait du talent, mais il n'aime pas l'homme. Il me propose d'aller avec lui à Lille, à Notre-Dame-de-la-Treille, à Bruges, etc.

Très amusant, Huysmans, quand il parle ; il a l'air de s'exciter lui-même, répétant les mêmes mots, les mêmes formules, avec insistance.

9 septembre

Huysmans a découvert, pour *L'Oblat*, une bénédictine qui « s'éperdit en fluides sonores ». Il donne aussi une antique recette de miniaturistes : de l'urine d'homme qui a bu du vin. Il m'a dit que *L'Oblat* était à deux tranchants. Les bénédictins auront leurs vérités.

13 septembre

Été passer deux jours à Lille et à Bruges avec Huysmans. Lille nous a paru grand, triste, très sale. Le romancier avait désiré voir Notre-Dame-de-la-Treille. C'est une basilique en construction. J'y ai dit la messe : il y a communié. De là à Bruges où l'exposition des Primitifs flamands nous attirait.

15 septembre

Dîné, hier soir, chez Huysmans avec Landry, Girard. Huysmans a raconté que Lorrain était venu, avec des bouquets, le voir un certain jour et ne trouvant pas d'écho, lui dit : « Je vais voir mon garçon boucher. » Est-ce assez abject ce goût d'un littérateur de talent comme Lorrain, pour les garçons bouchers ? C'est ce dernier qui disait que son travail était le même que celui de Liane de Pougy. Et Huysmans d'ajouter que Tailhade[60] n'a écrit qu'une seule page réussie, celle qui est consacrée à Lorrain, dans *Gredins et imbéciles*.

30 septembre

Zola est mort asphyxié par l'oxyde de carbone. Il avait 62 ans. Depuis le dreyfusisme auquel il avait si bruyamment adhéré, ses livres ne se vendaient plus comme jadis. *L'Aurore* qui le pleure est en train de publier son dernier roman : *Vérité*. Comme les apologistes religieux vont triompher avec ce gaz carbonique, et les déjections et les excréments du rapport ! Cette fin manque assurément de rayonnement mais est-ce que toutes les fins ne sont pas semblables ?

Jules Claretie écrit un bon article sur Zola. Il l'a connu autrefois, « très digne et très pauvre ». « Il lisait *les Misérables* près des misérables. » Et il parle de son regard qui fouillait et de son nez coupé court, et qui humait la vie. Il parle encore de son « pessimisme panthéiste ». Pessimiste d'abord, Zola a célébré la Vie dans ses derniers romans. Rochefort, bien entendu, éreinte la mémoire du dreyfusiste Zola.

7 octobre

Anatole France a parlé, dimanche dernier, aux obsèques de Zola. Dreyfus y assistait et on ne s'en est pas aperçu.

10 octobre — Montjoye

Arrivé ici, par un beau temps. Le général de Galliffet, son chien et moi avons été sur une butte d'où l'on voit un horizon illimité de bois. Il a été question de tout, de M. de Bauffremont qui a eu tort, dans l'affaire de la charge d'Illy, de Mac-Mahon qui était un incapable, en qui l'empereur ne voyait que le Faubourg Saint-Germain et qu'il cultivait comme tel, et que M. Thiers a choisi ensuite, pour rester le maître ;

de la noblesse qui n'existe plus, de la bourgeoisie qui décroît, de la démocratie qui monte plus que jamais, du clergé qui doit aujourd'hui se tapir, ne pas faire parler de soi, etc. Et tout en criant après son chien qui s'égare, le général laisse partir sa verve contre les uns et les autres. En rappelant les faiblesses des femmes de l'aristocratie, sous la Révolution et pendant l'émigration, Galliffet ajoute : « On est sûr d'être le fils de sa mère, et c'est la seule certitude. »

27 octobre

Le détestable caractère de mon curé commence à me détacher de mon ministère, à Sainte-Clotilde. Ceci était peut-être nécessaire pour cela... Je quitterai ce quartier avec moins de regrets. C'est préférable.

16 novembre

Dîné, ce soir, chez Huysmans avec Dom Besse en quête de dîners et de conférences. Huysmans m'a vanté *Salammbô* et tous les autres ouvrages de Flaubert qui « gueulait » dans la conversation. Et Huysmans de constater qu'il n'y a plus de talents comme Gautier, Banville, Leconte de l'Isle, Vallès. Bourget ne sait pas écrire.

24 novembre

Dîné, hier soir, chez Huysmans. Il a parlé avec admiration des collections de M. Dutuit[61] qui vient de mourir, qui ne jouissait même pas des merveilles qu'il acquérait et qui prenait des 3e de chemin de fer, avec un tableau de 100 000 F sous le bras. Puis il a célébré un déjeuner maigre, chez les Augustines de Versailles, avec des huîtres au Xérès, et des sarcelles au jus d'orange !

De tout menus faits sont le fond et la forme des

entretiens de la rue de Babylone, pendant et après le dîner.

25 novembre

Été revoir Peladan, à un cinquième de la rue Alphonse de Neuville. Toujours chevelu et barbu et noir. Il m'a dit, entre autres choses, que l'Église ne tirait pas assez parti de ce qu'elle est comme spectacle, magnétisme, théâtre. Il m'a paru décidé à ne plus s'intituler Sâr. Je lui ai conseillé d'écrire pour les jeunes filles. Il m'a remis un exemplaire de son dernier ouvrage : *De l'art de choisir sa femme*. Il est tranquille, dans son nouveau ménage.

27 novembre

Le Père Hyacinthe[62] a quitté la France pour s'installer à Genève. Voici les raisons qu'il donne : « Les jésuites, même dispersés (en France) sont les maîtres de l'Église, les athées même en minorité y sont les maîtres de la République. » Il avoue avoir échoué dans l'œuvre qu'il avait entreprise : la réforme dans le catholicisme. J'aurais aimé à connaître l'ex-Père Hyacinthe, à l'interroger sur son passé, à recueillir ses souvenirs. On parle beaucoup de la rupture du Concordat que plusieurs semblent désirer.

8 décembre

L'homme garde, à travers la vie, la conception enfantine qu'on lui a donnée de la religion. Il s'est virilisé et la religion est restée au même point.

1903

2 janvier

Dîné, ce soir, chez Huysmans. Sa table de travail était couverte des épreuves de *L'Oblat*. Il a parlé des bas de femmes : « Le bas est la muscade des jambes. » Pauvre humanité ! Où descend-elle ?

23 février

Huysmans a déjeuné chez moi, en compagnie de Narfon[63] et du Père Munier, jésuite. Huysmans a répété je ne sais combien de fois : « C'est effarant. » *L'Oblat* paraît cette semaine. Les deux convives partis, je lui ai demandé de m'éclairer sur les femmes qui perdent la foi pour ma très prochaine conférence. Pour lui, la grosse difficulté pour la femme chrétienne, c'est le « lit ». La religion supprime l'agrément dans les relations du sexe.

25 mars

Ma pauvre vieille chère maman est bien, bien faible. Que vais-je devenir ? La fièvre la tient.

26 mars

Maman est morte, ce soir, vers 9 heures. Elle avait bien souffert, la nuit dernière et aujourd'hui.

1er avril

L'aristocratie de ce quartier et d'ailleurs s'est noblement comportée à mon endroit. J'ai reçu une pyramide de témoignages de sympathie. La pauvre enfant de la Lorraine[64], venue à Paris dans quelle détresse ! a eu des ducs et des princes à ses obsèques.

10 avril

Le ministre Combes après avoir fait rejeter les demandes d'autorisation des congréganistes enseignants, prédicants et commerçants poursuit sa campagne, sans pitié. À mes yeux, cette campagne est excessive. Il demande aux évêques de faire cesser le culte dans les chapelles et oratoires non autorisés et d'interdire la chaire aux prédicateurs congréganistes. Combes écrit que « les 50 000 prêtres séculiers qui composent notre service paroissial renferment trop d'invidualités de mérite pour que ce retour aux règles fondamentales de l'exercice du culte catholique en France puisse provoquer une gêne appréciable qui ne serait d'ailleurs que momentanée et qui serait largement compensée par l'avantage de n'avoir affaire désormais qu'à des prédicateurs associés à la vie du peuple et en contact journalier avec lui ». Oui, mais qu'on diminue le nombre ridicule des prédications paroissiales. On nous tue.

3 mai

On a fêté, à Paris, la venue du roi d'Angleterre, Édouard VII. On a bu, mangé, illuminé, toasté. Et on expulse les moines. Plus de chartreux à la grande Chartreuse ! Plus de bénédictins ! Les dominicains ont remué le ciel, la terre et les enfers pour subsister d'une façon réduite. Plus d'oratoriens !

11 mai

Hier, dîné chez Huysmans avec les amis ordinaires, plus Jules Bois. Huysmans a été désavoué publiquement par l'abbé de Ligugé[65]. Des jésuites, les Pères Noury et Brémond, lui ont, au contraire, consacré des articles favorables.

15 juin

Dîné hier chez Huysmans. Forain[66] est venu. Il est plein de verve et a des mots. Il me conseille pour détourner la jeunesse de la luxure, de blaguer cette dernière. Côté comique du monsieur : bretelles qui traînent, etc., femme qui pue... tout le réalisme de l'œuvre de chair. Et cependant, il est convaincu, comme Huysmans, que l'homme succombera mais il faut, dit-il, « subir la luxure mais ne pas l'accepter ». Forain parle de la musique comme de l'art « dépravant ». Il n'y a que le plain-chant qui n'incite pas à pécher mais la musique est un art corrupteur. Celle de Wagner est sodomite. Les arts plastiques, selon Forain, ne portent pas au péché de chair. Le musée du Louvre est inoffensif. Et il raconte que Rubens allait à la messe avant de peindre ses grosses femmes. Forain connaît Arthur Meyer qu'il n'estime pas et je ne sais combien de gens du monde. Il veut faire un album sur le monde, avec ces mots de l'Évangile : « Je ne prie pas pour le monde. »

22 juin

Dîné, hier soir, chez Huysmans avec Forain, venu avec son automobile. Maigre et rasé, Forain a une verve continue. Il a raconté force histoires de juif, de rastas, de gens du monde, etc. Il définit le caractère juif : « l'impudence ».

12 juillet

Dîné, hier soir, chez les Henri Germain. Madame s'obstine à ne pas me mettre à sa droite. On ne ferait pas cela dans l'aristocratie.

Déjeuné, tout à l'heure, à la Petite Chaise avec Huysmans et compagnie. À la fin du repas, après avoir bu fleurie et bordeaux, Huysmans s'est emporté contre Lamartine, c'est de « l'eau de bidet avec un vieux fond de bénitier ».

Et encore : « Le père Hugo seul a eu du génie dans ce siècle. » Et alors Huysmans de célébrer le poète Verlaine « qui comme homme était une brute répugnante, mais Verlaine avait reçu des dons de Dieu. Verlaine, c'est de la musique de Schumann. » Et encore sur Lamartine : « Lamartine est crevé aujourd'hui. On n'en parle plus, on ne le lit plus. Il y a une justice tout de même. »

10 novembre

Dîné, ce soir, rue Las Cases, chez le vicomte de Vogüé qui m'a envoyé *le Maître de la mer*. Paul Bourget était là. Une figure plutôt lourde, avec un monocle à l'œil droit et, de ce côté, une mèche de cheveux qui tombe sur le front. Bourget s'étonne que le clergé s'occupe aujourd'hui d'exégèse ; on ne parle plus d'exégèse, c'est fini. Le clergé est en retard sur ce point. Et il a cité ce mot sur les Émigrés : « En retard d'une année, d'une armée, d'une idée. » Selon lui, Huysmans n'a pas fait de bonnes études classiques. Aussi son style n'a pas de race. Huysmans n'est pas un cerveau. Il est attiré par la curiosité, l'exception. Flaubert, ayant été atteint d'épilepsie, à 19 ans ne voulait plus sortir. Alors il lut, il étudia beaucoup. Son maître en latinité était Bouilhet. Huysmans, lui, s'est fait une rhétorique avec les Goncourt.

15 novembre

Dîné, hier soir, avec Huysmans et Girard, chez Lapérouse. Forain disait que la plume de Bourget était arrachée à un plumeau.

28 novembre

Huysmans a dîné ce soir chez moi. Il m'a parlé de la chose charnelle qui est « une érection de cervelet ». On s'imagine que la femme a je ne sais quoi d'étrange, d'inconnu ; qu'il y a, en elle, de l'au-delà. Elle se déshabille et le dégoût commence avant. Non, dit l'amant de la Chantelouve, le jeu n'en vaut pas la chandelle.

14 décembre

Dîné, hier, chez Huysmans avec Forain, etc. Encore reparlé de la luxure. Forain dit qu'il faut fatiguer les enfants, les faire coucher éreintés. Mais à partir de 18 ans jusqu'au mariage, Huysmans trouve que le problème est insoluble. Il est possible d'être chaste, puisqu'il y a des chastes. Il y en a dans les cloîtres, mais ajoute Huysmans, le diable n'y perd pas, car on y trouve des méchancetés de vieilles filles hargneuses. Huysmans parle aussi de l'exception faite pour des cultures de serre, une ou deux orchidées, c'est le cas de certains novices très purs et très bons. Mais avec le service militaire, cette exception n'est plus possible. Huysmans croit qu'il n'est guère possible à un jeune homme laïque d'être chaste. Quant au mariage, ajoute le romancier, c'est le bœuf qu'on mange tous les jours. Or on veut aussi des perdreaux. Forain veut qu'on distingue entre l'appétit et le vice. Le vice consiste à manger sans faim et à boire sans soif.

26 décembre

La princesse E. de L. me disait aujourd'hui son ennui d'être dans son salon, alors qu'elle n'a rien choisi, ni acheté, ni arrangé ce qui s'y trouve. Elle m'a demandé aussi quels étaient les devoirs des enfants vis-à-vis des amants de leur mère.

1904

8 février

Vu tout à l'heure Pierre Louÿs qui est venu, sur le conseil de Coppée, me parler d'un protestant à convertir. Il m'a dit qu'il ne referait pas maintenant la préface d'*Aphrodite*. C'est Coppée qui l'a lancé et il lui doit tout.

16 février

Huysmans est venu dîner seul chez moi. Il m'a répété que la question charnelle se ramenait à ceci : le fourreau et l'épée faits l'un pour l'autre. De là, des femmes vieilles et laides avec lesquelles des gens plus jeunes couchent avec plaisir, parce qu'il y a harmonie souterraine. La jeune fille est la cosse qui s'ouvre. Puis, Huysmans a trouvé que nous ferions bien d'en revenir à l'Église primitive, moins compliquée que celle d'aujourd'hui. Le pharisaïsme a réapparu et domine l'Église.

7 mars

Dîné, hier soir, chez Huysmans dans son nouveau logement de la rue Saint-Placide. Forain a apporté un gros et savoureux pâté de canard. Et l'on a parlé de l'éternelle luxure. Et Huysmans de redire que l'art est le commencement du péché, que n'ont du talent que ceux qui ont beaucoup péché. Et Forain d'ajouter que ce qui fait le charme d'une œuvre d'art, c'est l'ambiguïté entre le vice et la vertu, le manque d'équilibre.

18 avril

Dîné, hier, chez Huysmans qui m'a lu une partie de son étude sur l'étrange Florentine de Francfort. C'est très monté de ton, et tant pis pour les bégueules ! Il a vomi sur Francfort et ses juifs. La luxure intéresse toujours Huysmans. Les fleurs que tient la démone, dit-il, sont comminatoires. « Le spasme se terminera en agonie. »

25 avril

Huysmans nous parlait, hier soir, de Myriam Harry[67] qu'il connaît. Une Allemande et une Orientale tout ensemble. Elle est née à Jérusalem. Elle a l'horreur du protestantisme, elle est païenne et ne croit qu'à la chair. C'est une allumeuse. Son livre *la Conquête de Jérusalem* renferme de vraies pages d'art. Et Huysmans d'ajouter que, dans le roman, il n'y a que des femmes qui excellent, à l'heure présente. Judith Gautier[68], Rachilde[69] et Myriam Harry. Et Huysmans de parler du roman de Rachilde où il est question de l'épandage, à Gennevilliers, des odeurs de tinette, des légumes poussés dans la m... Huysmans trouve *la Bible d'Amiens* de Ruskin[70] « imbécile ». Et il l'a répété.

5 juin

Charles Du Bos[71] qui a 20 ou 21 ans, vient de me dire que la jeune génération commence beaucoup plus tôt la vie sensuelle, 13 ou 14 ans. On se fatigue plus tôt de la femme, d'où la pédérastie qui augmente. Recherche d'autres sensations.

17 juin

M. Georges Desvallières[72] m'a conduit au haut de Montmartre, au-dessus du moulin de la Galette, chez Bloy, qui habite un modeste rez-de-chaussée, entouré d'un modeste jardin.

Bloy m'a crié sa misère, trop peut-être. Il a conscience de son talent, trop peut-être. Il vocifère contre les catholiques qui ne l'ont pas utilisé contre les Pères de l'Assomption, en particulier. Ce *moi* du mendiant choque les délicats. Il a lu, avec déclamation parfois, la préface de son futur livre qui est, sous ce titre : *Mon Journal*, la continuation du *Mendiant ingrat*. C'est son séjour en Danemark.

Il ne croit pas aux douleurs des riches. Pour Bloy, il n'y a qu'une douleur, c'est de manquer d'argent. Il écrira un livre sur l'argent qu'il intitulera : *Le Sang des pauvres*.

Physiquement, l'homme, qui est gris, ne déplaît pas. Sa voix non plus n'est pas désagréable. Il a une femme très grande et laide, et deux filles.

4 juillet

Dîné hier chez Huysmans, avec Descaves, Forain, Girard. Comme on parlait de Paul Hervieu[73] qui est très répandu dans le monde et dîne en ville 365 fois par an, j'ai cité : *Peints par eux-mêmes* ; et Forain de s'écrier *Youpins par eux-mêmes*.

Forain a rappelé aussi ce mot d'un Espagnol : « Les cornes sont comme les dents ; quand elles poussent, elles font souffrir. Ensuite, on mange avec. »

Déjeuné aujourd'hui, chez les Ledrain[74] avec le Père Hyacinthe et sa femme, et M. Babin de *l'Illustration*.

Le Père Hyacinte : très forte et belle tête de

médaille. Des lunettes. Sa femme porte lorgnon. Elle parle confusément ou plutôt, comme elle a l'accent américain, et qu'elle va trop vite, on ne la comprend pas toujours.

Je note aussi fidèlement que possible toute la conversation de M. Loyson.

M. Loyson, à qui je demande d'écrire ses Mémoires, nous répond qu'il est « paresseux » pour écrire, qu'il a besoin d'avoir son auditoire devant lui. Il nous raconte les impressions qu'il a ressenties, lorsqu'il sortit de sa cellule, où il était en face du catholicisme idéal, et qu'il fut mis par ses conférences de Notre-Dame, en contact avec le monde, la société, les idées. À Rome, Mgr de Mérode[75] s'épanchait avec lui. Il se croyait hardi d'une part, puisque ses supérieurs l'avertissaient et, d'autre part, non hardi puisqu'il entendait émettre ses idées et plus encore, ailleurs. Alors, il alla voir Mgr Darboy, dans sa maison de campagne de Créteil ; et il lui dit qu'il était dans un état d'esprit tel qu'il ne remonterait pas dans la chaire de Notre-Dame.

Mgr Darboy lui conseilla de prêcher aux Tuileries. Puis il lui dit : « J'approuve vos idées. Je les partage, mais elles conduisent au bûcher de Savonarole et je ne veux pas y aller. »

Après que le Père Hyacinthe eut écrit sa fameuse lettre, il se rendit, en habit laïque, à l'archevêché[76]. Mgr Darboy le reçut très bien, tout en lui disant qu'il n'aurait pas écrit cette lettre.

M. Loyson le revit au commencement de la Commune et l'invita à se garer. L'archevêque de Paris répondit : « Si l'on me tue, ma mort grandira le principe que je représente. » Et ses dernières paroles à la porte furent celles-ci : « Adieu, ici-bas, ou ailleurs. » Pie IX recevait bien le Père Hyacinthe, avant sa désertion.

17 juillet

Combes fait fermer je ne sais combien d'écoles, de pensions, tenues par des frères, des sœurs, et d'autres congréganistes. Le Sacré-Cœur, les Oiseaux, Sion, etc. Tout s'en va. Fin d'un monde !

Mais ce monde avait-il été vraiment fécond ?

29 août

Dîné hier soir chez Huysmans avec Girard. Encore une fois on ne publiera jamais les Propos de table de l'auteur d'*En route* car il n'en a pas. Aucun frais d'érudition et de verve. Pas la plus petite trouvaille de mot. Pas une de ces épithètes rares dont il est si friand pour ses lecteurs. Il nous redisait, hier, son mépris pour les universitaires qui, dans les manuels d'histoire de la littérature française, taisaient les noms d'Erckmann-Chatrian, de Vallès et de Barbey d'Aurevilly.

26 septembre

Dîné hier soir chez Huysmans, retour de Lourdes. Très peu de miracles, là-bas.

Le grand miracle, c'est qu'on ne meure pas à Lourdes même étant donné l'absence d'hygiène. Huysmans a vu des malades horribles. La piscine est un bouillon de pus. Lourdes sent la vanille, la poussière, le pus.

Huysmans suivait les processions, derrière les évêques, et était au bureau médical. Huysmans voulait voir tout cela, une bonne fois ; il n'y retournera plus.

Il était très amusant quand il disait que la Vierge ne fait pas de miracles, lorsque les évêques portent le Saint-Sacrement. Huysmans constate que Lourdes est le renversement de la mystique puisqu'on y va pour supprimer la souffrance.

14 décembre

La perspective d'être un curé dans le Marais[77] me sourit peu. Laissons se tramer notre destinée. Comme disait Mazarin : « Il me faudra quitter tout cela ! » Tout cela, hôtels, jardins, âmes héraldiques au confessionnal et au catéchisme. Je garderai obstinément, s'il est possible, quelques relations d'ici. Mais j'essaierai de publier un ou deux volumes de conférences aux Dames.

Je trouve le réalisme une source d'apaisement.

22 décembre

Hier, Robert de Montesquiou est venu me voir quelques instants. Il m'a parlé de Hugo et de Hello.

Il m'a dit que le ciel consistait à voir le bien qu'on avait fait ; le germe, la plante qui monte, devient l'arbre plein d'oiseaux, d'ombres et de murmures. L'enfer consiste à voir le mal qu'on a fait. Enfin, il a défini l'ordre, la vertu dans les objets. Il m'a invité à aller voir ses curiosités, n'importe quel jour, à n'importe quelle heure.

Dîné ensuite chez Descaves avec Huysmans, M. et Mme Léon Daudet, M. et Mme Crepel, le docteur Vaquet[78]. Léon Daudet et Huysmans croient en la franc-maçonnerie et en ses complots, et en ses crimes possibles. Ce en quoi je ne les suis pas.

Léon Daudet a vécu dans un milieu plutôt républicain et, maintenant, il est conservateur. Les opinions sont faites d'ailleurs, disait-il, par le tempérament. Enfin, il nous disait sa combativité. Pour lui, la politique, c'est toujours la question religieuse. À quoi je répondais que la politique, c'est de donner du pain à ceux qui n'en ont pas et que le Christ ne s'occupe que du dedans, de l'homme intérieur, que la religion chrétienne est tendresse et pardon.

Mme Daudet, la femme de Léon (celle qui a succédé à Jeanne Hugo), est très maigre. Elle apprend à ses enfants à haïr la révolution française. Léon Daudet a un air juif, mais il est, dit Huysmans, un bon garçon.

Huysmans a fait l'éloge de *l'Éducation sentimentale* de Flaubert, le chef-d'œuvre d'où le réalisme est sorti, et qu'il faut en savourer « l'admirable langue ». Huysmans en avait appris des phrases par cœur. Forain et Bois faisaient écho à cet éloge.

Huysmans affirmait que Flaubert avait arrangé *Boule de suif* de Maupassant ; et Jules Bois que *Bel Ami* se trouvait dans *l'Éducation sentimentale*.

28 décembre

La Chambre vient de retirer aux fabriques le monopole des inhumations. Les communes sont chargées du service extérieur. C'est la sécularisation des pompes funèbres, d'où diminution considérable à Paris, dans les revenus des fabriques. Il va falloir, enfin, que je devienne économe.

C'est le prélude de la séparation de l'Église et de l'État.

1905

9 janvier

J'échappe à Saint-Paul-Saint-Louis. Le Marais ne m'attire guère.

5 février

Déjeuné chez Bengold, fils d'un ancien bedeau de Saint-Thomas d'Aquin, qui a succédé à M. Borniol dans l'administration des funérailles. Il pérore comme un homme arrivé. Que de cercueils derrière cet homme et derrière moi-même aussi ! Le prêtre vit de la mort. Les prières produisent le casuel.

6 mars

Paris. Dîné chez Huysmans hier avec Forain, Bois, Descaves, etc. Après avoir beaucoup parlé et ri, et librement, Forain disait, avant de s'en aller : « Et maintenant, nous allons redevenir moroses dans nos familles. »

15 mars

Encore une conférence, rue Las Cases. Énormément de monde. C'est le sujet qui attirait : le mariage des filles.

18 mars

Confessé, confessé, confessé, à cause de la Saint-Joseph. Les femmes ne se lassent pas de ce sacrement. Les guichets se ferment, se rouvrent. Des péchés à droite, des péchés à gauche.

Dîné hier soir, chez Huysmans qui se réjouit à la pensée qu'il va se payer *les Prisons de Rome* de Piranèse. Il nous a dit que les ouvrages de critique ne l'intéressaient pas. Il n'aime que les documents.

19 mai

Été hier soir chez Huysmans, où se trouvait M. de Caldain[79]. Huysmans a redit qu'il n'y a pas de talent sans péché, que pour avoir du talent il faut avoir couché avec des femmes. Il va même plus loin. Baiser, dit-il, une femme, dessus, ne suffit pas. Il faut du vice pour avoir du talent. Voilà une thèse curieuse. Dans quelle mesure est-elle vraie ? Ce qu'il y a de certain, c'est que les littérateurs, les poètes, les artistes me paraissent rarement chastes.

2 juillet

Mélancolie diffuse. Oh ! mon imagination ! Huysmans le disait hier soir : c'est elle qui fait tout, en certaine matière.

5 juillet

La loi de la Séparation a été votée à la Chambre. De la séparation des Églises et de l'État.

14 juillet

Été voir le général Galliffet qui m'a parlé longuement, toujours en monologue, et de lui, et des 35 000 communards qu'il aurait fait fusiller (ce qui est le contraire de la vérité). Et il m'a montré une lettre de

Ladmirault lui proposant une récompense pour avoir fait la répression et sa réponse négative. Galliffet m'a dit : « Je suis gendarme. J'ai l'âme d'un gendarme. »

6 septembre

On ne parle que d'associations paroissiales et d'associations culturelles. Le clergé va encore dépenser son activité dans ces organisations-là. Et la religion intérieure sera toujours reléguée au dernier plan. Vous vous préoccupez trop des questions hiérarchiques, ecclésiastiques. Et la justice, et la charité, et la résignation, et le courage et tout ce qui fait vivre l'âme humaine ! La question Église tue la question simplement religieuse. La religion est un esprit, un mouvement du cœur. Vous en faites un pouvoir, une société, une force extérieure, quelque chose qui est en lutte avec les autres pouvoirs et les autres sociétés. Pour aimer Dieu et son prochain, faut-il tant de matérialité ? Que nous sommes loin de ce qu'a voulu Jésus-Christ ! Il tolérait à peine le Temple.

28 septembre

Un aristocrate n'aura jamais un vrai et original talent d'écrivain. Il est trop comme il faut. Il y a trop de domestiques entre lui et la réalité. Voyez les Broglie, d'Haussonville... Ils ne fraternisent pas avec les choses. Il n'y a pas de communion. Le talent tutoie.

7 décembre

Hier, 6 décembre, le Sénat a voté définitivement la séparation des Églises et de l'État. 181 voix contre 102. L'œuvre de Bonaparte est par terre. Nous allons voir maintenant le génie pratique de nos supérieurs ecclésiastiques. Je crois à leur néant. N'était l'amour-propre, je suis heureux de n'être pas curé, en ce moment. Démenez-vous, messieurs les curés !

13 décembre

Me réappartenir, rentrer en moi. Les livres, dussé-je devenir aveugle.

Vu M. Chéramy qui possède une partie des *Mémoires d'outre-tombe* recopiés par la fine écriture de Mme Récamier. M. Chéramy trouve que ce manuscrit renferme des passages que Chateaubriand a atténués plus tard, dans le texte définitif, et que ce premier jet valait mieux.

15 décembre

Il faut se suffire à soi-même. Huysmans convenait, hier soir, que l'Église de France est flambée. Nous ne sortirons pas du pétrin. C'est la foi qui manque, et quel clergé imbécile ! D'ailleurs l'Église, comme dit le pauvre malade de la rue Saint-Placide, a embêté tout le monde.

22 décembre

Huysmans est convaincu qu'il n'y a pas de réforme du clergé possible si on ne détruit pas Saint-Sulpice. C'est ce qu'il me disait tout à l'heure.

1906

1er février

Hier, manifestations dans plusieurs églises de Paris. Après-midi houleuse à Sainte-Clotilde. C'était le jour, en effet, où l'on devait procéder à l'inventaire[80]. Des énergumènes catholiques nous ont dit des insolences. J'ai récité tout haut le chapelet, du chœur. Personne n'est entré, sauf un agent, je crois, de la mairie qui a été bousculé, houspillé, ne pouvant pas se faire entendre. Impossibilité ensuite de sortir. Des jeunes gens, nos soi-disant amis, barricadaient tout.

Rentré enfin chez moi. Gardes à cheval, à pied, devant l'église, autour d'elle. On a sonné indéfiniment le tocsin. Curé débordé, parti depuis longtemps. Les fabriciens[81] l'accompagnaient. Il fait nuit, et l'on crie encore. Ces femmes qui veulent toujours qu'on proteste ! Ces pieux apaches qui pratiquent l'apologétique du coup de canne. Que cette anarchie catholique est loin de l'Évangile ! À quoi aboutirons-nous avec ces résistances ? Car les catholiques, certains du moins, veulent la résistance, montrent le poing au clergé qui ne résiste pas.

2 février

Les pompiers, hier, ont ouvert la porte de force et mon confrère, le second vicaire, a reçu l'agent du fisc. Le curé était resté au presbytère. Je m'étais retiré également, très heureux aujourd'hui de n'avoir pas joué un premier rôle dans ce chahut organisé en dehors du clergé et presque contre lui. Nous n'étions plus chez nous. On barricadait les portes. À 1 heure, nous n'avons pu, le curé et moi, entrer ni par la porte de la rue Martignac, ni par celle de la rue Casimir-Périer. Délivrez-nous de nos amis, disait justement le comte de La Rochefoucauld.

4 février

Dîné, hier, chez les Pomereu, rue de Lille. Les deux fils sont pour la résistance, et n'admirent pas l'attitude de mon curé ! Je crois que le quartier est sévère, en général, pour lui. Deux courants très prononcés : l'un qui veut la résistance, qui blâme curé, archevêque, etc. L'autre qui trouve ces agitations nuisibles et même ridicules. Ce dernier parti comprend les gens vraiment intelligents, sages, cultivés. Il est plus choisi, par conséquent moins nombreux. Je vois les uns et les autres. Situation difficile. Les dames sont généralement pour la manifestation. C'est le résultat de l'action religieuse exercée par la presse d'une part, et nos prédications de l'autre. Au fond de tout cela, le désir de balayer la République au profit du roi. Huysmans très content du réveil des laïcs chambardant les curés de Saint-Sulpice, de Sainte-Clotilde et autres, et le vieil archevêque aussi.

17 avril

Une âme qui s'approche de la mienne, c'est la jeune vicomtesse Jean de Contades. Elle a 25 ans et, veuve depuis un an, elle lit beaucoup. Très moderne.

27 avril

On redoute le 1er Mai. On fait venir des troupes à Paris et les particuliers font des provisions de vivres et d'eau.

1er mai

Resté chez moi, cette journée du 1er Mai si redoutée des Parisiens. La rue Las Cases plus calme que de coutume.

7 mai

Hier, belle journée pour les élections[82]. Les premiers résultats démontrent que nous sommes, de nouveau, battus par les blocards et les socialistes. Maurice Barrès est élu, à Paris. Les nationalistes ont du plomb dans l'aile. Et les catholiques qui croyaient que les coups de canne dans l'eau... bénite avaient remué le pays ! Et les dévots qui croyaient qu'avec des communions et des chemins de croix, on transformait le suffrage universel !

11 mai

Causé, ce soir, avec Huysmans des élections de dimanche dernier : « Nous sommes foutus, m'a-t-il répété, je ne croyais pas les catholiques aussi honnis. » Il s'étonne que les bourgeois redoutent si peu le socialisme grandissant. Et il répète son mot favori : « Nous avons embêté tout le monde. »

21 mai

Hier, les élections complémentaires de ballottage nous ont été désastreuses. Nous sommes par terre, sans merci. Voici que le radicalisme va gouverner la France, sans la moindre opposition. Combes a commencé. Clemenceau achèvera.

6 juin

Déjeuné chez les Vaux Saint-Cyr avec M. Bourdeau[83] qui a écrit sur Schopenhauer. Il nous a parlé de Nietzsche qui lui a écrit deux lettres, au commencement de sa folie. Dans la première, il lui demandait d'insérer dans *Les Débats* une proclamation aux Hohenzollern. Dans la seconde, il lui disait en italien qu'il était le Christ en personne.

18 juin

On parle de plus en plus de la classe ouvrière. Jaurès réclame la monopolisation par l'État, l'expropriation. Bietry, le président des Jaunes, c'est-à-dire des syndicats ouvriers indépendants, veut l'accession des ouvriers à la propriété par le travail associé. Supprimer la propriété, c'est un retour à l'esclavagisme. Bietry veut faire des salariés des hommes libres, propriétaires de leurs outils et de leur travail. Il repousse la participation aux bénéfices.

14 juillet

Dreyfus réhabilité ! Zola triomphe dans son cercueil. Dreyfus chef d'escadron, Picquart général de brigade. Dreyfus sera, en outre, chevalier de la Légion d'honneur. Zola sera, enfin, transféré au Panthéon. C'est la réparation d'une grande erreur judiciaire.

16 juillet

Huysmans, chez qui Girard et moi nous dînions, hier soir, disait que tout gravitait, en ce monde, autour de la femme et de l'argent. Il nous a dit encore que Drumont était une crapule, que la famille Daudet est une famille d'argent.

28 octobre

Dîné, ce soir, chez Huysmans qui appelle Mme Récamier une « allumeuse », une « masturbatrice spirituelle ».

29 octobre

J'ai voulu revoir, hier, l'Abbaye-au-Bois[84] qu'on est en train de démolir. Déjà le toit est trépané, et que de décombres ! Mais tout n'est pas encore détruit. Revu le grand vestibule qui précède le grand escalier qui mène au premier étage où Mme Récamier habitait. On entrait par la salle à manger que je n'ai pas vue, puis venait un petit salon et le grand salon et la chambre à coucher, et la petite cellule en rotonde et le petit cabinet de toilette : toutes pièces que j'ai revues. Le grand salon est une belle pièce. Deux fenêtres donnent sur la terrasse, et deux sur la rue de Sèvres. Boiseries, glaces, tout est enlevé. La cheminée est à droite, en entrant. Que de personnages ont passé là ! Des écrivains, des artistes, des gens du monde. Chateaubriand seul m'intéresse, avec celle qu'il appelait son « bel ange ». La petite cellule en rotonde ou à peu près est basse de plafond. Monté ensuite au 3e étage où se trouve le premier appartement de Juliette, si modeste. La porte est enlevée. Georges Cain la destine au musée Carnavalet. Un petit judas s'ouvre dans cette porte. La pièce est carrelée. J'ai regardé par les fenêtres. Dans le jardin tout en désordre, il y a bien un acacia, mais, paraît-il, celui dont parle Chateaubriand, aurait été arraché, parce qu'il était trop vieux. J'ai relu, là, la page des *Mémoires d'outre-tombe*, cette description des lieux, du cadre « aux approches du soir », des clochers pointus, etc. Le clocher des Petits Ménages n'existe plus. Il était l'un d'eux sans doute, celui des Incurables se voit encore. On voit aussi les flèches de Sainte-Clotilde, mais elles sont tellement postérieures au grand homme et à son immortelle amie ! Redescendu pour revoir la chapelle où maman s'est mariée, en 1836. Et de tout cela, il ne restera bientôt plus que le souvenir. Souviens-toi que tu es poussière. Dieu dit cela non seulement à l'homme, mais à ses œuvres, aux choses qui passent.

10 novembre

Dîné, hier, chez le jeune ménage André Germain[85] avec Mme Alphonse Daudet, Lucien Daudet et la princesse de la Moskowa. Mme Alphonse Daudet m'a dit que de bonne heure, son mari écrivait de sa toute petite écriture sur de minuscules carnets, ce qu'il avait vu, noté. Il était très, très myope, ce qui l'avait rendu timide dans sa jeunesse. Daudet avait, par contre, l'ouïe plus exercée. C'est ainsi qu'il avait des sympathies ou des antipathies commandées par la voix. Mme Daudet nous a raconté les soirées inoubliables qu'elle a passées chez Victor Hugo, soit rue de Clichy, soit avenue d'Eylau. Dans le salon de la rue de Clichy, il y avait un éléphant qui séparait le salon en deux : d'un côté se trouvait Juliette Drouet, de l'autre Mme Lockroy. Mme Drouet était démodée d'une manière ravissante, dit Mme Daudet. « Je n'ai pas qualité pour vous présenter Mme Lockroy, dit-elle à Mme Daudet, mais M. Victor Hugo s'en acquittera. » Les menus étaient d'autrefois. Un lapin sauté pour commencer. Les quatre mendiants, au dessert. Victor Hugo donnait, chaque jour, cent francs à sa cuisinière. Il mangeait beaucoup. Après le repas, il faisait lui-même les grogs et y versait force vins, si bien qu'Alphonse Daudet voulant rentrer droit chez lui, dut lui dire qu'il ferait lui-même son grog. Hugo était très poli. Il vous aidait à remettre vos vêtements. Mme Daudet se souvient de ces soirées avec un bonheur très grand.

27 novembre

Été voir, rue Blomet, ce pauvre Huysmans qui vient de subir une opération à la joue.

7 décembre

Reçu de la fabrique, à titre d'indemnité, le traitement fixe de quatorze mois, soit 4 439 francs. Comment vivrons-nous maintenant ? Le curé ne cesse de crier dans la sacristie : c'est la ruine matérielle et morale ! On va organiser le denier du culte, dans la paroisse.

9 décembre

Le curé a commenté aux fidèles la circulaire Briand[86] où le curé n'est plus qu'un occupant sans titre juridique, ne pouvant pas faire acte d'administration. Et alors ce pasteur de rabâcher ce qu'il a dit déjà tant de fois, et d'une façon si inopportune sur les droits des curés. Il veut bien admettre qu'ils ne sont pas d'institution divine, comme on l'a cru, au XVIIe siècle, comme l'a cru Bossuet, mais ils sont d'institution ecclésiastique, etc.

12 décembre

Ils quittent ou ils vont quitter leurs palais, nos seigneurs les évêques et archevêques ! Ils s'y étaient incrustés. Détachées de leurs cadres, ces grandeurs impressionneraient-elles davantage ? Talent ou vertus : c'est par là qu'on s'impose, par là seulement.

17 décembre

Vu Huysmans, hier, qui a je ne sais quelle grosseur à la joue. « J'ai une gueule asymétrique », dit il.

Revu Huysmans, ce soir. Il va subir une nouvelle opération. C'est paraît-il très grave, et il ne s'en doute pas. La perspective de retourner rue Blomet et d'y passer les fêtes de Noël ne lui sourit pas.

1907

14 janvier

Vu Huysmans, tout à l'heure. Il est selon son expression « abruti par le mal ». Il a célébré le « geste de bravoure » de Briand qui vient de le nommer officier de la Légion d'honneur. Briand y tenait. Anatole France aurait félicité le ministre de son choix. Nous avons parlé de ces catholiques qui sont affreux d'âme, de langage, de conduite. Ils font horreur à Huysmans.

19 mars

Serré la main de Huysmans. Il est au lit. « Je ne dors pas, je ne mange pas et je fais du pus », m'a-t-il dit. Il est résigné.

5 avril

Été aujourd'hui voir Huysmans qui nous a dit, de son lit, que son mal était « sans issue ». Quelle fin !

19 avril

Revu, aujourd'hui, le pauvre Huysmans levé, et se traînant. Quelle figure amaigrie, déjà funèbre ! Il m'a dit : « Dieu m'a sapé. » Il m'a parlé de « réversibilité ». On souffre pour les autres. Et comme je lui parlais de son courage, il a ajouté : « C'est Dieu qui le donne. » Il ne veut plus voir Broussolle[87] et a retrouvé son énergie pour me parler de ce déséquilibré ! C'est évidemment une question de jours.

25 avril

Huysmans que j'ai revu, tout à l'heure, m'a dit de son lit : « Je fabrique du pus. » Et comme je lui parlais de gens qui souffrent, il m'a répondu que Dieu se choisissait des victimes d'expiation. Céard[88] que j'ai trouvé, dans le salon, le trouve admirable.

5 mai

Revu Huysmans assis, dans sa petite salle à manger, allumant et fumant ses cigarettes, avec le peu de force qui lui reste. Figure creusée. « Vous avez du courage, lui ai-je dit, comme toujours. » Et il m'a répondu : « Dieu le donne. » Il voudrait qu'on prie non pour sa guérison, mais pour que sa pauvre main droite qui tremblait retrouve la force de donner des signatures.

8 mai

Été voir Huysmans, avec Girard. Il a la joue ballonnée, et les hémorragies l'abattent. Son ouvrage sur les églises de Paris est prêt à paraître. Il a détruit toutes ses lettres.

13 mai

Huysmans est mort, hier à 8 heures du soir. Je lui avais encore serré la main vers 1 heure et demie. Il était assis à la table de la salle à manger. Une figure douloureuse, jaune, de moribond crucifié. Je lui ai simplement répété que je l'aimais bien. Je l'ai revu, aujourd'hui, sur son lit de mort, vêtu de noir comme un oblat et la mentonnière simule l'amict du religieux qui s'apprête à dire la messe. Vu ses sœurs, son beau-frère, MM. Geffroy, Descaves, Hennique, etc. Que cet homme a dû souffrir ! Je le connaissais depuis 1891.

14 mai

J'ai dit la messe d'enterrement, à Notre-Dame-des-Champs, dans cette église où j'ai été second vicaire et que Huysmans n'aimait pas. Puis le curé a donné l'absoute, et l'abbé Fontaine, curé du nouveau Clichy, confesseur du défunt, a accompagné le corps au cimetière Montparnasse. J'ai suivi le char, avec Coppée, Descaves, etc. Vu Forain à la sortie de l'église. Dom Besse venu de Namur. Matin pluvieux. Beaucoup de monde. Pauvre cher romancier que j'ai connu pendant seize ans, que j'ai défendu partout, dont j'ai crié la conversion sur les toits ! Mon admiration pour son talent a été grandissante. J'aurais voulu parfois l'homme plus démonstratif mais il était sûr, fidèle et toujours accueillant. Descaves me disait en chemin, qu'il n'avait pas dû être heureux, que la religion elle-même ne lui avait pas donné le bonheur. Mystère que tout cela ! Son corps qui a été si humilié, depuis deux ans, est maintenant sous terre. Son âme est certainement là-haut !

8 juin

Rapporté les legs de Huysmans, livres, bois pieux, tableau du Bon Samaritain, de Bresdin.

17 juin

Les femmes, les jeunes filles de la haute société fument maintenant devant leurs mères. Les d'Hinnisdäl, mère et fille, fumaient, l'autre soir.

1908

22 janvier

Mme la comtesse Greffulhe m'avait invité à venir, aujourd'hui chez elle, à 5 heures, pour m'y faire rencontrer avec Anatole France. Étaient là également Jules Roche[89], Robert de Montesquiou. Mme de Caillavet[90] est venue seule : une grassouillette petite dame, aux traits fins.

Anatole France a une barbe et des moustaches grises. Un faux air de vieux comte du Faubourg Saint-Germain ou plutôt de vieux militaire. Très courtois, beau causeur, causeur de salon. Mme Greffulhe a raconté les expériences de spiritisme auxquelles elle a assisté avec Jules Roche. La petite Eusapia, fille d'un cabaretier, dont on tient les bras et au-dessus de laquelle apparaît une main de neige. Anatole France refuse de croire à ces phénomènes.

France fut d'une amabilité parfaite. Il convint, avec moi, que l'Église en France n'était pas très puissante. Des phénomènes spirites, il disait qu'ils ne sauraient être ni prévus ni reproductibles. Donc à quoi pourraient-ils servir ?

26 janvier

La bourgeoisie envahit Sainte-Clotilde, et ses catéchismes.

30 janvier

Je reviens de chez la comtesse du Bourg de Bozas où la comtesse Greffulhe m'avait convoqué pour assister aux phénomènes de Eusapia Paladino, fille d'un cabaretier de Naples. Étaient là le marquis de Mun, Jules Roche, Pierre Mille[91], Anatole France, Mme de Caillavet, Robert de Montesquiou et un abbé précepteur. On a fait la nuit ou presque, et nous formions une chaîne de mains autour d'une table. Eusapia adossée à des rideaux qui cachaient un coin où se trouvaient des objets plus ou moins préparés. J'étais entre la comtesse Greffulhe et Anatole France, et nos mains se touchaient. J'étais fier des deux contacts. Table soulevée, puis retombant à terre, avec bruit. J'ai été ensuite à gauche de Eusapia, et j'ai senti des pressions vigoureuses, à mon front, sur mes épaules, après que Anatole France eut reçu l'attouchement d'une mandoline. Il m'avait semblé à moi que les mains mystérieuses dessinaient sur mon humble personne le signe de la croix. La séance fut longue. Une Pentecôte laborieuse. La main apparut au-dessus de Eusapia, mais mes yeux ne purent saisir cette apparition trop rapide. Après quoi, Anatole France essaya d'expliquer ce qu'il y avait d'étrangeté dans tout ceci. La chaîne ne permet pas, disait-il, de contrôler suffisamment.

Ce qu'il y eut de plus agréable pour moi, ce fut de retrouver l'auteur du *Lys rouge,* très causant et très aimable. Il me fit l'éloge de l'artiste qu'était Huysmans. Puis je l'interrogeai sur son futur livre *Jeanne d'Arc*. Il me parla du miracle et de l'illusion du miracle. Il trouve qu'il y avait de braves gens, parmi ceux qui jugèrent Jeanne d'Arc. Il constate qu'elle avait peu d'intelligence. Il me conseille de lire ce que Bossuet dit d'elle, dans son *Histoire de France à l'usage du Dauphin*. Bossuet, rationaliste, selon Anatole

France, emploie ces expressions : « On a dit. Elle a dit, etc. »

4 février

Hier, nouvelle séance eusapienne, rue Pierre-Charron. Elle fut plus laborieuse, moins concluante encore que la première. Pour moi, l'intérêt était la présence d'Anatole France. Mme de Caillavet que je trouvais, cette fois, moins vaste, a les traits fins. Elle me dit que France retourna au Forum pour l'exactitude de la description, avant de publier *Sur la pierre blanche*. Anatole France nous raconta qu'il avait observé curieusement le cinématographe qui représentait les funérailles de l'archevêque de Paris. France apprend beaucoup de choses dans tout cinématographe. « C'est le journal de l'avenir, dit-il, un auxiliaire à l'enseignement. »

23 juin

Robert de Montesquiou, qui m'avait demandé un rendez-vous, sort de chez moi. Il m'a parlé d'une façon intéressante de bien des choses. Il vient d'achever un livre à la mémoire de son ami Yturri[92] et m'invite à venir chez lui entendre la lecture d'un chapitre. C'est l'être qu'il a le plus aimé.

28 juin

Pozzi, Mme de Caillavet, Anatole France et moi, nous sommes partis, en automobile, pour Neuilly, chez Robert de Montesquiou. J'entre avec le romancier du *Lys rouge* dans le pavillon des Muses. Des lys blancs nous accueillent de tous leurs parfums. Le salon qu'on avait laissé dans un demi-jour se peuple peu à peu de notabilités littéraires, artistiques, mondaines. Je suis assis à la droite de France, pendant la lecture de Robert de Montesquiou. Il a partagé l'éloge de son ami en douze stations. Nous avons la dernière. Il raconte l'enterrement à Versailles, et décrit le mausolée qu'il a dressé ! Tout cela d'une voix de trompette, sans émotion, avec une emphase, un orgueil qui n'ont d'égal que la sincérité.

Je vis au milieu des gens et des idées les plus contradictoires. Il faut que je sois protéiforme, sans désemparer. Rôle qui suppose de la souplesse et qui en donne, mais comment sauvegarder l'unité ? Je suis l'abbé Pluriel.

7 juillet

Ah ! la lassitude de mes fonctions, comme je l'éprouve ! Comme je dis intérieurement à ces femmes, à ces jeunes filles, à toute notre clientèle : Partez, partez ! Assez de péchés entendus, de ciboires vidés, de saluts donnés, de sermons, d'oraisons, de directions, que sais-je !

16 septembre

Été voir l'éditeur Stock qui m'a raconté comment on lui avait enlevé les ouvrages de Huysmans, pour les donner à Plon. Comment Descaves était « un faux brave homme ». Comment il a fait nommer Jules Renard à l'académie Goncourt contre Céard, comment il avait dit à Capus que ce serait Ajalbert qui passerait, etc., etc. En réalité, au lendemain de la mort de Huysmans, tous ses anciens amis se chamaillent.

29 octobre

Été voir, boulevard Saint-Germain 143, Mme Pauline Viardot[93]. J'avais été, hier, un peu éconduit. Mais ayant insisté et parlé de Nohant sur ma carte, j'ai été renvoyé à ce soir, 5 h. Le salon n'était éclairé que par les feux rouges de je ne sais quel instrument de chauffage (car il fait aujourd'hui très froid). La sœur de la Malibran est très âgée, 87 ans. Elle m'a dit la bonté de George Sand « bonté bourgeoise, bonté simple ». On parle toujours de son génie. On ne saura jamais combien elle était bonne. Mme Viardot m'a dit qu'elle avait 16 ans, quand elle l'a connue. Elle venait de débuter au théâtre. George Sand lui écrivit pour l'encourager et l'inviter à venir la voir. « J'habite un grenier, lui dit-elle, mais tout sera éclairé et les coussins seront remplis de fleurs. » Mme Sand était, quand elle le voulait, très comique. Puis, nous avons parlé des marionnettes. Mme Viardot m'a dit que Maurice improvisait les paroles et qu'il était alors très amusant. Sa mère se contentait d'afficher le scénario.

Mme Viardot n'a presque pas connu sa sœur qui était plus âgée qu'elle et toujours en voyage. Je suis content d'avoir vu cette grande artiste, la seule survivante des amis que George Sand nomme à la fin de l'*Histoire de ma vie*. Elle m'a dit qu'elle appelait George Sand *Mimoun*, mot berrichon.

Évidemment, je traverse une nouvelle crise sandiste.

1er novembre

L'affaire Ch. Perraud est dans la presse (*Matin, Temps*) [94].

2 novembre

Le vicomte de Vogüé que j'ai rencontré, dans la rue m'a parlé de l'affaire Perraud, M. Nisard lui a dit, hier, que tout était vrai et qu'il le tenait de son père. Vu aussi Mme Tavernier tout émue des révélations de l'abbé Houtin sur Charles Perraud. Ce dernier qui est mort, depuis 17 ans, on ne le laisse même pas tranquille. Elle a trouvé la formule : « Ce livre détruit du bien qui a été fait. »

5 novembre

Mgr Gauthey, évêque de Nevers, dans une lettre adressée à *La Croix*, avoue la faute commise par l'abbé Charles Perraud, mais il est bien mort, dit-il.

7 novembre

Le sénateur M. de Lamarzelle est revenu me voir, à la sacristie, à propos de la lettre de Mgr Gauthey. Il la déplore, comme moi. L'évêque de Nevers reconnaît la culpabilité de l'abbé Perraud. Il ne devait pas le faire.

8 novembre

J'ai reçu, dans la soirée, la visite de la comtesse Greffulhe. Nous avons causé d'Anatole France, de la vie du prêtre, etc. Je m'entends si bien avec elle ! Elle réfléchit, elle se rend compte. Elle apprécie l'amitié et la liberté. Quelques amis, dit-elle, qu'on voit de temps en temps, tiennent plus de place dans votre vie que « celui qui ronfle près de vous ».

24 novembre

Déjeuné, tout à l'heure chez la comtesse Murat. Après le repas, causé avec la princesse Bibesco[95], de Mme de Noailles qui est sa parente. Mme Mathieu de Noailles[96], disait-elle, aime les approbations. Or, il y a des détracteurs. Elle voudrait la croix, l'Arc de Triomphe, être Napoléon. C'est l'hypertrophie du moi. Elle est le déchaînement. Elle aurait dû vivre à l'époque alexandrine, byzantine. Elle est une fin de race. Elle voudrait être aimée de tous les hommes qui aiment d'autres femmes qu'elle. Elle disait un jour : « Il y a des femmes jolies qui sont aimées des hommes : les cochonnes ! » J'ai dit à la princesse Bibesco que Mme de Noailles aurait dû épouser le soleil, le vent, un élément. La princesse est orthodoxe. La fête de Pâques est, en Roumanie, la principale fête. Elle m'a parlé aussi de *l'Imitation*. Et dire que je n'ai rien lu de ses *Huit Paradis* !

4 décembre

Déjeuné chez les Horace de Choiseul et causé des parents et des jeunes filles. Le mot dont les jeunes filles se servent le plus souvent, aujourd'hui, est celui d'« amusant ». « Est-ce que tu t'amuses » ? On n'aime pas le tennis, les jeux extérieurs, on préfère s'asseoir. On n'aime pas danser mais plutôt flirter. Quand un jeune ménage s'installe, il est préoccupé du « garage » plus que d'un appartement pour enfants. « Pas d'enfants, deux autos. » Quand une jeune fille part pour la campagne, elle achète, chez Durand, une dizaine de valises. Les parents ne songent qu'à marier leurs filles. Les parents ne songent qu'à amuser les enfants.

Je parlerai, au catéchisme, de persévérance, de l'irrespect, de l'indépendance, de la passion exclusive de l'amusement. En public, les enfants veulent en savoir plus long que les parents.

9 décembre

Charles Du Bos veut écrire son journal. Lui qui est si jeune essaie de se ressaisir, de ressaisir son passé, à lui. Il admire Benjamin Constant. Il médite un long séjour à Florence.

1909

24 février

Aujourd'hui, mercredi des Cendres, été déjeuner chez Mme de Caillavet avec Anatole France. France va faire quatre ou cinq conférences sur Rabelais, dans la république Argentine, à Buenos Aires. Il aime voyager, ce qu'il n'aimait pas quand il a fait la connaissance de Mme de Caillavet, il y a vingt ans, disait cette dernière. Ce qui fait qu'on ne parle plus aujourd'hui la vraie langue française, disait France, c'est l'invasion des bonnes étrangères.

France m'a donné rendez-vous, chez lui, lundi matin. Il doit me communiquer une correspondance de Huysmans datant de sa conversion et qu'il tient, je crois, de Barthou.

1er mars

Été, ce matin, voir Anatole France, chez lui, au 5 de la villa Saïd. France m'a reçu dans son cabinet de travail, vêtu d'une robe de chambre grise qui le ferait prendre pour un moine et coiffé d'une calotte rouge qui le ferait prendre pour un cardinal. Il m'a parlé de bien des choses : d'abord du *maître d'école* actuel qui lui inspire des craintes, qui l'effraie, puis de l'abbé Lalaune, directeur du collège Stanislas, qu'il a connu, ayant été élève de ce collège. L'abbé Lalaune

« aux paupières de parchemin humide ». France a parlé encore de Rabelais qui était déiste, qui admettait l'Évangile et Platon, qui croyait à la divinité de Jésus-Christ, bien que la question ne se posât pas en ce temps-là, sous cette forme. Puis il m'a montré l'édition originale des *Intermèdes de musique pour la tragédie d'Esther* par Blondeau, celle des *Lettres provinciales* de Pascal, avec le petit texte de la 18e, imprimé à Osnabrück, celle de Molière. Il nous a lu, au libraire Pelletan et à moi, des vers du prologue d'*Esther* où Racine parle si librement du pape, au profit du roi.

Et l'enfer, couvrant tout de ses vapeurs funèbres
Sur les yeux des plus saints a jeté ses ténèbres.

France lit avec solennité, d'un ton doctoral. Il m'a remis les lettres de Huysmans que lui avait confiées Barthou. L'intérieur de France est un peu bric-à-brac. Rien que de vieilles reliures aux murailles, des poteries, des têtes, des torses, et sous vitrine, des statuettes antiques et en particulier un Éros ailé qui vient d'Alexandrie et enfermé dans une cage de verre précieuse.

11 mars

Lu la correspondance de Huysmans à Gustave Boucher. Quelques lignes sur moi m'ont déplu. Il m'appelle « pétulant abbé », « l'abbé Batifole ». Ce n'est pas méchant, cela, mais il y avait d'autres phrases qui m'ont été moins au cœur. Cet homme manquait tant de psychologie et de sens pratique ! Il s'emballe perpétuellement, croit que tout va arriver, puis se déballe très vite. Et ce sont des mots d'un réalisme !

30 mars

Longue conversation avec Mme de Caillavet seule. Je note, au fil de ma mémoire : c'est chez Mme Aubernon que Mme de Caillavet fit la connaissance d'Anatole France, il y a 24 ans. France timide, gauche... Mme de Caillavet m'a fait lire une lettre de Bourget à France pour le féliciter du *Lys rouge*. Il lui dit, entre autres choses, qu'il est lui France, un « maître observateur de l'âme et de la *suture* qui joint les rêves aux sens ». Mme de Caillavet m'a parlé aussi de Barrès qui n'a mis en commun avec Mme de Noailles que le goût effréné de la réclame. S'ils se donnent rendez-vous, c'est, dit-elle, dans des agences de publicité. France n'est pas ébloui de luxe : « J'ai passé, dit-il, mon enfance au Louvre. » Quel est le palais de financiers ou de mondains qui vaut le Louvre ? Mme de Caillavet m'a fait observer que France n'avait écrit que fort peu de livres, avant de la connaître. Dans une dédicace de *Crainquebille*, France parlant de Mme de Caillavet écrit : « Sans elle, je ne ferais pas de livres. » Elle affirme qu'elle n'a pas été une inspiratrice, une muse. France a un défaut : la faiblesse. Il se laisse facilement tromper. France passera trois mois en Amérique, au Brésil et Mme de Caillavet ne l'accompagnera pas. Elle doit lui demander s'il est convenable que j'assiste, jeudi, à une lecture qu'il doit faire, en petit comité, d'une fantaisie où la chute des anges est compliquée d'une aventure libertine.

24 mai

Été voir Mme de Caillavet et eu longue conversation avec elle. Elle m'a dit qu'elle connaissait France, depuis 24 ans, et qu'elle avait été un *pion* pour lui. Elle l'a fait travailler. Il lui a reproché, à propos de Brousson qu'elle n'aime pas, de le tyranniser. France a été injuste pour elle. Il est « tourmentant » mais il a « du génie ». Mme de Caillavet m'a raconté la genèse de ses livres. Il était Sylvestre Bonnard quand elle l'a connu. *Thaïs* est né d'une nouvelle destinée au *Figaro* et qui devait tenir trois colonnes. Lemaître entendit ce conte dont lecture fut faite devant lui et quelques autres. France a fait *Thaïs*, avant d'aller en Égypte. Y ayant été, il n'eut rien à retrancher de son livre. Tout était exact. Les histoires de Mgr Charlot, dans *Bergeret*, lui sont venues à la suite d'une conversation d'un curé de campagne qui, ayant déjeuné chez Mme de Caillavet, avait raconté des traits du *Cardinal Donnay*, le pendu, etc.

23 juin

Encore la même jeune fille de la société (dix-neuf ans) couchant avec un valet de chambre. Elle l'aime. Elle lui avait fait faire ses Pâques. Conversion et perversion. Et cela durait depuis cinq mois, quand elle a été trouvée en chemise, par sa mère, sur le chemin du misérable. Et elle communiait pendant ce temps-là, et n'en disait rien.

1er juillet

Combourg, Nohant, La Chesnaie : les trois endroits du monde qui ont le plus surexcité mon imagination, après comme avant mes voyages. Tout ce que j'ai aimé avec mon imagination m'a été comme inoculé. L'imagination et le désir.

Revu Henri Lavedan[97]. Il m'a conté ce fait : Lenôtre dîne chez lui et on parle de moi. Et Lenôtre de dire que j'ai déjeuné avec France et Loïe Fuller[98]. Alors Madame Lavedan (qui ne sait pas que son mari se confesse à moi) de déclarer qu'elle ne voudrait pas se confesser à un prêtre mondain comme moi. Lavedan ne me blâme pas, car il sait que je suis obligé de pêcher, comme il dit, en eau trouble.

4 juillet

Mgr Baudrillart étant venu me demander, l'autre jour, s'il pouvait me citer parmi les témoins de l'abbé Charles Perraud, je lui ai répondu affirmativement. Il l'a fait, dans *l'Univers*, d'où la lettre inquiétante de Houtin. J'ai été tout à l'heure, m'expliquer avec lui, de vive voix. Je voulais en avoir le cœur net car je n'aime pas ce genre de polémique. Il a fini par me dire que l'abbé Perraud n'ayant pas la vocation ecclésiastique, s'était marié *mystiquement* avec Mme Duval, s'était jeté dans ses bras spirituels (*sic*). J'ai conclu de tout ceci que je dois être ultra prudent avec Mme de St-G., le P.H. et M.H. qui tirent à eux toute la couverture. Et je n'écrirai plus rien.

Paris, 14 juillet

Je rentre. Un mot indirect du Père Hyacinthe. Il faudra que je lui réponde par une mise au point.

15 juillet

Je pressentais les embêtements Loyson-Perraud. Lettres sur lettres. J'ai été un doux et un tendre. Faudra-t-il m'en repentir ? Écrit à Paul Loyson. Été à *l'Univers*. Écrit au Père Hyacinthe. Lu ma lettre à M. de Narfon qui l'a approuvée. Écrit à Mme de Saint-Germain.

16 juillet

Paul Loyson m'embête encore ce matin avec une nouvelle lettre. Je lui réponds. Reété à *l'Univers* où La Tour Villers qui remplaçait Fr. Veuillot absent m'a reçu de nouveau et a approuvé ma lettre à Paul Loyson.

17 juillet

L'Univers a dû faire paraître, hier soir, ma petite déclaration. Puisse-t-elle être une fin, non un recommencement [99].

18 juillet

Mgr Baudrillart voudrait me faire dire que j'ai approuvé la brochure. On peut l'avoir entendue, en faisant toutes ses réserves, *in petto*. Étais-je tenu de dire à ces vieux oratoriens : « Soyez doux et clément pour le père Hyacinthe ?... » On m'aurait foudroyé. À plusieurs reprises, j'ai dit qu'il m'avait paru vénérable. Je crois même avoir dit qu'il fallait y répondre comme Monsieur Houtin l'avait fait, en étudiant les textes, simplement. La brochure des Pères de l'Oratoire a d'ailleurs été remaniée à plusieurs reprises, et je n'ai pas souvenance d'avoir dû approuver la dernière rédaction. Et il y avait, je m'en souviens, de la cacophonie dans la réunion de la rue Las Cases. Si j'ai à défendre mon attitude vis-à-vis de M. Loyson, je dirai deux choses : 1° J'ai su qu'il était malheureux, errant (lettre de Mme de Saint-Germain, janvier 1907). 2° Je voulais l'empêcher de publier la brochure sur l'abbé Perraud.

Il faut être 1° correct vis-à-vis de la mémoire de l'abbé Perraud, 2° correct vis-à-vis de M. Loyson, 3° correct vis-à-vis des Oratoriens.

Dans *L'Invendable* de Léon Bloy (suite de son *Journal*) ma visite est racontée. Il me compare à un vieux renard qui « retrousserait sa soutane pour entrer dans l'étable de Bethléem ». J'ai « bafouillé » dit-il encore [100]. Ah ! l'ignominie de cet homme ! Et il cite toute la lettre qu'il m'a écrite et à laquelle je n'ai pas répondu. Ah ! que j'ai bien fait ! Il me qualifie enfin de prêtre mondain. Flot d'injures, passez, passez !

21 juillet

Été voir, hier, Mme de Caillavet qui se plaint beaucoup du silence de France. Il peut être méchant. Il lui a dit, avant de partir, des paroles dures, etc, etc. Il a un caractère exécrable.

Vu Mme L. qui m'a dit la passion qui la dévore en ce moment et combien elle est portée aussi pour Lesbos. Oh ! la charmante créature et si passionnée ! Que deviendra-t-elle ?

26 juillet

Blériot vient de traverser la Manche, en aéroplane, en monoplan.

Déjeuné chez Mme de Caillavet, en tête en tête. Elle est très troublée au sujet d'Anatole France. Elle craint qu'une influence féminine ne l'ait amoindri, là-bas. Et moi d'interpréter lettres et dépêches, dans un sens optimiste. Mme de Caillavet m'a dit combien il est violent quand il veut. Elle m'a lu quelques-unes de ses lettres d'autrefois. Dans l'une, il parle d'une poêle où grillaient des marrons. Elle lui rappelle son enfance. « Il n'y a, dit-il, dans ma vie, que des poêles à marrons ! » Une autre fois, il lui écrit : « Je ne me plais pas. » Mme de Caillavet si reconnaissante de ce que je disais pour la rassurer me répondait : « Pour vous faire plaisir, voulez-vous que j'aille à la messe ? S'il suffit de croire sentimentalement. » Mme de Caillavet m'a dit que France n'aimait plus que la politique. Elle m'a confessé que son mari l'avait mise dans des difficultés financières. Et c'est même ce qui a été la raison du voyage de France qui travaillerait ainsi pour elle.

1er août

Enfin la paroisse se dépeuple. Elle y a mis le temps. Encore quelques invitations à dîner. Et puis, j'ai toujours des lettres à écrire.

4 août

Je relis du Chateaubriand, son ambassade à Rome. C'est sans doute un *Moi* fatigant, mais quelle variété de réflexions, de tableaux ! Il est d'hier, il est de ce matin, de ce soir, de demain. Il observe et critique trop. Lamartine a le génie bienveillant.

16 août

Hier, on est venu me prendre, en auto, à 7 h 1/2 du soir, et de là à Chatou d'abord chez le docteur Péchin, et ensuite au Vésinet, dans une maison de santé du docteur Mignon où m'attendait X...

Le pauvre garçon a éprouvé des troubles cérébraux, à la suite d'une noce carabinée (champagne et femmes). Et il a maintenant des hallucinations. Il a cru voir Jeanne d'Arc ! Je l'ai confessé. Voilà une course qui ne me réjouissait pas. On traversait des campagnes noires et des villages en fête et illuminés. À un certain endroit, le *popolo* nous entourait et l'auto était bloquée par je ne sais quoi.

Francis de Croisset sort de chez moi. Juif baptisé récemment. Il est belge, de Bruxelles.

21 août

Paul Hyacinthe Loyson m'envoie son long factum contre moi, paru dans *l'Exode* (25 juillet-10 août). Ce sont ses lettres, avec des extraits du journal du Père Hyacinthe. Ces gens-là sont des déterreurs de cadavres et des vivisecteurs. Le fils Loyson m'a envoyé tout cela, de Coppet, avec sa carte de visite. Vraiment les fils de prêtres sont bien mal élevés. Preuve inattendue en faveur du célibat ecclésiastique.

23 août

Toujours ennuyé et soucieux à cause de ce qui précède.

25 août

L'archevêque de Paris m'avait fait prier de venir le voir aujourd'hui. L'entrevue a eu lieu. Il m'a blâmé de mes relations avec l'ex-Père Hyacinthe et de l'avoir invité à déjeuner, avec sa femme, et d'avoir bu à la santé de cette dernière. Il m'a demandé d'écrire une lettre qui paraîtra dans *l'Univers* et dans *la Croix*. Il m'a dit que l'ex-Père Hyacinthe n'avait pas fait un pas, depuis sa sortie de l'Église romaine. Mon Dieu, que je m'ennuierais si j'étais archevêque de Paris !

2 septembre

Été chez Mme de Caillavet qui m'a dit que France avait été, en effet, sous le charme d'une dame à qui même il avait promis un voyage aux Indes. Elle l'a ressaisi enfin. France nous a rejoints tout de suite, et il m'a embrassé. Il m'a dit avoir fait là-bas deux conférences sur le positivisme. Auguste Comte était fou. Il avait gardé la religion, sauf la partie consolante. Il aimait Bossuet, parce qu'autoritaire. Il n'admettait le divorce que dans un seul cas, si l'un des deux avait volé une caisse publique — parce que Clotilde de Vaux s'était séparée d'un mari qui avait commis cette faute. Puis on a parlé encore du neveu de Barrès qui vient de se suicider. C'était Demange qui voulait imiter son oncle, faire son petit voyage à Sparte et se serait tué pour avoir aimé, sans succès, Mme de Noailles.

4 septembre

Robert de Montesquiou sort de chez moi. Il m'a dit qu'il préparait son déménagement. Il « parfile ». Il m'a demandé de dire une messe, tous les mois, le 12 pour son ami Gabriel Yturri. Il me conduira à Versailles, au beau monument funèbre qu'il lui a consacré. Des abeilles ont, paraît-il, fait leur miel entre les ailes d'un ange. Robert de Montesquiou m'a longuement parlé de la *Danse de Salomé* faite par une Russe, danse extraordinaire qu'elle ne devait faire qu'une fois, et pour laquelle elle est allée en Palestine, et a dépensé 150 000 francs. Robert définit cette danse : « la Crucifixion par la volupté ». Il m'a laissé un article qu'il a composé là-dessus paru dans *Gil Blas*.

Été déjeuné chez Mme de Caillavet avec Anatole France. France nous a dit que l'avenir était au syndicalisme, au socialisme. Ce qui empêche les ouvriers français de se syndiquer, c'est leur manque de sobriété. Le socialisme existe, depuis une vingtaine d'années, en Angleterre. Là-bas le patron ne peut réaliser un Creusot, un d'Anzin. En France, le socialisme ne pourra guère dépasser celui de l'Angleterre. Jaurès, disait encore Anatole France, sera obligé de former un ministère, et ce sera comme le ministère Gambetta, avec une chute profonde. Le socialisme peut s'accommoder de n'importe quelle forme de gouvernement, même du gouvernement théocratique. On est las de la constitution à la grecque qui voulait rendre les hommes heureux. Il faut donner au travail son prix.

France a dit le peu de sérieux de la *Vie de Jésus* par Renan. C'est de la fantaisie.

6 septembre

Mgr Foucault venant à Paris pour y présider un office a tenu à venir me voir pour me donner une marque d'amitié dont je suis très touché. Nous avons causé de l'affaire. Il a déjeuné chez moi et m'a raconté le suicide à Épinal, du neveu de Barrès. Or ce même Barrès avait interpellé le gouvernement sur le suicide des lycéens.

23 octobre

Je rentre et j'apprends les résolutions de l'Archevêché. La bravoure n'étant pas le fait du clergé, on me manderait de prendre un congé, puis on me nommerait ailleurs. N'est-ce pas le moment de me retirer tout à fait ? Mes pressentiments étaient justes.

25 octobre

Denys Cochin[101] sort de chez moi. Il a été voir, il y a quelque temps l'archevêque et a intercédé pour moi. Mgr Amette veut, a-t-il dit, donner satisfaction au clergé. On me reproche surtout le déjeuner Loyson et d'avoir invité la femme. Le verre d'eau donné à un hérétique n'est pas dans l'Évangile.

26 octobre

Madame Greffulhe qui se montre admirable pour moi, dans cette affaire, a été voir aussi l'archevêque. Elle était venue chez moi auparavant. Elle m'a rendu compte de sa visite aussitôt après. L'archevêque s'en tient à la même formule, ajoutant que le curé, mes confrères ne voudraient pas marcher avec moi, si on ne me donnait pas cette semonce. Il faut que je demande un congé de un an, six mois, après quoi on me nommera à un poste équivalent. M. Cochin est revenu, le soir, chez moi, vers 9 heures. Il m'a dit que l'abbé Lemire me conseille d'accepter tout. M. Cochin dit qu'il ne faut pas créer de difficultés à Mgr Amette qui est très à plaindre. Il a été très menacé, du côté de Rome. Et qu'aurions-nous, à sa place ? Quelque jésuite. M. Cochin qui déplore tant la situation faite par Rome à l'épiscopat français tient beaucoup à l'archevêque de Paris qui est un modéré.

Vu l'archevêque qui m'a parlé avec modération et plutôt bienveillance. Il me reproche jusqu'à mes relations quotidiennes avec Mme de Contades. Imprudence. « Vous ne pouvez plus rester à Sainte-Clotilde. » Donc congé. Je ne suis plus premier vicaire. Il me nommerait premier vicaire dans une paroisse honorable, équivalente à Sainte-Clotilde.

Paris, 30 octobre

J'écris ces lignes, rue Las Cases, dans mon appartement vide comme un tombeau. Quelles journées, depuis mon entrevue avec l'archevêque ! Un déménagement improvisé, puis des courses au Crédit Lyonnais où j'ai tout déposé, tout, c'est-à-dire rien, chez les docteurs Burbureaux, Ward, chez Terrial qui n'a trouvé dans mes urines ni albumine ni trace de diabète, mais une absence notable de phosphate — et enfin, ce matin même, au cimetière où j'ai dialogué avec ma pauvre et chère maman. Ici un amoncellement de lettres auxquelles je ne puis répondre. Il y en a que j'attends et qui ne viendront pas peut-être. Buvons le Graal de toutes les amertumes.

1er novembre, gare de Lyon

Couché encore, dans un petit hôtel du boulevard Montparnasse. Puis erré dans la ville. Retourné dans mon ancien logis, pour rendre les clefs. Écrit lettres et petits bleus, dans un hôtel voisin d'ici. Et j'attends impatiemment l'heure du départ. Je ne croyais pas recommencer le voyage d'il y a quelques jours, retraverser le Simplon. Elle a été amère la fête de la Toussaint de 1909. Demain les *Morts*. J'en suis.

1910

1er août

Je commence le dixième mois de mon exil. « Seul, le pire arrive » disaient Schopenhauer et Folantin. Je ne veux analyser ici ni moi ni les autres. Ce ne serait pas très beau d'un côté et ce serait peut-être encore plus vilain de l'autre.

3 août

Revu, hier, M. Denys Cochin. Il m'a confirmé les antipathies et jalousies cléricales que je soupçonnais.

7 août

M. Cochin, Mme Greffulhe s'en allant chez les curés de Paris pour plaider ma cause ! J'entends d'ici certains d'entre eux, s'étonnant. C'était à l'Archevêché à prendre ma défense et à me nommer plus vite. On dit toujours l'archevêque bien disposé ; s'il ne l'était pas, que serait-ce donc ? Si on me donne une situation inférieure à celle que j'avais, il faudra que je me contienne, que je reste digne.

J'ai répondu à la comtesse Greffulhe : « Je tâche d'être résigné, mais clairvoyant et sans la moindre illusion soit pour le présent soit pour l'avenir. »

10 août

Je quitterai Monabri demain. L'archevêque me convoque chez lui, vendredi prochain, vers deux heures.

Paris 12 août

Parti hier soir, de Dijon, vers 6 heures ; arrivé à minuit, à Paris, par cette même gare de Lyon où j'étais parti, le soir de la Toussaint pour Athènes. Couché dans les environs dans le petit hôtel Ariana.

Quel chemin parcouru ? Si me voyait ma pauvre maman !

Paris, 13 août

Ma journée d'hier. Été d'abord au cimetière Montparnasse m'agenouiller près de la tombe de maman. Vers deux heures, j'étais à l'Archevêché. Mgr Amette m'a dit, de cette voix détachée, les difficultés qu'il avait eues pour me trouver une situation. Il avait songé à me donner le poste d'aumônier des sœurs de Saint-Joseph-de-Cluny mais c'est « peu occupant ». Enfin, il m'envoyait à Saint-Charles-de-Monceau où il y a un élément populaire et un autre qui ne l'est pas, paroisse intéressante. Il a reproché à certaines personnes, sans les nommer (M. Cochin, Mme Greffulhe) d'avoir été trouver des curés de Paris pour plaider en ma faveur. Certains ont dit qu'ils m'accepteraient volontiers, et à l'archevêque, ils avaient dit positivement le contraire.

Mes confrères m'ont reproché toutes sortes de choses, d'être « dédaigneux », certaines paroles qui ont été rapportées. Puis d'être dans mon enseignement trop humain, pas assez surnaturel.

Cette nomination à Saint-Charles-de-Monceau n'est, dit l'archevêque, ni une faveur ni une défaveur. Je suis sorti de la rue de Bourgogne, très attristé de ce ton, de cette entrevue. Ainsi les ennemis, les vrais ennemis sont à droite. La bande Loyson a commencé, les autres ont fait le reste. Ils n'attendaient qu'une occasion. Ils ne l'ont pas manquée. Je suis deux fois victime. Ah ! quel corps ! Voilà ce qui explique son peu d'influence.

Été ensuite à Maisons-Laffitte passer la soirée chez les Charles Dupuis, qui ont de l'esprit et du cœur. Je déjeune aujourd'hui chez l'abbé Cosse qui va devenir mon supérieur. Telle est la vie ! Ah ! si mes yeux étaicnt meilleurs !

19 août

Quelle journée de dupe ! Cosse veut savoir si la campagne recommencera et s'il y sera mêlé. Je lui réponds que j'ignore si cette campagne doit avoir lieu. Puis il me déprécie sa paroisse, à tout point de vue. Et finalement, comme je veux avoir une solution immédiate, il court à l'Archevêché, supplier Monseigneur de ne pas me nommer à Saint-Charles.

Je revois l'archevêque qui m'accuse de manquer d'humilité, ou du moins de ne pas la manifester. Il aurait donc fallu me traîner à genoux devant le curé de Saint-Charles. Alors il me nomme aumônier des Sœurs de Saint-Joseph-de-Cluny, rue Méchain, un quartier solitaire et si triste ! Je passe chez Odelin qui m'embrasse ou qui a l'air de sympathiser, je ne sais plus lequel des deux. Je porte ma lettre à la supérieure, une religieuse aux lunettes noires. Messe à 7 h 20, mais être là à 6 h 45.

Des saluts en quantité, une grand'messe le dimanche avec prône ! Le tout pour 3 000 francs. Odelin dit qu'on ajoutera 1 000 francs. Quelques messes en plus. Me voilà bien enterré, enfoui. J'y vivrai sobrement, solitairement. C'est fini ! Les misérables ! Et cet archevêque qui s'est joué de moi !

28 août

Voici le pape qui impose la première communion à l'âge de sept ans[102]. Toute une révolution catéchistique, en France, à Paris surtout. C'est cette belle ordonnance due à des prêtres, à des curés célèbres qui va crouler. La première communion ne sera plus cette cérémonie qui touchait encore, d'un rayon, les populations les moins croyantes. Ces petits enfants ne sauront pas ce qu'ils feront. Encore la fin d'un monde ! Pie X détruit, détruit... La communion se banalise.

29 août

Entré, hier, en fonctions d'aumônier, rue Méchain. Chanté la grand'messe et parlé le soir, avant le Salut, du très-Saint-Cœur de Marie dont c'était la fête pour les sœurs de Saint-Joseph-de-Cluny. Mon ministère sera de donner des Saluts à l'ostensoir, au saint ciboire. Puisse tout cet encens purifier ma vie !

Me voilà enfin emménagé 7 rue Méchain. Emménagé, c'est-à-dire qu'on a transporté ici mes meubles et livres qui dormaient, depuis dix mois, dans un dépôt. Et je suis dans un désordre inexprimable. Je lis, dans le journal que le pape vient de condamner *le Sillon*. Bravo ! Saint-Père, condamnez toujours !

3 septembre

Emménagement laborieux. Je suis toujours dans le chaos des livres, des journaux, des papiers, des valises, de tout. M. Cochin est venu, hier matin, me surprendre, et avec beaucoup d'amitié.

6 septembre

Barrès a raison. Il faut commencer par le *moi*. Mais c'est que tout le monde veut vous l'arracher tout de suite, ce *moi*. Famille, éducateur, etc. Et on vous effraie : c'est ce *moi* qu'il faut tuer... Je finis par ce *moi*. La société, telle qu'elle fonctionne, est une conspiration permanente contre le *moi*. Et au bout, nous n'avons que ce *moi* qui soit vraiment à nous, qui nous appartienne. Mais ce *moi*, il n'en faudrait jamais parler.

Ranger, mettre de l'ordre dans tout ce qui a occupé à tort ou à raison mon *moi*, telle doit être ma tâche présente. Nous verrons ensuite le parti qu'on doit en tirer, si parti il y a.

Ma vie a été jusqu'ici un éparpillement dans tous les sens du mot. Me défaire de ce qui ne peut pas m'être utile, car à l'éparpillement s'ajoute l'encombrement. Ces bulletins, ces revues, ces feuilles publiques auxquels on a collaboré un jour et qui n'ont pas duré !! Quelle misère !

8 septembre

Quelle fatigue ! Reins, yeux, tout.

N'était la modicité du traitement et la misère de ma vue, je serais assez heureux ici. Il faudrait aussi plus de sécurité pour l'avenir. Quartier désert. Des murs... J'entends là-bas le chemin de fer.

29 septembre

Charles Dupuis m'a dit que Maurras avait commencé par une vie de débauche extraordinaire. Et aujourd'hui il prétend que le catholicisme romain ôte son « venin » à l'Évangile. L'Action française, c'est le catholicisme sans le christianisme.

12 octobre

Dîné chez André Germain qui m'a reparlé de Lucien Daudet et de son évolution incroyante, dans le *Prince des Cravates* qui ne manque pas de talent, l'ex-beau-frère mettrait la chose sur le compte d'un prêtre qu'il a connu. J'espère bien que ce prêtre n'est pas moi. André a souligné la perfidie de Mme de Noailles enlevant à Maurice Barrès et son neveu Demange [103] et son ami de jeunesse, le docteur Buchez.

14 octobre

Si l'état de mes yeux me permettait d'écrire, sans crainte, j'en serais empêché par la perspective de l'Imprimatur.

Je ne puis pas écrire ce que je pense, ce que je sens parce que je suis un émigré de l'intérieur. Mais le serais-je, à un moindre degré, toute publication me serait interdite, car mon genre étonnerait, choquerait.

Tout mon ministère consiste à donner la communion, à dire des chapelets, à bénir avec l'ostensoir. N'importe quel prêtre pourrait en faire autant. Le moindre coin de nature, les arbres moussus de l'avenue de l'Observatoire me semblent plus près de Dieu. Je devrais être heureux de n'être plus dans les sacristies et hors des griffes des dévotes. À bien y réfléchir, aucun regret n'est possible.

15 octobre

La comtesse Krosnowska m'a dit un mot de Renée Vivien morte de sa vie contre nature [104]. Elle était trop étroitement unie avec la baronne Z. qui n'aime que les squelettes et les mourantes.

18 octobre

Mme de Saint-Victor n'aime pas les Daudet. Elle m'a cité ce mot de Léon Daudet disant à Jeanne Hugo, sa femme : « Je n'ai pas épousé une tradition. Laissez-moi tranquille, avec votre baderne de grand-père. » Les Daudet ont le type juif.

3 novembre

Mais que mes relations sont donc lointaines ! Il me faudrait une automobile.

11 novembre

Dîné hier chez le jeune ménage Du Bos. Charles professe toujours, quand il parle. Il goûte beaucoup *L'Avenir de la science* de Renan qu'il trouve supérieur à son disciple Jules Lemaitre et Anatole France, les deux enfants de chœur du prêtre manqué.

15 novembre

Paulette de Saint-Victor m'a dit que Mme de Noailles désirait faire ma connaissance et que Happ m'apporterait ses dernières poésies de *la Revue des deux mondes*. Il lui fait lire, en ce moment, Lacordaire.

Les inondations recommencent. Crue de la Seine. C'est un spectacle auquel je n'ai pas assisté, l'hiver dernier. Pluie, vent, on prête à Mme de Noailles ce mot sur Demange : « Il s'imaginait qu'il porterait mon sac de voyage toute sa vie. »

16 novembre

Le marquis de Lévis était venu me voir dans la soirée. Excellent cœur, mais insistant sur des détails qui n'ont plus d'intérêt. Esprit peu étendu. Que cette aristocratie est peu cultivée et d'une conservation restreinte ! En quittant le Faubourg Saint-Germain, j'ai peu à regretter intellectuellement. Les petits événements de leur famille, voilà leur horizon. Ils ne lisent pas ou presque pas. S'ils avaient de l'esprit, cela suffirait. Mais ni esprit, ni lectures. Et ce sont de braves gens qui soutiennent la religion et ses ministres.

18 novembre

Hier soir, vers 9 heures, été chez M. Chéramy, dans son atelier du second étage, 5 rue Pérouse. Il possède là, je ne sais combien de tableaux aux murs, par terre, posés dans tous les sens. Noté beaucoup de Delacroix, un dessin représentant Bonaparte à l'Institut, maigre et longs cheveux. Ce dessin est de David qui a écrit au bas : *le général de la grande nation*.

Étaient là M. et Mme Gaston Charles. Mme Charles a écrit *La Danseuse nue* et *La Licorne*. Sa fille Madeleine fait des vers. Puis sont venus M. et Mme de La Charlotterie, Mlle Dussane[105], Rosita Derennes, Mme Freyat, Mme Gérarmé, Mme Nuovina de l'Opéra-Comique, le peintre Dinet, etc.

Mlle Dussane, qui a déclamé des vers de Madeleine Gaston-Charles, a une voix forte, trop forte peut-être. Elle a 22 ans et nous a dit qu'elle était entrée à 15 ans, au Théâtre-Français. Elle était ravie de son entrée. Et, comme je lui disais que le Théâtre-Français devait lui paraître un paradis terrestre, elle m'a répondu : « Un paradis terrestre, où il y a beaucoup d'Eves, beaucoup de serpents, beaucoup de pommes. »

Mlle Dussane a quelque chose d'un jeune homme énergique, vibrant, impétueux. Très franche, s'exprimant très bien. Elle lit Pascal qu'elle aime beaucoup, Hello, l'*Histoire de Port-Royal* de Sainte-Beuve. Elle juge sévèrement le milieu où elle se trouve. Les comédiens n'ont jamais d'*idées générales*. Ils jugent tout au point de vue extérieur. C'est ainsi que Mounet, ayant perdu ses enfants, du coup habilla deux poupées avec les vêtements des mortes et les plaça à table, pour avoir sous les yeux l'attitude de celles qui n'étaient plus. Avec cela, ils sont pratiquants, dévots, superstitieux. Bref, beaucoup de médiocrité et absence de profondeur dans ce monde où l'on joue. Pas de culture intellectuelle. Rosita Derennes m'a ramené rue Méchain dans son automobile. Il était minuit.

22 novembre

Pierre Hepp m'ayant apporté des vers de Mme de Noailles, je l'ai remercié par lettre, en lui disant : « Est-ce une évolution ou simplement *Le Cœur innombrable* qui parcourt le cycle des sentiments ?... »

Pour moi, je recueille ces cris de souffrance, de désir et d'adoration et j'en fais mes propres prières. On croirait entendre saint Augustin, sainte Thérèse, Pascal, mais c'est toujours la comtesse de Noailles. Personne ne m'a donné, comme elle, la perception de l'infini. Même quand elle traduit ses impressions sous une forme concrète, elle a l'horreur de la limite. Si elle a saigné tant de fois, c'est qu'elle s'est heurtée à l'infranchissable.

On n'est plus chez soi maintenant. On le sera de moins en moins. Rayons X qui vous pénètrent. Kodaks qui vous photographient au passage. Phonographes qui pressent vos paroles. Aéroplanes qui vous menaceront d'en haut.

27 novembre

On a beau être jeune, jolie et comtesse, et même pieuse : cela ne vous empêche pas de vous faire avorter deux fois, des œuvres de son mari et à l'insu de ce mari. Je viens de voir la coupable, qui est venue à mon confessionnal par cette pluie de novembre.

1er décembre

Achevé le roman de Mme de Noailles : *le Visage émerveillé.* Cette religieuse qui écrit, dans un cahier, ces descriptions d'odeurs, de couleurs, de saveurs, c'est invraisemblable !

Cette religieuse qui reçoit, la nuit, dans sa cellule,

un jeune homme qui l'aime de plus en plus et qui lui cède trop, Julien, c'est, encore et toujours davantage, plus invraisemblable !

Cette religieuse qui finit par confier cet amour coupable à la supérieure, laquelle se fâche sans doute, mais ne renvoie pas sévèrement la sœur qui a commis ces sacrilèges, et cela parce qu'elle aussi a aimé jadis, c'est invraisemblable, comme ce qui précède !

Donc, j'abandonne le fond, mais pour la forme, il y a là du nouveau, des instantanés et des inattendus. Des sensations qui deviennent des sentiments. Des couleurs, des saveurs, des odeurs prêtées à ce qui n'en avait pas jusqu'ici.

Des êtres très petits qui jouent un rôle défini, qui surgissent de l'ombre. Des coins minutieusement et rapidement observés... des rapports lointains, nuancés, qui se précisent en un clin d'œil...

Mme de Noailles a renchéri sur saint François d'Assise : elle se penche encore plus bas. Elle dit au melon blanc : « Vous êtes mon frère », à la framboise, « Vous êtes ma sœur » !

Et il y a encore et surtout des joies subites, des désirs qui brûlent, de l'infini dans la limite...

2 décembre

Je sors de chez la comtesse Mathieu de Noailles. Pierre Hepp qui était venu me chercher me disait en route que Barrès était sorti de la vie de Mme de Noailles, depuis plusieurs années, et sorti « comme un misérable ». Être « corrosif », « cynisme » au sujet de la patrie.

Le poète des *Éblouissements* était au lit, un lit sans rideaux, dans une chambre sans luxe.

Impossible de raconter cette conversation ou ce monologue, pour toutes sortes de motifs. Une volubilité d'esprit et de paroles qui ne me permettait pas toujours de la suivre.

Elle m'a dit combien elle aimait Michelet. C'est l'idole préférée. Tout Michelet.

Elle admire Victor Hugo sans avoir encore lu *Les Misérables*.

Elle aime moins Lamartine. Mais avant de prononcer ces noms, elle avait dit son admiration pour Voltaire, pour Rousseau, rappelant le passage des *Confessions* sur Mlle de Graffenried.

Elle adore aussi Chateaubriand, mais après l'avoir lu, elle n'y pensa plus. Elle n'a pas pu aller plus loin que le premier volume des *Mémoires d'outre-tombe*.

Elle préfère George Sand à Musset.

Mme de Noailles s'est confessée tout haut. Elle est gênée maintenant parce qu'elle a moins de défauts. Ses défauts, c'était autrefois de *vouloir le succès immédiatement*, tout le succès possible, de vouloir être la première, d'être contente quand les poésies qu'elle lisait lui semblaient inférieures aux siennes, bien qu'elle n'hésitât pas à dire à la *Revue* d'imprimer les vers qu'elle trouvait supérieurs à ses vers. « J'aurais été un monstre sans cela. » Aujourd'hui, elle n'a plus de vanité. « J'ai écrit dans une buée », disait-elle. Même ses vers les plus lyriques sur le soleil, elle les écrivait avec le désir de la mort. Elle n'était pas joyeuse... Elle dit que le sommeil n'était pour elle qu'une demi-veille.

On est venu peu à peu à la question religieuse. « La lettre » lui répugne. Le Père Janvier est « un géomètre ».

Et je ne veux pas oublier les très amusantes anecdotes sur la belle-mère, à Champlâtreux, contées d'ailleurs avec un esprit voltairien, l'humidité de la chapelle qui communiquait un goût aux hosties. « Qu'est-ce que cela fait ? disait la douairière. Le goût passe si vite. » Et la souris dont le curé avait cru surprendre la trace dans le tabernacle. Et enfin et surtout la communion qu'on avait faite pour attendrir la belle-mère et faire allumer plus tôt le calorifère. La comtesse de Noailles ajoutait qu'elle avait pensé à la chapelle de Champlâtreux, en écrivant *Le Visage émerveillé*. Nous avons aussi et tout d'abord parlé de Pascal, dont la comtesse goûte la phrase sur *le silence des espaces infinis qui l'effraie*. Elle a écrit sur la Sicile des vers encore inédits. Je lui ai dit qu'on m'avait cité ses vers, à Candie.

Voilà ce que j'ai entendu, ou du moins un résumé plus que succinct de ce que j'ai entendu, 40 rue Scheffer, avant, pendant et après le thé. La comtesse est maigre et sa bouche m'a paru grande, et quand elle parle, les plis nerveux du coin des lèvres se multiplient. Elle a été fort aimable pour moi et m'a demandé de revenir.

Mme de Noailles m'a dit qu'à l'intelligence, elle préfère encore la bonté.

Elle m'a appelé un corybante.

Nous avons causé aussi d'Anatole France et de Mme de Caillavet et elle m'a dit que Jules Lemaitre, lui aussi, en avait assez de Mme de Loynes, et qu'il le lui avait dit, un jour, à elle, Mme de Noailles.

3 décembre

Mme de Noailles me dit encore qu'elle n'aimait pas la mort et j'ai cru comprendre qu'elle était matérialiste. « Entrer dans cette tare !... »

4 décembre

Écrit, hier, à la comtesse de Noailles pour lui redire mon admiration. On m'avait, paraît-il, reproché de la connaître avant que je ne l'aie vue. J'entends garder la liberté de mes relations, et sur ce point, je ne transigerai pas.

L'Action française veut défendre le roi contre lui, car elle appelle bandit le chef du bureau politique du duc d'Orléans. Les royalistes sont désavoués par le roi[106], comme les catholiques du *Sillon* par le pape.

Et on continuera quand même à servir ces deux causes. Le dévouement aveugle recommence toujours, pour être toujours écrasé. Mais aussi pourquoi s'embrigader ?

6 décembre

Reçu une lettre de la comtesse de Noailles, très belle et très bonne, en réponse à la mienne. J'aime le talent, à la folie, surtout un certain genre de talent poétique, lyrique, parisien, mélancolique, païen. Et c'est le sien.

Admirer et aimer c'est pour moi, la même chose. Voilà la récompense de mes enthousiasmes secrets.

7 décembre

Hier, rentré à 5 heures pour donner le salut à mes religieuses, et repartir ensuite, avenue Hoche où Mme de Caillavet née Pouquet m'a raconté en détail les derniers moments de sa belle-mère. Elle est morte de son amour pour France. Elle avait 65 ans. Rapprochement de la belle-fille avec la mourante. Confidences mutuelles.

Mme de Caillavet morte, France a été prévenu. A demandé pardon à la belle-fille, au fils. « J'ai été faible, lâche. » « Je vous ai haï 17 ans », lui disait Mme de Caillavet jeune.

Le romancier, qui déteste les catholiques, a reproché à sa maîtresse « l'élan religieux » de ses derniers mois, trouvait « bouffonne » la confession. S'est confessé à la femme de Gaston, en le lui faisant remarquer.

L'intérêt (du côté des Caillavet) s'est mêlé aux sentiments plus nobles et l'on me l'avouait hier. Il fallait obtenir de France la destruction d'une correspondance entre lui et sa maîtresse qui devait paraître un jour. On a promis, mais la correspondance déposée chez Charavay n'a pas été retrouvée.

France a toutefois signé un papier d'opposition à cette publication. Puis on a découvert que Mme A. de C. avait eu d'autres liaisons, avant France, qui n'en connaissait qu'une, racontée dans *Le lys rouge*. Et il s'agissait aussi d'empêcher une autre publication épistolaire.

À un certain moment, France a voulu se tuer et on est venu chez Mme de Caillavet jeune qui a certainement ajourné le désastre, s'il doit avoir lieu.

Mme de Caillavet jeune m'a raconté son voyage en Italie, avec sa belle-mère que France vint rejoindre, à Avignon ; c'était au début de son mariage. Elle comprit tout de suite la nature de la liaison, alors que le fils lui-même l'ignorait absolument. Elle prit tout de suite en grippe le romancier.

France a avoué avoir trompé sa maîtresse qui n'avait pas de tempérament. Mme de Caillavet m'a raconté tout cela, avec franchise, vie. Sa figure est d'ailleurs fort agréable d'expression.

8 décembre

Vie sans but que la mienne. Je feuillette, je lis, je sors, je vois mes « ombres oculaires » plus étendues et persistantes, j'écris des lettres, je me perds en regrets. J'aurais voulu vivre la vie des autres, des gens célèbres. Par le désir et l'évocation, je me place ainsi dans ma vraie voie.

Puis, l'heure vient soit de donner un Salut, soit de rentrer le Saint-Sacrement dans un tabernacle sûr, derrière le maître-autel. Les religieuses prient en silence, dans la chapelle à demi éclairée. Que disent-elles à Dieu ? Qu'est-ce que Dieu leur répond ?

Le mutisme divin ne décourage pas l'humanité. Elle prolonge le monologue, à défaut du dialogue.

1911

8 janvier

On recommence, paraît-il, à me reprocher telle ou telle relation avec des gens de lettres. De quoi se mêle-t-on ? Qu'on me fiche la paix ! Le monde est d'une bêtise, d'une bêtise, d'une bêtise insondable ! Mais, ajoute-t-on, on se moque de vous chez les X... Je m'en moque encore davantage. Que j'aille à droite à gauche, le résultat sera le même.

14 janvier

Charles Du Bos m'a parlé, avec admiration, de Bergson dont il suit le cours qui a tant de succès. On assiste à sa pensée. Et il est la netteté même. De belles dames viennent l'entendre. Charley va le voir le dimanche matin, chez lui.

16 janvier

Ce matin, à la Librairie du Mercure de France, rencontré Schuré qui m'a fait l'éloge des *Feuilles éparses* de Lafcadio Hearn.

Hier, Descaves me conseillait de sélectionner mes cahiers de notes, c'est-à-dire mon journal et d'en faire deux volumes imprimés.

20 janvier

Vraiment ces coqs qui chantent et que j'entends de mon cabinet de travail mettent dans ce coin de Paris un air de campagne.

Léon de Montesquiou m'a raconté la poltronnerie de Paul Bourget au moment de la condamnation de l'Action française par le duc d'Orléans. Le romancier devait faire un discours. Il a fait demander au prince ce qu'il devait faire. Le duc a répondu : faites le discours. Mais une grippe est survenue. Bourget est intellectuellement avec les membres de l'Action française mais il ne veut pas non plus se brouiller avec les autres chefs du parti royaliste. Léon l'a vu pleurant : « Dans quelle situation vous m'avez mis. » Quant à Jules Lemaitre[107], il a écrit une lettre au duc d'Orléans comme Bossuet en aurait écrit une à Louis XIV.

24 janvier

On se demandait lequel des deux serait nommé à l'Institut, de Mme Curie ou de M. Branly. C'est ce dernier qui l'a emporté : le catholicisme et la télégraphie sans fil.

29 janvier

Jamais prêtre ne mangea plus en ville que moi. Je dissipe mon âme à pleine assiette.

31 janvier

Ces rues du Cherche-Midi, de Vaugirard, de Notre-Dame-des-Champs sont imprégnées de souvenirs romantiques. Y ayant vécu ou les ayant traversées, longées tant de fois, dans mon enfance et dans ma jeunesse, j'y ai alimenté, sans le savoir, l'inquiétude qui me tourmentait. Ah ! Les états d'âme mélancoliques des vacances de 1876, en particulier ! Tout ce qui s'agitait en moi d'indécis, de triste, de désirs et de regrets inavoués !

4 février

Passé une triste journée à attendre, près de mon confessionnal, de rares pénitentes, et j'étais assoupi grandement.

10 février

J'avais envoyé deux mots au comte Keyserling à Munich. Il me répond aimablement de Berlin. J'aime ces vies qui se déplacent, ces destinées voyageuses. Le croupissant me fait horreur, car l'âme devient eau morte. Hier la comtesse de Montesquiou reprochait à la société de tomber dans la juiverie. Mariages d'argent.

23 février

La presse et le monde sont enchantés de trouver dans l'antisémitisme un prétexte à déverser la haine. On confondra antisémitisme et patriotisme. Et les prêtres, évêques et papes qui s'obstinent à flétrir les erreurs modernistes[108] et à multiplier les dévotions se gardent bien de prêcher la charité qui est en péril. On parlera du Sacré-Cœur, mais on ne s'aime pas les uns les autres. Tout cela n'est que misères !

Et voilà pourquoi je me tais, je me réfugie auprès des morts, mes grands hommes, et dans le souvenir de mes voyages, et dans le culte de la nature.

On m'a cité hier ce mot de Forain : « Le salon de la duchesse de Rohan, c'est la rue avec un toit. »

24 février

Je continue à me ruiner en fiacres. Mais que faire ? J'ai des amis si lointains !

Jamais le temps ne passa si vite. Les semaines sont brûlées.

Mme X. sort de chez moi. 22 ans. A pour amant un médecin de 53 ans. Elle est spirituelle, vibrante, éloquente, tout. Elle parle de l'amour incomparablement. Elle a trouvé le plaisir un an après. Elle croit qu'il faut parler, dans l'amour, tantôt un langage, tantôt un autre. On parle comme une femme de Goncourt, comme Nana, comme une personne des Mille et une Nuits, etc. elle parle du désir avec lequel on s'éveille : « ombres rampantes, brume du désir », etc. Un jour, son amant a pris une cravache, comme pour l'en menacer. Elle aime cela. Elle aime à sentir qu'il la tuerait s'il la trouvait dans un autre lit... Elle est religieuse, entre dans les églises, dit à Dieu : « Je vous parlerai de lui, cela vaut mieux, puisque, sans cela, je ne vous parlerais pas. »

Elle m'a aussi parlé de Henri de Régnier qui est un gentilhomme libertin. Les joies de l'œil, de la main, lui suffisent.

27 février

Ne pas me plaindre intérieurement de la situation qui m'est faite. Que Dieu me conserve la vue ! C'est tout.

2 mars

Les femmes chrétiennes, catholiques ne pensent qu'à faire dire des neuvaines pour la conversion des gens, pour le salut de la France. Jeanne d'Arc nous sauvera ! Un cri jeté vers l'Inconnu, à l'heure des grandes crises, a je ne sais quoi de pathétique, mais le surmenage labial des dévotes ne renferme aucune grandeur, aucune poésie. Les douairières de Sainte-Clotilde laissent froid.

La mobilité de l'esprit, de l'imagination est telle que la prière est perpétuellement décousue. Un cri sincère suffirait. Or un cri, c'est une seconde. Le Christ ne passait pas des heures dans le temple. Sur les montagnes, il méditait, il réfléchissait. Enfin, chacune a sa nature et le mal est de vouloir qu'elles se ressemblent toutes. Chercher, admirer, aimer, telle est la tournure de mon âme.

30 mars

Seigneur, que je ne devienne pas aveugle, c'est tout ce que je vous demande !

31 mars

Je viens de chez la comtesse Mathieu de Noailles. Toujours au lit, et se remuant et se dressant et parlant. Gonse, un jeune homme était là. Je note ce qu'elle a dit : les auteurs de Maurice Barrès ont été Chateaubriand, Michelet, Benjamin Constant, Stendhal, Gérard de Nerval.

Barrès est fils d'un hypocondriaque. Il s'appelle lui-même *le morne*. Mme de Noailles a insisté sur la grande tristesse de Barrès, comme homme. Elle parle de lui, plutôt avec admiration — avec un accent passionné me disait Gonse, en sortant, ce qui impliquerait qu'elle y pense toujours, qu'elle n'en est pas désobsédée. Elle disait encore qu'il est le directeur des consciences alors que la sienne n'est pas dirigée. La comtesse a célébré aussi la Sicile et a comparé le voyage qu'elle a fait, en juillet, à une guerre. Elle se déshabillait, s'inondait de Nocera. Tout fumait. Elle se dit malheureuse, par moments. Ses vers sont faits dans la douleur.

1er avril

Déjeuné chez la comtesse de Talleyrand, avec la générale de Briey. Elles ont parlé des dîners chez les uns, chez les autres. Le prochain est toujours la pièce de résistance des conversations. La comtesse de Briey disait que la bonne vieille société avait péri, vers 1880, avec la déroute des conservateurs et la montée juive. Ai-je raison de tant aller dans le monde ? Non assurément. Je n'y apprends pas beaucoup. Peut-être ferais-je mieux de m'isoler ? Ce sont mes yeux qui m'ont jeté dans les relations en me détournant du travail régulier.

3 avril

Ce qui m'a manqué, c'est de croire en moi, quand j'étais jeune. J'ai laissé les autres, et quels autres ! mettre le grappin sur moi. Mais le *moi* docile grondait toujours, ou s'il ne grondait pas, par respect pour les supérieurs, il restait douloureux. On voulait faire de nous, au séminaire, de bons petits fonctionnaires religieux, bien amortis et convenables avec l'esprit surnaturel et l'amour des âmes.

Les livres qu'on écrit sur les mémoires des gens célèbres devraient nous décourager de toute confession. Ce pauvre Rousseau se déshabille, alors on l'éreinte de coups. Ah ! tu avoues tel penchant, misérable... et on le fustige de plus belle. Encouragement à vivre dans le mystère.

La vieille duchesse de Noailles m'avait écrit de venir la voir. C'était pour me parler de sa belle-fille. Je m'y attendais. Elle m'a dit qu'elle était heureuse de savoir que j'étais en relation avec elle. « Il faut que cela serve à quelque chose. » Ce quelque chose serait de la ramener à ses devoirs religieux. Elle ne m'a pas dit de mal d'elle. Elle attribue sa pauvre santé à son surmenage cérébral, elle lui disait : « Bêtifiez-vous, bêtifiez-vous. » Je m'imagine la vertu de ce verbe tombant dans la fournaise de la comtesse de Noailles. La vieille duchesse est contente de voir que Mathieu et sa femme sont sous le même toit ! « Sauvez, disait-elle à son fils, les apparences. » Elle ne concevait pas un divorce possible dans la famille Noailles. Évidemment cette belle-mère ne peut avoir aucune influence sur cette belle-fille.

14 avril

Quelle journée que ce vendredi saint ! Ce matin on vient me chercher, en auto, appelé par un mot de Mme Mathieu de Noailles. Je la trouve au lit, et elle me présente à deux messieurs. Elle est très impressionnée par un livre qui va paraître sur Charles Demange et où elle est jugée sévèrement. Alors elle me raconte ses rapports avec ce jeune Lorrain. Charles Demange, être bizarre, ayant des « hallucinations », « la folie des grandeurs », disant du mal des amis de Mme de Noailles, disant même des ignominies de son oncle, Maurice Barrès. Il appelait Hepp et d'autres des « bandits ».

Mme de Noailles voyage avec lui, en Sicile, accompagnée d'une Norvégienne. Elle est très maternelle pour ce jeune homme, lui donne des conseils littéraires. Elle avoue aussi qu'elle était contente d'avoir avec Barrès qu'elle ne voyait plus ce point de contact. Mais rien de ce qu'on peut supposer. Demange était plein d'honneur, chevaleresque à l'excès, fou. Mme de Noailles m'a raconté sa dernière rencontre avec lui. C'était dans un trajet de chemin de fer. Elle lui avait donné rendez-vous en gare de Nancy, pour lui dire certaines choses de vive voix, afin qu'il ne fût pas inquiet. Demange ne parut pas triste. Il lui récita son dernier discours politique. Il devait venir à Strasbourg, trois jours après. Elle ne le revit plus. Il était mort[109]. Elle reçut de lui une lettre, écrite à la minute de sa mort, et qui est un acte d'amitié reconnaissante.

Mme de Noailles m'a raconté aussi ses rapports avec Maurice Barrès. Elle eut pour lui de la vénération, la dévotion qu'on a au Seigneur. Elle avait

23 ans. Mais elle n'éprouvait pas autre chose pour lui. Lui, Barrès, avait pour elle une passion folle qui s'excitait encore par suite de son intangibilité à elle. Elle l'a considéré, pendant cinq ans, comme un frère spirituel. La brouille est venue de ce que Mme de Noailles, empêchée par son mari, n'a pas voulu lui dédier les *Éblouissements* que Barrès aimait. Je crois même que Mathieu avait surpris une lettre où Barrès parlait à sa femme de fiançailles éternelles. Mme de Noailles m'a dit aussi, en passant, tout ce que Barrès lui devait, ses *Amitiés françaises, Le Voyage à Sparte*. Et combien elle avait travaillé à son entrée à l'Académie.

Mme de Noailles m'a prié d'aller voir Mme Demange pour se justifier à ses yeux, lui parler du caractère de son fils, de la publication qui la vise, de la correspondance qu'elle n'a pas réclamée jusqu'ici.

Je me suis rendu 6, rue de l'Alboni, chez la sœur de Maurice Barrès. Tout d'abord elle ne voulait pas m'entendre, sachant que je venais de la part de Mme de Noailles. Elle m'a répété : « Elle l'a détruit », en parlant de son fils. Elle m'a dit et redit que je plaidais une « mauvaise cause ». J'ai parlé aussi doucement que possible. Peu à peu, elle a causé davantage. Elle a cherché dans le livre qui paraîtra, dans une huitaine, le passage qui avait trait à Mme de Noailles ; a paru faire attention quand je lui ai dit que celle-ci possédait toutes les confidences, toutes les lettres de son fils, qu'on pouvait craindre des divulgations fâcheuses, etc.

Elle s'est adoucie, de plus en plus, me faisant l'éloge de son fils très catholique, qui serait aujourd'hui, l'un des chefs de la jeunesse. Elle m'a montré des papiers sur une table, a pleuré, m'a dit qu'elle ne priait plus dans les églises ; m'a demandé, à la fin, de ne pas l'abandonner. Son amour maternel est tel que si Mme de Noailles s'était présentée, elle eût eu la faiblesse de tomber dans ses bras, parce que cette femme est quelque chose de son fils et elle avoue qu'elle passe, d'instinct, dans la rue que Mme de Noailles habite. Elle m'avait dit quand j'ai commencé l'entretien : « Elle a bien choisi le jour, un Vendredi Saint. »

Mme Demange m'a défini Mme de Noailles : « Une coquette qui se livre puis se refuse... Elle détruit, elle désorganise. »

Mme Demange n'a pas voulu prononcer le nom de son frère, mais elle y a fait allusion, à un certain moment.

Mme de Noailles m'a cité ce mot de Barrès à elle : « Si vous étiez morte, je vous désirerais encore. » Il voulait coucher avec elle. Elle s'y est refusée. Mme de Noailles m'a dit qu'elle aimait à donner à tout un caractère noble.

De Demange, elle me disait aussi : « Il avait le goût de la mort. » Il lui a dit : « Je ne me tue pas, parce que je vous connais. »

Quelle chose étonnante d'être ainsi mêlé à des coins d'histoire littéraire et amoureuse qui avaient tant excité ma curiosité ! Comme j'ai été mené à ce que j'aime !

Mme de Noailles écrivait à Barrès, tous les jours, quand ils étaient bien ensemble.

18 avril

Télégramme de la comtesse M. de Noailles. Elle a vu Mme Demange. Tout est arrangé.

1er mai

Hier soir, dîné chez le duc de Guiche. J'ai été tout à fait et trop, peut-être, sous tous les charmes de la princesse Bibesco. Elle parlait d'une femme très belle qu'elle avait été voir à Florence et qui s'est éloignée du monde, non pour Dieu, mais pour elle, qui s'habille très bien pour elle seule. Elle est, me disait fort bien la princesse Bibesco, « religieuse d'elle-même ». Nous avons remué bien des sujets. Elle n'est pas catholique, regrette que la Roumanie, son pays, ne le soit pas. Elle croit nécessaires le rigorisme, la discipline catholique. Il faut, dit-elle, qu'il y ait des moutons de Panurge. Elle m'a recommandé Paul Claudel et ses livres : *Connaissance de l'Est, A travers la flamme*. Ce Claudel serait aussi catholique. Elle m'a cité avec admiration ce mot de l'Évangile : « Celui qui perd son âme la sauve. » Le risque.

Bref, j'étais envoûté par cette jeune Roumaine, d'aspect fort agréable, et dont la conversation était pour moi fraîche et brûlante, rosée et feu. Le duc de Guiche me disait, au haut de l'escalier, qu'il ne lui croyait pas de cœur, qu'elle n'était pas très bien pour son mari que j'ai vu à la fin de la soirée.

La princesse Bibesco m'a parlé aussi de la confession, des religieuses, etc. Elle croit que les femmes, dans leurs aveux, se cherchent toujours des excuses, veulent se justifier. Elle croit aussi que les écrivains d'aujourd'hui se rapprochent du catholicisme. Ils sonnent du moins les cloches.

2 mai

Été hier chez la comtesse de Noailles. Elle allait partir oubliant qu'elle m'avait donné rendez-vous à 5 heures. Et Corpechot[110] attendait aussi, dans le salon. Elle est arrivée et nous avons pris le thé, dans sa chambre à coucher en désordre où devant le lit s'empilent des livres. Elle a détaché d'une corbeille un brin de muguet, en me disant : « C'est le rameau bénit des temps païens. » Je le garde.

On a commencé par parler livres. Mme de Noailles considère que les deux plus beaux romans sont *Le Rouge et le Noir* et *Madame Bovary*. Elle n'aime pas *Manon Lescaut*. À la fin on a parlé de l'affaire Demange. Alors j'ai vu la comtesse de Noailles petite, debout, allant, venant, gesticulant, plus volubile que jamais. Je note : Charles Demange était toujours distant, très respectueux, très silencieux. La comtesse de Noailles était dix fois plus amie avec d'autres, en communication avec eux. En Sicile, il logeait dans un autre hôtel que les voyageuses. Mme de Noailles avait beaucoup souffert de sa rupture avec Barrès. Barrès avait eu pour elle la plus grande affection poétique de sa vie. On lui conseilla un voyage pour se détacher. Elle alla en Sicile avec une Norvégienne et Demange. Demange qui était fou, fut jaloux de son oncle (dans ses rapports avec Mme de Noailles) et voulut en mourant faire plus beau que lui. Tout est là. Voilà l'explication. Mais c'est ce qu'on ne peut pas dire à Barrès[111]. Mme de Noailles pour se calmer encore a voulu déménager, quitter l'avenue Henri-Martin pour se débarrasser des témoins de son amitié et par témoins j'entends ici les choses elles-mêmes. Aujourd'hui, Barrès tient deux langages. À Corpechot, son ami intime, il parle favorablement d'elle. Au public, c'est-à-dire aux uns et aux autres, il ne la ménage guère. Elle, Mme de Noailles, préfère être noble en cette affaire et toujours généreuse. Elle juge toute l'affaire montée contre elle, en faveur de Demange, elle la juge, dis-je, comme un produit de l'esprit provincial. Quant à Mme Demange, elle lui trouve toutes sortes de grandes qualités. M. Corpechot qui m'a accompagné quelque temps dans la rue et dans l'avenue voisine, m'a parlé de Barrès et de Mme de Noailles, en me donnant la vraie note de leurs sentiments réciproques actuels. Barrès est prenant et quand on a joui de ses conversations, toutes les autres vous paraissent fades et c'est pourquoi Mme de Noailles l'aime toujours. Il venait tous les jours chez elle de 5 heures à 7 heures. On se déshabillait l'esprit. C'était une possession intellectuelle mais non physique. Corpechot, comme Mme de Noailles elle-même, affirme que les rapports furent toujours platoniques, et platoniciens. Mme de Noailles est aussi toujours regrettée et aimée de M. Barrès. Ces deux êtres étaient faits l'un pour l'autre. Mais il y a en Barrès plusieurs personnes. Il y a le mari, le père, le député, le littérateur, etc. Mme de Noailles nous a cité cet aveu de Barrès : « Je n'ai pas la force de supporter la souffrance. » Il est un Ponce Pilate, il se lave les mains.

Barrès disait à Mme de Noailles du mal de sa femme, de tous. « Laissons ce vil bétail, disait-il, vous êtes ce qu'il y a de meilleur au monde. » Charles Demange n'était pas simple. Il était trop élégant. Mme de Noailles avait envie de lui prêcher à lui et à toute la jeunesse semblable ce qu'elle appelle « le retour à la vulgarité ».

15 mai

Hier, à 7 h 1/2, chez la princesse Bibesco. Elle m'a raconté avoir lu à 13 ans *Les Mémoires d'outre-tombe* qu'elle avait découverts, chez une grand-mère ou tante à demi aveugle. Ce fut une révélation. Elle demanda de l'argent pour les acheter. C'était l'édition de Biré. Elle a aimé Chateaubriand, comme moi. Ce fut l'exutoire de ses premiers sentiments : « Toute une histoire sentimentale » dit-elle, si bien que dans les jours qui précédaient l'anniversaire de sa mort, elle s'isolait « vêtue de sombre ». Nous avons donc causé jusqu'à plus de 11 heures du soir. Légèrement décolletée, elle a des traits frais et fins, quelque chose d'un garçon, d'un bel adolescent. Elle m'a dit le « délire » que lui avait causé la première somme produite par la vente de son livre. Elle a reçu encore dernièrement 500 francs de Hachette. Elle m'a dit qu'elle a été pessimiste.

Ces sortes de confidences m'enchantent.

18 mai

Revu la comtesse de Durfort, née de Montaut, venue uniquement pour me demander si elle pouvait achever de lire D'Annunzio qui vient d'être mis à l'Index[112]. On vient toujours à moi, pour se tranquilliser en s'élargissant.

20 mai

Déjeuné chez la comtesse Robert de Fitz-James. On a parlé de l'interdiction d'assister à la pièce de D'Annunzio : *le Martyre de saint Sébastien* qui sera jouée la semaine prochaine. La société s'abstenant, ce ne sera plus un gala. Et Madame de Fitz-James irritée de ce qu'on lui a dit : « Il ne faut pas y aller, parce que ce n'est pas comme il faut. » La conscience, disait-elle, n'est pas une question mondaine.

22 mai

Vu tout à l'heure la comtesse Mathieu de Noailles : des yeux superbes, voilés, caressants. Elle a parlé de Maurice Barrès pour lequel elle a toujours de l'amitié, pour qui elle a eu une confiance infinie. Mais il est au-dessous de tout. C'est lui qui lui disait, un jour, après l'accident du métropolitain : « Je ne donnerais pas un franc pour sauver l'humanité, c'est du bétail. » La première année de leurs relations, il fut mystique, elle fut mystique. C'était superbe. Ensuite il la martyrisa, car il aime à torturer. Il lui disait, par exemple : « Je voudrais vous voir malade et morte. »

Il est *administrateur*. Il songe à sa biographie.

Et elle l'aime encore !

Le Père Janvier[113] qu'elle avait envoyé chez lui en revient, disant : « C'est une âme de boue. »

23 mai

Ah ! quelle vie que la mienne ! Une vie de voitures et de pneumatiques. Une vie de déjeuners et de dîners.

25 mai

Déjeuné aujourd'hui chez la princesse Bibesco qui va partir. Quelle femme supérieurement séduisante ! Elle a commencé par me citer une phrase de Chateaubriand qu'elle avait ruminée toute la nuit : « L'idée de n'être plus me saisissait le cœur à la façon d'une joie subite. »

Ah ! que de jolis mots tombés de cette bouche fine et qui m'échappent, et qui n'auraient pas dû m'échapper ! Je garde de ces entrevues une vision et une musique. Elle m'écrira.

On m'a communiqué le numéro du 25 mai de la *Grande Revue* ou un certain André du Fresnois fait un article sur la conversion de Huysmans, avec des lettres adressées par ce dernier à la Courrière. J'y suis nommé, à plusieurs reprises, comme l'agent premier de la conversion.

26 mai

Dernière visite du prince Bibesco. Elle a, m'a-t-il dit, « un caractère infernal » et il reconnaît qu'elle est adorable.

29 mai

Dîné, hier chez la comtesse Armand. M'a parlé, avant le dîner de la princesse Bibesco : qu'elle ne se sépare pas de son mari. Ce mariage tuerait la princesse de Beauvau. La Rome actuelle d'ailleurs, n'est pas favorable à l'annulation. Et cette femme très catholique, d'ajouter : « Qu'il soit plutôt son amant. »

2 juin

Déjeuné chez la comtesse Armand qui voulait, cette fois, du consentement de son neveu, me parler de l'affaire.

Ch. L. l'aime avec ses sens. Ce mariage serait le malheur de l'un et de l'autre. Il y aurait un tollé dans la société etc.

Ch. L. a été mal élevé. Sa mère inconsciemment ravie de ce qu'il ne s'est pas marié, à cause de ce qu'elle aurait à y perdre matériellement. Parlant d'une manière générale des jeunes gens et hommes de l'aristocratie française, la comtesse Armand m'a dit : « Ils ne sont bons à rien. »

5 juin

Grande, grande chaleur. Et je donne toujours des Saluts, et je dis les mêmes *Oremus* et j'offre le même encens, l'inépuisable encens.

11 juin

Dîné, hier, chez les Denys Cochin. Denys Cochin nous a raconté son entrevue avec D'Annunzio. Ce petit homme chauve, jaune et baragouinant est venu le voir pour l'inviter à assister au *Martyre de saint Sébastien*. « Je n'aime pas les images inconvenantes dans un livre de messe », a dit le député. Et D'Annunzio de protester, d'affirmer que Ida Rubinstein n'a plus de hanches, plus de poitrine, plus rien, qu'elle est un squelette mystique.

14 juin

Quand pourrais-je mettre de l'ordre en moi, au plus profond de moi-même. Impossible ! La vie est confusion, oscillation, complication.

27 juin

Dieu crée la diversité, nous nivelons.

C'est curieux ! Les gens d'église, les paroissiens, comme on les appelle, les dévots sont peu intéressants. Polis, aimables : ça ne va pas plus loin. Je me souviens de ceux que j'ai vus à Saint-Thomas, même à Sainte-Clotilde : ce monde-là était ennuyeux. On sait d'avance ce qu'il dira. Une certaine religion limite. Tout ce qui resserre est intime ou sec.

1er juillet

On s'inquiète de la canonnière que l'Allemagne vient d'envoyer dans le port marocain d'Agadir, pour protéger les commerçants allemands, les nationaux. Et on parle toujours des possibilités d'un retour du bonapartisme. Le gâchis républicain est à son comble.

12 juillet

Me revoilà composant, avec difficulté, des discours de mariage. Ne serait-ce pas le convenu de ce genre de littérature qui m'arrête ? Rien de ce qui est sacré n'est libre.

16 juillet

Mlle de S. m'a raconté, aujourd'hui, une fois de plus, son roman. Un prince polonais rencontré, par hasard, au loin, pendant qu'elle pleurait sa cousine et amie. On s'attache l'un à l'autre. Malheureusement il est chevalier de l'ordre de Malte et il lui faut, du Saint-Père, la libération de ses vœux. On y travaille mais, jusqu'ici, sans y réussir. On espère toutefois car il y a eu des promesses. En attendant, lui attrape la v. (mais pas elle) et se fait soigner. Et ils s'aiment à distance, attendant, espérant toujours qu'ils pourront se marier.

10 août

Dans les temps troublés, on ne peut qu'être éclectique, à la condition d'avoir une personnalité. On choisit selon sa nature, ses besoins, on a son régime intellectuel.

On désire une femme. On en possède une autre. Car le désir c'est l'imagination et la possession c'est la réalité. Tant d'émoi avant ! On partait pour Cythère, une Cythère infinie... puis on se réveille dans un port quelconque... Avant, on est poésie, lyrisme ; après on rentre chez soi, plus ou moins courbaturé, plus ou moins éteint avec un besoin de repos et en ayant l'arrière-pensée qu'on a été dupe, qu'on ne vous y reprendra plus, etc., etc. Avant, des visions, des toiles, des sculptures intérieures, toute la mythologie y passe et les femmes célèbres qui ont été aimées. Sur le moment une fièvre sensuelle, une faim, une soif de nudité, de sensations variées, anciennes, nouvelles, etc. Après, le silence, l'éloignement, la nécessité d'être ailleurs, point d'action de grâces. On se promettait monts et merveilles. On allait se documenter, comme Goethe dans ses *Élégies romaines*, mener de front l'art et la volupté. Moins de résultats. On gagne son chez-soi, l'hôtel, on dort, si on peut dormir, et le lendemain on s'occupe de tout autre chose. C'est du moins ce que X. m'a confié.

12 août

Écrit à la princesse Wittsgenstein. Il y a un an que je la quittais. Il y a un an que j'arrivais ici et que mes supérieurs se moquaient de moi !... Vivons au jour le jour ! Et que Dieu ait pitié de moi, qui ne le mérite guère, peut-être !

Paris, 2 octobre

La Vie de Rancé n'est ni composée, ni fondue. C'est une mosaïque plus ou moins heurtée de comparaisons inattendues, de morceaux charmants. On dirait parfois le halètement de Michelet. Et les dessous très profanes de Chateaubriand s'y font sentir. Il y parle de l'amour décevant, peut-être pour se consoler d'être vieux. Malgré tout, j'aime ces pages révélatrices du moi profond de l'auteur. Quel est le trappiste qui en écrirait autant ?

8 octobre

Ronsard est follement sensuel, lubrique et avec une grâce infinie. Il détaille le corps de la femme, il peint le geste bas de l'homme... C'est effrayant. Voilà au fond, l'humanité. Elle se cache plus ou moins. Elle a soif de luxure.

30 octobre

Hier, inauguration, à Meaux, du monument de Bossuet. Évêques, nombreux académiciens. Jules Lemaitre a célébré le « magnifique Français » que fut Bossuet, son souci de l'Unité, par la foi. Si Bossuet avait été curé de Paris et évêque comme on l'est aujourd'hui, sur tous les chemins de Montmartre, de Lourdes et de Rome, on n'en parlerait guère. Sachez écrire et sachez parler.

29 novembre

Midi. J'entends coqs et oiseaux. Je me croirais ailleurs. Et c'est la poésie du coin que j'habite, et de toute ma vie elle-même. Je pense ailleurs, j'aime ailleurs, je suis corps et âme, ailleurs !

4 décembre

Été voir Mme Philippe de Vilmorin. Elle nous disait que Joséphine aimait beaucoup les fleurs et parmi elles, elle citait le pied d'alouette (delphinium), le bleuet, les fleurs simples. La maison Vilmorin a fourni des graines à Joséphine. En ce temps-là cette maison avait pour enseigne *Au roi des oiseaux*. Plus tard, elle s'est appelée *Au coq de bon aloi* et maintenant c'est Vilmorin et Cie.

5 décembre

Je viens d'administrer une vieille religieuse. Vieilles ou jeunes, ces femmes meurent si facilement ! Quand elles ont reçu tous les sacrements, elles ont la paix et partent de ce petit lit aux rideaux blancs pour les rivages du mystère.

6 décembre

Visite de Mme Demange. Elle m'a raconté que, de Lyon, son fils avait opéré une rupture avec Mme de Noailles — et alors il devait aller une seconde fois en Grèce. Il était à Naples quand sa mère dut le rappeler, à l'occasion d'un violent article contre lui, signé Viollis. Il eut un duel avec ce dernier et Mme de Noailles le ressaisit, etc, etc. Après les paroles malheureuses qu'elle lui adressa, entre Nancy et Strasbourg, Demange rompit encore et on le décida à partir pour l'Italie. Il préféra se suicider.

8 décembre

Conquérir sa liberté et une liberté qu'on aime, pour laquelle on est fait, la conquérir malgré soi et grâce au mauvais vouloir des autres, tel est mon cas.

La nièce est venue manger du lapin et du faisan, chez moi. Je lui dis tout. Elle m'a dit que j'étais *l'abbé*

Sauvage, dans le dernier roman d'Abel Hermant : *Les Renards*.

18 décembre

Dîné, hier Faubourg Saint-Honoré, avec la princesse Bibesco et sa cousine la prieure du Carmel d'Alger. Cette dernière venue à Paris parce que les ordres cloîtrés étant définitivement condamnés par le gouvernement, elle a voulu sauvegarder le côté matériel de son œuvre. Cette prieure était vêtue d'habits laïques. Elle est très peu mystique, aussi femme du monde qu'on peut l'être, quand on a vécu de cette vie ouverte, riante, gaie ; elle ne parle pas le langage du couvent. Loin de là. Elle cite des auteurs profanes, et pour prouver qu'elle n'est pas bégueule, elle prononce des phrases qui effaroucheraient des sulpiciens. Nous avons dit un mot de Huysmans qui a écrit, dit-elle, de si belles pages sur la liturgie. Elle est convaincue que la France condamnant les ordres cloîtrés, tous les autres gouvernements feront de même. Il y a eu, dit-elle, des imprudences commises. Elle m'a parlé de la réimpression de *Constitutions* où se trouvent des choses qui, portées à la tribune, feraient sensation : « Si une sœur en tue une autre... etc. »

Elle croit même que des catholiques seraient contre ces ordres cloîtrés. Aujourd'hui on veut des œuvres extérieures.

19 décembre

Joie, au fond, d'être seul, dans mon cabinet à livres, assis, fenêtre ouverte sur le jardin pauvre. Rumeur lointaine, oiseaux proches, de l'air... Et je pourrais étouffer dans une sacristie lourde, où logent la routine, l'arrivisme et l'envie !

25 décembre — Noël

Dîné hier, chez la princesse Bibesco. Il y avait des roses sur la table.

À quelqu'un qui avait ou voulait avoir devant lui une tête de mort, pour songer aux fins dernières, Marthe répondait : « Je me contente d'avoir un bouquet de violettes, car elles meurent aussi. » La figure de la princesse Bibesco est extrêmement fine. Sa voix très particulière. Peut-être n'a-t-elle pas assez d'abandon, de laisser-aller et frise-t-elle, sans s'en apercevoir, l'affectation distinguée, l'élégance trop continûment voulue. Elle songe à se faire catholique et m'a demandé la manière de s'y prendre.

1912

2 janvier

Je sors de chez Descaves. Il m'a parlé du roman qu'il est en train de faire et où l'ouvrier tiendra la place principale. Il s'agit d'un Philémon et d'une Baucis [114], vieux communards, rentrés à Paris, en 1880, après neuf ans d'exil, et que l'auteur montre vivant dans la rue de la Santé, en face de chez lui. Et alors l'ami de Huysmans et moi de parler de la Commune. Félix Pyat [115], révolutionnaire lâche, pas une belle figure mais très lettré. Maroteau tout jeune, 20 ans, 21 ans, pour qui la Commune était une occasion de se produire, de faire du bruit, de s'amuser comme des étudiants du quartier Latin. D'autres participaient à ce mouvement, sans savoir pourquoi, pour gagner trente sous par jour. Et il y avait ceux de 1848... Descaves a lu je ne sais combien de brochures faites par des ecclésiastiques ou autres catholiques sur les victimes de la Commune, sur les otages. Il a trouvé le ton vindicatif. On appelle toujours la vengeance de Dieu. Si le clergé avait pris tout de suite la cause du peuple, malgré ses fautes, il détendait la situation et Gambetta ne pouvait plus crier ensuite : « Le cléricalisme, voilà l'ennemi ! » Descaves utilisera les conversations qu'il a eues avec des membres de la Commune, en Suisse, ailleurs. Revenant sur les otages, il m'a dit : « J'en ai fait le compte. C'est une trentaine, d'ailleurs des otages mal choisis. Qu'est-ce que ce chiffre auprès de celui des victimes de la répression ? » Descaves avait 9 ans alors et habitait rue Caumartin. Il était toujours dehors et voyait tout.

4 janvier

Quand je pense à l'injustice de ma situation, j'ai des mouvements d'indignation amère que je dois comprimer. Après tout, que me manque-t-il, non aux yeux d'autrui, mais pour mon compte personnel ?

Frémont est venu déjeuner chez moi. Nous avons causé de bien des choses. Il m'a appris, d'après les *Confessions* de saint Augustin, que ce saint, dans sa folle jeunesse, avait aimé les jeunes gens. Aimer pour lui, c'était selon ses expressions, *corpore frui*, ou du moins c'était aimer totalement.

7 janvier

Divine après-midi. Parti, en auto, vers 11 heures, avec la princesse Bibesco et sa jeune sœur, et été à Versailles. D'abord aux Réservoirs où le déjeuner a été commandé et ensuite au parc par la porte de derrière de l'hôtel. La princesse m'a montré un coin qui est fleuri de lilas de Perse, dans la belle saison. Monté à la terrasse, regardé le fameux horizon qui aboutit au vide, entre deux peupliers, que j'appelle les peupliers du désespoir. C'est un au-delà dans le rétrospectif, le symbole d'un passé qui ne reviendra plus. La femme si charmante qui m'accompagnait laissait tomber sur toutes choses des réflexions, des citations exquises. Je note : quand une race royale finit, elle se différencie de plus en plus de ses sujets, combien Louis XIV est espagnol, ressemble peu à Henri IV !

Déjeuné en causant. La princesse avait emporté le premier volume de *Mémoires d'outre-tombe*. Il était sur la table, entre nous. Sa mémoire est infinie. Elle m'a cité des vers entiers de Joachim du Bellay qu'elle aime, de Ronsard.

Retourné au parc, erré ici et là, près des bassins noirs « encre de Chine », le long des treillages verts qui sont, disait la princesse, des portants de théâtre. Elle me disait qu'on trouve en France seulement les arbres vêtus de lierre et de mousse. On s'arrêtait devant une statue de Bellone au casque à plumes qui rappelle les temps de Louis XIV. « Les fils de France remportaient alors les victoires. » On visitait la colonnade où l'on jouait jadis Lully. « Sa musique m'alarme » (Madame de Sévigné). Nous admirions ces marbres multicolores, ces vasques sans eau « où nous mettons ce que nous voulons », et le groupe de Girardon : Ah ! que n'ai-je pu retenir tout ce qu'on disait à côté de moi ! Mais comment fixer tant de rayons, sertir tant de pierres précieuses ?

10 janvier

Il faut que j'en prenne bien mon parti. Mon ministère est fini. Le confesseur, le catéchiste n'existent plus ou presque plus. Je ne parle pas du prédicateur ou du conférencier plus morts encore. Les relations continueront ou ne continueront plus. Je me résigne à tout. Que Dieu me conserve quelques rayons visuels !

11 janvier

Démission du ministère Caillaux dont on charge la responsabilité dans l'affaire marocaine. Il n'y a pas de gouvernement possible avec cette succession ininterrompue de ministres. C'est de l'ataxie politique.

14 janvier

Dîné, hier, pour la première fois, chez la comtesse Mathieu de Noailles. On causa de beaucoup de choses, sauf de littérature, et cela fut une déception. La maîtresse de maison était fatiguée. Je trouve qu'elle est mieux de profil que vue de face. Courbe impérieuse du nez, yeux de mystère, cheveux ramassés en paquet noir au-dessus du front. On causa ministère, mariage, mort, domestiques, amours de domestiques. Mme de Noailles est petite. Au salon, elle s'étendit sur une chaise longue. Elle m'a dit que Barrès avait été ému de son *Strasbourg (Revue de Paris)*.

18 janvier

Dîné, hier, chez la princesse Bibesco, avec M. Bertrand de Fénelon et Antoine Bibesco. Bertrand de Fénelon a beaucoup voyagé, mais ce jeune diplomate (car je crois qu'il est tel) est plutôt un esprit sec. Antoine plus nature. Il y avait là sur la table des œillets mauves, et je trouvais la tapisserie où l'on joue très jolie, mais plus jolie encore la princesse. Je n'étais pourtant pas très en train. La princesse m'a reparlé de Barrès qu'elle ne goûte pas infiniment. Elle reproche à sa cousine Anna de Noailles, de se défoncer, de se changer elle-même pour plaire à un autre. « Bassesse du cœur féminin. »

19 janvier

Dîné, hier, chez les Du Bos, avec Charley et sa femme. Charley qui avait assisté à la réception académique de Henri de Régnier, avait entendu les duretés de M. de Mun à l'endroit, duretés d'ailleurs applaudies, le patriotisme aidant.

Bourget, paraît-il, prépare un grand roman.

20 janvier

Dîné chez la princesse Bibesco avec la princesse de Polignac, la princesse Lucien Murat, M. et

Mme Blanche, Jean Cocteau, Antoine Bibesco. Sur la table des glycines, magnolias, tulipes, lys rouge, du Japon, je crois. J'étais à côté de Mme Blanche, fort aimable ; la princesse de Polignac parlait peu. Elle n'a pas voyagé. Elle connaît Londres et Venise. Blanche m'a fait meilleure impression que la première fois, chez Mme de Fitz-James. Il est pâle de figure. Le jeune poète Cocteau (il a 20 ans) parlait beaucoup, beaucoup. On lui a fait débiter l'une de ses poésies sur Pallas. C'était mythologique et long. Il a paru fatigué après, car il avait donné de la voix et du geste. Gracieux jeune homme d'ailleurs, à figure blanche, délicate. Il m'a parlé de la sueur d'Alexandre le Grand qui sentait la violette ! (voir Quinte-Curce). Il m'a commenté une rose, avec toutes les comparaisons qu'elle suscite. Cocteau s'essaie à la fécondité des images. La princesse Lucien Murat avait une sorte de turban bleu, avec une petite aigrette persane. Elle prédisait qu'après l'apparition de l'*Alexandre* de la princesse Bibesco, cet ancien serait à la mode. Elle avait admiré le discours de M. de Mun, son art de faire valoir chaque mot. Elle m'a ramené, dans son auto. C'est elle qui a découvert Cocteau et j'ai senti qu'elle n'était pas trop fâchée qu'on l'opposât à Bonnard qui ne fait plus rien et qu'on ne voit plus, depuis que Mme J. Murat l'a pris.

24 janvier

Hier été à Maucreux. L'auto m'attendait à la gare de La Ferté-Milon. Été prendre le marquis de Lubersac chez le curé dont il fait grand cas et qui habite en face de l'Hôtel du Sauvage. Et de là au château de Maucreux. J'ai trouvé le marquis moins mal que je ne pensais, très gris, sensible, spirituel, plein de charme, selon moi. Déjeuné et dîné là-bas, en causant, avant et après, de tant de choses.

J'ai parlé, bien entendu, au marquis de la correspondance de Chateaubriand. Champion et Thomas sont déjà venus ; ils s'annoncent prochainement. Les lettres à la duchesse de Duras, m'a dit le marquis, ne sont pas très soignées. Écriture difficile à lire. Abréviations, etc. Chateaubriand, m'a-t-il dit encore, n'a rien à gagner à cette publication. Il est égoïste, se sert de la duchesse, etc. « Un mufle » ajoutait le châtelain de Maucreux. Il possède 400 lettres de Chateaubriand à la duchesse de Duras. Lettres ou billets. J'ai pu en toucher et en lire 4 ou 5. Évidemment, c'est écrit négligemment et il n'y a pas beaucoup de naturel ni de cœur. Il s'adresse toujours à la troisième personne et répète les mots : « ma sœur ». Ce qui n'allège pas le style. Je note quelques phrases telles que ma mémoire les a gardées, plus ou moins exactement : « J'ai besoin de repos dans la vie... », « les jeunes pilotes aiment les orages, les vieux esclaves apprécient le beau temps... », « je vais me coucher avec votre pensée et le chant d'un rossignol qui revient, chaque printemps, habiter la petite tour. Je lui apprendrai à répéter le nom de ma vieille amie... » « Dites à la mer que je suis né au bord de ses flots, qu'elle a nourri mes premiers orages et mes premières passions. Demandez-lui de vous faire jouir de ses premières tempêtes d'automne. » Elle est à Dieppe, alors, et Chateaubriand de lui rappeler qu'il y a été et qu'il aurait préféré, en ce temps-là rêvasser au bord de la mer plutôt que d'obéir au *caporal*... Chateaubriand lui donne rendez-vous, boulevard des Invalides.

J'ai vu de tout petits billets, pas signés, avec cette écriture hautaine et de mauvaise humeur. On sent que Chateaubriand a des soucis, se fait des tracas, etc. Rien d'épanoui, de dilaté. Et on sent qu'il ne se gêne pas, qu'il écrit sans le moindre désir de charmer littérairement la duchesse. Ni soin, ni aisance. Et malgré cela, ces feuilles étaient des reliques et j'aurais voulu lire, encore lire, toujours, m'assimiler, m'intoxiquer cette âme amère et grande. Et comme le rossignol de tout à l'heure m'enthousiasmait, au passage, le marquis disait, avec vérité peut-être, que si on lisait cela chez un autre, on n'y ferait pas attention.

Ah ! les journées divines que je passerais à Maucreux, à errer dans les bois, en commentant ces lettres, en évoquant l'homme, le temps, les femmes d'alors !

28 janvier

Dîné, hier, chez la princesse Bibesco. Après le repas, elle s'est assise, dans la lumière, au-dessous de son portrait — de ce portrait où elle appuie sa tête charmante, avec des œillets roses près d'elle — et elle m'a lu Joachim du Bellay, des vers de Villon.

Et comme Marthe disait tout cela d'une voix fine, précise et distinguée ! Et comme je lui faisais remarquer que ces poètes du XVIe siècle insistaient, à la façon d'Horace, sur la brièveté de la vie, elle me répondit : « Fallait-il que ce fût bon pour vouloir n'en rien perdre ! C'est le "dépêchons-nous". » Oui, telle la vie apparaissait, à la Renaissance, après les cathédrales et pierres tombales du Moyen Âge.

De Barrès, elle me disait : « Il a *désaxé* Mme de Noailles. Elle était la citoyenne de l'univers, elle s'efforce d'être Alsace-Lorraine. » La princesse a l'habitude de rattacher toute une époque de sa vie à des lectures et à une fleur. La fleur est une date. Et elle me rajoutait aussi qu'à Haroué, des narcisses ressuscitaient le dessin d'anciens parterres. Leurs fleurs étaient le seul moyen de les retrouver. Elle m'a montré des photographies de Sainte-Assise et d'Haroué. Il est jaloux, le châtelain d'Haroué. Il condamnait, l'an dernier, la Princesse à la solitude. Et comme je lui demandais si c'étaient des œillets qui fleurissaient sur le tableau de Boldini, elle me répondit, avec le vers de Du Bellay : « et ces œillets aussi ». Bref, ce fut une soirée divine. Elle m'avoua qu'elle travaillait avec lenteur.

29 janvier

Après-midi de visites. Vu Rarécourt, la pauvre duchesse au lit, et répétant toujours la même complainte : « Pas de femme plus malheureuse que moi ! » Vu la comtesse de Verneaux née Rastibonne qui vient d'avoir un fils, au lit aussi celle-là, mais heureuse. Vu enfin la comtesse Mathieu de Noailles, également au lit, mais en train, contente des vers que la *Revue hebdomadaire* a publiés. Il y avait là M. Gallais qui revient d'Amérique, le docteur Cottet, un Savoisien, je crois, et la princesse de Chimay, sœur de la comtesse. Cette dernière a toujours un face à mains aux yeux. Mme de Noailles cause de tout, avec souplesse et mouvement d'esprit. Elle admire beaucoup M. de Mun, trouve la littérature de M. de Régnier ennuyeuse, n'aime pas le symbolisme. Nous avons causé de la prieure d'Alger qui avait été révoquée par le pape lui-même. Celles qui devront rester carmélites recommenceront leur noviciat. Causé couvent. J'ai parlé du mien. Elle viendra le voir, en avril. Elle est vraiment très gentille et cordiale, cette muse de la rue Scheffer ! Ses cheveux sont très noirs. Voilà mes consolations. Trouverais-je, dans les sacristies, semblable aliment à mon imagination et à mes sympathies ?

30 janvier

Déjeuné chez la comtesse de Fitz-James, avec la princesse Bibesco, Taigny, Chambrun et Pouy.

La princesse, tête fine et jeune, dans un chapeau fantaisiste. Elle a cité cette comparaison persane : « La femme est belle comme l'œil du coq. » Elle m'a remis ses *Huit Paradis*, avec une dédicace.

1er février

Dîné, hier, chez la princesse Bibesco. Tout le monde parti, je suis resté seul et très tard chez la princesse qui m'a parlé d'Anna de Noailles et de sa façon de se moquer des gens. Puis elle a abordé la question de l'abjuration.

Barrès disait à Mme de Noailles : « Si vous vous lanciez dans le comique, vous auriez le génie de Cervantes. »

2 février

Vivre au jour le jour, sans autre prévoyance que celle qui m'empêchera de faire de trop grandes dépenses.

La comtesse de Noailles m'avait écrit une page très aimable, puis un télégramme. Je lui ai répondu hier : « Vos poésies sont faites de tous les rayons et de toutes les larmes, car personne ne sait mieux que vous interpréter l'âme humaine et orchestrer l'univers. »

5 février

Dîné, hier, chez les Beauchamp. Bourget très aimable m'a dit que ce qu'il y avait de plus beau dans le *Credo* c'était « Je crois à la Résurrection ». Il n'est pas question de l'immortalité de l'âme mais d'être *recréé*. Il m'a parlé aussi, comme jadis, du « goût de cendre » qu'a Maurice Barrès. Il m'a défini Chateaubriand : « Le cabotin de lui-même, quelqu'un qui joue le rôle d'un roi et qui est roi. » Il me citait le mot du docteur Lascoigne qui convient au grand écrivain : « On ne simule que ce qu'on a. » Ce Bourget est plein d'anecdotes très savoureuses. En voici quelques-unes : quand Dumas fils faisait valoir à l'Académie les titres littéraires de Loti, le vieux Legouvé fit observer que ce dernier n'avait pas une bonne réputation, et après avoir hésité, il précisa, en disant qu'il aimait les hommes. « Nommons-le d'abord, répondit Dumas, ensuite nous verrons bien. » Bourget ne croit pas la mauvaise réputation de Loti justifiée. Certains esprits raffinés fréquentent des esprits plus simples. D'où le penchant de Loti pour des matelots. Il nous assurait que Loti est très ennuyé de vieillir et comme je ne sais plus qui l'avait félicité d'être jeune (et cela pour lui faire plaisir), Loti lui dit, à la fin de la réunion : « Vous verrez que, le matin, je suis bien mieux. »

Les Bourget m'ont ramené dans leur auto qui les a déposés rue Barbet-de-Jouy et a continué sa course, jusqu'à la rue Méchain. Je ne dis rien de Mme Bourget qui me paraît bonne, douce, mais peu intéressante, maladive d'ailleurs. Les hommes de lettres ne devraient pas se marier.

Je serais vraiment fou de me plaindre. On m'a débarrassé de tout ce qui m'éreintait. On me laisse des loisirs, où je ne vois, où je n'entends que ce que j'aime.

6 février

On ne tient tant aux dogmes, chez les catholiques, que pour avoir une solide raison de se cogner les uns les autres, au lieu de s'aimer les uns les autres. Le Christ enseignait le désarmement individuel. On n'en veut pas, au nom de ce même Christ. Et alors on est allé chercher la Vérité pour l'opposer à la Bonté. Tout le conflit est là.

16 février

Vu, ce matin, Ferdinand de Montesquiou qui m'a parlé de l'ex-prieure du Carmel d'Alger. Tout un couvent relevé de ses vœux. Que s'est-il passé ? Elle est entrée, il y a 25 ans, au Carmel, sans vocation. Elle avait eu une affaire avec un conducteur de Versailles.

Elle est très orgueilleuse, se faisait servir, à genoux, par ses religieuses.

23 février

Été à Passy, et, après avoir respiré le parfum de vraies roses, dans le petit salon de la comtesse Mathieu de Noailles revu la poétesse et causé longuement avec elle. Sa sœur Hélène est venue. Il a été question de Maurice Barrès et Anna m'a redit le personnage incompréhensible qu'il est, son « insincérité » « l'indignité de son cœur ». Il ne croit pas à la noblesse des sentiments d'autrui, il rapetisse tout. Il considère le monde entier, comme un « bétail ». Il reste dans son « marécage » et ne voulait pas suivre la comtesse « dans le courant d'une onde pure ». C'est lui-même qui a dit à cette femme : « L'amour est l'avilissement à deux. » Elle m'a dit son côté « strident ». Et malgré tout cela, la comtesse de Noailles répète qu'elle l'a aimé, que lui aussi a eu pour elle, d'abord, un amour mystique, qu'elle se souvient, avec douceur, de lui avoir entendu dire : « Je vous aime, de tout mon cœur. » Il lui écrivait : « Moi qui ai rêvé d'être Pascal ou Bonaparte, je ne pense plus qu'à vous aimer et à reposer, quand je serai mort, non loin de vous. » Il avait d'ailleurs le vocabulaire magnifique. Il prononçait le mot *infini*. Elle, la comtesse de Noailles aime ce qui est éternel. Il lui disait : « J'aurais voulu vivre, avec vous dans un couvent. »

Et ainsi la poétesse passait de l'éloge au blâme, exaltait et flagellait l'homme de Charmes. « Le poison et le venin qu'il m'apportait, je le transformais en encens. » Un jour qu'il avait été à l'enterrement d'un de ses secrétaires, il dit à la comtesse : « J'ai passé une bonne matinée. » Il parlait de la cérémonie funèbre. Il aime la musique religieuse. Il aime la religion : 1° parce qu'elle sert d'instrument, 2° parce qu'elle attriste les passions. Beaucoup de littérature dans son affaire. Et malgré tant de défauts, de misère, Anna s'était attachée à Maurice Barrès. Elle était touchée par « la marche de Chopin qui était dans son regard ». Hélène critiquait l'homme, encore davantage. Barrès, disait-elle, humilie jusqu'aux chiens. Devant un infirme, il se met à rire. Et comme on avait prononcé le nom de Chateaubriand, Hélène a dit : « Barrès est la moisissure de Chateaubriand. »

Mme de Noailles m'a répété ce mot du Père Janvier : « Barrès m'a dit (c'était après la rupture) : "Mme de Noailles m'oubliera et se consolera avec D'Annunzio." »

Barrès aimait à voir la figure de Mme de Noailles quand elle était malade, une figure verte et rose. Il aimait à dire : « Je reprends mes avantages. » Au fond, une nature mauvaise et de fou. Et elle ne lui pardonne pas sa « couardise ». Elle a tenu, il y a quelques jours, à le saluer à l'Académie. Elle lui a dit : « Bonjour Monsieur Barrès. » Il a répondu : « Bonjour Madame. »

Son amour pour Anna a été le plus grand amour de la vie de Barrès. Et la pauvre Anna qui l'a aimé aussi a été toute bouleversée à jamais par cette rupture. Et tout en louant l'écrivain, elle constate cependant qu'il n'a pas atteint le maximum de ses rêves : député sans influence, écrivain qui ne se renouvelle pas, mari qui n'a pas su rendre Paulette Couche heureuse, etc.

Anna m'a parlé aussi de la princesse Bibesco qu'elle trouve très fatiguée. Pourquoi veut-elle se faire catholique ? Anna m'avoue qu'elle est « très protestante » elle, Anna, c'est-à-dire sans doute exigeant beaucoup d'une convertie au catholicisme.

Été dîné ensuite, chez cette même princesse Bibesco. Commencé par faire, dans le salon, la revue des fleurs qui s'y trouvaient. Vu des jonquilles, des crocus de diverses couleurs. Il n'y avait que des tulipes sur la table de la salle à manger.

Elle m'a lu délicieusement des vers de Desportes : *Sur une fontaine*. Combien nous avons admiré ce dernier vers : « Et ta soif se perdra dans l'eau de la fontaine. » J'aurais dû connaître ce vers et le citer, quand je prêchais jadis sur le Puits de la Samaritaine. Elle m'a lu encore les vers de Desportes sur Icare : « Qui tire un si grand gain d'un si petit dommage. » « Il mourut poursuivant une haute aventure — Le ciel fut son désir, la mer sa sépulture. » Comment ai-je ignoré des beautés pareilles ?

25 février

Déjeuné aujourd'hui chez la comtesse de Fitz-James avec Taigny et Radwan. Taigny parlait des débuts de Bourget chez les Cahen d'Anvers. C'est dans cette famille que son mariage fut arrangé avec Mlle David. Cette dernière empêcha ensuite son mari de continuer les relations avec les Cahen. « Parce que ce n'était pas chic » a dit Mme de Fitz-James.

Taigny n'aime pas le caractère de Bourget, Mme de Fitz-James le voit avec plaisir mais ne croit pas à son cœur.

La maîtresse de maison perd sa cuisinière qui excellait, en son royaume. La table du 142 de la rue de Grenelle est célèbre.

La princesse Bibesco m'a lu, hier aussi, des pages de Gide : *Les Nourritures terrestres*.

29 février

Bourget, dans ses *Essais de psychologie*, parle des dix auteurs modernes ou contemporains qui ont le plus agi sur lui, vers 1870. Or aucun d'eux n'a pu agir sur moi car ils n'étaient lus, ou même cités, ni à Nogent, ni à Saint-Sulpice.

Nous avons été élevés, en dehors du monde moderne et contemporain. De là notre isolement intellectuel, notre incapacité juvénile. Pas un vrai poète, pas un vrai penseur n'arrivait jusqu'à nous.

Déjeuné chez les Aman-Jean, avec G. Dumas et sa femme. Ce Dumas est tout à fait intelligent. Je l'avais déjà vu chez les Bazeilles et Mme de Caillavet. Il a une tête et une voix décidées. Il a conté beaucoup d'anecdotes très intéressantes. Il a connu Verlaine. Verlaine lui avait écrit pour entrer à Sainte-Anne, en lui disant : « On y reçoit des alcooliques. Et j'y ai des droits par conséquent. Les médecins y tutoient les malades. Et ce tutoiement est une caresse. »

Verlaine fut rencontré, un jour, par lui, avec quelqu'un qui discutait vivement. Et le poète d'expliquer à Dumas que cet homme lui réclamait 300 absinthes pour un mois. « Si encore c'était 295 ou un autre chiffre, mais 300, ajoutait-il, c'est un chiffre artificiel. » Et il était allé au commissariat de police pour se disculper en disant : « Je suis honnête. Je paie ma chambre. »

Verlaine avait écrit un livre de critique littéraire où il se montre très indulgent, et comme Dumas lui en faisait la remarque, Verlaine lui fit cette réponse : « Dieu a laissé tomber du ciel quelques vérités, et les auteurs les ont ramassées. »

Aman-Jean a peint Verlaine, à l'hôpital Broussais. Un jour, Aman-Jean pénétra dans un des taudis où il logeait. Verlaine dormait mais près de lui, était un livre : Racine.

8 mars

Moi, mélancolique, ce soir, où je ne dîne pas en ville. Je me sens évidemment fatigué. Il y a dans ma santé des points obscurs. Et puis la jeunesse est bien finie.

10 mars

Mon imagination est trop jeune pour l'âge que j'ai. Disproportion. Mais qu'est-ce qui se développe harmonieusement ?

18 mars

Rencontré le libraire Champion qui m'a parlé de Chateaubriand. Il a lu, dans les papiers de la baronne de Frénilly que lui ont apportés les Pimodan, ce mot : « M. de Chateaubriand n'a jamais été jusqu'au bout. » Il s'agit du Chateaubriand amoureux. Mme de Frénilly était une de ces femmes de la Régence qui allait, elle, jusqu'au bout.

3 avril

Confessé aujourd'hui un peu de monde mais ce n'est plus la cohue brillante d'autrefois. Quelques noms surgissent toutefois.

6 avril

Georges Vicaire a dépouillé, à Chantilly, le dossier Théophile Gautier : une amoralité extraordinaire. L'ordure facile. Il terminait des lettres à des amis par ces mots : « Je te baise le cul avec componction. » Vicaire ignore s'il a dans sa collection les lettres de G. Sand à Mme Dorval qui trahiraient d'autres mœurs.

11 avril

Hier, déjeuné, rue du Faubourg-Saint-Honoré chez la princesse Bibesco avec sa jeune sœur Marguerite déjà admiratrice de Chateaubriand et sachant par cœur des lignes des *Martyrs*, avec la princesse Viggiano, la comtesse de Beauchamp, Hélie de Gaigneron et le comte Robert de Montesquiou. Sur la table, des arums jaunes et des hortensias bleus. Robert de Montesquiou fut étourdissant d'esprit, de verve. Un monologue brillant, méchant, etc. Quand, au salon, il disait ses malices retentissantes, il frappait le tapis des deux pieds et parfois fondait sur vous. Tout y a passé depuis Mme de Blocqueville jusqu'à la duchesse de Rohan, jusqu'à Arthur Meyer, jusqu'à la comtesse Robert de Fitz-James, etc. qu'il a exécutés. Il a parlé de l'œil de Anna de Noailles qui vous regarde en face, même quand elle est de profil, de Meyer qu'il exècre, invitant Dieu à se ganter pour le toucher « aujourd'hui comme hier ». De la duchesse de Rohan qui n'est pas bonne, dit-il, qui se glorifie maintenant d'un sonnet que Verlaine fit pour elle et ne donna pas au poète le billet de cent francs dont il avait besoin. De la comtesse de Castiglione sur laquelle il vient d'écrire. « Une recluse de beauté... une carmélite furieuse retirée non en Dieu, mais en elle-même. » Une femme qui avait une robe couverte d'yeux et d'oreilles et un arc-en-ciel dans la main que la « fée Cavour » lança dans un bal, sachant que Napoléon III aimait les belles femmes. Et il parlait de la laideur des femmes, réclamant le masque pour elles.

Il nous lut des vers de lui, les trouvant bien, car il s'estime, ne se déprécie pas, s'admire sincèrement. Cela dura de 1 h à 4 h 1/2. Il fit tous les frais de la séance. Et vraiment, s'il manque de charité, d'indulgence il a, en revanche, un talent, une verve endiablée.

Il se dit « le vieux serviteur de la langue française » et ne veut plus écrire mais prendre sa retraite et faire des fautes de français. Il parlait de « sa passion sans emploi ». Au commencement du déjeuner, il a célébré son *Brelan de Dames* qui vient de paraître. Il a eu la bonté de se souvenir du mot que j'ai dit, chez la comtesse Greffulhe, à Anatole France me parlant d'Actéon, à propos de la Diane de marbre : « De quelle paroisse était-il ? »

15 avril

La princesse Bibesco est venue, ravissante. Elle croit qu'elle marche vers la fin de sa vie. En regardant mon jardin, elle me rappelait que les poètes persans parlent des *arbres en prière*, et, en effet, ces derniers montent par leur tronc, leurs branches. Elle m'a dit combien la comtesse Mathieu de Noailles avait le souci de sa beauté. Être comme Cléopâtre, reine et servante.

16 avril

Le président de la Chambre, Brisson, est mort. Ce fut l'une des têtes directrices du jacobinisme républicain. C'est curieux comme le monde politique m'intéresse moins que le monde littéraire et artistique. Trop bavards pour être penseurs et trop peu indépendants. Liés à des partis, soumis à leurs électeurs. Secs.

Été déjeuné aujourd'hui à Bellevue Palace, cet hôtel qui domine la Seine et d'où l'on voit Paris, un Paris de maisons pressées, confuses que dominent la Tour Eiffel et la Grande Roue. André Germain s'y est installé pour quelque temps, et c'est avec lui que j'ai mangé. Le fils du Crédit Lyonnais laisse tomber ses cheveux en touffes bouclées, derrière sa tête. On dirait un artiste, un jeune romantique de 1830, que sais-je ?

Nous avons été ensemble, en automobile, jusqu'à Versaillles pour voir la marquise de Charnacé. Après un tour au parc, nous avons pu enfin être reçus par elle. Elle était assise dans un petit salon très chauffé malgré le soleil du dehors. J'ai trouvé la figure terreuse, la moustache plus prononcée. Elle a parlé tout de suite et avec l'entrain des souvenirs, de ce qui est relatif à ma mère. Elle a trouvé un papier relatant une conversation de Mme d'Agoult avec Bouchaud d'où il résultait qu'il fallait s'en tenir aux lettres de Liszt à elle et d'elle à Liszt dont elle avait fait un petit dossier et où elle avait donné des coups de ciseaux.

Mme de Charnacé nous a raconté qu'il y avait eu, dans la famille de sa mère, trois tentatives de suicide :

Léon Ermann, sa mère qui était l'une des sœurs de la comtesse d'Agoult et qui avait épousé, en premières noces, Clémens Brentano et enfin Mme d'Agoult (Daniel Stern) elle-même, qui avant sa crise d'aliénation mentale s'était promenée le long de la Seine pour faire « le tâtonnement de l'eau ». D'ailleurs, se promenant un jour en Suisse, avec son mari, elle lui avait dit : « Si je me jetais là ! » Et son mari l'avait retenue aussitôt, en disant : « On dira que c'est moi qui vous ai tuée. » Et la marquise d'ajouter : « Voilà des paroles qui ne témoignent pas beaucoup de tendresse ! » Mme de Charnacé nous a fait lire un portrait fait par sa mère de son propre frère M. de Flavigny. Elle le destinait à la publication. De ce portrait j'ai retenu ces mots : « Il avait su éviter les entraînements de la passion et les sévérités de la vertu. » La vieille malade de Versailles parle toujours avec une énergie précise. C'est peut-être la dernière fois que je la vois.

18 avril

Ce matin, vers 9 h 1/2 a eu lieu, dans la chapelle de mon couvent, 21, rue Méchain, l'abjuration de la princesse Marthe Lucie Bibesco, née à Bucarest, le 18 janvier 1886. Elle a eu comme témoins la supérieure générale et Mme Marie Zufall, sa femme de chambre. Le temps était beau. Les giroflées, les myosotis et les pâquerettes souriaient à la porte de la chapelle. J'ai confessé la princesse, j'ai entendu son abjuration. Je lui ai donné l'absolution publique et privée. J'ai dit la sainte messe et l'ai communiée. La princesse est venue ensuite chez moi, boire une goutte de thé. Nous avons causé un peu. Elle m'a remis son *Alexandre asiatique*. Elle m'a reparlé de sa cousine, la comtesse Mathieu de Noailles qui lui a témoigné, ces derniers temps, beaucoup d'affection. Elle m'a prié de dire à cette dernière combien elle en avait été touchée. Elle va partir pour Florence puis elle rentrera en Roumanie où elle voudrait que son mari ne la quitte pas perpétuellement mais qu'il soit là, pour la garder, au moins aux yeux du public. Pendant qu'elle me parlait, elle avait des yeux charmants. La lèvre supérieure est fine. La lèvre inférieure est plus épanouie et rose.

La princesse Bibesco me paraît simple, droite, plutôt candide. Il y a chez la comtesse Mathieu de Noailles un côté « cabotine ». Ces deux femmes s'étaient heurtées d'abord. On les opposait l'une à l'autre. Il y a rapprochement.

23 avril

Été redéjeuner à Bellevue, à l'hôtel Paillard. André Germain avait invité, avec moi, le poète Charles Grolleau et l'Américaine Mlle Barney. Cette dernière a fait des vers non destinés au public *Actes et entr'actes* et un volume publié, sous le titre d'*Éparpillements*. Un visage éclatant. Grolleau m'a dit qu'elle est « ultrapaïenne », qu'elle avait été l'amie de Renée Vivien. Il ne l'aime pas. À table, j'ai parlé, trop parlé. Mlle Barney me répondait avec esprit. Elle goûte Verlaine, Baudelaire, Vigny. Elle n'a pas encore étudié les poètes du XVIIe siècle. Elle arrive, disait-elle. Et quand on arrive, on voit d'abord ce qui est près de soi. Elle habite rue Jacob et dans son jardin il y a un petit temple de l'amitié qui daterait d'Adrienne Lecouvreur.

29 avril

Suis-je assez bête de vouloir regretter ce qui m'éreintait, de toutes manières ! J'étais, chaque jour, sur la brèche. Il fallait parler, répondre, marcher sans arrêt. L'important est de ne pas mourir de faim, c'est tout.

Mon enfance, ma jeunesse ont été craintives. La peur de pécher me paralysait, et je péchais tout de même, sans en avoir certains bénéfices.

Enfin, hier, on a capturé Bonnot, cet anarchiste, ce bandit de l'automobile et du revolver dont les crimes terrifiaient l'opinion, depuis plusieurs mois. Après avoir tué un sous-chef de la sûreté, il avait pris la fuite (comme Jean Valjean poursuivi par Javert) et du Petit-Ivry, il était venu se cacher, dans un garage à Choisy-le-Roi. On en fit le siège. Il y eut une fusillade, dynamite, etc. On tua Dubois, le mécanicien, on trouva Bonnot blessé à mort. Il rendit son âme rouge à l'Hôtel-Dieu. Quelle est exactement la psychologie d'un assassin comme cet homme de 35 ans ? La gloire du crime leur tourne la tête.

Nous avons besoin de morale et tout le monde tire dessus.

Les républicains laissent croire qu'elle se confond avec le cléricalisme, les catholiques ont l'air de la monopoliser. Hors de l'église, pas de morale ! Les grands républicains ne sont pas des modèles...

8 mai

Confessé, Mme Hx. Elle m'a parlé de sa liaison avec G. de L. que je savais d'ailleurs. Et cette jolie femme m'envoyait ses péchés, à travers la grille, dans un doux parfum.

9 mai

N'est-il pas préférable d'user mes yeux sur de belles pages de Loti ou d'autres plutôt que d'écrire des comptes pour la fabrique ? Mon journal de vicaire n'a jamais été qu'un gémissement continu. Soyons logique et terrons-nous.

J'ai de la paresse. Ça m'ennuie d'écrire des lettres, de voir certaines gens. J'ai assez travaillé jadis. Surmenons-nous de flânerie, d'indolence, de fantaisie, de caprice, d'égoïsme.

21 mai

Visite de Mathieu de Noailles qui est venu me parler de la maison de banque qu'il a fondée, avenue de l'Opéra. Il veut se refaire financièrement dans les affaires. Il cherche 2 millions qu'il voudrait trouver le plus tôt possible, et il me demande de l'aider, avec mes connaissances. Il m'a parlé de sa femme qui devrait être un homme et un bohème ; or elle est femme avec un cerveau qui n'est pas celui de la femme et elle aime le luxe. Et elle oscille entre l'orgueil et l'esprit d'esclavage. Elle n'a pas de connaissances, c'est-à-dire de ces personnes auxquelles on ne se livre pas. Elle se livre tout de suite. Elle n'est pas heureuse. Quant à lui, Mathieu, il se rappelle avoir été heureux un mois seulement, mais il ne m'a pas dit si c'était avec elle.

27 mai

Mon grand mal intellectuel, l'éparpillement. Je suis l'être dispersé, désordonné, mais comment créer l'ordre et l'unité ? Il faudrait fermer les yeux et l'esprit à trop de choses !

31 mai

La personnalité de Michelet me rehante. Ce nerveux, ce lyrique, ce sensible me plaît, m'a toujours plu. Il est touffu et vibrant. Il rit, il pleure, il aime. Il a une vie intérieure. Il communie à tout et à tous. Et il est sincère. Comme il ne s'épargne pas, à la mort de sa première femme ! Si jamais je refaisais des conférences aux femmes, je leur citerais les remords de Michelet : « Je n'ai ni élevé, ni initié ma femme ! »

7 juin

Chez Mme Germain, on a parlé du mauvais effet moral produit par ces ventes de tableaux qui atteignent des prix fous. Empêchez donc, après cela, l'impôt sur le revenu !

23 juin

Comme je sens la vieillesse venir ! Je ne suis plus l'infatigable d'autrefois. Je deviens casanier, ma mémoire ne retient plus toutes choses. Oui, vraiment, il vaut mieux que je ne rentre plus dans le ministère. Il m'achèverait, ce genre de situation me convient mieux.

4 juillet

Dîné, hier, chez la comtesse Mathieu de Noailles, avec sa mère la princesse Brancovan, la princesse Bibesco, ex-carmélite, et le jeune docteur Charlot. Mangé des choses délicieuses et surtout une compote finale de framboises, avec accompagnement de crème. La maîtresse de maison tout à fait spirituelle, amusante, naturelle, sautant d'un sujet à l'autre, sans la moindre raideur. Elle est d'une souplesse cérébrale rare et tout à ce qu'on lui dit, écoutant tout, remarquant tout, et s'occupant de vous. Et de jolis mouvements de tête. Ce front au-dessus duquel les cheveux accourent, comme pour mieux ombrager les yeux. Et quel profil fin, nerveux ! Et quelle voix jeune, charmante ! Sa mère a la figure douce, bienveillante.

Après le dîner, l'ex-prieure du Carmel nous a dit combien ceux qui la connaissent l'invitent à se marier. Nous l'avons plaisantée à ce sujet. Ah ! rien, plus rien de Sainte Thérèse, si tant est qu'il y ait eu autrefois quelque chose !

Le poète des *Éblouissements* était vêtu d'un kimono vert. Et combien elle est rieuse ! Et comme, en l'absence de l'ancienne prieure du Carmel elle plaisante sur le fait (très hypothétique selon elle et moi d'ailleurs) de Mgr Picquemal voulant voir le derrière (*sic*) de la religieuse, pour lui donner une fessée ! Ce nom de Picquemal l'excitait beaucoup. Picquemal, Picque-bien ! Et elle se rappelait le temps où la religieuse lui donnait sa main à baiser et lui envoyait un œuf de dinde.

5 juillet

Déjeuné chez Lucien Descaves avec les Crépel, Maxime Vuillaume. Maxime Vuillaume est un ancien membre de la Commune — rédacteur du *Père Duchêne* — et maintenant décoré de la Légion d'honneur par Clemenceau et rédacteur en chef de l'*Aurore*. Une bonne figure ouverte, souriante. Il a écrit *Mes cahiers rouges*, il publiera une Histoire de la Commune. Je note, au hasard, ce qu'il a dit tout à l'heure. La Commune, c'était du romantisme révolutionnaire, c'était le dernier flot de la Révolution. On ne reverra plus rien de semblable, c'est impossible. La Commune était une insurrection, un simple fait déterminé par la prise des canons.

Vuillaume a vu l'archevêque de Paris, en prison, avec sa barbe. Très défait. Ce dernier lui donna ses lettres qui confiées à un autre ont disparu. Rigaud et un autre furent étonnés d'entendre l'archevêque leur dire : « mes enfants ». Mais Rigaud n'aurait pas dit, selon Vuillaume, le mot qu'on lui attribue : « Voilà dix-neuf siècles que vous nous embêtez ! » ou autre mot semblable. Il est faux de dire que les victimes de la rue Haxo furent jetées dans une fosse d'aisance. Cette fosse, créée pour cet effet, n'avait pas encore cet usage. Vuillaume blâme d'ailleurs le massacre des otages, la mort de l'archevêque qui était un libéral. Il raconte que le Père Didon invita un jour Clemenceau à déjeuner à Arcueil. Il lui montra l'établissement. Qu'est-ce que c'est, cela ? dit Clemenceau. Il s'agissait de la chapelle où sont enterrés les dominicains, victimes de la Commune. Et le Père Didon de répondre : « Ça, c'est la réclame ! »

Vuillaume croit qu'il y a eu 20 000 communards tués, fusillés, etc. Si la Commune ne s'était pas terminée par les massacres, les incendies et les fusillades, on n'en parlerait plus, disait-il et il ajoutait : « La Commune n'était pas un mouvement social. »

14 juillet

La comtesse de Noailles m'a reparlé, avec son lyrisme inné, de ses rapports avec Barrès et Demange, l'oncle et neveu. Elle m'a redit la passion religieuse de Barrès pour elle. Il était sublime et fou. Il l'appelait « *Panis angelorum* ». Il lui disait : « Dites-moi où vous serez enterrée. Je veux être enterré non loin de là. » Il lui disait encore : « J'ai voulu être Pascal ou Bonaparte, mais depuis que je vous connais, cela me suffit. » Et ces mots la ravissaient. « J'étais, disait-elle, l'abbesse qui vient de communier. » Cela fut bien, pendant un an. Ensuite, il voulut plus. Il prétendait que le corps est « le chemin à l'âme ». Or, en ce temps-là, Mme de Noailles dormait avec son mari, côte à côte. Barres exaspéré. Il disait : « Donnez-moi une nuit de Cléopâtre, une seule. » Il avouait qu'elle avait fait du bien à son âme « noire ». Et Mme de Noailles de le traiter de romantique, quand il se croit classique. Cela dura 5 ans. Quand elle connut Demange, elle souffrait de la rupture, elle était « ivre de douleur ». Pour Demange, elle ne fut que compatissante, gardant toujours la distance. Elle prie, tous les soirs, pour lui.

Elle avait les yeux superbes, des yeux qui étaient toute sa figure, toute son âme, quand elle me racontait sa vie.

22 août

Les jeunes filles devraient servir à la jeunesse masculine. La femme-amie est nécessaire ; la sœur avec un peu plus de tendresse sensible peut-être. Quelques baisers seraient la concession faite aux sens qui s'éveillent. On habituerait ainsi l'homme à respecter et à se restreindre. On lui refuse, au contraire, toute la femme. Et il se jette ensuite sur elle tout entière. J'en reviens à mon dada. L'éducation est faite sans la moindre psychologie. C'est la routine dans la contrainte des instincts. Chateaubriand, à Combourg a joui, au moins, de la liberté imaginative. S'il avait l'habitude de se confesser, il devait retomber dans son péché d'alors qui était de s'être fait une sylphide. Ni à Nogent, ni à St-Sulpice, je n'aurais pu, âme timorée que j'étais, me représenter la mienne. La sylphide permet d'attendre et elle met une sorte d'unité dans le désordre des sensations de la jeunesse. Elle les épure aussi, dans une certaine mesure.

13 septembre

Si mal que j'aie gouverné ma barque pour mon compte personnel, il y a deux reproches que je ne me fais pas : celui d'avoir étouffé les âmes, celui d'avoir été barbare pour elles.

J'ai prêché, de toutes manières, une religion éclairée, ouverte et aussi compatissante que large.

24 octobre

Champion m'a envoyé, hier, le 2e tome de la correspondance de Chateaubriand. Elle renferme des lettres datées de Montgraham. Et voici que les mousses du parc, que la statue couchée, que ma jeunesse nogentaise s'embellissent à nouveau ! Ô puissance d'un grand homme !

29 octobre

Vu Descaves chez lui. Il m'a montré la rectification adressée à la *Nouvelle Revue française* et insérée par elle, dans ces derniers mois, au sujet des prêtres qui ont joué un rôle dans la vie religieuse de Huysmans. J'y figure au premier lieu, comme l'ayant initié à la vie chrétienne et envoyé à la Trappe d'Igny. Voilà la vérité vraie.

11 novembre

Déjeuné aujourd'hui chez les Caillavet, 12 avenue Hoche. Comme elle est charmante, cette femme blonde et souriante ! Quelle voix sympathique ! M. de Caillavet est à la veille de la répétition générale de sa nouvelle pièce *L'Habit vert*. Une pièce qui doit fermer à ses auteurs la porte de l'Académie. D'où désolation de la marquise de Flers et surtout de la bourgeoise Mme Pouquet.

Mme de Caillavet m'a dit la « trépidation » où la mettait une pièce nouvelle de son mari. M. de Caillavet m'a dit le nervosisme, l'exaspération qui précédaient un pareil événement. Exaspération contre les acteurs et actrices qui par vanité et inintelligence ne comprennent pas le sens de tel mot, s'obstinant dans leur sens à eux. Mme Granier a dit à Caillavet et Flers : « Vous êtes deux moules. » Cavaillet insiste sur la vanité incommensurable des acteurs et actrices. Ils ont, dit-il, pris à Dieu le verbe créer. Dieu a créé le monde. Ils créent un rôle. Caillavet définit les artistes des « pianos conscients ». Et comme il faisait très bien toute la psychologie des rampes, je lui ai dit : « Vous confessez, vous aussi, la nature humaine. » « Je n'absous pas », m'a-t-il répondu avec véhémence. Sa femme m'a parlé ensuite des jeunes gens qui ont des mœurs contre nature. Les dames ont fait à ces tristes personnages une situation trop belle, en les accueillant d'autant mieux qu'ils ne les compromettaient pas.

Mme de Caillavet m'a dit que France lui avait avoué avoir trompé sa belle-mère, avoir mené, en dehors d'elle, une vie sensuelle et basse.

3 décembre

Dîné, hier chez les Félix de Vogüé avec les Brimont et Ferdinand Bac.

Il a été question des Rostand. Intérieur impossible. Il y a un grand-père fou, dont on voit l'ombre passer. Son fils, le grand poète qui a la folie des grandeurs. Maurice qui a des cheveux ondulés, une figure impossible et qui est très bien avec Pradier. Mme Rostand très bien, elle aussi, avec le fils de Richepin. Et un autre de ses fils fait de la vivisection.

4 décembre

Joie amère d'être mis à l'écart, de ne plus prêcher, d'être traité par les supérieurs et les égaux de quantité négligeable !

6 décembre

Je reprends *L'Avenir de la science* de Renan. C'est un livre qui ouvre les horizons et assouplit l'esprit des jeunes. Tout Renan est là, comme tout Chateaubriand est dans l'*Essai sur les révolutions*. *L'Avenir de la science* devrait être lu par la jeunesse intellectuelle, comme les *Entretiens* de Goethe avec Eckermann. Ce sont de ces lectures qui écartent les premiers obstacles dans le chemin de la pensée.

14 décembre

Aujourd'hui j'ai eu mon déjeuner Huysmans. Tous étaient là, sauf Jean-Loup. Forain a dit son horreur pour les camelots du roi qu'il a vus, à Lourdes. Il nous a raconté qu'une duchesse de Choiseul, américaine, volait les « graffiti obscènes et géniaux » de Rodin. Rodin s'étant aperçu que ses dessins disparaissaient, quelqu'un lui dit : « Regardez les jambes de la duchesse », elle les mettait dans ses bas.

Descaves nous a dit que le dernier vote de l'académie Goncourt avait prouvé qu'il y avait là aussi une droite et une gauche. Daudet n'a pas voulu voter pour Benda[116], parce que juif. Or Benda méritait mieux que Savignon d'obtenir le prix. L'*Ordination* bien supérieure aux *Filles de la pluie*.

Enfin, on a parlé de la guerre possible. L'Alsace serait, dans ce cas, anti-allemande, dès le début. Hansi[117], de Colmar, répondait à Forain qui lui adressait ses condoléances pour la perte de sa femme : « Il me faudrait une grande joie. Enfin qui sait, en 1913 ? »

28 décembre

Conduit Descaves chez la comtesse de Noailles. Elle a été merveilleuse, d'une verve éclatante et rare. Elle a fait l'éloge de Lasserre, éreinté la seconde partie de *L'Ordination* de Benda : « L'impudeur, toutes les impudeurs, mollasse, brumeux, belge. » Descaves soutenait Benda, surtout sa première partie. Et comme la comtesse avait jeté le nom d'*Adolphe* et que Descaves n'admire pas ce livre, qu'il en fait bon marché, la comtesse de Noailles a éprouvé toutes les commotions, tous les lyrismes de l'étonnement et de l'indignation. *Adolphe*, ce livre qui... un livre situé etc.

Il y a une rupture, dans l'ouvrage de Benda. Et Mme de Noailles de rappeler d'autres ruptures : celle de Titus avec Bérénice, celle du *Lys dans la vallée*, de *La Femme abandonnée*. Mme de Noailles défend ses idées, puis elle revient très habilement aux idées des autres et elle disait à Lucien Descaves : « Vous me troublez, vous m'ébranlez. Je vais relire *L'Ordination*. »

Descaves me disait une fois sorti : « Mme de Noailles est une torpille. Elle vous jette de la poudre d'or, puis elle vous panse les yeux... » Bref, c'est une femme étonnante qui habite au 40 de la rue Scheffer.

1913

8 janvier

Dîné, hier, chez la duchesse de Rohan. M. Drouin, officier colonial, m'a entrepris tout de suite à l'endroit de Renée Vivien qu'il a très bien connue. Et il m'a dit, à son sujet, des choses fort intéressantes. Renée Vivien, de son vrai nom Pauline Tarn, d'une famille anglaise, une femme blonde, irréelle. Un être unique. Elle aima une jeune fille qui mourut. Et ce fut sa première douleur. Cet amour avait été très pur. Une Américaine voulut la consoler et cette seconde affection tourna au péché. Vivien, antiphysique. Elle fut aimée ainsi d'un très grand nombre. L'Américaine (non pas la première) la payait 100 000 francs par an et plus peut-être. Drouin m'a dit et répété qu'il n'avait pas connu de nature plus élevée que celle de Renée Vivien et en même temps plus éclaboussée de boue. Elle avait le dégoût d'elle. Elle essaya de se suicider, de se laver dans la mort. Elle était satanique. Elle était une révoltée. Elle avait, avenue du Bois, un intérieur très beau, des jades, des laques, beaucoup d'art chinois. Elle vivait à part, Maurice Barrès lui écrivit, demandant à la voir. Elle déchira la lettre et ne le vit pas. Elle se laissa mourir. Un prêtre l'amena au catholicisme, dans les tout derniers temps. Elle est enterrée au petit cimetière de Passy.

Renée Vivien voulait persuader M. Drouin d'aimer les hommes. Elle trouvait que les relations d'homme à femme étaient chose barbare, etc.

9 janvier

Mes amis disent que je n'ai pas de préjugés. Ah ! quel éloge ils m'adressent !

25 février

C'est quand nous rêvons, que nous sommes le plus nous-mêmes. Le rêve, le songe, c'est là le tuf intime, spirituel !

2 mars

Ces *Mémoires d'outre-tombe* dont tout le monde parle maintenant, je les ai lus à une époque où on ne les connaissait guère, où on les vantait peu. J'étais professeur au Petit Séminaire de Paris. J'empruntais les volumes à la bibliothèque Cardinal qui était alors rue de Rennes. J'en copiais je ne sais combien de pages. Combourg, la sylphide, l'étang me transportèrent.

Tout ce que j'ai admiré et aimé d'instinct était beau. J'avais tort, j'ai toujours eu le tort de douter de moi.

Mlle Vacaresco[118] épanouie, comme toujours, admire comment Barrès s'est discipliné pour écrire *La Colline inspirée*, sans préoccupation littéraire. Elle avait cru d'abord, comme moi, que l'auteur était fatigué. Barrès qu'elle connaît bien, est, dit-elle, sûr de lui, toujours content de lui.

Elle convient qu'il veut être ce qu'il n'est pas. Il a eu la chance de pressentir certaines nostalgies de l'heure présente comme le militarisme.

Bourget consacre, ce matin, un article dans *l'Écho de Paris*, à *La Colline inspirée*. Il compare Barrès à

Walter Scott. « C'est le pavé de l'ours », disait Vacaresco.

16 mars

Ces vents qui font rage autour de la chapelle et que j'entends dans ma cheminée me ravissent. Le vent, c'est du romantisme. Comme il a pris de l'importance, dans la littérature, avec Chateaubriand. Il y a dans le vent qui souffle une intensité de désirs et d'angoisses.

26 mars

La noblesse française n'inspire vraiment confiance que lorsqu'elle interprète le passé. Mais quand elle prétend s'immiscer dans le monde moderne, elle rend un son qui n'est pas net. Elle ressemble au riche qui visite un pauvre et lui fait la charité.

15 avril

Dîné, hier chez les Raymond de Vogüé avec la comtesse Mathieu de Noailles, étrangement costumée avec une sorte de crinière qui ondulait à chaque mouvement de sa tête. Elle a parlé du « chignon » de Maurice Rostand, cité ce mot de Cocteau sur Robert de Montesquiou : « C'est le minotaure qui a avalé le labyrinthe. » Elle a raconté qu'à 13 ans, elle avait vu Loti et que son cœur en avait battu d'émotion. Et Loti s'était souvenu de l'avoir rencontrée, enfant, sur un vaisseau. Elle l'a revu, le nez peint en rose, avec un singulier vêtement. Elle le croit porté vers le sexe masculin plus que vers l'autre.

Mme de Noailles a raconté comment elle avait posé, chez Rodin, pour un buste. Et cela sur le désir exprimé par le sculpteur. Elle avait trouvé en lui un « ivrogne lucide » dont les manières l'avaient horriblement gênée. Comme elle avait voulu s'asseoir,

Rodin avait déjà mis sa main dans le fauteuil. Rodin « un cochon ». Et le buste n'avait pas réussi.

Mme de Noailles a parlé de François Mauriac, un catholique qui a écrit une jolie vie de l'abbé Perreyve mais elle trouve certains sentiments « troubles ».

Mme de Noailles lit l'*Action française* pour se réveiller. Elle est aussi éloignée que possible de l'idée du roi mais elle prétend que Léon Daudet est admirablement doué.

Mme de Noailles avait les cheveux formant buisson, au-dessus de ses yeux, les voilant presque.

24 avril

Déjeuner chez les Ernest de Baudreuil, à l'occasion d'une première communion, avec la comtesse de Piennes. On a parlé d'une aïeule, la grand-mère de Mac-Mahon dont le cadavre a protégé le château de Sully, en Bourgogne, pendant la Terreur. On le sortait d'un bain d'alcool pour le mettre dans le lit : « Voyez la pauvre vieille femme », disait-on. Les révolutionnaires partis, on la rentrait dans son bain.

20 mai

Visite de Jean Cocteau dont l'imagination part sur tous les sujets. Il n'a pas la foi, il ne l'a jamais eue, celle du moins qu'on s'est donnée. Il croit qu'il mourra jeune. Il ne paraît pas gai. Il me semble préoccupé. Les progrès inesthétiques, les injustices le blessent. Il trouve que l'animal est dans l'ordre, contrairement à l'homme. Il ne savait pas ce que c'était que le péché originel et le confondait, je crois, avec le rapprochement des sexes.

Tout détourne de Dieu : les jardins, les livres... « Satan prend la figure d'un jardin. » Il m'a conduit, en automobile, chez Mme de Fitz-James. En chemin, il me disait des choses exquises, comme celles-ci : « On avale une groseille, comme un bijou de chez

Cartier. » « L'oiseau est le fruit emplumé de l'arbre. » « Les aspirations confuses du sol sont condensées par l'oiseau, par le rossignol qui est la bouche de l'arbre. » Cocteau me parlait aussi des secrets au milieu desquels vit un enfant ce qui fait qu'on ignore (lui du moins) à cet âge que l'oncle est le frère de son père.

5 juillet

Causé longuement avec Renée de Brimont qui est vraiment très jolie et me demande d'aller chez Miss Barney où elle a vu Colette Willy courir presque nue dans le jardin.

11 juillet

Hier, déjeuné chez Descaves avec Courteline et sa femme. Descaves disait que les carnets de Victor Hugo, annotés par Barthou, contiennent de singulières choses. Ainsi Victor Hugo ayant constaté, en se réveillant, que son lit renferme certaines traces écrit : « Serais-je trop chaste ? »

Courteline — petit homme ramassé, avec une tête plutôt enfoncée dans les épaules et une voix de voyou que Bois trouve alcoolique. Brave homme d'ailleurs qui a été à Rome plusieurs fois, qui a été impressionné par Lourdes. Courteline adore Victor Hugo. Il voudrait qu'on jouât *Les Trouvailles de Gallus (Les Quatre Vents de l'esprit)*. Il célèbre aussi Molière et met au-dessus de tout *Le Misanthrope*. Ce n'est pas une pièce, dit-il, mais c'est l'humanité, la vie. Courteline aimait beaucoup Catulle Mendès. « Je lui devais tout », dit-il.

Été ensuite chez la duchesse de Rohan qui m'avait invité à ses « thés poétiques ». On s'asseoit sur une chaise, on reconnaît et on salue des messieurs et des dames du grand monde, on écoute l'un, l'autre qui débitent des vers avec plus ou moins d'emphase.

13 juillet

M. de Croisset [119] nous a emmenés, Alexandre de Gabriac et moi, en auto, jusqu'au Trianon Hôtel à Versailles où le ménage est installé. Nous y avons déjeuné sur la terrasse, avec les grandes verdures sous les yeux. Croisset avait parlé en route des poésies de Mme de Noailles : « Elle regarde son âme à travers un miroir » dit-il. Un jour, en Provence, on était plusieurs à visiter un petit cloître. Elle n'y descendit pas et se le fit décrire par ceux qui l'avaient vu. Et personne ne le connaît mieux, ne l'a mieux décrit qu'elle. Elle s'est arrangé une vie en chambre close. Et au point de vue des sensations, elle est, dit très bien M de Croisset, dans un perpétuel état de convalescence.

10 décembre

Déjeuner chez Francis de Croisset. Henri Massis m'a intéressé. Voici ce qu'il m'a dit : « Ce mot d'*ordre* sous la plume de Maurras, de Barrès, ne signifie rien. Ils sont pour l'Église de l'ordre, au lieu d'être pour l'Église de la vérité. C'est la vérité qui crée, qui fonde l'ordre. »

Massis connaît très bien Maritain, Psichari, le petit-fils de Renan. Maritain, petit-fils de Jules Favre, qui a commencé par être révolutionnaire et a épousé une Russe, révolutionnaire aussi. Ils mènent maintenant une vie presque monacale. Maritain a écrit un très beau livre sur la philosophie de Bergson [120]. Psichari dont le roman *L'Appel des armes* est antérieur à sa conversion [121]. Sa mère, fille de Renan, reste renanienne, est le modèle de la morale laïque.

Massis dit que l'intuition de Bergson ne mène à rien, que l'intuition thomiste est la seule féconde. Liturgie et philosophie thomiste, voilà ce que lui et les jeunes catholiques qu'il connaît veulent poursuivre. Le bergsonisme, ajoute Massis, a eu l'avantage de nous débarrasser du scientisme et du matérialisme. Nous étions paralysés par le positivisme. Il m'a parlé d'une future encyclique du pape sur la philosophie thomiste. Lui et ses camarades se sont tournés soit vers les bénédictins (chez qui ils sont oblats) soit vers le tiers-ordre dominicain. Le clergé paroissial ne leur a donné que des déceptions, aucun enseignement. Il insiste sur l'ignorance où sont les catholiques. Il faut une culture supérieure catholique. Lui et ses camarades seront des catholiques obéissants. Il est hostile au libéralisme, au modernisme. Il croit à un mouvement chez les jeunes universitaires mais ce qu'il y a de plus difficile à remuer, ce sont les jeunes filles qui ont passé par l'Université et qui sont enivrées de la libre pensée.

Je lui demandais comment cette jeunesse acceptait si aisément les dogmes. Elle les considère comme les données immédiates de la grâce, comme il y a les données immédiates, les postulats qu'on admet. Il ne croit pas en Barrès qui est, au fond, un renaniste, qui est partisan de l'historicisme.

17 décembre

Déjeuné chez les Descaves avec M. de Curel, les Courteline, les Crepel, M. et Mme Casimir-Perier (née Simone Benda ex-Mme Le Bargy) et Vandérem. La conversation très bruyante a roulé sur les auteurs de pièces, les directeurs de théâtre, etc. Le maquis des directeurs de théâtre, disait Vandérem. Dans deux ans, il y aura une crise, les auteurs se refusant à faire des pièces, à cause du mauvais vouloir des directeurs.

Mme Simone a je ne sais quoi de très jeune et de très vif dans sa manière de parler et dans sa voix. Elle n'est pas grande. Curel fait en ce moment une pièce pour elle qui sera jouée à l'Ambigu. « Une danse devant un miroir*. » L. Descaves m'a dit tenir de Barthou que *La Colère de Samson* d'A. de Vigny lui avait été inspiré par l'amitié passionnée de G. Sand et de Mme Dorval. Je me sentais dépaysé dans ce monde dramatique et cependant tous mes goûts sont là.

19 décembre

E. Champion avait l'air de s'étonner, hier, que j'aime tant Stendhal. « C'est comme prêtre, confesseur que je m'intéresse à Stendhal. Personne ne s'est confessé avec autant de sincérité, mais cc n'est pas à dire que je l'absolve. »

20 décembre

Olivier Taigny m'a conduit, hier, chez mon voisin Victor Bérard[122] qui habite rue Denfert-Rochereau. Le professeur s'est mis à faire un cours, à très haute voix, pour nous deux. Il a rappelé que l'origine de ses travaux sur *l'Odyssée* a été une thèse consacrée aux cultes arcadiens « les plus anciens de la Grèce » et qu'il avait alors découvert que tout venait des Sémites. Les Grecs qui n'ont pas le sentiment religieux ont altéré ce qui leur parvenait de ces derniers. Pour se guider dans la Grèce antique, il faut retrouver les routes franques, qui sont les plus rapprochées des primitives. Et Bérard nous a énuméré toutes les routes grecques, turques, vénitiennes, etc., comme il distingue plusieurs Méditerranée, l'anglaise, la franque, etc. Pour connaître la géographie de *l'Odyssée*, il s'est appliqué à chercher les sites des villes et les noms des lieux. Le volume intitulé *Instructions nautiques* lui a servi.

Les noms des lieux qui ont des doublets. C'est ainsi qu'il est arrivé à trouver que l'île de Calypso est une

* Le titre exact est *La Danse devant le miroir*.

île d'Espagne. (Calypso cache Spagna) et comme Homère la dit semée de persil et de violettes, il a fini (à l'aide du persil) par la situer en face de Péragil. L'île de Circé, dans la Campanie. L'île des Cyclopes (les yeux ronds) dans le golfe de Naples. Les deux pierres dont Circé parle à Ulysse sont également retrouvées et photographiées. Bérard a été, en effet, visiter ces lieux avec Boissonnas et il m'a montré les photographies qu'il a rapportées : la grotte de Calypso, l'eau blanche, les bœufs qui rappellent ceux du soleil, le golfe de Naples qui figure en effet des yeux ronds, etc. Homère n'aurait pas fait ce voyage, mais il aurait travaillé sur des données phéniciennes. C'est un travail phénicien qui lui aurait révélé la mer occidentale.

J'aurais voulu tout retenir, tout fixer de cette quasi-conférence faite par V. Bérard, ah ! quel regret de n'avoir pas eu des maîtres semblables ! Savoir, c'est exister, disait George Sand. Mais c'est aussi susciter d'autres existences.

1914

12 janvier

Dîné, hier, chez la comtesse de Pourtalès, avec Madame de Chevigné, les Croisset. Cocteau m'intéresse, quoique sa manière de parler m'ahurisse. Il prépare un livre de prose qui correspond à la mue où il se trouve. Tout livre d'ailleurs devrait correspondre à une certaine période. Cocteau veut que la poésie soit basée sur la science. Il a parlé, avec grande admiration, du livre de Proust : *Du côté de chez Swann*. Tout y est sur le même plan, comme dans certains tableaux italiens. C'est « une section de cerveau », « le livre d'un insecte ». Il y a là une *sensibilité tentaculaire*. Ce n'est que le premier volume d'une trilogie.

Proust ressemblait à Carnot. Il s'est fait raser. Il habite dans un appartement où il y a du liège et beaucoup de poussière. Il y a là des meubles de toutes les époques. « Ça sent le pouf. » Proust écrit la nuit.

Cocteau m'a parlé encore des morts qu'il a vus, de son ami le poète Bouvelet qui lui disait, dans son agonie : « Je suis dans un climat où je ne puis plus exprimer ce que je ressens. » Le climat de la mort. Un autre, Rivière, fermait toutes les issues de son être par lesquelles son âme pût s'échapper.

Cocteau se dit tenté par Dieu, tenté par la foi et il croit cependant à une immortalité, *inconscience de l'être que nous avons été*. Chacun de nous est un fragment de Dieu. Il connaît Charles Péguy qui lui a proposé d'aller à pied à Chartres et qui croit que nous aurons, dans l'autre vie, les mêmes vêtements que dans celle-ci. En attendant, malgré sa conversion, il ne fait pas baptiser ses enfants. Quant à Claudel, il attribue sa conversion à une apparition de Notre-Dame. Jammes, lui, a une foi tirée des paysages, des fleurs. Tout cela ne me paraît pas bien sérieux.

Cocteau n'aime pas l'*Apocalypse* qu'il appelle irrévérencieusement « une gaffe de Dieu ». Ce livre est d'un mauvais poète. Cocteau lâche, à tout instant, des comparaisons inattendues et il faut se recueillir pour comprendre. Une idée assez jolie : c'est l'homme qui recommence le monde. Le matin, il s'éveille comme dans une nébuleuse, puis il prend vie, comme les plantes, etc.

23 janvier

Déjeuner aujourd'hui chez les Pierlot. C'est Paul Claudel qui nous a intéressés. Je note ce qu'il a dit : Renan écrit dans le style de Louis-Philippe. C'est une lentille intérieure déformée. Tout est vague pour lui. Claudel cite des phrases : « Petites fleurs galiléennes qui poussent sous les pas embaumés de Jésus ». Grâces éventées, dit Claudel. Il cite la fameuse phrase sur les nuances du cou de la colombe. Lui, Claudel, aime les couleurs tranchées. Il a reçu le baiser de Renan, ayant été couronné par lui, à Louis-le-Grand.

Claudel admire beaucoup Chateaubriand, Balzac, Baudelaire. Le Chateaubriand des *Mémoires d'outre-tombe*. Il compare ce livre à une de ces grandes routes nationales où l'on découvre des paysages à droite et à gauche. Claudel aime beaucoup l'Antiquité latine, grecque ; au lycée, on l'en avait dégoûté. Alors il lut le Dante qui le ramena à Virgile.

Voici les cinq grands poètes pour Claudel : Homère, Eschyle, Virgile, Dante, Shakespeare. Il n'aime pas Victor Hugo qui a été un « gaspilleur de mots » qui a abusé de l'alexandrin, l'*alexandrin où on fourre de tout*. Il disait comment il faudrait représenter le chœur antique. C'est l'église qui fait retrouver la manière. C'est le praecantor qui se présente. Le chœur se composerait de 12 chantres vêtus de chapes. Le chœur antique ne devait pas évoluer, comme on l'a prétendu, ni faire le monôme, marchant à la queue leu leu. Pour *Les Choëphores*, on représenterait des femmes accroupies sur des parchemins. Pour l'*Agamemnon*, les bandelettes tomberaient, les manteaux, etc. Claudel dit qu'on a pas compris ses pièces à lui, parce qu'on n'est pas remonté à l'art grec. Il aime Eschyle, Sophocle, Euripide. Sophocle qui est plus compliqué qu'on ne prétend.

Claudel aime saint Thomas d'Aquin. Il l'a lu tout entier, dit-il, en Chine. Cela l'a fécondé. Il ne trouve pas que Dante soit un théologien, comme on le prétend. Claudel croit à l'enfer. C'est, dit-il, l'indigestion de l'amour. Les damnés sont des « briques réfractaires ». C'est le même feu, suivant sainte Catherine (de Sienne ou de Gênes) qui a créé le ciel, le purgatoire, l'enfer. Le ciel, l'amour. Le purgatoire, la purgation. L'enfer, la calcination.

Sur l'art du geste, Claudel a été aussi très intéressant, le geste qui doit être contrôlé. Les acteurs doivent avoir peu de gestes, mais étudiés.

Claudel sent déjà les critiques lui venir du monde catholique. Il n'a pas l'air d'un littérateur, d'un poète. Un homme plutôt de bureau, s'occupant de choses pratiques.

11 février

Charles Maurras ne veut pas qu'on nomme Bergson à l'Académie. Il est contre « cette métaphysique de l'instinct, cette évolution créatrice, cette procréation indéfinie de l'indéterminé ». Il appelle cela « des pauvretés ». Maurras reproche à Bergson de dénigrer systématiquement l'intelligence qui étudie les matières et les parties grossières de la besogne de l'action.

14 février

Mme Demange m'a dit, aujourd'hui, que Barrès est furieux contre les Tharaud, ses secrétaires, qui viennent de faire paraître une brochure sur Déroulède, où il n'est pas nommé. Furieux aussi contre Massis qui lui annonce la publication d'un livre où il doit figurer avec Gide, France, et qui aura pour titre : *Les Hérétiques*.

21 février

Mme de Noailles m'a parlé de la grande vanité Barrès. « Il est l'impureté » a-t-elle ajouté. Il lui avouait qu'après avoir admiré quelqu'un comme une idole, il éprouvait le besoin de le dégrader.

26 février

Je lis enfin *La Princesse de Clèves*. Comme on circule dans les choses du cœur et de l'amour avec un minimum de mots ! Quelle disette de verbes pour traduire tous les penchants et inclinations ! Pas d'image, pas de comparaison, des mots répétés et tout cela est d'une psychologie qui vous ensorcelle.

26 mars

Cocteau m'intéresse beaucoup, avec son esprit imagé, érudit, subtil, à jet trop continu et varié tout ensemble. Il prépare un livre qui est le livre de la mue. Il sera intitulé *Potomak*, certains passages me choqueront.

2 juin

Été déjeuner chez les Pierlot.

Claudel va faire jouer *L'Otage* à la salle Malakoff. Rien qu'une étoffe bleue, au fond du théâtre. Il fait l'éloge de la femme qui jouera Sygne. À propos de cette pièce, il dit qu'il a été poussé à l'écrire, sans prendre parti. Chacun doit conclure dans son sens. Sygne fait, à la fin, un geste féodal. Elle ne peut pas pardonner. « Les âmes fortes, dit Claudel, pardonnent difficilement. » Et il ajoutait : « Les âmes fortes ne méprisent pas : elles tirent parti de tout. » Claudel m'a parlé de Liesse, vieux pèlerinage capétien. Il est issu d'une famille de fonctionnaires qui ont servi la royauté, sans profit, issu également d'une famille qui avait de tout autres idées. Il a donc en lui le tempérament de Turelure et les idées de l'autre côté. Il travaille à une pièce intitulée *Le Pain dur*. Il s'y trouvera aux prises avec le problème juif. Il fera de la peine à ses amis juifs. Le juif s'intéresse beaucoup à la question religieuse.

14 juin

Dîné, hier, avenue du Bois-de-Boulogne, chez la baronne de Pierrebourg, avec Paul Hervieu, la princesse Marie Murat, Cocteau et sa mère, Ferdinand Bac, Paléologue, de retour de Russie et la comtesse de Noailles.

La comtesse de Noailles était vêtue d'un sac de bonbons du Jour de l'An, comme disait Cocteau, et coiffée de plumes montantes et descendantes qui allaient et venaient au gré de sa tête mobile. Elle n'a pas cessé de parler à table, avec une continuité et une rapidité qui ne me permettaient pas de la suivre et de la goûter. C'est trop. Cela manque de goût, d'art. Elle articulait pour elle. Il s'agissait de la politique, du changement de ministère, etc. Elle est pour l'impôt sur le revenu et s'étonne de l'opposition que font les conservateurs au nouvel ordre de choses que représente le cabinet Viviani. Elle interpellait Paléologue qui d'ailleurs était mis par elle dans l'impossibilité de dire un mot.

Quand je suis parti, longtemps après, elle m'a dit : « Vous m'avez lâché, vous m'avez laissé patauger dans la pitié. » Cocteau, mon voisin, était triste. Il a une souffrance au cœur. Un autre a pris la place de ses viscères, disait-il. Il disait que la politique, pour Mme de Noailles, c'est le « reflet de la pourpre d'Antoine ». Il ajoutait : « Elle joue à la marelle avec une pierre de l'Acropole. »

20 juin

Vu Jean Cocteau qui m'a fait des confidences. Il aimait une jeune fille de 20 ans qui vient de mourir. Elle avait essayé en venant à lui d'oublier une autre affection. Et il s'est trouvé que cette dernière s'est réveillée plus forte. Elle était Américaine. Il ne peut pas l'oublier. Il porte en lui son visage. Il a donc éprouvé ce premier chagrin. Il en a éprouvé un second. Un ami sur lequel il comptait pour le soutenir dans cette épreuve a invoqué des excuses pour ne pas venir, au moment même où l'on avait besoin de lui. Et Cocteau de citer le mot de Michelet sur la paonne qui appelle le paon et celui-ci arrive du bout du monde.

Cocteau ne peut pas pleurer. Il boit ses larmes. Cette jeune fille ne voulait pas qu'on pleurât. Il a pris d'elle cette habitude qui lui pèse maintenant. Il me parlait de la solitude où il se trouve. On vient à lui et on ne reste pas. Il m'a dit des mots charmants. Je cite : « On voudrait s'ouvrir aux êtres, comme une grenade. » Et moi je lui disais l'impossibilité de la chose. « Il n'y a que le désir, ajoutais-je, parce que dans le désir, il n'y a que soi tandis que dans la possession, on est deux. C'est le pluriel qui est l'obstacle. »

22 juin

Dîné, hier, chez les Arthur Levavasseur. Un délicieux mets de pêches sultanes, sur fond de glace de vanille avec gelée de rose, de vraies feuilles de roses. C'était païen, ronsardesque.

Été déjeuné chez Mme Scheikévitch. Nous étions seuls. C'était délicieux. Elle m'a dit que Mme de Noailles, qu'elle connaît bien, ne lit pas beaucoup d'un auteur, même de génie : elle hume. C'est ainsi qu'elle a lu récemment Chateaubriand, amenée à cette lecture par l'anthologie dont se servait son fils. Et comme je lui demandais pourquoi Mme de Noailles aime tant les hommes politiques, Mme Scheikévitch m'a répondu : « C'est le goût de l'esclavage. » Mme de Noailles est « orientale ». Elle aime ceux qui sont au pouvoir, qui y ont été ne fût-ce que quelques jours, qui ont de l'influence.

26 juin

Écrit à Cocteau pour lui envoyer les prières liturgiques *Pro positione lacrymarum.*

27 juin

Dîné hier, chez les Étienne de Beaumont, rue Duroc. Sur la table, des pois de senteur. Dans le grand, l'immense et riche salon, des lis dont Jean Cocteau comparait l'odeur à un « gouffre frais », à la « plume d'un archange », à « une chair fatiguée ». L'hôtel est de 1786. Il a été construit par Brongniart. Un grand jardin délicieux avec arbres, gazons verts. Le comte

Étienne et sa femme très particuliers, comme on dit, et avec lesquels on se sent à l'aise. Je trouve du charme à la femme, bien que sa figure soit plutôt lourde. Après le dîner, plusieurs personnes sont venues. On a assisté, dans le jardin, à des jeux rythmiques, de deux Suisses, Thévenar et Mlle Schneider. Sur le gazon éclairé à l'électricité, des bras, des jambes, des corps ont formé des lignes, des attitudes, des mouvements silencieux, qu'un piano seul accompagnait ou précisait.

29 juin

Dîné, hier, chez les François de Castries, retour d'Angleterre.

On a assassiné l'archiduc héritier d'Autriche et sa femme.

13 juillet

À propos de la princesse Bibesco, Marie Murat me disait qu'à Paris, on fête les étrangères qui passent, mais qu'on n'aime pas les intruses, les étrangères qui demeurent.

20 juillet

Le procès Caillaux commence aujourd'hui. Dans le monde, on ne pense qu'à cela. Sera-t-elle condamnée, la femme qui assassina Calmette[123] ?

25 Juillet

J'envoie un petit bleu de souhaits à la comtesse de Noailles, en la fête de sainte Anne : « Tout à l'heure, en célébrant la messe de sainte Anne, je lisais des paroles comme celles-ci, tirées des Psaumes et des Proverbes : “La grâce est répandue sur ses lèvres.” “Elle s'est fait un vêtement de tapisserie, elle se couvre de lin et de pourpre... Elle se tient à votre droite, en vêtements tissés d'or, couverte de broderies." Et je songeais à vous, à la variété et à la magnificence de votre œuvre... N'est-ce pas le cœur et l'imagination innombrables ? »

J'écris aussi à la princesse Bibesco, pour la sainte Marthe avec des textes du Psaume 44.

Graves bruits de guerre déchaînés par la rupture entre l'Autriche et la Serbic. Si la Russie défend, contre l'Autriche, les frères slaves, est-ce que la France n'est pas engagée elle-même ?

29 juillet

Toujours plus que jamais des bruits de guerre. Hier, je me suis endormi difficilement, l'imagination reprise par les souvenirs de 1870. Reverrons-nous ces temps lugubres ? Qu'est-ce que le clergé a fait depuis pour rapprocher les individus et les peuples ? Rien. Toujours l'aigre rappel des principes, l'esprit combatif, une religion faite pour les cloîtrés, et en même temps des manifestations qui remplacent la vie intérieure, tout le *Génie du christianisme* ramené au Sacré-Cœur, à l'Eucharistie, à Lourdes, au pape. Aucune main tendue à l'incroyant. Des anathèmes faciles, obstinés. La charité oubliée. Rien d'élevé, de généreux. Le zèle dans le rite, dans la sacristie. Je ne regrette pas d'être étranger maintenant à cette administration sans génie et sans entrailles.

Les jurés ont acquitté Mme Caillaux. Ah ! Comme les conservateurs, comme les catholiques vont crier, protester ! Ils aiment tant à anticiper le jugement dernier, à décréter, à inaugurer les sanctions ! Ils aiment la peine, la justice qui fait souffrir ! Aucune indulgence, aucune grandeur dans le pardon. Il faut expier, disent-ils. Cette bonne comtesse Armand me disait, dimanche dernier, à propos de la guerre : « Nous avons besoin d'un châtiment. » Ce besoin de châtier qui est dans le sang des croyants... Ils communient, ils montent au Sacré-Cœur et ces hosties, ces bénédictions, ces amendes honorables leur inspirent le désir du mal, la condamnation, l'amour du dieu vengeur. Ah ! Ce n'est pas beau...

L'Autriche a déclaré la guerre à la Serbie.

1er août

Ce matin, belle lumière d'été qu'attristent seules les ombres de mes yeux et celles plus tragiques encore de la guerre. On apprend que Jaurès a été assassiné hier, dans un café de la rue du Croissant par un jeune homme de 28 ans. La terre devient plus que jamais une planète folle.

2 août

Hier soir, les novices sont parties pour la Bretagne. Tout à l'heure j'ai dit une messe basse, au lieu de la grand'messe ; c'était l'Évangile du 9e dimanche après la Pentecôte : Jésus pleurant sur les ruines de Jérusalem.

Hier soir aussi, on a promulgué l'ordre de mobilisation générale de l'armée de terre et de mer. Proclamation du président Poincaré, calme, digne : « La mobilisation n'est pas la guerre. » « À cette heure, il n'y a plus de partis, il y a la France pacifique et résolue. Il y a la patrie du droit et de la justice tout entière unie dans le calme, la vigilance et la dignité. »

L'Allemagne a déclaré officiellement la guerre à la Russie.

4 août

En rentrant du couvent, je lis dans *Le Matin*, la déclaration de la guerre faite par l'Allemagne à la France.

Déjeuner chez les Camastra. La duchesse raconte que l'empereur d'Allemagne a eu une vive querelle avec son fils, touchant la déclaration de guerre et qu'il aurait, à Potsdam, brisé des glaces et deux beaux Houdon.

La duchesse sera dame comptable de l'hôpital auxiliaire de la Croix-Rouge installé à Fleury-en-Bière. Elle m'a dit que Mme de Noailles (Mathieu) s'occupera de soupes populaires, dans les écuries des Croisset. J'ai signé, une fois de plus, dans le beau livre sicilien dont la couverture est ornée de coraux.

Été ensuite pour voir la poétesse de la rue Scheffer. Il y avait du monde, et je suis parti.

Mme de Régnier n'était pas chez elle.

Vu enfin Mme de Béarn retenue au lit. Il y avait deux sœurs de charité près d'elle, en vue des secours à organiser pour les pauvres gens qu'il faut nourrir sur la paroisse. Elle m'a annoncé la prise de Liège par les Allemands. Elle m'a parlé de la « charrue terrible qui va labourer les flancs de la patrie ». Elle est impressionnée de toutes les horreurs présentes et à venir. Elle croit cependant à une issue finale favorable, mais après quels désastres ! Le drapeau de la Croix-Rouge flotte sur la porte de l'hôtel rue Saint-Dominique.

10 août

Été voir, tout à l'heure Lucien Descaves. Nous avons causé de la guerre, de la chère Alsace. Descaves est craintif, comme moi, comme tous ceux qui ont vu 1870.

11 août

On est si sévère contre l'homicide — *non occides* ! Et puis, on trouve tout naturel de tuer des milliers de personnes ! Oui, mais c'est pour une cause juste. Il n'y a pas une cause assez juste pour valoir tant de sang répandu. Ah ! comme on fait bon marché de la morale, quand on le veut ! Et vos congrès eucharistiques ont-ils rapproché les peuples ? Ils ont eu lieu à Vienne, en Allemagne, en Angleterre, en France. La religion et la vie suivent des marches parallèles. Jamais ou presque jamais de confluent !

Si j'étais dans l'armée, sous le soleil ardent d'aujourd'hui, au lieu d'abriter ma 61e année dans mon cabinet de travail ! Je me vois jeune, partant, laissant ma mère inquiète. Ah ! quand on a le cœur sensible, déchiré, que l'héroïsme est peu attractif !

18 août

Bac est tout à fait de mon avis ; pour l'humanité, contre la barbarie. Faillite de tout, de la religion. La religion, c'est adoucir les hommes. Ce n'est pas uniquement parader, même dans les églises comme on le fait aujourd'hui. On dit que le pays est transformé. Le patriotisme et la foi s'unissent mais la foi, la vraie, c'est d'humaniser, c'est d'aimer son prochain, par-delà les frontières. Nous faisons complètement fausse route.

22 août

Léon Daudet écrit dans l'*Action française* un article sur la férocité de tous les Allemands, férocité à base pédante et scientifique, « froidement conçue comme un élément de supériorité ethnique, de domination et de conquête ». Et il termine en exigeant, au nom de la civilisation, que « le Français, l'Anglais, le Russe et le Belge, maintenant qu'ils tiennent le porc allemand le saignent sans merci sur leur billot ». Daudet est et se croit chrétien, en écrivant ces lignes, dans le numéro d'aujourd'hui. Où sommes-nous ? Où sommes-nous ?

Plus que jamais, je rentre dans ma coquille. Elle suffit à un escargot et à moi.

Été déjeuner chez les Camastra. On a parlé de la guerre et des œuvres. Mme Mühlfeld s'occupe d'un fourneau pour les Alsaciens-Lorrains, avec Anna de Noailles. On a cherché les noms et les adresses des demi-mondaines, de cocottes qu'on voulait taper. Jean Cocteau est employé à chercher du lait.

23 août

Pendant qu'on se bat, que la haine et la violence coulent à pleins bords, nos religieuses renouvellent leur consécration au Saint et Immaculé Cœur de Marie !

30 août

Sur les Allemands, M. Barrès écrit, dans *l'Écho de Paris* : « Ces gens qui veulent nous marcher dessus, ce sont de lourdes bottes, mais remplies de crottin. » Quelques victoires feraient bien mieux que ces phrases-là et je renverrais leur auteur au *Jardin de Bérénice* qui sentait meilleur.

On nous fait chanter aujourd'hui un *Veni creator* pour le conclave. Il en faudrait un aussi pour les généraux.

3 septembre

Le gouvernement quitte Paris, en nous adressant une proclamation signée du président et des ministres. Le général Gallieni garde la défense de Paris.

À midi, visite de Jean Cocteau venu pour me prier d'aller voir sa sœur qui doit subir une opération. Nous avons causé de la guerre, etc. Il est frappé, comme moi, de la bêtise de tout ça. Il m'a raconté à travers quelle agitation, il avait vu la comtesse de Noailles téléphonant à Clemenceau qui lui conseillait de quitter Paris. Il a qualifié le départ du gouvernement de « l'ordure qui s'en va ».

Un coq s'est mis à chanter. Jean m'a dit aussitôt : « Son cri a la forme de l'œuf, il pond son cri. » Il a senti, ces jours-ci, à Paris « l'odeur du charnier et l'odeur de la poudre ». Moi aussi.

Été rue d'Anjou voir la sœur malade de Cocteau. Je l'ai confessée. Causé une minute avec sa mère puis avec Jean qui se plaignait qu'on ne pût pas sortir nu-tête dans les rues : « Ah ! vivre au soleil et manger des fruits ! » Qu'il a raison ! Et on se tue pendant ce temps-là.

Sur les places, sur les avenues ou boulevards, on voit des groupes de gens, femmes, hommes, enfants qui regardent en l'air, montrent du doigt l'avion. J'en ai vu un moi-même qu'on disait être français. Les Allemands s'appellent *Taube. Taube* signifie pigeon.

Nous avons un nouveau pape : c'est le cardinal Della Chiesa, archevêque de Bologne. Il prend le nom de Benoît XV. Il est de la province de Gênes et a 60 ans.

5 septembre

Dîné chez la comtesse Joachim Murat avec la princesse de Poix et Olivier Taigny. Une petite table dans le vestibule aux colonnes. On se servait. La princesse de Poix, protestante, racontait avec une exaltation enfantine et joyeuse son séjour au Grand Séminaire de Châlons-sur-Marne, où elle avait soigné les blessés. Elle occupait une cellule, mangeait au réfectoire. Il y avait un Salut charmant.

Elle avait là son costume de quasi-religieuse. Elle débordait d'enthousiasme en nous disant ce qu'elle avait fait, ce qu'elle avait vu et entendu : les gens du Midi ont une blessure dans le dos, ceux du Nord à la poitrine, les Bretons un peu partout.

Après le dîner, on s'est assis sur la terrasse. Le projecteur promenait au ciel ses longs rayons. Des éclairs d'orage alternaient avec les roulements d'un tonnerre vague que Taigny prenait à tort pour le canon. La princesse de Poix fumait une cigarette.

Nous causions. Et l'angoisse tombait sur moi de toutes parts.

Mme Murat a relevé la lâcheté de l'article de Barrès d'hier (*Écho de Paris*). Il essaie de donner une base à sa frousse et de justifier sa fuite prochaine du Paris assiégé. Cet article m'avait révolté. Que Barrès aille à Bordeaux et qu'il ne s'occupe plus que de littérature [124]. Son talent est aussi réel que son caractère l'est peu. On pourrait écrire une page sur lui : Sa Figure. Cocteau me faisait remarquer d'ailleurs, l'autre jour, qu'il écrit maintenant avec des qui et des que.

9 septembre

On me parle d'un retour religieux, depuis la guerre. Il s'agit toujours, bien entendu, de manifestations dans les églises. Le retour doit être intérieur non un retour dû à la crainte, à la demande intéressée. Moi j'attends un retour à la douceur, à la tendresse, à la paix, au pardon, à l'esprit des premiers âges.

10 septembre

Paris s'est bien dépeuplé. Les voitures sont plus rares. Le restaurant Foyot est fermé pour « cause de mobilisation ». Presque personne sous les galeries de l'Odéon. Seules les cartes de la guerre intéressent. On y pique de petits drapeaux. Une guerre, occasion d'apprendre sa géographie ! Le malheur instruit.

12 septembre

Quel courage il faut pour être soi ! On a contre soi la masse des autres qui ont abdiqué d'avance. Ils se regardent, ils se copient, il se singent mutuellement.

15 septembre

Donc, pendant 7 jours, la grande bataille de la Marne, dans le Valois, dans la Brie, dans la Champagne ou sur les bords de la Champagne et peut-être vers l'Argonne. L'ennemi essaie de résister. La poursuite continue.

16 septembre

La guerre de 1914 me paraît abstraite, tant on nous renseigne peu. Et bien qu'elle mette en mouvement des masses énormes, je ne la trouve pas tragique, émouvante comme celle de 1870. C'était d'ailleurs la chute de l'Empire.

Barrès célèbre dans *l'Écho de Paris*, la mort de Charles Péguy, lieutenant de lignes. Et moi, je dis : *ut quid perdire hic* ? Il pleut !

« Guillaume II, seigneur du Bras-Pourri » écrit Léon Daudet dans *L'Action française*. C'est tout simplement ignoble ! J'ai lu, d'autre part, un article de Gustave Hervé, dans *La Guerre sociale*, sur le respect dû aux prisonniers allemands. C'est Hervé qui est chrétien ! Daudet la brute colorée de patriotisme.

17 septembre

L'esprit parisien ne chôme pas. Pour commémorer les fuyards, on songe à instituer un dîner annuel : on ira au Capon fin (chapon fin), on mangera : tournedos à la bordelaise, on arrosera le tout de Château-Lafuite.

22 septembre

Mme Adam que j'ai surnommée « Notre-Dame-de-la Vibration » m'a raconté qu'elle avait connu Wagner pauvre et conduit chez elle par Bülow. Wagner « vilaine mâchoire ». Elle alla trouver Berlioz pour organiser un concert qui produisit 20 000 francs et porta cette somme dans l'affreux réduit que Wagner habitait rue Taitbout. Après la guerre, Wagner qui avait composé la *Capitulation* se jeta dans les jupes de

Mme de Metternich et ne voulut plus saluer Mme Adam et ses amis républicains. Elle reproche aux Français d'avoir oublié leurs gloires nationales pour cet homme-là.

Mme Adam m'a dit que l'œuvre de Wagner lui avait donné un sentiment de beauté barbare. Elle m'a dit que tout ce quelle était, elle le devait aux morts. Il faut être en rapport avec eux, croire qu'ils vivent, accrocher le fil, comme elle dit, ne pas les faire souffrir. Mme Adam a 78 ans. Quelle jeunesse ! Quel enthousiasme !

4 octobre

Encore un dimanche de passé ! Et l'on se bat et l'on ne sait presque rien. Et je récite le chapelet médité et je donne le Salut et je suis les religieuses qui font la procession, en chantant les litanies. Et je suis heureux de rentrer chez moi et de lire. Coin de monotonie quand des armées géantes sont aux prises, en Picardie, en Lorraine et ailleurs.

7 octobre

Été déjeuné chez les Camastra. Gabriele D'Annunzio était là. Quelle joie de le revoir ! C'est comme si j'avais vu Victor Hugo en 1870. D'Annunzio est le seul grand homme qui soit dans le camp retranché de Paris. Un déjeuner délicieux où figurait une oie rôtie à la sauce aux pommes.

D'Annunzio pense, avec tristesse, qu'après la guerre, les cadavres ambulants seront encore plus nombreux que ceux qui jonchent les champs de bataille. Et il faut cependant que cette convulsion amène une *vita nuova*.

Il faut laisser là les anciennes formes de vie. D'Annunzio voudrait alors s'enfermer dans un cloître (le Monte-Cassino où il a passé quelques semaines) ou aller chez les Esquimaux. Et comme je lui disais que la raison pour laquelle rien ne serait changé vient de ce qu'on n'aime pas, de ce qu'il n'y a pas d'amour, D'Annunzio m'a cité ce vieux saint italien qui pleurait en mourant. Et comme on lui en demandait le motif, il répondit : « Je pleure parce que l'amour n'est pas aimé. »

D'Annunzio écrit son journal depuis le commencement de la guerre. Il écrit avec des plumes d'oie. Il en use une vingtaine par jour.

Il a vu, dans la plaine de Villacoublay des hirondelles qui n'ayant pu franchir les lignes à cause du canon avaient été refoulées et vivaient là par milliers. Elles rasaient alors la terre et se nourrissaient des mouches attirées par la laine des troupeaux de brebis.

13 octobre

Été voir, hier, comme il était convenu, Gabriele D'Annunzio chez lui 44, avenue Kléber. Il occupe au quatrième, un appartement dont j'ai vu le petit salon. Il en a dissimulé la laideur, selon lui, avec des paravents, des tringles, des étoffes ton d'or, etc. Et c'est assez encombré. Par terre, des coupes où des fleurs baignent, sur la cheminée un Bouddha. Un autre Bouddha ailleurs, avec une expression ironique ; des plumes de paon qui porteraient malheur si elle n'atteignaient dans cette pièce, juste le nombre de 999. Ce chiffre conjure tout, m'a dit le romancier poète.

D'Annunzio m'a remis tout de suite l'exemplaire qu'il m'avait promis : *Les Victoires mutilées*, avec une fort aimable dédicace. Et le volume est relié. Il a célébré, dans ces pièces, des victoires qui n'ont pas eu leur couronnement, « des agonies de lions ».

Comme je lui disais qu'il méritait d'être appelé l'Enchanteur, comme Chateaubriand, il m'a dit, en effet, que l'art était une science magique. Il l'a défini une métaphysique pratique, en prenant ce dernier mot dans le sens qu'il avait sous la Renaissance.

Je suis toujours en état de « ferveur » m'a-t-il dit ensuite. De là l'affection qu'il a inspiré à de jeunes prêtres. Il m'a parlé aussi de la candeur inviolable qui est en lui. Il a eu des ennemis, il a subi beaucoup d'attaques. Il est « impuissant à haïr ». Il ne faut pas juger les autres. Il y a « la pudeur du jugement ».

D'Annunzio m'a montré des vases qu'il a faits, car il est verrier, lui-même. Il a un atelier de verrerie, avenue Suffren, je crois. Être merveilleux que ce petit homme au front dégarni, à la parole étrangère et chantante.

14 octobre

On se demande, dans les conversations, ce que sera le monde après la guerre. Il y en a qui croient que les hommes seront supérieurs, que tout sera changé. Ô illusion !

12 novembre

Encore une victime de choix ! Ernest Psichari, petit-fils de Renan, lieutenant d'artillerie coloniale est mort en Belgique, le 22 août. Il avait écrit : *L'Appel des armes*. M. Barrès le pleure, ce matin, dans *L'Écho de Paris*. Il avoue qu'il « aime le vieux Renan », en regrettant de ne pas le trouver assez héroïque. Et voici que le petit-fils sauve son grand-père d'un tel reproche !

Les Allemands ont pris Dixmude sur le canal de l'Yser. Les empêchera-t-on de déboucher de Dixmude ? Nous sommes toujours les maîtres du canal de Nieuport. Cette bataille du nord est intense. Et je reste partisan du seul combat intérieur : tuer les ennemis qu'on porte en soi. Vous parlez d'héroïsme. Le voilà ! Mais vous préférez l'autre qui s'accorde avec vos haines personnelles. On satisfait sa nature et on a la gloire par surcroît.

19 novembre

Maritain rectifie dans *La Croix* d'hier, les idées de Barrès sur le jeune Psichari qui vient de mourir[125]. Attrapez, M. Barrès ! Si vous venez jamais chez nous, sachez d'avance les coups de bâton qui vous attendent !

24 novembre

Hier, après le dîner, été chez les Descaves. Lucien Descaves m'a parlé de la fille de Jules Favre qui avait épousé un certain M. Maritain et qui est la mère du philosophe de ce nom, l'ami de Psichari, qui a été converti par Léon Bloy. « Drame de famille » selon sa mère.

27 novembre

Hier, déjeuné chez Mme Scheikevitch avec Jean Cocteau qui a vu Barrès ces temps-ci. Barrès qu'il définit « un poète et un menteur » car « fait pour l'école buissonnière, il suit une route ».

Barrès lui disait qu'il avait hâte de voir finir la guerre pour retourner en Grèce, laquelle offre la plus grande matière poétique. Et Cocteau d'ajouter, à propos du *Voyage de Sparte*[126], que Barrès a des « œillères de cristal ». « Il voit à droite et à gauche. » C'est ainsi qu'en ayant l'air de ne pas goûter la Grèce, il nous la montre tout de même et nous la fait aimer. Barrès, disait-il encore, est un juif polonais, un gitanos. Son hydromel est « couleur de bile ».

Cocteau nous a raconté qu'il avait assisté à la bataille de Coulommiers, mais il était gris, à force d'avoir bu je ne sais quoi. Il nous a raconté aussi avoir vu le bombardement de la cathédrale de Reims.

« La cathédrale semblable à une femme qui a reçu du vitriol. » Et il nous parlait de la gangrène dont l'odeur est un musc fade, qui lève le cœur. Et il nous décrivait des blessés qui ont un trou à la tête, un trou d'où sortent des mouches.

19 décembre

Hier déjeuné chez la comtesse Jean de Castellane avec la princesse Bibesco. Cette dernière a traversé Vienne qui est « gaie », qui est la ville de la valse lente et où l'on voit les soldats mendier. La princesse nous racontait le massacre des Russes, dans les lacs mazuriens. Soixante mille Russes se sont aventurés dans ces lacs qui sont en apparence des prairies couvertes de fleurs, où ils se sont enlisés. D'où cris épouvantables. Les Allemands ont essayé de les secourir mais en vain. Alors ils les ont fauchés avec les mitrailleuses. Et au bout de quelque temps, là où l'on entendait tant de cris, ce fut le silence. « C'est de l'Edgar Poe », disait Marthe.

25 décembre

Dîné hier chez la princesse Lucien Murat, avec les Bibesco et Cocteau très en verve, trop continûment. Il citait un mot de J. Lemaitre sur Barrès « qui a ramassé les phrases que Chateaubriand avait laissé tomber, mais comme Chateaubriand avait du goût, il n'a pas laissé tomber les plus belles ». Ma citation est-elle exacte ? Quand je reverrai Cocteau je le ferai de nouveau parler. Et André Gide qui disait : « Victor Hugo est un grand poète, hélas ! » Que j'envie la jeunesse cultivée librement, comme la mienne aurait voulu l'être et ne l'a pas été ! Rentré au couvent pour dire la messe de minuit.

1915

5 janvier

Été déjeuner aujourd'hui chez la duchesse de Clermont-Tonnerre, rue Lauriston avec la baronne de Brimont et Paul Claudel, la grande attraction de cette réunion.

Intéressant sur Arthur Rimbaud. Je note. « Un prophète » dans le sens où l'on dit que l'âne de Balaam est prophète. L'esprit était tombé sur lui. Il a cessé d'écrire à 19 ans. Il avait dit ce qu'il fallait dire. C'est un révélateur. Il l'a été pour Claudel qui est né de lui (après avoir lu *Une saison en enfer*). Rimbaud, ajoute Claudel, a eu le sens physique des réalités surnaturelles, alors qu'il n'avait pas encore la foi. Il est parti à l'étranger, a eu un cancer à la cuisse et est mort dans des sentiments de piété. Rien de coupable, comme on le lui a reproché dans ses relations avec Verlaine qui a subi son influence, dans *Romances sans paroles*.

Rimbaud était d'un village, Roche, près de Charleville. Il était de race ardennaise. Sa mère était mystique. Claudel ayant demandé à la sœur de Rimbaud l'impression que son frère lui avait faite, à son lit de mort : « J'ai cru, dit-elle, en versant des larmes, m'être trouvée auprès d'un dieu. »

Rimbaud avait eu une liaison avec une Abyssine. Claudel a insisté sur ce qu'il lui doit.

Mme de Brimont nous a emmenés Claudel et moi, dans son auto. Claudel allait au ministère. Il y est chargé de la propagande chez les neutres. Il a le parler lourd, paysan, prononce les « a » très profondément.

Sur la demande de ces dames, Claudel nous avait lu du Rimbaud et de lui-même *La Cloche de Connaissance de l'Est* mais il lit d'une voix uniforme. Il reprochait d'ailleurs à je ne sais quelle actrice de faire un sort à chaque mot.

Claudel nous a dit avoir vu et entendu Mme de Noailles. Il ne l'aime pas. « Elle sautille » d'un sujet à l'autre. Et il parlait de ses cheveux et de son nez « en sécateur ».

Je note encore ceci que nous disait Claudel : « La vie sans foi lui serait un bagne. »

9 janvier

Déjeuné aujourd'hui, chez Larue où Mme Potocka nous réunissait encore, M. Schlumberger, M. Froehner, les Stanislas de Castellane et moi. Quel menu ! Blinis au caviar. C'est, sur une galette de sarrasin un petit tas d'œufs noirs qui ressemblent à des obus infiniment petits. Et on arrose le tout de crème. Puis suprême de sole Augusta, où il y a aussi des huîtres. Poularde parisienne. Daube de cailles Rossini, etc.

Mme Potocka et Schlumberger s'asticotaient mutuellement. À la fin, il y a eu de vraies attrapades, à propos des gens du monde et des gens de race. Les gens de race, disait la terrible comtesse, vivent mal, mais meurent bien. Les gens du monde sont ceux qui sacrifient tout à leur intérêt, à leur plaisir. Elle ajoutait que les gens du monde avaient perdu Boulanger, Briand, qu'ils étaient en train de perdre Joffre. Du général on allait au particulier, et il y avait des allusions. À la fin, impatienté, ne se possédant plus, M. Schlumberger s'est levé en disant : « Je ne suis pas venu ici pour me faire engueuler. » Et voilà comment s'est terminé ce brillant déjeuner, en cabinet particulier. Il est vrai que la comtesse Potocka parle et frappe, comme une sourde, n'épargnant ni les uns, ni les autres.

12 janvier

Dîné hier chez la comtesse Mathieu de Noailles. J'ai trouvé la poétesse dans son lit, moins agitée, mais très émue de ce qu'elle avait vu aux Quinze-vingt (l'annexe, rue Moreau) : des militaires aveugles qui ne le savent pas encore.

Elle a voulu secourir tout de suite ce qu'il y a de pire, ceux qui sont condamnés au « noir ». Et elle célébrait le cul-de-jatte en comparaison de l'aveugle.

Mme de Noailles s'est levée et nous avons été bras dessus, bras dessous à la salle à manger. Elle m'a interrogé sur tous et sur chacun. Après le dîner, elle est remontée sur son lit et s'est mise à tricoter. L'auteur des *Éblouissements* maniait les deux aiguilles, fière du cache-nez qu'elle faisait. Le tricot, disait-elle, devient une « hypnose », une « cocaïne ». Elle l'appelait encore un « torpide ». Et elle reparlait des aveugles, disait que quand elle était avec ces pauvres gens, elle se trouvait très à son aise, dans son élément. Puis elle a parlé de l'usage perpétuel qu'on fait, en ce moment, du mot front. Elle se disait accablée, abrutie. C'est pour cela qu'elle ne m'a pas répondu. Elle n'a téléphoné, devant moi, que deux fois.

1er février

Hier revu la princesse Bibesco, à l'Hôtel Meurice. Déjà Mme Jean de Castellane lui avait fait la leçon, au sujet du langage à tenir à Paris. J'ai complété le tout, en lui recommandant de ne plus parler des princes, quels qu'ils soient.

8 février

Cocteau s'étonne de voir Barrès s'occuper de questions religieuses, quand il est fait pour les perversions, jeunes hommes de Sodome, cigarières d'Espagne.

9 février

Il semble que la morale fasse faillite, dans une guerre comme celle-ci. Tout péché me paraît insignifiant, comparé à ce crime collectif. Armées, zeppelins, sous-marins, voilà les fauteurs de désordre !

En lisant les journaux, je m'aperçois de plus en plus que tout est dit, écrit pour séparer, diviser, accentuer les différences, créer des étiquettes spéciales, multiplier les compartiments réservés. Quand on unifie, c'est pour rejeter ensuite. Ô misère humaine ! Tout me ramène à l'individualisme qui se retranche, se défend, et pratique l'indulgence universelle.

La princesse Bibesco est venue, ce matin, se confesser, communier au couvent. Elle m'a dit les petites vilenies qu'on lui fait, du côté Bibesco et Brancovan (Hélène de Chimay, Anna de Noailles) au sujet de la Roumanie qui devrait marcher, subir le sort de la Belgique. Et puis Anna de Noailles va jusqu'à lui reprocher de ne pas assez admirer ses vers.

La princesse Bibesco croit que Mme de Noailles est désolée d'être maintenant un poète d'avant-guerre.

13 février

Été revoir la comtesse de Durfort née Sybille de Chateaubriand qui m'a longuement entretenu de ce qu'elle vient de faire à Combourg. Le château transformé en ambulance, le drapeau blanc flottant sur la plus haute tour. Le grand salon, la salle à manger où le père de Chateaubriand allait et venait, terrible, occupés par des lits de blessés à poux ; la chapelle devenue une petite salle à manger pour les châtelains. La comtesse ne fait pas de pansements, pour qu'il n'y ait pas de jalousie, mais elle se réserve les massages. La comtesse de Durfort m'a dit combien les demoiselles de Combourg (fille de pharmacien, etc.), sont flirt. Elle a eu 34 blessés dans le château.

L'ambulance est suspendue en ce moment, car le préfet a décidé d'envoyer 150 prisonniers allemands pour nettoyer l'étang de Combourg, qui ne l'a pas été, depuis 300 ans. D'où nid à fièvre typhoïde, etc. Ah ! Du coup ô mon cher grand Chateaubriand, c'en est fait des derniers vestiges de la sylphide ! Adieu, adieu ! Sous ces nénuphars, derrière ces roseaux, se cachaient encore les microbes de la romantique adolescence de René. Les blessés français, les prisonniers germains abolirent de concert tout ce qui pouvait subsister de cette époque lointaine. Déjà la restauration du château était une première atteinte à tant de souvenirs. Maintenant Lucile et son frère prennent la fuite, avec les poules d'eau, les sarcelles et les bécassines. Encore adieu, adieu ! La guerre de 1914 et de 1915 a détruit bien des demeures. Voilà pour un rêveur et un adorateur comme moi, une ruine d'un nouveau genre !

14 février

Varèse est venu me voir, c'est un compositeur de musique qui a été marié avec une personne qui est au théâtre du Vieux-Colombier. Ils ne vivent plus ensemble. Il a une petite fille. Il se plaint qu'on laisse crever les artistes, en France. Ce qui n'a pas lieu en Allemagne. Il trouve notre pays vieux. Il n'aime pas Vincent d'Indy qu'il définit un pasteur protestant qui veut faire de la musique juive. Il a composé des poèmes musicaux. Il est très enthousiaste de Heine. Il est plein de désirs, préfère l'Ancien Testament au

Nouveau, goûte follement le Cantique des Cantiques qu'il a lu en trois langues. Il cherche deux pièces où il puisse s'établir avec son piano, en dehors d'un hôtel meublé où il ne peut travailler.

16 février

Charles Maurras explique obstinément la barbarie scientifique allemande par l'apothéose du « moi » national et inspirée par l'individualisme religieux (Luther), l'individualisme moral (Rousseau, Kant), l'individualisme ethnique et politique (Fichte). Série Luther, Rousseau, Kant, Fichte avec un débouché vers Nietzsche : c'est ce qui explique le pangermanisme. Le grand historien français est pour Maurras, Fustel de Coulanges (type classique de la raison française, ennemi de la manière de penser romantique).

La presse déchaîne le tohu-bohu des idées. Chacun impose son programme, sur un ton d'infaillibilité. Léon Daudet appelle l'armée allemande « une armée de sadiques ». Charles Maurras oppose à Bergson qu'il n'aime pas, cette définition de la Germanie par Lotte : « La Germanie tout entière repose sur une vision mystique de l'Univers. » Maurras approuve cette définition.

7 mars

« Qu'est-ce qu'on pensera de moi, après la guerre, si je ne me suis pas battu pendant ? » « Que pensera-t-on de mon fils, si mon fils ne se bat pas ? » J'ai vu ce sentiment exprimé partout, depuis que la guerre a été déclarée. Est-ce le patriotisme ou l'opinion des autres qui nous guide ? Ô Panurge sur le front ! Ô Panurge dans les tranchées ! Même un père a peur de l'opinion de ses enfants. Le jugement général et le jugement particulier, après la guerre ! « Que faisiez-vous au temps chaud ? »

2 avril

Confessé Mme de Chevigné. Elle m'a parlé de la campagne menée contre la princesse Bibesco. Elle trouve Marthe ennuyeuse, assommante, gaffeuse mais elle n'admet pas qu'on lui dise qu'elle a reçu une espionne chez elle.

15 avril

Je suis accablé de relations, et il faudrait pour y suffire la jeunesse et la santé que je n'ai pas. J'aime évidemment à évoluer dans des milieux divers, à regarder d'autres visages, à respirer d'autres souffles. Tourisme d'âmes. Cosmopolitisme spirituel. J'ai l'impression de voyager, et en m'asseyant à toutes les tables, je varie mon menu d'âmes.

16 avril

Je voudrais la paix pour pouvoir prendre des vacances. Je veux la paix tout d'abord pour que l'humanité respire. Pour moi, tout est sottise, folie. Jamais l'infirmité humaine ne m'est apparue à ce point. On ment, on est bête, on est méchant, on tue, on ruine, on brûle et pourquoi ? De beaux sentiments poussent à travers tout cela ; ne pourraient-ils pousser autrement ? On parle du réveil de foi mais y a-t-il de la foi sans l'amour ? C'est l'amour qui prouve la foi. Vous communiez, vous priez, qui ? Dieu ? Mais ce Dieu vous intime d'aimer vos frères, vos ennemis, la paix, etc. Toujours la pratique extérieure, sans la charité.

20 avril

Déjeuné hier, avec Mme Cocteau. Jean, son fils était retenu au lit, malade. Causé avec la mère et le fils de l'aristocratie et de la bourgeoisie. Si l'aristocratie redevenait puissante, les bourgeoises que l'on accueille aujourd'hui seraient vite reléguées à l'ombre. Jean Cocteau disait, avec esprit, « que les chefs-d'œuvre de la littérature sont des dictionnaires en désordre ». Il prépare un poème où il sera question de son ami Garros[127], de vols d'aéroplanes. Mais ce sera « dépourvu d'arabesques ». Il n'aime pas le romantisme et il m'a cité des paroles de Nietzsche sur la brièveté (*l'Homme et le Voyage*). Cocteau mettra, dans son poème, des interlignes, du blanc, du silence. Et il est préoccupé de l'accueil que ses amis feront à ce livre.

21 avril

Déjeuné chez Mme Wharton[128] avec l'abbé Brémond et Berry[129]. Mme Wharton parlait de la vie de Story par Henry James. James, disait-elle, c'est du Péguy, avec encore du plus compliqué. La vie de Story est extraordinairement faite, Story était un sculpteur américain, médiocre, qui s'est installé à Rome, a vécu avec les Browning. Il n'a laissé aucun document et malgré cela James a fait de lui une histoire étonnante, un chef-d'œuvre.

27 avril

Visité, avec Cocteau, sa mère et la princesse Lucien Murat, les jardins de l'ancien Sacré-Cœur de la rue de Varenne. L'hôtel Biron dégagé, forme un tout, avec ses deux frontons, dont l'un regarde les jardins, avec une sculpture qui représente le couronnement de Flore. Tout pousse librement. Les tilleuls tendent, sous la jeune verdure, des branches noires, les poussent en avant comme des candélabres. Les pommiers sont en fleurs, tout en fleurs blanches et Jean Cocteau de me dire en les respirant : « C'est une odeur de reproduction. » C'est tout à fait exact. On nous prend en photo, ici et là. Ce bois, ces allées envahies, c'est le Paradis-Paradou. Les oiseaux chantent. Tout ce cadre regrette-t-il les dames et leurs pensionnaires héraldiques ? Que de conversions ont dû fleurir en ces lieux ! Cocteau a habité ici et Isadora Duncan y a eu un atelier et surtout Rodin qui est en train de sculpter le nouveau pape. Le concierge du Sacré-Cœur avait dit à Cocteau : « Ce satyre fait le portrait du pape. » Rien de mélancolique comme ces maisons où la jeunesse a passé et ne reviendra plus... Les tilleuls survivent eux, et je viens de lire dans les souvenirs de Mme d'Agoult qu'il y en avait déjà en 1822. La République a pris cette grande propriété, comme elle a pris l'Archevêché, comme elle a pris tant de choses ! J'allais oublier Saint-Sulpice.

9 mai

Dîné hier chez la comtesse Joachim Murat, avec François Charmes. Mme Murat parlait trop, trop haut, trop fort, de tout, au lieu de laisser parler Suarès. Elle perd son sexe, si elle l'a eu.

10 mai

Hier, Mme de Brimont m'a entraîné chez Miss Barney, rue Jacob qui habite une petite maison avec gazon, arbres, serre et d'un autre côté, avec un temple à l'amitié, quatre colonnes auxquelles on monte, au-dessus d'une couronne à rubans, on lit « À l'amitié ». Cet édicule est attribué à Adrienne Lecouvreur. Les coins de jardin qui sont ici et là sont tout ce qui reste, paraît-il, du jardin de Racine. La Champmeslé, Racine, Lecouvreur, tous ces souvenirs flottent dans les parages. Dans le jardin de Miss Barney, on voit un arbre mort et droit soutenir un long arbre vivant et penché. Nous avons été ensuite, tous les trois, chez Remy de Gourmont, rue des Saints-Pères, tout en haut d'un petit escalier où l'écrivain habite un modeste appartement uniquement rempli de livres. Je ne l'avais pas revu depuis 1892 ! Vêtu d'une robe qui avait l'air d'une bure, il ressemblait à un vieux capucin qui porte binocle, mais un capucin studieux et avec cela boitant un peu et bégayant toujours.

Il parle peu, trop peu et on ne se douterait guère qu'il soit l'auteur de tant d'articles et de livres sur tous les sujets. Un chat qui se roulait sur la table m'a fourni l'occasion de rappeler Huysmans. « Il était d'une affreuse méchanceté » m'a dit, en souriant, Gourmont. Et il parlait d'une femme de lettres que J.-K. comparait dans ses conversations à « une servante de brasserie » et à laquelle il adressait ensuite des lettres flatteuses. Comme je lui parlais de son costume à lui, Gourmont reprit : « Toutes les robes de chambre ressemblent à des robes monacales. »

Miss Barney, en sortant, m'a fait remarquer, contre la porte, une tête de Méduse. Gourmont en a adouci immédiatement la signification.

14 mai

L'abbé Brémond n'aime pas la mode de communion : langues tirées. « On enivre le prêtre de laideurs », dit-il. Voilà ce que c'est que de vouloir faire mieux que l'Évangile. La Cène était un repas fraternel. On y rompait le pain sacré, sans scrupule. Cela se faisait simplement et naturellement.

15 mai

L'abbé Brémond vient de déjeuner chez moi. Il m'a dit avoir été le condisciple, un peu plus âgé, de Maurras. C'est en lisant à la bibliothèque d'Aix toutes sortes de livres que Maurras aurait perdu la foi. Il visita Paris avec des recommandations, écrivit dans les *Annales de la philosophie chrétienne*, etc. Maurras est un *Allemand* qui ne croit qu'à ses idées, leur sacrifie tout. Il a été très mal pour Mme de Courville. Maurras est un païen. Il ne croit pas en Dieu, à cause de sa surdité peut-être. Dans l'Église, il voit l'armature.

Le pape est le serviteur du roi. Les intolérances s'appellent l'une l'autre.

Maurras ayant appris que Brémond s'était moqué, en Grèce, avec M. Barrès de bien des choses, lui envoya son *Anthinéa* avec cette dédicace : « À l'abbé Brémond le pèlerin sacrilège. Le pèlerin dévot, Maurras. » Brémond croit que le talent de Maurras est « surfait ».

Brémond n'aime pas Lacordaire qui avait l'horreur physique de la femme, qui était « un monstre ». Il admire beaucoup Lamennais et le préfère aux catholiques libéraux qui ont suivi. Lamennais à l'égard de qui Lacordaire s'est très mal comporté.

Été voir Mme de Noailles au lit, tenant de la main gauche un collier oriental, maniant le téléphone de la main droite. Elle se dit mourante, « morte de cette guerre ». Elle donne, dit-elle, sa vie à son pays, mais non sa raison.

20 mai

Été déjeuner chez Mme Cocteau avec Jean et Mlle Madeleine Le Chevrel. Jean nous a lu des pages du livre qu'il allait faire paraître, si la guerre n'avait pas éclaté. Ce livre n'est beau, dit-il, que par l'architecture, une architecture de sincérité. Je ne comprenais pas, sauf de loin en loin, mais je ne nie pas le talent quand même. Il y a un des interlocuteurs qui s'appelle Perdicaire, il y a aussi un monstre qui représente l'infini et qui s'appelle le Potomak. On fait avaler à ce dernier Parsifal (la musique).

23 mai

Ce sont les révolutionnaires du présent qui ont raison dans l'avenir. C'est le flux qui l'emporte. Supprimer successivement les limites, voilà la vie ! Pas de limites à la pensée, si ce n'est celles qu'elle se trace, en les constatant. Pas de limites à l'amour, si ce n'est celles qu'il subit. Les limites de la loi sont nulles.

8 juin

Lavedan m'a raconté ce qui se dit : Poincaré aurait été trouver Joffre et lui aurait dit : « On prétend que ma popularité est moindre. Cependant c'est vous qui m'avez dit de partir pour Bordeaux. » Et Joffre de répondre : « Je vous ai dit de partir, mais non pas de foutre le camp. »

11 juin

Été dîner chez la comtesse J. Murat qui m'a parlé de Suarès, m'a dit combien il était sauvage, ne voyant personne dans le coin de la rue Cassette où il habite. Suarès est malade de nervosité. Péguy était son grand ami. Et la comtesse croit que Péguy, lui, avait du génie, mais que Suarès n'en a pas ! Elle possède certains manuscrits de Suarès : *Le Voyage du condottiere*. J'ai vu cette écriture qui trahit un être compliqué, très personnel, sensitif.

17 juin

Déjeuné aujourd'hui, chez Mme Démange avec Maurice Barrès, et sa femme. Barrès : cheveux noirs, peau café au lait, sourire aimable, voix plutôt grosse, parole facile et sûre d'elle-même. Je lui ai dit combien j'aimais *Un homme libre*. Il m'a répondu qu'il faudrait le refaire aujourd'hui. Il a l'air de croire qu'après la guerre, toute la littérature d'autrefois sera effondrée. Il reproche à Rostand ses poésies fringantes qui prouvent combien il a peu compris la guerre actuelle, laquelle comporte « la plus grande gravité, le plus grand silence ». Cette guerre où il n'y a pas de musique, pas d'uniformes.

25 juin

Rien d'impatientant comme d'entendre des religieuses, des catholiques vous dire : « Il faut prier, nous ne prions pas assez. » Et cela pour être vainqueur des Allemands ! Cette prière inlassable qui survit à l'insuccès des neuvaines, des triduums, des pèlerinages, des amendes honorables, des consécrations, etc., etc. Il y a là quelque chose de béat qui agace. Et ce n'est plus la prière vraie, c'est-à-dire le sentiment religieux, la recherche de l'inconnu, la communion avec l'infini. Mais prier pour demander, nous ne faisons que cela ! Et nous nous figeons en cela !

27 juin

Ah ! l'horreur de cette guerre qui tue, brûle, exile, ensanglante la mer, la terre et l'air ! Je ne suis pas ému comme je devrais l'être, comme je le serais si je me représentais toutes choses. 1870-1871 m'ont insensibilisé.

9 juillet

Bourget me fait figurer, dans son prochain roman, sous le nom de Courmont. « Voulez-vous un autre nom ? », m'a-t-il dit.

13 août

Dîné, hier, chez M. Berry avec Mme Wharton, M. et Mme Garrett, Rodier, Mme Astor, autre Américaine, Bakst [130]. Sur la table, des roses rouges coupées baignaient dans l'eau : autres têtes charmantes. L'appartement de Berry est celui d'un amateur, d'un dilettante, des livres partout ouverts, posés dans tous les sens, même à terre. Ses convives partis, il m'a parlé de Bakst, russe qui zézaie et que j'avais déjà vu, chez Mme de Pourtalès. Bakst, grand décorateur, illustrateur. C'est lui qui a fait les costumes et les décors des

Ballets russes. J'en eus, sous les yeux, les dessins coloriés, quelques-uns du moins (*Le Dieu bleu, Narcisse, L'Après-midi d'un faune, Schéhérazade*, etc.). C'est dans ces ballets que jouait Nijinski. Quand on écrira l'histoire de l'avant-guerre, ces documents figureront certainement, car ils révèlent certains états d'âme maladifs, curieux, précurseurs de révolutions.

15 août

Bourget m'a montré, dans le roman que publie *La Revue des deux mondes*, un passage où il cite mes paroles sur le Centurion (à propos de la messe). Il dit m'avoir portraituré, dans *Le Sens de la mort*.

27 août

La duchesse de Clermont-Tonnerre critiquait, l'autre jour, la princesse Bibesco. Et Renée de Brimont faisait chorus. La duchesse citait quelqu'un qui lui avait dit : « Il n'y a plus que l'abbé Mugnier pour la défendre. » Et je continuerai à la défendre en effet.

14 septembre

Été déjeuner chez M. Sevastopoulos. Il y avait là M. Berthelot des Affaires étrangères et sa femme, Toto de Berckheim, Mme Scheikevitch. Berthelot m'a paru fin, charmant, ne disant que ce qu'il pense, et pensant avec originalité. Il n'aime pas la mer qui lui fait l'effet de la « bêtise illimitée ». Ni la montagne. Il aime surtout le désert. Il me rapportait ce conte chinois : « Quelqu'un bêche dans le désert ; des gens qui passent lui demandent ce qu'il fait ; "je cherche des crevettes." "Il n'y a pas de crevettes dans le désert", lui est-il répondu. Et lui de répliquer : "Et vous que cherchez-vous ? Le bonheur et la joie. Eh bien ! Il n'y a pas de bonheur et de joie dans la vie.

Vous ne les y trouverez pas." » Berthelot est l'ami de Claudel. Il l'a rencontré d'abord à Fou-Tchéou. Ils se sont liés plus tard. Berthelot définit le genre de Claudel : « Un lyrisme éperdu et une contention, un résumé resserré qui va jusqu'aux moelles. » Il faut le voir dans l'intimité, se promener avec lui. Claudel n'avait jamais été en Italie, Berthelot l'envoie à Rome. Berthelot m'a parlé de l'Angleterre comme d'une légende qui tombe, d'un peuple en décadence.

17 septembre

Le Sacré-Cœur ! Ce cœur rouge retiré du corps humain. Une dévotion faite pour un siècle d'opérations, pour une époque de chirurgiens !

22 septembre

Cérémonie au couvent. Mgr Odelin m'a dit que l'archevêque m'avait proposé plusieurs fois à des curés et qu'il s'était heurté à des refus. J'ai parlé net et sec. Il m'a dit qu'il rappellerait au conseil que je suis aumônier depuis 5 ans. Je ne crois à rien, comme suite à la chose. Et je serais très embarrassé si on me proposait un premier vicariat. Voilà la situation vraie.

24 septembre

Fou que je serais de sacrifier des matinées libres à l'administration ecclésiastique ! Rentrer dans les sacristies vulgaires quand j'ai devant moi des branches qui remuent et des oiseaux qui viennent au bord de ma fenêtre ! Et *Lélia* ouvert sur ma table ! Restons pauvre et indépendant.

Pluie. Fatigue. Mes pauvres yeux ! Tant d'ombres ! Et je lis quand même, pour les multiplier sans doute.

8 octobre

Le patriotisme est aujourd'hui plus que la religion. On place l'humanité au-dessous de la patrie, c'est-à-dire ce qui est naturel au-dessous de l'artificiel. C'est que le patriotisme permet la haine et l'humanité non. On veut pouvoir détester, haïr. On est français contre ceux qui ne le sont pas. L'Évangile subit un nouveau recul. Mais l'Église n'y gagnera rien.

13 octobre

Pour moi, le grand mal c'est de vivre en société. Le mensonge est une nécessité sociale. On ne peut pas être soi, au milieu des hommes. Ils vous engagent, vous enrégimentent, vous solidarisent, mettent la main sur votre liberté intérieure et extérieure. Toutes les institutions font main basse sur le *moi* humain.

26 octobre

Été déjeuner chez Mme de Fitz-James. Cocteau nous a parlé de Péguy qui était son ami. Péguy qui avait l'air d'avoir de la terre sur lui, de la poussière des routes. Péguy qui lisait avec plaisir le vieux Dumas père. Péguy qui voulait forcer Cocteau à aller à Chartres, pieds nus, pour le convertir...

28 octobre

Je crois que l'avenir de l'humanité sera la conquête définitive de la liberté intérieure.

Déjeuné chez Mme Cocteau. Après le repas, été dans le cabinet de travail de Jean où le masque admirable de Napoléon mort, par Antommarchi, orne la grande table, où le gramophone joue des chants de la chapelle Sixtine et du Gluck. Jean m'a montré des photographies de jeu de football où il trouve des attitudes, des scènes bibliques.

Jean Cocteau me citait cette belle parole de Goethe : « Un peuple est perdu quand il ne fait plus la révérence aux étoiles. » Comme je lui faisais remarquer que Goethe a mis quarante et un ans à composer les deux *Faust*, Jean m'a dit qu'il s'en étonnait, car on pouvait écrire cela en quinze jours.

L'abbé Brémond me disait, tout à l'heure, qu'il fallait attribuer la liberté d'esprit des auteurs spirituels du temps de Louis XIII à ce qu'il n'y avait pas de séminaires. Il n'y avait pas non plus de direction, comme on l'entend aujourd'hui, mais on avait le culte des héros, c'est-à-dire que quand un saint paraissait, on allait à lui.

5 novembre

François Paul-Dubois sort de chez moi. Il a 18 ans. Il m'a parlé de Maritain qui est jeune et dont le cours aristotélicien et thomiste exclusivement ne fanatisait pas la jeunesse. Les examens de la Sorbonne s'en sont ressentis. Maritain a abîmé la philosophie de Taine. François m'a parlé des monceaux de notes que renferme Menthon. Taine en a lui-même brûlé et il en reste infiniment.

7 novembre

Été revoir la duchesse de La Rochefoucauld, heureuse de me citer ce mot : « Les juifs se sont bien conduits. Rien d'étonnant, car c'est une guerre d'usure. »

29 novembre

Déjeuné, hier, chez Mme de Croisset. Cocteau a raconté toutes sortes de traits amusants relatifs à Sarah Bernhardt, à Marcel Proust, etc. Il nous a dit qu'il était brouillé à mort avec Barrès parce qu'il lui a reproché son manque de sincérité. Barrès lui dit : « Je voudrais bien que cette guerre soit finie parce que je voudrais faire un voyage en Grèce. » Or il préconise la guerre.

5 décembre

Déjeuné chez Mme de Croisset. Cocteau nous a cité ce mot que Kipling lui a dit : « Le cinématographe est la révélation du regard. » Cocteau parlait d'une révolution qui vient de s'accomplir, par *Les Mystères de New York* : le roman-feuilleton a vécu ; maintenant on lit un roman et au bout de quelques numéros, on vous invite à venir voir jouer ce qui a été lu. Cocteau avoue que ce qui a été jusqu'ici l'élément principal du cinéma, c'est le vulgaire, mais il y a du beau à extraire de cette institution. Il racontait avoir converti Simone au cinématographe.

Cocteau se plaint du prêtre et des lacunes de son enseignement. Si j'avais la foi, disait-il, je me ferais prêtre.

6 décembre

H. Brémond me disait tout à l'heure : « Je crois raconter une agonie. » Il s'agit de son histoire des sentiments religieux.

1916

19 janvier

Déjeuné chez la comtesse Murat. Bergson, figure maigre, fine : petite moustache plutôt blonde, des yeux bleus, voix muette. Il me disait qu'il y avait une part d'indétermination en toutes choses. Il disait que le cerveau ne représente pas toute la pensée, que l'action est le propre de l'homme, que l'acte libre est rare.

4 février

Évidemment, on se voit trop les uns les autres. Cette manie de sociabilité ne permet pas le recueillement, la lecture. On perd, on ne gagne pas. De là le vide des conversations, les potins, les redites.

9 février

Déjeuné aujourd'hui, chez Mme Cocteau. Elle m'a lu une lettre de Jean qui est toujours à Nieuport et qui se termine par ces mots : « Je cherche à m'élever pour ceux qui me suivent, à être digne d'un cortège. »

25 février

Cette guerre me fait douter des hommes. Je ne les crois plus : collectivement, ils se trompent et ils vous trompent. L'individu se trompe moins, vous trompe moins.

28 février

L'élan de l'ennemi contre Verdun paraît arrêté. Voilà ce que les journaux de ce matin écrivent, mais l'angoisse demeure pour les heures qui vont sonner. Nous avons reculé, rectifié notre front, comme on dit. Verdun restera-t-il français ?

29 février

Bourget m'a raconté quelques-uns de ses souvenirs sur Zola. Ils déjeunaient chaque semaine, au café Durand. Quand Zola s'occupa de l'affaire Dreyfus, Bourget essaya de l'en détourner. Et Zola de lui répondre : « Je suis un dogue, quand j'ai mordu, je ne lâche plus le morceau. » Zola allait lire du Musset à un concierge, frère, je crois, de la cuisinière à qui il fit un enfant. Mme Bourget rappelait avoir entendu Mme Zola dire à son mari : « Minet, veux-tu un chocolat ? » Zola, minet !

1er mars

Un jour viendra où je me dirai, en toute sincérité : dans les années historiques de 1914, 1915, 1916, je n'avais pas une conscience suffisante de la tragédie mondiale. J'ai besoin, en effet, que les faits revêtent le prestige du passé.

21 mars

Ce qui m'attache à Michelet, c'est la fusion de l'œuvre et de l'homme. Il est le plus personnel des écrivains. Son histoire à lui sourd à travers la grande histoire qu'il raconte.

Je vis dans le mystère de toute ma vie divisée, de

toutes les contradictions qui se heurtent. Jacob et Esaü n'étaient rien en comparaison.

18 avril

Félix de Vogüé m'a dit que son père ne portait pas, comme Albert de Mun par exemple, la responsabilité de cette guerre. C'est vrai : les de Mun, les Déroulède, les Barrès ont accompli une œuvre néfaste. Il fallait enterrer 1870.

20 avril

Giraudoux me disait l'autre jour la saveur qu'avaient pour lui et ses camarades de lycée, des poètes comme Stace, Ausone... Ce sont ceux qu'on n'impose pas, ne prône pas.

18 mai

Je crois que l'instinct sexuel est l'explication de tout, puisque tout en vient. La psychologie doit sortir de là, de cette double étreinte. Mais qui donc approfondit nos origines ? La sotte pudeur ou la sotte luxure empêchent toute étude sérieuse.

19 mai

Hier dîné chez la comtesse Murat avec Nathalie de Castellane et Suarès. Suarès est malade et il partira bientôt pour quatre mois. Je note ce qu'il a dit, ou du moins ce que j'ai retenu. Péguy était « un grognard d'âme ». Sa femme et sa belle-mère qui sont du peuple, du faubourg, qui avaient leur origine parmi des gens de la Commune ne pardonnent pas à Péguy d'avoir évolué vers le catholicisme. Elles demandent à Suarès de faire une préface pour un des volumes des œuvres complètes qui paraîtront, et en même temps elles disent du mal de Péguy.

Suarès n'aime pas la philosophie. Il dit que Spinoza et Schopenhauer sont les plus grands, les seuls philosophes. « Kant a tué la philosophie en disant que l'absolu, l'infini n'existent pas. » « Platon, ajoute Suarès, est un bébé. Les Grecs sont des bébés. »

Suarès a parlé aussi de la musique d'idées qui remplace l'autre et qu'on trouve par exemple dans Shakespeare, dans Pascal etc. Ainsi quand le roi Lear dit que sa fille est morte. On est dans une idée, dit Suarès, et aussitôt il se forme des résonances, des cercles concentriques avec prolongement. Il y a dans Shakespeare des résonances tragiques, et des résonances dans l'ordre de la tendresse.

23 mai

Les François de Castries m'ont emmené au Théâtre du Vaudeville voir un cinéma. Du fond d'une loge, j'ai vu se succéder des vues pittoresques, des scènes militaires anglaises et enfin on a représenté *Caius Julius César*. Je n'ai pas pu hélas rester jusqu'à la fin, à cause d'un Salut chez mes vestales.

L'Antiquité m'a ressaisi, sous cette forme tumultueuse, rapide, tragique. Des tranches de vie romaine. Tous ces personnages qui allaient, venaient, se précipitaient, guerroyaient, donnent évidemment une impression de vie intense. Pas un mot pour l'oreille, on voit cependant les bouches s'ouvrir. Dans les moments d'émotion amoureuse, les femmes respirent fortement. Un jour viendra où l'enseignement sera un raccourci visuel. Que nous sommes loin du triste *De viris*, qui ne montrait rien ! Cinéma ou lanterne magique, c'est tout un.

25 mai

Après quelques succès voici que l'ennemi tombe sur nous, avec plus de fureur, aux environs de Verdun, à Douaumont, à Cumières, qui est pris.

28 mai

Le général Gallieni est mort. Nos troupes ont repris une partie de Cumières. Folies que ces avances et ces reculs. Oui, il faudrait faire la paix. Et on ne veut pas la faire... Et on préfère la mort de milliers de Français, Mort stérile ! On tue les Français pour la France. On se tue au nom de Dieu.

31 mai

Quelle tristesse d'être ici, à Paris, quand juin commence au lieu de vivre à la campagne ces jours de soleil, de fleurs, d'oiseaux ! Car tout cela existe encore, malgré la guerre, les hommes de tous âges immolés, les tranchées, les gaz, toutes les folies destructives de l'homme.

10 juin

L'abbé Brémond[131] me parlait d'une des conséquences de son ouvrage sur le sentiment religieux ; c'est de mettre en évidence le mysticisme qui apprend à se passer de l'Église. Il y a bien certainement des directeurs, mais chacun est dirigé, il a à côté de lui sa « folle ».

Brémond me parlait des convertis, comme Péguy et qui veulent vous apprendre ce qu'est l'Église. Je ne ménage pas les veaux gras, mais, ajoutait-il « pas de tour du propriétaire ».

19 juin

Si j'avais pu prêcher, catéchiser tout à fait à ma guise, ramenant tout à la religion et la religion à tout, peut-être aurais-je été moins dépaysé d'esprit. Mais, en paroisse, il faut répéter ce que les autres disent, ou peu s'en faut. La vasque accueille toujours la même eau. Il n'y a de progrès que par l'individu et l'individu est toujours seul.

Je pense souvent au peu de psychologie qui a présidé à notre formation sacerdotale. Ces messieurs nos directeurs parlaient toujours de l'amour des âmes. Que cela est abstrait ! On ne connaît pas les âmes, sans les mœurs, la vie. Un poète, un dramaturge, un romancier connaissent mieux les âmes qu'un sulpicien.

20 juin

Cette Germanie qui m'attire toujours par ses légendes, ses forêts, ses poètes ! Déjà en 1871, quand ils descendaient l'avenue des Champs-Élysées, la Forêt-Noire était dans mon imagination. Les bleuets de l'Alsace me souriaient de loin.

Et depuis, que de retours dans ce pays, retours vagabonds, fiévreux, passionnés, stériles ou féconds ! Odeurs de sapins et de tilleuls, hantise de Goethe !

23 juin

Dans les communiqués, toujours des attaques à la suite de bombardements. On parle du Bois Fumin, du côté de Verdun. Des morceaux de terre sortent de leur anonymat, connus des seuls oiseaux, de quelques fleurs ; les voilà illustrés par la violence, le feu, le sang. L'humanité est folle et tout ce qu'elle fait est discrédité par elle-même.

15 septembre

Entre Saché et Pont-de-Ruan. Une voiture m'a conduit, tout à l'heure de l'Hôtel du Grand Monarque d'Azay à Saché. Fraîcheur, rosée scintillante, noyers, un temps harmonieux pour visiter « le val d'amour ». Les lieux font les hommes. Les génies idéalisent encore les sites. Être ici, à l'âge de Félix ! mais garder Henriette. Problème difficile. Peut-on mettre les sens d'un côté, l'âme de l'autre ? Félix est trop jeune pour un amour platonique. Henriette est au fond trop attachée à ses devoirs pour verser dans l'adultère. Tout le monde est victime mais Mme de Mortsauf a la palme. Il n'y aura jamais que des banqueroutes. Et cependant je voudrais avoir vingt ans. La jeunesse, c'est le paysage tourangeau qui m'entoure, c'est aussi « l'herbelette parleuse ».

Assis au bord de l'Indre à côté du Pont du Moulin-rouge. Donc été à Pont-de-Ruan et même un peu au-delà. Aperçu sur la gauche une blancheur sur un coteau et perdue dans les arbres. C'est *La Chevrière*, c'est-à-dire *Clochegourde*. Le pont de Ruan est en pierre maintenant, mais j'ai vu les moulins, les nénuphars jaunes, les chevelures aquatiques, les peupliers près de la rivière.

Revenu à Saché, écoutant, dans la chaleur du jour, le grésillement des insectes dans l'herbe de la route, comme j'avais entendu le frémissement des arbres. Beaucoup de noyers. Un seul m'intéresserait, celui qui abrita Félix.

C'est donc ici la Vallée du Lys, mais pourquoi la rivière qui reflète les nuages, le bleu du ciel, les arbres n'a-t-elle pas gardé l'image de la pure Henriette ! Et puis ce qui est beau est toujours passé. Ou arrive trop tard. On est le Grouchy de tous les bonheurs.

Monté jusqu'à La Chevrière. Entré dans la propriété, passé devant le château que je ne reconnais guère dans la description balzacienne. Un pavillon en forme de tour, à l'extrémité d'une maison régulière. Des fleurs et de la verdure au bas des murs. Descendu jusqu'à une allée verte où j'ai cueilli de la mousse, mais qui me donnera de la flouve enchantée ? Qui me rendra « le rouge désir de l'amour » ? Chateaubriand n'a pas fait ce bouquet-là, et cela manquera à sa gloire. Henriette est une blanche sylphide, Félix un René tout aussi fou mais que l'objet de sa passion modère lui-même. Équilibre instable qui n'a eu qu'un temps. Chimère sublime, faite de contradictions. La nature est une, et vous la dualisez !

J'écris ces dernières lignes sur les racines moussues d'un grand vieux chêne qui fait partie de Clochegourde. Aux Charmettes, à Combourg, à Nohant, à Bussières, il faut ajouter la vallée de l'Indre, près de Saché.

25 septembre — Saint-Malo

Sur le sable, contre les brise-lames. Au fond, l'idée fixe de Chateaubriand, ç'a été la femme. Femme imaginaire d'abord, la sylphide. Plus tard, femmes réelles, mais la sylphide revenait, servait probablement de terme de comparaison et achevait de le dégoûter de la réalité charnelle.

Ce matin parcouru, au galop, *René*. C'est Amélie, la sœur, qui a des désirs incestueux, non le frère, mais il est troublé par la révélation du couvent. René a stérilisé sa jeunesse, par l'habitude de la rêverie, par la défiance vis-à-vis de ses semblables, par l'usage immodéré de la solitude. Ses voyages, son séjour à Paris alimentaient cette rêverie, loin de la réduire. Il se rongeait, s'attristait sans raison suffisante.

Vague et indéterminé de tout. Son chagrin fraternel a donné enfin un caractère précis à sa douleur. Et c'était aussi un châtiment. Il avait voulu se tuer, avant cette épreuve. Il survit à sa sœur la religieuse pour prolonger ses remords.

Mon genre de tristesse, au sortir du séminaire et même pendant, n'était pas le même. Je n'étais pas dégoûté de la vie. Je souffrais plutôt de ne pas la connaître, de n'avoir pas été mis sur la vraie voie, d'être déjà dispersé, envolé, sans but qui accapare toutes mes facultés. De grands désirs de vie intellectuelle, littéraire, et tous combattus plus ou moins : 1° par les scrupules qui m'empêchaient de penser, de lire, 2° par une instruction insuffisante, sous tous les rapports. Ajoutez à cela le cœur qui voulait s'attacher, aimer, un certain goût du succès, un besoin d'être distingué par mes maîtres, mes confrères. Je n'étais donc pas René. Mais je lui ressemblais par mon amour du vent, de la pluie sonore etc.

Chartres, le 27 septembre

Quelle revanche pour Huysmans ! On vend, dans la librairie pieuse qui fait le coin du cloître Notre-Dame et de la rue des Changes, la 36e édition de *La Cathédrale*. Le romantique Hugo a souillé Notre-Dame de Paris. Le naturaliste Huysmans a glorifié Notre-Dame de Chartres, sans le moindre alliage sensuel.

3 octobre

Comment ai-je pu me promener, errer en Bretagne et en Touraine, quand cette boucherie continue ? Comment ai-je pu m'intéresser à de tout petits détails littéraires ou autres quand ce grand drame se déroule ?

3 novembre

M. de Montesquiou m'a envoyé la lettre où Saint-Saëns lui répond au sujet d'une visite à me faire. Il ne la croit pas nécessaire. « Ainsi, il vous suffit d'être ému ; j'étais ainsi à 18 ans, et je n'ai pas oublié la crise atroce par laquelle j'ai passé alors que mes yeux s'étant ouverts, il m'a fallu sortir de ma chrysalide pour ouvrir mes ailes à la liberté, et trouver enfin la paix, cette paix que l'on obtient également en tenant ses yeux obstinément fermés. C'est la paix de l'autruche qui se fourre la tête dans un trou pour supprimer le danger... »

« Votre abbé doit être un homme fort séduisant et j'aurais certainement avantage à le connaître... Il me parlera de la grâce qui donne la foi, il fera appel à mon cœur contre ma raison ; il ne sera pas plus éloquent, je pense, que Bossuet, Pascal ou Fénelon, ou que le délicieux P. Gratry. »

4 novembre

Bourget nous raconte que Saint-René Taillandier ayant traduit les poésies de Heine se plaignit au poète de n'avoir pas été nommé par lui, dans sa préface. Et Heine de lui répondre qu'ayant nommé Gérard de Nerval, il n'avait pas osé mettre son nom, à côté de celui de cc « pendu ».

6 novembre

Ces anges d'Anatole France qui sont des bohèmes libre-penseurs et libidineux !

Visite de M. Jacques Doucet [132] que Bac m'adresse. Il voudrait acquérir des manuscrits, papiers, de Huysmans, de Barbey d'Aurevilly. Il avait formé une bibliothèque de spécialistes, bibliothèque d'art et d'archéologie (la première de toutes, dit-il), qu'il a donnée à l'Université. Une bibliothèque ouverte et où les Allemands ont puisé. À la veille de la guerre, l'empereur d'Allemagne voulait le nommer membre de l'université de Bonn. Maintenant il veut se faire une bibliothèque personnelle qui irait des *Mémoires d'outre-tombe* à Gérard de Nerval, Flaubert, Corbière, Huysmans, Barbey d'Aurevilly, Verlaine, F. Jammes, Gide, Claudel, Suarès.

Il connaît beaucoup Suarès qui est, dit-il, un critique, mais non un créateur. Il aurait voulu, au commencement de la guerre, fonder une revue avec lui, intitulée *Demain* où l'on aurait traité des idées, sans les hommes. Suarès qui se croit obligé de porter ses longs cheveux pour rester fidèle à un certain passé. Il a fait, avec lui, un voyage en Italie (Ombrie etc.) en 1913, en automobile. C'était la suite du *Voyage du condottiere*, suite qui n'a pas encore paru.

Doucet aime beaucoup Bac qui lui représente tout un monde d'autrefois.

1917

9 janvier

Hier, déjeuné chez les Hersent. Il y avait là Bergson, Henri de Régnier, Georges Lecomte [133], l'ancien ministre Barthou. M. de Régnier nous disait que pour comprendre la poésie de Mallarmé, il faut l'avoir connu et c'est son cas. Mallarmé admirait Hugo, mais disait de sa voix flûtée : « Quel grand poète il eût été, s'il avait eu quelque chose à dire ! » Mallarmé identifiait la poésie avec la musique et il y avait confusion de termes. M. de Régnier m'a cité ce mot du poète Moréas : « Je suis un *Baudelaire*, avec plus de couleur. » La dernière partie de son affirmation était vraie.

Bergson nous disait qu'il avait été saturé de kantisme à l'école ; on était alors kantien dans l'Université et positiviste ou matérialiste au dehors. Lui, au contraire, a débuté par une réaction antikantienne. En 1889, sa thèse était en opposition avec les arguments kantiens, et on le lui disait. Depuis, il a lu l'*Esthétique transcendantale* de Kant, et il a trouvé cela « trop symétrique ». Or la vie, ajoutait-il, n'est pas si symétrique que cela. Bergson a été condamné par l'Église catholique comme kantiste, et il s'en étonne, à bon droit.

9 février

Déjeuné aujourd'hui à l'hôtel Ritz, chez la princesse Soutzo [134], dans l'appartement qu'elle y occupe. Il y avait là Jean Cocteau, M. H. de Béarn, Paul Morand. La princesse Hélène Soutzo a une figure grecque, byzantine, hiératique. Lucien Daudet dit que c'est Pallas qui a avalé son oiseau. Elle est roumaine, et a un chat persan, noir joli. Cocteau nous dit à table que les soldats lisent aux tranchées, *Aphrodite, Le Jardin de l'Infante* de Samain et *À la manière de*, de Reboux. Beaucoup de Samain.

16 février

Le temps a l'air de s'adoucir. Mais la guerre sévit et elle a son retentissement dans la vie alimentaire. Hier, déjeuné, dans un établissement Duval, près de Saint-Germain-des-Prés ; sur la carte figurait l'arrêté du préfet de police qui limite l'appétit des clients.

18 février

Ces déjeuners dans les restaurants sont sans saveur et sans charme. Je parle de ceux que je fréquente seul, aux environs de la gare Montparnasse par exemple, ou de l'avenue de l'Observatoire.

19 février

La religion n'est plus qu'un culte surmené, messes, communions, Saluts, prières, chapelets, Saint-Sacrement, Sacré-Cœur, Sainte-Vierge. Comment démêler dans ce hallier sacré, les lignes simples, sobres et si pures de l'Évangile ? Ce Dieu dans une hostie, en permanence, sur les autels et qui laisse s'égorger ses enfants ! On nous plonge dans le mystère, on ne nous dit rien, on nous oblige à deviner, on nous met aux prises avec une nature diamétralement opposée aux lois écrites, et si nous doutons un instant, si nous confessons que l'obscurité est trop grande, nous voilà condamnés éternellement aux flammes de l'au-delà ! Tout cela est sommaire et d'une férocité que rien n'égale.

20 février

Hier soir, je cherchais dans les rues lugubrement éclairées un restaurant convenable. Jamais je ne me sens si seul, si triste ! Ces retours à la rue Méchain où l'on ne voit que des ombres, où le silence est intense, où tout est fermé, où, du côté de l'hospice Cochin, veillent deux ou trois fenêtres, seules lumières pour malades !

19 avril

Été voir, hier soir, le comte Aimery de la Rochefoucauld. Il gémissait sur le socialisme qui gagne les domestiques eux-mêmes. Ils étaient venus, très respectueusement d'ailleurs, dire à leur maître que le sucre auquel le carnet leur donne droit est bien pour eux et doit leur être remis.

23 avril

Dîné à l'hôtel Ritz où la princesse Soutzo m'avait réuni à la comtesse Adhéaume de Chevigné[135], à Morand, à Cocteau, à Marcel Proust, à la marquise de Ludre.

La princesse me reparlera d'un juif, docteur à Vienne, Freud qui a une théorie particulière : rêve, libération des conflits etc.

Cocteau qui revient de Rome m'a dit que « le pape est à Rome et Dieu à Naples... Dieu frétille sur la mer ». Dieu est caché à Rome par les plafonds, les marbres, les anges, etc.

Il nous a cité ce mot de Picasso à un Italien : « Les

savants et les artistes s'efforcent de chercher la cachette de Dieu. »

Marcel Proust est plutôt distingué. Il citait ce mot de Wilde : « Le plus grand événement de ma vie, c'est la mort, dans Balzac, de Lucien de Rubempré. »

Proust m'a dit qu'il continuait à écrire des livres, mais il n'a pas l'air de croire qu'on les lit. Il m'a parlé des cathédrales, de celle de Chartres, de celle de Reims. Celle de Reims lui fait l'effet d'une cathédrale vitriolée par les Allemands qui ne pouvant pas l'avoir se vengent ainsi. Ils possèdent Bamberg qui offre une similitude avec Reims. Les anges de Reims ont des sourires à la Vinci. Proust a été à Vézelay. Il parle du portail sombre et messianique d'Amiens. Il a été à Venise, non à Rome. Il vit toujours couché. Il s'intéresse aux types du faubourg Saint-Germain, il connaît Aimery de La Rochefoucauld.

Il citait le mot du comte Greffulhe lui demandant de signer sur un registre : « Signez, mais pas de pensée ».

Proust s'intéressait beaucoup à ce que lui racontait Mme de Chevigné. Elle disait les rapports du prince de Sagan avec Hélène de Pourtalès etc.

13 mai

J'aurais pu et dû mieux profiter de tout ce que j'ai vu et entendu dans mes divers postes de vicaire parisien. Trop d'élimination dans le journal que j'écrivais ; c'était une erreur. Trop de sélection et non fondée. Et mon petit moi désordonné, inquiet, scrupuleux, disparaissait à mes yeux. Le grand homme était tout pour moi. C'est parfait, et je ne regrette pas mais je devais moins m'oublier, moi et le cadre où je me mouvais. Certes je n'aurais rien extrait de très personnel des supérieurs et des confrères que le hasard me donnait. Je les trouvais convenus, à peu près semblables, surtout sans culture littéraire, artistique. Il y a eu peu d'exceptions. Mon ministère de catéchiste, de confesseur, de prêtre de garde, de directeur d'œuvres est à peu près absent des pages que j'écrivais, mes lectures et mes promenades me paraissaient seules intéressantes et dignes d'être notées. Il faut se prendre davantage au sérieux.

27 mai

Hier, dîner chez la comtesse Murat. Barrès parlant de Maurras nous a dit : « La poésie de ce petit plébéien qui a réinventé le roi ». Sa noblesse morale. Il le connaît depuis trente ans et quand il le voit, il lui parle par écrit, tant Maurras est sourd.

Il nous a parlé de Mme de Loynes qui était une « apparence », et devenant agaçante quand elle parlait de sauver la France. Elle avait été très bien avec Flaubert. Renan allait chez elle. Il ne savait pas où il était, dit Barrès qui l'y a vu. Il ne savait pas ce qu'il mangeait. France était l'un de ceux qui s'occupaient de le ramener ; on le mettait en voiture comme un paquet. Mme de Loynes, dit Barrès, était « frémissante » de ce qui pouvait diminuer ou accroître Jules Lemaitre. Barrès nous a raconté qu'à 20 ans, il écrivit *Huit jours chez M. Renan*[136]. Il en fut puni parce que le *Voltaire* et la *Revue de Paris et de Saint-Pétersbourg* où il l'avait publié lui furent fermés. Arsène Houssaye lui avait cependant écrit que ses pages étaient un petit chef-d'œuvre. Ary Renan lui envoya des témoins, dont André Berthelot, et lui interdit de publier la plaquette. Barrès fit les libraires de Paris pour cette publication. L'un d'eux la prit pour 50 francs. Renan, au centenaire des *Débats*, fit allusion à cet écrit : « Quelqu'un qui n'a même pas pris un verre d'eau sous mon toit a écrit » etc, etc. « Renan, ajoutait Barrès, avait, au fond un anticléricalisme violent et la peur. Il avait peur de l'Inquisition. »

Barrès a causé gentiment, bien que Mme Murat lui coupât encore trop souvent la parole. Et cependant elle a été relativement discrète, très relativement.

28 mai

Étienne de Beaumont m'a dit et redit combien les questions personnelles étaient en jeu dans cette guerre. Telle offensive faite pour le maintien du ministère. La Roumanie entrant en guerre, pour le succès de tel ou tel ministre français, roumain. Il m'a raconté aussi que, dans la dernière offensive, nos soldats ont marché, excités par l'éther, l'alcool.

29 mai

Tout à l'heure, j'ai lu sur les murs du couvent, rue du Faubourg Saint-Jacques : « Vive l'anarchie libératrice ! »

30 mai

Désordre dans l'air. Les manifestations grévistes se multiplient. Elles avaient commencé par les midinettes : c'était « l'aurore aux doigts de rose ». Le ciel s'est assombri, et cependant Paris s'est encadré de verdure.

2 juin

Été voir Descaves, après le dîner. Il m'a dit son vif regret de ne pouvoir donner Courteline comme successeur de Mirbeau, à l'académie Goncourt. On trouve (pas lui, Descaves) Courteline réactionnaire et clérical. Et alors ce sera Ajalbert[137] qui sera nommé. Descaves en est très attristé.

3 juin

Mlle Le Chevrel m'a parlé de *Parade* qui a été jouée au Châtelet. C'est un ballet qui dure quelques minutes et Jean Cocteau gonflé d'orgueil s'imagine que c'est la première d'Hernani ! Ses amis sont consternés.

5 juin

Hier, dîné à l'hôtel Ritz, où la belle et charmante princesse Soutzo m'avait réuni à la princesse Eugène Murat, à M. et Mme de Segonzac, à Marcel Proust, à Jean Cocteau, à Morand, au comte Zoubov, au jeune de Polignac.

Cocteau disait l'infériorité du public (et cela à cause de *Parade*).

Marcel Proust avec qui j'ai causé, après le repas, est un malade fort aimable. Il reste toujours couché, ne voyage pas, a les yeux fatigués etc. Il passait ses vacances d'autrefois à Illiers (diocèse de Chartres). Dans son livre *Du côté de chez Swann*, il a décrit des choses, coutumes etc. d'Illiers et ses environs. Il y a à Illiers, la rue du Docteur-Proust. Il adore Chateaubriand et citait en particulier un passage des *Mémoires* où il est question d'une fleur parfumée, trouvée à l'étranger, et qui rappelle la France.

C'est à l'île Saint-Pierre, vérification faite, et il n'est pas question de réséda, comme le croyait Proust, mais d'héliotrope. Proust s'est rencontré avec moi, d'une manière étonnamment précise sur l'amour des fleurs, comme les aubépines roses, blanches. Lui aussi a parlé de la cathédrale de Chartres, comme d'un épi plus haut que les moissons ambiantes : « les tours grumeuses de Chartres » etc.

Proust aime beaucoup les *Maîtres-sonneurs* de George Sand.

12 juin

Plus je vois, plus j'entends Bergson, plus je m'étonne de sa réputation de grand philosophe. Avec sa petite tête, il n'en a pas les dehors. Je m'imagine autrement un Platon, un Aristote, un Spinoza, un Kant. Sa parole trop facile me met encore en garde. Ce n'est qu'une impression. L'homme d'ailleurs est très courtois, très aimable.

14 juin

Déjeuné chez Mme Cocteau. Jean m'a montré un portrait de lui que Picasso a fait à Rome. Il est assis, a un livre à la main. Picasso lui a dit que ce qui faisait la force du catholicisme, c'est qu'il était parti de rien, que Dieu était né dans une crèche. Picasso habite rue Victor Hugo 27, à Montrouge et comme on s'étonnait de son dénuement, il a répondu : « Qu'est-ce que me fait mon intérieur ? Je travaille. »

18 juin

Hier, pris le train à Port-Royal pour la Croix de Berny. Arrivé là, une voiture m'emmène chez les Philippe de Vilmorin, aux Godets. Mme de Vilmorin m'a raconté que Mme de Marcellus possédait une reproduction de la Vénus de Milo, découverte ou rapportée en France par son mari. Étant sur son lit de mort, elle allait recevoir les derniers sacrements, lorsque la religieuse qui l'assistait eut l'idée de couvrir cette statue d'une petite chemise. Mme de Marcellus protesta aussitôt et fit enlever cette puérile invention d'une scrupuleuse étroitesse.

Un petit tonneau nous a ramenés, Robert de Longuerne et moi, à la station de tramway et ce dernier nous a déposés à la porte d'Orléans. Un soldat disait : « J'ai gros cœur de me faire casser la gueule pour tous ces gens qui s'amusent. » Il rappelait qu'il était à Craonne. Un autre homme, civil, ne permettait pas qu'on l'appelât un embusqué et il racontait qu'il maintenait les salaires que la vie chère nécessitait. Un troisième s'adressant à moi disait qu'il ne doit plus y avoir qu'un seul peuple travaillant, produisant, un peuple frère, et il en appelait au Christ qui veut qu'on s'aime les uns les autres. Les esprits sont surexcités. Voilà ce que j'ai constaté, dans ce tramway bondé et nocturne.

24 juin

J'ai demandé à Suarès sa conception de la morale. Il m'a répondu : « La morale est qu'il faut être soi, à fond, à ses risques et périls. Les êtres doivent se poser des lois à eux-mêmes. La conséquence d'être soi, c'est que plus on est soi, plus on souffre. Ne jamais reculer devant une souffrance. Il y a autant de morales que d'êtres. »

25 juin

Ramuncho Fernandez [138] est venu me voir ce matin. Il est licencié ès-lettres, et vient d'avoir je ne sais plus quel titre en philosophie mais il veut s'occuper de lettres, d'œuvres d'art. Il m'a lu la première partie d'un drame, *Floréal*. La scène se passe le matin, au bord de la mer. C'est une bacchanale. Fernandez m'a parlé d'un journal que lui et quelques amis venaient de créer, sous ce titre : *La Belle matineuse*, nom emprunté à Ménage. Il a écrit sur Claudel et montré qu'il tire sa technique du dogme catholique.

Fernandez admire beaucoup Meredith qu'il place, sinon au-dessus de Balzac, du moins à côté : « un Balzac plus aigu ». Il aime Nietzsche et dit que lui et ses amis l'ont dépassé non en génie mais à un certain point de vue. Spinoza s'était évadé des passions, dans le rationalisme. Nietzsche s'est évadé de son nationalisme altruiste dans le vitalisme. Il se sentait trop altruiste, faible : alors il a été de l'autre côté, avec des folies comme quand il préfère Bizet à Wagner. Et Fernandez de me raconter qu'un jour, Wagner ayant dit à Nietzsche qu'il tournait vers les idées chrétiennes, qu'il voulait faire un drame chrétien, le visage de Nietzsche se plissa et il dit à sa sœur : « Comment Richard peut-il faire un drame chrétien, lui qui n'est pas chrétien ? » C'est l'honnêteté de Nietzsche qui se révoltait. Fernandez et ses amis ont dépassé Nietzsche en ce sens qu'ils concilient le vitalisme de ce dernier et les idées altruistes. Nietzsche avait été arrêté par les coutumes, les influences ancestrales etc.

Déjeuné chez Mme Cocteau avec la princesse Lucien Murat, la comtesse de Chevigné, Jean Cocteau et W. Berry. Mme de Chevigné est l'arrière-petite-fille de Laure de Noves, la petite-nièce du marquis de Sade. Elle a dit que le marquis de Sade adorait sa femme et que sa correspondance avec elle était des lettres d'amour.

Jean Cocteau m'a dit que Guillaume Apollinaire est un Polonais qui a du génie une fois par an. Il est latin d'esprit, a traduit l'Arétin.

Jean Cocteau a dit que la dernière pièce de Bernstein, *L'Élévation*, est abjecte, en ce sens qu'il exploite la guerre, les sentiments de guerre, qu'après avoir fait des pièces avec des crapules, il en fait une avec un capitaine. Et il le compare à une femme qui se mettrait en veuve pour faire le trottoir. Jean a fait l'éloge de *L'Hôte inconnu* de Maeterlinck.

Mme de Chevigné s'est indignée quand on lui a dit que la reine du Portugal avait dîné chez Mme de Fitz-James. « Comment une reine, une d'Orléans, dîner chez une Autrichienne !! Qu'elle aille chez les d'Harcourt, a-t-elle ajouté, c'est très bien. Les d'Harcourt sont le *buffet* des d'Orléans » (textuel).

28 juin

Hier, dîné chez la marquise d'Harcourt avec la reine du Portugal[139], la princesse Charles de Ligne, le colonel d'Harcourt, le comte Louis d'Harcourt. J'étais placé à la droite de la reine. Elle a, cette reine, beaucoup de chaleur. Elle a dit ou semblé dire qu'elle avait fait des fautes, et qu'elle avait besoin de la miséricorde divine. Elle ira, dit-elle, dans le purgatoire. Elle a toutes les auréoles du malheur. Fille d'un homme qui n'a pas régné, arrière-petite-fille d'un roi qui a été détrôné, elle a vu mourir à côté d'elle et de mort violente, son mari et l'un de ses fils. Comment se fait-il que je ne sois pas plus ému, en serrant la main de cette majesté ? Les d'Orléans ne m'ont jamais fait vibrer.

La princesse Charles de Ligne disait, hier, qu'elle avait serré la main d'un serviteur ayant la croix de guerre. Elle avait cru devoir le faire — et le faisait remarquer — comme si ce n'était pas tout naturel. Mais après la guerre, disait-elle, on ne pourra pas continuer. Et la reine, à propos du cuisinier de la marquise d'Harcourt qui a reçu pareille distinction, d'ajouter : « On ne pourra pas cependant le faire asseoir à côté de soi, à table ! » Voilà le fond de la nature humaine et aristocratique et royale : maintenir les distances, les rangs, les supériorités et les infériorités. Est-ce vraiment chrétien ?

19 juillet

Dîné chez la comtesse Mathieu de Noailles, avec Mme Scheikevitch et Jean Cocteau. La comtesse parle avec une volubilité dévorante. Comme elle était spirituelle et comique quand elle nous a raconté ses dîners avec la reine du Portugal ! Elle l'a observée en détail : « C'est, dit-elle, le buste de Marianne, dans une mairie. Elle a le nez pointu, mais, ajoute-t-elle, tous les nez des princesses sont torchés, ses yeux sont beaux, pailletés. » Et elle décrivait le mouvement de la cuisse royale, et elle le faisait, en même temps, sur la chaise longue où elle était étendue. « Une femme de charge » disait-elle encore. Et comme je disais que c'était ennuyeux de parler à la troisième personne, Mme de Noailles m'a répondu que ça l'amusait, au contraire, de faire la femme de chambre. Et elle représentait à merveille l'attitude des dames qui entouraient la reine, des dames « atteintes de fibromes... ». Ce récit, cette imitation ont été le triomphe de la soirée. Dans ce genre de conversation, la poétesse est unique. Elle a tout remarqué, tout noté, tout interprété, tout deviné. J'ai oublié bien des choses curieuses de cette conversation, car j'étais très fatigué, très muet, aucune idée ne me venait. Ce genre m'éblouit, mais me paralyse.

On m'a ramené en auto et je me suis couché à une heure du matin ou peu s'en faut.

31 juillet

Les gens de la bonne société transforment leurs habitudes en principes. Ils ne mettent rien dans leur vie, et c'est ce qu'ils appellent la correction et le « comme il faut ». Ils consacrent le vide et l'ennui, et l'inertie en mettant sur tout cela l'étiquette divine.

Combourg — 17 août

Je viens de me réveiller dans la tour de la comtesse Sibylle où j'occupe la même chambre qu'en 1915. C'est donc dans ces vieilles tours grises qu'a pris naissance le poème de la sylphide, dans ce cadre de granit, de verdure et d'eau. Et cette création passionnée est la plus belle œuvre de Chateaubriand. Elle est lui-même. C'est la femme tour à tour concentrée et mobilisée.

18 août

Comment cette masse féodale a-t-elle pu devenir un nid d'aigle moderne ? Comment des siècles passés, les siècles futurs ont-ils pu sortir ? C'est l'imagination et la sensibilité qui ont fait ce miracle. C'est la liberté de l'une et de l'autre. La solitude, l'absence de contrôle ont protégé et développé cette liberté naissante. Un enfant docile, asservi à ses maîtres d'école et d'Église n'eût rien fait. Il y a un péché à l'origine du romantisme. Sans Mme de Warens, pas de Rousseau. Sans la sylphide pas de Chateaubriand. Mais la maîtresse imaginaire est d'autant plus puissante.

19 août

Chateaubriand c'est l'amour avec toutes ses formes, acuité, volupté, intensité, insatiabilité, orgueil, jalousie, désir — l'amour gouffre, l'amour dévoré et dévorant. Le *Cantique des cantiques* de la passion, dont la dernière strophe est la mort prévenue, recherchée, la mort de tout ce qui limite l'amour, la mort de Dieu et la fin du monde. L'amour dans l'incendie de tous les Walhalla. Amour-sommet, amour-abîme, amour-anarchie qui détruit l'objet aimé, qui détruit tout ce qui existe. On n'a jamais été plus radical, plus logique et plus fou dans l'ordre sentimental.

20 août

Je remonte à la tour du Chat. Peut-être qu'en s'attardant sur ces hauteurs, l'esprit des lettres tomberait sur nous. Des formes nouvelles de penser, de sentir et d'exprimer seraient créées, pour les temps qui vont venir. 1787-1917, ce sont les grandes Vigiles. On est dans l'anxiété de ce qui sera.

27 octobre

Hier été déjeuner chez les Descaves, avec M. et Mme Crépel, M. et Mm. Courteline, le dessinateur Poulbot (il a dessiné des gosses pendant la guerre), etc. Courteline petit, serré, de visage aminci, de voix vulgaire, très vivant. Il a défini Verlaine « l'homme saoul ». La première fois qu'il l'a vu, c'était dans un café. Il but tant d'Amer Picon qu'il ne pouvait plus parler et quand Courteline l'eut mis dans une voiture, impossible de lui faire dire son adresse. Il fallut que Courteline, se souvenant qu'il était du côté de la Bastille, énumérât les rues du quartier. Au nom de la rue de la Roquette, Verlaine ayant pu murmurer oui, il fut nécessaire de dire, à haute voix, tous les numéros ; or il habitait le 80 !

Verlaine ayant vécu sous le second Empire aimait les opérettes, les vaudevilles. Son rêve eût été de composer une opérette. Il demandait à Courteline de lui chanter toutes les opérettes d'alors, car ce dernier les connaît toutes.

4 novembre

Dîné, hier, chez les François de Castries avec les enfants et Ramon Fernandez. Fernandez m'a fait un grand éloge de la poésie anglaise, Swinburne etc. Il fait un roman sur les invertis qui aura pour titre : *Philippe Sauveur*. Raphaël en est mort, dit-il. Les invertis d'autrefois très différents en ceci qu'ils avaient le culte spirituel de ceux qu'ils aimaient. Barrès serait de la bande.

9 novembre

Les journaux parlent, ce matin, du triomphe à Pétrograd, des *maximalistes*. Kerenski est déposé. D'autre part les Italiens se replient toujours. Leymarie, ancien chef de cabinet de Malvy, inculpé de commerce avec l'ennemi et de complicité. C'est complet ! Le monde va sombrer dans le sang, dans la haine, dans les déshonneurs.

10 novembre

Hier déjeuné chez les François de Castries avec Fernandez. Ce dernier nous a lu, après le repas, des fragments de son roman sur les invertis. C'est avec émotion qu'il lisait, en particulier, le chapitre de la séduction, un hymne en l'honneur de cet amour condamné.

L'amour de l'être pour son semblable. Le héros a commencé par aimer particulièrement sa mère : « signe distinctif ». Il paraît aussi que les menus souvenirs d'enfance tiennent une grande place dans la mentalité d'un inverti. (*Du côté de chez Swann*). Le roman de Fernandez est, par moments, remarquablement écrit. Dans la pièce close, préparée pour la séduction, on voit les dessins du peintre anglais Beardsley. J'étais trop fatigué pour jouir suffisamment de cette lecture.

11 novembre

Michelet, dans son style, sent l'ivresse et le rut. Il titube et c'est le spasme. Il écrit avec son corps, un corps nerveux, vibrant, tout de désirs.

21 novembre

Berenson [140] m'a dit l'énorme influence que Walter Pater avait eue sur lui et sur sa génération. Pater, homme de grande correction, qui promenait avec lui, en Italie, deux sœurs ennuyeuses comme la pluie. Pater qui avait une figure « homme de terre ». Humaniste, helléniste. Il a influencé Oscar Wilde, mais n'a pas été son maître. Oscar Wilde est « plus grossier ». Pater a écrit *Marius l'épicurien* sur le paganisme mourant et le christianisme naissant. Pater était fellow, c'est-à-dire associé à un collège. Il avait une soixantaine d'années, quand il est mort. Il a exercé plus d'influence aux États-Unis qu'en Angleterre. Ce qu'il a écrit sur Watteau, sur Winckelmann etc. est exquis. Il a écrit aussi sur Platon. Il vous donne l'impression directe, esthétique.

Berenson a bien connu Oscar Wilde qui était irlandais et avait en lui du blagueur, de l'exhibitionniste, qui était snob. Il disait à Berenson, au café Royal de Londres où ils déjeunaient : « Tout à l'heure je devrai me produire chez la comtesse, cela m'ennuie, mais c'est nécessaire. » Wilde est un auteur médiocre. Il commençait, quand il est mort, à devenir un bon dramaturge. Berenson a vu son portrait, dans des ouvrages sur l'homosexualité parus à Berlin. En Allemagne, beaucoup « d'homosexuels Spartiates ».

29 novembre

Proposition d'armistice de Lénine en vue de la paix acceptée par le chancelier de l'Allemagne. Cette Russie qui nous a entraînés dans la guerre !!

2 décembre

Fragilité des bases de ma vocation. Enfant, porté par ma nourrice, je fixe, de mes yeux bleus, un prédicateur de mission. Puis l'odeur de la Fête-Dieu m'enivra. Le sanctuaire du Rubeau avec le reflet bleu d'un vitrail et ses colombes artificielles continua le prestige. J'organisais des processions avec mes petits camarades. En creusant les fossés du château de Lubersac, on retrouverait peut-être l'une des croix que j'y jetai, un jour de colère, interrompu que j'étais, dans ces manifestations sacrées par un appel de mon père. Les visites des églises et des chapelles de la rive gauche, à Paris, le parfum qui flotte dans l'air où l'on prie... exercent leur séduction. Puis, je sers la messe, au *Gesu* de la rue de Sèvres, des jésuites passent, dans les longs corridors, et, pères ou frères me donnent un témoignage d'intérêt. La moindre image me semble tombée du ciel. Le Père Lacoste m'envoie à Nogent-le-Rotrou et me voilà aiguillé vers les autels, définitivement. La découverte des Gratry, Perreyve dresse, devant moi, des modèles. C'est de leur soutane que je rêve de me couvrir. Et je deviens prêtre, malgré mes nostalgies de Nogent, en dépit de mes scrupules d'Issy et de Saint-Sulpice, de l'incompréhension de mes maîtres, et de l'être sensitif et nerveux qui commençait à grandir en moi.

4 décembre

Dîné chez la comtesse Jean de Castellane qui croit à la victoire de l'*Allemagne organisatrice*. Elle m'a emmené ensuite chez son beau-frère qui a été victime d'un accident. Le marquis de Castellane était couché et ne parlait pas, seule sa main tremblait toujours. Je l'ai administré. Boni présent m'a ramené, rue Méchain et chemin faisant, il m'a dit que sa grand-mère était « fille d'un évêque », l'évêque d'Autun, qu'elle le savait et que c'est pour cette raison qu'elle avait fait de toute sa vie un rachat de l'âme paternelle. Elle était née en 1820. Talleyrand avait par conséquent 66 ans. Quel âge avait la duchesse de Dino ? Boni me disait, sans honte : je suis donc l'arrière-petit-fils de l'évêque d'Autun ! Et voici que mes souvenirs de Saint-Aignan remontent, du fond de ma mémoire, et cette admiration troublée que j'avais pour l'évêque déchu quand j'ai visité Valençay, quand je voyais à Versailles le portrait du diplomate.

11 décembre

L'Épiscopat français prêchant aux fidèles *l'or pour l'Emprunt*, quelle erreur de plus ! Faux patriotisme tout intéressé et qui nous fait sortir de la vérité, de l'impartialité évangélique.

15 décembre

Ce matin, dit la messe, au couvent, du 20e anniversaire d'Alphonse Daudet. Lucien était seul à cause du temps. Il me disait que Bourget et Maupassant ont été les premiers écrivains à dîner en ville avec les gens du monde. Ces mélanges ne sont pas heureux. C'est la confusion des langues. Goncourt s'ennuyait aux dîners de la princesse Mathilde où il était placé n'importe où.

18 décembre

Au point de vue social, j'ai vu, depuis que je suis prêtre, toutes les manifestations de la haine : haine de la République, haine des curés et des congrégations, haine des juifs, haine de Dreyfus, haine des Allemands. Et jamais je n'ai entendu de grande voix s'élever au sein de l'Église pour éteindre ces feux.

23 décembre

C'est hier que Caillaux a parlé longuement à la Chambre. L'immunité parlementaire a été suspendue. Qu'y a-t-il dans tout ce fonds et tréfonds ? Ce que je vois de très clair, c'est la passion déchaînée depuis longtemps contre le député de Mamers. Le Français a besoin de haïr, politiquement, militairement, religieusement. Je n'ai jamais vu Caillaux.

Déjeuné chez Mme Cocteau, avec sa fille, Jean et un militaire. Jean a été très intéressant. Il a dit que Caillaux était comme les artistes de gauche qui ont de mauvaises relations, sont obligés d'en avoir ; or les relations politiques sont pires que les autres.

Je l'ai interrogé sur Francis Jammes. Il le connaît et le considère comme un très grand poète. Jammes est un âne, un bel âne qui brait avec du thym dans la bouche, c'est Bottom couronné par Titania avec des primevères. C'est une « primevère qui rote ». Je cite textuellement toutes ces définitions données par Jean. Mme de Noailles s'est formée avec Jammes, Charles-Louis Philippe, Barrès etc. Lamartine, Hugo. On retrouve Mme de Noailles dans Jammes. Cocteau nous a raconté leur première entrevue. C'était chez Mme Daudet. Mme de Noailles avait un panier fleuri sur la tête. « Est-ce que je suis drôle ? », avait-elle dit, en partant de chez elle, à Cocteau qui l'entraînait. Elle demande toujours si elle est drôle. Elle tient à être drôle. Voyant Jammes, elle lui dit « Je croyais voir une fleur et c'est une légume. » Jammes, en effet, ajoute Cocteau, a la figure en légume, tomate, piment etc. Pendant qu'on lisait des vers de Jammes, Mme de Noailles tapait de la main le ventre de ce dernier. Et à la fin, elle s'en excusa, disant : « Je frappe à la porte du Paradis. » Il lui reprocha d'être passée à Orthez, sans être venue le voir, à quoi elle répondit que c'était sa sœur et qu'elle était à ce moment-là à Lourdes. « Nous avons été au même abreuvoir et c'est fini », dit-elle.

Il a été question d'André Germain et du dialogue qu'il a publié. André Germain, dit Cocteau, est un enfant qui a l'air de donner des lavements de strychnine à sa poupée. De Mallarmé, Cocteau disait qu'il est de cristal, mais du cristal en bloc. De Claudel, il disait qu'il fait travailler les anges dans une usine tandis que Jammes est chatouillé des anges, au dehors.

24 décembre

Cocteau dit que Mme de Noailles est « le bouquet ». Lui, il aime les pétards qui annoncent. Cocteau dit que Mme de Noailles n'a pas d'amis. Il est son seul ami. Il dit qu'elle est une vicieuse du cerveau et qui ne pèche pas.

30 décembre

Fernandez me disait, hier, chez Mme de Castries, que Cocteau n'a pas de culture classique, qu'il ne sait pas le grec, qu'il ignorait Molière jusqu'à ces derniers temps. Il a parlé aussi de la morale syndicaliste qui prétend dépasser la morale chrétienne, en visant l'amélioration de la société future.

1918

1er janvier

Paul Bourget m'a dit que la comtesse Mathieu de Noailles est une mine d'or où l'on ne fabrique pas de médailles. Elle est une barbare, une femme de l'Extrême-Orient, une femme de bazar ; elle manque d'un sanctuaire de raison intérieure. Elle n'a pas « *d'art,* de citadelle intérieure où l'on se retire ». Bourget ne nie pas qu'elle ait de grands dons, et il la trouve très spirituelle.

5 janvier

Hier déjeuné chez les Fr. de Castries avec Fernandez qui a continué, après le repas la lecture de son roman. Moi toujours trop peu attentif. Fernandez disait que l'individualité est l'affirmation positive du doute. Plus on est individuel plus on doute. On détermine sa personnalité en refusant son adhésion. Fernandez dit que sa conception de l'individualité dépasse Nietzsche et Ibsen.

Été voir la duchesse de Camastra dans son hôpital militaire du boulevard Montmorency. Elle m'a présenté un grand Sénégalais tout fier d'avoir reçu une carte de la poétesse de Noailles à qui il avait envoyé un collier et des fleurs. La duchesse soigne en ce moment Apollinaire, l'écrivain. Elle m'a introduit auprès de lui. C'est une figure très jeune, d'enfant coloré. Il était au lit. À propos du nouveau roman *Némésis* de Bourget, Apollinaire nous parlait du nain de Stanislas qui s'appelait Ferry et qui était méchant.

Déjeuné chez M. Berenson, avec Miss Barney et un polonais M. Milosz[141]. Ce dernier a une figure rasée d'acteur, dominicaine. Je dis cette dernière épithète, parce que Berenson m'a appris à la fin qu'il se destinait à être dominicain. Or il en a le faciès. Milosz aime beaucoup Goethe, le trouve religieux, dit qu'il use souvent de ce mot : le divin.

Berenson croit que Goethe est entré dans une certaine période d'ossification, à son retour d'Italie et qu'il est devenu alors « pompier », ce qu'il n'avait pas été avant. Son entourage féminin est tombé dans la bigoterie, aussi à 80 ans, nous le voyons dans un cabaret, lever le verre en disant : « Vive le paganisme ! » Milosz citait ce mot de Goethe à Eckermann : « Les poètes doivent être obscurs. » Il s'est moqué d'Eckermann dont Goethe a essayé d'ailleurs de se débarrasser, même en lui payant un voyage en Italie. Berenson dit que les *Entretiens avec Goethe* par Bidermann contiennent plus que les *Entretiens* d'Eckermann.

Berenson trouve que la cathédrale de Reims est plus belle, depuis les blessures que lui a faites la guerre. Elle était célèbre surtout pour sa statuaire. Or c'étaient surtout des statues modernes. La guerre a fondu toutes choses. C'est doré, orangé. Et j'ai quitté ces convives charmants pour descendre dans le métro et rentrer à la chapelle.

12 janvier

Dîné chez la comtesse Joachim Murat avec le seul Suarès. Je note les propos de Suarès. Il appelle Mme de Noailles, la poétesse, « une poissarde ». Il dit que personne n'a plus qu'elle l'impropriété des termes. Et puis elle a été dans le sillage du *mulet* (le mulet, c'est Barrès, allusion au bar que nous mangions et qu'il trouve très supérieur au mulet). Et Suarès d'ajouter : « Barrès n'a pas une grande nature, il est ménagé de ce qu'il a, il est monotone, c'est un rhétoricien. Il imite Chateaubriand, mais c'est un Chateaubriand en cage. » Suarès a parlé de Victor Hugo : « Je l'admire avec horreur... Hugo est ignoblement sain... Il dégoûte. »

Il le trouve le plus grand poète militaire mais il préfère, et combien, Verlaine. « *Sagesse*, dit Suarès, est le plus beau livre de poésie française. »

17 janvier

La duchesse de Camastra m'a parlé d'Apollinaire qui a une fiancée, laquelle a dit à la duchesse devant l'écrivain : « J'ai froid depuis que je couche toute seule » (*sic*) et Apollinaire de prier la duchesse d'excuser l'autre. Apollinaire a une mère née à Rome, élevée à la Trinité des Monts. C'est une Polonaise. Il ne parle pas de son père.

5 février

Dîné chez Mme Alphonse Daudet, avec Lucien Daudet, Léon Daudet, et sa femme qui attend encore un enfant, Hélène Vacaresco, la comtesse Mathieu de Noailles, Mme Edwards, Francis Jammes, le marquis et la marquise d'Argenson.

Francis Jammes a une figure qui pourrait être celle d'un religieux, d'un pharmacien, d'un directeur laïque de patronage. Il a une barbe qui grisonne, prononce *nâtal*. Il n'est pas grand. Il m'a dit que les poètes essaient de retrouver les traces du paradis perdu. « Je situe la terre dans le ciel. » Il se sert de la terre comme d'un tremplin pour rebondir vers le ciel. Il m'a cité la seconde Épître de saint Pierre.

Beaucoup de personnes sont venues après le repas

qui fut excellent : Mme de Saint-Victor et sa fille, M. d'Hinnisdäl avec Thérèse. Et Marcel Proust. Eve Francis [142] a déclamé et lu du Claudel. Elle est assise, puis elle se lève, elle étend les bras, sa voix n'est pas puissante mais elle articule nettement, et sans qu'il y ait effort. Sa figure m'a paru agréable. Mme Lacoste a chanté du Jammes.

Il y a eu, en particulier un cantique sur la Vierge de Laruns beaucoup trop long. Francis Jammes assis, ayant à sa gauche Mme de Noailles, a lu des vers de lui, montant et descendant, achevant presque toujours le dernier mot par un murmure inarticulé, bourdonnant. Je ne saisis pas. Il y a des primevères, des fils de la Vierge etc. Mme de Noailles, après cette audition, s'enorgueillissait elle-même. Elle se sentait supérieure, et elle le disait sans nier que Jammes fut un très grand poète, mais elle n'aime pas ses dernières œuvres : « Catéchisme de moutons » disait-elle.

Marcel Proust et un autre ami m'ont ramené en auto, rue Méchain. Marcel Proust a demandé à Jammes de définir l'aubépine. Le poète a répondu : « C'est du bois éclaté. » Et Proust de n'être pas satisfait de cette réponse. Il trouve que Jammes a très bien senti la pervenche. Et sur le trottoir de la rue Méchain, dans les ténèbres de la nuit, nous avons parlé du bouton d'or et du coucou.

7 février

Été déjeuner au restaurant Lucas avec Mme Wharton, la princesse Lucien Murat, la baronne de Brimont, Berenson, Saint-André, Mac Lugan, André Gide. André Gide était à côté de moi. Une figure rasée, une tête déplumée, avec des cheveux qui tomberaient plutôt par derrière. L'air d'un prêtre professeur, d'un protestant qu'il est, car la marque austère subsiste. Après avoir travaillé depuis la guerre, à de bonnes œuvres, il est maintenant en Normandie. Il est marié et ne semble pas le regretter. Il a été, avant la guerre, à Constantinople, en Asie Mineure. Il préfère, il aime l'Algérie, le désert, les Arabes, les parfums... Il n'a pas été en Perse. Je lui ai demandé si la guerre modifiait ses idées d'avant. À quoi il a répondu qu'elle les enfonce plutôt, qu'il n'y a pas eu interruption de courant. Gide a connu Jammes qu'il trouvait délicieux, moins depuis sa conversion (et c'est Claudel qui en est le promoteur), il n'est plus en communion d'idées avec lui. Claudel et Jammes lui ont écrit, à l'occasion des *Caves du Vatican*, des lettres comminatoires. Jammes a une façon de mettre Dieu dans sa poche qui déplaît à Gide. Il ne peut plus le suivre.

Gide a parlé de Picasso citant le mot d'Apollinaire mais non pour l'approuver : « Picasso et Raphaël ». Il dit Apollinaire spirituel mais fumiste.

En sortant du restaurant, la baronne de Brimont m'a entraîné rue du Faubourg Saint-Honoré dans deux petites salles où l'on a exposé du Picasso, du Matisse et de l'art nègre. De Picasso, deux petits nus qui s'embrassent. Puis une femme longue et toute nue qui se lave. À côté un autre personnage vêtu, avec un enfant sur l'épaule. Scène foraine, puis la *Femme d'Avignon* car tel est le nom qu'on donne à une toile cubiste indéchiffrable. En face un *accident de chemin de fer dans un plat d'épinards*, comme on appelle encore ces choses grillées qui montent. Puis des femmes de Matisse, des *résignés*, des attitudes simples, modestes. Quant à l'art nègre, mes yeux ont peu joui, car les vitrines sont peu éclairées, des têtes graves, aux bouches affreuses ; une sorte de dévot Tartuffe ; des objets divers. Berenson n'avait pas l'air d'admirer les peintres nouveaux.

Comme je faisais profession de tolérance religieuse, André Gide m'a demandé si c'était par esprit évangélique. Gide constatait qu'il n'y a pas de péché dans la littérature de Péguy.

9 février

Dîné chez Mme Wharton, avec Berenson, Naville l'architecte, Saint-André et Charpentier. Berenson dit que la figure de André Gide ressemble à celle de George Eliot. Naville a été élevé, à l'école alsacienne, avec lui. On y appelait Gide « le Crispatif » car il parlait les dents serrées. Mme Wharton trouve l'auteur de *L'Immoraliste* timide. Comme j'avais cru remarquer de l'austérité sur le visage de Gide, Berenson a ajouté : « De l'austérité féminine, non masculine. »

14 février

Dîné hier chez la princesse Soutzo avec la comtesse Tyszkiewicz, Marcel Proust, Gautier-Vignal, la baronne de Brimont. La princesse Soutzo est de sang grec, mais née en Roumanie. Elle avait sur elle une sorte de manteau rose-Tiepolo, disait Proust. Mme de Brimont était en robe couverte de broderies. Proust m'a apporté *Du côté de chez Swann*, avec une dédicace, et un article du *Figaro* : *Épines blanches, épines roses*. Il n'a jamais été à Nogent-le-Rotrou — bien que d'Illiers.

24 février

Dîné hier chez Gabriel de la Rochefoucauld. Pierre Mille commun mais anecdotique. Il racontait que Mme de Noailles grossissait tout, et que c'était un secret de sa littérature. Et il disait avoir entendu d'elle le fait suivant : un jour, elle ouvre sa fenêtre, et s'écrie : « Oh ! le bel âne ! » Et c'était un lièvre ! Mille racontait encore que Francis Jammes se présente à l'Académie contre Barthou. Il va trouver Rostand qu'il trouve alangui et il lui dit : « L'Eucharistie tous les matins, il n'y a que cela, vous y arriverez. » Et comme on lui demandait pourquoi il se présentait contre un Pyrénéen, Jammes a dit : « Quand on est du même village, on se fait des farces. »

La Russie capitule devant l'Allemagne. Lénine et Trotsky en tête et c'est pour la Russie que nous étions partis en guerre ! La Russie notre alliée ! Mais où sont les fêtes d'antan ? La fausse route que nous avons suivie !

26 février

Été hier soir chez Lucien Descaves que j'ai trouvé tout seul, dans sa salle à manger. Causé longuement. Il n'aime pas beaucoup *La Cathédrale* de Huysmans, il dit que « le plomb des vitraux est tombé dans ce livre ».

Descaves m'a parlé de Méry Laurent qui n'avait pas voulu être la maîtresse de Mallarmé parce qu'elle ne le trouvait pas assez propre. Méry Laurent avait eu comme amant le dentiste Evans chez qui l'impératrice s'était réfugiée en 1870.

21 mars

Berenson m'a répété que j'étais l'esprit le moins entravé qu'il connût et qu'il m'enviait.

28 février

Dîné, hier, à l'hôtel Ritz, chez la princesse Soutzo. Avec Marcel Proust, j'ai causé aubépines. Il ne connaît pas Nogent-le-Rotrou. Nous irons ensemble, mais il faudra qu'il arrive deux jours d'avance pour se reposer. Il a célébré la cathédrale de Vézelay.

Berry m'a dit que Berenson souffre de n'avoir pas de succès auprès des femmes. Et à ce propos il m'a dit aussi que dans les débuts de la guerre, le Ritz était un « lupanar ». Et il ajoutait qu'il ne comprenait pas qu'on fît de la copulation un crime. Il trouve la chose naturelle comme de manger.

Marcel Proust m'est très sympathique.

4 mars

Les maximalistes ont signé, en Russie, le traité de paix avec l'Allemagne, c'était à Brest-Litovsk. Je répète que cette guerre est une erreur de notre part.

22 mars

Déjeuné hier au restaurant Lucas avec Mme Wharton, André Gide, Berenson. André Gide m'a dit l'éducation puritaine qu'il a reçue puis la réaction individualiste. Puis il a fini par voir que l'Évangile sauve l'individu. « Qui veut sauver son âme la perd. » L'exaltation de l'art, dit-il, est l'abnégation de l'art. Il a été très impressionné par un voyage qu'il a fait au Mont Cassin. Là il a connu un bénédictin hollandais ami de Maurice Denis qui était supérieur. Les moines étaient autant d'*individus*. Malheureusement la surdité de mon oreille droite n'a pas facilité ma conversation avec Gide.

Il croit que l'Église a commandé le célibat parce que les enfants et petits-enfants pourraient se retourner contre la religion de leurs pères, ce qui arrive chez les pasteurs protestants. Gide m'a parlé d'*Ubu roi* de Jarry ; c'est une excentricité rabelaisienne et féroce.

25 mars

Alerte. Cette nuit suis resté dans mon lit. Ce matin, à 7 h. reprise du bombardement. D'après le journal, le mystérieux canon dont nous sommes victimes tire à plus de 100 kilomètres. Cette pièce se trouverait sur le plateau de Saint-Gobain.

26 mars

Il fait froid et l'on se bat violemment dans la Somme. Qui l'emportera ? La mort. Rentré chez moi en traversant le jardin du Luxembourg. Sur l'une des terrasses, je regardais pointer et briller les gros bourgeons du marronnier. Ils suintent et le doigt se poisse à leur contact. Le coton ou duvet est protégé par des feuilles ou enveloppes vertes et rougies. Ô beauté de la vie, beauté tout humide ! Malgré la misère toujours croissante de mes yeux, je proclame la joie de vivre en toute liberté. L'homme est le seul être qu'on retient dans son bourgeon d'âme. Tu vivras le moins possible. L'ascétisme, l'assassinat, le suicide, la guerre se rejoignent : c'est toujours le Tu ne vivras pas, ou tu vivras au minimum.

28 mars

Depuis quelques jours on recommence à parler des lourdes pertes des Allemands et tout cela parce qu'ils avancent ! On parle aussi de la supériorité numérique marquée de l'ennemi. Le côté épouvantable de cette guerre, c'est que non seulement on tue le plus possible mais que si on pouvait découvrir un moyen encore plus meurtrier, vite on s'en servirait. Sauvagerie humaine ! Et vous parlez de la civilisation, et vous osez vous dire hommes et chrétiens ! Et dire qu'en ce moment les Allemands se ruent sur nous et sur nos alliés, dans la Somme et que chaque heure est historique ! Nous attendons à Paris, en nous livrant à nos occupations quotidiennes, le résultat de batailles qui vont changer le monde. Je devrais être plus impressionné, plus hanté. Et je trouve le temps et la force de songer à autre chose.

30 mars

Hier, un obus a fait de nombreuses victimes dans l'église de Saint-Gervais. C'était l'heure des Ténèbres. On parle de 75 tués et de 90 blessés. La préfecture de police parlait de 30 morts non identifiés. Une partie de la voûte s'est écroulée. Ce matin, pendant que je chantais le *Pater*, à la messe du Samedi Saint, violente et proche détonation. De même quand j'ai franchi le seuil du couvent, après mon petit déjeuner. On dit la gare Montparnasse atteinte.

31 mars

Les chrétiens sont terriblement inconséquents. Ils mettent de côté leurs principes quand cela leur plaît. Ils rentrent dans leur mauvaise nature par la porte de la guerre. Ils crient « C'est la justice ! » Comme si le Christ opposait une vertu à une autre ! Le chaos moral est complet. Les anges remontent au ciel, avec du sang sur les ailes.

17 avril

Déjeuné chez Walter Berry avec la comtesse Joachim Murat et Jean Cocteau ; Cocteau abasourdi par les singulières interpellations de Mme Murat a commencé par garder le silence mais il l'a rompu bientôt, et brillamment. Il a parlé de l'époque actuelle. C'est une époque, dit-il pleine de richesses et il n'y a personne qui surgisse. Parmi les peintres il y a Picasso. Parmi les musiciens, Erik Satie. Cocteau a cité des mots de Picasso. Ce dernier va à la villa Médicis voir Besnard. Il ne pense qu'à y voir des œuvres d'Ingres et il n'en voit pas. Il aperçoit en sortant un buste du temps de Louis XIV qui a le nez cassé, et il dit à Besnard : « Je vous fais observer que ce nez était cassé, car il se trouverait des gens qui m'accuseraient de la chose. » Besnard demande à Picasso l'impression que Rome et Naples lui ont faite. « On s'excite à Naples, répond-il, mais on couche avec Rome. » Picasso dit que l'artiste doit se promener avec un centimètre pour se rendre compte de tout, il doit toucher tout. Il copie, puis il emmène la réalité plus loin. Satie a 52 ans, et après avoir ouvert une porte sur l'impressionnisme, il a fait autre chose. Il a le don du rajeunissement et c'est pourquoi les jeunes se groupent autour de lui. Cocteau nous a raconté comment il a suggéré à Debussy de mettre en musique Maeterlinck. Debussy qui disait avant de mourir : « Comment voulez-vous qu'il sorte de cette guerre quelque art ? » Satie, au contraire, croit qu'il sortira une jeunesse, un art de tout cela.

Cocteau dit qu'il faut avoir les yeux chargés du fiel de l'amour.

1er juin

Nuit chaude de Gothas. Une canonnade aérienne intense, sur ma tête, à donner l'idée de fuir sous terre. Ce ciel menaçant ! Ces coups répétés, rapprochés, qui s'éloignent qui reviennent ! Et le matin on lit dans le journal que nos troupes se replient de l'Oise, à Château-Thierry. Prêtez-moi vos terriers, lapins de La Fontaine ! « Grenouilles de rentrer dans leurs grottes profondes ! »

12 juin

La vie, en temps de paix, comme en temps de guerre a je ne sais quoi d'une attente. On n'est pas fixé. On devient.

Déjeuné aujourd'hui chez la duchesse de Rohan avec sa fille la princesse Lucien Murat, Jean Cocteau, deux infirmières et deux militaires. Cocteau est dans le chagrin, parce qu'il a perdu un jeune ami, Jean Leroy, auteur d'une plaquette : *Le Prisonnier des mondes*. La duchesse, en infirmière, n'est pas optimiste comme Cocteau. Un soldat lui a dit, retour du front, nous sommes 1 contre 7. Elle m'a montré sous vitrine, des débris d'obus ramassés ici et là. Elle a fait mettre par son curé une image du Sacré-Cœur dans la pièce où l'on mange, parmi les livres.

21 juin

Dans toutes les conversations, il n'est question que du bombardement de Paris, des précautions à prendre, des affaires à préserver. On emballe, on emballe... Philippe Berthelot très réconfortant, l'autre jour, sur ce sujet. Il n'a pas peur, boulevard du Montparnasse.

24 juin

Hier dîné chez la comtesse Murat. On avait voulu rapprocher Barrès et Mme de Noailles, avec l'assentiment des deux. Mme de Noailles était vêtue de satin noir avec une ceinture cerise. Je l'avais à ma droite, en face de la maîtresse de maison qui avait à sa droite Maurice Barrès. Ils eurent l'air de se rencontrer, comme s'ils se connaissaient, mais sans plus. Le dîner fut gâté par le bavardage prétentieux et sonore de la comtesse Murat. Elle empêchait Mme de Noailles de parler, de s'expliquer. Il s'agissait de Clemenceau et de Briand, de Clemenceau que Mme Murat préfère parce qu'outrancier, de Briand que Mme de Noailles aime beaucoup et qu'elle trouve incarner la Bretagne, être « poétique ». Barres, pendant qu'elle délirait, levait les yeux en haut en faisant des mouvements de tête et en souriant.

1er juillet

Dîné chez la comtesse Mathieu de Noailles avec son fils, Mme Scheikevitch, Maklakoff, Mlle Coronio. Il y avait des roses roses sur la table. On commença par manger un melon qui avait coûté 28 francs ! Maklakoff a longuement parlé de Kerenski qu'il a vu, samedi, à l'ambassade et avec qui il s'est promené dans le jardin. Kerenski a maintenant une raie sur la tête. L'ambassadeur a été impartial à son endroit. Kerenski veut l'intervention et il a raison, mais il ne doit pas prolonger son séjour à Paris où la curiosité qu'il éveille, l'accueil du monde pourrait l'exalter. Et alors plus de mal que de bien. Il faut qu'il prenne le premier bateau. Et samedi même, dans la première entrevue, Maklakoff lui disait : il en part un aujourd'hui. Kerenski est léger. Il agit avant de penser. Maklakoff nous disait qu'il aurait fallu tuer le tsar pour sauver la Russie. Il était pour le régicide. On l'aurait remplacé par un autre souverain. Mme de Noailles disait que la révolution commence par de pires choses, mais qu'après il y a l'aurore. « Le vin de sang a besoin d'être décanté. » Je suis révolutionnaire, disait-elle. Mme de Noailles avait hier une robe rose Chine. Clemenceau lui a dit qu'elle était le portrait de Bonaparte à Arcole. Et elle nous a répété ce mot.

5 juillet

Été voir Jean Cocteau qui soigne les restes d'une grippe espagnole, chez Bridgeman. Il m'a longuement parlé d'Anna (Mme de Noailles) qu'il voit moins, qu'il admire toujours, mais à qui il adresse quelques reproches, celui, en particulier de s'entourer de médiocres. Cocteau me disait que l'œuvre de Mme de Noailles est d'une lâcheté.

C'est, en effet, une jérémiade dans un jardin qui peut se résumer dans ce mot : « Moi, pas mourir ! » Ou encore dans le dernier cri de Mme du Barry. Il dit encore qu'elle est « inculte », n'a rien lu, qu'elle est « pillarde » que quand il lui dit une chose, elle en profite dans ses écrits, qu'elle veut plaire au lieu de valoir, que quand elle est quelque part, elle veut se faire remarquer etc.

11 juillet

Hier, après le Salut, été cher Mme Orban. Il y avait là plusieurs personnes, parmi lesquelles la princesse Lucien Murat, Achille, son fils si sympathique,

Mme Semblat, de figure commune, Henri de Régnier, Fargue etc. On espérait la venue de Kerenski. Il est venu, et je n'ai pas quitté de l'œil et de l'oreille ce révolutionnaire. Il est de taille suffisante, a des cheveux sans qu'on puisse dire qu'il soit chevelu, est rasé, plutôt pâle et quand il rit, il découvre ses dents supérieures et a l'air d'un jeune homme qui est content, mais sans méchanceté, d'avoir fait quelque farce. Il s'exprime en français difficilement, surtout s'il s'agit de faire une phrase et il recourait de temps en temps à un Russe qui l'avait accompagné.

Kerenski disait : « La psychologie des masses... la renaissance... », etc. Il a commencé par dire qu'après la chute du tsar, il n'y avait plus rien, plus d'organisation, plus de police... Tout avait disparu. On aurait dû, selon lui, faire la révolution plus tôt, après la prise de Varsovie, alors le peuple était moins fatigué. Il ne croit pas à une renaissance du tsarisme. Il y aura famine cet hiver. On n'a pas ensemencé : il n'y a pas de grains. Kerenski a parlé du manque de blé. Kerenski croit que la Russie deviendra une république fédérative. On lui a demandé ce qu'il pensait de Lénine. Il s'est refusé à répondre. C'est personnel, disait-il. Je lui ai demandé combien de temps, il a été au pouvoir, il m'a répondu : 8 mois et a décliné tous ses postes : ministre, président, ministre de la guerre, etc. Il ne croit pas que le tsar soit tué. Au bout de trois quarts d'heure, à peu près, il nous a serré nerveusement la main et il est parti. Je ne m'attendais guère à avoir, rue Raynouard, la vision de cet agitateur russe dont on parlera dans l'histoire, comme de nos révolutionnaires de 92.

13 juillet

Dîné, hier, chez Mme de Fitz-James. Mme de Noailles a une figure vraiment charmante. Elle la dresse si bien ! Elle désire voir Kerenski. Elle disait combien elle aime à voir toutes les figures humaines. Et encore, que sa mission est d'être en rapport avec l'univers.

31 août — Lubersac

Arrivé hier, de Brive, vers 6 heures du soir. Pris une chambre à l'hôtel Laporte (ancien hôtel Piston) sur la place et été au château. Il me regarde avec la façade d'un lieu fermé, abandonné. Les persiennes s'abîment, des carreaux sont cassés. Ce sera bientôt Châteaupauvre. J'ai considéré les fossés, de grands et vieux arbres ; j'ai songé à la famille dont je suis le seul survivant.

Après des années de labeur, mon père est sorti d'ici dans son cercueil. Ma mère et moi, nous avons quitté le Limousin, mon frère n'a pas tardé à nous rejoindre à Paris que ma sœur habitait depuis longtemps. Mais il restait une tombe et mon berceau à moi, et tant de souvenirs ! Et c'est pourquoi je reviens, au soir d'une vie commencée parmi ces prés, à l'ombre de ces quatre tours, sur les marches de ces perrons, au bord de cette route. Oui, c'est une souffrance de voir que rien ne subsiste du passé, que nous sommes des ombres, puisque là où nous avons travaillé, ri, pleuré, couru et pendant des années, le silence s'est fait et aucun vestige ne demeure.

Dans le parc ou jardin du château, ou plutôt dans le si petit bois qui donne sur le pré Letraille. Je suis ici depuis 8 h 1/2 du matin. Mes souvenirs ont la fraîcheur de cette nature ; « ils reluisent comme l'herbe perleuse » ; ils sont doux comme les mousses que je palpe sur les vieux troncs ; ils sont mystérieux comme l'ombre des tours projetée sur le pré, ils sont passionnés comme l'étreinte des lierres sur les grands arbres. Vivre ici en étant le même qu'autrefois, et en étant autre ! Y étudier à 13 ans l'histoire naturelle, à 15 la littérature. Toute liberté sauf celle de se détruire. Tenir un journal de ses lectures, de ses impressions.

7 septembre — Périgueux

Achevé sur un banc, cours Tourny, *La Porte étroite* de André Gide. Grande mélancolie. C'est encore la preuve de ma formule favorite : tout est raté ! La Porte étroite ! On n'y marche pas à deux de front et de cœur.

26 septembre — La Châtre

Ce matin après avoir plus que mal dormi, pris le chemin d'Ars. C'est d'ailleurs la route qui mène à Nohant. Et voici que je suis accueilli, comme la première fois, en 1881, par la voix chantante des laboureurs qui font marcher les bœufs dans les champs. Tantôt c'est un appel, une excitation, le cri de celui qui se fâche, tantôt c'est le son qui s'amplifie, se déroule un instant et se perd. Et je me disais : les *pourquoi* et les *comment* que George Sand se posait sur le problème de nos destinées ont été couverts par ces cantilènes pastorales. Lélia a été disciplinée par la Fadette. L'Indre a éteint les feux du romantisme.

Après le déjeuner, été à La Rochaille où j'ai erré, en lisant, sous un ciel couvert et d'où tombaient de temps en temps quelques gouttes, dans le vent. J'ai fini par découvrir, grâce à une vieille de Sainte-Sévère, la maison (elle disait le château) de Jules Néraud. La date de 1832 est maintenant dans une grille. La femme qui y habite m'a montré quelques arbres qui ne sont pas du pays, et que le Malgache (elle savait ce nom) avait dû planter. Un certain sapin, en particulier qui a son pareil à La Châtre. C'est ici qu'il rentrait de ses promenades botaniques, seul ou avec Aurore. Quelles équipées, et que j'aurais voulu en faire partie ! Il était « pépiniériste » m'a dit la femme de céans. La maison a été reconstruite, sauf une partie qu'on m'a montrée. Malheureusement, le temps est triste ; je suis fatigué et le passé lui-même m'inocule toute sa mélancolie. Je vis dans les tombeaux.

29 septembre — Chartres

Parti, hier matin, de La Châtre pour Châteauroux puis pour Vierzon où j'ai déjeuné et enfin pour Paris. Ah ! quel voyage laborieux ! Saleté, désordre des gares, attentes indéfinies des trains. Encombrements. À Châteauroux la consigne est suspendue. Les Américains nombreux, bruyants et partout. C'en est fait de la vieille France !

Couché dans un tout petit hôtel du boulevard Montparnasse, et reparti pour Chartres dès 7 h 30 du matin. Joie de revoir la haute cathédrale grise et à son ombre, la tête résignée et les narines ouvertes de l'âne qui joue à l'artiste ; à son cou est suspendue la vielle trouée et muette. Beaucoup de corneilles qu'on entend même du dedans, pendant l'office. On a enlevé la plupart des vitraux pour les protéger contre les bombardements, et la vieille église s'étonne d'être claire. Un étonnement voisin de la honte. Elle gagne certainement à être replongée dans les ténèbres.

13 octobre

La réponse allemande est affirmative aux conditions du président Wilson. L'ennemi se déclare prêt à évacuer les territoires envahis. C'est à n'y rien comprendre. Je prenais l'Allemagne plus au sérieux. Je ne m'imaginais pas que c'était la façade... En attendant la suite, nous avons pris Craonne et Vouziers. Vouziers ! Cendres de Taine, tressaillez ! Mais quelle humiliation pour ce grand pays et son empereur ! Pour moi ce qui me plairait c'est le retour à la vieille Allemagne, aux petites villes pensantes, et je me demande quelles seront la philosophie, la poésie, la musique qui vont surgir de ces tranchées, descendre de ces avions, résulter de ces quatre années en terre française. Nous aurons peut-être une conception nouvelle des choses, un chant d'un autre accent. Vaincus, les Germains se replieront sur eux-mêmes, et la vie intérieure alimentée par les larmes sera féconde. Sinon pourquoi s'est-on battu ? Seule l'idée m'intéresse, et les diverses expressions qu'on lui donne.

14 octobre

On ne croit pas à la sincérité de la réponse allemande. Et puis les Français, se sentant plus heureux, veulent poursuivre l'ennemi jusqu'au bout. Comment Wilson sortira-t-il de tout cela ?

27 octobre

La face extérieure du monde change et je devrais en être plus remué ! Je le serai quand tout sera écrit et en recul, si je vis encore.

L'Autriche demande la paix séparée, par l'intermédiaire du ministre Andrassy. Mais qu'est-ce que l'Autriche aujourd'hui ? La Hongrie est indépendante, les Allemands d'Autriche réclament leur autonomie etc. Tout craque, au moins en apparence. Il y a peut-être en Allemagne plus de réalités militaires qu'on ne pense. Mais que le Vatican doit être retourné, déçu ! Lui qui rendait tant à César !

Sur la place de la Concorde on a exposé les canons, des avions. La foule est là regardant ces engins de mort. J'avais traversé auparavant le jardin du Luxembourg où se pressent les plus belles fleurs, on les regardait moins.

6 novembre

J'avais écrit, le 2 novembre, deux lignes de condoléances à Anatole France à l'occasion de la mort de sa fille, Mme Michel Psichari. Il m'en remercie en me disant qu'il est plus éloigné de mes croyances que jamais.

8 novembre

Dîné hier chez la comtesse de Chevigné, avec Mme Cocteau et son fils Jean. On dîna au salon, sur une toute petite table, ce qui était plus intime et plus chaud. Jean Cocteau parlait de l'être démoniaque qu'est l'acteur ou l'actrice. D'où la condamnation du théâtre par l'Église. Il citait Réjane qui disait que, dans un certain rôle, elle devait avoir la figure altérée, mais non laide et que pour y arriver, elle songeait avant la pièce, à ce que serait l'enterrement de sa mère. Cocteau est antiwagnérien. Il admire Wagner, mais il faut que Wagner reste à Bayreuth. Il ne faut pas transporter son virus chez nous. C'est ainsi qu'il aime Dostoïevski. Il disait que le wagnérien est germanophile.

Lui parti, après le dîner, nous sommes restés Mme de Chevigné, Mme Cocteau et moi. Alors Mme de Chevigné a reparlé de ses souvenirs de Frohsdorf, et ce fut tout à fait vivant. Du Saint-Simon décadent. Elle a retrouvé une caricature que le comte de Chambord a faite d'elle, allant à Trieste et ornée de perroquets. Il l'appelait *la vieille*. Sa dernière parole, sur son lit de mort, fut de dire à Adhéaume de Chevigné : « Prends tout ce que tu voudras ! » Et comme Adhéaume ne prenait, le mourant reprit : « Si la vieille était là, elle en ferait deux malles. » Le comte de Chambord avait un beau visage et des yeux bleus que l'infante Eulalie rappelle avec le sien. Ce qui ne l'amusait pas, c'étaient les Français qui venaient. Il détestait Charette, de Mun. Quand il vint à Versailles, en 1871, il n'avait pas l'air de tenir à la royauté. Il repartit en sanglotant jusqu'à Vienne. Il voulut assister à la messe de 6 heures du matin à Saint-Germain-l'Auxerrois. Une femme des Halles le regarda et dit : « Tu es Henri V. » Il ne répondit rien.

Il se fit conduire au jardin des Tuileries et pleura si abondamment que le cocher le réconfortait en disant : « Ne te fais pas tant de chagrin, on te reconstruira tout cela. » Personne ne le reconnut. Il voulut voir Chambord et y arriva dans une voiture publique. Une grosse mère monta et lui dit : « Vous devriez bien m'aider. » Et elle lui mit sur les genoux un panier de canards ; c'est ainsi qu'il arriva au château. Adhéaume était avec lui.

Le comte de Chambord était décidé à prendre le drapeau tricolore, en entrant à Paris, mais il ne voulait pas qu'on le lui imposât.

Il avait des accès de colère effroyables et vous demandait ensuite pardon. « Que voulez-vous que je vous réponde, quand vous demandez pardon ? lui disait Mme de Chevigné ; il vaut mieux ne pas vous mettre dans cet état. »

Le comte de Chambord disait : « La seule loi qui détruise les princes est de les mettre en exil. » Il était convaincu qu'on ne lui disait pas la vérité et qu'il n'était pas tant désiré que cela en France. Il voulait adopter le prince impérial.

Tout avait été commandé pour l'entrée du comte de Chambord à Paris. Mme de Chevigné a gardé longtemps l'uniforme que son mari s'était fait faire pour cela.

On ne parlait hier que de l'armistice, de l'arrivée des plénipotentiaires allemands sur le front français. L'heure est palpitante.

9 novembre

Dîné chez M. et Mlle Maklakoff. Maklakoff m'a dit que bolchevistes voulait dire majoritaires. C'est le sens étymologique. Il y a quelques années, ce nom fut donné, dans un congrès, à ceux qui voulaient la destruction préalable de la classe bourgeoise, et qui formaient la majorité. Le bolchevisme consiste essentiellement dans la destruction de tout ce qui s'élève, du bourgeois, du capitaliste, destruction inspirée par l'envie. La socialisation viendra après, disent les bolchevistes, mais il faut commencer par détruire celui qui possède, etc. Il n'y a plus de soviets, maintenant, mais des commissaires du peuple. Le sang coule en Russie. On fusille ceux qui ne sont pas favorables au bolchevisme.

Mais le grand, l'historique événement d'hier c'est la rencontre des délégués allemands, avec le maréchal Foch, lecture du texte des conditions des Alliés. L'ennemi a 72 heures pour répondre.

11 novembre

C'est au château de Francport que les parlementaires allemands résident. J'y ai été reçu jadis par la marquise de Laigle. Je me reporte à 1870, 1871, à mes humiliations d'alors, à nos courbatures de vaincus. Les journaux parlent, ce matin, de l'abdication du roi de Wurtemberg. L'empereur Guillaume est en Hollande. Tout cela est-il assez tétralogique ? Il y a de la catastrophe dans le génie, dans les œuvres de Wagner.

Elle monte aujourd'hui de « l'abîme mystique » de Bayreuth et coule à pleins bords, à Berlin, à Kiel et ailleurs. Que pense Cosima ? Que murmure l'ombre de Bismarck ? Les unifications sont conventionnelles. Tôt ou tard, elles doivent se rompre. Les peuples se transmettent les uns aux autres le Graal de la liberté : « Buvez-en tous ! ».

Ce matin, vers 11 h 20, étant rue de Rennes, j'entends les cloches de Saint-Germain-des-Prés sonner l'armistice puis de temps en temps, un coup de canon lointain, sourd. Sur le boulevard Saint-Germain, des étudiants, des écoliers, défilent en rangs et scandant ces trois mots : « On les a ! On les a ! » Les drapeaux apparaissaient aux fenêtres, avec les couleurs des Alliés. Le brouillard s'éclairait un peu. J'étais ému.

Beaucoup de mouvement dans Paris. Je crois qu'on aura bu copieusement. Il y avait, rue Franklin, des gens qui stationnaient pour saluer Clemenceau au passage.

12 novembre

Oublié de noter, qu'un de ces derniers soirs (avant la signature de l'armistice) je rencontre dans une station souterraine, un Américain, je crois, qui me dit qu'il est catholique, que l'armistice est signé et qui me donne un bâton de chocolat.

13 novembre

Hier, déjeuné chez les Plater-Syberg. En sortant de la rue de Marignan, je descends l'avenue des Champs-Élysées. Foule des grands jours. Des camions énormes passent, avec des gens grimpés dessus, des Américains poussant des cris, s'agitant, et des drapeaux petits et grands.

Tout Paris est dehors dans cet après-midi de novembre sans éclat, plutôt voilé. On regarde, on rit, on crie. C'est le dimanche des dimanches. J'arrive à la place de la Concorde. La foule, qui remplissait déjà la chaussée de l'avenue, couvre la place elle-même. Les fontaines jaillissent. Les enfants jouent avec les canons, tirent ce qu'ils peuvent tirer ; même les petites filles s'amusent de ces joujoux qui ne sont pas faits pour elles. Les statues de Lille et de Strasbourg sont voisines et ornées, celle de Strasbourg est presque inaccessible. Elle est couverte de fleurs. La tête est fleurie également. Comme sur l'avenue, la place voit passer, défiler des bandes de gens, soldats ou non, hommes et femmes. J'entends des lambeaux de la Marseillaise. « Qu'un sang impur... » Les camions aux grappes humaines vont, viennent.

25 novembre

Colossale réputation de Georges Clemenceau. On a oublié et pardonné son passé, parce qu'il a mené la fin de la guerre avec vigueur. Il sera le plus grand homme de la France moderne. Il éclipsera Gambetta. On ne verra plus que des statues de Clemenceau, des rues Clemenceau, des boulevards Clemenceau. On parlera de ce Vendéen jusqu'à la fin des temps. Un païen, Clemenceau ; un catholique pratiquant, le maréchal Foch ; voilà les instruments de la Providence en 1918.

27 novembre

Dîné hier chez Walter Berry avec Jean Cocteau et le duc de Guiche. Il comptait sur plusieurs dames charmantes qui ont fait défaut. Jean Cocteau a raconté beaucoup d'histoires de marchands de tableaux, en les nommant.

Rosenberg disant d'un *baigneur* peint : « C'est une cathédrale... c'est énorme... Ma femme et moi nous nous effondrons devant en disant : "nous sommes des merdes". » On avait beau lui dire : mais c'est un baigneur, Rosenberg reprenait ses comparaisons gigantesques. Cocteau a parlé de Mme Edwards [143] comme d'une femme pour impressionnistes. Elle n'a pas de construction de pensée. Elle lui a dit un mot qui la peint : ayant été voir Debussy sur son lit de mort, Cocteau lui demande : « Comment l'avez-vous trouvé ? » Et elle de dire : « Je n'ai rien vu. Je ne vois les choses qu'avec la couleur. » Verlaine a fait une poésie pour elle. Mallarmé lui a dédié des vers. Elle a connu Wilde.

Cocteau a beaucoup parlé de Jacques-Émile Blanche [144], mais sans critiques. Blanche a envoyé les épreuves de son futur livre sur des peintres à Berry, pour qu'il les mette dans ses archives. Il y a une préface de Marcel Proust. Cocteau a beaucoup parlé aussi de Vollard qui emporta des Cézanne pour rien après la mort de ce dernier. Cocteau disait aussi que Picasso voit tout, c'est un œil qui n'oublie rien. Ils se tutoient.

27 novembre

Aujourd'hui arrive le roi d'Angleterre, George V que Paris s'apprête à fêter. Il pleut. Moi, je crie : « Vive Shakespeare ! »

1er décembre

Un chauffeur est venu, au couvent, m'apporter une carte de Mme de Noailles me disant que Rostand mourant me demandait. Je suis monté dans l'auto. Le poète avait toute sa connaissance, mais se disait très fatigué.

Je lui ai donné l'absolution ; sur mon désir il a esquissé un signe de croix. Je lui ai parlé de Dieu, source de toute inspiration, de tout idéal. Il est victime de la grippe espagnole. Plusieurs femmes autour de lui, très agitées car il s'agit de savoir si sa femme qui est là, dans une chambre, avec Maurice, pourra entrer. Elle attend que le malade y consente. *Tristia !* Rostand a dit que, s'il était perdu, c'était moi qu'il voulait voir.

Retourné, avenue de la Bourdonnais. Vu Mme de Margerie et un beau-frère de Rostand. On m'a redit combien il aime son fils Jean. Edmond Rostand a été très malheureux dans sa vie privée.

2 décembre

Ce matin, vers 9 h 1/4, administré Rostand. Il étouffait. Des femmes en pleurs autour de lui. L'une grande, jeune et charmante m'avait dit hier qu'il était « un dieu pour elle ». Ce doit être, m'a dit Descaves, Mlle Marquet, la femme qui vivait avec Rostand. Blonde et 25 ans. Elle est fille d'un acteur de l'Odéon et a joué elle-même *la Cathédrale* au théâtre Sarah-Bernhardt.

15 décembre

Été hier, vers 5 h, chez la comtesse Mathieu de Noailles qui m'avait demandé un rendez-vous. En l'attendant, dans le petit salon, je feuilletais un tout petit livre ancien : *L'Esprit de Mme de Maintenon*. La comtesse a été délicieuse, inspirée au-delà de toute expression. D'abord elle m'a parlé de Rostand qui n'était pas croyant, qui n'aimait pas les prêtres, et qui a voulu me voir et moi seul. Il était le disciple de Hugo et tellement, m'a dit la poétesse, que je croyais qu'il mourrait comme lui, sans prêtre. Elle m'a dit son humilité, sa simplicité. Il avait des angoisses en composant, contrairement à elle qui n'en a pas.

Il lui disait : « Je ne suis peut-être pas un poète, mais j'aurais été, je crois, un bon diplomate. » Il doutait de ses dons admirables, lui qui a fait quelques pièces qui traverseront la postérité. La miss qui l'a soigné a dit à Mme de Noailles qu'en rendant le dernier soupir, il avait eu « un regard d'enivrement ».

25 décembre

Mme Richard Wagner est morte avant-hier, 23 décembre, à Bayreuth[115]. Fin d'un monde. De l'abîme mystique, elle est remontée au Walhalla. J'ai eu la joie de la connaître. Qu'a-t-elle pensé de la guerre et de son issue ? 1837-1918. Cosima a dû se dire que la musique n'avait pas réussi à adoucir les mœurs, pas plus que la religion, hélas !

26 décembre

Déjeuné aujourd'hui chez Mme de Caillavet avec Simone et le fiancé de sa mère, car elle se remarie pour épouser un cousin issu de germain, Maurice Pouquet. La mère de Mme de Caillavet a fait opposition jusqu'au dernier moment, se servant même de Simone pour cela. Mais cette dernière a rompu l'influence grand-maternelle et elle approuve hautement le mariage. Nous sommes allés, après le déjeuner, dans la chambre de Simone, tout en haut. Une pièce exquise pleine de livres, ornée de trois photographies d'Anatole France dont l'une porte ces mots : « À Simone que j'ai vu croître en sagesse et en beauté. »

1919

8 janvier

Été déjeuner avenue de Villiers chez Mme Jaunez. Giraudoux, plus lamentable de visage que jamais, définissait *Daphnis et Chloé* « un fromage de chèvre » ; « Ça sent le bouc » disait-il encore du chef-d'œuvre de Longus. Giraudoux ne trouve pas de talent à Pierre Benoît. Il y a de la « bassesse d'âme » dans *Kœnigsmark*. Benoît a une « énorme tête » et va dans le monde, avec un seul gant. Il fait infiniment de réclame. Marcel Prévost qui a pris ses romans d'avance est totalement dépourvu de sens littéraire. Voilà ce que disait l'auteur de *Simon le Pathétique*. À propos de fromage, comme je parlais de ceux qu'a chantés Virgile, Giraudoux me disait que les fromages de ce dernier sont du genre de Saint-Nectaire, etc.

27 janvier

Été hier chez les Beaumont où un certain nombre de personnes d'élite étaient réunies pour entendre Cocteau lire son poème nouveau : *Le Cap de Bonne-Espérance*. Revu André Gide, Jacques-Émile Blanche, la princesse Soutzo, la princesse de Polignac etc. André Gide m'a parlé d'un futur roman où il ferait convertir trois protestantes au catholicisme. Jean

Cocteau a lu d'une forte voix son œuvre étrange, à peu près inintelligible pour moi. C'étaient des visions, des raccourcis, des éclairs de choses simultanées ou successives. Une décharge de mots. De l'inédit, oh ! oui, très inédit. Je me demandais si mes voisins et voisines comprenaient. Il faut le croire, puisqu'il y a, à certains moments, des signes évidents d'admiration. Il faudra lire le poème. Peut-être saisirai-je mieux visuellement. Rentré très tard en pataugeant dans la neige.

8 février

Été hier, chez la princesse de Polignac où l'on devait entendre du Platon chanté par des enfants et joué par Satie. Plusieurs personnes étaient là. Il n'y a pas eu de musique. L'enfant qui devait faire Alcibiade était à Argenteuil et n'est pas venu de si loin, retenu par la neige ou le verglas, probablement. Alcibiade à Argenteuil !

10 février

Déjeuné chez Mme Alphonse Daudet avec Lucien, Léon et sa femme Marthe, Céard, Reynaldo Hahn, Philippe le jeune fils de Léon, et Charles Daudet petit-fils de Hugo et de Alphonse Daudet, enfin Pierre de Nolhac. Charles Daudet a une singulière figure, quelque chose d'une brebis, d'un mouton. Céard lui disait de publier un livre sur Victor Hugo, mais un Victor Hugo d'après 1840 car jusqu'ici on a vécu d'un Hugo antérieur qui n'est pas le plus grand. Céard cite les vers du grand homme, avec une mémoire imperturbable.

Léon Daudet éclatant de verve, de gaîté, de santé. Il mange et sa mère ajoute : « Il boit. » Il se vantait d'avoir bu la veille beaucoup de madère. Il a raconté comment ayant accusé Malvy en face, d'avoir tué Almereyda, l'ex-ministre devint noir et sortit tout de suite, Léon Daudet trouve Lucien Descaves assommant. Il plaisante, fait des jeux de mots, en invente. De Rosa Luxemburg, il dit « C'est une pommade dans un jardin ». De Maurice Donnay, le bon faune, il dit : « C'est un pinceur, non un penseur. » Il m'a raconté que le 30 mars, quand la guerre allait si mal et qu'il écrivait cependant des articles optimistes pour donner du courage, il lisait lui-même pour se remonter du Virgile et du Racine. Le latin a sur lui un effet irrésistible de calme, d'enchantement. Ayant dit à Charles Maurras ce genre de lectures qu'il faisait, Maurras, en sanglotant, lui répondit : « Et moi je lis du Lucrèce et du Dante parce que j'ai besoin de toucher le fond du désespoir pour rebondir ensuite. »

Léon Daudet très aimable à mon égard. Il m'a invité à aller le voir, aux bureaux de l'*Action française* de 5 à 7 heures.

17 février

Été hier, après le Salut, chez les Paul Adam, quai de Passy. Il y avait beaucoup de monde. Mme de Noailles est venue, vivante, avec ses mouvements de tête vigoureux, décisifs, affirmatifs. Elle ne veut pas des femmes à l'Académie française. Elle est, dit-elle, à Fémina et à la Vie Heureuse et elle constate que les femmes réunies mettent en commun les moins bonnes parties d'elles-mêmes.

20 février

Hier étonnante soirée chez Mme Scheikevitch. D'abord un dîner où j'étais invité avec lord Balfour[146], Briand, Barthou, Painlevé, Maurice Barrès, la princesse Lucien Murat, le marquis et la marquise de Ganay, le duc de Guiche, le marquis Visconti-Venosta, la comtesse Mathieu de Noailles, Reynaldo Hahn, M. et Mme Savankoff. Maurice Barrès a dit, avant le dîner qu'il avait été toutes les semaines à la table de Mme de Loynes avec Clemenceau et Renan. Clemenceau non grossier, parce qu'aristocrate, mais despote, insupportable, interpellant Renan : « Eh ! Renan ! »

Pendant le repas, Barrès déclara que de tous les auteurs russes c'est Tourgueniev qu'il préfère. Barrès devant qui je me flattais de posséder toutes les éditions des *Mémoires d'outre-tombe* en a une que je n'ai pas : c'est celle qui a paru dans le journal de M. de Girardin. Il a aussi les souvenirs de Mme de Chateaubriand tirés à un nombre restreint d'exemplaires. Barrès considère Chateaubriand comme un grand écrivain, mais il ne le place pas au premier rang, comme Homère, Shakespeare, Balzac parce qu'il n'est pas créateur de figures, comme les trois que je viens de nommer. Cymodocée disait-il ne se compare pas au roi Lear. Chateaubriand, disait-il encore, arrive à la perfection mais c'est une beauté de musée, non une beauté de ménagerie. Ce n'est pas le bel animal.

Après le dîner où l'on mangea force bonnes choses, entre autres un turban de colin, une poularde rôtie et truffée, un jambon d'York, etc. je finis par me rapprocher de lord Balfour et jouir un peu de sa conversation. Il est grand, et a une tête, des cheveux gris ou blancs qui ont je ne sais quoi d'ecclésiastique. D'une manière générale, il est, nous a-t-il dit, optimiste. Et il a nommé l'espérance, en y ajoutant la foi et la charité mais il croit qu'elles se tiennent et que blesser l'une, c'est porter atteinte aux deux autres. Pour les religions, il croit qu'elles arriveront à avoir quelques points communs de vérité qu'elles partageront mais il ne croit pas qu'il surgira une religion nouvelle. Balfour nous racontait qu'il était arrivé à Paris, par le premier train après la Commune. Il vit les ruines des Tuileries. Balfour parle le français laborieusement. La vision qu'il a de la vie est simple et il rit bonnement. Il ne s'attendait pas, disait-il, à parler foi, espérance et charité, à faire un sermon devant moi. M. Savankoff, rasé, est, paraît-il, un assassin. Il a fait tuer, en particulier, le grand-duc Serge. Il nous disait qu'il n'est pas bolcheviste, mais qu'il y a dans le bolchevisme, une parcelle de vérité, de justice. La Russie, ajoutait-il, est jeune, non comme race, mais comme peuple. Beaucoup de monde était venu, après le dîner. On pria Reynaldo Hahn de jouer et de chanter. Il chanta *Le Rossignol* de Lamartine, *Fanfan la Tulipe* (bataille de Rocroy), la *Carmagnole*, Le *Chant du Départ*, (la République nous appelle), *M. de Charette* (qui est de Paul Féval), *Mourir pour la patrie*, puis ce que les soldats d'Austerlitz avaient seuls le droit de jouer aux fêtes impériales, etc. Ces musiques évocatrices de toutes les histoires achevaient de rendre plus étrange encore cette réunion babélique. Elles mettaient du passé défini dans ce présent confus, multiple, une sorte d'unité harmonieuse dans cette incohérence. Mme de Noailles était perdue, dans cette foule. Elle a dû souffrir de ne pas pouvoir éclater seule et régner par le verbe.

Hier matin, Clemenceau a été l'objet d'un attentat. Six balles au moins tirées sur son automobile. Le président du Conseil a été blessé à l'épaule droite. Le criminel est un ouvrier ébéniste, du nom de Cottin. C'est un anarchiste, humanitaire dit-il. Clemenceau représente, à ses yeux, l'arrêt de la révolution : « Tous les peuples sont frères, et Clemenceau est un tyran. »

20 avril

La princesse Bibesco est venue, s'est confessée et je l'ai communiée, dans la chapelle où elle a abjuré. Nous avons causé longuement après, et au petit réfectoire et chez moi, seuls et ensuite avec M. Guillemin. Marthe Bibesco m'a raconté que ce qui l'avait empêchée de souffrir davantage des injustices commises à son endroit, c'est l'épreuve de la mort de sa sœur Marguerite. Marguerite s'est tuée à Montreux, après avoir joué la veille aux charades. Elle s'était éprise d'un petit Écossais sans beauté et l'on avait cru que ce dernier se marierait avec elle ; or il en aimait une autre. Marthe disait qu'elle avait elle-même traversé une crise semblable mais c'était pour un perroquet, et elle avait 9 ans. Elle nous a raconté encore son attitude à l'endroit de la reine de Roumanie qu'elle n'a pas voulu voir, qu'elle a dû voir quand même, là-bas dans une propriété de son pays. Elle nous a expliqué ses motifs de rester à Bucarest et d'en partir avec le dernier blessé.

24 avril

Ce matin éclate dans les journaux une grande nouvelle : Wilson ne veut pas que l'Italie ait le droit de s'annexer Fiume et la Dalmatie. Les délégués italiens veulent se retirer. Voilà bien l'humanité collective. Batailler ensemble oui ! S'entendre ensemble non ! Mon tort est, malgré toutes mes vraies convictions intérieures, de prendre parti pour ceci, pour cela. Je ne veux plus être qu'humain, individuellement humain. Le Christ l'a dit : « Tous frères ! » Et le monde appartient à tous. Toute nationalité est une limite anti-évangélique, parce qu'anti-humaine. Un seul troupeau ! C'est le rêve. Mais c'est rêver que de vouloir ce rêve !

30 avril

Demain 1er Mai, le prolétariat s'affirme par un chômage général. L'état social finira par devenir odieux.

2 mai

Ce matin les journaux racontent les bagarres de la journée notamment la sérieuse manifestation de la gare de l'Est. Beaucoup d'agents blessés. Les syndicalistes en seront-ils plus heureux ?

26 mai

Hier été après le Salut chez Mme Mühlfeld où j'ai retrouvé successivement André Germain, la comtesse Mathieu de Noailles, André Gide, Mme Philippe Berthelot, René Boylesve, la princesse Lucien Murat, etc. Mme de Noailles a parlé presque toute seule et avec cette volubilité qui est déconcertante, ne permet pas de saisir tous les mots et est évidemment un manque de goût et de naturel. Elle a parlé prix de chapeaux, votes académiques, journaux, littérature. Elle a rappelé que Claudel avait uni devant elle les deux noms de Virgile et Mallarmé qui, disait-il, montent tous les deux dans l'éther. J'ai cru comprendre qu'elle rangeait la poésie de Mallarmé dans ce qu'elle appelle le charabia. Elle a parlé de sa facilité de lecture. Elle peut savoir, en une heure et demie ce qu'il y a dans un livre de Bergson. Elle a une grande mémoire littéraire. Elle sait, dit-elle, tout Balzac de manière à pouvoir dire : ceci est de *La Vieille Fille*, cela est du *Curé de Tours*. Elle sait même tout Michelet, non pas qu'elle ait tout lu absolument mais elle sait quand même. Quand elle lit son regard tombe chirurgicalement, dit-elle, sur le passage ennuyeux qu'il faut laisser. La poésie, ajoutait-elle, c'est la mémoire. Elle ne se souvient pas, ai-je cru comprendre, de la même manière, des vers qu'elle a lus. Elle ne peut plus les attribuer à tel auteur plutôt qu'à tel autre. Elle les incorpore quelquefois dans ses poésies à elle, mais modifiés. Elle citait ainsi un beau vers de Malherbe qu'elle aime « Tout le plaisir des jours est dans les matinées ». Elle a dit quelque chose de semblable dans ses poésies. Elle a dit encore la quantité de journaux qu'elle parcourt, chaque jour.

1er juin

Charmant déjeuner chez Mme Alphonse Daudet avec les Léon Daudet, Eliane de Lubersac et sa sœur Thérèse, Mme Cocteau et Jean son fils, Mme de Chevigné, les Chauvelot, Lucien Daudet. Léon Daudet à qui je demandais le secret de sa vitalité m'a dit qu'il ne travaillait pas plus de 4 h par jour mais qu'il buvait sec. Il boit, dit-il, du chinon, du vouvray et du champigny. Son arrière-grand-père a été maire de Vouvray et est un type du *Père Grandet*. Il nous a parlé de Charles Maurras qui ressemble à Napoléon pour son écriture abréviatrice, son commandement. Maurras serait un président de la République parfait. Il faut un secrétaire pour déchiffrer son écriture. Il corrige beaucoup ses épreuves et est furieux des coquilles.

Tandis que Jean Cocteau disait le péril wagnérien, Léon Daudet disait son admiration pour Wagner, pour *Tristan* où il a trouvé la musique sexuelle. Daudet a trop joui des sensations que lui a données Wagner pour le répudier, surtout maintenant qu'on est vainqueur, de même qu'il se souvient, avec joie, des satisfactions que lui a données Goethe. Il aime *Egmont*, les *Mémoires* de Goethe. Cocteau disait que l'impressionnisme de Debussy et de Stravinski était sorti de Wagner. Il oppose Wagner et son œuvre molle, énorme, aux Grecs où tout est situé. Rien de situé dans Wagner. Cocteau dit que Paul Claudel fait de l'art d'après l'art, au lieu de le faire d'après nature. Dans l'*Hymne à la Pologne*, il n'a admiré que le passage du sabot, parce que c'était vrai. Cocteau a parlé d'Ingres, de Picasso avec admiration. Daudet lui conseillait d'écrire sur l'esthétique.

28 juin

Aujourd'hui signature du traité de paix dans la galerie des Glaces du château de Versailles. Grande date. Petits hommes. C'est dans le château de Louis XIV que la République française, encadrée de l'Amérique, de l'Angleterre et de l'Italie a infligé à l'Allemagne démocratisée le plus cruel des revers. La grande vague de sauvagerie vient d'expirer aux trois marches de marbre rose.

29 juin

Dîné chez les Gabriel de La Rochefoucauld. Après le repas, on a fait de la musique. Sonate de Bach, de Beethoven. En songeant à ces grands Allemands je souffrais de certaines muffleries dont un peuple qui se dit chevaleresque doit s'abstenir. Il y a eu, en effet, dans notre attitude envers l'ennemi à la veille de signer ou signant, des détails qui m'ont choqué. On ne refuse pas le verre d'eau froide. Comme elle doit s'abîmer encore dans les rêveries tristes la *Melancholia* d'Albrecht Dürer ! Si jamais dans l'avenir, nous tombions dans les griffes d'outre-Rhin, comment serions-nous traités ? Ils ont été barbares, soit. Faut-il que nous le soyons aussi ? L'Ancien Testament l'emporte.

3 juillet

Le monde s'occupe trop de la conscience des autres. On est très heureux d'exhaler sa critique, son droit de juger et de condamner, derrière un principe ! On semble ainsi justifier toute sa méchanceté, toute son étroitesse. Quelle anticipation du jugement dernier !

15 juillet

Remonté ou à peu près l'avenue des Champs-Elysées jusqu'à l'Arc de Triomphe. Avec la foule, avec les humbles qui mettaient leurs pas anonymes dans les pas héroïques, je me suis approché de l'arche démesurée, comme s'écrie Hugo dans sa pièce des *Voix intérieures* que j'avais relue, le jour même. On passait sous l'arc où il y avait du vent. Voilà donc la gloire, un va-et-vient immense, du bruit, un grand déploiement de choses plus ou moins brillantes mais ceux qui sont morts sont morts. Il n'y a pas de Lazare qui ressuscite avec son casque de Lazare bleu horizon et poilu.

21 juillet

Dîné hier à 8 h 1/2 chez la comtesse Mathieu de Noailles avec Mme Mühlfeld. La poétesse était au lit et nous avons mangé près d'elle.

On a parlé de Jean Cocteau et de ses dernières œuvres, proses et vers. Mme de Noailles ne comprend pas cette littérature. Elle a connu un Cocteau humble. Elle lui reproche de s'inspirer trop visiblement d'autrui. Ainsi il lui a lu, un jour une poésie qui ressemblait par trop à ses vers sur les colombes des îles Borromées. *Potomak* c'est le *Paludes* de Gide. Mme de Noailles reproche à Cocteau son ingratitude envers Rostand. De Mme Rostand, elle disait que c'est un monstre dont elle admire la vitalité. Rostand était toujours en parade. Il vivait déguisé. On l'avait persuadé qu'il ne devait jamais se déranger pour les autres, que c'était aux autres à aller vers lui. Un pacha ! Il a été question d'André Germain et à l'occasion de son livre sur Renée Vivien ; Mme de Noailles a parlé de mœurs contre nature, grecques, s'en étonnant, en cherchant la raison, l'origine. Elle a parlé de l'amitié très vive qu'elle a eue enfant, pour des personnes qu'elle accompagnait à Constantinople mais tout cela était pur.

Elle a rappelé un passage de *l'Immoraliste* où quelqu'un baise la nuque d'un cheval pour indiquer les tendances de Gide.

31 juillet

Abel Bonnard racontait chez Mme de Fitz-James que Marcel Proust était venu demander à la princesse de Polignac l'autorisation de dédier son prochain livre à la mémoire du prince, son mari. Très flattée la dame, mais Proust doit donner à ce livre le titre de *Sodome et Gomorrhe*.

6 août

Je note toujours. C'est l'une des formes de ma vie, peut-être la plus intéressante : non peut-être, mais certainement. J'y mets un maximum de sincérité qui est souvent plus que de l'indiscrétion. Je souhaite que ceux qui pourraient me lire le comprennent, me pardonnent et ne permettent pas que le prochain en souffre le moins du monde. Je n'incrimine personne, j'ai pitié de tous et je désire qu'on me traite de la même façon. Selon ma formule habituelle, tout est manqué sur cette terre.

7 août

Hier, rencontré à la brasserie de l'Observatoire, M. et Mme Gleizes[147], causé avec eux. Gleizes ne trouve pas que la guerre ait renouvelé les artistes. Il les retrouve avec leur petite formule. Juliette Gleizes me disait qu'en Amérique, les intellectuels buvaient tant qu'ils roulaient sous les tables.

17 août

Le baron Maurice de Rothschild voulait me voir pour sa candidature pyrénéenne de Lourdes. Il voit beaucoup de prêtres, là-bas, sait toutes les difficultés que s'est créées l'évêque. Il a parlé de la Grotte et m'a fait remarquer qu'il y a, à Lourdes, d'autres grottes et que ce sont celles-là seulement que George Sand a dû visiter. C'est chose curieuse que d'entendre ce juif s'intéresser à ce lieu de pèlerinage essentiellement catholique. Le baron me demande de dire à l'évêque qu'il n'est pas sectaire, qu'il l'aidera soit pour les trains de pèlerins, soit pour les questions politiques, religieuses : liberté d'enseignement, rappel des religieuses... Les gouvernements ne peuvent rien faire dit-il sans sa famille. Les Rothschild sont, par leurs banques, le ministère des Finances, le vrai, celui dont on ne peut pas ne pas tenir compte.

17 septembre — Calaoutça

Ah ! que le crépuscule de la vie se fait sentir en moi ! Où est l'allégresse des matins, l'étourdissement des pleins midis ? Quelle déroute à moi seul connue, sous certaines apparences trompeuses ! Et dans les décombres que je promène, en les cachant, poussent et repoussent toutes les orties de tous les désirs. Les autres arborent leur existence. Bons ou mauvais, ils se révèlent tels qu'ils sont. Ma plus cruelle épreuve, c'est d'égarer l'opinion même de ceux que j'aime le plus. Personne ne m'a pénétré.

13 octobre

Visite de Mlle Marquet. Elle m'a dit son amour pour Rostand et ce qu'il avait été pour elle, pendant près de trois ans. « Je l'ai beaucoup aimé : c'est ma seule excuse. » Elle vient de rencontrer un jeune Anglais de 23 ans. Elle en a 24. Il comprend ses regrets, admire lui-même le poète défunt. Elle a besoin de crier sa douleur. Elle a trouvé une épaule, suivant son expression, et songeant à se marier, elle a résilié son engagement avec l'Odéon. Mlle Marquet m'a dit l'horreur du monde des théâtres, ce par quoi il fallait passer pour arriver à jouer un rôle.

15 octobre

Déjeuné hier chez Mme de Fitz-James avec Bourget, le vicomte Emmanuel d'Harcourt, Oliver Taigny, le comte Primoli[148]. Paul Bourget m'a dit que les anciens auraient appelé Chateaubriand un écrivain asiatique c'est-à-dire surchargé. Chateaubriand, en effet, est paré. Il aime à se montrer. Il y a des écrivains qui aiment leur personne plus que leurs idées, Chateaubriand est de ceux-là. Barrès aussi. J'ai prononcé le nom de Laforgue que Bourget a bien connu. Il avait, m'a-t-il dit, une tuberculose mentale. Il y a des écrivains qui sont des ébauches. Celui-là en est une. Il y a en lui des commencements. J'ai parlé encore de Mallarmé. Bourget n'est pas fou non plus. Il lui reproche d'avoir essayé de faire passer la poésie anglaise dans la française. Il lui reproche l'obscurité. Il cite cependant de lui quelques beaux vers isolés. Pour comprendre Mallarmé, il faut lire, m'a dit Bourget, *Le Chef-d'œuvre inconnu* de Balzac. D'un travail de touches et de retouches, il ne reste bientôt plus qu'un pied. C'est ainsi que les théories de Mallarmé l'ont détruit.

2 décembre

Dit, sur le désir de Mlle Marquet, une messe basse en noir, pour le repos de l'âme de Rostand dans l'une des chapelles de Saint-Sulpice. Le curé m'avait appris à la sacristie, qu'il n'était pas content des dernières productions de Paul Bourget. Son *Démon de midi* ne le satisfait pas. Il a fait un prêtre moderniste, sympathique et puis il y a des femmes qui se donnent facilement.

3 décembre

Ce matin, en ma chapelle baptisé une jeune juive de 25 ans. L'acte qu'on a signé à la sacristie porte que la néophyte a « renoncé à l'aveuglement des juifs ». Que nos formules sont dures ! Et que nos rites sont archaïques et peu conformes aux temps présents ! Souffle sur le visage, salive aux oreilles etc. Pour un enfant, passe encore. Pour une adulte femme, pourquoi ? Tout cela est à simplifier et à réformer. Ce que je fais d'ailleurs personnellement.

5 décembre

Descaves est venu me parler de Marcel Proust qu'on propose à l'académie Goncourt.

6 décembre

Été hier après dîner, vers 10 heures, chez la princesse de Polignac. Il y avait là le général Mangin et sa femme, Mme de Noailles et son mari, la duchesse de Guiche, Lucien Corpechot, Joseph Reinach, Bailby. Mme de Noailles avait été éblouissante, disait-on, au dîner où elle avait défendu les bolchevistes, Lénine, etc. Elle avait une sorte de turban rose, rouge avec un plumet de même couleur. C'est, je crois ce qu'on appelle un paradis. Elle parla, quand je suis venu, de Clemenceau. Joseph Reinach [149] désirait que Clemenceau fût président de la République pour impressionner l'étranger. Mangin répondait que Clemenceau a l'esprit de destruction, qu'il démolirait tous les présidents du conseil, qu'il a la phobie des supériorités. Je lui ai entendu dire aussi que Clemenceau n'a pas le fil conducteur, pas de suite. Évidemment Mangin n'a pas eu lieu de se féliciter de Clemenceau. Mme de Noailles interrogeait sur Mandel. Comment se fait-il que cette divine muse s'occupe de tout cela, au lieu de rester sur ses sommets ? Parce qu'orientale, levantine, me répondait le comte de Beaumont. « C'est le Bazar », et il croit que la poésie est loin d'elle maintenant. Elle a parlé aussi et vivement du boxeur Carpentier dont les journaux d'hier avaient raconté le succès.

1920

1er janvier

Rien n'est plus manqué que la vie. L'optimisme est le fait du bon caractère des humains. Et après les désastres de cette vie, les terreurs de l'autre.

4 janvier

Déjeuné aujourd'hui chez la nièce avec Jean de Contades et le jeune couple Moustier et le vicomte François de Curel. Curel disait que, malgré son amitié pour Simone, il ne croyait pas que le Théâtre-Français fit une bonne acquisition, en la prenant. Simone est devenue une « juive boulotte », c'est en interprétant Bernstein qu'elle était le mieux. Elle jouait avec violence. Sarah n'est plus qu'une « démolition ». Elle ne parle plus que de Sardou et de Rostand. Et cependant elle joue Phèdre admirablement. Actuellement, c'est Piérat, parmi les femmes, qui serait la meilleure actrice.

19 janvier

Déjeuné aujourd'hui chez les Hersent. Bergson nous disait, à Mme Hersent et à moi, qu'il croyait à un au-delà, que l'on trouverait le moyen de l'entrevoir. Et il citait ce mot de Auguste Comte, dans sa *Philoso-*

phie positive : on ne saura jamais la composition des étoiles. Et quelques années après, on la connaissait. Bergson croit que l'au-delà comportera des degrés, que ce sera une existence *d'action*, peu différente peut-être de la nôtre, que dans ce monde-ci, on choisit son niveau, et qu'on l'obtient par l'effort sur soi. Bergson croit que le XXe siècle sera le siècle psychique, comme le XIXe a été le siècle physique, chimique.

20 janvier

Été hier dans la soirée chez la duchesse de Clermont-Tonnerre qui réunissait quelques personnes rue Raynouard. Vu là Julien Benda auteur de *Belphégor*, etc. C'est un petit homme blond qui n'aime que les anciens, le classicisme. Et il constate à l'heure présente que les jeunes écrivains qui se disent classiques ne peuvent pas se défaire de la bannière romantique. Dès qu'ils écrivent c'est une furie de sensualité. D'où cela vient-il ? De bien des causes, dont l'une est un manque de culture première.

4 avril

Pourquoi Gœthe met-il, pour moi, de la poésie dans la matinée de Pâques, avec son premier *Faust* ? Pourquoi, lorsque après la grand-messe, j'expose le Saint-Sacrement, certain chant de mes religieuses : *O sacrum convivium* me paraît-il plus beau, parce que j'entends au fond de ma mémoire les voix de *Parsifal* ? C'est que Gœthe et Wagner ont balayé toutes les médiocrités que mon souvenir mêlait à ces cérémonies. Et l'accent personnel a remplacé les commentaires diffus et vulgaires.

22 avril

Depuis lundi matin pas un instant de libre pour faire mon journal. Et cependant que de choses intéressantes à y mettre ! D'abord, lundi même, une visite à Ormesson où se sont trouvés réunis Wladimir et sa femme, Mme Fernandez, un neveu de Lyautey, les deux frères Jérôme et Jean Tharaud, et moi. Ce sont les Tharaud qui m'intéressent. Jérôme, l'aîné, a la tête tondue, plutôt laid. Jean plus agréable de figure. Il a été question aussi de Maurice Barrès qui n'a plus beaucoup d'amis, disaient les Tharaud, qui va à la Chambre comme à un club.

Barrès veut écrire des nouvelles et ses Mémoires, ce qui sera très intéressant. Barrès a, en effet, l'habitude de noter beaucoup sur n'importe quoi, ce qui lui passe par la tête, une chose, une autre : « Épinglons une beauté », disait Tharaud. Est-ce leur mot ? Est-ce celui de Barrès lui-même ?

Barrès a donc des carnets, c'est l'homme aussi des dossiers. Tout ce qui se rapporte à un sujet, lettres etc. est réuni. Il est également un merveilleux arrangeur quand il s'agit d'écrire quelque chose avec des pages écrites ici et là.

Jérome Tharaud m'a dit que Barrès avait été vu par lui très ému dans certaines églises, mais que de là à accepter la théologie, il y avait loin. Il fera peut-être un acte de politesse religieuse, à son lit de mort. Ce sera tout, et Tharaud paraissait avoir la même incroyance que Barrès.

Un frère Tharaud m'a parlé aussi de Romain Rolland qui est revenu à Paris et habite rue Boissonnade. Cheveux noirs à moustaches tombantes, il vit très modestement, mange sur un bout de table, quand ses livres lui ont beaucoup rapporté. Il a une grande limpidité d'âme. Il est honnête, vit comme un ascète. *Jean-Christophe* c'est la synthèse de l'esprit français et de l'esprit allemand.

3 mai

Comme je disais, hier, à Céard combien il est malaisé de lire tout d'un trait *La Nouvelle Héloïse*, il m'a répondu : « Voici comment il faut le lire. Prenez soit un chapitre, soit un autre, en commençant où vous voudrez, chacun est une merveille. »

2 juin

Déjeuné chez la baronne Pierlot. Après le repas qui fut long, savoureux et tarabiscoté comme d'ordinaire, j'ai approché ma moins mauvaise oreille de Paul Claudel et je lui ai entendu dire des choses très intéressantes. Je note tout ce que je me rappelle :

Il est dangereux de donner des conseils au clergé.

Chateaubriand a été un poète et un excellent diplomate, bien meilleur que Talleyrand. Talleyrand, en effet, a donné à la Prusse la rive gauche du Rhin et de là sont venus tous nos ennuis. Chateaubriand a vu cela clairement dans ses *Mémoires* et il le dénonce.

Il disait encore que la crise religieuse du XIXe siècle n'est pas une crise de raison, mais d'imagination appauvrie ; alors ceux qui étaient doués de vie sont allés ailleurs.

Le Français est austère. Il aime la privation pour elle-même. Il a le culte de l'absolu, de l'indispensable. Voyez l'alexandrin qui est un instrument de supplice. Et Claudel de parler de la tristesse des cloches que l'on entend en France, tristesse qui se fait mieux sentir lorsqu'on revient d'Italie.

Claudel dit que la théologie renferme la plus belle poésie. C'est un excitant. Il parlait de saint Thomas d'Aquin qu'il a lu en Chine. Claudel déclare que la fleur d'imagination n'existe plus quand on est dissipé, qu'on fait des choses absorbantes, qu'on a entendu des conversations très intéressantes ; c'est quand on s'ennuie qu'on peut imaginer. La fraîcheur intérieure est nécessaire. Claudel se lève tous les jours à 6 heures.

5 juin

Déjeuné aujourd'hui chez Mme Cocteau avec son fils Jean, sa fille, la princesse Lucien Murat, Mme Alphonse Daudet et son fils Lucien. Jean Cocteau causait avec l'assurance de quelqu'un qui est dans le mouvement. Il a dit du mal de Chaumeix qu'on a mis à la porte de diverses revues. Mme Alphonse Daudet lui faisait écho. Cocteau m'a dit que le dadaïsme est représenté par le poète roumain Tzara. On écrit n'importe quoi, ce qui n'empêche pas, ajoutait Cocteau, qu'un homme de talent ou de génie écrit autre chose qu'un homme dénué de l'un ou de l'autre.

Cocteau n'admet pas les écoles. Les écoles, dit-il, sont les poux, les puces des auteurs. Mallarmé est Mallarmé. Il n'y a pas de mallarméen etc.

Cocteau dit que ce qui est intéressant, c'est la *promenade*, le reflet de l'homme dans son œuvre ; quant à l'œuvre d'art, c'est sa sueur. Il va publier un volume de vers puis une ou deux études sur Barrès qui mécontenteront les amis de ce dernier. Barrès a commis le péché contre le Saint-Esprit. Il était fait pour l'école buissonnière, le vagabondage, et il a pris la route nationale. Comme je lui demandais ce que Mme de Noailles pensait de tout ce mouvement littéraire dont il me parlait, il m'a répondu : « Elle n'a pas de cervelle. »

6 juin

Encore une allocution de mariage à préparer, jamais, jamais de repos et je suis fait cependant pour une paresse intelligente.

18 juin

Quand on me dit que j'ai maigri, que j'ai l'air fatigué, cela me fatigue et m'inquiète encore plus ! Quelle matinée ! Dit une première messe au couvent. Puis à la cité paroissiale de Saint-Honoré-d'Eylau, dit une autre messe et celle-là pour Gabrielle Réjane. Mme Jacques Porel était venue m'y inviter de la part de son mari, fils de l'artiste. J'ai également donné l'absoute et fait la conduite au cimetière voisin de Passy. Devant la voiture où j'étais avec deux enfants de chœur, des chevaux harnachés conduisaient un char de couronnes fleuries. J'ai récité les dernières prières, devant le corbillard mais non au bord du caveau, pour faciliter les discours. Le temps menaçait. J'étais près du métro quand la pluie est tombée, lourde. Je songeais à la page de Dumas fils sur les cérémonies de l'Église : Église, votre musique est émouvante etc. Si vous vouliez ! Mais vous ne voulez pas vous humaniser jusqu'au bout. C'est le sens, du moins du passage auquel je fais allusion et qui est dans *La Question du divorce*. Et j'ajoute moi que le *Ego sum resurrectio et vita* que j'entendais tout à l'heure est le « Par-delà les tombeaux » d'avant Gœthe. Oh ! si l'Église n'était qu'une mère et une sœur !

Pauvre Réjane qu'on dit être la plus grande actrice ! J'ai lu hier l'article de Bataille que Mme Pouquet m'avait prié de lire comme étant le plus beau. Ces existences-là palpitent et font palpiter. On les applaudit, on les écrase sous les fleurs. Vivantes ou mortes, ces femmes crient : *Pulsite me floribus* ! et « des pitiés me viennent » comme disait Hugo. Ah ! quel sombre mystère que l'aventure humaine !

23 juin

Accumulation, pléthore de choses à écrire, à faire. Tout s'amoncelle, il faudrait deux vies attelées au même char. Rarement le surmenage fut plus intense et plus varié tout ensemble.

5 juillet

Stendhal me plaît infiniment. Il vit, il collectionne ses impressions, ses sensations. Rien n'a glissé, tout porte. Sa manière de noter est la seule vraie. Je rédigeais trop. Le parfum s'évapore. Et puis Beyle est si indépendant.

13 juillet

Déjeuné chez Mme de Fitz-James avec Mgr Lemaistre, nommé évêque de Carthage ou plutôt coadjuteur avec succession. Après le repas, l'évêque a reproché aux salons de ne pas s'intéresser aux questions religieuses. Il a convié Mme de Fitz-James et autres à grouper des personnes, à exercer son influence dans le sens chrétien, catholique. Il a parlé avec insistance, et un langage qui tient tout à la fois du clergé et de la presse. Taigny disait, en sortant : « C'est un rasoir religieux. » Le jour où l'on appliquerait ce programme, adieu nos charmants déjeuners ou dîners où l'on cause de tout librement ! Autant rentrer dans une sacristie ! Moi, je le disais à Taigny, je ne crois à l'apostolat dans le monde, que sous forme homéopathique. La leçon chrétienne doit être donnée ainsi et pas autrement, sans cela on devient un prédicateur ou un bedeau.

19 décembre

Keyserling m'écrit de Darmstadt, que l'Allemagne bouillonne d'idées et d'efforts, comme jamais depuis l'époque de Gœthe.

Moi toujours mécontent. Cette absence de lumière m'attriste, m'énerve. L'âge que j'ai ne m'enchante pas. Je voudrais être plus libre encore, avoir plus de santé, que sais-je ?

21 décembre

Mme de Noailles m'avait envoyé les *Forces éternelles*. Je viens de lui écrire une lettre laudative. Elle est vraiment une muse. Quel sentiment de la nature elle a ! Les bourgeons éclatent sous ses doigts.

22 décembre

La duchesse de Rohan m'a raconté avoir déjeuné, à Rochefort, chez Loti qui l'avait prévenue qu'il aurait à la fois son fils légitime et un fils naturel. Loti se maquillait, disait la duchesse, parce qu'il aurait voulu être beau. C'était sa préoccupation. Loti est protestant mais il avait, dans ces derniers temps, subi une crise de doute. C'est la lecture de Bergson qui a raffermi sa foi. Il l'a dit lui-même à la duchesse.

23 décembre

Vu, pour la première fois, Paderewski [150] avec sa tête singulière, expressive, fatiguée, aux cheveux blonds. Causé avec lui trop peu de temps, après le repas. Il m'a dit que le piano avait toujours été pour lui, secondaire. Le principal, c'était de servir sa patrie.

Paderewski m'a dit que le piano, pour lui, c'était comme s'il disait la messe. Il a toujours joué « à jeun ». Il a voulu finir sa carrière d'artiste, en Amérique, quand il joua devant Joffre et Viviani : ce fut son « apothéose ». Paderewski s'exprime fort bien, en français, spirituellement. Il parlait des bijoux qui sentent le cadavre (à propos des bolchevistes) et des « camarades qui ont réussi ».

25 décembre — Noël

Ah ! les jours de fatigue diurne, nocturne ! La comtesse de Chevigné, les filles d'Arthur Meyer ont assisté à la messe de minuit de mon couvent. La lune éclairait le mystère au dehors et l'électricité l'éclairait au dedans.

Ce matin, vers 7 heures 20, je prenais le nord-sud pour porter la communion rue de la Ville-l'Évêque, au vieux prince d'Arenberg. Rentré rue Méchain pour chanter une seconde grand'messe. Et puis, vêpres et puis Salut.

1921

5 janvier

Dîné chez les Jacques Porel, avec Mme Thomson, Drieu La Rochelle, Vanderem, Mme Fernandez et son fils, Lucien Daudet, Hermann. Nous devions avoir Picasso et Colette, mais Picasso attend un bébé et Colette se fait *remonter* le visage. Drieu La Rochelle a été élevé au collège Sainte-Marie, à Paris. Il aime beaucoup Nietzsche. Il travaille, en ce moment, à un livre plus sérieux que les précédents, et où il sera question de son enfance. Mme Jacques Porel très, très jolie à voir. Après le dîner Mlle Taillefer, Auric ont joué au piano.

10 janvier

Ce soleil de janvier est déconcertant. Faudra-t-il l'expier ? C'est comme la jeunesse des désirs que ne calme pas la soixantaine.

Dîné chez les Chauvelot avec la comtesse de Chevigné, les Philippe Berthelot, Mme Alphonse Daudet et Lucien. Berthelot a bien connu Oscar Wilde. Il déjeunait avec lui, au coin de l'Odéon. Wilde lui racontait toutes sortes de choses curieuses. Il avait dit à je ne sais qui : « Celui qui a été frappé ne se relève pas. » Il disait que le fils prodigue avait des parents abominables. On avait tué un veau en sachant qu'il n'aimait pas le veau. Il disait que, quand la femme adultère s'est trouvée délivrée de ses accusateurs, son mari est venu qui lui a jeté la pierre ; et encore que Judas, à qui les prêtres proposaient 10 deniers, n'en avait pas voulu les appelant des misérables. Puis 20 deniers, il les repoussa, plus faiblement ; 30 deniers : il les accepta. Et Judas d'ajouter : les misérables ! Ces deniers étaient faux. Quand Oscar Wilde mourut, dit Berthelot, nous fûmes 9 à son enterrement. Il n'y avait qu'une couronne, de la part d'un locataire. On le conduisit au cimetière de Pantin.

15 janvier

Déjeuné, hier, chez la baronne Pierlot. Un repas maigre, parce que vendredi, mais d'un soigné, d'un exquis ! Et quelle tarte finale ! On a dit un mot de Paul Claudel, nommé ambassadeur à Tokyo. Sa femme ambassadrice ! Mme Pierlot n'en revient pas. Mme Reine Claudel est jalouse. Claudel, lui, est le Turelure de l'*Otage*, l'homme fort qui se débarrasse de ce qui le gêne. Dans le *Partage de midi* qui n'est plus réimprimé, il est question, paraît-il, de la future Mme Philippe Berthelot.

27 janvier

Voilà donc ma vie : recueillir des mots, noter des rencontres, être un parasite des vivants et des morts, puis cultiver des regrets de toutes sortes.

28 janvier

Été à Neuilly, au goûter Zanta. Bergson nous disait qu'il s'occupe, en ce moment, des théories nouvelles sur le temps. On ne veut pas de simultanéité. Et on admet un espace court, tordu (ligne droite qui aboutit à une courbe). Comme je lui parlais de la tendance orientale de la philosophie allemande, il m'a répondu que ce mouvement avait commencé avant la guerre, comme en témoigne Keyserling. Et il m'apprenait que ce dernier couche dans le lit de Kant qu'il possède.

29 janvier

Étienne de Beaumont me disait qu'il avait fait un choix de poésies, parmi les plus grands poètes contemporains. Il y a Lamartine, Verlaine etc. Il a exclu Victor Hugo qui est, dit-il, un homme de génie mais pas poète. Voilà ce que j'ai entendu d'énorme, de plus énorme jusqu'ici.

Mais que tant de soirées où je me couche si tard pour me lever si tôt sont fatigantes !

4 février

Hier, déjeuné chez les Matza, avec Mme Lucie Delarue-Mardrus, les Philippe Berthelot, Mme Rachilde et Alfred Vallette, Tristan Bernard et Mme Aaron. Mme Rachilde citait le concile qui refusait une âme à la femme. Vallette me disait que les jeunes littérateurs d'aujourd'hui n'ont pas le feu sacré des littérateurs d'autrefois. Ils se hâtent. Mais c'est Lucie Delarue-Mardrus[151] qui m'a intéressé. D'abord un extérieur qui plaît : de beaux yeux. Elle n'est pas grande, et quand elle parle, on dirait une jeune fille, je ne sais quoi d'un enfant qui ne l'est pas. Elle m'a dit tout de suite qu'elle a une sœur religieuse, sœur de Saint-Vincent-de-Paul à Alger. Elles étaient et sont encore six filles. Elle est normande. Elle respecte la religion et si elle croyait, elle se ferait carmélite, mais elle ne peut pas croire. La religion lui semble être une « image d'Épinal » et elle citait ce mot de Lao-Tseu : « Dieu, l'être qu'on ne peut pas nommer. » Elle reproche à la religion les précisions. Elle se plaint de la méchanceté humaine. Elle a fait un vif éloge d'un livre de Jehanne d'Orliac, *Madeleine de Glapion, demoiselle de Saint-Cyr.*

On appelle Mme Delarue-Mardrus « la princesse Amande ». Tristan Bernard parlait d'un fils à lui qui rectifiait le bêlement d'un mouton, qui lui apprenait à bêler. Berthelot racontait devant Tristan Bernard ce que ce dernier avait fait pour prouver à son fils que Dieu est partout et nulle part. Il avait pris un morceau de sucre, l'avait mis dans un verre d'eau et le sucre dissous, il lui avait dit : c'est ainsi de Dieu. Et Berthelot d'ajouter : Tristan Bernard est panthéiste. Tristan Bernard est barbu, d'une barbe gris sel. À table, il parlait de jeunes filles violées à 16 ans. Avec un phallus de bronze, reprenait Rachilde. Cette dernière citait des vers de Goyau : hymne au phallus (*Le Sang des dieux*). La même Rachilde prenait la défense de la pudeur, remplacée disait Tristan Bernard par une hygiène générale.

Je reviens à Lucie Delarue-Mardrus et à l'attrait que j'ai eu tout de suite pour elle. Comme on parlait de l'adolescence, elle l'a définie « le crépuscule du matin ». Il s'agissait de celle du jeune homme qui est tant à plaindre.

7 février

Mme Aman-Jean me disait hier que Lucie Delarue-Mardrus avait posé jadis, chez son mari. Elle venait avec Miss Barney et une domestique fut scandalisée du langage et des gestes des deux dites personnes.

8 février

Déjeuné aujourd'hui chez Mme de Fitz-James. Comme on parlait, pour les flétrir, des femmes qui sont presque nues, dans les soirées mondaines, M. de Laborde s'est récrié et a dit : « La pudeur commence à la laideur. » Et M. de Martel était de cet avis. Si ce que vous montrez est beau, c'est très bien.

Mme Lucie Delarue-Mardrus m'a envoyé, ce matin, son roman : *Un cancre*, avec une dédicace qui m'a fait plaisir. La femme de lettres joint le talent à ses formes, c'est-à-dire une beauté à une autre.

10 février

Ce matin, dans l'Oratoire de mon couvent, ou chapelle du noviciat, a eu lieu la reconnaissance du cœur de la Vénérable mère Javouhey[152]. Table autour de laquelle le tribunal siégeait, avec l'évêque auxiliaire Roland-Gosselin, un docteur et un chirurgien. Le monument surmonté d'une urne, dans un petit renfoncement que j'ignorais. Les marbriers ont fait leur œuvre, puis la boîte a été ouverte. Cœur presque informe, tassé et rétracté, ratatiné. Pas d'odeur de décomposition seulement celle d'une essence grasse, car le contact du cœur, au dire des docteurs qui l'examinaient était gras. Couleur brune, jaunâtre, rappelle celle du chocolat (termes des docteurs), mais c'est bien un cœur humain et non celui d'un mammifère, ceci dit expressément par les docteurs. J'ai signé un parchemin, comme témoin. Les religieuses importantes étaient là, mais l'examen du cœur s'est fait, elles absentes. Elles sont revenues et toute la communauté a défilé devant l'organe.

Bainville m'a dit tenir de Daudet ou de Georges Hugo ce qui suit : vieillard, un matin que Georges Hugo venait l'embrasser, le grand-père au lit lui montra qu'il avait une érection et lui dit : « Un jour tu te rappelleras cela. »

Victor Hugo possédait à Guernesey toute une correspondance de sa femme Adèle avec Vacquerie accompagnée de dessins significatifs faits par elle. Hugo gardait cela, à sa décharge, si on était venu l'ennuyer, à cause de Juliette Drouet.

Jacques Bainville m'a dit que la littérature des convertis, Claudel, Ghéon, etc. amènerait une formidable réaction chez la jeunesse à venir.

19 février

Dîné chez la princesse Marthe Bibesco, avec Walter Berry. Elle avait revu, chez Jacques-Émile Blanche, le *Vésuve*, c'est-à-dire Anna de Noailles. On s'était parlé. Marthe se défie, se souvenant du passé. Mme de Noailles était très belle, disait-elle. Marthe citait ce mot dit jadis à elle par la poétesse : « Je t'aime plus malheureuse qu'heureuse. » On a causé de Abel Bonnard, à table. Il est sévère par insuccès, il est paresseux, disait Berry.

15 février

Déjeuné hier, chez les Fabre-Luce, avec Alfred leur fils, Mme Mühlfeld, Arsène Henri, Abel Bonnard, la princesse Lucien Murat. Mme Fabre-Luce nous a fait remarquer qu'elle avait revêtu une robe de mandarin (qui lui avait été donnée jadis) pour recevoir Bonnard, retour de Chine. La princesse Murat était en bleu. Mme Mühlfeld disait que Edmond Rostand était bien le Don Juan de *La Dernière Nuit* qui vient de paraître. C'était un petit Don Juan, un Don Juan parisien qui était plus préoccupé de la conquête que du sentiment. Beaucoup de fatuité. Pas de profondeur dans le sentiment. Elle l'a bien connu. Tel a été Rostand jusqu'à la guerre. Un Don Juan en satinette. Mme Mühlfeld a fait un très grand éloge de Paul Valéry qui est l'être le plus merveilleux qu'elle ait connu, comme intelligence et comme morale. Valéry est un chaste. Il est de Montpellier. A fait des mathématiques. Disciple de Mallarmé. Valéry, me disait encore Mme Mühlfeld, c'est Descartes. Il a épousé la nièce de Manet. Il est à l'agence Havas. Il a une cinquantaine d'années.

22 février

Dîné chez Mlle Le Chevrel avec la princesse Bibesco, les Sert... Causé, après le dîner avec Mme Sert (ex-Mme Edwards). Elle m'a dit combien Jean Cocteau à qui elle s'intéresse est en lutte avec lui-même. Refusé à la *Nouvelle Revue française*. Il a subi l'influence de Reynaldo Hahn, il a été de Jacques-Émile Blanche à Picasso. Il se cherche. On lui reproche d'avoir renié les uns, les autres. Il cherche toujours à se réhabiliter. Il s'est trompé en essayant de faire de Satie un chef de file, etc, etc. Il n'a pas les jeunes pour lui. Et il n'est pas heureux. M. Sert m'a parlé de Forain. Il m'a cité des mots de Degas ; trouve que Forain a eu tort de l'abandonner dans ses dernières années. Il a vu Degas sur son lit de mort. Grand front. « C'est une merveille. » Degas continue à avoir des gens pour lui, contre lui, et cela dans la mort. Nous étions sept à son enterrement, m'a dit Sert.

5 mars

Visite de Mlle Rouget (Marie Noël)[153], ma correspondante d'Auxerre. Je ne me la représentais pas ainsi. Elle ne doit plus être de la première jeunesse. Et son visage n'a rien de désirable. À sa parole, toutefois, on reconnaît l'accent personnel de ses lettres. Elle sort d'une grande maladie où elle se croyait moralement perdue. Elle a son père et sa mère. Le Dieu de la philosophie lui convient mieux que le Dieu du catéchisme. Elle l'avoue.

7 mars

Visite de Millon de Montherlant. Causé lettres. Il croit avoir froissé de Curel, en n'admirant pas assez une lecture qu'il lui a faite. Il admire beaucoup Barrès et constate que la guerre l'a diminué. Il est en froid aussi avec lui. Il a passé deux ans à Sainte-Croix de Neuilly. A subi l'influence de deux prêtres qui s'y trouvaient. Il constate que la guerre n'a pas donné de résultats, et croit à une autre guerre qui aura lieu, peut-être dans cinq ans. Il ne connaît pas beaucoup de littérature moderne. Son volume, *La Relève du matin* a reçu beaucoup d'éloges.

10 mars

Visite, hier, de l'évêque de Lourdes. Il veut parler de moi au nouvel archevêque et lui insinuer de me nommer chanoine titulaire, comme fin honorable de carrière. Ce genre de conversation me fait froid dans le dos.

12 mars

Été voir, hier, la princesse Bibesco qui m'a raconté un long téléphonage de Anna de Noailles. Cette dernière racontait le pourquoi, le comment de son attitude, pendant la guerre et depuis, avec sa cousine, ce qu'on lui reprochait etc, etc, etc. Et avec cela, la poétesse veut se rapprocher de Marthe. Et Marthe en a peur. Elle m'a demandé de venir, comme par hasard, lundi soir, vers 6 h 1/4, Anna de Noailles devant se trouver alors chez elle. Elle veut un témoin. Elle craint qu'on lui fasse dire ceci, cela. « Je crains les Grecs et leurs présents. »

13 mars

H. Brémond sort de chez moi. Nous avons déjeuné ensemble. Il m'a raconté les difficultés qu'il a eues avec l'abbé Letourneau au sujet des fouilles sur M. Olier qu'il lui avait communiquées. Fureur du curé de Saint-Sulpice qui s'attendait à trouver dans Brémond un panégyriste d'Olier. Brémond y parlait de sa folie[154]. Olier fou, presque dès l'enfance. Plus tard cette folie se traduisit par la mégalomanie. Olier avoue lui-même que le Père de Coudren le méprisait. Marie Rousseau, la cabaretière, écrivait à Olier qu'elle avait eu un songe où ses mamelles se gonflaient, et ajoutait-elle, ce lait est pour vous.

Olier avait eu un songe où un crucifix tombait dans son lit et lui de le baiser de toutes parts. Alors une voix se faisait entendre : « Prends garde ! Ce crucifix, c'est Marie Rousseau. » Et, ajoute Brémond, c'est déjà l'histoire de Mme Guyon et de Fénelon, avec cette différence que Mme Guyon est une dame et que Fénelon est bien élevé.

Brémond a dû faire des concessions qu'il jugeait nécessaires. Il retrouvera d'ailleurs Olier, quand il parlera de Fénelon. Brémond trouve ces messieurs de Saint-Sulpice *jésuites*, ne disant pas la vérité, pas honnêtes.

Brémond m'a raconté que Barrès est venu le voir à Pau et travailler, avec lui, des pages dont les premières viennent de paraître sous ce titre : « La Sibylle d'Auxerre. »

Barrès n'a pas été à Auxerre, comme il l'écrit. Brémond me répétait que Barrès a une énergie de fer, une volonté de travail. Il ne perd rien de ce qu'il trouve en lui, et chez les autres. Brémond a connu Charles Demange et lui reproche d'avoir cherché à imiter son oncle. Il ne lui trouvait pas de talent.

20 mars

Déjeuné aujourd'hui, chez Mme Demange. Barrès très intéressant. Il trouve que les personnages dévots dont Brémond parle dans ses livres sont cocasses, baroques. Ils n'ont pas l'air de l'intéresser. Il n'aime pas non plus Fourier de Mattaincourt, qu'il trouve aussi cocasse. Causé d'Anatole France dont la composition littéraire consiste, dit Barrès, dans des *arrangements*. Ce qu'il écrit est appuyé par une lecture qu'il a faite. *Les dieux ont soif* ont été précédés des *Autels de la peur* où il est question de Mlle Eliott. Cette étude n'a pas été republiée. C'est des *Autels de la peur*, des conversations avec Gilbert Augustin-Thierry et des estampes, que sont nés *Les dieux ont soif*. France aime surtout ses collections. Il est né dans la bouquinerie. Barrès a insisté sur l'anti-catholicisme de Anatole France. France regrette d'avoir perdu son temps en écrivant sa *Jeanne d'Arc*. Et en effet, ce n'était pas la peine de l'écrire pour arriver à faire de Jeanne d'Arc ce qu'il en a fait. Que reste-t-il d'une église dont on a enlevé les verrières, les saintes chapelles ? Il reste des arrangements glacés.

Causé de Renan. Il ne s'occupait pas des autres, m'a dit Barrès. Renan demandait simplement qu'on le laissât écrire ce qu'il voulait. Il fut outré de l'accueil hostile qui fut fait à la *Vie de Jésus*. Barrès trouve d'ailleurs que cette Vie est insoutenable, que ce n'est pas un livre d'histoire.

Barrès m'avait demandé si, quand j'ai vu France à la Béchellerie, il travaillait à quelque chose. Il y a longtemps qu'il ne l'a vu lui-même. Il n'a pas lu *La Révolte des anges*.

Barrès disait qu'on avait arraché le cœur de sainte Thérèse encore vivante.

27 mars

Dîné chez les Wladimir d'Ormesson avec Jean Tharaud. Les prénoms de Jean et de Jérôme Tharaud ne sont pas les vrais. Jean s'appelle Charles. C'est un garçon qui a l'air d'un acteur, qui est sûr de lui et cause naturellement et d'une façon intelligente. Le livre de Barrès qu'il préfère est *La Colline inspirée*. Barrès se servait alors des Tharaud pour mettre au clair cette histoire scandaleuse. On suivit le *Journal de l'oblat* chargé de surveiller Baillard. Barrès travaille beaucoup. Il a peu de culture. Avant la guerre, il lisait les jeunes revues et y cherchait des inspirations.

Les Tharaud vont écrire sur les nègres. Tharaud a beaucoup connu Péguy. C'est chez lui que les *Cahiers de la quinzaine* furent fondés. Ce qu'il trouve de plus beau, dans l'œuvre de Péguy, c'est ce qu'il a écrit en vers sur le pèlerinage à Notre-Dame de Chartres, dans la *Tapisserie de Notre-Dame*. Tharaud nous disait encore que Maurice Barrès n'admet d'autre situation que celle de littérateur, de militaire ou de curé. Tharaud nous disait la *saleté* de Gide.

31 mars

Dîné chez les Fabre-Luce. Au cours du repas on a parlé *amour*. M. Fabre-Luce distingue entre l'amour et le rêve d'amour. M. Artus disait que l'amour consiste à donner. Après le dîner Paul Valéry disait, lui, que l'amour, c'est l'association d'un sentiment avec les phénomènes du pincement de cœur, de l'altération de la respiration, etc. Valéry a connu très bien Huysmans. Il racontait même une soirée où Mallarmé et Huysmans étudiaient ensemble les épreuves d'un écrit de Villiers de l'Isle-Adam, Et Huysmans de s'extasier sur cette définition de la lune, par Villiers « une clarté déserte ».

Madame Mühlfeld disait que Jean Cocteau préparait un livre contre Barrès : *La Noce massacrée.*

10 avril

La vie du monde exclut la passion, l'originalité, le pittoresque, la bohème, la liberté. Et le talent est fait de tout cela.

15 avril

Dîné chez Mme Alphonse Daudet. C'était pour rencontrer le poète Jammes que le dîner avait lieu, et la réception qui l'a suivi. Francis Jammes, une barbe gris-sel. Rien qui dénote l'artiste qu'il est. Je l'ai félicité du *Livre de saint Joseph*. J'ai fait ce que j'ai pu, répond-il et il attribue à saint Joseph le legs qui vient de lui être fait, de propriétés à Hasparren et des ruines du romantique château de Belzunce.

Jammes ne songe plus à l'Académie française. Il faut, pour y arriver, dit-il, faire trop de vilaines choses.

Vielé-Griffin[155] m'a dit qu'il avait été le pionnier du catholicisme en écrivant *Sainte Jeanne* en 1912. Et il me disait les difficultés qu'avait rencontrées, parce que catholique, la pièce de Ghéon : *le Pauvre sous l'escalier*[156]. On ne veut pas de pièces catholiques, au théâtre.

Mme Alphonse Daudet me répétait sa tristesse quand elle avait constaté la beauté de son mari, les tentations auxquelles il était en butte, de la part des femmes de théâtre (comme Mme Bartet par exemple).

Après le repas beaucoup de personnes sont venues. Francis Jammes a lu, d'une voix emphatique, et non sans accent, quelques pages de son dernier ouvrage, *Le Livre de saint Joseph*, « La Servante », et « Le Percepteur ». Après quoi Jacques Bainville s'approcha de moi et me confia de sa part et de celle du ministre Bérard, [leur crainte] qu'une littérature comme celle que nous venions d'entendre n'amenât une forte réaction contre le catholicisme. Et Bainville de citer ce mot que venait de lui dire le Ministre : « On reviendra à la *Henriade*. »

Une femme chanta aussi une prose de Jammes. Singulière soirée ! Le ministre de l'Instruction publique, Léon Daudet, des poètes, la veuve de l'auteur de *Sapho*[157] et... pour finir saint Joseph. Presque une littérature de patronage, si l'amour de la nature ne rehaussait pas le ton.

1er août

La princesse Murat croit que *À l'ombre des jeunes filles en fleurs* sont des transpositions. Elle dit aussi que M. Proust est snob et méprise en même temps la société dont il n'est pas. Sa mère était juive.

Dîné chez la comtesse Mathieu de Noailles. Une conversation qui a porté sur toutes choses, les plus disparates, depuis les sœurs de Mathieu ; depuis le petit déjeuner que je prends au couvent, après la messe et dont la poétesse voulait savoir le menu, jusqu'à Rousseau, Lamartine, Hugo, etc. C'est après le dîner, bien après, que les grands hommes sont entrés en scène. Mme de Noailles m'a parlé d'une lettre de George Sand à Mme Dorval où elle écrit : « J'embrasserai vos cuisses brunes » ; d'une lettre de Sainte-Beuve où il raconte qu'après ses étreintes avec Adèle Hugo, cette dernière était exténuée. Des *Misérables* de Hugo, elle m'a dit : « C'est l'entassement du génie. » Elle a célébré Jean-Jacques, parlé d'Annecy, du lavoir, du *morceau d'eau verte*, des trois ou quatre marches qui rappellent encore l'entrevue de Rousseau avec Madame de Warens, de la scène du cerisier, de Le Maître, etc. Dans les *Confessions*, dit-elle, « on entend les violons de l'époque ». Rousseau a laissé de la Savoie même à Ermenonville, disait-elle encore. Elle a parlé de Lamartine dont elle va emporter le *Raphaël*, car elle va à Aix. Elle a habité avenue Henri-Martin, la maison qui a remplacé le chalet où est mort Lamartine et a été de ceux qui ont inauguré la plaque. À La Fontaine, disait Mme de Noailles, nous devons la sensation de la rivière, du bord de la rivière. Elle a parlé de Faust. C'est le premier Faust qu'elle préfère, car la bataille de Pharsale l'ennuie. Mais combien elle aime le chant des Sphères, dans le premier Faust, où les forces montent et descendent avec des seaux d'or ! Byron a pris Manfred dans

Faust. Faust est germanique : gretchen, taverne, salle basse, etc.

Mme de Noailles admire beaucoup Musset, le poète surtout. Elle ne connaît pas, n'a pas l'air de connaître le prosateur. Elle s'étonne qu'il y ait eu si peu de monde à son enterrement.

Elle parlait des grands hommes qui étaient jadis l'objet des ovations populaires et citait Rostand comme les ayant obtenues. Rostand, le seul.

Elle admire *De l'Allemagne* de Mme de Staël, m'a interrogé sur cette femme. Elle ignorait qu'elle eût vu Goethe à Weimar ou bien est-ce une distraction, un oubli ? Des génies, elle me disait : « Nous leur devons de pouvoir parler d'eux. »

Il ne me semble pas que Mme de Noailles ait lu infiniment.

27 septembre — Saint-Gervais-Village. La Bérangère

Nous avions pris le thé et M. Paul Dubois me faisait faire le tour du jardin au-delà duquel on aperçoit le lac, quand sa fille aînée vint lui dire : « Il y a un visiteur, devine qui ? M. Paul Deschanel. » Il était accompagné du maire de Menton et d'un secrétaire qui sert de gardien probablement à l'ex-président. Je lui fus présenté et il me dit qu'il avait bien des raisons de me connaître. Il aurait désiré visiter le tombeau de Taine, mais le temps manquait. Tout de suite, sans exorde, il nous parla de lui : « Je suis tombé de la paix manquée » ; « La République a mis ma femme sur le pavé, ce qui ne s'était jamais vu et qui avait scandalisé l'étranger. » Et encore : « Cette guerre n'a rien produit, ni un poète, ni un sculpteur etc. » On lui montra les manuscrits qu'on m'avait fait voir et il ne tarda pas à se retirer.

Je quittai cette maison intime, recouverte de vieilles tuiles, et que le feuillage décore. Du côté du jardin, les murs s'ornent de vignes et de glycines.

M. Paul Dubois m'accompagna jusqu'au port. Nous nous tenions à une certaine distance pour ne pas retrouver Deschanel. Mais au moment où je pénétrai sur le bateau, j'entendis quelqu'un me parler. C'était lui qui venait par-derrière et me disait des amabilités. Je l'accompagnai sur le pont, et il fit un monologue qui dura jusqu'à notre arrivée à Annecy. Il me parla de tout, comme si j'étais un ami, un intime, et avec une verve continue qui était aussi de l'exaltation. Il me dit sa chute du train — il n'a pas omis le pyjama — une chute élastique, et le prélude de son mal, à Nice où il sentit comme une barre dans sa poitrine. Il me dit la bêtise des médecins qui l'avaient soigné, sauf Dupré qui vient de mourir et qui vit juste. Il n'avait pas de lésion au cerveau mais des troubles fonctionnels. Son mal, m'a-t-il répété, c'était l'anxiété. Il me dit combien il souffrit en Normandie, à Rambouillet. Il insista surtout sur l'impossibilité où est le président de la République de faire quelque chose. Le président ne peut faire, de lui-même, un message qu'en cas de démission. C'est ce qu'il faut arriver à changer. Il insiste beaucoup aussi sur la situation extérieure si mauvaise — pire, en certains lieux, qu'avant la guerre. Il parla de Lloyd George qu'il avait prévenu touchant l'Émir Fayçal. Il parla encore du bassin de la Sarre, de l'Autriche car il partage les idées autrichiennes de Boni de Castellane. Il revendique pour lui le rapprochement avec le Vatican. Je lui disais : « Il faut écrire. » Mais lui de répondre : « Je parlerai. » Il a retrouvé en effet, dit-il, une nouvelle ardeur, une suractivité. Il m'a dit de Clemenceau qu'il était sourd, que Lefèvre avait vu, dans son cabinet de travail, des détails matériels qui prouvaient un affaiblissement sénile.

Nous causions ainsi sur le bateau, dans la nuit, ou plutôt je l'écoutais, si étonné d'avoir près de moi et en pleine crise de confiance, de confiance instantanée, un des membres les plus importants de la

IIIe République. Deschanel m'a dit que nous ne devions pas en rester là, qu'il allait s'installer au 10 de l'avenue d'Eylau, et qu'il m'inviterait à venir le voir. Il a même ajouté : « Vous me bénirez. » En me rendant à la gare d'Annecy, je n'en revenais pas de cette rencontre inattendue et de cette amitié improvisée. Deschanel parlait, parlait, presque sans arrêt et j'avais parfois peine à le suivre, surtout quand il s'agissait de la politique étrangère.

17 octobre

Dîné, hier chez Walter Berry. Jean Cocteau est venu, pendant que nous étions encore à table. Je lui ai parlé de son livre sur ou contre Barrès. Il a pris Barrès, m'a-t-il dit, « comme un mur de pelote basque ». Or, ajoutait-il, le mur est, de l'autre côté, un espalier à fleurs et à fruits. Il appelle Mme de Noailles : « sainte Opportune ».

15 décembre

Hier, été chez la comtesse Mathieu de Noailles qui était couchée. René Benjamin[158] était là, venu pour se documenter en raison des conférences qu'il doit faire, en Belgique, sur elle. Elle a commencé par m'apprendre la mort de Robert de Montesquiou. Puis elle a parlé, avec ce nervosisme, cette rapidité qui n'aident pas mon oreille à la mieux saisir. Elle a fait l'éloge du philologue Wilmotte[159] qui doit la recevoir à l'académie de Bruxelles. Wilmotte « satanique » disait Benjamin, et qui dit du mal des personnes qu'il connaît.

Elle a parlé de Marcel Proust assez sévèrement. Elle a raconté que devant le corps de sa mère qui venait de mourir, il lui a parlé à elle, des beaux vers qu'elle venait de faire. *Non erat his locus*. Ce n'était pas le lieu pour ces choses.

Elle disait qu'elle venait de faire deux volumes de

vers « avec tristesse et enchantement ». Quand elle fait des vers, disait-elle, son âme sort de son corps. Elle est ailleurs.

Je ne comprenais pas toujours ce que disait la chère Bacchante de la rue Scheffer. Elle perdait pied, en s'expliquant sur sa vie de poétesse.

1922

3 janvier

Dîné chez les Vilmorin, rue de la Chaise. Ce qui fut tout à fait délicieux, c'est mon tête-à-tête après le repas avec Loulou le Vilmorin[160]. Elle me parla du livre de Bédier *Tristan et Iseult,* qu'elle lit, relit, qu'elle tient de son fiancé. Iseult est un « rêve ». Elle aurait voulu être Iseult.

Sa figure blanche, mais expressive, sa voix prenante, son élocution pleine de grâce, ses jolis gestes, tant de naturel vibrant me tenaient là, près d'elle sous le charme. Elle ne s'entend pas avec sa mère dont le caractère laisse à désirer.

J'enviais cette sensibilité personnelle qui sait si bien se traduire. Cette imagination qui ne cherche pas au loin, mais se contente de ce qui est à sa portée et le transforme. Loulou a 19 ans : elle m'avouait qu'elle préférait à des manifestations extérieures, découvrir, par une attention quelconque, qu'on pensait à elle. Elle disait aussi les chèvrefeuilles qui avaient le parfum de l'endroit où on les avait cueillis.

8 janvier

Dîné, hier, chez la comtesse Murat, avec Suarès. Conversation très nourrie. Il a été d'abord question du *Don Juan* de Molière. Don Juan, type populaire, comme Faust, est « le dieu de la poursuite amoureuse », mais dans Molière, il trahit seulement. Molière n'a pas de musique. Don Juan est chargé de la sensibilité espagnole, c'est un Greco.

Suarès nous a parlé aussi de Nietzsche qui est, selon lui, un poète manqué. Nietzsche fils, petit-fils de pasteurs. Il est plein de christianisme. Puis il lit les poètes grecs et la bataille commence. Wagner l'envoûte par son art et par sa personne. L'impuissance de Nietzsche à faire de la musique, c'est toute sa philosophie. L'instinct de critique naît de son amour pour Cosima. Il était jusque-là un séide, il veut prendre maintenant une valeur par lui-même. Il se dresse ainsi contre Wagner, comme il se dresse contre le Christ. Né très chrétien, très romantique dans le fond, il devient antichrétien, mais il est hanté par le Christ et cela même le prouve. Ce qui établit une chose c'est son contraire. Nietzsche veut tuer en lui le Christ, donc, il est chrétien ou plein de christianisme. Le païen ne s'en soucie pas. Nietzsche écrit *l'Antéchrist*, comme il écrit *le Cas Wagner. Parsifal* était un retour à l'idée chrétienne, tandis qu'on avait cru que la Tétralogie était la fin de tous les cultes.

Nietzsche est un grand poète avorté. Son père était un avarié. Il était lui-même un avarié.

13 février

Déjeuné chez la nièce avec les Charles Du Bos et les Wladimir d'Ormesson.

On a parlé de Marcel Proust. Charles Du Bos dit que son œuvre est ce qu'il y a de plus important dans la littérature française, depuis longtemps. Du Bos m'a parlé de la crise physiologique d'Amiel qui avait eu comme point de départ l'effarement devant le phénomène de la puberté ! Son journal contient sur les personnes des pages impubliables.

17 mars

Été chez Mme Bousquet. Julien Benda a parlé de Bergson contre lequel il a écrit et il a fait un vif éloge de ses cours, supérieurs à ce qu'il écrit. Il trouve alors des images, un mouvement interne l'emporte. Un jour il disait : « Quand l'artiste est à ses débuts, c'est le plus beau moment. Il sent que le génie se lève. Plus tard, il arrive que l'artiste devient son propre disciple. Craignez ce moment-là. »

20 mars

Ce matin cérémonie de vêture, de profession, de vœux. Voiles blancs et voiles noirs, anneaux, couronnes fleuries et couronnes d'épines, scapulaires, cierges, croix : tout a été béni, distribué, à travers les chants et les lumières. Et cela a duré deux heures et demi. Aucun René ne s'est évanoui pour quelque Amélie. Les héroïnes du sacrifice, les saintes Iphigénie étaient aujourd'hui plus nombreuses que par le passé. Nous avons été ensuite plus de quinze prêtres à table. C'est fini. Quel bonheur ! L'Évangile est un esprit, un souffle. Le catholicisme est un cérémonial

30 mars

Rencontré l'autre jour la baronne Pierlot qui avait reçu une lettre de Claudel qui est à Tokyo : « Je cause avec Dieu, comme avec un vieux camarade » et il ajoute « j'ai écrit *le Soulier de satin* qui sera rigolo ».

26 avril

Été, hier après le Salut, revoir Jean Cocteau qui va mieux. Il était debout, et il m'a causé longuement, et d'une façon très intéressante. Il appelle Maurice Barrès un « pillard ». Il a trouvé, dans les *Curiosités esthétiques et littéraires* de Baudelaire, une phrase de Barrès où se trouvent ces mots : « creuser des avenues ».

Jean Cocteau m'a parlé de Radiguet et du roman qu'il va bientôt faire paraître. Radiguet a 19 ans mais il boit. Il habite une chambre d'hôtel, rue de Suresne. Daniel Halévy ayant lu son livre a dit : « C'est le livre d'un gredin. » Il ne le publiera pas. Il s'agit, dans le roman, d'un presque enfant qui vit, pendant la guerre, avec la femme d'un soldat qui est au front. Et il lui fait un enfant. Cocteau disait que ce futur roman est au-dessus d'*Adolphe* et de *La Chartreuse de Parme*. Et à propos d'*Adolphe*, Cocteau citait ce mot qui s'y trouve : « La malheureuse ! Elle cherchait des faits là où il n'y avait que des sentiments. » La Sirène, Grasset font vivre, en attendant, Radiguet qui s'endette quand même. C'est avec Radiguet que Cocteau va s'absenter quelque temps, dans le midi, pour s'y reposer.

2 mai

On nous a fait admirer et décrire timidement la nature. Quelle audace de choisir dans l'œuvre de Dieu ! On nous disait : ceci est beau, cela ne l'est pas, ou l'est moins. Je suis pour le tout et pour chaque partie.

On nous disait d'admirer les fleurs. On ne nous disait pas d'admirer la femme. Et qui sait si le culte de la beauté féminine n'eût pas spiritualisé nos sens !

4 mai

Repris le petit catéchisme. Le mot à mot nuit certainement à l'intelligence des enfants. Quand ils savent par cœur, ils ne comprennent pas avec leur esprit. La mémoire qui précède l'intelligence est une obstruction.

6 mai

Déjeuné aujourd'hui chez les Maklakoff. Madame Morounseff, veuve du président de la première

Douma, arrive de Moscou, non sans peine. Elle a pu partir parce qu'elle a donné des leçons de chant à la nièce de Krassine. C'est une grosse petite bonne femme non élégamment habillée et coiffée. Elle nous a raconté, en français pas trop laborieux et très naturel, très vivant, ses impressions de là-bas où elle a passé tout le temps de la guerre. Pays de bêtes féroces, dit-elle. Trotski est un « vampire ». Maintenant on fusille en qualité, plutôt qu'en quantité. Elle nous a raconté qu'Isadora Duncan est là-bas, dansant des danses bolcheviques. Le soir, après ses exercices, elle groupait douze jeunes gens, ses douze apôtres et disait à l'un d'eux : « Tu passeras la nuit avec moi et nous danserons l'*Internationale* fougueuse. » Elle nous a cité un endroit où l'on mange de la chair humaine. Elle a été en prison. Elle nous a dit que ceux qui ne sont pas bolchevistes, en Russie, attendent la résurrection des jésuites. On croit en leur habileté pour faire l'ordre. Les églises sont maintenant boudées.

16 mai

Henri Lavedan m'a cité des mots de Forain dont celui-ci qu'il a entendu dans un café. Une femme vieille, qui ne lui plaît pas, se rapproche de lui pour le conquérir et à un moment se baisse. « Je cherche, balbutie-t-elle... — Une dent ? répond Forain. »

J'ai trouvé, hier soir, les trois derniers volumes : *Sodome et Gomorrhe* que Marcel Proust m'avait fait remettre, avec une aimable dédicace.

Déjeuné aujourd'hui chez Mme de Fitz-James. L'amiral Lacaze nous a raconté comment il a conféré dernièrement le grand cordon à Pierre Loti. C'était à Rochefort dans la pièce qu'on appelle la chambre de la Renaissance. On avait permis à Loti de descendre, soutenu par des domestiques sans que personne le vît. Il est en effet paralysé du côté gauche. Quand il fut assis, on écarta le rideau et on put le voir, en uniforme. Le préfet Charlier était là, un piquet de marins, et l'amiral lui adressa quelques paroles. Loti ne put pas beaucoup parler. Il cherche ses mots qu'il ne trouve plus. Il avait un peu trop de poudre de riz sur le nez.

Loti que Lacaze appelle « un révélateur de sensations ». Sa vie fut heureuse mais il n'était pas aimé de ses camarades. Loti ne veut voir personne depuis qu'il est paralysé.

25 mai

Déjeuné aujourd'hui, chez Mme Hyde, avec Valéry. Il m'a confié qu'il n'est pas chrétien, qu'il n'aime pas l'Évangile, qu'il le trouve méchant. Il ne comprend pas le mélange de Dieu et de la souffrance, et considère les miracles de l'Évangile comme indignes de lui. Ainsi de changer l'eau en vin, c'est un tour de prestidigitation peu grand. Valéry m'a cité le passage où il est dit que Jésus touché par l'hémorroïsse ne comprend pas et sent une vertu qui sort de lui. Il n'aime pas la scène des pourceaux jetés dans le lac. Il trouve qu'il y a, dans l'Évangile, plusieurs Christ différents. C'est comme le Dieu de la Genèse, des textes élohistes et jéhovistes. Il définit la foi « la force de fabriquer le vrai ». Il est, dit-il, d'une grande volonté intellectuelle. Le devoir est de douter.

Valéry parlait encore de la transformation métaphorique de Mallarmé. Et comme je lui disais que ce dernier parle beaucoup de la chevelure féminine, il a ajouté « et aussi de l'éclat de la peau ». Valéry a renoncé à la littérature, en 1892, dit-il, en plein mallarméisme. Il a repris pendant la guerre. Valéry parle beaucoup, mais sa prononciation n'est pas très nette.

30 mai

Été chez Mme de La Béraudière où j'ai fait la connaissance de la princesse Ghika, née Liane de

Pougy[161]. Elle disait avoir été en Grèce, en Égypte, à Constantinople, promené son « chagrin d'aimer ». Elle racontait les coups qu'elle a reçus de son premier mari. Elle est d'une famille des environs de Rennes et d'une autre espagnole. Elle a été élevée à Sainte-Anne d'Auray qu'elle aime beaucoup. Elle lit l'*Imitation* et le *Pater* de Sainte-Thérèse : « Dieu est mon Père. »

2 juin

Été, vers le soir, chez Mme de Brimont. Le docteur Gelé nous racontait le phénomène des matérialisations, c'est-à-dire des formations organiques, comme des mains, même des visages, le médium étant endormi. On met ou l'on fait mettre ces mains dans de la paraffine, puis on coule du plâtre. On fait des moulages. Le médium est polonais. Le docteur Richet a raconté avoir lui-même coupé des cheveux à ces têtes d'apparitions. Gelé racontait cela simplement.

Paul Valéry m'a causé ensuite. Il n'envie pas le surnaturel. « Je n'aime pas ce qui épate » disait-il. Il me disait que les questions sont mal posées. Comme celle de la destinée. Il n'a pas l'inquiétude métaphysique. Et comme je lui citais Musset, il m'a dit qu'il ne l'aimait pas, ni lui, ni ses vers. Les Chinois, ajoutait-il, n'ont pas l'inquiétude métaphysique et que de choses ils ont inventées ! Il serait partisan d'une mystique sans Dieu.

15 juin

Déjeuné aujourd'hui chez Georges Henri Manuel, avec Paul Valéry, la princesse Lucien Murat, Georges Dutuit. Valéry et la princesse ont parlé de *Saül* qu'on joue au Vieux-Colombier. La princesse de Polignac m'avait envoyé une et même plusieurs places pour la répétition d'hier, et fatigué, je me suis abstenu. Il paraît que j'ai bien fait. Le sujet, disait Valéry, est religieux et scabreux. Ce sont les amours de Saül et de David. Copeau était Saül, le David venait de l'Odéon. L'auteur est André Gide que connaît, et depuis longtemps, Valéry.

21 juin

Dîné hier chez les Jacques Porel. Déjà en rencontrant Paul Valéry dans l'escalier, je lui avais demandé quelle était, selon lui, la conception de la morale. Et il était très embarrassé pour le dire. Il admettait qu'on arrivât un jour à « casser une vitre de l'univers », ce qui permettrait à l'homme de se repérer un peu mieux. Nous avons repris cet entretien, après le dîner. Le christianisme, disait-il, a joué deux grands tours à l'homme, celui d'abord de supprimer la polygamie puis d'exiger le pardon des injures. On se tiendrait mieux, si on rendait injure pour injure. On craindrait plus.

Mais c'est Colette (l'ex Colette Willy) qui m'intéressait. Présenté à elle, je lui avoue tout de suite que je me suis préparé à la voir, en lisant son Rossignol des *Vrilles de la vigne*. Et voici qu'elle me répond sur un ton déconcertant, plutôt peu gracieux : « Et moi qui n'ai pas fait de préparation ! » Vêtue de blanc, en crêpe marocain, elle a l'air d'une enfant qui n'a pas été élevée, qui ne sait pas se tenir, manque tout à fait de réserve, et est amusante quand même et peut-être au fond, bonne fille. Elle appelait son mari, M. de Jouvenel « mon chéri ».

Elle a voyagé en Algérie et elle parlait de « l'explosion de l'oasis dans le désert ». Elle parle de ce qu'elle voit, des pieds d'alouettes qui étaient sur une table, d'un meuble, du vin qu'elle buvait, etc. Elle m'a invité, elle et son mari, à baptiser leur fille qui doit avoir neuf ans. Colette m'a dit qu'elle est née dans l'Yonne. Elle prépare un roman qui s'appellera *Le*

Double. C'est une femme qui est le reflet d'une autre. Elle cesse de l'être et n'existe plus.

Drôle de personne ! Si son mari tient au décorum, je le plains. Après le dîner, causant à Mme Bernstein, elle lui tâtait les seins, en la félicitant de sa santé.

1er juillet

Été déjeuner Boulevard Suchet chez les Jouvenel, c'est-à-dire chez M. Henry de Jouvenel et Colette. Un petit intérieur au rez-de-chaussée, avec petit salon tendu de tapisseries et un jardin qui n'est pas grand mais que le soleil de juillet rendait si charmant, avec ses géraniums et ses roses rouges crimson. Maginot, ministre de la Guerre qui est très grand et marche avec une canne parce qu'il boite, est venu en retard. Il y avait à table avec lui la princesse Marthe Bibesco et les Jacques Porel. Le déjeuner fut abondant et très arrosé. Des pois de senteur sur la table. Colette avait, à sa droite, le ministre et à sa gauche sa chienne, une brabançonne qui s'appelle Patipati et moi. Colette adore les plantes odoriférantes : roses, tubéreuses, gardénias, narcisses etc. et parmi les feuilles également odoriférantes, la mélisse, la menthe, le géranium rosat, l'absinthe etc. Elle cueillait de ces feuilles de son jardin, les pressait pour nous les faire respirer et en offrait à Marthe et à moi. J'en mis dans un petit volume d'Heures du Bréviaire. Voici du réséda dit-elle que j'ai mis là et les abeilles sont venues. Elle part pour la Bretagne à Rozven, dans l'Ille-et-Vilaine. Elle a parlé des cinéraires qu'elle avait vues, en Algérie, dans la propriété de M. de Polignac. Ces cinéraires étaient d'une couleur intense, disait-elle, sous le soleil contre un mur. Et cela faisait des vibrations violettes. Colette a des cils peints et les yeux pers, comme dit Marthe Bibesco. M. de Jouvenel ne rayonne pas. Il paraît soucieux. Il n'aime pas Barrès. Colette admire Carco, le trouve grand écrivain, signalait surtout

Maman Petitdoigt. C'est vrai. Je préfère ces milieux artistes, lettrés aux hôtels héraldiques.

Colette a, dans la figure, je ne sais quoi de dur, de non épanoui.

4 Juillet

Visite hier de Mlle Rouget qui n'osait pas sortir dans la ville d'Auxerre, lorsqu'on sut que Marie Noël c'était elle. Elle avait honte de ses succès poétiques. Très sensible jusqu'à en être malade. Ses parents lui disent qu'elle est laide. Les maladies des gens qu'elle connaît et dont elle s'occupe l'empêchent de dormir. « Je deviens ces gens », me disait-elle.

5 juillet

Lucien Descaves sort de chez moi. Je lui ai parlé de Colette. Il me conseille la prudence. M. de Jouvenel qui était un publiciste a maintenant des visées politiques. Il voudrait être aux Affaires étrangères. Mais recevrait-on Colette ? Colette a tout un passé (hommes, femmes). Elle jouait au music-hall, rue de la Gaîté. C'est Willy qui l'a fait travailler. Si Jouvenel ne parvient pas à se réhabiliter ou à réhabiliter Colette, il pourrait la lâcher. Elle a peur d'être lâchée, en effet.

Bourget et Barrès soutiennent Carco, m'a dit Descaves mais quand un livre est couronné par l'Académie on reparle des premiers, on les revend. Et quand on reverra *Jésus-la-Caille* et *Les Innocents*, Bourget recevra peut-être un mot de quelque douairière qui lui adressera des reproches au nom de ses enfants.

17 juillet

Ce matin, à 11 heures, à Sainte-Clotilde, j'ai dit la messe des noces d'or du comte et de la comtesse d'Hinnisdäl. J'ai lu, en commençant, un discours de circonstance. Déjeuné ensuite, dans le vieil hôtel de la rue de Varenne. Un repas des plus simples, l'ordinaire. À l'issue du déjeuner, le vieux comte barbu a lu quelques vers sur la cérémonie avec quelques hésitations et me les a remis ensuite. Il m'avait déjà offert, au salon, une enveloppe renfermant 500 francs. Vu un tableau de Gérard représentant un d'Imécourt mort au siège de Dantzig. Il a sa canne et son chapeau. On le préférerait en militaire, ce qui, rajoute la famille, donnerait plus de prix matériel au tableau. Vu le portrait de sainte Jeanne de Chantal « bonne maman Chantal » dit le comte. J'ai regardé par la fenêtre qui donne sur la cour. À gauche, des vignes au mur et au fond un tout petit jardin avec un escalier qui conduit à un appartement. Une statue décapitée. Au fond l'hôtel qu'on aperçoit à travers le feuillage des arbres. Et pendant que nous jouissions de ce coin pittoresque, la comtesse faisait abattre un cèdre vêtu de lierre et datant de 1802. Il ne restera que le platane voisin. On sciait l'arbre sous mes yeux. C'est ainsi que le même jour, on dit une messe pour cinquante ans de mariage et qu'on supprime les arbres séculaires. La même comtesse d'Hinnisdäl, petite-fille de Sully, me disait à table, qu'on ne trouvait plus de blanchisseuses à la campagne. Et elle blâme l'instruction que les gens de la campagne ont reçue, et qu'il ne fallait pas leur donner, à quoi bon, disait-elle, leur apprendre l'histoire de France à laquelle ils ne comprennent rien ?

26 octobre

Brémond va écrire sur saint François de Sales dont les idées sont contraires à celles de Pascal et de Bossuet. Tout à l'heure avant et pendant le petit déjeuner, Brémond me disait que le XVIIe siècle était un mensonge, une façade. Les gens mentaient sans s'en rendre compte. Bossuet se montait le coup. Il écrivait, il écrivait indéfiniment comme Faguet. Bossuet ne doutait pas. Il a été détourné du grand problème qu'on se pose par la controverse protestante. On s'imaginait qu'après avoir réfuté les protestants, tout était fait, qu'on était alors sur le roc. L'entourage de Bossuet ne valait rien. Des bandits. Celui de Fénelon excellent, les Chantérac etc.

Aujourd'hui, la morale est plus développée, en ce sens que, quand nous mentons, nous le savons. Au XVIIe siècle, on n'avait pas d'odorat physique ; de même au moral. Duguet, Bourdaloue étaient de braves gens, des gens honnêtes. Bossuet n'a pas de caractère ni les autres, et les catholiques du XIXe siècle n'ont pas été, disait Brémond, « comme le vieux Jacob qui se mesure avec l'ange, veut savoir ce qu'il pense, dût-il en rester boiteux ».

Brémond m'a dit que Rancé avait un secrétaire laïque, à la Trappe. Il s'appelait Maine. Vilain homme, une fripouille.

27 octobre

Nous écrivons moins bien qu'au XVIIe siècle, dit Brémond, mais nous valons mieux.

29 octobre

On parle de plus en plus des fascistes d'Italie. Fascistes ou « chemises noires ». Ils combattent les communistes et socialistes. Ils sont antibolcheviques. C'est Mussolini qui en est le chef.

1er novembre

Henri Brémond vient de m'apprendre que c'est lui qui a écrit la préface dédicatoire du *Voyage de Sparte* de Barrès, préface où il s'adresse à Mme de Noailles. Barrès avait fait un travail lourd, de mauvais goût. Brémond le remplaça par les pages que nous savons.

7 novembre

Lucien Descaves et l'abbé Brémond ont dîné, hier soir, chez moi d'un lapin et d'un faisan que m'avaient apportés les Jean de Moustier. Brémond nous a intéressés à Théodelinde du Boucher qui est devenue Sœur Marie-Thérèse de la rue d'Ulm. Elle avait été dans l'atelier de peinture de M. de Juine qui travaillait pour décorer Versailles sous Louis-Philippe. Elle connut Offenbach, Chopin. « Une belle Indienne », qui n'était autre que Mme Maurice de Guérin, venait chanter ou jouer pour distraire sa mère. Foucher, le frère d'Adèle Hugo traversa aussi cette existence. Alfred de Vigny avait dû épouser sa sœur. Tout cela a été raconté par une ursuline qui avait connu Théodelinde dans l'atelier de peinture, mais rue d'Ulm, on n'en a cure. Actuellement on est préoccupé de ses « vertus héroïques ».

11 novembre

Le gouvernement ayant fait du 11 Novembre, anniversaire de l'armistice un jour férié, l'archevêque de Paris en fait, de son côté, une fête religieuse, avec grand'messe, vêpres, Salut. Voilà le patriotisme qui supplante ou qui égale les mystères chrétiens et le culte des saints. Donc c'est aujourd'hui, qu'il y a 4 ans, l'armistice sortait de la clairière de Rethondes. Le sang ne coule plus mais l'encre, le bavardage, la haine. Le flot en est intarissable.

13 novembre

Henri Brémond m'a dit que *Marius l'épicurien* [162] a eu une grande influence sur la jeunesse anglaise, non une influence catholicisante mais lénifiante, qui a contribué à féminiser l'Angleterre qui en avait grand besoin. C'est un Renan plus sérieux. La religion sans la foi. Et à ce propos Brémond me parle de ce fou de saint Augustin qui a inventé le péché originel. Calvin et Luther n'ont fait que traduire saint Augustin. Or maintenant on rejette le péché originel. Le cardinal Billot n'en parle plus, on ne parle plus de la nature déchue viciée. Déjà le Concile de Trente n'en parle pas, selon Brémond. C'est encore l'esprit d'Érasme, de Pic de la Mirandole qui anime le Concile de Trente, concile révolutionnaire.

Brémond m'a dit : « Le surnaturel est mort. L'autel s'effrite mais comme on n'a rien trouvé qui puisse remplacer les idées morales ou qui leur permette de se suffire à elles-mêmes, il faut laisser aux masses la liberté de rester attachées à ce qui reste de la religion catholique. L'élite n'en a pas besoin, et marche toute seule. Nous sommes dans une situation fausse, ajoutait Brémond, mais est-ce qu'un membre de l'Institut peut dire ce qu'il pense ? Sur la guerre par exemple. Tout est mensonge. »

17 novembre

Été avec Brémond chez les Charles Du Bos. Vu André Gide toujours affecté dans ses manières, dans ses paroles. Il manque de simplicité, de rondeur, d'aisance. Il nous a fait l'éloge de Dupouey qui a contribué à la conversion de Ghéon, de Martin du Gard et de ses derniers livres et aussi de *Silbermann*, de Jacques Lacretelle. Gide trouve Claudel intolérant.

19 novembre

Hier visite de l'adorable nièce habillée en violet. Je lui ai fait lire la lettre que Reynaldo Hahn [163] m'avait fait adresser le matin. Marcel Proust mort, samedi soir. Et son ami répondait à son désir, en m'invitant à aller quelques instants près de ses restes [164]. La nièce a accompagné la princesse Lucien Murat, rue Hamelin. Elle l'a trouvé très beau sur son lit de mort. Barbe noire, grands cernes aux yeux, type arabe. Elle a apporté des violettes. Elle ne l'avait jamais vu de son vivant.

3 décembre

Déjeuné aujourd'hui, chez Mme Cocteau. Jean nous a parlé d'*Antigone* de Sophocle qu'il vient d'adapter en y faisant des soustractions. Il nous a cité des réparties admirables. Il fait habiller Antigone chez Chanel parce qu'il s'agit d'une princesse qui doit être habillée élégamment. Elle le sera en laine, avec man teau gris.

Picasso peint les décors. Tout sera bleu, dit le peintre, parce que la scène se passe dans un jour beau et chaud. Cocteau compare Créon à Clemenceau. Le chœur sera représenté par un groupe de masques. Cela sera joué à Montmartre. C'est une grecque brune et ressemblant à la Duse jeune qui sera Antigone.

22 décembre

Causé longuement avec Henri Massis[165] qui a, dans le visage et dans la tête, je ne sais quoi d'un Barrès réduit, ratatiné. Il est très intelligent d'ailleurs. Il a dit que sa désaffection pour Barrès avait commencé, à la mort de Charles Demange quand il reçut ces mots du grand écrivain : « Ce drame, c'est un mur qui vient de s'écrouler, chargé de fresques. L'horizon s'est élargi et j'ai vieilli. » Il n'a pas senti chez Barrès de « progrès intérieur ». Barrès, dit-il encore, est un bourgeois lointain, bien encadré, et c'est ce côté bourgeois qui l'a sauvé dans ses extravagances. Barrès n'a pas l'inquiétude religieuse. Il est tellement envahi par son propre individu qu'il est son Dieu à lui. Barrès ne comprend rien à la philosophie. Il a appuyé son système sur la tradition. C'est ainsi qu'il appelle le culte des morts. Or la tradition est l'argument le plus faible. Barrès n'a pas lu. Il n'a pas de culture première classique. Massis m'a dit l'influence de Gide et de Marcel Proust sur la littérature contemporaine, influence pédérastique. Gide a fait beaucoup de mal. Il est stérilisant. Maurras, m'a-t-il dit, a horreur de la mort et toutes ses doctrines viennent de là.

23 décembre

Paul Valéry m'a dit que l'*Antigone* de Cocteau était quelque chose de schématique, atroce. Cocteau a enlevé tout ce qu'il y avait de noble, d'humain, dans la pièce.

1923

30 janvier

Été, hier revoir Noémie Renan que j'avais prévenue et qui m'attendait. Elle m'a reçu dans cette petite pièce chauffée qu'orne un beau portrait peint de Renan jeune et doux. Parlé du centenaire qui approche.

On ne sait pas bien toutes les causes qui ont présidé, chez Renan, à la perte de la foi. Noémie l'avoue. Ce sont les trois dernières années jusqu'à la sortie de Saint-Sulpice, en 1845 qui ont été les années de tourment, de douleur. Une fois sorti, en 1845, c'est fini. Il y a bien la peine qu'il peut faire à sa mère, mais cela s'arrange. Alors Ernest est saisi par les idées, par son travail, et il va de l'avant. Noémie constate qu'il y a un hiatus dans les lettres entre 1845 et 1846. Une année de silence épistolaire. Elle a retrouvé une lettre de Dupanloup datée de 1849 et invitant Ernest à déjeuner. J'ai dit à Noémie que les laïques qui écrivaient sur son père se tromperont souvent quand ils voudront connaître sa mentalité de séminariste. Elle en convient. La mentalité d'un séminariste, d'un prêtre est un mystère pour ceux qui n'ont pas porté la soutane.

18 février

Déjeuné hier, chez Mme Halphen avec Le Goffic[166], les Drouin, Pierre Mille. Le Goffic m'a intéressé, car il a connu Renan. Il n'est pas pour le transfert des restes de Renan au Panthéon, transfert qui aurait une signification antireligieuse. Le Goffic disait que Renan était féminin. L'homme est féminin en Bretagne, en Pologne etc. Lamennais disait : « Je veux quelqu'un qui me conduise ». Renan subit donc l'influence de sa sœur Henriette qui d'ailleurs était autoritaire. Henriette enseigna, chez une autre Bretonne qui avait perdu la foi, Mlle Ulliac. Henriette subit l'influence de cette dernière. Elle écrivait à son frère Ernest au séminaire : « Mets-toi en civil quand tu viendras chez Mlle Ulliac. » Le Goffic croit que Renan a été un très bon mari. Henriette Renan, quand son frère se maria, s'installa dans une chambre voisine et la nuit, au moment de l'action conjugale, elle donnait des coups à la muraille. Quand Henriette mourut, elle était déjà ensevelie, au moment où son frère renaissait à la vie. Renan voulut qu'on déterrât sa sœur, car il ne croyait pas qu'elle fût morte. Le Goffic tient ce détail du fils de celui qui reçut les Renan, en Syrie.

19 février

Été, hier, après le salut, chez le Marquis et la Marquise de Polignac, avec la princesse Bibesco. Anna de Noailles n'a pas tardé à venir et il a été question de la Ruhr, mauvaise opération, de son désir de voir Briand revenir au pouvoir. Forain est venu, lui aussi. Nous avons été dans la chambre de la marquise de Polignac et la conversation y a été plus agréable. Mme de Noailles répugne à admirer pleinement Mallarmé. Elle trouve le « Fuir là-bas » dans Baudelaire. La pièce qui commence par « la dentelle s'abolit » ne serait-elle pas inconvenante ? Forain nous a raconté qu'il avait connu Rimbaud qui était blond, avec des yeux bleus, un jeune homme dégingandé, un garçon extraordinaire à 18 ans. Vers 1872, Forain habitait rue Campagne Première avec Rimbaud ; ils y couchaient dans des lits hasardeux. Forain avait pris la paillasse, et Rimbaud le matelas. C'est alors que Forain allait dessiner au Musée du Louvre et que Rimbaud travaillait dans une bibliothèque. Puis on se rendait dans un café chaud. Vous ne savez pas, disait Forain, ce qu'est un café chaud. On buvait des bitters. Verlaine se lia avec Rimbaud, mais le point de départ de ce qu'on leur reprocha fut une attitude, dit Forain, qui ne croit pas que les relations prirent tout de suite un tour fâcheux. Il y eut des saoûleries, des beuveries... Qu'arriva-t-il ensuite ? Tout est possible, ajoute Forain. Verlaine ne pouvait plus se passer de Rimbaud et il tira dessus parce que l'autre voulait s'en aller. La saoûlerie, selon la remarque de Forain, n'est pas la volupté. « Le cochon est sobre. » Forain racontait encore les dîners, à Batignolles, chez Nina de Callias, où l'on vit apparaître une comtesse sourde, la comtesse Ratazzi. Forain sortait de ces dîners, avec Villiers de l'Isle-Adam et Chatillon qui avait connu Victor Hugo. À 4 heures du matin, Villiers de l'Isle-Adam et Chatillon parlaient du siège de Jérusalem où ils avaient eu des ancêtres. On cherchait un hôtel pour y coucher. Forain était en redingote. Et il avoue qu'il a mené une vie de bâton de chaise, et cela tant qu'il a pu. On dînait aussi, avenue Henri-Martin, chez la comtesse Ratazzi et Manot y craignait que le vestiaire ne fût pas sûr. Forain a cité ce mot de Mme de Noailles sur Rodin : « On ne pouvait pas s'asseoir, sans trouver ses mains. »

21 février

Hier, été à l'exposition des œuvres de M. Capiello puis chez le peintre Blanche où j'ai retrouvé François

Mauriac qui est « follement sensuel et très catholique », d'un catholicisme qui, paraît-il, n'est pas le mien, car, si j'ai bien compris Blanche, Mauriac ne m'approuve pas. Il n'en laisse rien paraître d'ailleurs.

25 février

Dîné chez les Jean de la Rochefoucauld. Mme de Noailles est venue très en retard. Elle parlait avec sa verve jaillissante inattendue et accoutumée. Elle a dit combien elle aimait la musique, toute la musique, le bruit. Elle a raconté qu'à 26 ans, étant à Venise, et ne pouvant en supporter la beauté, elle s'était enfermée à l'hôtel pour lire *Le Colonel Chabert* de Balzac. À Venise, elle préfère encore Rome. Quoi de plus beau que le chemin qui mène à Saint-Paul-Hors-Les-Murs ! Puis, elle célébrait le matin. Elle m'a parlé à moi du *vent bleu* dans les aubépiniers de la voie Appienne. Elle a dit, en termes enivrés, son admiration pour Napoléon, la plus grande figure du monde. Cet homme né dans une grande bâtisse d'Ajaccio, sur un tapis d'Aubusson où était représentée la victoire. Il porte les deux plus beaux noms qui soient au monde : Bonaparte, Napoléon. Partout où il a été, ce sont les traces d'un dieu.

27 février

Visite de M. Harispe qui écrit sur Lamennais. Il m'a appris des précisions intéressantes. C'est Metternich qui a inspiré la condamnation pontificale des *Paroles d'un croyant*. Lamennais était dans des embarras financiers, quand il reçut à Munich sa première condamnation[167]. Ses disciples ne l'ont pas quitté. C'est lui qui les a invités à s'en aller. Barthou a écrit à Harispe pour lui parler d'une correspondance inédite de Lamennais avec M. de Saint-Victor, père de Paul de Saint-Victor. Lamennais avait été, en effet, en rapport avec le premier dans une affaire de librairie ou de bibliothèque. Brémond m'a dit que M. Harispe est prêtre.

9 mars

Gérard Bauër m'a dit qu'il allait faire un livre sur Lord Byron, parler de son ascendance (grands-parents) et de son pied bot : cause de sa révolte ; puis de son amour incestueux pour sa demi-sœur, puis de sa mort à Missolonghi. Il a voulu cette mort. Ce fut son rêve. Musset l'a deviné quand il dit, dans sa lettre à Lamartine : « Lorsque le grand Byron allait quitter Ravenne et chercher sur les mers quelque plage lointaine où finir en héros son immortel ennui. »

Gérard Bauër est romantique. Il l'avoue et déclare que s'il n'était pas romantique, il perdrait le meilleur de lui-même ; au lieu d'être exalté, il aurait de l'ironie ; il ne serait pas patriote. Bauër m'avait apporté son *Recensement de l'amour à Paris*, où il a mis une confession, dit-il. Il a lu le premier roman de Radiguet qui va paraître. C'est fait avec intelligence, dit-il, mais le héros du livre est cynique comme on ne l'est pas à cet âge. Trop jeune pour cela. Et dans le lancement du livre, il sent trop l'ambiance pédéraste.

14 mars

Abel Bonnard trouve *Le Diable au corps* de Radiguet « assez ordinaire », Alfred Fabre-Luce le trouve au contraire, remarquable, le rapproche de Colette. Bonnard n'est pas de son avis. Il parle des dons de Colette, des dons que les vrais écrivains possèdent et qu'on retrouve dans leurs moindres ouvrages. Bonnard fait ensuite la critique impitoyable de Barrès. C'est un juif portugais. Avec la clé lorraine, on ne l'ouvre pas mais avec la clé juive, c'est autre chose. C'est pour cela qu'il a mieux compris les pays, comme l'Espagne, qui se rapprochent du Portugal, d'où son étude sur le Greco. Barrès est vanille et pistache. Tantôt il est l'une, tantôt l'autre. Il se sert de ces deux moitiés. Il n'a ni culture, ni lecture. Il faut voir, ajoutait Bonnard, Barrès dans une cérémonie funèbre. Et il blague de sa manière de comprendre le culte des morts. Barrès, dit-il, est un gardien de cimetière, avec deux petits fémurs brodés sur sa casquette. Et pendant la guerre, il a voulu être préposé à tout l'ossuaire. Que j'envie le langage imagé, si brillant d'Abel !

24 mars

Été, hier, après le Salut, chez la comtesse Jean de Castellane. La baronne de Pierrebourg avait assez d'entrain. Elle définissait Mme Bousquet « une midinette » qui appelle Henri de Régnier « ma grande asperge ». Maurice Donnay est amoureux de Mme Bousquet. Henri de Régnier est plutôt amusé par elle. Il y va chaque soir et Chaumeix finit sa journée chez Mme de Régnier. Marthe Bibesco m'a conduit ensuite chez la Bousquette où nous avons trouvé Henri de Régnier. Puis elle m'a déposé boulevard Henri-IV, à la porte de Gillet. Donc dîné chez les Louis Gillet, avec leurs deux grandes filles, M. et Mme Augustin Léger, et l'abbé Brémond. Louis Gillet a vu, souvent, l'an dernier, Anatole France, et en particulier à l'abbaye de Chaalis. France, dit-il, n'aime au fond que la littérature. Il faut l'entendre lire des pages du *Phèdre* de Racine.

Rencontré Bergson, dans la rue Méchain et causé quelques instants avec lui. Il m'a dit combien il est pris encore, au détriment de ses études, de ses recherches. Il m'a dit qu'il avait écrit sur la relativité, pour voir s'il y avait lieu de changer ce qu'on avait cru. Il dit que les physiciens qui manquent de philosophie ont changé le sens du mot. Bergson m'a cité un mot qui se trouve dans la *Correspondance* de William James. On lui posait un questionnaire : croyez-vous à la survivance de l'âme ? Et James de répondre : « J'y crois en devenant vieux. C'est en devenant vieux que je commence de vivre. » Et l'expression, chez James, ne dépasse pas son expérience, ajoute Bergson. Il faut donc que cette vie continue. Bergson a une figure candide, curieuse, amusante. Il regrette de ne pas pouvoir faire profiter davantage sa philosophie de l'expérience qu'il a acquise, dans ces dernières années. L'action lui a beaucoup appris. L'histoire, un seul événement, sont choses si compliquées !

25 mars

Vu pour la première fois, Marie Laurencin[168] qui m'a dit qu'elle supprimait le nez dans les portraits. Les nez des femmes sont de la poudre. C'est à cause de son horreur pour les nez qu'elle ne fait pas, dit-elle, de portraits d'hommes.

26 mars

Déjeuné aujourd'hui, chez les Fellowes. L'ex-Daisy Decazes m'a parlé du film qu'elle monte et qui a pour objet le drame du collier de la reine. C'est Funck-Brentano et Nolhac qui signeront le scénario. On s'en occupe sérieusement et tout est matière à recherches scrupuleuses, même l'encrier royal. On cherche une femme ressemblant à Marie-Antoinette. Daisy fera Mme de La Motte. Les portraits qu'on a de cette dernière lui ressemblent. Elle était châtain, comme elle. Elle était jalouse de Marie-Antoinette et le cardinal de Rohan n'était pas amoureux de la reine. C'est le drame de la jalousie et de l'ambition. Les Rohan voulaient dépasser les Polignac. Tout cela se déroulera à Versailles, et on a obtenu toutes les autorisations. Daisy m'a fait lire l'acte signé des médecins de l'hôpital de l'Unité et de l'hôpital de l'Humanité qui ont fait l'autopsie de Louis XVII, en prairial, c'est tout ce qu'il y a de plus réaliste. On y constate « de la putréfaction au ventre, au scrotum, et entre les cuisses » « les intestins sont météorisés »... L'enfant était scrofuleux. Les détails de cette pièce sont affreux. Louis XVIII avait donné cette pièce à son favori Decazes, ainsi que des lettres de Marie-Antoinette. Il y en a une de cette dernière, datée du Temple, illisible. Ce même Louis XVIII écrivait des milliers de lettres à son favori, sept par jour, parfois. Daisy m'a dit avoir écrit des pages sur le vieux Paris et sur Londres. Dans la petite pièce où je l'avais attendue, il y avait un portrait par Perroneau. Elle est rentrée du golf de Saint-Cloud pour déjeuner.

10 avril

Passé la journée d'hier à Nogent-le-Rotrou. Prés verts, arbres fruitiers en fleurs, taches ou éclairs de soleil, d'argent dans un cours d'eau, c'est du Virgile, c'est du Ronsard. Il fallait nous dire au Petit Séminaire : et vous aussi, vous êtes des arbres fruitiers en fleurs ! La vie est une germination, une floraison, une exultation. L'*Exultet* du samedi Saint ! Au lieu de cela, c'était la vie restreinte, rognée, limitée, suspendue, suspectée. Il y avait, dans notre éducation, trop de désaccords. Désaccord entre l'instinct et les lois. Entre notre vie et celle qui nous entourait, entre l'éducation classique et la formation religieuse, entre la nature ambiante et nos études ; entre la petite ville où nous étions et nous-mêmes. Le Virgile de *Corydon* et d'*Alexis,* ne ressemblait pas aux saints que nous fêtions. Il fallait même, à propos des auteurs anciens, les rendre moins distants, installer Virgile aux bords de l'Huisne, faire boire du cidre à Horace. J'étais un pauvre enfant perdu dans la nature, et dans ma puberté. Il eût fallu me rendre la nature plus intime, de manière à ce que je puisse dire : mes nuages, mes ruisseaux, mes fleurs. On aurait dû nous dire aussi : les plus grands génies que vous admirez, Chateaubriand, Lamartine, Hugo ont chanté ce que vous voyez. Je croyais d'instinct que les grands écrivains avaient vu un autre ciel, d'autres rivières, d'autres fleurs. Il fallait encore faire travailler nos imaginations. Ah si on avait interprété cette nature, si on m'avait débrouillé, expliqué à moi-même, exalté !

Ma puberté physique et intellectuelle traînait, inquiète, taciturne, confuse, le long de ces ruisseaux, de ces chemins, parmi ces fleurs. J'aurais voulu : 1° être aimé de tel professeur qui avait de l'imagination et qui eût stimulé la mienne, 2° être moins scrupuleux, craintif, 3° avoir la facilité, l'invention littéraire, au lieu d'être un reflet, presque un plagiaire. Comment concilier tant de spontanéité, d'enthousiasme et si peu de création ? Une belle page de littérature m'immobilisait, me pétrifiait d'admiration. Et je ne réagissais pas. Je n'étais pas fécondé : « Adore et tais-toi ! » C'était trop cela. J'étais isolé intérieurement et muré.

Je lis Ronsard, beaucoup de Ronsard. C'est la volupté associée à la nature extérieure. Des baisers printaniers. Moi, j'aimais trop la nature pour ne pas l'aimer tout entière.

16 avril

Dîné, hier, chez la comtesse de Fitz-James. Taigny me citait des mots d'esprit : « La princesse Soutzo est une Minerve qui a avalé sa chouette. » Et encore : « On refuse à l'Académie, Maeterlinck parce qu'il est belge, Porto-Riche parce qu'il est juif, Mme de Noailles parce qu'elle est femme. Or Francis de Croisset est tout cela à la fois. » Ce sont nos derniers repas chez la comtesse de Fitz-James. Elle souffre horriblement d'un mal qui ne pardonne pas. Nous ne retrouverons plus un milieu pareil, cette table toujours ouverte, des convives qui venaient des quatre coins de l'horizon. Fin d'un monde, de plusieurs mondes.

18 avril

Été chez la princesse Bibesco qui m'a entraîné, avec la princesse Lucien Murat chez la Miss Bell (du *Lys rouge*) et qui n'est autre que Mme Duclaux (ex-Darmasteter). Elle est anglaise et parle avec originalité. Elle m'a accueilli avec sympathie, ayant entendu parler de moi. Je lui ai parlé tout de suite de Renan sur qui elle a fait un livre personnel. Jeune, en effet, elle a connu Renan. Elle allait le voir, avec son mari. Et Renan de lui dire : « Je prends les travaux des savants, et je mets du style dessus. » Elle le vit à Venise, alla avec lui sur une canonnière à Torcello et là, devant des fresques ou mosaïques qui représentaient des cornes d'abondance, Renan expliquait leur origine : des gens chassés de Gaule par les Huns s'étaient réfugiés là, avaient copié des vases grecs, et transformé les cornes de Cérès en « coupes de la colère de Dieu ». Et, ajoutait Mme Duclaux, j'avais en l'entendant « le vertige de l'histoire ». Mme Duclaux a une sœur Robinson qui écrit et qui était là aussi. Vu, chez elle un écrivain, Berl, qui vient de publier un livre sur l'amour.

20 avril

Ma pauvre vie ! ma pauvre vie ! Tous les lilas d'Auteuil ne suffiraient pas à combler les vides que je sens.

Maurras a été battu, hier, à l'Académie et on lui a préféré l'ambassadeur Jonnart. Mais aussi pourquoi l'Action française insulte-t-elle le genre humain ? Et avec quel orgueil !

22 avril

Mme de Noailles n'est pas pour l'entrée des femmes à l'Académie française. Elle trouve que la femme est à la remorque de l'homme, qu'il y a en elle, du fortuit et du greffé, qu'elle est un accident.

23 avril

Je remercie Raymond Radiguet de son roman *Le Diable au corps*. Été voir Mme Cocteau. Elle m'a dit que *Le Diable au corps* c'est l'histoire de Radiguet lui-même, mais la fin, c'est-à-dire la mort de Marthe, a été ajoutée. Jean Cocteau va publier un roman, des dessins, des poésies. Il est très nerveux pour une virgule qu'on n'a pas mise dans le texte.

3 mai

Déjeuné aujourd'hui chez Mme Cocteau, avec Jean son fils et Radiguet. Radiguet a un monocle dans l'œil droit. Il a fait ses études dans un lycée de Paris. Jean Cocteau a beaucoup et très spirituellement parlé. Il venait de relire le *Voyage de Sparte*, de Barrès, et Radiguet l'avait lu, pour la première fois. Radiguet admire beaucoup Barrès. Jean Cocteau faisait remarquer que Barrès est bien surtout quand il est drôle, au lieu de faire des choses qui ressemblent à celles des devanciers. Barrès et Mme de Noailles se gâtent en adoptant le ronron, le ton d'orgue, en imitant les écrivains qui sont venus avant eux.

Mme de Noailles dit du bien de moi, dit Cocteau : 1° à cause de notre vieille amitié, 2° parce que ce qu'elle croyait devoir échouer dans mon œuvre, a réussi, 3° parce qu'en disant que je suis spirituel, elle diminue ou supprime mon côté poétique.

Cocteau a entendu Porto-Riche raconter sa visite à Victor Hugo. À un certain moment, Mme Drouet à dit à Jean Hugo : « Va embrasser ton grand-papa soleil. » Georges Hugo s'est fait raser, il vend tout, jusqu'à ses droits d'auteur, et danse avec des petites femmes, dans les bars.

Jean Cocteau croit que les vers des tables tournantes de Jersey étaient des vers de Victor Hugo, et il comparait le phénomène à celui du sommeil qu'on ne comprend pas. Ce n'est pas de la magie, c'est un phénomène naturel. Il a vu des tables tourner chez Jean Hugo et il constate le rythme inhumain de ces tables.

Jean fait, ce soir, une conférence au Collège de France, dans un petit amphithéâtre. Il lira. C'est la première fois que pareille chose arrivera, au Collège de France. La Sorbonne avait fermé ses portes. Jean a remercié l'administrateur Croiset, en lui disant : « C'est parce que vous êtes grec, que vous comprenez la jeunesse. » Jean admire infiniment *La Princesse de Clèves* et *Adolphe.* Or, on n'y décrit ni la couleur des cheveux ni autre chose. Et Mme de Noailles reproche à Radiguet l'absence d'images ! Jean est impressionné d'avance de sa conférence de ce soir, aux étudiants. Il nous a lu le passage relatif à Barrès. Il croit que ce dernier est bien plus content de ses injures qu'on ne le croit. Il a raconté aussi sa rencontre d'hier avec Lucien Daudet qui ne voulait pas causer avec lui : « Je vous admire toujours beaucoup, mais vous n'êtes plus mon ami » disait Lucien qui lui reproche toutes sortes de choses fausses. Lucien construit tout dans sa tête. Il faut coïncider ou se suicider, disait Jean Cocteau. Coïncider, c'est-à-dire tenir compte des autres, de ce qui n'est pas soi etc, etc. Jean va faire paraître des livres qui ne sont pas convenables, et il me les enverra quand même. Radiguet fera paraître son second roman, en octobre.

6 mai

Hier, déjeuné chez Mme Pailleron avec Maurice Barrès, l'abbé Brémond, Jacques Boulanger. Ce fut délicieux, car on ne parla que de littérature et Barrès s'y montra tout entier. Tout d'abord, il fut question de George Sand qu'il aime, et dont il admira le portrait fait par Delacroix et qui orne le cabinet de travail de la dame de céans. Il y a, chez elle, dit-il, de « la sonorité intérieure ». Il rappelle le discours de

Hugo à ses funérailles et il le trouve très beau. Barrès aime aussi Victor Hugo, surtout sa prose. Il lit avec plaisir toute la prose d'Hugo, même *Mes fils, Paris, Shakespeare*, et il y trouve des sonorités (qui expriment évidemment des idées niaises), toute une orchestration, des brisures de phrase qui l'enchantent. Ce que dit Hugo est absurde, et cependant lui, Barrès, est ravi et combien je suis de son avis ! Barrès n'aime pas Alfred de Vigny. Il fait partie, pour lui, d'une série qui commencerait à Vauvenargues et finirait par Vogüé. Vauvenargues, Vigny, Vogüé : de la gaucherie, du pédantisme... Barrès dit beaucoup de mal de Mallarmé. Lui aussi est allé autrefois chez Mallarmé, sous peine de rester seul dans le café. Là on se trouvait devant un être quelconque. On ne disait rien de nouveau. C'étaient toujours les mêmes choses. Mendès y régnait, Zola y disciplinait son troupeau de porcs, Mallarmé son troupeau de sylphides. Chez Mallarmé, disait Barrès, on ne finissait pas les phrases. Elles ressemblaient à des danseuses, à des papillons qui se projettent contre des vitres. Il n'aime pas *L'Après-midi d'un faune*. Il n'aime pas non plus Paul Valéry. Il ne trouve aucun plaisir à le lire. Barrès aime, dit-il, à ce que le travail soit déjà fait par les auteurs qu'il lit, et que cette lecture lui donne une surabondance de lumière. Valéry, dit-il, c'est « un cigare refroidi sur une table de café ». Quel plaisir peut-on trouver à lire Valéry, disait Barrès ! Brémond lui reproche de ne pas aimer la littérature pure. La poésie, dit-il, est intraduisible. Barrès répond que dans Baudelaire, il y a un point de départ, une flèche qui d'ailleurs ne va pas très loin. Dans Mallarmé et Valéry, rien de semblable. Ce que Barrès veut c'est un grand et beau sujet (et non pas le drame des mouches au plafond).

Ah ! Barrès est bien, bien dédaigneux, bien fermé à beaucoup d'admirations. J'aime un peu plus d'horizon et d'oxygène.

17 mai

Après le Salut, couru chez la baronne de Brimont où j'ai revu la duchesse de Clermont-Tonnerre toujours aimable pour moi, Marie Laurencin. Mme ou Mlle Laurencin aime les choses religieuses. Elle racontait le plus bel éloge qu'on lui avait fait. Une femme qui s'était noyée, qui a été repêchée et qui est son modèle a dit : « Je commence à ressembler à Marie Laurencin. Je ne tiens à rien. » L'artiste est très myope. Elle habite 12 rue José-Maria-de-Hérédia. Elle n'aime pas la littérature de France.

Le pianiste Jean Wiener a joué des chants américains qu'il a adaptés. Les nègres de l'Amérique du Nord sont très artistes, dit-il, leur musique est triste. La duchesse de Clermont-Tonnerre me disait qu'il y a un mois ou deux, on avait fait une saisie chez la comtesse Mathieu de Noailles qui est « dans la dèche ». On a dû faire intervenir certaines personnes pour remettre tout en place.

25 mai

Été à l'hôtel Meurice où Mme Sert m'avait invité à déjeuner. Mme Sert parlait de l'orgueil, du noble orgueil de Mlle Chanel qui désire me connaître davantage. Elle m'en faisait l'éloge. Paul Valéry disait qu'il a composé son *Monsieur Teste*, à Montpellier, dans l'hôtel de Bainville qui faisait pendre les protestants, maison où Auguste Comte est né et a grandi. Valéry me définissait l'apologétique « l'art de faire de bons chrétiens avec de mauvais raisonnements ». On a pris le café dans l'appartement des Sert, tout en haut, et après avoir admiré les papillons si bleus que la main de Mme Sert a reliés les uns aux autres, nous avons vu le merveilleux horizon, les Tuileries avec leurs arbres verts, Notre-Dame au loin, le Panthéon qui surgit, les Invalides, que sais-je encore !

8 juin

Déjeuné chez les Rohan-Chabot avec Georges Valois[169] et Charles Maurras. À table, Maurras a parlé politique, il a défendu l'agression par l'encre et le ricin dont ses adversaires ont été l'objet. Valois ajoutait qu'il suffisait d'atteindre les chefs pour que tout rentre dans l'ordre. Valois parlait aussi du mouvement révolutionnaire qui existe à Paris et que le gouvernement ne réprime pas. La police qui sait tout cela n'avertit pas le gouvernement : elle reste, quand les gouvernements passent. Maurras disait que le gouvernement doit gouverner en avant, non en arrière. Il doit prévenir, non réprimer. Et il citait ce mot de Bossuet : « Rois, gouvernez hardiment ! » et celui de Louis XV qui ne voulait pas d'états généraux. Le gouvernement est, disait encore Maurras, une pétition de principe. Maurras croit au diable et Bainville a dit de lui : « Ce qui étonne Maurras ce n'est pas le désordre, c'est l'ordre. »

C'est en rentrant au salon que Maurras a parlé littérature, comme je le désirais vivement, de cette voix sourde, chaude, méridionale. Il a défini le romantisme, qu'il s'applique à l'art, aux lettres, à la politique, à la religion : « la subordination absolue de l'objet au sujet ». Définition boche, disait-il ironiquement. Le romantisme, c'est la turgescence, l'hypertrophie du moi. Le libéralisme religieux, disait Maurras, voit le fidèle au lieu de voir l'enseignement. Et Pie X qui ne fut pas romantique nous a promulgué l'enseignement. Maurras a été romantique à 20 ans. Et il nous citait des vers de Hugo qu'il admire, ceux des *Chansons des rues et des bois* sur les pieds de Jeanne et de Néère. « Je vous mets au défi de faire une plus charmante chanson que l'eau vive où Jeanne et Néère trempent leurs pieds dans le cresson. » Il compare *Tristesse d'Olympio* au *Lac* de Lamartine. Il trouve que la strophe des histrions qui disparaissent en même temps que décroît le coteau ne vaut pas les vers du *Lac* : « Éternité, néant, passé, etc. » D'ailleurs Maurras met Lamartine à cent pieds au-dessus d'Hugo. Lamartine a de la « tradition ». Maurras préfère Hugo quand il est ridicule. Il ne l'aime pas sérieux. Maurras a vu les petits trucs dont se compose le romantisme d'Hugo.

Des poètes, comme Mallarmé, ce sont des commis de magasins en joaillerie. Il faut tout de même préférer l'intelligence.

De Chateaubriand que j'aime (Maurras le sait), il dit qu'il était royaliste sincère mais qu'il bénissait dans la tombe. Les Chateaubriand, les Tocqueville, les Gobineau ont désespéré le pays en lui prédisant l'avenir de la démocratie, et cela à un moment où une réaction aristocratique se formait dans le reste de l'Europe, en Italie, en Allemagne, en Espagne, en Angleterre, au Portugal et il cite les noms de Cavour, de Disraeli, de Bismarck etc.

13 juin

Hier, déjeuné chez la baronne de Pierrebourg. Chaumeix a rappelé la définition de Mauriac par Bourget : « Un homosexuel qui s'ignore. » Paléologue a parlé d'un portrait d'Ida Rubinstein qu'il a vu, à Pétrograd, dans un musée. C'est l'œuvre de Sérov. Elle est représentée nue, avec un saphir à l'orteil. Ida passe pour être hermaphrodite, disait l'ambassadeur. Paul Valéry rappelait ce mot que lui a dit André Gide : « Si on m'empêchait d'écrire, je me tuerais. » Bondy n'aime pas le sujet de *Phèdre*. Il préfère *Médée*. Lire la *Médée* d'Euripide. Valéry disait que dans Euripide, Hippolyte est un chaste, un initié orphique. Il n'est pas amoureux.

Déjeuné chez la vicomtesse de Gaigneron. François Mauriac m'a dit que Mgr Baudrillart lui avait envoyé deux lettres indignées, à propos du *Fleuve de feu* : « Qu'est-ce qu'on dira, à l'étranger, de la littérature en France ? » Paul Bourget lui a dit que ses personnages étaient montrés, non situés. Il a dit combien Barrès qui est encore l'homme de la jeunesse d'aujourd'hui se désintéresse de ce qui paraît. Il l'excuse. Il nous a dit qu'André Gide écrivait toujours, mais ne publiait pas. Mauriac a une figure plutôt chétive. Il est de Bordeaux et des Landes. Il parle des ruisseaux qu'on voit dans les Landes. Le comte Prozor m'a dit que tout Ibsen est dans *Brand*[170]. Il voudrait faire jouer cette dernière pièce, au théâtre des Champs-Élysées. Ibsen s'est intéressé, dans ses dernières années, aux pièces de M. de Curel[171]. Ibsen qui n'était pas aimé de Strindberg avait acheté un portrait de ce dernier, et il aimait, dans ses derniers temps, à voir dans les yeux de Strindberg poindre la folie, et il le faisait remarquer.

20 juin

Déjeuné, tout à l'heure, chez Marie Laurencin. Elle peignait une petite fille quand je suis arrivé, à midi moins le quart. Elle a préparé la table (une petite table de Groult) dans la pièce où elle était déjà, et j'ai déjeuné tout à côté des livres, de Gobineau, de la comtesse de Ségur, voire même des *Confessions* de saint Augustin dont elle m'a lu des lignes qu'elle aime : « Allumez ma lampe, et éclairez mes ténèbres. » Elle goûte ce qu'il y a d'obscur en lui. Tout en mangeant des œufs brouillés, de la blanquette de veau, des haricots verts, des cerises et des fraises, sans omettre un fromage, elle me disait beaucoup de choses d'elle-même. Elle préfère, comme couleurs, le bleu, le gris, le noir, le rose. Elle trouve que le rouge, le jaune sont des couleurs pour hommes. Elle a été l'amie d'Apollinaire, pendant un an et demi. Apollinaire était brute. Il n'a pas voulu l'épouser du vivant de sa mère, parce que Marie Laurencin est fille naturelle. Marie Laurencin a été l'amie de Philippe Berthelot, pendant deux ans. Sa femme a été jalouse et Berthelot lui a écrit une longue lettre pour lui dire que tout était fini. Elle a été mariée à un baron allemand des bords du Rhin, Veschenem, puis elle a vécu six ans en Espagne. Il était millionnaire. Il ne l'est plus. Marie Laurencin est la fille d'un Picard, Alfred Toulet, et sa mère a voulu se faire carmélite. Cette dernière avait une grand-mère créole. Les Laurencin sont de la vallée du Rhône, des nobles de là-bas. Toulet était de la Picardie, du côté d'Albert. Elle a aussi des parents de la Normandie : ce qui explique un certain côté anglo-saxon qui est en elle. Elle est désintéressée, ne tient à rien. Elle m'a dit que les pédérastes sont reconnaissables, pour elle, en ce qu'ils ont de la lourdeur dans le bas du visage. Elle m'a dit que Mlle Chanel et Misia (Sert) sont des femmes qui s'ennuient, la seconde par satiété. Mlle Chanel a, selon elle, épousé le prince Dimitri. Car elle s'obstine trop à se faire appeler Mademoiselle. Mlle Chanel est reine dans un désert. Elle est auvergnate. Marie Laurencin aime bien Giraudoux, Salles. Elle m'a montré les différentes pièces de son appartement, des portraits qu'elle a faits. Elle peint des yeux longs et noirs, des bouches roses. C'est étrange. Et presque toujours des absences de nez. Elle me disait : et vos religieuses ? Elle a voulu peindre la Sainte Vierge et elle n'y est pas arrivée. Pour peindre, elle s'arme de grandes lunettes hollandaises et elle a besoin d'entendre les gens. Si elle était sourde, elle ne pourrait pas peindre. Elle voudrait visiter Saint-Lazare. Si on offrait un thé, à Saint-Lazare, elle s'y rendrait. Marie Laurencin est née à Paris. Elle a été chez les religieuses dont l'une disait quand elle était enfant : « Laissez-la faire, elle a la grâce. » Marie Laurencin a des côtés d'enfant. Elle chantonnait, sautillait à un certain moment.

8 juillet

Été voir Loulou de Vilmorin au lit, de nouveau et pour longtemps. Elle reste aimable et vivante. Elle m'a dit que l'intérieur était un enfer et combien sa mère était incompréhensible d'égoïsme et de cruauté. Alors elle est obligée de tirer tout d'elle-même pour se soutenir. Elle a une si grande sensibilité, cette enfant. Une couleur agit sur elle, comme un son. Elle va écrire. Je l'ai encouragée. Elle lit des vers. De sa chambre, elle ne voit pas le ciel.

18 août — Château de Combourg

La Bretagne, la mer, un très vieux château gothique, un étang, des bois, une sœur romanesque : c'est tout le cadre de l'adolescence de Chateaubriand. Ennui, tristesse, désir : voilà le fond de cette âme.

Chateaubriand a prolongé le crépuscule des dieux, il a retardé le lever définitif de la raison en faisant raconter à la lune son grand secret de mélancolie et en trempant dans l'eau bénite un bouquet de magnolias. Après Chateaubriand, il y aura un regain historique, mystique, liturgique, scolastique. Et puis, Pan sera mort !

21 août

Relu du *René*. Comme il a le sentiment du passé ! Quel philtre de mélancolie ! Il est le grand maître de ce qui n'est plus. Personne n'a mieux compris et rendu le lointain, le disparu, le successif, le passager, le côté ombre et fumée de tous et de tout. René a les passions indéterminées comme la cime des bois... Et seul le malheur apporte des précisions dans sa vie. Chateaubriand a pu être atteint de ce qu'on a appelé le mal du siècle mais il s'est soigné et il a guéri. Il a travaillé l'histoire, il a voyagé, il a écrit, il a fait de la politique, de la diplomatie. Et son cœur n'a pas battu pour des êtres chimériques sans figure et sans nom. Ce « goût de chair » que Maurras lui reconnaît s'est manifesté de la façon la plus nette. Cet ennui ne l'a pas rendu stérile.

C'est comme Goethe. Il tue Werther et il lui survit, longuement.

27 août — Lubersac

Sous ces ombrages qui m'ont vu tout petit, je me représente le songe de tout... ce songe vibrant, éclatant, odorant qu'est la vie. Cette succession incompréhensible de rires, de brumes, d'espoir, de désespoir, de rêveries et d'action, et la naissance de la mort. On ferme les yeux, comme on les a ouverts, malgré soi. C'est ce qui doit donner de la sérénité. Quelles que soient les fautes.

30 août — Toulouse

En quittant le musée, je vois un dessin de Couture au fusain. C'est Michelet aux traits serrés, un peu desséché, des lèvres peu apparentes, fermées, presque pincées, à la Voltaire, beaux yeux, cheveux épais. Et non loin, c'est le portrait de sa femme, née Mialaret (de Montauban), des yeux expressifs passionnés, une figure maigre consumée en dedans. C'est puritain et provincial. Cette femme a voulu. Elle est arrivée. Bouche entrouverte, et c'est moins beau. En somme, une tête de maîtresse de pension, pas très commode. J'aurais vu Michelet épris de chairs libérales.

7 septembre — Sète

Le romantisme ici n'est pas possible. Il est tué à bout portant par le soleil et le ciel bleu. Cimetière marin. Le tram qui mène à la corniche m'a déposé au pied d'une petite côte, et me voici dans ce qu'on appelle indifféremment le cimetière Saint-Charles, le cimetière de l'hospice et le cimetière Riche.

Le Cimetière marin de Paul Valéry, c'est la mer et la mort mais la mer, son sel et son odcur nous réinvitent à la vie, quand même tout finirait sous terre et rentrerait dans le jeu.

11 septembre — Calaoutça

Alfred Fabre-Luce a déjeuné, hier, avec nous. Il avait été à Pontigny dans ces sortes de retraites intellectuelles organisées par Paul Desjardins. André Gide y était. Il y va chaque année. Desjardins a la tête de Socrate mais il pontifie trop. Gide disait que quand il écrivait quelque chose, il lui semblait que Nietzsche le lui avait volé. Pontigny est dans l'Yonne. On voudrait y avoir, l'an prochain, Valéry et Brémond. On constatait, à Pontigny, que France n'a plus d'influence.

12 septembre

Je feuilletais, hier, *Les Mémoires politiques* de Lamartine. Il faut que je me résume, moi aussi, plus modestement, mais j'ai approché tant d'âmes ! Ma vie n'a été ni politique, ni professionnellement littéraire, mais une compréhension des autres, une action sur les autres. Et j'ai pénétré dans des milieux fort disparates et auxquels le prêtre reste souvent étranger.

11 octobre

Je viens de déjeuner à l'hôtel Beau Site, rue de Presbourg où Berenson m'avait invité.

Mme Wharton nous a parlé de Pontigny où elle a passé quelques heures, et où l'on gardait le silence. Gide à qui on avait parlé d'inviter Paul Valéry l'avait évincé en disant qu'il parlerait trop. Donc, on ne parlait pas. À ce propos, Berenson disait justement : « Je n'aime pas la cérébralité collective. »

16 octobre

Déjeuné aujourd'hui chez Walter Berry avec la princesse Lucien Murat, le Prince Bassiano, Jean Cocteau, Marie Laurencin, Mme Wharton. Marie Laurencin a été à Venise et n'aime pas cette ville qu'elle trouve mondaine. Cocteau a parlé du cinématographe qui est un « cul-de-sac », de Charlot qu'il admire comme « une perfection », mais qui étant poète veut être maintenant un poète etc. Après le déjeuner, il m'a dit que Gide passait un mauvais quart d'heure. Il est un « fourbe » c'est petit, petit. On croit toucher une masse (et Cocteau prenait à ce moment un livre) et c'est un papier de soie chiffonné. Au moins Barrès, ajoutait Cocteau, Barrès a la qualité du mensonge. Et il rappelait un mot de *L'Homme libre* : « Il s'aperçut que la sincérité ne suffisait pas. » Cocteau revient à Barrès. Il a lu *La Colline inspirée* qui est un très beau livre, dit-il, et où se sent « l'aigreur de la Lorraine ». Barrès a demandé à quelqu'un qui connaît Cocteau, si ce dernier réimprimerait en volumes ses pages contre lui. Et Cocteau a fait savoir qu'il ne le ferait pas. Il lui a même écrit, en lui disant qu'il fait mal l'amitié, comme il fait mal l'amour etc. Combien Cocteau préfère Barrès à Gide ! Il a même fait un grand éloge de Paul Bourget qu'il a lu, admiré (dans *La Geôle*). Bourget, dit-il, était fait pour le fait divers. Cocteau dit que la critique n'a plus d'action sur la vente d'un livre. Il flétrit d'ailleurs les critiques d'un homme comme Souday. Cocteau a été flatté d'être cité par Maurras (*Revue universelle*) et il ajoute que c'est une tragédie que de voir que ceux qui vous précèdent et vous citent n'admirent pas ce que vous admirez. Maritain aussi a fait l'éloge de Cocteau et ce dernier trouve la chose d'autant plus étonnante que son œuvre est en dehors de la religion. Cocteau nous a dit à Walter Berry et à moi que l'avenir de la littérature c'est la limpidité enrichie de toutes les complications antérieures. Ce sera le classique, sans rococo. Cocteau se félicite d'être dans la vie, d'avoir commencé par elle. La patrie, c'est, pour Barrès, dit-il encore, « le violon d'Ingres ». Sorti avec Jean qui me disait : « Je suis étonné que des personnes de la société qui veulent une nourriture recherchée avalent littérairement des “cochonneries”. » Il citait ce mot de Picasso : étant à Rome, avec Diaghilev, ce dernier se plaignait que tout ne fût pas simple, moderne, près de la vie et Picasso l'invite à manger dans une trattoria. Et alors Diaghilev se rebiffe. Picasso lui répond : « Vous n'avez pas encore évolué en cuisine. »

3 novembre

Voilà les pneumatiques qui reviennent pour m'inviter à deux déjeuners le même jour. Et il y a les goûters aussi. Déjeuné, chez Montagné rue de l'Échelle où la comtesse Potocka m'avait invité avec les Camastra. Ce fut exquis et trop abondant : huîtres gratinées à l'armoricaine, noisettes d'agneau aux pointes d'asperges, bécasses au chambertin avec truffes etc. Pourquoi la conversation n'avait-elle pas la même saveur ?

13 novembre

On a allumé, dimanche, une flamme perpétuelle devant la tombe du soldat inconnu. Voilà un culte nouveau établi. On nous a pris la lampe du sanctuaire, la voilà laïcisée.

17 novembre

Dit à Saint-Pierre-de-Chaillot la messe anniversaire de Marcel Proust. Déjeuné ensuite chez le docteur Proust et sa femme, avenue Hoche. Il y avait aussi sa fille qui ne me déplaît pas. Le docteur est le frère du romancier et il lui ressemble, en plus fort. Il a chez lui le portrait de Marcel par Jacques-Émile Blanche : il est jeune, vous regarde en face et a une orchidée à la boutonnière.

Le docteur Proust m'a parlé de lui, d'Illiers où il est né et qu'il aime. Près de la maison de l'oncle, il y avait un jardin et une haie d'aubépines. Marcel Proust a été très influencé par ce milieu, dans ses premières années. Il y passait de longues vacances. Il suivait les cours de Condorcet. Marcel faisait alors des devoirs d'histoire, avec une grande prolixité. Jallifier, son professeur disait : « Il faut le canaliser. » Marcel Proust s'est raconté lui-même dans ses œuvres.

Il ne voulait pas que sa nièce lût ses livres ni sa belle-sœur non plus.

Les gens du monde (les dames en particulier) vous flattent par devant et disent du mal de vous, par derrière. Politesse et fausseté.

24 novembre

Dîné, hier, rue de la Baume, chez les Charles de Noailles, le nouveau ménage. Il n'y avait que Mme de Chevigné et moi. Une pièce ornée de livres, une salle à manger peinte en vert : Marie-Laure [172] aime le vert. Des iris sur la table. Mme de Chevigné en verve et en joie. Elle a fait l'éloge de Geneviève Straus, cité ses mots d'esprits, parlé de Mme Bousquet pour s'étonner de son succès et prédire qu'il s'arrêtera. Lui est aimable et cause agréablement. Je lui ai déclaré ma passion pour son arrière grand-mère.

25 novembre

Je lis les pages nouvelles de Monod sur Michelet [173] et cela m'exalte. Michelet qui abat toute cloison étanche, mêle sa vie personnelle à celle de la France, se confond avec son œuvre historique, écrit avec ses sens. Voilà un professeur qui n'est pas livresque, qui roule dans la chair et le sang, aussi bien que dans l'encre.

26 novembre

Qu'il est savoureux, le journal de Michelet ! Il vit son histoire. Il présente, dans un bouillonnement perpétuel un modèle de concentration.

27 novembre

Été chez Mme Alphonse Daudet. Je l'ai attendue très longtemps. Sur la cheminée de la petite pièce ornée de livres où je me trouvais, on voit la photographie d'Alphonse Daudet entre celles de sa mère et de l'impératrice Eugénie, le tout surmonté d'un petit buste de François Coppée. J'ai dit à Mme Daudet et à Lucien tout ce que le malheur qui leur arrive m'inspire de compassion. J'ai trouvé la grand-mère de Philippe moins révoltée que je n'aurais cru. Lucien blâmait le milieu surexcitant où l'enfant avait grandi. En sortant, j'ai été accompagné de Lucien qui m'a fait entrer dans une chambre intime et m'a confié toute la vérité. La version qu'on donne de la mort de cet enfant de 14 ou 15 ans n'est que pour le public. En réalité, il s'est tué, dans un taxi, avec un revolver. Il était absent depuis quelques jours et Léon Daudet ne voulait pas recourir à la préfecture de police qu'il a tant flétrie, pour les recherches nécessaires. Il y fut forcé toutefois à la fin. Où a-t-il été, cet élève de l'école Bossuet ? Il avait fait, il y a quelques mois, une fuite à Marseille. Son père l'admirait follement, le trouvait très Action française, policier, détective (Philippe avait fait ses preuves dans l'affaire Plateau)[174]. Lucien blâmait son frère, trouvait Philippe bohème, mangeant mal, se tenant mal...

Philippe communiait tous les dimanches. Lucien m'a révélé que le même jour, quatorze enfants s'étaient suicidés. Lucien plein de bon sens, quand il reconnaît que l'éducation doit se faire dans la paix. Et il ajoutait que ce qui est arrivé devait arriver, que c'est la conséquence de toute une ligne de conduite, qu'on ne fait rien de bon « avec de la haine »

6 décembre

Hier visite de Mme Cocteau. Elle me parle, sans en être bien sûre, de la mort de Maurice Barrès. Elle m'apprend aussi que Radiguet est souffrant et qu'il a près de lui une Hollandaise très ennuyeuse. Je sors, j'achète le journal. Il est bien vrai que Barrès est mort le 4 décembre, vers 11 heures du soir. Cette nouvelle me surprend, m'attriste. Je vais rue de l'Alboni, sa sœur n'y est pas. Je cours, en auto, à Neuilly, par une forte pluie. Philippe Barrès est là, recevant ceux qui viennent. De sa mère, il me dit : « 32 ans d'admiration ». Je m'agenouille devant la dépouille mortelle du grand écrivain. La noblesse, la beauté de ce visage endormi me saisit. Un nez à la Pascal. Il tient, dans ses deux mains, un tout petit crucifix. Son fils m'a dit qu'il avait fait faire le moulage de la figure paternelle.

L'auto me ramène à Paris, me dépose rue Scheffer ; au bout de quelque temps, j'entre chez Mme de Noailles avec un docteur petit, gros et à cheveux gris. La poétesse couchée nous dit tout de suite que c'est une belle mort. Soixante et un ans, avec une gloire qui ne pouvait plus être dépassée et sans souffrance. Mme Lobre qui avait été mandée auprès du mourant mais qui est arrivée trop tard, raconte qu'il a succombé à une angine de poitrine. Tout cela a été foudroyant. On a fait venir un prêtre, lui mort. Mme de Noailles ajoutait qu'elle lui avait entendu dire qu'il recevrait un prêtre à son lit de mort. C'est la tradition. Elle a dit son attitude, après la mort de Gans, son absence. Il était « cruel » disait Mme de Noailles de Maurice Barrès. « J'ai tout donné, comme une fille de l'Orient. J'étais une esclave. » Barrès très exigeant. « Il n'aimait que moi. » Il le lui avait dit. Et comme Barrès n'avait pas confié à sa femme qu'il avait repris contact avec Mme de Noailles, elle se demande si on exécutera les désirs de Barrès. Barrès lui avait dit que mort, il lui dédiait toutes ses œuvres, que telle était sa volonté. Et il avait exigé qu'elle fît de même de son côté : ce qui ne lui plaisait pas. Elle lui avait donné une perle qui était pour Barrès un fétiche, il était fétichiste. Quand la brouille a eu lieu, elle faillit en mourir. Le soir où nous dînâmes, cette année chez la princesse Murat, elle partit, avec lui en voiture : « Si je n'étais pas parti avec vous, lui disait-il, je me serais tué, cette nuit. » Il était bizarre. Il ne songeait pas à la mort, disait-elle encore. « C'est ma vie qui part. » Il avait, dit toujours Mme de Noailles, « le courage des paysans ». Il n'aimait pas à voir les médecins.

J'ai beaucoup admiré Barrès. C'est un des hommes que j'aurais le plus voulu être. J'avais de bons rapports avec lui mais pas d'intimité. Combien je le regrette ! Il m'en imposait d'ailleurs. Je ne me sentais pas très à l'aise avec lui, mais comme sa destinée me paraissait enviable ! Sa gloire littéraire surtout car j'aurais fait bon marché de sa carrière politique. Il m'aidait puissamment à rêver, me rendait la Lorraine plus poétique, plus intime. C'était évidemment notre Chateaubriand moderne. Un jour, on rôdera dans les sous-bois des environs de Charmes, comme on s'égare maintenant dans les chemins de Combourg. Sans doute Chateaubriand reste le premier, parce qu'il a été l'initiateur et que sa vie comporte plus d'horizon, plus d'histoire. Et il est mort à 80 ans. Mais Barrès nous aura enchantés, lui aussi, et différemment.

8 décembre

Été à Notre-Dame, à l'enterrement de Barrès. La grande carte blanche me donnait entrée à gauche (par la rue du Cloître Notre-Dame) et je me suis trouvé à côté de Mme Tharaud. Elle m'a dit l'émotion de Jérôme, en apprenant cette mort. Les deux frères iront à Charmes. Je regardais tour à tour la rosace qui rayonnait, devant moi, presque violette, le grand lustre allumé, et au-dessous, le catafalque aux colonnes noir et argent, et dont les bougies semblaient porter des lucioles. Et je me disais en songeant au grand styliste que l'État et l'Église honoraient également, que mon seul désir, le plus ancien et le plus profond eût été d'avoir du talent, le talent de la plume.

Que Barrès eût été fier de ses propres obsèques, dans la cathédrale où le professeur d'énergie a été sacré ! On entendit de la musique émouvante, d'abord des instruments, ensuite des chants liturgiques, et enfin des discours, au bas de l'église, dont je ne percevais que des intonations. Après une assez longue attente, j'ai pu serrer la main de Philippe Barrès, de sa mère, de sa tante. Mme Barrès m'a dit de son mari : « Il vous aimait tant ! » Est-ce possible ?

9 décembre

Philippe Barrès m'avait invité, hier, à accompagner le corps de son père de Notre-Dame au chemin de fer de l'Est. J'étais à la cathédrale, avant la cérémonie. Causé avec Mme Demange qui m'a dit que son frère était très bien, quelque temps avant sa mort, qu'il n'était pas inquiet, depuis un an, comme on l'a prétendu, mais qu'il a beaucoup souffert, avant d'expirer.

Une auto m'a conduit au plus vite à la gare de l'Est. La noble dépouille suivait dans une autre. Le cercueil déposé dans un compartiment orné d'un rideau à franges noires et blanches, j'ai récité un *De Profundis* où j'ai mis toute mon admiration et tout mon cœur.

D'énormes couronnes de fleurs étaient là. J'ai salué la veuve et le fils, et l'on m'a ramené chez moi. Cette dernière bénédiction était pour moi un honneur et une douceur. Mme Murat m'écrivait dans une lettre que j'ai reçue ce matin que Barrès aimait en moi surtout la bonté. Il s'est donc trompé lui aussi. Hélas ! je suis devenu plus égoïste que vraiment bon. On me croit aussi un apôtre. Ah ! que je suis loin de l'être ! On s'imagine encore que j'ai une certaine valeur intellectuelle, quelle illusion !

12 décembre

Hier, été voir des malades. Rue Piccini, au parloir où j'attendais qu'on pût m'introduire auprès de Radiguet, j'ai vu Mme Cocteau, puis son fils. Jean s'est mis à pleurer, à plusieurs reprises, croyant son ami perdu. « C'était pour moi un fils, un frère. » C'est Jean qui l'avait formé, créé. Il le connaît depuis cinq ans et Radiguet en a vingt. C'est Max Jacob qui le lui avait fait connaître.

Été déjeuner rue d'Anjou où Mme Cocteau m'avait invité, mais son fils était couché en proie à l'immense douleur que lui cause la mort de Radiguet survenue ce matin ou cette nuit. Il y avait avec moi un Américain de ses amis, Grilly. Jean Cocteau nous disait qu'on ne s'imaginait pas « l'immense perte pour les lettres », que Radiguet avait laissé un roman, dont il n'avait pas corrigé les épreuves, qu'il méditait de publier des notes sous ce titre : *Île-de-Françe, île d'amour* (il y aurait été question du parc de Saint-Maur etc.) qu'il voulait encore faire un livre sur Charles d'Orléans qu'il aimait, « autre Villon et pochard ». Radiguet prenait beaucoup de notes.

14 décembre

Ce matin, assisté à Saint-Honoré-d'Eylau à l'enterrement de Raymond Radiguet « homme de lettres » comme le porte la lettre de faire-part. Son père m'a demandé si j'étais l'abbé Mugnier et m'a dit ensuite que son fils lui avait beaucoup parlé de moi. Les tentures étaient blanches. Un drap blanc ornait aussi le catafalque.

1924

4 janvier

Été, hier, chez Mme Bousquet, vers le soir. Il y avait là d'abord Boylesve, Henri de Régnier et ensuite Paul Morand, les Jean-Louis Vaudoyer. Régnier nous dit que Barrès devenu boulangiste fut prié par Leconte de Lisle de ne plus venir chez lui. « Pourquoi êtes-vous boulangiste ? » lui dit le poète. « C'est, répondit Barrès, pour n'être pas à votre âge, bibliothécaire au Sénat. » Leconte de Lisle était républicain. Boylesve disait que l'arrivisme littéraire datait de Barrès ou qu'il y avait fortement contribué.

Paul Morand m'a dit qu'il n'avait rien publié, rien écrit pour le public, avant 30 ans, et il attribue à cela son succès. Il avait fait un roman, à 20 ans, mais qui n'est pas paru. Morand admire Zola pour la construction de ses œuvres. C'est grossier, vulgaire, mais il l'aime quand même et il vient de lire *L'Argent* qui lui a plu. Régnier parlait de la voix de Gide si singulière.

5 janvier

Été hier, après le Salut, chez Mme Alphonse Daudet que j'ai trouvée avec sa fille. Elle dit que la conviction de son fils Léon est telle qu'il faut le laisser suivre son idée jusqu'au bout. Rien ne l'arrêtera. Il s'agit de l'assassinat de son fils.

Mme Daudet m'a raconté de très charmants souvenirs. Il s'agissait de Mme Drouet. Elle ne lui reprochait que de rappeler un peu, dans sa mise, qu'elle était une ancienne comédienne. Ainsi elle était, quoique vieille, décolletée, et elle avait des manches courtes, laissant voir ce qu'on n'aurait pas voulu voir. Elle avait dû être jolie. Elle avait une belle chevelure, une voix douce, était très aimable, et Victor Hugo très poli pour elle : « Mme Drouet nous fait la grâce de dîner chez elle », disait-il aux Daudet. Rue de Clichy, elle invitait Mme Daudet qui était une jeune femme à aller dans le cercle de Lockroy, celui de Victor Hugo et d'elle-même étant trop vieux. En effet, dans le salon, il y avait, séparés par une table ornée d'un éléphant japonais, deux endroits où l'on se tenait. Avenue d'Eylau, l'intérieur était très beau : des tentures espagnoles ornées de perles blanches, de jais. En été, on allait au jardin, avant le dîner. Hugo devint sourd, mais avant, ses conversations étaient très intéressantes, pleines de récits. C'est ainsi qu'il raconta des choses curieuses sur les Pairs de France. Il avait une belle voix grave. Quand l'empereur du Brésil vint le voir, et qu'il eut obtenu sa signature, il se tourna vers Mme Drouet, en disant « Je réclame celle de Mme Victor Hugo » (*sic*). À quoi Mme Drouet répondit qu'elle ne pouvait signer, car sa main tremblait. Mme Daudet aimait ces invitations chez Victor Hugo. Et comme elle et son mari se rendaient aussi à celles de la princesse Mathilde (qui vivait avec Popelin), Alphonse Daudet disait à sa femme : il est curieux que ce soit dans les faux ménages que nous soyons le mieux reçus.

Ah ! que n'aurais-je pas donné moi-même pour connaître l'intérieur du grand poète !

7 février

Déjeuné hier, à 1 h 1/2 chez les Henri de Régnier avec Francis Jammes et Chaumeix[175]. Il faisait sombre et on avait dû recourir à la lumière artificielle. Francis Jammes que j'avais vu, à la porte, dans la rue, avec son ami Lacoste, avait demandé à m'embrasser. Il a l'air avec sa barbe d'un missionnaire, et comme les missionnaires il est plein d'anecdotes. Il parle sans presque discontinuer, de tout et de tous. Grande facilité d'ailleurs, mais c'est la voix, c'est l'accent qui déplairaient plutôt, à moi en particulier. Ce fut d'une variété, d'un comique, d'un poétique, d'un spirituel, d'une verve intarissables. Nous écoutions. Chaumeix ne disait rien ; de temps en temps Mme de Régnier glissait un mot. Il commença par dire qu'il s'était confessé, le matin et qu'il serait obligé de recommencer si on ne me donnait pas la place d'honneur.

Je note ce que ma mémoire a pu sauver : André Gide n'a pas été content de ce que Jammes a écrit de lui, dans ses souvenirs. Le vrai moyen de confondre Gide et les protestants, en général, c'est de ne pas leur répondre, de les laisser en suspens. Jammes avait été en Normandie chez Gide qui a un mauvais goût : lanternes vénitiennes dans la salle à manger ; sur la cheminée des diables représentés tourmentant les âmes etc. Jammes avait trouvé ses habitudes bizarres. La nuit, Gide couvert d'un manteau, errant au clair de lune. Au temps où Jammes ne pratiquait pas encore sa religion, il se trouva un dimanche, chez Gide qui vint le trouver, dans sa chambre, pour l'inviter à aller à la messe, alléguant l'exemple à donner à la domesticité. Et il fallait entendre Francis Jammes imitant la voix affectée de Gide.

Ce dernier parlait de l'immoralité du pays et de ce qu'il faisait pour la combattre. Il conduisit son ami, dans une maison où il y avait un enfant naturel. « On ne sait de qui il est, tout le monde y a travaillé. » Mme de Régnier s'est écriée : « C'est l'Immoraliste qui moralise. »

Gide avait écrit un jour à Jammes : « C'est Régnier qui t'a desservi » je ne sais plus à propos de quoi ; Gide interrogé plus tard par Jammes sur ce sujet déclare qu'il n'avait rien écrit de semblable. Sur quoi M. de Régnier disait : « Gide, c'est un fourbe. »

Jammes se plaignit des catholiques qui sont si durs pour ceux qui viennent à eux, alors qu'ils ménagent les incroyants. Il flétrit les pharisiens. Il voulut bien m'appeler « l'Apôtre de la mèche qui fume encore ». Je suis sorti avec Chaumeix qui avait été très intéressé, comme moi, par Francis Jammes et semblait envier cet homme qui avait préféré la vie de la campagne ; un rural qui a des lettres. Et quel dommage que je ne le connaisse pas davantage. Francis Jammes m'eût très convenu, comme ami. Les fleurs, la nature sont entre nous. Il avait envoyé des lilas blancs à Mme de Régnier et il regrettait que ce ne fussent pas des lilas communs que les ouvrières rapportent de la campagne.

11 février

Été ce matin, chez la princesse Lucien Murat Marie Laurencin n'a pas tardé à nous rejoindre. Il s'agissait de me crayonner. Marie Laurencin ne me trouva pas facile à faire. La figure est floue. Elle est faite de valeurs successives. Elle est beige. Ce furent ses expressions. Elle me dessina tout de même, en me donnant je ne sais quel profil de prêtre — au temps de la Révolution et de la Convention. Elle me regardait en souriant, avec ses grandes lunettes de myope. La princesse fit de moi un visage d'une dureté effroyable.

Marie Laurencin déclare qu'elle ne voudrait pas vivre avec un poète. Elle préférerait, disait-elle, vivre avec un financier plutôt qu'avec le Tasse ou l'Arioste. Elle a connu Apollinaire qui ne parlait que de son état d'âme. Elle éprouvait un mal de cœur physique quand elle était avec lui. Il lui prenait tout. Apollinaire savait tout, dit-elle, il transformait tout, il changeait l'eau en vin, comme à Cana. Elle parlait aussi de ce qu'il y avait de meurtri sur le visage d'Apollinaire. Les juifs ont ainsi cette marque de persécuté sur eux.

1er mars

Hier, revu les Jean de Moustier dans la soirée. Dîné ensuite à l'Union où Alfred Fabre-Luce avait réuni avec moi la princesse Bibesco, les Mauriac, la princesse Soutzo, Jean Tharaud, les Edmond Jaloux, Drieu La Rochelle.

François Mauriac grand, avec un faux air de Barrès, mais sans son regard ni son sourire. Une figure terne, maigre, sans joie. Il a été élevé à Bordeaux par les marianistes. Avec la princesse Bibesco et moi, il a causé des questions qui m'intéressent. Il a eu, dit-il, une « éducation de la pureté » terrible. Longue chemise etc. Et à ce propos, il citait cette jeune fille trouvée, dans son bain, en sa tenue toute naturelle, par une religieuse qui s'en étonnait. « Mais personne ne me voit » disait l'enfant, « Mais votre ange gardien ! répondait la religieuse. Ce sont des jeunes gens. » Inouïe cette réponse.

Mauriac trouve que le problème de la chair est insoluble. Il considère que l'idée chrétienne là-dessus est ce qu'il y a de plus vrai. La destinée tourne autour de ce problème, c'est par là que l'homme s'avilit ou non. Il citait le mot de Sainte-Beuve : « Ah ! mûrir ! On pourrit par endroits, on durcit à d'autres, on ne mûrit pas. » Mauriac se plaint des catholiques, comme de Guiraud directeur de *La Croix* qui a écrit : « Ce livre *(Le Fleuve de feu)* est tellement infâme que je n'en dirai pas le sujet. » Lettre sèche du sec Baudrillart. Mauriac dit la bêtise, la sottise de certains prêtres. C'est à vous induire en tentation de nietzschéisme, mais ajoute Mauriac, il a vaincu cette tentation.

Mauriac citait Pascal qui ne voyait pas avec plaisir ses nièces s'embrasser et qui détournait une parente du mariage considéré par lui comme un état bas et misérable. Nous souvenant de cette conversation, en auto, la princesse me disait : « Mauriac n'a pas assez de santé pour être un païen. »

7 mars

M. Jean Schlumberger que m'envoie Charles Du Bos, vient de me poser quelques questions d'ordre ecclésiastique à propos d'un ouvrage qu'il écrit sur le dernier mois du cardinal de Retz à l'hôtel de Lesdiguières où il est mort [176]. Il ne croit pas à la sincérité de son repentir, des regrets qu'aurait dû lui inspirer son passé ; sans quoi il n'aurait pas laissé subsister tels quels ses mémoires. Schlumberger admire les *Élégies romaines* de Goethe et m'a cité la fin sur la pyramide de Cestius. Il constate que Rome a fécondé ceux qui y sont venus, tandis qu'elle est stérile originairement. Michel-Ange, Raphaël ne sont pas des Romains.

21 mars — Villa du Cap Nègre

Été boire ensuite du thé à l'hôtel-restaurant de Croix-fleurie. Drieu La Rochelle fut invité et il continua la conversation en nous ramenant et en restant encore longtemps, avec nous, au salon. Il nous raconta sa vie, comment, à 8 ans, il avait martyrisé une poule, d'une façon sadique, tellement qu'il ne pouvait plus aujourd'hui sentir cet oiseau dans ses mains. Comment aussi il avait été déçu par le sacrement de confirmation ; comment étant président des

Enfants de Marie, au collège, il avait dû donner sa démission, parce qu'on avait trouvé dans son pupitre des livres obscènes ; comment il s'était marié civilement pendant la guerre, contre la volonté de ses parents, et avait divorcé au bout de trois ou quatre ans ; comment il pourrait être député ou dominicain, car il aime à parler. Oui il pourrait peut-être, un jour, se faire religieux mais il faudrait auparavant « vaincre la chair ». Il écrit, en ce moment un livre. Il ne se souvient pas de la nature extérieure, et il ne la décrit pas. Il est né à Paris, et il serait plutôt normand.

23 mars

Drieu La Rochelle se laisserait facilement tenter par la vie politique mais il faut choisir entre elle et la littérature. Les littérateurs n'ont pas fait bonne figure, dans ce monde-là, sauf un peu Lamartine. Drieu ne trouve pas que la carrière politique de Barrès ait été remarquable. Barrès lui a d'ailleurs avoué qu'il n'aurait pas pu être un chef politique : nécessité de présider, de recevoir.

12 avril

Invité par les Antonesco, j'ai été hier, vers 10 h 1/2 à la légation de Roumanie, avenue de Wagram où j'ai salué le roi et la reine de Roumanie. La reine a été fort présente d'esprit en me parlant de la chambre qui m'attendait dans son pays et que Marthe m'avait préparée. Cette dernière m'a présenté au roi qui s'est levé et ce fut tout.

Ces sortes de réunions officielles où je fais tache avec ma soutane noire, m'impressionnent et ne m'attirent pas. Revu en costumes de couleur des personnes que j'ai l'habitude de voir, à table ou dans des salons, d'une manière moins éclatante. Le duc de Camastra tout de rouge habillé m'expliquait que c'est le vêtement des chevaliers de Malte. Revu MM. Cambon, Lacaze, Grasset, Widor et sa femme, le maréchal Franchet d'Esperey et des dames dans tous leurs atours. Les fourmis humaines aiment à parader, entre le berceau et la tombe !

30 avril

Drieu La Rochelle m'invite à lire le dernier livre d'Aragon : *Le Libertinage*. Il y raconte la sensibilité amoureuse qui est celle de l'heure actuelle, c'est la vie des corps et la vie des cœurs d'aujourd'hui. Aragon est né à Toulon[177]. Il a 24 ans, il a la figure d'un faune tendre. Il aime les romantiques.

Les figures peintes par Picasso, disait hier Drieu La Rochelle, ont un calme troublant, on voit que ce sont des gens qui connaissent le mal.

11 mai

Le cabotin Léon Daudet ! Il faut lire encore son article de ce matin, intitulé « La conquête de Paris ». Il croit que lui et ses amis sont « maîtres en fait et en tout état de cause, de l'opinion et de la force de rue à Paris ». Et il se fait le plus catholique des catholiques. Daudet est à la fois contre le bloc national (poincariste), et le bloc des gauches (Briand, Painlevé).

Oh ! les attentats contre l'individu, c'est-à-dire contre la vie ! On vous momifie, enfant, dans une croyance : maintenant vous croyez, ne bougez plus ! On vous embrigade dans un parti. Vous manquez de caractère si vous remuez. Mais imbéciles, la vie c'est ce qui remue, ce qui change ! Vous anticipez le squelette.

17 mai

Hier, vers 6 h du soir, je descendais de la gare de Sèvres vers le parc de Saint-Cloud, et bientôt j'en suivais les allées. Ah ! la verte invasion ! L'anarchie fraîche et qui sent bon ! Malgré la dernière guerre, les Allemands qui ne payent pas, la chute du franc, la défaite du nationalisme, la vie chère, ma vieillesse et mes tristes yeux, malgré tout cela, le printemps lui, n'a pas changé ; les feuilles se sont multipliées sur les arbres, les herbes sortent de terre, les oiseaux chantent de tous les côtés, et ces chants rapides, interrompus et toujours repris sont des appels et des rires. Il y a là toute une insistance sur la joie de vivre, en se renouvelant sans cesse. Je lisais *Les Vrilles de la vigne* de Colette. Quelle poésie ! C'est elle qui ne s'est pas privée de voir, de sentir, de toucher. Divine guêpe qui a mordu le gâteau sucré !

23 mai

Dîné chez les Girod avec M. de Segonzac, Mme Bousquet, Colette, Paul Morand, Marie Laurencin. Colette vêtue d'un tissu imprimé de Rodier, où il entrait du rouge, bras nus et forts. Elle regarde tous les objets, les touche. Déjà avant de se mettre à table, elle prenait des pierres froides, et des colliers pour les observer, s'en réjouir. Quand on servit des champignons à la crème, elle s'écria : « C'est du billard ! » — mot, disait-on, de commis-voyageur.

Colette parla comme une enfant, une gamine, quelqu'un qui ne doit pas aimer les contraintes, la discipline. Elle disait qu'elle n'était pas faite pour écrire des œuvres. Elle était faite pour ne rien faire, pour monter à cheval, nager et se coucher au soleil. Elle se complut à raconter en détail des recettes de cuisine, parla en particulier de la truffe endimanchée : « Il faut prendre une truffe moyenne etc., etc. » D'un bouillon elle disait : « Il ne faut pas qu'il soit trop personnel. » Elle aime à voir la figure des mots.

1er juin

Déjeuné chez Mme Alphonse Daudet avec Mme Léon Daudet, Lucien Daudet, les Étienne de Beaumont, Céard. Mme Léon Daudet m'a dit que son mari n'avait pas pu venir. Il se hâte d'achever un livre sur Gambetta et Léonie Léon. Léonie Léon « l'espionne amoureuse ». Elle aurait été jetée vers Gambetta par la police allemande, se serait attachée à lui sincèrement et le jour où il aurait su qui vraiment elle était, elle aurait voulu se tuer ; alors Gambetta aurait pris l'arme, et serait devenu la victime des Jardies. Léon Daudet aurait fait cette histoire avec des documents, les récits de Mme Adam en particulier, Mme Léon Daudet a prononcé une fois le mot de supposition. Son mari procède donc par supposition ; je m'en doutais. Sa femme trouve les lettres de Gambetta très amoureuses.

Mme Léon Daudet a parlé d'un astrologue de Bordeaux qui a prédit à Léon, « le drame du 11 mai », c'est-à-dire les élections nouvelles. Il a prédit également qu'il se passerait au mois de juin dans lequel nous entrons, de grands événements, grands et heureux, et Léon se hâte d'achever son livre pour être libre à ce moment-là.

On a parlé à table des représentations de la Cigale, du théâtre plutôt danseur que les Beaumont dirigent à cette heure. On doit jouer, ces jours-ci, *Roméo et Juliette* préparé par Cocteau. Jean Hugo dessine les costumes et Valentine les peint. Mme de Beaumont m'a appris que le grand danseur russe Nijinski qui dansait dans *Le Spectre de la rose*, est devenu fou.

24 juillet

Hier les Lucien Henraux m'ont conduit, en auto, à Versailles où nous avons déjeuné chez le prince et la princesse Bassiano, avec Mme Wharton et Walter Berry. La princesse me parla de la revue qui va paraître, et qui aura pour directeurs Fargue, Paul Valéry et Larbaud ; elle-même aura le droit d'élimination. C'est ainsi que Gide n'y écrira pas. Cette revue s'appellera *Commerce* [178] (le commerce des âmes) et elle nous a montré un livre de Rouveyre qui avait ce titre. *Commerce* sera surtout rempli de lettres. Elle désire que je lui fasse de la propagande. Dans cette revue, m'a dit la princesse, ne figureront que des auteurs « sans compromis », des poètes jeunes.

Lucien Henraux m'a dit hier que Berenson avait toujours souffert d'être juif. Il m'a raconté aussi que Mme Mühlfeld le déteste et avait, en entendant son nom, fait le signe de la croix. Ah ! Misère !

26 juillet

Parti avant-hier soir pour Chartres où j'ai couché près de la gare. Pris hier matin le train de 7 h 10 pour Nogent-le-Rotrou et après avoir mangé deux œufs à la coque, un peu de fromage et bu du café au lait, je me suis rendu à pied, à Souancé et de là au château de Montgraham. Sur le chemin, des fleurs se pressaient pour me montrer leur tête rose, bleue, jaune et me prouver que je ne sais pas la botanique. Cette profusion, cette variété, cette fantaisie, ce désordre, aux bords d'une route, vous attirent et vous reposent. Je reconnus la marjolaine, la viorne, la reine des prés : trois odeurs différentes. Au-delà de l'église de Souancé, je prends une route à gauche, puis un chemin à droite, et je suis un long sentier resserré entre des arbustes et des arbres où des papillons vagabondent comme moi, pas pour le même motif. Le sentier monte. Et je finis par me trouver à l'une des entrées du parc de Montgraham. Je suis venu une fois de plus mettre mes pas de septuagénaire dans ceux d'un homme illustre qui avait alors 49 ans et mêler aussi, à des souvenirs littéraires ceux ce ma septième année.

1817. C'était aux mois d'août et de septembre, Chateaubriand venait de Montboissier, en Beauce, et le voilà dans le Perche, le mien ! J'ai emporté des notes, des extraits de correspondance, le livre de Levaillant, d'après les billets à l'homme d'affaires qui s'appelait Le Moine. Et je relis tout cela, sous les ombrages à travers lesquels je peux voir la maison qui s'allonge avec l'alignement de ses fenêtres. Elle a été restaurée, agrandie peut-être. Peu importe, c'est là que René habita quelques semaines. Il y déposa même ses « guenilles », ce qu'il avait de plus intime. « J'aime à penser qu'il n'y a pas une de mes pensées qui ne soit auprès de vous. » Les pages des *Mémoires* relatives à son enfance, à sa première jeunesse reposaient sous ce toit. Montgraham fut un tabernacle du romantisme.

Il est midi. Je fais attention à ce que les châtelains, s'ils sont là, ne se doutent pas de ma présence. Je palpe les vieux troncs, en voici un d'où sortent des branches bizarres. Et il est lui-même couvert de mousse, et le lierre s'y fait lézard, sur cette écorce qui craque. Et me revoici bientôt dans le coin d'où la femme au bois couchée ne se relève jamais ; soudain, après un arbre très haut et au tronc gris, elle apparaît, impressionnante, ou plutôt on ne voit tout d'abord qu'une tête. Ces cheveux qui bombent de chaque côté, ce visage résigné qui se tourne à droite ; tout le reste disparaît sous la mousse : les bras, le livre qu'elle tient de la main gauche, le corps allongé, les pieds. Pas une solution de continuité, pas une déchirure. Les plis de la robe saillissent un peu, mais la mousse ne cède aucun de ses droits. La pierre s'est fait mousse, comme la dame s'était fait pierre. Si Chateaubriand l'avait vue, il eût parlé d'elle, comme de son « allée ». Le ciel est plutôt sérieux et j'observe le soleil qui passe et repasse, brille et s'éteint pour se rallumer quelques instants après. C'est un jeu continuel et c'est si bien l'image de la vie. Le vent aussi frémit dans les mille feuilles des arbres puis il se tait et recommence ensuite son vieux gémissement, son appel, son tressaillement. Il en est de même des oiseaux et de leurs petits cris. Tout est intermittent, entrecoupé, à intervalles, rien n'est immuable et monotone, si ce n'est le fond des choses. Je vois aussi les ombres des arbres remuer sur le sol taché de lumière. Ce sont des mélanges, des alliages qu'on retrouve dans le monde moral, intime.

6 octobre

Paul Valéry et Brémond sont venus déjeuner chez moi. Brémond voudrait que Valéry se présentât à l'Académie, contre Bérard. « J'ai contre moi, disait le poète, Pascal et l'obscurité. » Valéry trouve même que Pascal ne fait pas du bien au point de vue catholique : « Il désespère l'humanité, c'est un gosse au point de vue mystique. » Il serait ravi de succéder à Freycinet qui a été, à un moment donné, entre l'idée catholique et le renouviérisme. Valéry a défini le roman, la continuation du rêve, tandis que la poésie met en mouvement l'être tout entier. *On marche le poème, on ne marche pas le roman*. Ce qu'on dit, en poésie importe peu. « Sois sage, o ma douleur » cela ne veut rien dire, c'est la musique qui importe, le rythme ; on ne résume pas la mélodie.

Valéry a raconté sa visite à D'Annunzio d'un seul mot en disant que c'est un fou. Ses conférences en Espagne, en Italie : il trouve plus de goût pour la poésie en Espagne qu'en Italie.

Il reproche à Henri de Régnier d'avoir lâché Mallarmé, quand il a vu que ça ne rapportait rien.

Il nous a dit qu'il avait voulu renoncer à la poésie et qu'il avait écrit *La Jeune Parque* comme si c'était son testament : « c'est la modulation d'une conscience dans la nuit ». On lui a reproché le foc, dans *Le Cimetière marin* ; foc, c'est le nez du bateau, son bec.

Valéry a parlé beaucoup et avec esprit. C'est un cerveau en mouvement. En voyant dans mon salon le portrait de Richard Wagner, Valéry disait que c'est l'homme le plus extraordinaire, celui qu'il admire le plus. Et il faisait remarquer la beauté du temporal. Wagner serait un demi-juif, comme Bergson. Les demi-juifs sont toujours réussis, ajoutait-il. Il m'a cité le mot de Huysmans sur Lamennais, d'après les révélations de Dessus : Lamennais, sur son lit de mort, avait l'organe exercé du pédéraste. Valéry nous dit avoir écrit son *Monsieur Teste* à Montpellier dans la chambre où est né Auguste Comte.

13 octobre

Je lis dans les journaux qu'Anatole France est mort, à la Béchellerie, hier soir à 11 h 30. Il était né en 1844. J'aurais pu le cultiver davantage mais les ennemis que j'ai eus en 1909 me rendaient prudent, malgré moi. Si Mme de Caillavet avait vécu, tout se serait arrangé et mes relations se fussent resserrées. Il a toujours été fort gracieux à mon égard. Nous nous sommes embrassés, chez lui, l'an dernier et je ne l'ai plus revu.

19 octobre

Les journaux racontent l'enterrement d'Anatole France. Affreuse chose que la mort et ce qui la suit ! Les fatigues assez vives que j'ai ressenties, ces derniers jours, m'ont donné la nausée de tout. Ce corps, vivant ou non, n'est que pourriture.

23 octobre

Dîné chez Marthe Bibesco, avec Le Marois et son grand ami Ridgway. Seul avec la princesse, je l'ai dissuadée de faire paraître dans *La Revue hebdomadaire*, un article sur ses rapports avec Mme de Caillavet et sa visite à la Béchellerie. Elle y avait inséré les trop vifs éloges que lui avaient décernés elle et lui successivement. Alors je me suis appliqué nettement sur ce point, la blâmant aussi de publier la lettre de M. Proust qu'elle m'avait lue précédemment. Transformer tout de suite ces deux morts en thuriféraires, s'enivrer de cet encens d'outre-tombe ne me paraissait pas habile. Et elle s'est ralliée à cette idée qu'il ne lui appartenait pas de parler des orages qui ont attristé les derniers jours de Mme de Caillavet. Elle manque vraiment d'ironie fine et de discrétion. Elle a téléphoné sur-le-champ à Le Grix de lui rapporter le manuscrit mais je ne serais pas surpris qu'elle changeât d'idée, dans quelque temps. Je n'ai pas osé lui dire que Mme de Noailles qui parle toujours de son génie impose à sa plume la prudence nécessaire.

11 novembre

Été hier soir chez les Descaves. Lucien Descaves m'a dit combien la publication des lettres de Huysmans nuirait à l'idée qu'on se fait de sa conversion.

Il y a, dit Descaves, une légende qui s'établit sur Huysmans. Laissons-là s'établir, sauf à la combattre quand elle lui sera défavorable.

13 novembre

Visite de Marie Rouget (Marie Noël) qui m'a raconté sa vie d'âme et de poète. Elle m'a dit que les vers désespérés lui venaient, maintenant, les crises passées ; et aussi que son corps avait défendu son âme ; qu'il était affreux et douloureux d'être une âme seule etc. Elle admire la prose de Paul Valéry. À quelqu'un qui lui reprochait d'avoir assisté à un enterrement civil, elle répondit qu'il était moins civil, elle y étant, car elle y priait. Âme douce, naïve, charmante, confiante. Une enfant qui fait des vers sensibles.

21 novembre

Hier en rentrant chez moi, je trouve un mot de Mgr Batiffol venu pour me voir et me réclamant d'urgence. Rue Cujas, au 4e étage, il m'a raconté comment, aux Carmes, il avait parlé de moi à Mgr Baudrillart. Ce dernier a saisi la balle au bond, dans un sentiment de remords peut-être, et disant lui-même qu'il était à l'origine de mes malheurs. Le recteur de l'Institut catholique a donc fait auprès de l'archevêque la démarche nécessaire et au Conseil, écrit Baudrillart, « on s'est trouvé unanime pour prier S.E. de faire quelque chose. Mais étant donné le petit nombre des prêtres et la fécondité reconnue du ministère de M. Mugnier, on voudrait bien qu'il restât encore un certain temps, à son poste, avec le titre de chanoine honoraire qui lui serait conféré au plus tôt *quam primum*. Au point de vue de l'honneur ce serait équivalent. Cependant si M. l'abbé Mugnier tient à être chanoine prébendé, cela peut se faire[179]. Voulez-vous en causer avec lui et me faire savoir ce qu'il souhaite ? Je vous prie de lui présenter mon respectueux et cordial souvenir ».

Je ne tiens pas pour le moment à être chanoine prébendé. Si on me nomme chanoine honoraire, j'accepterai la chose comme la liquidation d'une vieille histoire — et encore n'en ai-je pas besoin. C'est plutôt au point de vue du clergé que je me place.

Mais que de remuer tout ce passé et d'avoir, à cette occasion, un ou deux rapports avec des soutanes de toutes couleurs, m'ennuie !

Été remercier Mgr Baudrillart qui a été simple et plutôt cordial. Oh ! que cette nouvelle entrevue me coûtait ! La nomination de chanoine honoraire sera pour le premier janvier. Il doit faire part aujourd'hui à Issy, au cardinal, de ma réponse définitive.

28 novembre

Déjeuné hier chez Simone de Caillavet, avec Mme Kohn, les Mauriac, Maurice Martin du Gard. Causé avec Mme Mauriac qui m'a appris que son mari avait un frère prêtre. Elle m'a parlé du danger que faisaient courir au prêtre les jeunes filles ou femmes du peuple qui s'attachaient trop à lui. Le péril est moindre, assurément, pour les personnes de la société qui sont moins passionnées et moins familières.

19 décembre

Je me faisais un tourment de mon entrevue avec l'archevêque qui avait demandé à me voir, ce matin, par une lettre que m'avait adressée M. Dehabar. Je sors à l'instant de la rue Barbet-de-Jouy. J'ai trouvé un homme très simple et vraiment bon. Il m'a dit plutôt de très bonnes paroles sur les difficultés que j'avais eues. Il interprétait, avec bienveillance tout ce que j'avais tenté vis-à-vis du Père Hyacinthe[180]. Il trouvait que peut-être on avait été sévère à mon endroit ; il aurait voulu arranger tout cela plus tôt, mais on lui avait dit que ce n'était pas possible. Tout cela dit rapidement, et avec les nuances les meilleures. Il m'a parlé de l'abbé Houtin qu'il a connu, enfant, s'étonnant que Mgr Rumeau ne l'ait pas retenu, mais il est quelquefois « cassant », ajoutait-il. Houtin est menteur, disait-il, c'est un esprit à thèse. Il s'est procuré des documents partout, notamment au ministère des Cultes. Il a parlé d'une certaine lettre de l'évêque de Blois qui s'y trouvait. Le cardinal croit que je serais arrivé à un bon résultat auprès de M. Loyson, sans son entourage.

Il m'avait dit, dès le début, la raison pour laquelle il m'avait fait venir. Il va me nommer chanoine honoraire de Paris. « Cela fera quelque bruit » a-t-il ajouté en me congédiant. Il est partisan de la modération, de la nécessité de se rapprocher les uns des autres, pour le peu de temps que nous avons à vivre. Je lui ai dit : « Il faut jeter des ponts au lieu de les couper. » Le cardinal Dubois n'est peut-être pas un Père de l'Église, mais j'aime plutôt cette bonhomie et cette bienveillance.

20 décembre

Été voir Paul Valéry souffrant. Il m'a expliqué certaines strophes de sa pièce : *Le Serpent*. Dieu déchu par sa création, le Soleil c'est Lucifer qui ressemble à Dieu etc. Il m'a montré de ses œuvres traduites en anglais et en allemand et une magnifique édition de Racine qui sort de l'imprimeur Subino, de Parme, faite pour le prince Joachim Murat.

1925

7 janvier

Été chez la baronne de Pierrebourg. Paul Valéry que j'y ai retrouvé m'a dit qu'il n'aimait pas Anatole France parce qu'il n'y a pas, chez lui, « le fruit directement mordu » mais « un amateur de confitures ». Il m'a fait un très grand éloge de Bossuet. C'est le plus grand, dit-il ; personne n'a manié les verbes comme lui ; dans sa phrase, il y a une organisation intérieure. Chez des écrivains, comme Chateaubriand c'est simplement « le style musicalo-descriptif », c'est-à-dire des juxtapositions et pas d'architecture. Il y a de l'architecture chez Bossuet. Lire la première phrase de l'Histoire des variations, des sermons sur la Vierge et surtout les Élévations ou les mystères. Si Bossuet avait voulu écrire sur la rosée, les fleurs, les oiseaux, etc. Il l'eût fait, mais ce n'était pas la mode.

30 janvier

Rencontré Jean Cocteau dans l'escalier de sa mère. Il souffre beaucoup. C'est le tourment de Dieu. Jacques Maritain à qui il est allé se confier lui a conseillé de se confesser et de communier. Maritain à qui il a parlé de moi lui a dit : « Est-ce que vous l'aimez ? Oui ? Alors allez trouver l'abbé Mugnier. »

Comme je prononçais le mot théologique de *grâce,* Jean m'a dit que ce serait un beau titre pour des poésies à venir : *La Grâce et l'Esprit*. Il trouve que Brémond ressemble à un soldat.

1er février

Tout à l'heure, vers 6 h 1/2 passées du matin, Jean Hugo arrive me chercher pour son père malade. Il m'accompagne au couvent où je prends tout ce qui est nécessaire pour administrer un mourant. Valentine Hugo nous attendait dans l'auto. Monté dans l'appartement que Georges Hugo occupe rue de l'Élysée, au Sporting-Club. On ne me permet pas de voir tout de suite le malade. Il avait demandé un prêtre mais il était alors dans un état vague. Il faut qu'il renouvelle consciemment cette demande. Au bout de quelques minutes, on vient me chercher. Il désire que j'entre. Georges Hugo est couché, le front dépouillé, la figure rasée, un peu celle d'un acteur. Il parle lentement et nettement, bien qu'oppressé. Je lui rappelle que je l'ai vu, chez les Lauth, il y a longtemps. Il veut bien s'en souvenir. Il me dit des choses aimables, que j'ai la voix jeune d'un admirateur de Victor Hugo. Il me dit surtout qu'il veut passer humblement par l'Église. J'entends le mot de testament. Je dis moi-même l'acte de contrition. Je lui donne l'absolution et, sur mon désir, il fait ensuite le signe de la croix. Il me dit qu'il fera mieux les choses plus tard, que nous nous reverrons.

1885-1925. Les spectacles sont différents et l'on voit le petit-fils redemander les prières dont le grand-père ne voulait pas. Je trouve que les quelques minutes que je viens de vivre sont la récompense de mes enthousiasmes d'autrefois et de toujours.

Retourné vers midi, 2, rue de l'Élysée. J'ai revu Georges Hugo plus oppressé. Il m'a encore dit des mots très aimables : « Vous me ferez toujours plaisir en venant me voir. Je vous écrirai un mot. » Le voyant très mal, je lui ai fait deux onctions et je lui ai dit : « C'est ce qu'aurait fait Mgr Myriel », et il a repris aussitôt : « Mgr Miollis. » Lucidité, présence d'esprit surprenante, à la dernière heure. J'avais dans ma poche l'*Art d'être grand-père* et je lui ai cité ce vers : « Georges beau comme un dieu qui serait un marmot. »

Lorsque, du logis du sonneur de Saint-Thomas-d'Aquin, je regardais passer le corbillard des pauvres qui contenait les restes de notre plus grand poète, et que je voyais son petit-fils marcher ou le suivant à quelque distance, aurais-je pu me douter qu'au soir de ma vie je serais appelé au lit de mort de ce dernier ?

8 février

Mme Cocteau m'a appris que Jacques Maritain veut fonder avec Jean Cocteau un journal catholique.

13 février

Paul Valéry revient de Strasbourg. Il ne trouve pas que la cathédrale soit la plus belle. Il y remarqua des raideurs « mais le fond roman est beau, dit-il, il est parsifalien ». Il a fait une conférence et soutenu que l'Occident n'avait pas besoin de se régénérer par l'Orient. D'ailleurs l'Europe a toujours transformé les matières premières. Exemple : la Grèce qui a transformé ce qui lui venait d'ailleurs. Valéry avait vu un Allemand professeur à Heidelberg et qui s'appelle Curtius. Ce dernier lui avait dit que l'Europe était épuisée et devait se tourner vers l'Orient.

18 février

Dîné chez Mme Cocteau avec Jean son fils, les Jean Hugo, Poulenc et Marie Laurencin. Après le repas, nous sommes entrés dans le cabinet de travail de Jean Cocteau. Une grande table où les pages semblent groupées par le vent lui-même. Et partout des objets de toute forme et de toute provenance, depuis une statuette de Tanagra jusqu'à une photo du ciel de Vienne prise par Gabriele D'Annunzio survolant cette ville en 1918 ; depuis une tête égyptienne jusqu'au portrait de Rimbaud ; depuis la houlette d'un pâtre grec, trouvée à Herculanum et dont la poignée est une corne de chevreau jusqu'à la photographie du monument ou palais de Delphes où fut jouée, pour la première fois, *Antigone* et que Gide a envoyée à Cocteau. Bref, un entassement de choses différentes. Voici la photographie de Verlaine debout, en chapeau à haute forme et avec un cache-nez qui lui fut donné par Robert de Montesquiou. Voici la photographie de Garros, l'ami de Jean. Voici un berger peint et sculpté provenant du quartier de Saint-Sulpice et qui fait l'admiration de Jean Hugo. Picasso, Radiguet sont ici également.

J'ai appris de Jean Hugo et de Jean Cocteau que les cathédrales gothiques étaient peintes extérieurement et intérieurement tout comme les monuments de la Grèce. Jean Cocteau m'a vanté ce que Jean Hugo avait fait pour les représentations de *Roméo et Juliette*. Jean Hugo à qui je reparlais de son grand grand-père m'a dit que le général Hugo avait habité rue Plumet. Était-ce aussi la rue Blomet ?

Revenu avec Marie Laurencin qui m'a parlé de Mme Bousquet, la mystérieuse, si indiscrète quand il s'agit des autres, et qui ne dit rien d'elle-même.

Il faut absolument pour couper court à tant d'inexactitudes, que je fasse un article que j'intitulerai : « Comment j'ai envoyé J.-K. Huysmans à la Trappe[181]. »

19 février

Longue conversation, ce matin, chez moi avec Jeanne Hugo-Negroponte. Elle m'a raconté ses trois mariages. D'abord avec Léon Daudet ; c'est sa mère, Mme Lockroy, qui ayant élevé sa fille à n'avoir ni volonté, ni décision, l'a forcée à faire ce mariage, malgré les répugnances qu'elle éprouvait. Elle n'aimait pas Léon Daudet. Elle connaissait déjà Michel qu'elle avait vu dans la famille de Lesseps. Mais il était trop jeune, était à St-Cyr. Daudet ayant déclaré qu'il se tuerait, si le mariage ne se faisait pas, l'événement eut lieu. La cérémonie à la mairie de Passy fut ridicule de pompe. Jeanne fut très malheureuse pendant quatre ans. Comme elle avait l'air triste, son mari lui dit : « Il ne faut pas avoir cet air devant les autres. Prenez des amants. » Un jour que Jeanne n'avait pas voulu être la femme de son mari, il la menaça du revolver. Elle alla dire à Alphonse Daudet que son fils était fou. Alphonse Daudet plein de charme mais faux. Il écrivait de belles lettres charmantes pour recommander les auteurs à Charpentier et il avait fait un signe mystérieux qui avertissait l'éditeur de n'en rien faire. Léon Daudet, ajoutait-elle, ne croit à rien. Il n'y a pour lui que la galerie. La mère de Jeanne comprit qu'elle avait eu tort de forcer sa fille à se marier à Léon et elle la reprit mais Jeanne souffrit alors, comme mère, Mme Lockroy la traitant en petite fille et lui prenant son fils Charles.

Jeanne connaissait la famille Charcot. Léon Daudet avait pris en haine le docteur, du jour où il n'avait pas pu être interne. Le docteur avait un fils Jean, explorateur. Ce dernier voulut épouser Jeanne qui lui avoua qu'elle n'avait jamais aimé que Michel Negroponte. Charcot partit pour un long voyage, en lui disant : « Nous verrons si cette affection tient, dans le cas où je reviendrai. » Elle tenait si fort que Charcot, de retour, rendit noblement la liberté à sa femme. Très belle nature que Charcot dont la femme (Mlle Cléry) et les enfants sont toujours en très bons rapports avec Jeanne Hugo. Elle fut mariée sept ans avec Michel qui mourut en 1913.

Michel avait été le premier mari d'Eugénie Antoniadis, femme de Constantin Brancovan, celle-là même que j'ai connue. Ce fut un mariage religieux que celui de Michel et de Jeanne. L'archimandrite de la rue Bizet la baptisa, lui fit faire sa première communion. Elle était inondée de reconnaissance.

22 février

Hier été à l'hôpital Saint-Joseph où Erik Satie avait été transporté par les soins du comte de Beaumont qui m'avait prié d'aller le voir. Je l'ai entretenu quelques instants. Il verra un aumônier de la maison. En sortant du pavillon où il a sa chambre, j'ai rencontré Étienne de Beaumont et Picasso qui se rendaient auprès de lui, des fleurs à la main. Picasso a l'air très modeste.

4 avril

On relève tout par la curiosité, le savoir. Et si on y ajoute le chant, le lyrisme, l'image, c'est complet. Tout concourt, tout converge, tout s'unit : l'esprit, le cœur, les sens.

Rien de ce qui est dans la nature n'est abject. Nous la souillons. Elle ne nous souille pas.

15 avril

Déjeuné chez Mme Pierlot avec M. et Mme Claudel — Mme Claudel maigre, délicate —, la tante de Mme Pierlot et l'une des filles de Claudel, etc. Claudel revient du Japon. Il était dans son nouveau bureau, quand le tremblement de terre a eu lieu. Sa fille, présente, était au bord de la mer quand elle a vu les collines tomber. La mer était grise.

Claudel dit que le Japonais, dans ses poésies, préfère suggérer plutôt qu'expliquer. Le théâtre japonais ancien est plutôt dans la note shakespearienne. C'est toujours le dévouement des vassaux envers leurs maîtres... Claudel citait ce mot d'un personnage, une femme, qui, parmi les choses pires, déclarait celle de manger des fraises dans l'obscurité.

Pierre Loti est plus exact au point de vue japonais dans *Japoneries d'automne* que dans *Madame Chrysanthème*. Claudel n'aime pas en Loti le côté petite femme sautillante.

Claudel nous parlait de Gide qui est poussé à écrire ce qui l'horrifie, à se mettre dans toutes les postures, et il fera paraître, sous le titre : *Si le grain ne meurt*, des mémoires où il dira tout, et ce sera affreux. Dans la préface d'*Armance* de Stendhal, Gide a parlé de sa femme. Ses rapports avec sa femme, c'est le problème épouvantable.

Claudel nous racontait tenir de Gide lui-même le fait suivant : un protestant avait un tel besoin de se confesser, de se raconter qu'il écrivait ses fautes et faisait ensuite du papier une boulette qu'il avalait, c'était à la fois une pénitence et une communion.

Claudel aime le romantisme sans les romantiques. Le romantisme, c'est l'introduction du sentiment de la musique, etc. Les Grecs étaient romantiques. C'est la poésie universelle. Tout s'est arrêté au XVIIe siècle, où cette poésie n'existe plus.

Mme Claudel dit qu'elle étouffe en France : « On est toujours ici dans le métro » ajoute son mari. On n'étouffe pas au Japon et la jeune fille de Claudel qui a de jolis yeux s'y plaît beaucoup. Claudel a fait un poème semblable à une tapisserie, dit il, où l'on distingue un fil vert, un fil rouge, etc. Il a parlé de la nouvelle pièce qu'il a faite : *Le Soulier de satin* qui se passe en Espagne, un pays qu'il ne connaît pas. C'est, cette pièce, un mélange de *Tête d'or*, du *Partage de Midi* et des *Proteido*.

Mais que je me sentais mal de la tête, des yeux !

28 avril

On n'imagine pas la grossièreté de l'Action française. Léon Daudet traite tout le monde d'assassins, d'abrutis, de péteux, etc. Et les suppositions les plus graves ! Et ça se dit chrétien ! Jugements téméraires, calomnies : tout est bon, pour soutenir des idées politiques et satisfaire les passions de même ordre. Charles Maurras se met de la partie et traite Briand de « poisson décomposé ». Je trouve que la France périt de ses divisions, périt de sa presse, périt de ses parlementaires, de ses bavards, périt de son orgueil, périt des jérémiades perpétuelles.

10 mai

Déjeuné aujourd'hui chez Mme Alphonse Daudet. Léon Daudet revenait de la manifestation en l'honneur de Jeanne d'Arc. Il était bouillonnant. Des applaudissements, disait-il, l'avaient accueilli près de Saint-Augustin. Un flic avait dit : « C'est la calotte en plein. » Il l'avait entendu. Les partisans de Daudet étaient, selon lui, décidés, si on avait fait un acte de violence contre eux, à tuer Caillaux, Briand, etc. et à mettre le feu à *L'Humanité*. Léon Daudet nous a parlé de la génération d'aujourd'hui qui va de 18 à 30 ans et qui est extraordinaire. Elle est thomiste, réactionnaire et d'une grande violence physique. Elle a comme directeurs Maurras et Maritain. Elle fera la guerre civile avant la guerre étrangère. Ce sont des fils de médecins, de magistrats, etc. Un gouvernement ne peut rien contre eux. Celui qui les ferait tuer tomberait aussitôt. Les mouvements ouvriers n'ont pas cette force. Les grands mouvements se font à droite. De Maurras, grand éloge par Daudet. Maurras organisateur. Léon Daudet disait : « Nous ne voyons que nous. » Je le regardais : des joues énormes, brillantes et du ventre. Il est sûr de lui, de son œuvre. Nous pouvons compter, me disait-il, sur 60 000 hommes à Paris. Mme Léon Daudet nous disait que les Maritain ont le Saint-Sacrement chez eux, à Meudon, et que quand l'un travaille, l'autre prie. Évidemment un être comme Léon Daudet est intéressant, parce que très vivant mais rien d'un homme d'État, rien d'un vrai chrétien ; avec cette face réjouie de bon vivant, il tuerait tous ceux qui le combattent.

20 mai

Rencontré hier Paul Valéry, boulevard St-Germain. Il m'a parlé de l'amour physique ; la volupté, dit-il, n'existe pas. L'amour physique tient à l'intellect, à ce qu'il y a de plus profond dans l'intellect. Il y a de la curiosité de l'être. Valéry comparait l'amour à la truffe. On en fait une affaire d'État. Ce sont les Pères du désert, les Pères de l'Église qui ont fait de l'amour physique une chose si considérable. Et cela en créant la chasteté. Ils ont donné une grande importance à ce qui n'était rien auparavant. Valéry a écrit là-dessus, mais c'est impubliable.

28 juin

Dîné chez la comtesse Joachim Murat avec le ministre de Roumanie Diamandy, la princesse Edmond de Polignac, les Stanislas de Castellane, la princesse de Chimay, la comtesse Mathieu de Noailles, Colette, un Hollandais qui est bien avec cette dernière, Jean de Gaigneron, Mlle de Briey, Léger Saint-Léger, Tristan Derême, Bailly. J'ai conduit à table Colette et j'étais à sa droite. Elle a les yeux foncés, assombris par l'artifice. Elle m'a dit que le métier d'écrire était pour elle un cauchemar ; qu'elle connaît bien la nature parce qu'elle a vécu, jeune, d'une vie paysanne ; qu'elle n'a plus le Corneille de cuir noir que sa mère lisait à la messe. À Mme Murat qui lui demandait si elle écrivait avec plaisir, et n'en doutant pas, Colette répondait : « Mon premier mari m'enfermait pour me forcer à écrire. » Le commencement du repas fut tranquille, mais voici que la maîtresse de maison se met à lancer à Mme de Noailles ses jugements définitifs d'une voix criarde et assourdissante : « Vous avez de l'inspiration, du génie, vous n'avez pas d'intelligence. » Et elle insiste, malgré les protestations de la poétesse, tout cela sans psychologie aucune, et sans pitié. On trouve que Mme Murat va trop loin, et on se sent gêné, agacé de toutes parts. Je voudrais dire à ma voisine : mais taisez-vous donc ! Mme Colette voudrait couper les cheveux de Mme de Noailles, parce que ses mouvements de tête l'exigeraient. Elle me dit encore à moi que les fruits doivent être mangés à la température du soleil qui les a mûris, elle aime le moment qui précède l'orage. Le repas prend fin, et voici qu'un groupe se forme, pendant quelques minutes, et qu'on y trouve le langage de Mme Murat singulier pour ses invités. Est-ce pour cela qu'on les a fait venir ? Mme de Noailles me dit : « Est-elle folle ? », je réponds : « C'est une malade. » Elle agissait ainsi avec Barrès, et, comme disait ce dernier à Anna, je le regardais alors, avec l'œil du doucheur. La conversation reprend générale, et Colette et Anna se retrouvent, près de Thérèse Murat. Encore une discussion, mais plus légère, « chère Thérèse » dit Anna qui lui reproche son verbe excessif. Il est très et trop tard quand je sors de la rue Saint-Dominique, en quête d'une auto. Encore une réunion qui aurait pu être délicieuse, sans le tumulte créé par Mme Murat et son éloquence intempestive. Bailly m'avait dit, avant le dîner, qu'il n'était pas content de trouver Colette chez Mme Murat. Colette qui a essayé de lui voler ses propriétés bretonnes. Colette « âme de démon », Colette qui est Phèdre et Hippolyte (le beau-fils).

14 juillet

Parti ce matin en auto, avec la baronne de Pierrebourg, Mme de Brimont, Paul Valéry et Julien Benda pour le Val Flory où les Blümenthal nous avaient conviés à déjeuner. Paul Valéry nous disait son horreur pour J.-J. Rousseau qui a porté atteinte au culte de l'intelligence, par sa sensibilité, ses mélancolies truquées, etc. Le XVIIIe siècle est adorable jusqu'à Rousseau exclusivement. Il aurait fallu vivre de 1720 à 1750. Et il disait comme à cette époque, les gens d'affaires, les marchands eux-mêmes savaient écrire. Il nous racontait comment l'un de ces derniers, dans les papiers de la Bastille, parle d'un prêtre des environs de St-Germain-des-Prés qui avait une maîtresse, rue de l'Ancienne-Comédie et il nous citait *Thémidor* d'un certain d'Aucourt où il est raconté délicieusement comment une femme est introduite dans une succession d'appartements et elle succombe naturellement dans l'un d'eux. Valéry préfère cette partie du XVIIIe siècle au XVIIe, il n'y a alors ni Tartuffe ni Alceste. C'était disait encore Valéry « le péché en taille douce ».

Valéry dit que quand on est désespéré vraiment, on n'écrit pas. Il revient de Naples et d'Alger. C'est à Alger que sur le quai, il a reçu un coup de pied de cheval dont il souffre encore.

Nous arrivons. Viennent successivement Pirandello, Ruggero son interprète et pendant le déjeuner Mme Bernstein. Le repas fini, on revient à la terrasse, et je cause avec Pirandello. Un peu de barbe en pointe au menton et une moustache grise, avec des parties blondes, jaunies peut-être par le cigare. Il a été, m'a-t-il dit, professeur à Rome, pendant vingt-huit ans. Il m'a parlé du mouvement et de la forme. La forme est la mort. « L'angoisse qu'on éprouve devant un cadavre, c'est ce qu'on éprouve aussi devant une œuvre d'art mais la mort a revêtu une forme belle et partant immortelle. » Tout ce qui est mort est contre Dieu, disait-il encore. J'ai demandé à Pirandello si la philosophie l'avait conduit à l'art dramatique. Il m'a répondu qu'il y était venu par l'image.

Pirandello nous a dit qu'il était d'origine grecque, d'Agrigente. Son nom est grec, « l'ange de feu ». Il a été question de la mythologie. Un mythe dit-il, c'est la passion humaine qui, au contact de la terre, provoque un phénomène naturel.

31 juillet

Ordonnance de non-lieu dans l'affaire Philippe Daudet. Sans appel. Mais on continuera de plus belle. On l'annonce. On ne sera content que si la République meurt du fait de ce chantage.

17 octobre

Hier à Locarno, la Conférence a pris fin. M. Stresemann espère que Locarno est le commencement d'une période de collaboration confiante entre les nations. M. Briand a rendu hommage au geste et aux sentiments du délégué de l'Allemagne. « Entre nos deux pays, il reste des surfaces de friction, il y a des points douloureux. Il faut que le pacte signé ici soit un baume sur ces plaies. » Et moi, je me dis égoïstement : Puissé-je, Dieu le permettant, retourner à Wetzlar !

18 octobre

Oui je bénis Locarno si le goût romantique de la France pour l'Allemagne peut sortir de cet accord. Mais une certaine presse française est là pour guetter toutes les occasions de nous ameuter les uns contre les autres. Et c'est une presse qui se dit catholique.

Je m'étonne encore de n'avoir pas perdu le fil de

moi-même, à travers tous les changements que j'ai subis. Miracle des miracles que de garder son identité !

21 octobre

Charles Maurras écrit ce matin : « Une République française étant de sa nature antipatriote et devant évoluer de plus en plus dans le sens de la trahison. » Qu'est-ce que vous voulez faire avec des gens qui tiennent de pareils propos ?

29 octobre

Été, après le Salut voir Brémond. Paul Valéry était chez lui. L'académicien nous a lu quelques lignes de la lecture qu'il doit faire demain, à l'Institut. Il s'agit de la poésie pure. Puis conversation entre Brémond et Valéry qui ne sont pas toujours d'accord. Brémond ramène tout à la saisie totale du réel, par opposition à « l'adhésion aux écorces ». Cette saisie du réel n'exclut pas le rôle de l'intelligence qui donne des noms, appelle cette saisie du réel la morale, la poésie, etc.

Valéry a dit qu'il était un mécréant. Il ne croit pas. Il a fait le plus grand éloge d'Edgar Poë. À 20 ans, il était sous l'empire de Poë, plus que de Mallarmé. Poë bien, bien supérieur à Baudelaire.

Que de choses je ne comprenais pas dans cet entretien de Valéry et de Brémond ! On a parlé élections académiques, chances de l'un, de l'autre. Rentré par la pluie.

23 novembre

Erré par un grand froid dans les rues, jusqu'à l'heure du déjeuner chez Mme Cocteau. J'étais seul avec la mère et le fils. Jean Cocteau aime bien Paul Valéry, mais à ceux qui prétendent qu'il est matériellement gêné et qu'il avait besoin de l'Académie, il répond qu'il gagne beaucoup avec ses livres (il le tient de Gallimard), qu'*Eupalinos* a eu 27 000 acheteurs. Valéry a ouvert, dit-il, « l'hermétisme ». Cocteau a plaisanté Brémond qui, dit-il, quand il écrit sur la poésie pure, ne dit que des enfantillages. Brémond parle de ce qu'il ignore.

Causé du procès Philippe Daudet. Léon Daudet, dit-il, a prononcé à propos de cette affaire, les noms d'Eschyle, de Sophocle. Or c'est le théâtre de l'Ambigu. Mme Alphonse Daudet croit maintenant que son petit-fils a été tué, elle qui avait connu le billet écrit par Philippe : « Si l'on me poursuit, je me tue. » Billet écrit à La Roche quand il menaçait de s'enfuir. Lucien est aussi de l'avis de sa mère. Cocteau m'a dit la version vraie. Gruffy a conduit Philippe chez Le Flaoutter pour faire de lui une photographie obscène. Alors, que s'est-il passé ? Philippe se sera débattu, ou il s'est suicidé par honte. Dans tous les cas, son père est coupable de ne l'avoir pas surveillé. Le cabotin Léon Daudet disait la veille du verdict : « Pourvu qu'on me donne le maximum ! » Des jeunes gens, m'a dit Cocteau, quittent l'Action française, ils y étouffent.

Jean Cocteau m'a parlé de son évolution morale et religieuse. Comment le Père Charles Henrion, ami de Maritain, qui vit au désert sous l'habit du Père de Foucauld, étant venu à Paris cet été a puissamment agi sur lui. Alors Jean a vu clairement qu'il faisait fausse route et il a remis de l'ordre dans sa vie. Ce n'est pas une conversion. Il s'est confessé et a communié dans la chapelle de Maritain, en juillet dernier et depuis il n'a renouvelé ni confession ni communion. Il me demandera de lui servir d'intermédiaire avec Dieu. Maritain est ami de Claudel.

Claudel a envoyé à Jean Cocteau une image de saint Jean qu'il m'a montrée et qui est datée du 16 juillet 1925. Maritain, dit Cocteau, est un saint. Jean ne partage pas son thomisme qui est, dit-il, une position de l'esprit. D'ailleurs Jean avoue ne rien comprendre à ce que Maritain écrit comme philosophie. Jean, maintenant, suit son cœur, car sa tête l'a toujours égaré. Il a déjà fait deux conversions : Maurice Sachs et un jeune, Bourgoint. Le premier entre au séminaire de la rue de Vaugirard (Père Pressoir)[182], le second veut être bénédictin, et a déjà été à Solesmes.

Jean Cocteau a écrit une longue lettre où il raconte ce qui s'est passé en lui et ce qu'il compte faire, lettre qui sera unique. Il ne répondra à personne. Il n'écrira plus que *des objets*, dit-il. Maritain doit lui répondre, et le tout sera publié en volume chez Stock, je crois. Il faudra que Maritain se démasque. Tant pis si les théologiens ne sont pas contents. Cocteau n'est pas pour « le ciel officiel ». Il ne croit pas à l'enfer. Il citera un mot de Stravinski racontant que quelqu'un ayant dit des impiétés sur la Vierge tomba raide mort et Stravinski ajoutait : « Alors il fut sauvé. » Ce fut l'immédiate rédemption.

Cocteau dit qu'il y a du sommeil dans la religion, chez ceux qui en parlent ou en écrivent. Il faut réveiller ces gens-là. Il sera indépendant, ne demandant rien. Il n'y a pas d'art religieux, dit-il. Il y a la religion. Cocteau m'a raconté comment il dénoue certains jeunes gens qui lui viennent mécontents, tristes. Il arrive à les faire pleurer et ils partent contents. Il faut aimer. Jean Cocteau se sent heureux maintenant. Il a le calme. Le soir, il rentre chez lui, se couche, ne se dit plus : « Où irai-je ? »

Cocteau me citait ce mot que lui avait dit Péguy : « Ce que j'aime chez vous, c'est que vous savez jusqu'où on va trop loin. »

24 novembre

Marie Rouget sort de chez moi. Elle m'a dit que depuis sa maladie, elle n'est plus la même ; il lui faut maintenant le mystère. Elle n'use, dans ses vers, que de mots où il y a du mystère. C'est cela, dit-elle, la poésie. Elle n'aime que le mystère, depuis qu'elle a été dans les abîmes, qu'elle a fait ce voyage. Elle m'a raconté aussi qu'elle n'avait jamais supporté le bonheur, que c'est trop pour elle. C'est que sa sensibilité en avait trop besoin, et qu'elle en avait été sevrée. C'est comme si on donnait une nourriture trop forte à quelqu'un qui a toujours jeûné. Elle aurait été autrefois troublée par les sympathies qui lui viennent maintenant et qu'elle supporte mieux grâce à la maladie qu'elle a eue. Elle m'a dit aussi qu'elle est prophète.

Pour le poète, lui a dit Estaunié, il n'y a pas de durée, ni passé, ni présent, ni avenir. Elle a trouvé le titre du recueil que Escoffié, Brémond, Grolleau lui demandent : *Les Chants de la merci*. Elle m'a dit qu'elle voulait faire un *Adam et Ève*. Adam a senti que le premier coup de dent, c'était la mort : « Tu mangeras. » Ève, en allaitant son enfant, voudrait que son enfant la mangeât elle-même. C'est un désir de femme que d'être mangée par l'être aimé, de lui servir de nourriture. Si nous étions purs, voilà ce qui arriverait. D'où l'Eucharistie. Alors on se donnerait les uns aux autres, on serait heureux de se nourrir les uns des autres.

Guy de Lubersac me cite ce mot exquis de François Albert, ministre de l'Instruction publique, qui, entendant à table sa voisine citer du latin (c'était la comtesse Jean de la Rochefoucauld née de Fels), lui dit aussitôt : « Oh ! Madame, comme vous devez emmerder vos amants ! »

25 décembre

Jean Cocteau m'a dit l'intoxication qu'il avait subie par l'opium. Grâce à son ami Pierre Laloi. Il s'est converti à la suite de cette maladie. Racontant le fait à Claudel, ce dernier lui a répondu : « L'opium, encore un chemin. » Jean se dit « une loque humaine », très découragé par tous ces jeunes gens qui l'assaillent chaque jour, qu'il a essayé d'exhausser, non religieusement, mais en leur découvrant des buts élevés et qui dégringolent de plus haut. L'un d'eux a même dit : « Cocteau c'est le diable. » Il se sent malade. Il doit l'être. Je l'ai confessé. Il devait communier, à la messe de minuit, chez Maritain, à Meudon et il y couchera aussi. Maritain lui fait l'effet du bon Dieu. Jean partira, le 31 pour Villefranche-sur-Mer.

1926

6 janvier

Rentré chez moi, je trouve Mme Cocteau. Elle me parle d'un ton simple et tranquille de tous ces convertis dont son fils. Elle me raconte le déjeuner chez Maritain, le jour de Noël. Maritain vit avec sa femme, Raïssa, la sœur de sa femme convertie comme elle et la mère de Raïssa. La chapelle est au 1er étage. On a vu là un vieux prêtre de Marie-Thérèse, l'ancien curé Marie qui a des visions de la Sainte Vierge et les raconte naturellement. La mère de Maritain qui est la fille de Jules Favre est restée très protestante. Mme Cocteau me raconte que deux séminaristes sont venus de Lyon pour voir Picasso et Jean Cocteau. Ils ont rencontré aussi Max Jacob. Ghéon est ami de Maritain et gémit sur tout ! Que sortira-t-il de tout cela ?

8 janvier

Paul Valéry fait une préface pour *Lucien Leuwen* de Stendhal. Il y a trouvé un amour délicat, la femme s'évanouissant sur une rampe. Valéry confesse qu'il n'aime pas l'amour dans les livres. Il faudrait que le côté physique et le côté mystique de l'amour fussent à la fois poussés le plus loin possible. L'amour, m'a-t-il dit, c'est une confrontation de vivant à vivant. On se dit : comment se fait-il qu'il y ait une autre pensée que la mienne ? On veut l'unité absolue. Mais un mur sépare les deux êtres, qu'on ne peut abattre. On désire l'amour, ajoutait-il, pour la résurrection des corps. L'homme qui aime retrouve de la vitalité. C'est une résurrection. L'amour est comme la racine de gingembre qu'on met dans le derrière des chevaux anglais pour qu'ils aillent plus vite. Cet amour, disait encore Valéry, a manqué à Huysmans.

22 janvier

Paul Valéry me disait qu'on ne peut pas compter sur un homme de la droite. La droite n'aime rien sauf la religion parce qu'elle protège « la galette » — c'est le mot de Valéry.

30 janvier

Déjeuné aujourd'hui chez les Willy Blümenthal avec trop de monde. Paul Morand m'a dit qu'il venait de faire le tour du globe, et il va écrire un long roman sur les rapports de l'Occident avec l'Orient. Ce voyage l'a changé totalement. Il était parti matérialiste apaisé, il est revenu spiritualiste. C'est surtout aux tropiques qu'il a le plus changé. Il a senti qu'il n'y avait que l'âme et les dieux, que toute la vie n'est que la lutte de l'esprit contre la matière. Il croit maintenant à l'immortalité de l'âme. Il a vu là-bas que l'homme n'est rien. Son cadavre devient tout de suite poussière, orchidée, etc. Restent les religions : chacun choisit la sienne, Morand la chrétienne puisque c'est celle où il est né.

13 mars

Je parcours le *Péguy* des frères Tharaud, c'est passionnant d'intérêt. Pourquoi n'ai-je pas été mêlé à ce mouvement-là ? Pendant que cette jeunesse normalienne faisait de l'apostolat socialiste, je confessais des douairières, je catéchisais leurs petites filles, j'ensevelissais des morts. Et pourrait-on même écrire sur le séminaire d'Issy ou de Paris tel que je l'ai connu, des pages aussi mouvementées et charmantes que celles des frères Tharaud consacrées à la maison de la rue d'Ulm ? Non vraiment, nous étions trop étrangers à la nature, à la nature humaine.

15 mars

Déjeuné aujourd'hui chez Mme Bonnardel avec Marthe Bibesco, Antoine Bibesco, Drieu La Rochelle, Mme Mallet-Stevens en rouge bourreau. Drieu La Rochelle m'a dit que son livre : *L'Homme couvert de femmes*, l'avait transformé. Ç'a été une purgation. Il m'a cité deux de ses amis qui se sont mariés, un autre a été guéri par *La Valise vide*.

Drieu m'a raconté qu'il avait suivi l'un de ses amis qui se rendait à une maison de débauche, et que quand ce dernier a voulu y entrer, il l'a arrêté, lui a fait la leçon, et l'ami n'est pas entré.

Drieu appelle le roman « un exercice spirituel », c'est une méditation. À quoi j'ai répondu que c'était plutôt un examen de conscience. Oui, ajoute Drieu, mais avec une pointe vers ce qu'on appelle Dieu. Drieu croit qu'il ira vers une conception plus chrétienne « le mirage sentimental ». On a parlé de l'homme qui a créé la femme et qui est tout de même désolé de n'avoir dans ses bras que son œuvre. Drieu m'a demandé si la femme avait une âme.

Quand on parle avec ce grand jeune homme très sympathique, on n'arrive à rien de net, de défini. Il m'a parlé d'une catholique qu'il avait eue et qui était plus bestiale qu'une autre. Il a été question aussi de la femme, rocher auquel on attache son ancre. Drieu a dit un mot de l'ascétisme. Il veut bien que la Croix triomphe et que la statue de Vénus soit par terre, comme dans une certaine peinture du Vatican mais il ne veut pas que la statue soit trop cassée, abîmée.

Il y a dans la femme l'enchantement des lignes... Drieu s'est brouillé avec Aragon qui versait dans le communisme. Il admire toutefois le groupe des surréalistes dont les dieux sont Rimbaud, Lautréamont. Drieu admire Rimbaud. Il voudrait écrire quelque chose sur la conversion de Racine. Enlevant un jour du portrait de Racine, la perruque, il a cru être en face d'une figure d'homosexuel. Drieu La Rochelle me disait qu'il était lui, Drieu, plus honnête que Mauriac. Il aime prosateur. Il prépare un roman.

20 mars

Été hier, après le Salut chez la comtesse Joachim Murat qui avait réuni un certain nombre de personnes pour entendre Copeau faire des lectures de Péguy. Les répétitions, dans Péguy, donnent à sa prose un caractère quasi liturgique. Je crois entendre le *Libera me Domine*, le *Requiem* sans fin, les Litanies, etc. Cela dispense de l'effort qui est l'art. Copeau, à propos des lenteurs de Péguy dans sa prose, faisait l'éloge de la lenteur. Les grands acteurs, disait-il, sont lents. Ils parlent lentement.

Il y avait, dans le salon de la rue Saint-Dominique, toutes sortes de personnes inaptes à goûter ce genre de littérature.

24 mars

Drieu La Rochelle m'a dit son admiration pour les surréalistes. Il avait dit du mal, dimanche dernier, je ne sais où, de Giraudoux qui n'a pas de style, pas de branche, qui écrit comme un pion. Aragon, ajoutait-il, est de tous les écrivains d'aujourd'hui celui qui est le meilleur sous ce rapport.

Depuis Barrès, c'est Aragon qui écrit le mieux, dit Drieu.

28 avril

Hier, j'ai eu l'idée d'entrer dans l'ancienne chapelle des jésuites de la rue de Sèvres : elle est réouverte au culte des étrangers. Il faisait sombre. Les autels ont gardé les statues des saints de la Compagnie. Et je me suis rappelé le pauvre petit enfant de chœur que j'étais et qui accourait là, chaque matin, de la rue Vaneau. Puis j'ai voulu revoir l'ancien couvent, le jardin enfermé dans les quatre murs. Mais auparavant j'avais suivi le large et grand corridor et grimpé à l'un des étages. Murs nus. Voici le grand escalier d'où j'ai vu surgir le vieux marquis de Lubersac, avec son parapluie. Ah ! cet endroit ne rayonne pas... C'est tiré au cordeau, sans fantaisie, sans grâce. Ainsi cette maison où je servais la messe des Pères, où j'ai bégayé les premières leçons de grammaire latine, a changé de maîtres, et elle est presque déserte.

5 mai

René Bazin petit, avec une figure fine, délicate, ornée d'une moustache grise et correcte. Il dut être un pieux et pur jeune homme. Je ne sais quoi de timoré, de pudique, de réservé. Il eût pu faire un jésuite. Il m'a parlé de la conversion de Jean Cocteau dont le genre l'étonne.

7 mai

Hier Thérèse d'Hinnisdäl racontait comment, chez Mme de Beaumont, Mme de Noailles avait parlé de Jean Cocteau et de son évolution religieuse à laquelle elle ne croit pas. Mme de Noailles est méchante, disait Thérèse. Quant à Thérèse elle-même, elle croit que Jean Cocteau a fait la découverte de la religion, comme il avait fait celle du cirque. Valentine Hugo présente disait que Jean Cocteau mentait. C'est ainsi qu'il lui montra une chinoiserie où Bouddha ressemblait à Radiguet et il disait ce dessin très ancien et de valeur. Or elle a acquis la certitude que Cocteau en est l'auteur. Valentine détourne son mari du milieu Maritain. Elle n'aime pas non plus Mme de Noailles.

8 mai

Été hier après le Salut, chez la comtesse Gabriel de la Rochefoucauld où il y avait un thé. Je me suis contenté de causer avec Paul Valéry. À propos de la conversion de Cocteau et de beaucoup d'autres, Valéry m'a dit : « La religion est fichue, si les hommes de lettres se mettent dedans. » Au XVIIIe siècle, ils ont perdu la société. Les hommes de lettres y transporteront leurs « cabrioles ». Paul Valéry ajoute qu'il n'est pas un homme de lettres. Il faudrait, disait-il encore, qu'on fît le livre de l'aller et retour, qu'on écrivît un livre : Comment j'en suis sorti. Le thomisme sera, disait-il encore, va être détruit par Maritain.

19 mai

Mme Bousquet m'a cité un mot de Crevel sur Mme de Noailles : « Au lieu d'un cœur, elle a un petit pois. »

Paul Morand m'a dit que, dans sa lettre à Maritain, on voit bien que Jean Cocteau s'est heurté à la religion et qu'il manque de cœur ; or le cœur c'est la bonté, le don de soi-même, l'effusion, toute la religion. On ne pénètre pas là-dedans par effraction, comme les surréalistes pénètrent dans le rêve, au dire de Cocteau lui-même. « Par effraction » c'est-à-dire par les procédés techniques. Morand trouve meilleure la lettre de Maritain. J'ai défini Cocteau : « Les vacances de Maritain ».

20 mai

Été chercher hier Jean Cocteau et partis ensemble, en auto, pour Meudon. Il m'a parlé d'une conversation récente avec Mme de Noailles. Elle lui a dit : « Quelqu'un qui approche Maritain dit que votre intrusion, dans sa vie, lui est plutôt nuisible. Vous commencez à le détruire, on détruit toujours ce qu'on aime. » Cocteau lui a reproché de n'aimer qu'elle, d'être à elle-même son Dieu, de vouloir être sa propre création. Elle a répondu : « Je suis une mystique sans Dieu. » Cocteau dit (et je crois que cela est juste) que Mme de Noailles voudrait connaître Maritain, qu'elle se sent exclue de tout un mouvement nouveau, cette vague de spiritualisme qui s'étend. Il y a, ajoutait-il, une montée de vie spirituelle à laquelle elle ne participe pas. Le lendemain, elle lui téléphonait : « À l'altitude où nous sommes, votre ciel et mon néant se rejoignent. » Cocteau se reproche d'avoir trop fait l'éloge de la conversation de Mme de Noailles. Elle n'est pas si remarquable. Elle a été jugée sévèrement par Claudel. C'est du verbiage. Et maintenant, elle prend un mot pour un autre. Cocteau me disait, en chemin, que ce qui arrête nombre de jeunes gens, c'est la question sens. Comment la résoudre ?

Nous voici rue du Parc, à Meudon. Nous sentons de la fraîcheur verte, à peine entrés dans le jardin. Jean voit quelques tulipes, que Maritain nous dit envoyées par un ami hollandais. Nous entrons. Voici bientôt Mme Maritain, humble et simple, russe, qui paraît avoir peu de santé. Elle parle plus que son mari. Lui timide, comme me l'avait dit Jean. À table, nous sommes six : Maritain, sa femme, la mère de sa femme, petite et grosse, la sœur de la maîtresse de maison. Mme Maritain s'appelle Raïssa (ex-juive), sa sœur Vera. Aucune beauté, ce me semble.

C'est Claudel qui a converti le Père Henrion et Maritain dit qu'il y a toute une correspondance de Claudel avec lui comme celle de Rivière, plus encore. Henrion était de Nancy. Il a vécu dans un petit village des Vosges. Mgr Lemaître lui a facilité sa préparation dernière au sacerdoce. Il habite le désert et est au courant de tout. Il a été aussi question de l'ancien curé de Courneuve qui est à Marie-Thérèse et dont Mme Maritain raconte naïvement les visions, elle et Jean Cocteau, visions de la Sainte Vierge, de Notre-Seigneur. Le diable se montre derrière la Sainte Vierge « griffant ». « C'est vous, dit le diable à la Vierge qui m'avez fait tant de mal ! » « Je n'étais pas née, répond la Vierge. » Et ce sont des détails de vêtements, des détails sensibles, concrets. Dans le salon, où il y a une table avec des livres dessus, j'ai vu le portrait de Jules Favre, une simple gravure encadrée avec sa signature. Jules Favre, grand-père de Maritain, qui s'est fait protestant, dans ses dernières années.

J'ai dit un mot de Psichari. Ernest Psichari, m'a dit Maritain, voulait se faire prêtre, religieux, mais il avait peur de faire de la peine à sa mère. À la veille de la guerre, il dit à Maritain : « Il se passera quelque chose » et ce fut la mort. Maritain, grand, avec une figure qui pourrait de loin rappeler le grand-père. Il parle peu. Il est sans verve. Un saint, dit Cocteau. « Un cœur », car Cocteau n'entend rien au thomisme... et ce n'est pas par cette porte-là qu'il a pénétré près de lui. Cocteau a parlé presque tout le temps. Il a été encore question des surréalistes. C'est la fin de Rimbaud, de Nietzsche. Maritain a entendu H. Keyserling qui agit sur des groupes qu'il veut rendre passifs. Keyserling dit que l'Allemagne va être le moteur et la France le modérateur.

J'étais assez embarrassé au fond, avant d'aller à Meudon, mais curieux aussi. Ce milieu très croyant, peut-être trop crédule, me paraissait formé pour moi. Les gens m'ont paru simples et pas méchants du tout. Que je n'oublie pas que Mme Maritain reproche à l'abbé Brémond d'avoir été méchant pour Ghéon. Maritain a tenté un apaisement qui n'a pas réussi. Mme Maritain m'a fait monter dans la chambre très propre qui sert de chapelle. J'ai vu briller la veilleuse qui indique la présence réelle. Sur une cheminée, je crois, j'ai vu une Notre-Dame-de-la-Salette en terre cuite, l'image de saint Benoît, celle de saint Thomas d'Aquin : « Nous sommes oblats bénédictins » m'a dit Mme Maritain. Alors j'ai compris le *Pax* de l'en-tête de la lettre de Jacques. Nous sommes partis en auto avec un grand jeune homme, charmant de visage, qui s'appelle Bourgoint. Cocteau me disait en chemin qu'il a composé, au Cap Nègre, *Antigone* et qu'il avait près de lui une canne qui n'est autre que la houlette d'un pâtre grec. Cocteau m'a dit toutes les lettres favorables qu'il reçoit des ecclésiastiques. Le Père Doncœur a fait un article élogieux. On me l'a fait lire.

5 juin

Visite de Jacques Maritain. Il a l'air d'un oiseau tombé du nid, suivant l'expression de la nièce qui l'a vu entrer dans le salon. Il a l'air pauvre, dit-elle encore. Il m'a parlé de Jean Cocteau, de ce que je devais faire, le pousser à la confession, aller chez lui pour cet exercice. Maritain se dit « lourdaud » et n'intervient pas auprès de lui. Cocteau est l'homme le plus détesté de Paris, m'a dit Jacques. Les surréalistes, Aragon, Breton, Éluard préparent un formidable chahut pour sa représentation d'*Orphée*. Ils en veulent à Cocteau de la grâce de poésie qui est en lui. Ils voudraient le tuer. D'autre part, Cocteau est entouré de gens qui lui reprochent à lui converti, de voir telle ou telle personne. Dans le milieu artiste, disait encore Maritain, on est aussi pharisien que dans le milieu dévot. Maritain m'a dit qu'il ne s'était occupé de thomisme que deux ans après sa conversion. Ce ne sont pas les arguments qui l'auraient converti ; c'est par le cœur qu'on revient à Dieu.

À propos des intellectuels d'autrefois, Maritain me disait que les catholiques ne leur tendaient pas la perche. Nous avons parlé de Huysmans. Vendredi prochain, 11 juin, il y aura un an que Cocteau a fait sa communion. Avant de me quitter, Jacques Maritain s'est mis à genoux, pour que je lui donne ma bénédiction.

10 juin

Été chez Mme Cocteau. Jean absent. Sa mère m'a dit qu'il est tantôt découragé par les acteurs de la pièce *Orphée* qui va se jouer au théâtre des Arts, tantôt remis en appétit de drame. Il emmène, ce soir, Stravinski dîner chez Maritain.

16 juin

Dîné chez les Charles de Noailles, place des États-Unis. Ils inauguraient l'hôtel nouvellement arrangé. J'ai retrouvé cette maison inondée de lumière. L'escalier n'est plus sombre comme jadis. Une salle de bal toute lumineuse, un fumoir aux murs tendus de parchemin, avec des sièges en cuir. C'est l'œuvre de Franck. Tout cela très blanc, nu, étrange, fait pour d'autres habits que ma soutane. Mme de Beaumont m'a parlé de la représentation de l'*Orphée* de Cocteau. Les Jean Hugo n'ayant pas eu de place, profiteraient, pour un autre motif, de cette occasion pour se détourner de Cocteau et aller vers les surréalistes. Valentine qui avait été folle d'Auric serait folle maintenant d'Aragon. Mme de Beaumont m'a dit que Cocteau n'avait pas été bien pour leurs tentatives théâtrales. Elle l'a toutefois réinvité chez elle. Mme de Beaumont m'a parlé aussi des costumes qui sont l'œuvre de Chanel. Eurydice était en karsha beige, à petits plis, Orphée en chandail, dans les gris beige. La Mort est en mousseline très rose, rose de roses. Elle a des gants de caoutchouc rouges (car elle fait des opérations). C'est Mireille Havet qui fait la Mort et elle la porte en elle, me disait Mme de Beaumont.

Quel sera l'avenir de cet hôtel ?

Qu'est-ce que Chateaubriand aurait pensé et dit,

chez l'arrière-petit-fils de Nathalie ? Il aurait eu un accès de désir et de mélancolie de plus, *Et ego, plus ego* ! car René devait avoir moins de fatigues de tête et d'yeux que je n'en ai, en ce moment. Et ce sont des invitations décochées comme des flèches et de toutes parts, mais je n'ai pas la beauté de saint Sébastien. Le monde en folie, ce monde destiné à souffrir et mourir ! Tout le fugitif, tout l'éphémère de cela est navrant. Ces jolies robes, avant le linceul ! Y a-t-il un Chanel, un Worth du sépulcre ?

20 juin

Dîné hier chez les Pecci-Blunt[183]. J'étais entre la princesse de La Tour d'Auvergne, mère de celui que j'ai marié et Mme Paul Valéry. La première m'a dit un mot des malheurs conjugaux de sa sœur. La seconde m'a appris que le grand-père de Paul Valéry avait été consul à Trieste, et que son frère était Corse. Elle ne manque pas d'un certain charme. Les Mauriac étaient là. Paul Valéry disait que Anatole France manque de race. Il a défini le mot *Rumb* : l'angle exprimé par les points cardinaux : vitesse du bateau, nord, vent. Sur la table des roses rouges et de petits abat-jour, au fond de nos assiettes, la tiare et les deux clés.

28 juin

Daniel Halévy m'a dit sur Péguy des choses très intéressantes. Péguy était un nœud d'instincts. Il avait le désir de la gloire, était furieux contre ceux qui réussissaient. Il voulait rester avec les damnés. La France était damnée, puisqu'elle est libre penseuse ou indifférente. Péguy voulait rester avec elle, risquer. Il n'était pas pour l'enfer. Trois ou quatre jours avant de partir pour la guerre, il avait composé un dialogue sur l'Index dont il était menacé. Il y fait parler quelqu'un qui est Maritain. Et comme ce dernier s'écrie : « Dieu est jaloux », « Et vous êtes si pareil à lui », écrit Péguy. Halévy me fera lire ce dialogue qu'on ne trouve plus.

Péguy était d'une violence extraordinaire. Sa femme aussi. Dans la petite maison qu'il habitait, hors de Paris, les femmes étaient d'un côté, Péguy et son fils de l'autre. Maritain ayant été voir la femme de Péguy et sa belle-mère pour obtenir qu'on baptisât les enfants et cela avec l'assentiment arraché à Péguy, les femmes répondirent : « Si on les baptise, nous nous tuons. » Péguy en voulut à Maritain d'avoir provoqué cette démarche.

Péguy ne disait pas le *Pater*, à cause de ces mots : Pardonnez-nous nos offenses, comme nous les pardonnons. Il préférait dire l'*Ave Maria* qui n'oblige à rien. Péguy disait : la chrétienté au lieu de dire la catholicité. Un homme avec qui il aimait à converser dans les derniers temps, c'est Julien Benda.

4 octobre

Été dîner chez les Dupuis où j'ai retrouvé, comme je m'y attendais, Francis Jammes.

Il nous a parlé de Claudel qui s'était converti, vers 1886 et eut, pendant onze ans l'idée d'entrer au couvent. Puis il y a dans sa vie deux ans de chute. Il avait rencontré sur un paquebot, Mme V., laquelle ayant voulu lui parler, il lui adressa une vive remontrance parce qu'elle avait fait chanter aux matelots des chants obscènes ; alors elle pleura et ces larmes la rapprochèrent du poète. Un jour, il vint la prendre dans un cimetière chinois et ils partirent, le mari consentant. Il y eut un enfant de cette liaison. Puis on se sépara. Il la renvoya et, pris de remords, se mit à sa poursuite, pour sauver son âme, accompagné du mari qui disait des chapelets. On l'atteignit en Hollande où elle n'était pas seule. Et ce fut fini. Voilà, disait Jammes, la vraie histoire du *Partage de midi* qu'il n'a pas republié parce que Mgr Baudrillart, son confesseur (et Jammes s'étonne qu'il l'ait choisi) lui a dit que c'était un livre de luxure. Après la rupture avec Mme V., Claudel vint à Orthez. Puis on alla à Lourdes où pendant une cérémonie le tonnerre se fit entendre. « C'est pour moi », disait Claudel. Au second coup, Claudel s'écria : « J'ai peur » et il ajouta pour son ami : « Priez pour moi. » Jammes disait combien Claudel est naïf. Il nous citait des traits de cette naïveté dans ses rapports avec les femmes.

5 octobre

Toujours des articles, ultra-virulents, de Léon Daudet contre Briand, Berthelot, réclamant le poteau pour eux : « Ce gredin de Briand ; ce vendu de Briand ; ce souteneur de Briand ; Berthelot une éminente crapule », etc. Quelle fatigue, quelle somme de haine ! C'est cela qui est antichrétien et que j'aurais condamné si j'avais été Pie XI !

8 octobre

Notre époque peut se résumer ainsi : usines, banques, cinémas, dancings, palaces, enseignes lumineuses, réclames, automobiles, téléphonages, etc. C'est-à-dire matérialisme, argent, plaisir et tout le contraire de la simplicité et de la modestie.

11 décembre

J'ai vécu de la vie des autres plus que de la mienne propre. Je suis né parasite. Mais, parasite, ne le suis-je pas plutôt devenu par défiance de moi et parce qu'autrui m'impressionnait ? J'étais cependant capable de développer mon petit moi.

1927

6 Janvier

Chez M. et Mme Paul Morand, 3, avenue Floquet. Il y avait là Mme de Béhague, J.-E. Blanche, Lucien Daudet, Pierre Brisson, etc. Paul Morand a fait l'éloge des *Faux-monnayeurs* de Gide. Un renouveau littéraire. Gide est parti à la suite du Charlus de Proust disait-il. Jusque-là Gide ne disait rien de son mal, Mme Gide l'ignora jusqu'à la conversion de Ghéon (car Ghéon en était atteint lui aussi). Gide, disait Blanche, est triomphant dans son dernier livre *Si le grain ne meurt*. Il n'a pas eu d'ennuis avec les siens.

André Germain, m'a dit encore Jacques-Émile Blanche, en a voulu à Proust de parler de ce mal, en en montrant le côté répugnant.

19 février

Forain bien fatigué, maigri. Il m'a raconté qu'un jour, il entre avec sa femme à Saint-Sulpice, Huysmans était à la chapelle de la Sainte Vierge, finissant un chapelet. Une voix de ténor se fit entendre et Huysmans de dire : « Foutons le camp. Voici le sabbat qui commence. »

15 mars

Hier, chez Mme Serge André, François Mauriac disait que l'Église a raison de donner de l'importance à tout ce qui touche au sexe. Il s'agit là d'une orientation de la vie.

18 mars

Été hier chez Mme Bousquet où François Mauriac m'a dit qu'il était content d'écrire un livre sur Racine. Il le trouve « un sale type », c'est-à-dire ambitieux, sensuel, hypocrite, violent mais il y a *Phèdre*, et dans *Phèdre* le rôle de Phèdre que Mauriac appelle « le sommet », c'est tout l'amour avec sa honte, etc

23 mars

Visite de Catherine Pozzi. Elle m'a raconté sa liaison avec Paul Valéry (depuis 7 ans). Elle avait épousé Bourdet, l'auteur de *La Prisonnière* [184]. Entente intellectuelle absolue entre Paul Valéry et elle. Elle a eu l'idée de s'ouvrir à Mme Valéry, croyant trouver en elle une alliée. Favorable au premier moment, celle-ci est devenue une furie, ne voulant plus qu'ils se voient, etc. Valéry mécontent de la démarche de C. Pozzi ; on s'est séparé, puis retrouvé et cela marche comme avant, mais il faut se voir en cachette. J'ai cru comprendre que Mme Pozzi désirerait qu'à l'occasion je puisse intervenir auprès de la femme de Valéry.

27 mars

Rencontré Paul Valéry que son discours à faire sur Anatole France embarrasse beaucoup. Il ne sait que dire.

31 mars

Dîné, hier, chez les Bernstein, 110, rue de l'Université, monté dans l'ascenseur avec Colette. Il y avait à table, avec elle, les Maurois, les Mauriac, les Bainville, le frère de Bernstein, Robert, M. de Marcillac. Sur la table des pivoines roses, blanches. Dans le salon le portrait de Bernstein enfant, par Manet. Il se trouve debout les jambes un peu écartées. Mme Bainville que j'avais à ma droite m'a parlé de l'Action française, des sévérités nouvelles du Vatican. Elle est catholique ; trouve que, dans son entourage, on revient à la religion, grâce à l'Action française, etc. Son mari préfère qu'elle ne fasse pas ses Pâques, cette année. François Mauriac disait que l'allocution du pape à la jeunesse (allocution toute récente) lui donnait des accès d'anticléricalisme. Il le trouve sans pitié. Mme Bainville me disait la vie digne de Maurras enfermé dans son idée et dans un appartement modeste.

Colette a parlé cuisine, Château d'Yquem et plats lui convenant. Elle ramène tout à la gourmandise : il y a la gourmandise culinaire, voluptueuse, etc. Elle a répété, à plusieurs reprises que la pureté est une tentation, comme les autres, et pas plus noble. Elle m'avait dit (car je lui avais demandé si elle allait faire un roman que je pourrais lire) qu'elle ferait un livre qui serait « une débauche, une orgie de vertu ». Elle a parlé de sa fille qui est au lycée Duruy (elle a 13 ans). Elle a demandé à sa mère tour à tour d'être israélite et de suivre des conférences catholiques. C'est Jouvenel, le père de l'enfant, qui n'a pas voulu qu'elle fût baptisée, préférant qu'elle choisisse sa religion, devenue grande.

Colette a parlé aussi des bêtes, des chats coupés, de la pigeonne qui est pleine de libertinage, etc. Mauriac, lui, a parlé d'un péché, le plus grave de tous et qui consistait à « châtrer un cardinal » pour qu'il ne fût pas pape. Enfin, très, très tard, Yvonne de Bray qui joue dans la pièce de Bernstein, *Le Venin*, est venue, bien habillée et avec un rire perpétuel dans la voix. Je lui ai serré la main, et en partant je lui ai exprimé mes regrets de ne pouvoir l'applaudir.

1er avril

Valentine Hugo vient voir la robe de capucin que j'ai pu me procurer. Elle est en train, avec son mari, de préparer un film sur Jeanne d'Arc et elle dessine des robes de moines.

13 mai

Dîné aux bureaux du *Journal* (avec les membres de la société Huysmans titulaires et adhérents), nous étions une cinquantaine. J'étais entre Rachilde et Pol Neveu.

Rachilde m'a parlé longuement. Elle a connu Verlaine à un moment où il n'était pas célèbre. Elle aime, dit-elle à respirer les cerveaux en fleur. Elle a eu Maurice Barrès comme secrétaire. Barrès, alors, croyait, m'a dit Rachilde. Il avait 22 ans. Elle dit un jour à quelqu'un qui n'avait pas l'air d'en faire cas : « C'est un bonhomme de génie. » C'est lui qui a écrit — de lui-même — une préface pour *Monsieur Vénus*. Rachilde m'a dit que Barrès l'avait aimée. Ensuite il fut l'amant de Gyp. *Monsieur Vénus*, m'a dit Rachilde, c'est la femme homme, au cerveau mâle tandis que l'homme est féminin.

Rachilde m'a raconté qu'elle est née en Périgord, qu'elle habitait Crou entre Château-l'Évêque et la Roche-Chalade. Elle s'ennuyait devant un étang, dans une grande propriété ; à l'âge de 12 ans, elle écrivit je ne sais quoi qui parut dans un journal de la Dordogne. Elle eut un jésuite comme précepteur. C'était le moment où les familles aisées recueillaient les jésuites expulsés. Elle a lu, jeune, tout ce qu'on peut lire, même le marquis de Sade. Rachilde m'a dit qu'elle préférait écrire sur d'autres sujets que l'amour mais le public féminin réclame ce sujet et les éditeurs par conséquent l'exigent des écrivains.

Après le repas, un film dans l'immense salon dont le plafond est peint. Il représentait (le film) le voyage au Congo d'André Gide. Des noirs travaillant, dansant, des négresses aux seins palpitants, des nègres aux derrières bien visibles mais l'œil s'habitue bien vite à ces nudités exotiques. L'auto de la maison m'a ramené chez moi, vers minuit. J'oubliais le chaud-froid de cailles qui figurait sur le menu. Ce magnifique intérieur est-il en harmonie avec l'ère actuelle ?

18 mai

Dîné chez les Charles de Noailles avec vingt-quatre personnes.

23 mai

Hier matin, visite de M. et de Mme Leigh Hunt. C'est la première fois que je revoyais l'ex-Loulou de Vilmorin. Une belle personne et si sympathique ! Je fus repris par la figure, les yeux surtout, la voix.

Descaves est venu me chercher et nous avons été au ministère des Affaires étrangères où, par les soins de son ami Peycelon, directeur de l'*Officiel*, un déjeuner avait été préparé pour nous recevoir, chez Briand, Lucien, Brémond et moi. Nous prîmes l'ascenseur, et après avoir suivi une enfilade de salons or et rouge, nous trouvâmes dans une plus vaste pièce à trois fenêtres, donnant sur des arbres ; le ministre et l'académicien nous avaient devancés. Très amical et simple avec moi, Briand. Et tout de suite, il parla et d'une façon intéressante, et en bonne langue : « Je me donne, disait-il, des rendez-vous avec moi-même et je n'y arrive pas. » Il fut question de l'aviateur américain qui vient de franchir, en quelques heures, la distance qui sépare son pays du Bourget.

Ensuite un très bon déjeuner. J'étais à gauche du ministre. Je note tous les sujets abordés par Briand. Son voyage à Oxford, où il a été reçu docteur en très bon latin. On l'a laissé réfléchir dans la salle de la divinité. Il a noté l'archaïsme de ce peuple, son traditionalisme. Il aime les costumes or et rouge. Briand évoque je ne sais combien de littérateurs qu'il a connus. Il était du Cercle des hydropathes. Il y connut Charles Cros qui vivait dans ce milieu à fantaisie ardente. Cros avait du talent : *Le Coffret de santal*. Briand raconta comment Cros avait débité son *Chef de gare*, en présence de Coppée. Il dit lui-même ces vers et très bien. C'est de ce cercle que sortit le Chat noir. Il a connu Barbey, un grand monsieur. Un soir que chez Mme Aubernon, il était question d'un vampire qui faisait parler de lui, à cette époque, Barbey interrogé sur ce sujet directement par la maîtresse de maison, fit cette réponse : « C'est l'homme le plus passionné du siècle. »

Après le repas, continuation de la conversation. On parla discours, éloquence. Il était temps que Jaurès se tût, disait Briand. On commençait déjà à être fatigué de son genre oratoire. Briand dit que c'est un tort d'imprimer les discours d'aujourd'hui. On se trompe d'époque. Autrefois les discours étaient lus. Ce n'est plus possible aujourd'hui. Le discours est une conversation avec l'assemblée qui est mobile, impatiente. On ne veut plus de développement. Les assistants déduisent eux-mêmes ce qu'il y a à déduire. Le discours doit être une charge de cavalerie, dit Briand. Par conséquent, la correction n'est pas possible. Elle nuirait plutôt. Et Briand d'attaquer la formation première classique.

Briand a vu Jules Verne quand il était enfant. Verne le faisait sortir du lycée. Il y a un livre où il est question de lui : *Les Vacances*. Briand m'a appelé un agent de liaison entre gens différents. Donc ce déjeuner fut parfait. Un Briand plein d'anecdotes, de mots et s'exprimant dans une bonne langue. Tout cela coule, est facile, point banal. La figure a déjà un double menton. Elle est solide, un peu populaire, pleine. Le ministre nous a reconduits jusqu'à l'ascenseur. Je suis sorti tout à fait sous le charme de cette parole, admirant la coquetterie de cet homme qui ne nous a parlé que d'hommes de lettres et d'orateurs, c'est-à-dire des affaires étrangères à son ministère du moment.

26 mai

Dîné hier chez les Paul Dupuy, nous étions trente-deux. Mais la grande attraction et à laquelle je ne m'attendais pas c'était la présence du capitaine Charles Lindbergh qui a survolé l'Atlantique en 33 heures 28 minutes venant de New York à Paris. La rue Octave-Feuillet était plus animée que d'ordinaire. Des curieux aux portes. Ce grand jeune homme est entré accompagné de l'ambassadeur des États-Unis, et il a été sympathique, dès le premier regard. Son père, qui a des origines suédoises, a été député, et sa mère est professeur de chimie. Il était, à table, à la gauche de Mme Dupuy à la tête neigeuse. Vers la fin du repas, M. Dupuy lui a porté un toast, d'une façon très naturelle, sans emphase aucune, à quoi il a répondu courtement, simplement, mais en anglais. Après quoi, au salon, il a signé les menus et j'ai le mien.

27 mai

Visite de Mme Paul Valéry venue me demander de bénir le mariage de sa fille. Elle m'a parlé de sa belle-mère qui vient de mourir à 96 ans. Son mari était directeur des douanes. Paul, élève d'abord à Sète, puis à Montpellier. Il vient à Paris, fait la connaissance de Mallarmé. C'est à la mort de Mallarmé qu'il rencontre sa future femme qui est la nièce du peintre Berthe Morisot, nièce elle-même de Manet.

Le mariage doit avoir lieu à Juziers, vers le milieu du mois de juillet. Mme Valéry m'a dit que son mari avait tout de suite pensé à moi pour cette cérémonie.

3 juin

Pourquoi voulez-vous que Dieu soit dans un minimum de vie plutôt que dans un maximum. Dans l'aridité plutôt que dans la richesse des formes, des couleurs, des odeurs ?

8 juin

Hier soir, vers 9 h 1/2, Paul Claudel a lu, chez les Philippe Berthelot, et devant une assistance choisie où les femmes étaient plus nombreuses que les hommes, un poème symbolique en l'honneur du grand Berthelot. Debout d'abord, dans une pièce d'en bas, au mur constellé d'assiettes, Claudel a expliqué son point de vue. Il a dit « les gestes lents japonais » et la nécessité de mêler la musique au drame. Claudel disait tout cela de cette voix lourde, avec cette prononciation ou articulation qui vient de la glèbe et qui sent la charrue. Puis il s'est assis et a lu son œuvre, mieux qu'il ne l'avait fait pressentir. J'en avais eu la primeur à Méréville, dans le petit hôtel où nous avions mangé. J'ai revu « le fraisier pendant et le dur pissenlit », les abeilles qui arrivent successivement, le trèfle, les violettes blanches, le pêcheur à la ligne, etc. Les abeilles sont appelées « les belles dames dorées », « les vierges d'or ». Leur bruissement forme une « tapisserie sonore », une « atmosphère » dans laquelle on parle mieux. Ces abeilles ont été l'occasion d'une guerre. L'aveugle a parlé. Il a dit que les yeux l'avaient empêché de voir. Le tombeau d'Hermès. Il est partout, dans cette ville d'Athènes, dans la Grèce. Ce drame est intitulé : *Le Rempart d'Athènes* et tout se termine par l'évocation ou plutôt le spectacle de 12 colonnes nues qui sont louées ou plutôt chantées. Puis Ève Francis déclama deux morceaux du même poète. Elle était vêtue d'elle-même et de scintillements, voix affectée, mais toute la personne en chair, peut-être plus qu'en âme. Et les sujets étaient très religieux. Il s'agissait de saint Barthélemy, de la Sainte Vierge, du Christ. Les Berthelot très aimables. Bu une orangeade et parti.

11 juin

Couru chez les Beaumont qui ont donné un long film allemand devant une très brillante assistance. C'est *Métropolis*. Bizarrerie, folie, etc. Usine, bureaux... Tour de Babel, hommes, machines, femmes étranges. Des groupes, des foules furieuses, des ascensions, des catastrophes, une inondation, des danses, une cathédrale, des souterrains ; de temps en temps, un homme dont les lèvres s'approchent de celles d'une femme. Bref, une série de cauchemars. « C'est boche » disait-on. Évidemment, du point de vue technique cela suppose un formidable travail. Tout cela accompagné d'une musique souvent effarante — des passages de Wagner (Tétralogie) appliqués à des scènes ultra-modernes, ultra-futures. Sorti vers 1 heure du matin. M. Berry m'a pris en pitié et m'a ramené en auto, chez moi.

24 juin

Hier, assisté à la réception de Paul Valéry. Valéry serré dans son vêtement vert. Il a lu d'une voix meilleure que je n'aurais cru, et cependant bien des mots m'ont échappé, et je n'avais pas le temps de suivre ses idées car la phrase était pleine comme un épi, comme un grain de raisin. C'est plutôt de l'esprit de France qu'il a parlé, plutôt que de France lui-même.

Rien d'anecdotique, de très personnel, d'intime, de vivant. Il a trouvé le moyen de ne pas le nommer mais on sentait que son successeur était un vrai lettré qui pense par lui-même et sait écrire de même. Toutefois le discours gagnera à être lu plus qu'à être entendu.

25 juin

Hier garden-party à l'ambassade d'Angleterre. La pluie a confiné les invités à l'intérieur. Pas même vu le marquis et la marquise de Crewe. On les cherchait, du moins à l'heure tardive où je suis venu, mais rencontré la comtesse Greffulhe, les Wigram, les La Force, Bailly, etc. mais point Poulenc, Porghès. Dîné ensuite, chez Larue, où Cambon avait invité Mme Poncet, Luce, Maurice Pernot, l'abbé Brémond et moi pour fêter l'habit vert de Paul Valéry. Paul Valéry nous a parlé des *Dieux ont soif* de son prédécesseur à l'Académie. « C'est, disait-il, du Sardou et du Paul de Kock. »

30 juin

Dîné, hier, chez Bailly. Causé longuement avec Montherlant qui était mon voisin de table. Il a été récemment dans l'Afrique du Nord, au Maroc, en Espagne, etc. Il m'avouait qu'en dix mois, il avait eu 9 à 10 heures de poésie c'est-à-dire de moments où il avait réalisé son rêve. Toutes les autres fêtes avaient manqué ou plutôt n'avaient pas réussi, pour une cause ou une autre, parfois par la présence d'un raseur. Montherlant admire infiniment Barrès mais il lui reproche de n'avoir pas su risquer, d'être resté au bord de l'action. À la Chambre il faisait sa correspondance. En Orient, il était accompagné par sa femme. Il n'a pas couru l'aventure. Il n'a pas réalisé son rêve.

5 juillet

Les articles de l'*Action française* continuent à vomir des injures et des ignominies. « Pourceaux » écrit Maurras. Il appelle la démocratie « le plus bestial des gouvernements » et il la nomme surtout « le plus matériel » et il cite ce cri de Shakespeare à la démocratie de Jules César : « Vous pierres ! Vous bûches ! » Et il ajoute : « Je ne mets pas en cause les mœurs de M. Barthou, l'infamie en est bien connue. » Et Daudet de le flétrir, en lui accordant « l'habitude des trous de serrure ». Maurras dénonce en Barthou l'homme qui n'a pas acquis honnêtement ses manuscrits célèbres, qui a souvent signé l'ouvrage des autres. Ah ! quelles canailles que ces directeurs d'un journal royaliste ! Tous les moyens les plus bas sont bons. Faut-il qu'ils se sentent menacés et en mauvaise posture pour dégueuler de la sorte !

13 juillet

Rentré chez moi, j'ai reçu une visite à laquelle je ne m'attendais guère, celle de... Charles Maurras. Il ne s'agissait pas de l'affaire, quoique l'histoire s'y rapportât. Il m'a demandé le secret de sa démarche. Il s'agit d'une correspondance à lui adressée et qui est tombée, on ne sait comment, entre les mains des policiers. Cette correspondance est celle d'une femme qui n'est pas libre. Elle est tendre mais, dans le monde ordinaire, elle ne ferait aucun mal à Maurras qui ne s'est pas présenté comme un ascète, mais il y a la personne qui a écrit, des innocents. Maurras croit que Barthou aurait dirigé cette correspondance vers la *Vie catholique* et que Brémond dirige cette dernière contre lui. Or si cette correspondance était publiée, Maurras poursuivrait Brémond. Il y aurait une vengeance éclatante. Il le connaît bien. Il l'appelle Miss Aliet. Barrès qui avait rencontré Brémond à l'Acropole disait à Maurras : « C'est une jeune fille. » À Aix, il était en 8e quand Brémond était dans les classes supérieures. Brémond a eu des rapports avec Maurras. Il lui écrivait : « carissime », venait le voir. Maurras n'a jamais été chez lui. On s'est brouillé, à propos de Lionel de Rieux, au sujet des poésies de cet homme. Les questions littéraires, disait Maurras, sont celles qui divisent le plus. Maurras d'ailleurs ne nie pas le talent de Brémond mais son jugement.

Maurras me demandait de parler à Brémond de ce qui le menaçait, si on usait de la correspondance. Mais l'abbé est reparti pour les Pyrénées. Maurras me demanda si je connaissais un ecclésiastique pouvant intervenir auprès de M. Gay. Je finis par lui dire que j'irais le voir, si cela était nécessaire pour lui demander d'avoir une entrevue avec Maurras et pour répondre à son désir, je proposai que la rencontre eût lieu chez moi.

13 juillet

Été voir M. Gay, directeur de *La Vie catholique*. Il accepte l'entrevue avec Maurras. J'ai été ensuite porter un mot chez le directeur de l'*Action française* pour lui faire savoir que l'entrevue aurait lieu, demain jeudi, à 4 h 1/2 chez moi.

14 juillet

La rencontre de Maurras avec M. Gay a eu lieu tout à l'heure dans mon salon. Gay était venu le premier, Maurras lui a adressé le premier la parole, comme à un ennemi. Il n'a pas mis, comme hier, les points sur les i, n'a nommé ni Barthou ni Brémond. Gay a répondu que s'il avait reçu des documents personnels, il les jetterait au feu, mais il n'a rien reçu. Dès la première phrase, Maurras menaçait, ce que Gay a très bien relevé. Et sur l'affirmation que celui-ci ne possédait rien, le directeur de l'*Action française* a terminé l'entrevue plus vite que je ne pensais. Il a même demandé à M. Gay de lui serrer la main, « comme à un Français », ce qu'il a fait et il a ajouté qu'on pouvait être adversaire sans félonie. Maurras m'a remercié à plusieurs reprises et il est parti.

M. Gay m'a dit qu'il n'a pas fait usage des documents auxquels Maurras faisait allusion et dont *La Volonté* a révélé l'existence.

Gay est tendu. Il manque de souplesse dans la manière de s'exprimer. Maurras parle en maître, et l'on pourrait écrire et imprimer ses phrases littéraires et définitives. Gay m'a révélé des détails sur les fugues de Philippe Daudet, sa fuite avec la femme de chambre, etc.

Ch. Maurras disait à Gay qu'il avait pu être quelquefois entraîné trop loin dans la polémique, que les passions politiques deviennent souvent des passions personnelles, que les questions religieuses atteignent la profondeur de l'être. « La religion, la profondeur de l'être. » Si mes oreilles ne m'ont pas trompé, voilà une bonne définition !

16 juillet

Parti, ce matin, en auto, avec Claude Valéry et sa femme et Julien Monod pour Juziers. Causé beaucoup le long de la route. Le fils de Paul Valéry me disait que son père n'a pas une goutte de sang français. Il est corse par son père et sa mère qui vient de mourir était de la région de Venise. Le temps était voilé mais il y avait de la verdure, et des horizons. L'église de Juziers est grande, a trois nefs, des voûtes romanes. C'est une ancienne abbaye de religieuses de Saint-Pierre-de-Chartres. Elle est dédiée maintenant à saint Michel. Un brave curé. J'ai béni le mariage de Paul Rouart avec Agathe Valéry. Après quoi, déjeuner par plusieurs tables, au Mesnil chez

Ernest Rouart, marié à la fille de Berthe Morisot. C'est un château décoré d'un demi-cintre comme fronton, avec deux pavillons, un petit perron, des toits d'ardoise. C'est du XVIIe siècle. Paul Valéry m'a conduit tout de suite sur une terrasse où de grands et vieux arbres entourent et forment une sorte d'abside, puis dans le jardin qui est de l'autre côté de la maison et où les chèvrefeuilles embaumaient. Valéry n'a rien composé au Mesnil. Il a écrit *Charmes* près d'Avranches. Ce petit château avait été acheté pour rien par Berthe Morisot. J'étais à table, entre Mme Paul Valéry et sa belle-sœur. L'académicien en face de sa femme, entre Mme Alexis Rouart, la belle-mère de sa fille et Mme Morin, née Rouart. D'autres Rouart, un grand à figure romantique — Eugène Rouart — et le rouge de l'*Art catholique*. Devant moi, au mur, une peinture de Berthe Morisot qui représentait la sœur de Mme Paul Valéry. Les mariés sont venus choquer leurs verres contre les nôtres. On a applaudi, des bans répétés. Paul Valéry s'est levé et a adressé quelques paroles pleines de bonne humeur et d'esprit. Il a été fort gracieux pour moi. Il a dit tout d'abord qu'il devait tout à l'amitié. Il a recommandé au jeune ménage de ne pas se contenter de se plaire mutuellement dans les premiers temps, mais de continuer ensuite. Pas d'inertie.

22 juillet

Charles Maurras m'a envoyé il y a quelques jours, pour me remercier de l'entrevue, sa plaquette, sur papier de luxe, consacrée à Anatole France. Voici sa dédicace : « Monsieur l'abbé Mugnier, aumônier général de nos Lettres. »

8 août

Déjeuné aujourd'hui avec François de Curel. Il m'a dit que rien ne resterait de l'œuvre de De Flers, c'est de l'article de Paris. Forain m'avait dit la même chose. Curel citait ce mot de Toulouse-Lautrec qui était petit, bossu : « Quand je bande, je suis un trépied. » Il m'a cité ce mot d'autrefois, « bander comme un carme ». Curel me racontait que M. de Montherlant préparant ses *Taureaux* lui avait demandé si lui, chasseur, éprouvait je ne sais quoi de sexuel pour le gibier car détruire c'est posséder. Curel répondit que non.

20 août — Combourg

De grandes pelouses vertes couronnées ou séparées de grands et beaux arbres. Couronnes, dis-je, ou longs rideaux. Hier, j'étais sur l'emplacement du grand mail « le berceau de nos songes ». Ce que les bois bretons ont été pour Chateaubriand, le parc d'Issy l'a été pour Renan. Indépendants tous les deux, l'un de cœur et de sens, l'autre de tête et de raison. L'idéal, être l'un et l'autre.

Un autre Celte est près d'ici : Lamennais, dans ses bois, au bord de son étang. Il a fait volte-face, mais plus tard, à un autre âge que Renan et pour d'autres motifs. René a gardé la façade religieuse, le porche de la cathédrale avec ses voussures, ses vitraux, ses orgues, mais la chair a été faible, sans que l'esprit fût bien solidement chrétien ou catholique.

Ce matin, ciel couvert ; le bleu continu ici serait un manque d'harmonie. Dans le *René* de Chateaubriand, le vent joue un grand rôle. Il souffle dans la chevelure du héros. On l'entend à toutes les pages. Je l'ai retrouvé tout à l'heure entre les créneaux roussis de lichen qui entourent la chambre de l'adolescent de génie. Un vent endiablé qui secouait, malmenait ma soutane, ma douillette.

Et je me suis remémoré sur place tant de passions qui avaient eu, dans cette ambiance, leur point de départ. Le vent est la passion du temps. La passion est le vent de l'âme. « Tu es passionné », me disait maman et je ne voulais pas le lui avouer parce que c'était la confession intime qui m'aurait mené trop loin.

24 août — Nohant

Hier matin j'ai relu les toutes premières pages de *Lélia* dans la grande allée du jardin. Lélia et Sténio dialoguaient au parfum de la rose blanche nuancée de mauve qu'on appelle « le bouquet de la mariée ». Roses mouillées de pluie et qui n'en étaient que plus charmantes. Un colimaçon pendait tranquillement au bout d'une feuille. Aux questions hardies que pose Sténio à la femme mystérieuse répondaient des petites voix d'oiseaux, très douces mais le doute, le désespoir peuvent-ils s'accorder avec ces fleurs odorantes, avec ces anémones du Japon dont les pétales roses étaient à terre. Pourquoi tant penser, quand une sensation peut suffire ? Quel chloroforme ! J'aurais voulu recevoir là, sur place, la confession de George Sand, l'entendre me raconter ses amours, ses déceptions, mettre à nu tout le fond d'elle-même. Parlez-moi de Musset, de Chopin.

Et Sandeau, où posait-il sa canne, son chapeau gris et ce lacet rouge qui faisait battre le cœur de la jeune femme insatisfaite et inquiète ?

11 novembre

Si jamais on lit mes cahiers, on me blâmera vigoureusement, on s'étonnera avec des figures scandalisées. Qu'on dise ce qu'on voudra. J'ai été, je demeure sincère.

7 décembre

Tant de plaisir en moi et si peu de facultés ! Si injuste envers la destinée, tandis que j'ai eu plus que je ne méritais et que la pensée de ceux qui souffrent dans leur chair et dans leur âme m'oppresse et suffirait à voiler toute beauté à mes yeux, à éteindre tous mes enthousiasmes ! Il y a trop d'indigents, trop de malheureux sur terre ! Saint Vincent de Paul ne voulait pas manger. Le pain m'est trop amer ! Comment puis-je me délecter à toutes les tables de la littérature, de l'art et de l'amitié, sans avoir des battements de cœur et un arrière-goût de tristesse !

20 décembre

L'amour pour Dieu est un amour de tête, de volonté, un amour abstrait. Est-ce que l'amour n'est pas de la spontanéité, du jet, de la liberté ? L'amour est lyrique. Que j'ai vu peu de curés lyriques ! Et puis qu'est-ce que cet amour qui glace la sensibilité, sous prétexte de la surnaturaliser ? Dieu, c'est tout, tout ce que nous rêvons, admirons, aimons. Ne le séparons pas des créatures. Il est soleil, oiseau, femme, intelligence, beauté, bonté. N'évidons pas la divinité, elle est gonflée de toutes les sèves.

1928

6 janvier

Dîné chez les Paul Valéry avec la sœur de Mme Valéry, un Rouart qui fait de la médecine, le fils de la maison qui a 11 ans, et M. Poujaud. Poujaud nous a raconté qu'il a dîné, chez Banville, avec Rimbaud « enfant de génie » disait Banville. Rimbaud ne dit pas un mot. Il avait déjà composé *Le Bateau ivre*.

Paul Valéry nous fit entendre, avec la télégraphie sans fil, un concert de Londres, de Berlin. C'est fou d'ouïr ces voix lointaines qu'on dirait dans la chambre voisine. Ce jeu des ondes est de la pure féerie réalisée, du merveilleux, du génie. Il était tard, très tard quand je quittai la rue de Villejust.

10 janvier

Été tout à l'heure chez la comtesse de Chevigné. Elle m'a parlé de Marcel Proust qui l'avait beaucoup aimée. Proust se dressait sur un tabouret, chez Émile-Paul pour la voir passer. Il l'a accusée de cruauté. Sa dédicace de *Guermantes* est très dure. M. Proust avait dit à Geneviève Straus de lui dire qu'il l'admirait, l'aimait. Mme Straus craignant qu'il ne s'éloignât d'elle n'en fit rien. Et Proust de s'imaginer que la commission avait été faite, et que Mme de Chevigné ne répondait pas à ce sentiment.

Proust l'adorait tellement qu'il lui demanda un jour de lui donner un chapeau à bleuets, qu'il lui avait vu trente ans avant.

25 janvier

Paul Valéry m'a parlé de Rilke qu'il a été voir dans le Valais où il habitait, dans un endroit pas beau, triste, une tour carrée. Rilke, grand sensitif influencé par les présages, les prémonitions. C'est ainsi que la princesse Battenberg, le voyant pour la dernière fois, le salue en faisant du seuil du wagon une sorte de signe de croix qui annonçait sa mort, laquelle eut lieu bientôt en effet.

Rilke avait une belle culture scandinave et autre.

17 avril

Qu'est-ce que le parti radical ? Qu'est-ce qu'un socialiste ? Qu'est-ce que le communisme ? Qu'est-ce que le collectivisme ? J'ai trop vécu en dehors des questions politiques et sociales, très différent en cela des romantiques que j'aimais, Sand, Hugo, Lamennais. Goethe lui n'a pas l'air de se soucier de la politique. Radicalisme, « socialisme précisé » dit Herriot. Dans tout cela je sens le besoin de changer, de bouleverser ce qui existe. On est mécontent de la planète, de la situation qu'on y occupe, du pain qu'on y mange.

1er juin

Qu'est-ce qu'il y a donc dans l'odeur d'une rose ? Quelques pétales rouges enferment un monde passionnel. En entrant, ce matin, dans la sacristie, j'ai mis le nez et l'imagination sur l'une d'elle.

24 juin

Été déjeuner à Ville-d'Avray, chez Mme Halphen. Causé longuement avec les Mauriac. Parlé d'abord du prêtre de campagne et de sa misère. Et Mme Mauriac de me dire que, dans la Gironde, il y a un prêtre qui a un taureau et qui en vit. Mauriac m'a parlé de la maison où il a été élevé, à Bordeaux, par les marianistes. Il aimait les choses religieuses. Il était pieux. Il me rappelait les cantiques qu'il se plaisait à chanter. Mais on y inspirait l'horreur de la femme et c'est un tort. Il sent bien l'opposition qui existe entre l'ordre de la nature et l'ordre de la grâce. Il constate que la nature humaine est déchue, qu'il y a dans la chair, un principe de destruction, de mort.

En ce temps-là, il lisait des livres en cachette. L'auteur qu'il aimait était Anatole France.

Sa mère très pieuse. Il se souvient des prières qu'on faisait, prières terribles où passait la crainte de la mort. Sa grand-mère avait le Saint-Sacrement chez elle.

30 juin

Brémond, Valéry et la chère petite nièce sont venus déjeuner chez moi. On a parlé de bien des choses, d'Oxford où Valéry trouve du poncif, de l'Angleterre dont l'abbé Brémond aime les policemen.

5 juillet

Dîné hier chez Alice de Montgomery, seul avec elle et Drieu La Rochelle, dans son petit hôtel de la rue Weber. J'aime bien Drieu La Rochelle. Il est personnel, original, il a de la culture. Il s'est retrouvé à Athènes, à Delphes, avec Alice de Montgomery.

À Athènes, il a trouvé une beauté isolée, au lieu de la beauté de Rome qui est accablée par d'autres beautés. Il a beaucoup goûté l'Acropole, le Parthénon. Il était dans un restaurant, près de l'Ilissos quand se produisit un tremblement de terre. Il lui semblait, disait-il que c'était une bête qui remuait. Sur le bateau, il lut Criton. Criton, comme riche, se croyait obligé de libérer Socrate et La Rochelle rappelait aussi Harris qui, dans un livre très intéressant[185] raconte qu'il a voulu sauver de la prison Oscar Wilde. Oscar Wilde alla jusqu'au bateau mais revint, préférant s'en tenir à la justice anglaise. Et Drieu de croire que Harris et Wilde avaient songé tous les deux l'un à Criton, l'autre à Socrate.

6 juillet

Été dîner à Neuilly chez Mlle Zanta où j'ai revu le Père Teilhard, Lucie Delarue-Mardrus. Le Père Teilhard grand, petit-neveu de Voltaire, large d'esprit, comprenant la nécessité de rendre la religion plus vivante, plus belle.

Je suis rentré à Paris avec lui. Mme Lucie Delarue-Mardrus lui a demandé : « Vous êtes jésuite ? » Il a répondu : « Hélas ! »

7 juillet

Jean Hugo m'avait invité, hier, à assister à la *Passion de Jeanne-d'Arc,* représentée au cinéma par Dreyer, 36 avenue Hoche. Je m'y suis rendu, ce matin vers 9 h 45. J'étais assis entre Mme Cocteau et Mme Blaque-Belair. Mme Cocteau me disait que Jean est installé chez Mlle Chanel, dans ses jardins de l'avenue Gabriel ; que cette conversion faite par Maritain avait été « un coup de fusil » ; que Jean ne comprenait pas certains côtés de l'esprit de Maritain. J'ai fait la connaissance de Jean Desbordes qui m'avait envoyé son *J'adore.* Il a vingt ans, et il est des Vosges, des Hautes-Vosges, du côté du Bussang. Gentille figure mais pourquoi tout de même la passion de Jean ? Desbordes est « protestant » m'a dit Mme Cocteau.

Des figures se suivent, se rejoignent : celles des moines qui jugeaient Jeanne, des figures énormes, sévères, dures, bon enfant. Cette tête un peu roublarde et qui voulait s'adoucir, c'est Cauchon. Je ne l'ai su qu'après. Ah ! que tous ces juges sacrés, tous ces théologiens, tous ces inquisiteurs étaient peu de chose auprès de cette autre figure, celle de Jeanne, si belle dans sa simplicité, si douloureuse, qui avait l'air de se poser des questions, de chercher et de s'étonner. On croyait parfois l'entendre, ouïr ces paroles d'esprit, d'âme, recueillies par « lcs notaires ». Et quels yeux, des yeux qui étaient au ciel, au pays des voix ! Le passage qui m'a le plus ému est celui où elle pleure quand après lui avoir donné à choisir entre l'hostie et sa conscience, elle préfère sa conscience et se refuse à signer. L'hostie est là près d'elle, et le papier qu'on lui montre. Une autre fois elle signe, cette faiblesse la rend plus humaine, plus vraie. C'est le « Mon père, mon père, pourquoi m'avez-vous abandonné ? ». Elle se reprend bientôt et la voilà condamnée au feu. Des colombes volent autour d'un clocher. Elles volent à plusieurs reprises. Sur le bûcher, Jeanne est comme enivrée de son propre martyre, jusqu'au moment où elle s'effondre et puis c'est un brouhaha, un chaos de gens, de choses où mes yeux ne distinguent plus rien. Et c'est fini. Mme Blaque-Belair me dit ces simples mots : « C'est anticlérical. » Elle a raison. Tout le long de ce film, je maudissais ces hommes qui soi-disant représentaient l'Église, Dieu. Ah ! que Jeanne, quand bien même le surnaturel serait d'invention humaine, que Jeanne est donc supérieure à ceux qui l'on interrogée, condamnée ! C'est la supériorité du sentiment, du cœur, de l'enthousiasme, du bien et du beau. J'aime mieux cette petite ondine de la Meuse, cette écouteuse de cloches, cette dryade du Bois-Chesnu, cette pauvre fille des champs lorrains que tous ces grands docteurs qui se croient infaillibles.

16 juillet

Déjeuné chez Mme Cocteau avec Jean. Il est furieux de l'accueil qu'on fait au livre de Desbordes, *J'adore*, de cet enfant qui découvre à la campagne le mystère de la sexualité et le mystère de Dieu. Maritain hostile au livre, et le Père Henrion aussi. Ils aiment Cocteau, comme Cocteau les aime, mais ils n'admettent pas le livre. Cocteau s'étonne de cette campagne contre l'amour.

Cocteau s'est égaré parmi ces prêtres laïques qui forment la société Ferrari. On prie pour lui, pour que les « farfadets » s'éloignent de lui. Maritain a rappelé la prédiction de la Salette : « Il y aura avant la vague d'amour, des simulacres. » Cocteau en est un.

Maritain a été deux fois à Rome. Il est le porte-voix du pape, en ce qui concerne L'Action française. Dans le milieu Maritain il n'est question que du diable.

6 août

Après avoir accompagné la princesse Bibesco ici et là, dîné chez elle. Après le dîner été chez Mlle Chanel qui nous attendait. Il y avait les Sert, Jean Cocteau, une demoiselle anglaise qui travaille avec Coco Chanel. Je voulais avoir avec Jean Cocteau une entrevue urgente. Il m'avait cité dans *Les Nouvelles littéraires* comme ayant rapproché saint François de *J'adore*. Il m'importait de faire, dans cette même feuille une déclaration orthodoxe, et de blesser le moins possible Cocteau et son jeune ami. C'est dans le jardin de Mlle Chanel où se déploie un vaste jet d'eau et d'où l'on voit, à droite, les jardins voisins plus ou moins illuminés, c'est là, dis-je, que j'ai eu avec Jean la meilleure des explications. Il comprend très bien que mon « métier » (cette expression lui a échappé) m'oblige à ne pas faire cause commune avec lui et Desbordes. Il m'a reparlé encore et toujours de Maritain qu'il ne comprend pas et qui renouvelle les déclarations amicales à son endroit. Desbordes est venu quelques instants et je lui ai dit « Je vous fusille. » J'ajoute que Jean Cocteau m'a dit sur Maritain, l'art, la théologie, etc. une foule de choses que je n'ai pas saisies. Il y a certainement du désordre dans son cerveau.

Rentré dans le salon, entendu du Wagner au gramophone, causé avec l'un et l'autre. Je croyais Mlle Chanel plus charmante de visage. Très aimable d'ailleurs. Jean m'a remis *Le Mystère laïc*. Mlle Chanel lui donne une petite maison, dans le midi, à Roquebrune.

Paris, 14 octobre

Henry de Montherlant est venu déjeuner aujourd'hui chez moi. Il m'a parlé de l'unité d'émotion qui est en nous et il me citait ce fait qu'ayant été très contrarié d'une chose, il en était résulté, chez lui, une exaltation qui fait que l'après-midi il eût fait une action éclatante. L'indignation nous conduit ailleurs, à la sensualité, à l'amour, à l'héroïsme.

Montherlant et moi nous avons parlé ensuite de Mlle de Curel. C'était l'objet de notre réunion. Il tenait son journal, à ce moment-là et il a consigné tout ce qui s'est passé. Ce qui l'a détourné d'elle, c'est qu'elle a eu le coup de foudre à son égard. Il s'est retiré dans la mesure où elle s'élançait trop vite. Elle lui a écrit. Lui a écrit aussi à M. de Curel une lettre destinée à sa fille mais il croit que l'académicien ne la lui a pas montrée. D'ailleurs, il préfère pour le moment la liberté, le célibat. Il eût été content de la revoir, de causer avec elle. Il ne lui a pas écrit, au moment de la mort de son père qu'il n'a pas apprise tout de suite.

Montherlant m'a raconté qu'il a lu, à 12 ans, au moment de sa première communion *Quo Vadis* et qu'il a pris tout de suite parti pour Néron, les

Romains contre Pierre, etc. Un vrai catholique dit-il devrait s'abstenir d'écrire des romans. Ils portent au mal, au péché.

Il aime Mme de Noailles à qui il n'avait pas osé envoyer le livre où il parle mal de Barrès mais il sait qu'elle se l'est procuré. Il m'a dit qu'elle n'était pas chrétienne. Il approuve Mussolini qui se sert de la religion, pour contenir le peuple. Montherlant avoue qu'il n'est ni homme de conversation, ni psychologue.

15 octobre

Marie Noël m'a parlé de son père à elle, qui adorait l'art grec, qui tout en s'occupant de confitures (il était le petit-fils ou le fils d'un confiseur), avait près de lui un Aristophane qu'il traduisait à sa fille. C'est de ce père qu'elle tient la discipline, la raison, mais c'est du Morvan d'où était sa nourrice qu'elle tient son imagination.

Marie Noël aime le vent, et m'a parlé du vent qui dans le Morvan couche les bruyères. Elle m'a vivement intéressé ce matin, la poétesse d'Auxerre.

18 octobre

Marie Noël m'a dit qu'elle avait eu une enfance malheureuse, elle m'a remis son livre *Les Chansons et les Heures* avec cette dédicace : « À M. l'abbé Mugnier, le bon Pasteur, sa chèvre reconnaissante. »

11 novembre

Ce matin, il y a eu, par exception, une cérémonie de profession pour quatre religieuses qui vont partir au loin. Elles ont reçu voile noir, scapulaire, anneau, crucifix, couronne blanche. Ces religieuses de Saint-Joseph-de-Cluny sont des missionnaires, c'est-à-dire qu'elles joignent à leurs vœux ordinaires les labeurs, les épreuves d'une vie lointaine et menacée. Voici dix-huit ans que je côtoie de près ces femmes héroïques, et je n'ai pas l'air de m'en douter. Entré ici par la volonté d'un archevêque qui ne m'a pas laissé un bon souvenir, j'ai juxtaposé à mes devoirs professionnels des lectures, des relations, toute une existence tellement différente de celle qui se déroulait sous mes yeux ! Je n'ai su ni observer de près ces âmes de saintes femmes, ni m'attendrir sur elles. Et je n'ai eu qu'à me louer d'elles, tant leur bienveillance à mon égard a été aveugle !

15 novembre

Été goûter chez Mme Trefusis[186]. Elle a cité le curieux dialogue que voici, que Colette lui avait transmis par téléphone. Mme de Noailles lui avait dit : « Au lieu d'un ruban, c'est une sous-ventrière qu'on aurait dû vous donner. » Et Colette de répondre : « Vous voulez dire un cache-sexe. » Et Mme de Noailles de répondre à son tour : « Colette, vous êtes si glorieuse que vous n'avez rien à cacher. »

17 novembre

Dîné hier chez Mme Trefusis avec Auric, Carlo Placci et Colette. Ce fut tout à fait exquis, parce que vu le petit nombre, tout petit, Colette parla tout à son aise et fut éblouissante de verve... surtout culinaire. Elle était en noir, avec un long foulard rouge qui descendait assez bas. Elle examina toutes choses en posant des questions, les assiettes en particulier. Elle analysa ce qu'on nous servit, elle lut les plats eux-mêmes. Ce fut son expression. Il y a ceci, il y a cela avec de la moelle écrasée dans la sauce, de l'oignon, du vin de champagne, etc. Elle déclara qu'elle adorait l'ail, en faisait une grande consommation. Elle confesse qu'elle a les yeux fichus mais qu'il lui reste le goût et le sens olfactif. Elle est forte, avoue-t-elle encore, pour les plaisirs terrestres ! Elle a parlé aussi des raisins qu'on enlace aux mûriers.

Elle a vu D'Annunzio, à Rome en 1915 et ils se sont promenés ensemble dans les *Osterias* du Transtévère. Quand on lui a signifié, dit-elle, qu'on est journaliste, voyageur et qu'il ne faut rien attendre d'elle de plus, D'Annunzio est le plus délicieux compagnon qui existe. Voilà ce que j'aurais aimé à voir : Colette et D'Annunzio, à travers les ruines de la Ville éternelle ! Après Goethe, Chateaubriand, Lamartine, Louis Veuillot, l'auteur du *Feu*, le futur romancier de *Chéri !*

Colette a parlé des nus qu'elle a vus, dans le midi, hommes ou femmes, et parlant en particulier des corps américains, elle avouait que ce spectacle ne la portait pas à l'amour.

Elle nous a fait un portrait terrible de sa grand-mère du côté paternel. Des yeux terrifiants. Son père, dit-elle encore, faisait des vers trop facilement. Sa mère écrivait des lettres supérieurement.

Colette nous a dit combien elle est contente de voir sa fille qui a 15 ans travailler dans une maison de couture. Elle a voulu qu'elle passât par la filière. Cette enfant vient de gagner ses premiers 400 francs par mois.

Ah ! J'oubliais qu'elle admire le Maroc où elle a été, qu'elle y a souffert d'avoir trop mangé de fraises à Fez, qu'elle y a subi des attaques de rossignols. « Le rossignol est donc agressif ! » m'écriai-je. Oui, repartit Auric, et Colette reparla des explosions de rossignols. Elle a ainsi de jolis mots tout vifs, des comparaisons, comme celle-ci ; une ronde de champignons, appliqué à toute une bande de Polignac, qu'elle avait vus dans le Midi.

16 décembre

Été hier chez la comtesse Jean de Pange qui réunissait un assez grand nombre de personnes pour les intéresser aux *Études staëliennes*[187]. J'ai donné ma cotisation pour être membre fondateur. Des jeunes gens, des écrivains, des gens du monde. Mme de Pange a essayé d'expliquer le but libéral et européen. Il a été question de la revue qui portera le titre d'*Occident*. Tout cela a été quelque peu vague, confus. Moi, je ne vois que Mme de Staël et mon vieux romantisme est tout acquis.

Causé avec Daniel Halévy de son *Michelet*. Il a été frappé par la vue des manuscrits de Michelet qui sont à Carnavalet. On voit le rythme qui l'inspire, le premier jet qui est magnifique. Halévy m'a dit que jeune, Michelet mangeait beaucoup de viande, sur l'ordre des médecins et prenait en même temps beaucoup de purgations. On a les ordonnances. Enfin Halévy m'a parlé du goût de l'excrémentiel qui était dans Michelet et de sa volupté du sale.

1929

7 janvier

On pourra dire que je suis un individualiste épicurien ; cependant n'ai-je pas, toute ma vie, été avec les autres, rêvé des autres, aimé les autres ? Mon culte des grands hommes allait de pair avec ma pitié pour les humbles. À Saint-Sulpice, j'ai voulu sauver les malheureux, les fils des fédérés. À Saint-Nicolas-des-Champs, le pauvre sonneur me paraissait un frère de Quasimodo.

J'ai aimé les grands noms, les beaux hôtels pour la part d'histoire qu'ils me rappelaient. Le passé étincelait à mes yeux.

J'ai parlé, presque toutes les semaines, aux enfants du peuple qui se réunissaient à l'école des Frères de la rue de Grenelle. J'ai confessé aussi les humbles.

Au soir de ma vie, je ne puis que remercier le Ciel qui m'a donné le pain et même le gâteau, quand les miens, mes parents et grands-parents surtout ont été souvent gênés matériellement.

J'aurais voulu vivre intellectuellement et faire des heureux autour de moi. Si je réalisais la misère humaine, j'avais mal au cœur perpétuellement.

J'ai la table, celle des autres surtout. J'ai un bon lit. Je prends de larges vacances. Et il y a des gens qui ne mangent pas, qui grelottent, qui vivent dans des taudis. Mais si j'avais été ce que je rêve maintenant, j'espère bien que mon cœur ne se fût pas fermé aux misères humaines.

16 janvier

Été voir Mme Cocteau. Elle m'a parlé de son fils Jean qu'on soigne à St-Cloud. Elle a vu Reverdy qui s'est installé près de Solesmes, avec sa femme. Il est déjà un peu refroidi, ne communie plus tous les jours. Mme Cocteau charge Mme Maritain qui est exagérée et dont Jean a peur. Ce que Jean n'aime pas chez les Maritain, c'est qu'ils mêlent la littérature à leur religion. On a le Saint-Sacrement chez soi, et on ne manque aucun concert. On veut être de tout.

Les convertis ne sont pas commodes.

Green parlant de l'intérieur des Maritain dit : « On croit prendre un repas chez les premiers chrétiens », c'est la glace.

19 février

Été chez Mme Jean Rivière qui donnait un thé avenue Montaigne. Revu Mme de Brimont, la princesse Georges de Grèce[188]. Causé quelques minutes avec cette dernière. Comme je lui disais que le freudisme dont elle s'occupe peut se concilier avec l'orthodoxie, elle m'a répondu qu'il était le déterminisme absolu. Par conséquent pas d'union possible.

21 février

Hier, après le Salut, revu la chère petite nièce. Ramon Fernandez et Jean Hugo chez elle. Ramon Fernandez a parlé sévèrement de Dieu qui n'a que des idées de destruction et de mort. C'est « une ruine intérieure ». L'homme a du charme et est un peu perfide. Il fait d'autant plus de mal.

Ramon a parlé des sous-vitaux, des sur-vitaux ; sous-vital : Drieu, Crevel plus encore.

Revenons à Drieu. Il a fait beaucoup de mal à Rigaut, disait Ramon. Rigaut est décrit dans *Valise vide*. Drieu a abusé des femmes et il a la crainte du fiasco.

3 mars

Causé longuement avec Mme Trefusis qui ne pense que quand elle écrit, m'a-t-elle dit. Elle considère Colette comme le grand génie littéraire féminin. Je lui ai dit que Marthe Bibesco qu'elle admire aussi beaucoup est apollonienne mais non dionysiaque.

Marthe respirait, l'autre soir, devant moi une jacinthe, en disant : « C'est de l'ivresse. » Eh bien ! il y a de la lumière, de l'esprit, du charme chez Marthe, mais l'ivresse manque.

17 mars

Grasset voudrait toujours que je lui donne quelques chapitres de mes souvenirs. Il les attendra toujours. Je suis impubliable par profession.

19 mars

Je viens de parcourir à la hâte *La Petite Infante de Castille*. Montherlant, c'est de la volupté, de la volupté encore et toujours. Aucune morale, aucune retenue. Le cynisme joyeux de la chose, l'hymne à la jouissance absolue.

20 mars

Henry de Montherlant est venu ce matin, il m'avait écrit d'avance. Je l'ai trouvé plus sanguin, de visage, plus expansif. J'ai fait tout de suite allusion à son dernier livre : *La Petite Infante de Castille*. Il m'a répondu que cela était fini, représentait un côté de lui-même épuisé et qu'il allait se tourner vers ce qui est grave, et opposer au plaisir le contre-plaisir. Il m'a parlé de Chateaubriand et de Barrès comme d'hypocrites qui ne se montraient pas tels qu'au fond ils étaient. Chateaubriand « le grand refoulé » et il m'a cité une phrase de Sainte-Beuve sur le masque qu'il portait et dont il arrachait quelquefois une partie. Quant à Barrès, il avait été surexcité contre les catholiques, par leurs attaques, quand parut *Les Jardins sur l'Oronte*. Montherlant l'ayant vu, un jour de Pâques, il le quitta pour aller au Salut de Notre-Dame. Et Barrès de s'en étonner et de lui dire : « Pourquoi ? Qu'est-ce que vous en attendez ? » Du moins c'est le sens de ses paroles qui furent en réalité plus dures, ajoutait Montherlant qui les a notées.

Dîné hier chez les Rouart, propriétaires du Mesnil où j'ai été, lors du mariage de la fille de Paul Valéry. Il y avait là les trois fils des Rouart, le frère de celui qui m'avait invité et qui s'occupe d'*Art catholique*, place Saint-Sulpice, Mme Gobillard, les Paul Valéry, leur fille et leur gendre.

Paul Valéry, qui a assisté aux obsèques du maréchal Foch, m'a dit : « Les vessies étaient peintes sur les visages. » On était là, en effet, depuis 7 h 1/2. Henri de Régnier confessait qu'il avait un petit déversoir *ad hoc*.

3 avril

On commence à se préoccuper de l'éducation sexuelle dans la jeunesse, même dans les milieux catholiques. Il est temps ! J'ai toujours été surpris, moi si ignorant de toutes choses, qu'on gardât un silence hypocrite et niais sur ces matières. Pudeur, pudeur ! Et l'on sacrifie la vérité, l'utilité, la santé, l'avenir de la race à cette pudeur inventée par des cerveaux timides, dans des pensionnats de demoiselles, dans des sacristies sans lumière, chez de moroses vieilles filles. Or voici des lignes de Montaigne que je trouve citées quelque part ! « On nous apprend à vivre quand la vie est passée. Cent escholiers ont pris la verolle avant d'être arrivés à leur leçon d'Aristote, *De la tempérance.* »

Ah ! que c'est bien dit ! Non, il ne suffisait pas de nous dire : aimez la pureté, priez la Sainte Vierge. Pas d'attouchement. « C'est honteux », le caractère de la Bête, etc. Il faut instruire de bonne heure, ne pas laisser la jeunesse dans le mystère de ses organes naissants. L'instinct cache ses excès dans cette ombre. Il en profite. Si l'on était fixé on réfléchirait davantage et on aurait peut-être plus de force pour résister.

3 août

J'ai demandé à Valéry le conseil qu'il donnerait à un jeune homme qui viendrait lui demander un programme de vie, le voici : « Ne croyez à rien. Faites le moins de mal possible à vos contemporains, et travaillez. »

Valéry a avoué que la lecture d'*À rebours* lui a révélé l'existence de certains poètes comme Mallarmé, Verlaine, etc.

29 octobre

Ce matin, dans la sacristie, je parle au préfet apostolique de Cayenne des détenus. La mère assistante Catherine de Jésus-Christ entre et s'écrie à propos des canailles de Cayenne : « Nous voilà maintenant avec la canaille de Daladier ! » Je ne sais pourquoi ce mot de canaille me déplaît, m'agace dans la bouche d'une religieuse. C'est toujours la passion politique qui s'introduit jusque dans les couvents. On traitait aussi de canaille Gambetta dans le salon du prince de Chalais, vers 1878, 1879. Est-ce que les premiers chrétiens traitaient Néron de canaille ?

9 décembre

Drieu La Rochelle m'a parlé de son ami Rigaut qui s'est suicidé sur un télégramme de sa femme mal compris. Il m'a confirmé l'horreur de Clemenceau pour le catholicisme. Clemenceau, ajoutait-il, a lutté toute sa vie contre le désespoir, il avait une vision cruelle de l'univers. Drieu me disait encore qu'il aurait voulu interroger Clemenceau, mais il était impossible d'arrêter ce flot.

16 décembre

Bonne et longue visite du prince Pierre de Monaco[189] Nous avons ressuscité quelques morts, évoqué les absents. Il a, dit-il encore, une destinée lamentable.

Nous avons causé de Marcel Proust et il m'a raconté les plis cachetés dont il était assailli, jusqu'à la villa d'Este pendant son voyage de noces. Il a dû faire cesser cette correspondance. Il figure d'une manière déplaisante dans un de ses livres sous le nom de prince de Nassau.

Le prince Pierre ne voulait pas continuer des rapports qui auraient donné naissance à un livre, et quel livre !

25 décembre

La vieille marquise de Lévis m'écrit de Montigny que l'année qui va commencer sonne mal : « Elle fait penser à la triste année 1830 où la monarchie a pris fin pour toujours ! » Paroles d'or, dignes du vieux temps. Regrets et pas d'illusion. Cette suppression de Louis-Philippe eût fait plaisir à Chateaubriand.

1930

11 janvier

Déjeuné chez Mme Halphen. Jaloux m'a parlé des convertis, dont Du Bos fait partie. C'est l'abbé Altermann qui actionne Du Bos, Mauriac, De Traz[190] et Gabriel Marcel ; au sortir de la messe de la rue Monsieur, on se rend dans quelque mastroquet. Mauriac a la peur du péché, mais lui est-il si facile que cela de pécher ? Il est difficile, dit Jaloux, surtout pour un homme de lettres, de distinguer entre l'âme et l'imagination. Quant à X..., il a une pente vers la débauche, un atavisme de noce. Il parle, dans un livre, de ses rechutes. Est-il sage, après cela, de s'astreindre à la pratique sacramentelle ? Jaloux pense, comme moi, que l'âge venant, la tentation est loin de disparaître. Et je lui citai Chateaubriand dont la *Vie de Rancé* renferme des souvenirs de volupté.

22 janvier

Je n'ai jamais été content du pauvre ou humble petit cadre où je me promenais enfant ou adolescent. La rue de Varenne, la rue de Vaneau, les Petits-Ménages, la rue du Cherche-Midi, la rue de Sèvres, j'y ai été comme resserré par mon âge, la crainte qui pesait sur tout moi-même, qui me contractait.

Mes pauvres vieux grands-parents que mon imagination rattachait si peu à la Lorraine. Cette vieille demoiselle Aubossu qui me conduisait de sanctuaire en sanctuaire. Et plus tard, dans ces dimanches de soleil épais où je m'acheminais, à travers des rues solitaires, rustiques, pauvrettes, qui sentaient le fumier, sans la campagne, jusqu'à Issy pour y retrouver ma grand-mère.

Mais tout cela que je trouvais si somnolent, gêné, ordinaire, humble, sans éclat, c'était, en réalité, la jeunesse de Victor Hugo, la gloire finissante de Chateaubriand, Adèle Foucher avait quitté la rue du Cherche-Midi en 1822, pour se marier à l'église de Saint-Sulpice avec Victor Hugo. Et la chère petite Meusienne qui était ma mère habitait aussi cette même rue, quand elle épousa, vers 1836, Claude Félix Mugnier, à la chapelle de l'Abbaye-aux-Bois. Et ce même couvent où régnait Chateaubriand, au pied de la Récamier, touchait à la maison de retraite des Petits-Ménages où je rencontrais des vieux et des vieilles avec mes grands-parents encore. Hugo se rendait à Issy dans sa belle-famille. Sainte-Beuve avait visité le séminaire en la compagnie de l'abbé Lacordaire et Renan a donné son nom à une longue rue qu'il a suivie bien des fois. Au fond, je croyais marcher sur des pavés, et c'étaient des chardons ardents.

Déjeuné hier chez Mme Cocteau avec son fils et Mme Scheikevitch. Jean parle de tout avec un vif intérêt. Il amena la conversation sur le petit groupe de convertis, ce petit Port-Royal que dirige Altermann. Jean dit qu'ils ont passé par la brèche qu'il leur a ouverte, dans sa lettre à Maritain. Il ajoute que Maritain dont il continue à faire l'éloge, au point de vue cœur (J'ai, dit Cocteau, *intellectualisé son cœur*) est roulé dans cette affaire. Mauriac se serait converti, dans l'espoir, avec la certitude qu'il échapperait à l'Index dont il était menacé. Jean dit plaisamment : « Mauriac a été amputé de l'Index. »

Mauriac soigne sa gloire littéraire, a les poches pleines des coupures de l'Argus de la Presse. Il s'agit de savoir s'il sera capable de faire un roman pur, comme *Le Bal du comte d'Orgel*, un roman qui soit un chef-d'œuvre. Cocteau estime Mauriac, son talent, de seconde classe. Mauriac dont le talent vient de ce qu'il a réfréné ses appétits.

Jean Cocteau compare les élucubrations ou conversations de ces jeunes convertis à celles qu'on voit dans *Le Soulier de satin* de Claudel.

Jean Cocteau a fini par nous dire toute l'importance de l'époque présente au point de vue littérature et art. C'est la Renaissance, dit-il. On est à la veille d'un lyrisme ; d'un romantisme. Il semble que Cocteau s'attribue à lui-même une part considérable dans ce mouvement qu'il admire.

Il a connu une époque où tous les fils étaient lâchés, disséminés, c'était l'époque de l'impressionnisme, du symbolisme, du Mercure de France, etc. Alors il a réuni tout cela. Il a resserré toutes les miettes éparses sur la table. Et il a commencé par la *dureté*, qui était nécessaire, l'absence de cœur dans les lettres. Maintenant le cœur repart.

En écoutant ce jeune maître de la rue d'Anjou, je croyais sentir tout le factice, toute l'idéologie subjective qui lui montrent les choses sous son angle propre, à lui.

2 février

Il eût fallu tuer en moi le goût de l'oratoire, c'est la causerie naturelle qui était mon fait, mais l'exemple, la célébrité des grands prédicateurs me grisait. Puis j'ai trop goûté le distingué, l'aristocratique style d'un Broglie par exemple : on croit être dans un salon du Faubourg-Saint-Germain, meubles harmonieux, tapisseries, glaces, et par la fenêtre, on voit un parterre, quelques arbres, et c'est toute la nature. Oh !

qu'un Michelet vaut mieux, avec la vie qui grouille, sous toutes ses formes !

J'étais la voie contrariée, combattue, limitée, niée, puis revenant comme un flux véhément, sauvage, qu'on n'arrête pas. Toutes mes tristesses sont venues des brise-lames qu'on opposait à mes propres vagues.

14 février

Oh ! être dans un vieux château assis près d'un bon feu avec des fenêtres donnant sur de grands et vieux arbres moussus et lire seul, tranquillement toute une correspondance intime et inédite de Chateaubriand ! Ce serait une volupté suprême.

20 février

Retrouvé hier Ramon Fernandez et sa femme qui professe à Reims, chez la petite-nièce. Je l'ai interrogé sur le mouvement néo-chrétien qui a Mauriac à sa tête et aura pour organe une revue, *Vigile* dont le romancier sera également le directeur. Il connaît ceux qui font partie de cette nouvelle phalange. Il apprécie beaucoup Mauriac qui est, m'a-t-il dit, en ce moment très apprécié et transformé. Ce sera, selon Fernandez, un mouvement comme celui de Montalembert, etc. D'ailleurs, il est de bon ton d'être catholique en ce moment.

Il y a aussi les Compagnons de Saint Paul où l'influence pédérastique s'est fait sentir, comme d'ailleurs dans l'école libérale, et c'est ainsi que Ramon interprète « les caresses » que Lacordaire donnait à son ami. Il n'y aura pas de politique dans le mouvement de Mauriac. Gabriel Marcel, converti, est un philosophe distingué.

Le pape, m'a dit Fernandez, est partisan de Blondel et n'admet pas que la philosophie de saint Thomas soit la seule. Donc l'esprit qui souffle aujourd'hui, dans l'Église n'est pas ce petit, cet étroit esprit dont j'ai tant souffert dans mon plus ancien passé ecclésiastique. Fernandez estime beaucoup Maritain qui est pur et il estime son sens artistique plus que sa métaphysique.

Maintenant, peut-il y avoir un roman catholique ? Fernandez me cite Bourget, mais ajoute que Mauriac a le sens artistique qui manque à Bourget. Les catholiques lettrés pourront s'accroître mais Ramon ne croit pas à l'avenir de la religion catholique car la conscience moderne, dit-il n'est pas d'accord avec elle (dogme, discipline, morale).

26 février

Hier, comme il me l'avait dit, Paul Valéry est venu chez Félix de Vogüé pour rencontrer Mme Favier, sa petite et charmante admiratrice. Valéry commença par parler de Baudelaire qui a introduit ou réintroduit la musique dans la poésie. Il avoua qu'il avait quelquefois de mauvais vers. Valéry cite aussi Victor Hugo pour le critiquer et le louer. Il débite des vers qu'il admire. Ceux composés sur la mort de Théophile Gautier où le poète introduit des vers composés vingt ans avant ceux où il évoque le bûcher d'Hercule. Puis *La Fin de Satan*. Ce joli vers où il est question de Marie-Madeleine « Le cercle délicat... ».

Valéry définit son art à lui, et Mme Favier appuie ou devance cette définition. Il parle d'analyse, de l'observation qu'il fait sur son moi, de la nécessité pour la poésie d'être une application. Il n'admire les poètes qu'au point de vue du « métier ». Le vers doit être intraduisible en prose. Le poète boucle le vers.

Valéry raconte comment il rencontra Pierre Louÿs, parle de la revue *La Conque*. Félix de Vogüé de montrer alors une lettre d'André Gide à Melchior de Vogüé son père pour lui demander son appui, pour lui et quelques jeunes écrivains. C'était en 1892, au moment où M. de Vogüé venait d'écrire son article sur les cigognes.

Valéry raconte qu'il avait reçu, quand il avait 19 ans, les *Illuminations* de Rimbaud et *L'Après-midi d'un faune*. Quel coup pour un jeune homme ! Et pour Hugo, quel coup que l'apparition de Verlaine, de Rimbaud, de Mallarmé ! Rimbaud que Victor Hugo aurait appelé « Shakespeare enfant », Mallarmé auquel il a dit « Mon cher poète impressionniste ». C'est à Mallarmé que Valéry s'est passionnément attaché.

Cette longue conversation très nourrie où Mme Favier lançait quelques mots prouvant qu'elle était très avertie fut des plus curieuses. Valéry s'y montra supérieur. Il lut lui-même dans *Charmes* quelques vers où il montre la fin de la guerre, « les états successifs ». J'y reviendrai. Et l'on finit par le discours académique que Valéry doit consacrer au maréchal Pétain, discours qui l'ennuie fort. Félix de Vogüé lui répéta que Pétain ne s'était pas rendu compte, quand il a été au Maroc, qu'il venait découronner un roi, Lyautey. Il nous raconta son arrivée à Casablanca où le maréchal Lyautey l'attendait à 7 heures du matin. Pétain lui a dit : « Nous causerons, ce soir », et il est parti, en le précédant comme pour une prise de possession du pouvoir. Or me disait Félix, quand Valéry nous eut quittés, c'est le prestige de Lyautey qui a empêché la révolution, au Maroc.

7 avril

Visite de Marie Noël, toujours elle-même. Elle m'a avoué que c'est le chagrin du cœur qui fait jaillir en elle la poésie. Elle est victime de la famille. Elle a toujours eu besoin de tendresse.

29 avril

Ce matin lettre de Nikos Kazantzakis [191], admirable et qui m'enchante. J'ai eu, me dit-il, de l'influence sur lui. Ah ! je ne m'en doutais guère.

1er mai

Été chercher Brémond dans l'auto des Bour, puis la baronne de Brimont et tous avenue du Maréchal-Foch, 46. Il y avait le fameux Tagore [192] avec sa robe marron, son haut bonnet noir ; et sa barbe m'a produit une bien bonne impression. Il habite un collège à Calcutta. Ses deux noms Rabindranâth Tagore signifient : le soleil, la maîtrise.

Comme je lui faisais dire que sa figure me plaisait, il m'a fait répondre que son apparence était une lettre d'introduction. Mangé entre Renée de Brimont et Mme Ocampo, charmante, grande, parfumée. Elle est argentine et a eu chez elle pendant deux mois le poète hindou. Tagore, dit-elle, est ami de Gandhi mais il trouve que ce dernier va trop loin. Il faut se contenter de l'indépendance *morale* de l'Inde.

3 mai

Été jeter à peine un coup d'œil sur l'exposition des dessins et aquarelles de Tagore. Brémond y était et souriait de tout ce qu'il y avait vu. Palewsky qui l'accompagnait me disait que c'était misérable, qu'un enfant en ferait autant. C'est du cubisme ou presque. Enfin Tagore est venu et je l'ai salué. Il était assis et cette fois vêtu de blanc, comme un dominicain, plus blanc peut-être. Mme de Noailles présente aussi. « Je suis morte », disait-elle. Elle avait dans quelques pages présenté Tagore et ses œuvres.

Après le Salut, couru 17 rue Vignon où les œuvres de Jean Hugo étaient exposées mais, tout d'abord, de Jean point. J'ai regardé ses peintures, ses gouaches.

C'est très net, finement dessiné. Le grand-père affectionnait le burg, le petit-fils préfère le mas, la petite maison sans complication, aux toits et aux murs faits pour le soleil. Et dans ces coins de Provence, si petits si familiers, où l'on croit être transporté soi-même voici que surgissent des centaures, coiffés de chapeaux plus ou moins pointus. L'idée de ces centaures est venue des gardians de la Camargue. Il y a aussi une femme qui se change en jument sous l'œil de son propriétaire. D'où vient cette drôlerie ? Et cet oiseau perché qui a une tête de femme ! Ce mélange de mythologie et de réalité provinciale est curieux avec une telle ascendance romantique. Vu Valentine qui parle avec douceur, tendresse, de son mari, de son exposition qui coïncide avec une période calme, sereine, et l'explique : « Je m'intéresse tellement à tout ce qu'il fait ! » Enfin je l'ai aperçu et je l'ai trouvé bien de visage, il ne peut plus supporter la ville, veut la campagne, il a exprimé le désir de me voir, il va se rendre à La Chapelle, chez les Jean de Moustier !

23 juillet

Pierre Brisson, directeur des *Annales* est venu me trouver, pour me demander de publier mes souvenirs ou notes soit maintenant, soit plus tard (*Annales* et maison Hachette). Je lui ai répondu que je laissais tout ce fatras à une personne qui en fera ce qu'elle voudra.

7 août

Hier soir, parti en auto avec Chalvet pour la Vallée aux Loups. Cueilli chemin faisant Paul Léautaud, qui habite 24 rue Guérard, à Fontenay-aux-Roses. C'est un homme qui, avec ses lunettes, sa figure maigre, sombre, mal rasée, sa voix et ses gestes de cabotin, ressemble ou à un prêtre défroqué ou à un homme de théâtre dans la débine. En réalité, un timide, un nerveux, un malheureux. Tout de suite, en arrivant à la vallée aux Loups, il s'est soulagé en parlant des bêtes et en reprochant aux prêtres de ne pas les protéger. Il arrive de Bretagne. Il trouve le Breton cruel, surtout le Breton du Morbihan. Il reproche à des religieuses qui tiennent un pensionnat à côté de sa maison d'abandonner les chats, et pour se débarrasser d'eux de les jeter par-dessus le mur, dans sa maison. Il ne demande pas qu'on prenne les bêtes, qu'on les aime, mais il veut que, quand on en a, on ne les délaisse pas, et surtout qu'on ne les fasse pas souffrir. Il nous parlait des chiens attelés et qu'on laissait sous la pluie. Le chat, dit-il, est un aristocrate.

Léautaud n'a pas gardé un bon souvenir de son père, le souffleur de la Comédie-Française que j'ai connu, dans les fêtes de charité que nous donnions à Saint-Thomas-d'Aquin. Son père l'obligeait, enfant, à voir les dames de la Comédie-Française le Jour de l'An, à leur offrir des vœux et cela en vue d'une « galette » dont le père seul profitait. De cela il a gardé un souvenir détestable, mais il a assisté dans le trou du souffleur à je ne sais combien de pièces qui ont complété son instruction car il n'a été qu'à l'école communale.

Paul Léautaud déteste Léon Bloy et n'aime pas Huysmans pour son style. C'est de l'art, de l'artificiel. Il trouve que Remy de Gourmont valait mieux sous ce rapport que Huysmans. Il préfère Stendhal, les bulletins militaires de Napoléon (vous ferez ceci à telle heure, cela à telle autre etc.)

Quand on lui dit qu'on a de l'admiration pour ce qu'il écrit il trouve cela exagéré, affecté et cela l'agace. Il n'est pas ravi des pages que Rachilde lui a consacrées. Elle raconte des choses qui ne sont pas vraies.

Léautaud me connaissait. Vallette lui avait parlé de moi. En descendant de l'auto à Fontenay-aux-Roses il m'a dit un mot très aimable, et j'en ai été touché car il ne semble pas coutumier du fait. Et Chalvet de me reparler de Léautaud au cours de la route, du style dépouillé du *Petit ami* qui est épuisé et très remarquable. Léautaud nous a dit à table qu'il le publierait à nouveau mais Chalvet n'y croit guère.

Léautaud a connu Charles-Louis Philippe qui était très gai. Ah ! j'oubliais de dire qu'il n'aime pas Baudelaire, mais pas du tout et qu'il aime Verlaine. Et je me demande maintenant si cette rencontre d'un tel original et d'une personnalité si humble et si peu cabotine était bien en harmonie avec la Vallée-aux-Loups. C'est peut-être son seul loup, mais que nous étions loin, loin de Chateaubriand et de ses pompes de style !

Léautaud m'a encore dit combien la guerre est absurde, méchante. Se tuer les uns les autres ! Détruire tout ce qu'on a construit ! Il a tellement raison !

19 août — Combourg

Le Génie du christianisme n'a pas de fond, disaient les sulpiciens. Peut-être mais à son apparition, quelle influence ! Et sur certaines natures poétiques, quelle impression. Le premier, il a placé des nids d'oiseaux, dans le vieux chêne du dogme. Il a mêlé les voix de la nature aux hymnes liturgiques.

5 septembre — Phalsbourg

Le plus beau compliment que j'ai reçu dans ma vie de prêtre est celui-ci « Vous êtes humain », mais ce ne sont pas mes supérieurs qui me l'ont adressé. Le cardinal Amette me reprochait de l'être.

6 septembre — Metz

Et me voici à Commercy, ô mes chers parents et grands-parents ! Qui me montrera le berceau où en

1817, reposait la petite Victoire, tandis que Théodore Zeller et Claire Vergand se penchaient sur leur enfant ! J'ai vu tout à l'heure cette enseigne : *Chapellerie fine*. Mon pauvre vieux grand-père, chapelier ici et qui ne fit pas fortune. Et d'être ici courbé sous tant de souvenirs de famille, seul survivant ou presque seul, me remplit de tristesse ; je suis comme une cariatide et le passé me pèse.

Maman fut unique de piété filiale. Elle qui aimait plutôt la grandeur, le nom ; elle eut jusqu'au bout le culte de ses origines. J'avais, moi, plus et trop d'amour-propre. Ma mère a fait entrer en moi ses souvenirs lorrains. Elle avait cependant quitté bien jeune son pays. Elle lui resta, à Paris et dans le Limousin, obstinément fidèle. Elle m'a légué l'amour des bois, la hantise des forêts. Maman est née en 1817, l'année où Chateaubriand quitte la Vallée-aux-Loups[193]. Elle grandit à Commercy, sous les deux Restaurations, arriva à Paris sous Louis-Philippe et sous le même roi à Lubersac. Elle avait le sens du grand et du beau.

13 septembre — Brive

Brive, pour moi, c'est mon frère, mon grand frère qui étant mon aîné et plus intelligent m'intimidait. Que je m'entendrais bien aujourd'hui avec lui ! C'était une nature plutôt précise, scientifique et pratique. Il aimait cependant les lettres, c'est lui qui m'a lu avec admiration la bataille de Waterloo, des *Misérables*, un lever de soleil dans *Salammbô*. C'était au moment où j'allais faire ma troisième. Il admirait aussi Paul-Louis Courier. Il manquait de patience, il aurait voulu réussir toutes choses du premier coup (dessin, littérature). Mon pauvre Paul ! Sa mort fut une catastrophe sous tous les rapports. J'ai assisté à son enterrement, comme séminariste ; c'était en 1876 dans cette même église de Notre-

Dame-des-Champs qui était en bois, et rue de Rennes. Elle me plaisait plus que celle qui lui a succédé, boulevard Montparnasse et où j'ai exercé les fonctions de second vicaire, pendant trois ans de 1893 à 1896.

2 octobre — Paris

Pendant mes vacances, les élections allemandes ont été favorables, et plus encore, aux extrémistes de droite. Hitler l'a emporté, avec les nationaux-socialistes. Les guerres sont telles que même terminées elles empêchent la paix, de toutes manières. Voilà l'effet produit par l'évacuation de la Rhénanie, toutes les concessions briandistes, la guerre à nos portes, dit Léon Daudet. Vraiment l'humanité est folle en tous sens, à droite, à gauche. Briand répète : arbitrage, sécurité, désarmement.

15 octobre

Il y a eu des troubles à Berlin. Chose curieuse, si l'ordre règne en Allemagne, on a peur en France ; si c'est le désordre, on a peur aussi. Quant à Léon Daudet, il serait désolé si la guerre n'avait pas lieu. Il faut qu'elle ait lieu pour lui donner l'air d'un prophète. Je trouve, moi, que les Français sont en train de déraisonner. Jamais un sentiment humain, généreux, dans la presse du moins, vis-à-vis de l'Allemagne : on lui prête les plus noirs desseins. Ô la belle mentalité de vainqueurs ! Et l'on se croit chrétien ! Vous n'êtes ni des chrétiens de toujours, ni des Français d'autrefois[194].

À Berlin, les hitlériens manifestent contre les juifs. Rencontré place Victor-Hugo, François Mauriac très aimable, avec une figure adoucie. Il va écrire sur Pascal qu'il admire mais il frappera sur le jansénisme.

6 novembre

Je vais encore faire du mauvais esprit mais enfin, la réflexion s'impose. Il est bien singulier de voir que depuis qu'on a proclamé, développé de toutes les manières le culte du Sacré-Cœur, on a pu, peut-être, aimer davantage le Christ, mais jamais les hommes ne se sont moins aimés. Est-ce là ce que le Christ aurait voulu ? L'Évangile n'est qu'amour, invitation à l'amour du prochain. Depuis la bienheureuse Marie Alacoque et le Père de la Colombière[195], depuis Paray-le-Monial, nous avons vu les guerres de Louis XIV, la Révolution française, les guerres de l'Empire, 1870, 1871, guerre et Commune et les quatre années de tueries de 1914. Et comme on s'aime peu depuis l'armistice ! Louis Veuillot croyait au Sacré-Cœur : comme il a injurié croyants et incroyants ! Léon Daudet déclare qu'il est catholique : comme il injurie ses contemporains, les hommes politiques, voire les cardinaux, nonces et le pape Pie XI ! Et que devient la parole de l'Évangile « C'est aux fruits qu'on reconnaît l'arbre », *arbor bona producit bonum fructum*. Hélas ! plus de cérémonies, de rites, de pratiques, d'amendes honorables lues au pied des autels, d'adorations diurnes, nocturnes. Plus de vertus, de pardons, de rapprochements, de baisers de paix !

Des loups, des loups qui mangent l'agneau de Dieu.

15 novembre

Taigny m'a parlé, après plusieurs autres, du scandale d'un certain film donné par les Noailles. Lucien Daudet expliquait la chose par le fait que Marie-Laure est l'arrière-petite-fille du marquis de Sade.

18 novembre

Dîné hier chez les Charles de Noailles, place des États-Unis. On devait donner un film important sur la vie de Cocteau. Un accident au moteur nous en a privés, on s'est contenté de nous faire voir de folles métamorphoses, des êtres, des mouvements, des créations imaginaires qui sortent les unes des autres, bondissant, tourbillonnant, que sais-je ? Je ne voyais pas très bien et je n'ai pas lieu de le regretter.

28 novembre

Lucien Daudet m'a reparlé tout à l'heure du film qui devait avoir lieu, place des États-Unis et qui a été supprimé, non par accident comme l'a télégraphié Marie-Laure mais par une décision que nécessite la crainte d'un scandale. Ma présence a peut-être été aussi pour quelque chose. Il y avait des horreurs m'a dit Lucien, dans ce film (Cocteau) qu'on a donné à Billancourt. Lucien m'a dit que André Breton, c'est-à-dire les surréalistes sont au point de départ du culte rendu au marquis de Sade par son arrière-petite-fille. Breton avait écrit, je ne sais où, que M. de Sade était l'un des plus grands écrivains français. Le film Cocteau a coûté aux Noailles un million cinq cent mille francs, m'a dit Lucien Daudet.

1931

4 janvier

La comtesse de Chevigné mère a voulu m'avoir, seul, à déjeuner avec elle, pour me causer de l'affaire Noailles. Elle m'a lu une lettre de Marie-Laure ennuyée de tous ces potins et voulant être tranquille. Mais elle annonce qu'ils auront dans une petite maison, près d'eux, les Auric. Mme de Chevigné croit que ceux qui ont eu une mauvaise influence sont Jean-Michel Franck, Rivière et Jean Cocteau. Marie-Laure, à 15 ans, a été follement amoureuse de Jean Cocteau, et aurait pu l'épouser si elle avait voulu.

Les Noailles vaniteux ont cru qu'on ne s'attaquerait pas à eux.

Mme de Chevigné m'a montré une aquarelle représentant le père du marquis de Sade et son fils, le célèbre, enfant à côté de lui. Marie-Laure est bien l'arrière-petite-fille du marquis de Sade, Mme de Chevigné trouve ce dernier très ennuyeux dans ses livres.

9 janvier

Été chez la comtesse de La Roche-Aymon, née Blacas. Très bon accueil mais à la fin elle a parlé du scandaleux film Noailles et alors elle a rendu des arrêts. « S'ils font des invitations, il faudra les refuser, ne plus aller chez eux. » On l'a fait sortir du Jockey[196]... Enfin grande colère. Et moi de répéter : ils ne savaient pas ce qu'ils faisaient. N'appelons pas la foudre sur les coupables ! La bonne société chrétienne est justicière. Elle tient cela de nous.

16 janvier

Déjeuné hier chez Mme Cocteau avec sa fille et Mme Bousquet. J'ai interrogé ces dames sur le film Noailles. Voici le sujet véritable de *L'Âge d'or* : c'est l'idée de l'amour féminin devenant une hantise. Le côté irréligieux s'explique par le fait que l'auteur, Bunuel, est espagnol, un de ceux que les congrégations toutes puissantes en Espagne ont exaspéré par leur intolérance.

Le film Cocteau, ajourné à un an. Cocteau en éprouve beaucoup d'ennuis, mais il parle bien des Noailles, bien qu'il déplore leur fuite éperdue à Hyères et regrette que le vicomte se soit retiré du Jockey. Le vicomte Charles aurait dû se défendre. À Hyères, ils ont demandé à être seuls, Auric lui-même est parti ; Cocteau est au Grand Hôtel à Toulon.

Maritain n'avait rien trouvé de répréhensible au film de son ami.

Marie-Laure, nature très singulière, tous les sangs sont dans le sien. Le point de départ de tout a été une bonne œuvre que les Charles avaient voulu faire pour un artiste dont le film antérieur avait échoué.

6 mars

Dîné chez les Sert, hôtel Beau Site, rue de Presbourg. Causé avec le fils d'Hofmannsthal. Son père était catholique, il est mort pendant l'enterrement d'un fils qui s'était tué. Il aimait la littérature de Claudel, de Gide. Le dernier livre qu'il lisait est celui de Charles Du Bos *Entretiens avec André Gide*. Hofmannsthal[197], très cultivé, connaissait les anciens, les

Grecs, Goethe, Nietzsche, Rilke. C'était une nature délicate, très haute. Son fils en parle d'une façon touchante. Il habitait un petit village, aux environs de Vienne.

9 avril

Été chez la comtesse de Chevigné où j'ai trouvé Madrazzo. Causé de Jean Cocteau. Madrazzo le considère comme une vilaine âme mais il admire son talent. Il croit qu'impressionné par les apparitions d'Apollinaire, Jean Cocteau a voulu être Jésus-Christ.

Mme de Chevigné croit toujours à l'influence néfaste de Cocteau sur Marie-Laure qui est un être étrange.

19 avril

Conférence de Julien Benda sur son Dieu cohérent. Ah ! quelles abstractions ! Gabriel Marcel, autre philosophe, lui a fait des objections, avec insistance et une facilité de parole réelle. J'avoue avoir écouté tout cela, sans bien saisir, sans bien entendre « être phénoménal, être indéterminé », etc. Est-ce que la duchesse de La Rochefoucauld présente rue Visconti était plus heureuse que moi ? Avec mes yeux je ne voyais pas l'assistance. Avec mon esprit, je ne suivais pas ces idées. Mais je ne me résigne pas à cette infirmité intellectuelle, et si j'étais plus jeune, je voudrais refaire mon éducation métaphysique. André Gide m'a reconnu en partant et m'a rappelé « saint Paul, arête du poisson » mot qu'il citera, m'a-t-il dit.

4 mai

Dîné hier chez Marthe Bibesco avec la vieille princesse de Thurn-et-Taxis. Je désirais la connaître et elle a bien voulu, la première, me dire qu'elle le désirait elle-même. Une dame un peu grosse, impotente, mais qui parle bien le français et écrit mieux encore. Elle a vu Richard Wagner à Venise la veille de sa mort, dans une confiserie où il était avec une dame. Elle avait voulu aller vers lui mais le parent qui était avec elle l'en empêcha, et elle le regretta beaucoup quand elle apprit sa mort. Wagner était un petit homme.

On a surtout parlé de Rilke que la princesse a connu pendant dix-sept ans. Elle fit sa connaissance, en 1909, à l'initiative de Mme de Noailles qui l'avait interrogée sur ce poète qui lui avait écrit avec admiration. Il ne voulut pas la revoir, redoutant d'être asservi. La princesse considère Rilke comme le plus grand poète allemand, après Goethe qu'elle a vivement aimé. Rilke n'était pas bien beau mais avait de beaux yeux bleus. Il était né à Prague. Il déclara à la princesse dès le début de leurs relations qu'il n'aimait pas Goethe mais il changea d'avis quand il eut lu la correspondance du poète avec Mme de Stolberg. Les chefs-d'œuvre de Rilke sont les *Élégies de Duino* et *Les Sonnets à Orphée*.

Liée de plus en plus avec Rilke, la princesse le reçut à Duino où il écrivit sa première élégie. À Duino aussi, il voulait traduire avec la princesse, la *Vita nova* de Dante. Il affectionnait un boudoir où il y avait de toutes petites photographies, des reproductions de maîtres peintes et un petit fauteuil estropié. Nul n'a parlé des anges comme lui, dans ses vers. Il était très bon et il pouvait être dur. Il eut des épisodes sentimentaux. Il s'éprenait d'une personne et s'apercevait ensuite qu'elle n'en était pas digne. Il eut des ennuis de cette sorte en Égypte et sa santé s'en ressentit. Il a été question d'une certaine Marthe, une « midinette », ajoutait la princesse. Rilke aimait le jardin du Luxembourg. Il parlait le français mais avec un accent. Au point de vue religieux, il avait le sentiment religieux mais ne voulait rien entre Dieu et lui. La princesse l'appelait le Seraphico. Elle insista sur l'élément de magie qui était en lui, dans son ambiance. Quelque chose d'extraordinaire était en lui. Ils allèrent à Weimar et en se rendant à la maisonnette de campagne de Goethe, ils furent arrêtés, contrariés par un temps épouvantable. « On aurait dit, avouait-il, que nous étions ensorcelés. »

La princesse avait apporté ses souvenirs sur Rilke écrits sur de longs cahiers. Elle nous en a lu un très grand nombre de pages. C'est écrit avec finesse, observation, une véritable grâce, beaucoup de naturel.

21 mai

Ce matin visite de Marie Rouget qui n'a plus le temps de faire des poésies. Elle traverse aussi une crise religieuse. Elle douterait d'un Dieu personnel et elle croit à l'Eucharistie. Accordez tout cela !

5 juin

Paul Valéry m'a dit « La philosophie est en train de rejoindre la théologie dans les vieilles lunes. »

Il n'a pas besoin d'explication. Pourquoi faudrait-il que le monde ait un sens ? Il est très frappé de voir comme nos organes sont à la merci du moindre accident.

Je lui ai dit : « Et à l'heure de la mort, qu'est-ce que vous ferez ? » Il m'a répondu : « Je crèverai. » « Et le mal, lui ai-je demandé, qu'est-ce que vous en faites ? » Il m'a dit : « Le mal est peut-être la condition d'autre chose que nous ignorons. »

21 juin

Je reviens de chez le docteur Poulard. Ah ! cette fois, bien trop renseigné sur mes yeux. Vue pas fameuse. Vue non en danger mais grande difficulté à lire. Et beaucoup de nébulosités. Il essaie un autre moyen de dissiper ces ombres. J'en avais déjà quand je suis venu le trouver. Ma vue empire depuis quelques années. Il espère améliorer un peu. Moi, pessimiste au fond. « Vous deviez, m'a-t-il dit, demander d'être dispensé de la messe. » Mon devoir présent s'éclaire bien nettement ; je vais donner ma démission d'aumônier peut-être plus tôt, avant mes vacances. Et puis je ferai comme je pourrai. Le crépuscule des yeux ! « Seul le pire arrive ! » Il serait déraisonnable de se plaindre quand je songe, comme disait Hugo, à tous ceux qui sont dans le tombeau. Les morts ne voient plus. Ils ne consultent même pas Poulard.

26 juin

Hier, sous le coup de ma visite à l'oculiste, été dans la voiture de Mme de Durfort à Châtenay-Malabry. Trouvé à la Vallée-aux-Loups les Descaves, Benda, etc. Lucien Descaves a lu, à la nuit tombante, quelques lignes ravissantes de Lamartine sur l'excursion qu'il fit à la Vallée pour voir de loin Chateaubriand jetant à un chat des « pelotes de pain ». À propos de chat, que je n'oublie pas Paul Léautaud présent, drapé à la romantique, avec sa face tourmentée, cabotine. Il a 18 chats en ce moment et je ne sais combien de chiens, mais il en a eu davantage. Il a raconté ce fait curieux. Il avait découvert un vieux chat à qui il apportait sa pitance quotidienne. Or, à l'heure de la pâtée, sortait, d'un autre côté, un rat qui venait tranquillement partager le repas du chat. L'infortune crée la solidarité, la fraternité. Elle désarme. Léautaud disait qu'il n'écraserait pas un escargot. Il m'a dit que c'est au XVIIIe siècle qu'il aurait voulu vivre, que tout alors était parfait.

27 juin

Ma vie était de lire. Je suis mort.

Été chez Mgr Odelin et attaché le grelot de ma

démission d'aumônier. Il a été aimable et nous avons parlé de beaucoup d'autres choses : Hugo, Lacordaire, Lamennais.

2 juillet

Revu hier matin Mgr Odelin qui m'a annoncé que ma démission est acceptée. L'archevêque m'alloue 12 000 francs plus les messes. Lettre adorable de la nièce qui approuve ma décision. Elle est unique dans ma vie.

1933

18 janvier

Hier déjeuné chez les Descaves avec leur fils Max, Céline et sa mère, le peintre Vlaminck. Céline fut tout de suite simple, gentil, bon enfant avec moi. Je lui dis que certains mystiques avaient parfois le langage très raide. Il ajouta que les vieux prédicateurs leur ressemblaient sous ce rapport. Ce fut à table un véritable feu... et fumée d'artifices. Céline parle facilement, tumultueusement, on le sent peuple, gamin. Il mime bien ses personnages, les fait parler avec toutes les répétitions nécessaires et beaucoup de hein. Il n'épargna pas mes oreilles de prêtre : pognon, couillon, putain, carne, truc, vache ; les verbes : enfiler, emmerder, bouffer, coucher avec, se succédaient. Il a été à Berlin et nous a dit que le peuple allemand est anarchique. Il est impossible qu'il fasse la guerre en ce moment. Il a peur des communistes et cette peur nous protège contre la guerre. Il a été à Breslau, ville de charbon dont il nous a fait une affreuse peinture. Il y a été, dit-il, avec une copine (car c'est son habitude, dit-il). Un Moyen Âge horrible. Vlaminck lui a demandé s'il continuerait à écrire sur les sujets qu'il traite, il a répondu qu'il restera dans le milieu dont il a décrit toutes les horreurs. Il croirait déserter s'il en était autrement, il a besoin de ce milieu-là pour penser. Vlaminck lui a demandé pourquoi il n'avait pas tiré une leçon de ce qu'il avait vu et décrit, à quoi Céline lui a répondu : « On ne livre pas son secret, c'est à chacun de tirer la leçon. C'est comme un tableau. » Il aime Breughel, en a parlé à plusieurs reprises. Il en a vu d'admirables à Vienne, des fêtes paysannes, un garçon qui coupe une miche... Il nous a dit l'ignominie du peuple qu'il connaît, plus vicieux encore que les gens de la société, il est pire dans ses excès. Vlaminck criait aussi de son côté. Il déclarait qu'il n'y avait plus de peintres, ni en France, ni en Espagne, ni en Allemagne, ni en Italie et il disait naïvement : « Moi je crois être peintre et si je n'étais pas convaincu que je le suis, je ne peindrais pas. » Il a des toiles dans tous les pays, mais il reste lui-même : « Je vais dans les musées comme dans un bordel pour m'amuser, mais je ne monte pas, je ne couche pas avec Delacroix et autres. »

J'ai fait signer deux exemplaires du *Voyage au bout de la nuit*. Céline s'y prête avec très bonne grâce, sur la table de la salle à manger, le premier destiné à la comtesse de Castries, le second pour moi avec ces mots : « À M. le Chanoine Mugnier, notre compagnon d'infini, bien amicalement et respectueusement. »

Je rentre chez moi et à la porte de ma maison, je rencontre la reine Amélie qui m'avait attendu. Elle m'aide à monter et nous causons quelque temps. Elle a voulu me revoir avant son départ pour Naples. Elle m'a dit les occupations auxquelles elle se livrait : ses œuvres. Elle m'avait écrit un petit mot que j'ai lu après son départ. Ce sont vraiment les extrémités des choses humaines, le docteur Destouches, la reine Amélie du Portugal !

19 janvier

Déjeuné hier chez les Jean de Castellane, beaucoup de monde. Herriot, à table, a cité le discours de Périclès sur les morts de la guerre, tel que le rapporte Thucydide. Un autre passage où l'orateur dit au Grec : « Prenez garde, les barbares sont à vos portes » et le président de dire : « Un discours qui convient exactement à la France d'aujourd'hui. » Il a parlé d'un ouvrage très intéressant paru pendant ou après la guerre sur la police autrichienne et dans lequel on trouve de jolis mots de Talleyrand et il en a cité lui-même, notamment celui-ci. On demandait à Talleyrand ce qu'il avait fait depuis la chute de Napoléon : « J'ai boité », répondait-il. Herriot a parlé politique et dit en particulier : « J'ai défendu le parlementarisme et combien ! Mais il y a la démagogie et elle mérite la dictature. »

11 février

Été voir hier, dans la soirée, la poétesse Anna de Noailles. L'état empire ou semble empirer. Elle parle, elle parle, elle parle. Elle m'appelle je ne sais combien de fois : « Cher monsieur l'abbé, cher ami, mon petit. » Elle répète à plusieurs reprises : « Je meurs... je vais mourir. » Elle touche à tout, cohérente et incohérente à la fois. Elle n'a pas perdu la tête, mais la quantité d'impressions, de sujets abordés, de noms cités est grande. Elle souffre infiniment de l'oreille : « Je ne m'entends plus » et puis des phrases comme celle-ci : « Je surmonte des ouragans, j'ai été si courageuse, j'ai souffert toute ma vie... » et encore « Je suis trop grecque, trop près de l'île de Corcyre pour... » Elle a parlé de la princesse Bibesco : « Qu'elle écrive, dit-elle, avec goût, talent, etc. mais qu'elle ne s'occupe plus de la Légion d'honneur. » Elle a essayé de raconter l'origine de nos relations, car la mémoire n'a pas succombé. Et puis des images, des évocations poétiques. J'étais un diamant, et elle parle d'un souci, d'un bouton d'or, de pois de senteur, etc. Elle a prononcé le nom de Dieu à plusieurs reprises et bien mieux qu'autrefois. J'ai été sur le point de lui dire : « Je vais vous bénir en son nom... » Et tout cela, disait Mme Lobre, n'a pas empêché Mme de Noailles d'envoyer hier un volume de vers à l'éditeur.

24 février

Hier déjeuné chez la duchesse de La Rochefoucauld née Fels, avec le duc Maurice de Broglie, Leprince-Ringuet qui travaille avec lui, le comte Jean d'Huart, Paul Valéry. On a causé sciences, électrons, rayons cosmiques etc. Paul Valéry parlait et je ne comprenais pas. Toutefois voici des paroles de lui que j'ai bien entendues. Le comte d'Huart lui a demandé quelle était sa règle de vie à quoi il a répondu : « Faire, sans croire. » Il trouve que tout aujourd'hui est contraire à la culture : les progrès matériels nuisent à la sensibilité (bruits, odeurs, etc.) et les forces mentales sont contrariées par la presse, le cinéma, la vitesse.

16 mars

Été prendre des nouvelles de Mme de Noailles. Vu son mari, causé avec lui. Il m'a dit que les médecins n'y comprenaient rien. C'est un cas qui sort de l'expérience. Quant à elle, tantôt elle s'imagine qu'il veut l'étrangler, tantôt elle ne veut rien manger sans lui. Il m'a parlé de X... et partage sur ce point les idées de sa femme. Elle aurait été ignoble avec les Allemands. Le général Berthelot aurait dit : « On la fusillerait si elle était une femme de chambre. »

20 mars

Vu ce matin Marie Rouget qui réentend après avoir perdu momentanément l'usage de l'ouïe. Elle m'a dit ses tribulations. « Je suis anarchiste, m'a-t-elle dit. La Révolution a guillotiné André Chénier, moi, la famille m'étouffe, ça revient au même. » En effet, elle s'occupe de sa mère, de sa tante, n'a pas une minute à elle avec les gérances, etc. Elle ne peut pas écrire ses souvenirs car il y a deux êtres en elle ; elle est un être pour sa famille et elle est toute différente en elle-même. « J'étais née pour être dupe et je le suis. »

3 avril

Samedi dernier déjeuné chez Blandine de Prévaux. Seul avec elle dans cette minuscule salle à manger dans laquelle on descend, moi avec peine. Elle m'a raconté plus en détail le dîner avec Hitler. C'était à Berlin, à l'ambassade d'Italie où il y avait une nervosité extrême. La maîtresse de maison avait reçu une lettre de menaces, on craignait les bombes. Elle ne croit pas que Hitler ait reconnu en elle une Française mais plutôt une Italienne à la manière dont elle lui fut présentée. Elle lui dit un mot de Mme Siegfried Wagner à laquelle elle était apparentée et qu'elle avait vue quelques jours avant. On parla musique. Hitler dit qu'il aimait la musique, qu'il avait besoin de la musique, que Wagner était ce qu'il aimait le mieux. Il aime aussi la musique italienne, celle de Puccini. Hitler lui a fait l'effet d'un ouvrier mais l'Allemagne incarne en lui sa mystique. C'est Parsifal... Un Allemand a joué après le repas et bientôt s'est joint à lui un Italien et c'était comme l'écho du fascisme.

Tout le monde joue au soldat en Allemagne, et elle résume la situation par ce mot : inquiétude. Von Papen a dit à Blandine : « Croyez-vous que j'ai roulé Wladimir d'Ormesson ? »

10 mai

Revenons en arrière. Le samedi Saint été voir, le soir, la comtesse de Noailles. Son mari m'a dit ce que j'avais à faire en me prévenant que c'était probablement la dernière fois que je la voyais. Elle m'attendait. Elle m'a dit : « Depuis quatre ans, je ne dors pas. J'ai entendu les premiers bruits dans l'oreille chez Thérèse. Je l'accepte, je l'accepte. » Je lui ai dit que ses poésies m'avaient fait du bien. Elle m'a remercié, baisé la main et je lui ai demandé la permission de baiser la sienne. C'étaient ses adieux. *J'ai fait ce que je devais faire*.

Les femmes ou infirmières présentes m'ont dit : « Vous avez fait un miracle », car elle a été ces quelques moments très lucide, présente. Rentré au salon, j'ai revu Mathieu et sa sœur Elisabeth, causé du passé, du lointain saint Thomas d'Aquin. Ils m'ont dit que leur mère était très timide, tellement timide qu'il est arrivé que partant pour aller voir quelqu'un elle était rentrée sans voir personne. Je suis rentré chez moi comme déchargé d'un poids et le lendemain, jour de Pâques, je suis parti tranquille pour Calaoutça.

16 mai

Hier, déjeuné chez Antoinette. À 5 heures, visite de la marquise de Virieu née Noailles qui m'a donné les renseignements que voici. Elle n'avait pas vu sa belle-sœur dans les derniers temps mais voici ce que lui ont dit et son frère à elle et les personnes qui étaient près d'Anna de Noailles. Il y a eu dans les tout derniers jours un effondrement du système nerveux. Elle disait un mot, un autre, son nom, elle articulait un sourire. Elle avait demandé à être enterrée au Père-Lachaise avec sa mère et sa sœur, elle n'a pas demandé à ce que son cœur soit envoyé chez les clarisses des bords du lac.

Il y a eu des coïncidences qu'elle aurait beaucoup aimées. Elle a été enterrée le 5 mai, date de la mort de Napoléon, le service a eu lieu à la Madeleine, temple que Napoléon avait construit et qu'il consacrait à la Gloire. Dans les environs du Père-Lachaise, il y avait le peuple qui s'empressait sur le passage du cortège, certains avec de petits bouquets. Cela encore lui aurait beaucoup plu. Elle est morte de son cerveau, d'épuisement nerveux.

6 juin

Un retour sur le passé très proche. Au mois de mars, le professeur Terrier m'avait conseillé de tenter l'opération de la cataracte. Il s'agissait de l'œil droit, le moins bon, et il ajoutait que si l'opération échouait, il me resterait l'autre œil pour me consoler. La nièce et sa fille ont décidé de me mettre en rapport avec un autre chirurgien, le docteur Lagrange, plus jeune et d'une main plus sûre. Je suis donc entré le 30 mai, mardi dernier, conduit par mes deux anges à l'hôpital Saint-Michel, 33 rue Olivier-de-Serres, petite chambre donnant sur une cour plantée d'arbres. Mme de Castries a cru y voir un catalpa. Si c'est vrai et comme les docteurs Récamier se sont succédé dans la maison, voilà encore Chateaubriand qui me poursuit dans l'ombre lumineuse de Juliette.

Hier, lundi de la Pentecôte[198] j'ai quitte l'hôpital et la nièce m'a ramené ici. Grand soleil, je ne vois rien, attendons la vraie opération libératrice qui aura lieu dans quelques semaines.

12 juin

Mme Murat m'a dit combien dans le monde on était préoccupé de savoir ce qui s'était passé entre Mme de Noailles et moi dans ma dernière entrevue avec elle.

26 juin

Hier dîné à la Vallée-aux-Loups avec Paul Léautaud, Julien Benda. Paul Léautaud n'a pas voulu que je lui parle du *Petit ami*. Il m'a donné le bras pour faire une promenade dans le parc. Il m'a raconté qu'à 20 ans, il passait sa vie dans les cimetières tant il était triste. Le sommeil ne lui a jamais réussi, il le rendait triste. Il déclarait qu'il n'a jamais aimé que les femmes mûres, des femmes de 40 ans. Il trouve une jeune fille stupide, même avec le plus joli visage.

27 juin

Hier, déjeuné chez les Descaves. Céline devait venir mais de Céline point. Il a été en Autriche.

Visite chez moi de François Mauriac et sa femme. Son opération avait duré 25 minutes, il n'était pas endormi. À propos de Goethe dont il a vu le buste chez moi et un masque fait de son vivant, il m'a dit son jugement sur lui et il est sévère. Il lui reproche d'avoir abandonné les gens qui l'aimaient. Mauriac ne partage pas non plus mon culte de Chateaubriand. Il m'a parlé de la vertu d'espérance, de la joie.

1934

10 mars

Visite de Marie Noël. « Il faut qu'un sentiment soit mort chez moi pour que je permette qu'on y touche... » On ne peut lire d'elle que ce qui n'est plus. Elle a eu, jeune, à Auxerre, un sentiment pour un jeune artiste dont le pain bénit rompu fut à l'origine. Ils l'avaient partagé à l'église. Elle ne peut pas raconter cet épisode car tout le monde reconnaîtrait les gens. Marie Noël définit la vie « le combat de Dieu contre Dieu ».

16 mars

J'ai déjeuné aujourd'hui chez Mme Cocteau avec son fils Jean et Mme Scheikevitch. À propos de la pièce qu'il va faire jouer au théâtre des Champs-Élysées, je lui ai demandé pourquoi les mythes grecs n'étaient pas usés, éculés. C'est, dit-il, parce qu'ils sont les plus simples. La pièce comporte quatre actes dont le dernier est la nuit de noces de Jocaste et d'Œdipe. C'est Marthe Régnier, l'amie d'Henri de Rothschild qui jouera Jocaste. C'est Renoir, fils du peintre qui sera Tirésias. Il paraît que ce Renoir me ressemble et possède une mèche sœur de la mienne ; Cocteau est souvent tenté de lui dire « cher monsieur l'abbé »

Œdipe avait été recueilli par une lingère, le sphinx était une jeune fille. Œdipe avait 19 ans quand il tua son père. Cocteau a imaginé de faire revivre Jocaste qui accompagne ainsi Œdipe comme une ombre qu'on ne voit pas mais qu'on entend. La mère a survécu à l'épouse et Antigone qui a 13 ans n'est pas seule à guider l'aveugle.

Jean Cocteau trouve que Victor Hugo est fou ; ainsi dans *Les Misérables*, à côté de belles pages, il y en a d'autres qui sont ridicules, grotesques au-delà de toute expression.

Étant malade de la typhoïde, à Toulon, il écrivit à Jean Hugo de lui envoyer *Les Misérables* et lui, alors d'écrire en marge du livre toutes les épithètes malsonnantes que cette lecture lui inspirait. Et voici qu'il reçoit une lettre de mon ami qui lui recommande de ménager cet exemplaire qui était celui du grand-père. Jean dut avouer ses méfaits et Hugo fut adorable en ceci comme en tout le reste.

Jean Cocteau m'a parlé aussi de Maritain pour qui ses sentiments n'ont pas varié mais il blâme ses conceptions rationnelles. Il l'interrogea au sujet de la chute des anges qui ne se trouve pas dans la Genèse.

Il m'a parlé aussi de l'abbé Lamy, ancien curé de La Courneuve mort et qui avait eu trois visions de la Sainte Vierge qu'il racontait avec précision. Cocteau en est très intéressé et Julien Green lui a parlé d'un livre où ces visions sont racontées.

13 avril

Dîner chez les Descaves avec Pierre Descaves, Charles Daudet et Céline. Céline m'a dit à propos du 6 février : « Cela n'existe pas, c'était une galopade. C'était fait par des hommes sans idées. Les Anciens Combattants avaient peur. » « Oui, mais, lui ai-je dit, il y a eu du sang répandu. » Et Céline de répondre : « C'est la fève du gâteau. »

Céline à table a fait un grand éloge de Jules Vallès. La fin du *Bachelier* de Vallès est splendide. C'est un coup de délire. On n'a rien fait de mieux.

On a parlé de Jules Romains avec éloge comme d'un grand romancier mais Céline de répéter à plusieurs reprises « du navet ». Il n'aime pas ceux qui sortent d'un lycée, les professeurs, le style qui est une gomme, une chose morte. Il disait « pas de Picon, c'est la Révolution ». À propos de Chateaubriand, il nous a dit qu'il avait habité pas très loin de Combourg et nous a cité certaines choses qui prouvent qu'il connaît Chateaubriand. Je crains qu'il n'ait pas dit toute sa pensée étant donné qu'il était dans un milieu favorable au grand écrivain. Il habite Clichy. Il est bon enfant, mais assez commun.

5 mai

Été par un temps froid à Hasparren avec Marie. Jammes nous a reçus dans son cabinet de travail. Il nous a lu de sa voix charmante, emphatique et stridente les pages d'une préface à un livre du Père Damien[199], apôtre des lépreux. Description de Fontarabie, de ses « montagnes de saphir », de ses reposoirs de pierres précieuses.

Fontarabie est romantique.

Il parle de Stevenson au style irisé d'une huître perlière.

Puis il a été question de Gide très porté sur le catholicisme. Il est très imprégné du diable. Il est habité. Il y a en Gide un grand divorce entre le corps et l'âme. Dans sa maison, en Normandie, il avait fait représenter des suppliciés de toutes sortes, sur les cheminées. Parmi les ameublements de lanternes peintes.

23 mai

Visite hier d'Henry de Montherlant. Comme après les honneurs qu'on lui avait rendus à la Sorbonne je lui disais qu'il y aurait bientôt l'Académie, il m'a répondu tout de suite qu'il n'avait jamais été favorisé sous le rapport des honneurs. Il a beaucoup d'ennemis qui le poursuivent et il m'a cité ce mot de Gabriele D'Annunzio : « Quand je serai dans le tombeau des vers assemblés me critiqueront encore. »

Il y a eu entre lui et Lucien Descaves des malentendus que je déplore. C'était au moment où il publiait *Les Bestiaires* dans *Le Journal*. Il habite maintenant au Maroc, en Algérie et il vient de rapporter deux volumes sur les colonies mais il ne les publiera pas car, dit-il, on est très susceptible en France, quand on signale le mal qui se passe dans les colonies. Il m'a demandé des nouvelles de Marthe de Curel et comme je lui disais qu'elle a la manie de la persécution il m'a dit : « Mais je crois, moi, qu'on a la manie des choses lorsque les choses se produisent. » Et à ce propos il m'a cité le roman qu'il fait paraître dans la *Revue des deux mondes, Les Célibataires*.

22 juin

Déjeuné chez la comtesse Murat. Mauriac m'a accompagné jusqu'au pied de l'escalier. Comme je lui disais que son article sur Tristan et Yseult avait passionné le public, il m'a répondu : « C'est toujours comme cela quand on parle de l'amour. » Je lui ai dit combien ses articles sur Maurice de Guérin m'avaient plu. Il m'a répondu que Guérin lui rappelait André Lafon, son ami, guérinien lui aussi. Panthéisme. Il va faire dans *Le Figaro* un article qui servira de pendant à celui de Tristan. Comme je lui disais : « Vous aimez un peu Chateaubriand », il a dit avec force : « Pas tant que vous. » Et c'était toute une profession de foi !

29 juin

Hier dîné chez le docteur Laforgue, 1 rue Mignet, avec la princesse Bonaparte en rouge, Porché et Simone, sa femme. Simone m'a dit qu'elle ne jouait presque plus et qu'elle prépare un livre. Elle m'a dit qu'il y avait en chacun de nous une mutilation de nous-mêmes et j'aime presque mieux ce mot que celui de sacrifice. Elle trouve comme moi que la vie est trop courte, qu'il faudrait plusieurs centaines d'années. Elle abomine la mort. Elle a rêvé qu'elle me conduisait chez Hermès pour m'acheter un nécessaire de voyage. Elle est très intéressante à entendre.

La princesse Bonaparte à la droite de qui je me trouvais m'a remercié du petit mot que je lui avais adressé pour son livre de Poe. Elle prépare un livre sur la femme. Elle m'a dit que la psychanalyse allait plus loin que la confession. On a parlé de Jean Rostand et de ses livres avec admiration. Science et littérature.

11 juillet

Tout le problème de la question sexuelle est de tenir compte de l'animalité et de la spiritualité. Il ne faut sacrifier ni l'une ni l'autre, ni l'animalité par une sotte pudeur ni la spiritualité pour d'autres motifs.

9 août

L'amour réciproque dans le mariage, oui, oui, oui, c'est l'idéal, mais je dois avouer au soir de ma pauvre vie que j'ai vu plus d'amour en dehors du mariage, d'amour lyrique, de cet amour qui est le « frémissement de l'homme, et celui de la femme, sa meilleure part », comme dit Goethe.

12 septembre

Déjeuné chez les Descaves avec Céline. Il revient de Californie où les gens ne s'occupent que de leur plaisir. Les blancs, ajoute-t-il, ont perdu leur raison d'être en lâchant le catholicisme. Ils n'ont plus de but spirituel. Je lui ai demandé comment il faudrait élever les jeunes gens. Il m'a répondu : « Leur faire connaître tous les folklores, ne pas éteindre leurs enthousiasmes » et je lui ai dit alors l'étymologie de ce mot grec qui l'a ravi. Dans l'université, pas d'enthousiasme. Il n'aime pas la famille, a de la pitié pour sa mère, pas davantage parce que la famille, dit-il, n'a pas de but spirituel. Il faut gagner de l'argent, c'est tout. Les parents ajoute-t-il sont des châtreurs d'enthousiasme. Je lui ai dit que j'avais été en Bretagne. Il m'a répondu : « Vous êtes allé voir l'incestueux vicomte ? » Et comme je m'étonnais, il m'a dit : « Disons vicieux. » Et il a ajouté encore : « On n'a ni talent ni génie si l'on n'est pas vicieux. » Parlant de la cathédrale du Moyen Âge, il m'a dit : « Elle est lubrique et mystique. » Il a protesté avec Descaves contre Claude Farrère qui dans la presse, dernièrement, s'est insurgé contre Victor Hugo. Pour le moment, il se dit athée.

27 novembre

Mes quatre-vingts ans. Gaétan Sanvoisin était venu il y a quelques jours et même il y a quelques mois m'interroger sur mon passé : Lubersac, mes premières études, Saint-Sulpice, mes relations littéraires. Il a disséminé ses notes dans plusieurs journaux, très sympathique à mon humble et misérable personne. Ainsi *Les Débats, Le Figaro, 1933, Candide, Le Rempart*. Jean Roubier était venu me photographier dans plusieurs attitudes pour le journal *1933*. La meilleure photo vient de là. Je suis assis à une petite table lisant *Les Débats*. D'autres journaux ont aussi été favorables *(L'Écho de Paris, l'Ordre, La Vie catholique, Les Écoutes, Cyrano)*. Le meilleur article pour moi a paru dans *La Vie catholique*. *La Revue hebdomadaire* a donné mon portrait avec deux lignes très aimables. *La Croix* quatre ou cinq lignes. L'Abbé Berthault m'a consacré aussi un très bel article dans un journal belge. On m'a inondé de fleurs, etc.

16 décembre

Chez les Prévaux déjeuné avec Pourtalès, sa femme, Mme Goujon. On a parlé de Malraux. Amour de l'archéologie. A été entre le Cambodge et le Siam, a dépouillé les temples qu'il a découverts, a été arrêté et condamné à la prison. Gide a signé une pétition en faveur de sa libération, Pourtalès aussi. Malraux s'est défendu en disant que ces temples dont il avait dérobé les statues étaient dans des pays qui n'appartenaient à personne. Il a la révolution dans le sang, a fondé un journal communiste, a épousé une Allemande, union qui tire à sa fin.

Mme Siegfried Wagner a dit cet été à Pourtalès que Hitler avait appris le chant et qu'il devait tôt ou tard venir à Bayreuth, sinon comme chancelier, du moins comme ténor.

17 décembre

Vallée-aux-Loups. Déjeuner Mme Pailleron, Benda, M. et Mme Paulhan. Paulhan connaît très bien Malraux. Ce dernier ressemble à Stendhal pour la littérature et à Saint-Just pour la politique. Il me fait l'éloge de Marcel Jouhandeau, de son dernier roman. Marié.

1935

7 janvier

Grand événement politique. Ces jours-ci, Pierre Laval, ministre des Affaires étrangères, s'est rendu à Rome pour négocier et signer des accords avec Mussolini[200]. Manifestations franco-italiennes. Laval a été lundi matin au Vatican, long entretien avec le pape. Tant d'expulsions de religieux, de laïcisation, la rupture du Concordat, les lois cultuelles etc. ont abouti à la remise par Pie XI d'un chapelet de corail monté sur or à la fille de Laval.

17 janvier

Visite de Mme Forain. Elle m'a raconté que Rimbaud appelait Forain « jeune chien » parce qu'il courait après les femmes.

Elle m'a apporté une lettre où quelqu'un qui a connu Verlaine parle de vers épouvantablement pornographiques. C'est un pastiche de Baudelaire, la pièce de vers si connue : « Nous aurons des lits pleins d'odeurs légères, des divans profonds... »

« Quant à Rimbaud quand j'ai l'ai connu, il arrivait de Charleville, son pays natal, ayant fait le voyage dans un bateau de charbon par les canaux. Il logeait rue Campagne-Première au dépôt des petites voitures dont l'immeuble était habité presque exclusivement par des cochers. Il avait là une chambre assez vaste qui paraissait d'autant plus vaste qu'il n'y avait pas de meubles. Dans une encoignure, une paillasse avec des couvertures de cheval, une chaise en paille, une table en bois blanc avec, dessus, quelques papiers et une bougie fichée dans un pot à moutarde. C'était tout. Je crois que Verlaine, alors employé à l'Hôtel de Ville, a dû le tirer de là. Verlaine avait une admiration sans bornes pour Rimbaud. Il en parle élogieusement dans ses *Confessions*.

« C'est tout de suite après la Commune, en 71, que j'ai rencontré Forain dans un cénacle bizarre qui tenait ses assises à l'entresol d'un marchand de vin de la rue Gay-Lussac. C'était un club politico-fantaisiste où on élaborait des couplets malveillants sur M. Thiers. Certain soir, la séance a été troublée par une grande rumeur au rez-de-chaussée, c'était le tenancier qui venait de mettre un client à la porte, lequel client se roulait sur le trottoir en proie à une attaque de delirium, d'où rassemblement. On se mêle à la foule dans laquelle se trouvaient Richepin et Ponchon dont nous avons fait immédiatement la connaissance en les invitant à faire partie de notre cercle, ce qu'ils ont accepté sans difficulté. Nous demeurions à ce moment-là, Forain et moi, passage Stanislas où, précisément, Richepin[201] demeurait aussi. Après cette charmante soirée, nous avons regagné ensemble nos pénates respectifs. Je crois bien qu'à partir de ce jour-là, nous n'avons plus reparu rue Gay-Lussac. De là nous avons fréquenté une petite brasserie rue de Rennes où nous nous rencontrions avec Paul Arène[202] et deux vieux peintres. Forain et moi nous avons habité tour à tour la rue de Rennes, le passage Stanislas, la rue Monsieur-le-Prince n° 22 et la rue Saint-Jacques. La maison de la rue Monsieur-le-Prince avait abrité Daumier trente ans auparavant. À ce titre, cette maison devrait avoir deux plaques commémoratives, l'une pour Daumier, l'autre pour Forain, deux grands artistes. La vie que nous menions alors était d'une irrégularité notable parsemée d'aventures galantes sans importance. On travaillait peu à l'atelier mais en revanche Forain avait toujours sous le bras un carton à dessin et dessinait partout et n'importe où, dans les endroits les plus inattendus. Un beau jour, vers la fin de l'hiver, aux premiers rayons de soleil, nous avons éprouvé un besoin impérieux d'aller à la campagne. Nous partons à Marlotte, où nous sommes restés tout l'été à l'auberge Antony qui était bien la plus extraordinaire des auberges. Les repas y étaient très maigres à cause de l'impécuniosité de la plupart des pensionnaires. Nous étions là une douzaine de clients Cabaner, Villiers, Albert Mérat[203], Léon Valade[204], Germain Nouveau[205] dont Forain avait fait une charge synthétique extrêmement drôle, dont il avait bariolé tous les murs disponibles de la localité. Il y avait là aussi, Ponchon[206] dont les vêtements déjà mûrs à l'arrivée n'avaient pas résisté aux aspérités des rochers et qui ne quittait jamais un macfarlane beaucoup trop grand pour lui qui masquait les avaries de son pantalon. Enfin il a fallu s'en aller. J'ai loué alors un atelier (atelier est peut-être un peu prétentieux), une vaste pièce dans un immeuble modeste rue Saint-Jacques tout en haut de la rue, près du boulevard de Port-Royal, quartier populeux où on pouvait manger des cornets de pommes de terre frites dans la rue sans se faire remarquer. Nous habitions là à trois, Ponchon, Forain et moi. Dès le matin, Ponchon disparaissait pour aller rejoindre des étudiants qui avaient soin de lui dans leur pension. Quant à nous si nous n'allions pas dessiner des fauves au Jardin des Plantes, nous allions flâner dans les ateliers du voisinage chez Gill[207], Le Houx ou bien chez Vidal, le sculpteur aveugle. Je crois me souvenir que c'est à ce moment là que Forain est allé habiter l'hôtel de Lauzun sur le quai d'Anjou. 1873 est venu. Départ pour le régiment où il est allé faire un an de service. À son retour, moi, de mon côté, je suis parti et nous sommes restés longtemps sans nous revoir. »

Je lui ai dit que les romanciers laïques n'avaient à aucun degré, la connaissance de l'âme ecclésiastique. C'est un monde fermé pour eux. Quelqu'un lui a dit ce mot d'un prêtre : « J'ai toujours l'impression de la solitude. » Je crois qu'il s'agit de l'abbé Mauriac, l'un des frères du romancier. La famille de Mauriac, m'a-t-il dit encore, est tout ce qu'il y a de plus bourgeois, qui vous examine, se pose toutes sortes de questions à votre endroit etc. À table, Ramon racontait les échanges de paroles ou de discours entre Gide, Maritain etc. Il a cité ce mot d'un certain Etiemble qui avait dit en public : « Quand les hommes et les femmes pourront se baigner tout nus en public, sans s'en apercevoir, alors, nous serons chrétiens. »

26 janvier

La formation religieuse ne saurait être abstraite. L'enseignement du christianisme est un texte qu'il ne faut pas séparer du contexte. Un Christ sans le lac, sans les montagnes, ni les champs qui l'entourent n'est plus un Christ vrai. Une théologie écrite et enseignée en latin est une abstraction fâcheuse. Déjà une langue morte vous isole, fait barrière : voyez la Pentecôte. L'apostolat suppose le don des langues, au pluriel et non d'une seule en particulier.

28 janvier

Dîné chez Mme Fernandez dans cette vieille maison du 45 du quai Bourbon qu'elle doit bientôt quitter ou qu'elle veut bientôt quitter. Il y avait là Saint-Exupéry, aviateur, qui a écrit un livre plein de poésie *Vol de nuit*, et aussi Mme de Lestrange. Étaient présents aussi Ramon et sa femme, tous deux très aimables pour moi. Ramon m'a parlé de romans où il est question de prêtres plus ou moins moraux.

2 février

On me lit *La Fin de la nuit* de Mauriac. Il excelle dans les monologues, ce monde de suppositions, d'hypothèses, qu'on fait dans certaines circonstances. Toutes ces représentations, toute cette vie imaginée, créée à plaisir. Et comme il est à l'aise quand il s'agit de rendre la tentation méchante, de raconter les conversations enfiellées. À certains moments l'être qu'on croirait le meilleur fait sortir de sa bouche, de son cœur, des serpents entrelacés, des poisons mêlés, tous les bocaux, tous les flacons subitement et diaboliquement vidés. En veux-tu, en voilà ! On dirait que l'humanité a besoin de se purger de la sorte, au mépris de l'amitié, du respect, de la tendresse, de tout ce qu'on doit à Dieu et aux hommes. Le génie de Mauriac est à l'aise dans cet ordre de choses. Voilà la *délivrance* non pas au sens goethien, mais comme un démon pourrait le pratiquer.

C'est cet homme que l'Évangile nous montre, qui se roule par terre en proie aux puissances du mal. Ce sont ces hommes transformés en pourceaux, tout ce troupeau qui se jette dans le lac. Adieu ! adieu ! ne reparaissez plus.

4 février

Ce que je regrette, ce que j'aurais voulu faire : 1. Vie humble ou vie magnifique, tout a un sens et on n'est pas dans la vérité terrestre si l'on fait des choix dédaigneux.

2. Tant qu'on apprendra la religion aux enfants d'aujourd'hui qui sont les hommes de demain sous la forme rudimentaire et sèche du catéchisme, elle ne pénétrera pas dans les âmes et dans les vies. C'est laisser tomber sur des fleurs naissantes une rosée de

zinc et de plomb. Je vous le dis par expérience. Il faut mettre d'abord la religion dans l'imagination de l'enfant. Aux fleurs naissantes il faut du soleil, l'air frais, l'aile de l'oiseau qui passe, le bruissement de toutes choses, la vie, la vie !

Il faut substituer l'Évangile au catéchisme, c'est-à-dire le récit, l'histoire, l'évocation. Après s'être adressé à l'imagination, il faut agir sur le cœur, il faut faire aimer ce qu'on voit. On n'apprend pas la religion comme on apprend l'arithmétique, on peut ne pas aimer les chiffres mais il faut aimer le Christ, la Vierge etc. Il ne reste rien ou presque rien de l'enseignement primaire religieux dans les âmes, des premiers sermons, des premières retraites, sauf la peur de l'enfer qu'on oublie au cours de l'existence et qui ne supprime ni les adultères, ni les trahisons, ni les calomnies, ni la dureté du cœur.

3. Commencer par les choses, ce qu'on a sous la main, aller du visuel, de l'auditif, du palpable à l'immatériel sous toutes les formes.

4. Ne jamais dire du latin devant les fidèles grands ou petits sans le leur traduire. Traduire les prières de la messe, non pas dans un livre mais de vive voix et le tout mot par mot, littéralement. Remplir ainsi la tête, l'imagination, le cœur des fidèles de sentiments, de poésie, car les livres saints et en particulier les Psaumes, les Prophètes, l'Évangile etc. et la liturgie sont poésie ou rien. J'entends par poésie ce qui est beau, ce qui émeut, ce qui donne un frisson, ce qui charme, ce qui berce, ce qui donne de l'espoir, ce qui nous arrache un instant à nous-mêmes et aux choses triviales de notre existence.

18 février

Ce matin en prenant mon café au lait, je m'indignais, devant le capucin qui m'a remplacé au couvent, de l'incompréhension des prêtres de la Beauce et du

Perche, lors de la parution de *La Cathédrale* de Huysmans. Voilà des prêtres, des curés, des chanoines, des professeurs de séminaire, des évêques du diocèse de Chartres qui ont vécu à l'ombre de ce monument et pas un ne lui a consacré des pages immortelles. Et il a fallu que vers la fin du XIXe siècle un disciple de Zola parti des égouts du naturalisme, découvrît par-dessus les moissons de la Beauce « cette blonde aux yeux bleus » ! Oh ! stérilité ecclésiastique !

18 mars

Hier matin, visite d'une jeune Italienne, Luisa Contini, élevée chez les ursulines de Rome et qui voudrait faire à la faculté de Venise une thèse sur Huysmans. Étonnement de ma part. Je lui ai dit combien Huysmans était peu tourné vers l'Italie à tous points de vue. Dante ne lui aurait rien dit, les peintres italiens non plus. « Au lieu de faire une thèse banale sur l'œuvre chrétienne de Huysmans, montrez donc, lui ai-je dit, le seul côté qui le rapprochait de votre pays, c'est l'amour qu'il a eu pour Angèle de Foligno, qu'il préférait à sainte Thérèse. Ce qui séparait Huysmans de l'Italie, ce qui l'en rapprochait. » Je l'ai vivement encouragée.

Déjeuné chez la duchesse de La Rochefoucauld. À Paul Valéry : « J'ai entendu dire que vous deviez aller en Grèce. Vous écrivez de belles pages là-dessus. » Il m'a répondu : « Je n'ai pas besoin de voir les choses, je les vois en les inventant. » « Pourquoi, lui ai-je dit, choisissez-vous toujours vos thèmes dans la mythologie, Narcisse, la Jeune Parque ? » Il m'a répondu : « C'est que ce sont des personnages abstraits, on ne sait pas quand ils sont nés, comment ils ont vécu, on est à l'aise pour dire à leur propos tout ce qu'on veut. » Il m'a fait observer cependant qu'il avait parlé du serpent de la Bible.

26 juin

Lucien Descaves est venu me voir, tout peiné de la lecture qu'il a faite à la Bibliothèque nationale des lettres de Huysmans aux Leclaire et achetées par Pol Neveux. Huysmans s'y montre sous un mauvais jour, aimant les ragots, n'épargnant personne, disant de Descaves que son ménage ne va pas, nommant sans charité les moines de Ligugé, écrivant pis que pendre sur Waldeck-Rousseau et sa femme, n'épargnant pas même le Petit oiseau etc. Descaves croit que Mme Leclaire excitait Huysmans. Je m'attendais à ce qu'il me transmît des impressions fâcheuses à mon endroit. Rien de grave. Il m'appelle, mais je le savais, et c'est plutôt enjoué de sa part « le fol abbé » et Descaves de s'étonner une fois de plus que la conversion religieuse de Huysmans n'ait pas tourné à son apaisement. Moi je disais encore que c'était une forme de son naturalisme, que la bienveillance n'était pas combustible pour sa verve. Nous le défendrons quand même, disions-nous l'un et l'autre, mais il faut songer aux futurs lecteurs des lettres de Huysmans. Descaves se propose d'écrire sous le titre : *Huysmans à Ligugé*, ses impressions sur son caractère changeant et quelque peu médisant. Il ne faut pas qu'on nous prenne plus tard pour des gens trop crédules. Nous dirons aussi qu'il était maladif. Il parle d'ailleurs beaucoup de ses amis, ce qui est bon signe, de leur venue, des voyages qu'ils font, des voyages qu'il fait avec moi : « Nous partons pour Lille... »

13 décembre

Ce matin dans mon lit, j'étais hanté par les paroles de la Bible qu'on chante au temps de l'Avent : *Console-toi, console-toi mon peuple... Pourquoi te consumes-tu de tristesse ? Je te sauverai* et le reste. Ces textes m'émeuvent, m'ont toujours ému, même quand j'étais enfant. On les chantait d'une voix si poignante. Ah ! ces Juifs, ils ont créé le pathétique, l'émotion. Aux Grecs, la raison, la beauté, l'équilibre. Aux Romains, la force, l'assimilation, mais les Juifs de la Bible crient et pleurent et jusqu'à la fin des temps, l'humanité criera et pleurera avec eux.

1936

20 janvier

Samedi été avenue Hoche chez les Pouquet. Il y avait encore grande réception. On attendait Colette.

Elle vint en retard, bien entendu. Je lui présentai mes devoirs, elle s'étonnait que j'aie perdu l'usage de la vue. Je la félicitai de remplacer Mme de Noailles à l'Académie de Belgique. Comme je lui disais qu'elle était pour la nature, elle m'a répondu : « Contre qui ? » J'hésitai et je lui répondis sans y prendre garde : « Contre les hommes... »

27 janvier

Dîné hier chez la princesse Bibesco avec Paul Claudel.

Il nous a lu après le repas une parabole merveilleuse puis des pages peut-être trop considérables où il fait parler Ponce Pilate, où il lui fait tenir le langage d'un vieux fonctionnaire. C'est étonnant de réalisme et de verve.

Je disais à Claudel qu'il eût été à Saint-Sulpice un magnifique professeur d'Écriture sainte. Pour lui la femme enfermée dans une cruche et qui vole accompagnée des milans, c'est le Talmud.

31 janvier

On me lit *Les Anges noirs* de Mauriac. Odeur de péché que n'arrive pas à dissiper la senteur des pins. Péché de chair, sans doute, mais plus encore de gains malpropres. « Ange » le terme est bien exagéré.

1er février

Terminé la lecture des *Anges noirs*. Ce livre pourra-t-il faire du bien ? Je voudrais n'en pas douter. Toutefois, l'onction, s'il y en a, est mêlée d'âcreté et l'on n'éprouve pas un seul instant de bienheureuse détente. On n'est pas sûr d'être sauvé, me dira l'auteur, la vie du chrétien sera donc une poignante énigme, un perpétuel point d'interrogation ? Et cependant quand le Christ a dit sur la croix au larron « Aujourd'hui tu seras avec moi dans le Paradis » tout l'univers est détendu malgré les ténèbres qui recouvrent Jérusalem, malgré les sépulcres qui se vident, malgré le voile du temple qui se déchire. Le Christ rassure le coupable et tous les pêcheurs sont réconciliés en sa personne à jamais ! Eh bien ! Je crois que ce défaut de détente n'est pas chrétien.

3 février

Dîné chez la princesse Bibesco avec Paul Claudel qui a protesté contre ces traductions qu'on trouve dans les livres de piété et où l'on fait des paraphrases pour éviter le mot propre. Traductions inexactes comme celle du *dimitte nobis debita nostra* dans le *Pater*.

Claudel nous parlait des quatre femmes qui sont nommées dans l'Écriture comme étant les ancêtres du Christ, Rahab la courtisane, Thamar l'incestueuse, Bethsabée l'adultère, Ruth la païenne. Le Christ a voulu prendre tous les péchés de l'humanité pour les racheter. Claudel qui blâmait comme moi la sécheresse du catéchisme reprochait à ce dernier d'avoir mutilé le Décalogue en supprimant cet article : « Tu ne feras pas de sculptures. »

Claudel n'aime pas Mussolini. Il dit qu'il est grossier et il blâme son intervention en Éthiopie.

10 février

Dans la soirée visite de la nièce puis de la princesse Bibesco avec Claudel. Elle m'apportait une jacinthe blanche pour que je pusse la respirer sinon la voir.

Comme Paul Claudel me parlait de mes mémoires et que je lui disais le style exagéré avec lequel j'avais écrit ces quelques notes, dans les débuts surtout, il s'est mis à vitupérer la falsification des sentiments naturels dans *Le Cid* par exemple, dans la littérature classique où règne le style exagérément guindé, tandis que la littérature romantique est plutôt détendue.

C'est mon chauffeur, Roy, qui m'a annoncé hier par le téléphone la mort de Jacques Bainville.

14 février

Hier, Léon Blum a été l'objet d'une agression avant le passage du cortège de M. Jacques Bainville par des manifestants d'Action française. Singulière façon d'honorer un mort en attaquant un vivant.

20 février

Déjeuné aujourd'hui chez Albert Flament. J'étais à table entre la nièce et Mme Colette. Colette m'a dit que les deux livres qu'elle préférait étaient *Chéri* et *La Fin de Chéri*, parce que c'était ce qu'elle avait écrit de plus honnête. Elle m'a raconté qu'étant dans son jardin du boulevard Suchet, elle avait fait respirer à Mme de Noailles la *mélisse des abeilles*. La poétesse la renifla fortement et dit à Colette : « Qu'est-ce que c'est ? » et Colette de dire le nom de la plante, et Anna de Noailles de reprendre : « Enfin je vais connaître cette mélisse dont j'ai tant parlé. » Colette m'a dit qu'elle citerait ce mot dans son discours de réception de l'Académie de Bruxelles.

Mme de Noailles demandait à Colette de venir la voir à son retour du bois de Boulogne car elle y allait tous les matins. Et la poétesse voulait savoir ce qu'elle avait vu et elle lui disait : « Comment faites-vous pour vous passer de l'amour ? » Elle lui disait encore : « Pourquoi les hommes ne sont-ils pas familiers ? » Et Colette de lui répondre : « Parce que vous manquez de cordialité. » « Les hommes, ajoutait Anna, tombent à mes pieds et ils les trouvent si petits et si mignons qu'ils ne demandent pas autre chose. »

Colette voudrait qu'on parlât de l'amour avec révérence. Et elle racontait qu'il en était ainsi dans le Midi. Un jour, sur une table, on voit se prélasser un beau chat gris bleu qui en se redressant laisse apercevoir les apanages du matou et cette femme du peuple très simplement sans rire de prendre dans ses mains ces deux *châtaignes veloutées* et de dire : « Est-ce beau ? » Il y a dans le Midi dit-elle des traces de ce culte païen. Colette préfère le Midi à tout. Là-bas, dit-elle, les Méridionaux se surpassent, ils n'ont jamais atteint la limite.

Je lui ai demandé si elle continuerait ses Mémoires. Non, dit-elle car elle ne veut pas écorcher. Elle reconnaît avoir écorché Willy dans *Mes apprentissages*. Elle possède de très belles lettres d'Hélène de Chimay sœur de Mme de Noailles. Revenus au salon, j'ai encore dit quelques mots à Colette qui m'a embrassé.

Mme Colette attribue au manque de résignation tant de mariages qui ne durent pas.

9 mars

Je suis furieux de la brutalité allemande. Il y a là un manque d'égards entre peuples. Les vertus que nous demandons aux individus devraient être pratiquées par les chefs de nation. Si vous ne vous aimez pas, soyez au moins polis et ne vous traitez pas comme des brutes. À défaut d'Évangile, soyez bien élevés. Et maintenant plus de traités et de pactes puisqu'on les déchire avec tant de désinvolture et de mauvaise volonté. Si Goethe et Schiller dialoguent dans le caveau du grand-duc à Weimar, que disent-ils de ce qui se passe ?

21 mars

Hier, dîné chez Marie-Laure de Noailles avec la comtesse Joachim Murat que j'avais été prendre chez elle, la princesse de Polignac née Singer, Darius Milhaud et sa femme, Colette et son mari.

Colette nous disait que le champignon pousse entre minuit et l'aurore. On peut entendre le champignon quand il sort de terre et écarte une feuille. Elle a entendu un iris bleu qui s'ouvrait. Je lui ai demandé si George Sand avait joué un rôle dans son passé littéraire. Aucun, m'a-t-elle répondu.

Elle a lu *La Petite Fadette* et c'est tout. Ce qui l'intéresse plutôt, ce sont les livres qui ont été écrits sur elle et elle cherchait le nom de ce jeune homme qui a écrit un si vilain petit livre sur George Sand et elle ne l'a pas trouvé. C'est Jean Davray.

5 Juin

Ce matin pas de journaux encore. Marée montante des grèves. Hier le chauffeur Roy a pu acheter un peu d'essence. Entendu à la T.S.F. quelques paroles de Blum invitant d'une voix pressante et presque haletante les travailleurs de France à reprendre leur place dans les usines. On étudiera de près leurs demandes.

6 juin

Hier temps triste, froid et c'est le mois de juin. Est-ce aussi la grève des éléments ? Pas de nouvelles hier. Rue silencieuse, ça sentait la révolution. Ce matin pendant que je prenais mon café au lait au couvent, un Père du Saint-Esprit me racontait que l'École normale supérieure a de nouveaux bâtiments dont les terrasses dominent la cour de la congrégation du Saint-Esprit. Or les élèves chantent la *Carmagnole* et le *Libéra* et se livrent ainsi à des risées de bien mauvais aloi. Cela me blesse infiniment de voir que des jeunes gens dont l'instruction est supérieure sont si mal élevés et si intolérants. J'ai passé ma vie à être vis-à-vis de ceux qui n'étaient pas religieux d'une tolérance et d'une politesse parfaites.

J'y mettais de la coquetterie, jusqu'à l'imprudence. L'affaire Loyson me l'a bien démontré.

Déjeuné chez la nièce avec Marie, sa fille, Sacha Guitry et sa femme[208], Mme de Croisset et Jean de Moustier. Sacha Guitry m'a dit que son Dieu littéraire était Molière. Il lui trouve de la tendresse dans ses expressions. Il a parlé aussi d'Alfred de Musset qui n'invente rien dans ses pièces, mais quand il a traité un sujet on ne peut pas le recommencer. Il admire beaucoup *Le Chandelier*. Il possède l'original d'un billet adressé par George Sand à Pleyel. En voici le sens : vite, vite, un piano, Chopin arrive.

On a beaucoup admiré les yeux de Mme Sacha Guitry, rien de plus beau paraît-il.

8 juin

Avant-hier, le nouveau président Léon Blum a lu son programme à la Chambre. Il a obtenu la majorité qui est celle du Front populaire. *L'Humanité* publie des passages d'une lettre de l'archevêque de Paris invitant les catholiques à « la constitution de cet ordre nouveau que tous appellent ». Serait-ce une édition nouvelle de la nuit du 4 août ?

10 juin

Continuation des grèves, les unes s'apaisent, d'autres naissent. Anxiété. Le drapeau rouge s'exhibe ici et là. Les nouveaux législateurs se hâtent. Tout cela ne sent pas bon.

4 novembre

Ce matin je disais au Père capucin qui déjeune avec moi après la messe : « Les cardinaux au temps concordataire avaient un traitement très élevé pour recevoir des personnages officiels comme les ministres. Du cardinal Guibert[209] on disait qu'il vivait à l'archevêché comme un moine. Il eût mieux fait d'inviter à sa table les ministres d'alors. Un Gambetta eût été très flatté de s'asseoir à la table d'un cardinal. La sympathie naissant de ces sortes de relations, certaines lois anticléricales pouvaient être évitées, mais les cardinaux d'alors préféraient protester du haut de leur mandement contre le gouvernement qui ne favorisait pas l'Église. Et puis qu'est-ce qu'auraient dit les gens bien pensants du Faubourg, les derniers représentants et défenseurs de la royauté, s'ils avaient lu dans un journal que l'archevêque de Paris avait banqueté avec un ministre républicain ? Exactement ce qu'on disait de Jésus-Christ "il mange chez les pharisiens" et on se signait, si j'ose ainsi m'exprimer, à Jérusalem qui avait, elle aussi, son faubourg Saint-Germain. On m'a dit quelquefois : "Ah ! vous avez de bien mauvaises relations monsieur l'abbé !" On a cessé de le dire quand on a su qu'il y avait grâce à cela des baptêmes, des abjurations, des extrême-onctions, des mariages facilités par ces mauvaises connaissances. »

9 novembre

Hier visite de Gérard Bauër et de sa femme. Il m'a parlé des îles qu'il avait visitées, Java, Bali, etc., de Bouddha.

Je lui ai parlé de George Sand, de la prière que j'avais faite à Dieu au séminaire de Saint-Sulpice pour le salut de son âme. J'avais demandé deux grâces :

1° — de sauver quelques intellectuels

2° — de sauver aussi les fils des communards qui avaient tué des prêtres.

Le père de Bauër était de la Commune et il m'a dit que Dieu m'avait exaucé en partie puisque j'avais marié son fils. Comme je lui racontais notre sortie du séminaire d'Issy grâce au général Eudes, mais dont la femme avait dépouillé nos malles du linge qui s'y trouvait, il m'a dit que cette femme était une blanchisseuse et que son père (M. Bauër) avait passé une nuit chez le général Eudes. Or, il avait été volé lui aussi par Mme Eudes, notamment de ses galons dorés.

Gérard Bauër qui était l'un des amis intimes de Bourget aurait voulu qu'il lui confiât ainsi qu'à ses amis le soin de cultiver sa mémoire et ses œuvres. Bourget ne voulait pas qu'on publiât ses lettres, « mais, répliquait Gérard, il y a aussi les lettres qu'on vous a adressées, Maupassant etc. ». Bourget acquiesça à ce dernier désir, mais il ne voulait pas qu'on publiât les choses intimes sur lui.

Gérard me remercie d'avoir tendu la main aux âmes. Sa femme était là qui souriait.

20 novembre

Haines contre les juifs, haines contre les Allemands, haines politiques, haines sociales, haines familiales, nous mourons de tout cela. Je prends mon cœur comme le héros de Ligier Richier et de mes mains octogénaires je l'élève au-dessus de toutes les mêlées.

7 décembre

Été dîné hier soir chez la nièce avec Marie et Jean de Contades. La nièce m'a conté que Marie-Laure de Noailles s'est fait faire une faucille et un marteau en diamants et qu'elle a loué une partie de la salle où Massis faisait une conférence sur l'Espagne, pour des adversaires qui ont fait du chahut. Aragon était là. On aurait mené au poste Marie-Laure qui y aurait passé la nuit.

11 décembre

Abdication du roi d'Angleterre Édouard VIII. « Il ne m'est plus possible de remplir la lourde tâche de souverain avec efficacité et satisfaction. » C'est lord Baldwin qui a mené cette affaire. Quelqu'un m'a dit : « On ne baldwine pas avec l'amour. »

24 décembre

Le Faubourg d'autrefois s'est laissé dessécher sans rien dire par cette religion quantitative et qui est une machine à répétition. Et dire que nous possédons le plus beau livre du monde, l'Évangile. Et la liturgie qui parle haut à l'imagination et au cœur.

1937

2 janvier

Mauriac m'a parlé de la pièce de théâtre qu'il a portée à son ami Bourdet mais comme l'auteur d'une pièce dépend de ceux qui la joueront ! Ceux-ci exigent telle et telle modification. Il n'est plus maître de son œuvre, elle ne lui appartient plus. Enfin c'est une expérience qu'il tente. Il m'a parlé aussi des changements qu'il avait faits dans une seconde édition de la *Vie de Jésus*. Il a été très touché par l'article d'un jésuite qui n'était pas signé et qui a paru dans les *Études*.

Une parole qui m'a fait plaisir et que m'a dite Lucien Descaves : « Vous n'avez pas raté un pardon. »

12 janvier

Pourquoi ne peut-on pas servir la vérité avec la bonté, la douceur ? Qu'est-ce que la persuasion si ce n'est tout cela ? Pourquoi blesser Dieu avec ce qu'il nous a donné de meilleur ?

3 novembre

Hier, visite de Palewski. Il travaille avec Paul Reynaud, fait un grand cas de lui. Paul Reynaud, dit-il, voit tout au point de vue intellectuel. S'il était au pouvoir, il rallierait tout le monde. Palewski est passionné de politique. Il m'a parlé de Brémond qu'il a vu presque à l'heure de sa mort. Tout silencieux qu'il était, l'abbé Brémond lui a fait l'effet de quelqu'un qui meurt en voulant une revanche, qui n'accepte pas la mort. Brémond aurait voulu, croit-il, même une revanche ecclésiastique. Brémond trouvait sa mort à lui injuste. Palewski en veut au Père Jean qu'il a vu, l'abbé venant de mourir, enlever la croix qu'on avait mise dans ses mains pour la remplacer par la croix des jésuites. Il trouve cela affreux. Moi, non. Le bon Père Jean voulait simplement dire qu'il reformait la trinité jésuite, qu'il le rendait à sa double famille, sa famille naturelle, sa première famille spirituelle.

8 novembre

Le 12 septembre de cette année, j'étais à Bodelio pendant que François Mauriac prononçait au Cayla un merveilleux discours. Il représente Maurice de Guérin jouant dès l'enfance entre les genoux de Cybèle. « "Ne pouvons-nous aimer à la fois Cybèle et le Christ ?" C'est très précisément cette lutte, ce déchirement d'une âme en proie à la fois au Christ et à Cybèle qui, du point de vue littéraire inspire une œuvre miraculeuse. »

Qu'est-ce que mes vieux maîtres de Saint-Sulpice, les Icard, et les Vigouroux auraient dit de tout cela ? Il est certain que les tuyaux d'orgue de la paroisse résonnent moins voluptueusement aux oreilles de Mauriac que la « flûte du Faune entre les joncs de la source ».

11 novembre

On vient de me lire entièrement *La Tragique existence de Victor Hugo* par Léon Daudet. C'est très intéressant, très vivant, mais est-ce tout à fait vrai ? Avec un luxe de détails érotiques, Léon Daudet nous raconte la vie de l'amoureux que fut le grand poète. On dirait une maison de passe à expériences libidineuses, érotisme et demi. Léon rend le péché de la chair sensible à l'œil, à la bouche, au nez, au toucher, à chacun des sens. Eh bien ! À toutes ces rencontres féminines, il y en a une qui mérite, j'allais presque dire, une absolution. Qui sait si Jésus-Christ ayant devant lui Juliette Drouet n'eût pas dit de cette femme dévouée entre toutes, et dans quelles circonstances : *Nec ego te condemnabo !* Je trouve aussi que le grand poète a eu une *pitié peu suprême* pour sa femme. Évidemment Adèle a eu tort dans ses rapports avec Sainte-Beuve mais que celui qui est sans péché lui jette la seconde pierre. On croirait que Victor Hugo a profité de cette faute première pour s'octroyer le pardon de toutes celles qu'il a commises dans la suite, c'est-à-dire jusqu'à la fin. Trop égoïste le poète. La vie de Chateaubriand est plus variée, plus rayonnante. Hugo semble terré dans l'œuvre de chair. Les souffles de la rue ne suffisent pas à en balayer l'odeur. Ah ! que Goethe est supérieur à Hugo !

1938

4 février

Hier été voir, au bout du jardin, Mme Gallimard. Elle m'a appris ce que j'avais entendu dire vaguement, c'est que Loulou de Vilmorin s'était remariée. Mme Gallimard m'a dit le nom de son nouveau mari. C'est Pálffy, un grand seigneur hongrois qui n'a pas de fortune mais possède un château et des terres importantes. Il s'est déjà marié plusieurs fois, a six enfants, mais Loulou a dit à ma voisine qu'elle habiterait un château, grande chambre. Cette fois ce sera le roman vécu, le roman lointain non plus le fauteuil-duc mais le fauteuil-prince. Edmond Jaloux vient de me dire que Loulou de Vilmorin est la sixième femme de Pálffy. Elle avait toujours rêvé d'épouser un Magyar. Jaloux a ajouté que les idées romanesques de Loulou lui faisaient faire des actions de la plus plate réalité.

4 mars

Ce matin visite de la comtesse de Piennes. Elle m'a raconté que son père le maréchal de Mac-Mahon à l'exposition de 1879 avait pleuré d'être obligé de faire jouer *la Marseillaise*. Elle a confiance dans l'avenir de la France quoi qu'on dise. Les bons, me disait-elle encore, sont des crétins.

Elle a la réputation de remonter les gens.

12 mars

L'Allemagne est devenue maîtresse de l'Autriche. Le fait est confirmé ce matin par la T.S.F. Le monstre allemand avale l'Autriche. C'est un premier morceau qui sera suivi de bien d'autres. Adieu ! Adieu ! La valse, la musique, le café à la crème qu'on buvait au bord des lacs, adieu ! Et je crois que cette nouvelle victoire germanique est une défaite de plus pour l'idée catholique chrétienne. Le pape doit s'en alarmer. Il n'y a pas à dire c'est Nietzsche qui triomphe, tout le surnaturel venu de l'Orient est battu. Ce n'est même plus une religion substituée à une autre. C'est une absence de religion positive, avec les dieux du Walhalla pour s'occuper l'imagination. Du Nietzsche teinté de Wagner.

Deux ultimatums allemands avec menace de démonstration aérienne. Démission du chancelier Schuschnigg, occupation de Salzbourg, le nouveau chancelier d'Autriche est le nazi Seyss-Inquart. Attitude passive de l'Italie et le cabinet Blum n'est pas encore formé.

12 mars

Triomphe de Hitler en marche vers la capitale de l'Autriche. Il est allé s'agenouiller sur la tombe de ses parents. Mussolini l'approuve. Le Vatican doit être bien inquiet. Il va perdre une partie des catholiques d'Autriche. La religion qui est liée à la politique sera toujours menacée. Hitler, c'est le triomphe de la libre pensée unie à de vieilles légendes qu'on a mises en musique.

27 avril

Avec ma vue qui n'aperçoit que des coins, des aspects morcelés, incomplets, rien de total, du partiel — résignons-nous, *fiat volontas tua* — je me rends compte encore du principal. La situation pourrait être pire. J'appartiens déjà au royaume des ombres.

10 juin

Hier élection de Charles Maurras à l'Académie. C'est un soufflet à la Sainte Église catholique, apostolique et romaine, soufflet atténué, camouflé. Maurras un païen, un Grec, mais est-ce que Gœthe n'était pas un païen et un Grec et si Chateaubriand comparait la littérature grecque et romaine à la littérature chrétienne, l'art chrétien à l'art païen, est-ce que sa thèse était si profonde que cela ! Il n'a pas de fond, disaient les sulpiciens. Vigny, un païen, Hugo aime le gothique, le pittoresque du Moyen Âge mais il place dans la cathédrale et autour un drame sensuel et désavouant les Enfants de Marie. Barrès tire de l'oubli le scandale de Sion, des Baillard. Il va en Grèce, ou plutôt à Sparte dit-il. Renan le Breton ex-séminariste, médusé par l'Acropole avec des retours vers la cathédrale de Tréguier. Paul Valéry un païen. L'écrivain qui n'est pas païen c'est Huysmans et j'estime que sous ce rapport, il a fait beaucoup de bien à ses contemporains, les hommes de lettres illettrés.

George Sand n'ayant pas appris la littérature classique a échappé à l'hégémonie grecque. C'est une païenne de la chair. Peut-être que l'abbé Gaume avait raison contre Dupanloup. Nous absorbons du poison à grande et petite dose avec les auteurs classiques. Leur côté penseur atténue le mal sans le détruire entièrement. Corydon est resté. Ah ! quels adversaires, l'Église catholique rencontre. D'abord le rationaliste, le philosophe puis les interprètes bibliques, laïques ou défroqués. Et puis, Vénus et Corydon qui règnent à travers les siècles...

10 décembre

À lire mon journal depuis le commencement jusqu'à présent mais surtout pendant la période qui a commencé au vicariat de Saint Nicolas des-Champs (1879) jusqu'à ma démission d'aumônier des sœurs de Saint-Joseph-de-Cluny (1931), un lecteur qui ne connaît pas ma vie s'imaginera en me lisant que je me promenais chaque jour, que je déjeunais et dînais ici et là, que je lisais beaucoup et que c'était là toute mon existence. Les personnes qui me jugeraient ainsi se tromperaient infiniment. Pendant des années et des années, soit modestie, soit persuasion que ma vie de prêtre et d'apôtre, de vicaire ou d'aumônier n'avait pas besoin d'être relatée dans le détail, que tout cela allait de soi et que le reste était le cadre d'un tableau aisé à imaginer, les lecteurs de mon journal finiraient par croire que chez moi l'accessoire débordait le principal et qu'en effet je courais toujours par monts et par vaux. Je proteste énergiquement contre cette assertion. Ma vie de prêtre a été des plus actives. J'ai baptisé, marié, prêché, confessé, catéchisé, assisté aux offices, mené la vie d'un vicaire. Simple vicaire d'abord, puis second vicaire, puis premier vicaire, j'ai mené, dis-je, cette vie multiple intensément. Je m'imaginais qu'il était inutile de préciser, mais je m'aperçois aujourd'hui qu'on pourrait croire le contraire et c'est pourquoi je préviens les lecteurs, s'il y en a, qu'ils doivent me prendre pour un prêtre qui aimait à remplir son devoir et qui l'a rempli en effet sur une très grande échelle. Je ne m'en fais pas gloire, loin de là, mais je ne veux aussi scandaliser personne.

13 décembre

Visite de Marie Rouget. Elle m'a dit que le premier sentiment qu'elle a éprouvé, c'est le sentiment de la peur, la peur d'une porte qui s'ouvre, la peur de l'homme jusqu'au moment où elle eut la révélation de Noël et qu'elle reçut une petite lettre de l'Enfant Jésus. Je lui disais que la peur passe aux yeux de Lucrèce pour être inspiratrice de la religion.

1939

28 janvier

Hier Jaloux est venu. Il m'a parlé avec admiration d'un docteur de campagne des environs de Munich, du nom de Carossa[210]. Il fait très grand cas de ses ouvrages. Jaloux ne semble pas blâmer par trop la campagne allemande contre les juifs. Il m'a dit que les juifs avaient pris tout l'argent en Allemagne et empêchaient les Allemands de vivre. Le livre de Carossa s'appelle « Gion ».

4 mars

Malgré mon peu d'empressement à l'invitation pressante de la princesse Bibesco de venir quai Bourbon pour voir le Duc de Windsor et sa femme, j'ai été très bien reçu dans l'île-Saint-Louis. J'aurais préféré un rendez-vous avec la Esmeralda et sa mère, la recluse. Emilio Terry m'attendait à la porte. Monté avec lui et trouvé là haut l'ex roi d'Angleterre, sa femme, la princesse de Faucigny-Lucinge, mère de Mme Alfred Fabre-Luce, le comte de Soisy et deux étrangères que je crois des Anglaises. Je saluai d'abord la duchesse qui occupait le canapé et le duc, fort aimables l'un et l'autre. La princesse m'expliqua que Monseigneur s'intéressait en ce moment à l'histoire du Second Empire, d'où les questions qu'il me posa sur l'entrée des Allemands à Paris à l'armistice de 1871. Je parlais de leur costume, de la musique du Palais de l'Industrie. Je les avais vus sur la place de la Concorde, notamment à la statue de Strasbourg toute fleurie. Puis on parla de la Commune, l'ex-roi voulait savoir ce que j'en avais vu. On parla aussi du ravitaillement de Paris. La place de la Concorde envahie par les poulets, canards, etc. On parla aussi de Versailles, de Saint-Cloud et de son château brûlé ! Tantôt je parlais ou mon royal interlocuteur s'adressait à moi, tantôt il s'exprimait en anglais avec la princesse. Ce dialogue ne fut pas long. Et bientôt le couple romanesque se leva.

Mes yeux ne m'ont pas permis de voir clairement les deux visages, mais j'ai senti de la cordialité chez les deux plus ou moins royales personnes. Me suis-je fait illusion, j'ai cru être sympathique à l'un et à l'autre et notamment à la duchesse qui a dit, paraît-il, à la princesse Bibesco en la quittant « Est-ce que l'abbé voudrait bien dîner avec nous ? »

21 mars

À la suite de la violation par l'Allemagne des accords de Munich et de l'entrée allemande en Bohème et en Slovaquie, protestation énergique de l'Angleterre et de la France. Les Chambres ont voté les pleins pouvoirs à Daladier. On s'éloigne de plus en plus et de part et d'autre de l'esprit évangélique. « Aimez-vous les uns les autres ». « Tu ne tueras pas », disait-on au Sinaï. C'est pourtant bien simple, ajoutait le Père Gratry au lendemain de la guerre de 1870 et à la veille de la Commune.

On s'inquiète de plus en plus.

26 mars

Il y aura 36 ans que ma pauvre mère s'est éteinte. Ce à quoi je tiens le plus, c'est à elle que je le dois, c'est-à-dire toute la partie imaginative et sentimentale de mon pauvre être. Elle ne m'a jamais détourné des génies. C'est elle qui, la première, m'a parlé de Chateaubriand. Elle l'avait vu à l'Infirmerie Marie-Thérèse et très probablement rue de l'Arcade. Et puis elle aimait beaucoup George Sand.

23 mai

Mme de Castries m'a défini un jour « un enfant triste ». Plus je réfléchis, plus je trouve qu'elle a raison. Je suis vivant et triste à la fois. La vie n'est pas nécessairement gaie. Je suis trop pris par le passé, pour m'exalter dans l'heure présente. Je suis bien le fils de ma pauvre mère qui, exilée sous le ciel limousin chantait, je m'en souviens encore dans la Tour du Nord de Lubersac un air qui commençait par ces mots : « Triste, triste, que je suis qui va cherchant par tous pays ». Serai-je toujours triste ? La Lorraine, pays de forêts, de frontière, n'est pas la gaieté même. Et trop pauvre pour retentir d'alléluias. Dans les chants liturgiques ceux que je préfère c'est le *Rorate caeli*, le *De profundis, l'Attende Domine*. Et tout prêtre commence sa messe quotidienne par ces mots : « Mon âme, pourquoi es-tu triste ? »

28 juin

La pensée d'une guerre à l'occasion de l'unique ville de Dantzig me soulève le cœur. « Mais nous sommes engagés » me dira-t-on. Eh bien ! qu'on se dégage. Cette question d'honneur est un reste de la sotte et étroite formation classique. Cela sent le *De viris* à plein nez. C'est le sang de l'Europe qui est en cause et quand bien même, il y aurait une quasi-certitude de la victoire, je crierais encore « dona nobis pacem ». J'en parle non comme Français ni comme prêtre mais comme chrétien. Je suis attristé au soir de ma vie de constater que le catholicisme a trop peu travaillé à l'établissement de cette paix. Nous n'avons pas su exploiter le ferment de paix qui est dans les quatre évangiles. La paix mondiale, c'est l'amour des Français entre eux et avec toutes les nations. S'aimer d'une manière internationale, c'est la diplomatie suprême.

1er juillet

Maxime Leroy et Focillon sont venus pour m'accompagner à la Vallée-aux-Loups. Focillon, grand front, un peu courbé, lunettes de myope. Il est professeur d'histoire de l'art au Collège de France, remarquablement érudit et fort aimable. Il parle à ravir, il a célébré la Vallée, le côté triste et délirant des années 1400 etc., en Italie et ailleurs. Je lui ai parlé de l'Évangile, Jésus-Christ toujours à table, la parabole des Vierges sages et des Vierges folles, le vin multiplié quand tout le monde a bu. Tout cela, dit-il, respire un souffle grec. Il admire Chateaubriand que j'ai défini un léopard et il approuve cette comparaison.

31 juillet

Voici les deux grands drames de conscience au XIXe siècle : le cas de Lamennais condamné par le Pape, combattu par l'épiscopat français. Lamennais âgé de 33 ans, se détache violemment de Rome, quitte La Chesnaie à jamais et se fixe à Paris où il meurt impénitent. Ce drame se joue au bord d'un étang sombre, dans une propriété plantée de bois, dans une petite maison de granit.

Autre drame, celui de Renan, séminariste à Saint-Sulpice. Il perd la foi au surnaturel et quitte le séminaire en 1845, âgé de 22 ans.

À côté de ces deux drames l'inquiétude de Chateaubriand est peu de choses. Le cas de la Sylphide résume les troubles de la puberté. René en a fait son premier poème, un poème vécu. Atala, Cymodocée,

Velléda, Blanca, Amélie. C'est la poésie du cœur et des sens et c'est tout. La question religieuse, le problème d'une autre destinée est autrement profond, définitif.

18 août

Entre la conception de la vie par Chateaubriand et celle de Goethe, je n'hésite pas, je préfère celle de Goethe. À Chateaubriand, il faut de grandes dames, des comtesses et à Goethe des Marguerite, des Vulpius. Il est peuple. Je préfère Weimar à Combourg.

1er septembre

Hitler nous menace d'une guerre. Les Allemands ont pris Dantzig, se battent en Pologne qu'ils envahissent. On dit que 6 000 Polonais sont déjà morts. Nous voilà jetés dans l'inconnu et à la veille de terribles choses. Nous n'avons pas adouci la bête humaine. « Tu ne tueras pas » dit Dieu, sur le Sinaï. « Celui qui usera de l'épée périra par l'épée » dit Notre Seigneur Jésus-Christ. Prêche-t-on là-dessus ? On défend l'homicide individuel, on trouve toujours des raisons pour justifier l'homicide général. Il y a l'amour du prochain, de l'étranger, de tous les peuples. Mais comment réprimer les ambitions d'Hitler, ses manques de paroles, ses violences, ses cruautés. Doit-on se laisser faire ? Nullement. Et la Société des Nations, à quoi sert-elle ?

Contrairement à Chateaubriand, je suis pour le printemps et l'été. Une prairie bruissante de grillons avec des fleurs de toutes couleurs et parfum intense : voilà mon idéal ! L'automne me ravit dans les descriptions de Chateaubriand. Je suis pour Werther dans la prairie de Wetzlar, je suis plus lyrique qu'élégiaque. Je ne crierai jamais : « Levez-vous, orages désirés ! ». Je suis pour les forêts de Theuriet. Il me faut des fées plus que des sylphides. Je suis pour le coucou, la mousse, le colchique, les blés, le cytise, le sureau, le tilleul, les buis brûlants de soleil. Je suis pour les fleurs qui sentent plus que pour les fleurs décoratives. Je préfère le coucou au rossignol. Je suis pour *Le Songe d'une Nuit d'été* de Shakespeare, pour Obéron, l'oranger de Mignon, de Sorrente, de Capri, les fleurs de Balzac (*Le Lys dans la Vallée*), les fleurs de la Fête-Dieu, surtout à la campagne, dans le Lubersac de mon enfance, les fleurs d'Ophélie, les fleurs que Jeanne d'Arc cueillait avec ses amies près des fontaines, les fleurs que Jules Néraud et George Sand cueillaient au bord de l'Indre, les fleurs de Calaoutça. Je suis pour le jardin, le pré, la forêt, pour l'avril de Rémi Belleau, la pervenche de Jean-Jacques.

Dimanche 3 septembre

Hier, Daladier a parlé à la radio. Il reproche à Hitler son manque de parole. Il déclare la guerre et défendra la Pologne.

3 octobre

Octobre 1871 — j'en rêve encore, je me vois à la Solitude, on m'avait donné une chambre que je devais quitter deux mois après. Sortant un matin dans le jardin pour me rendre au Séminaire, je fus littéralement asphyxié par le silence du dehors. Je ne m'appartenais plus. J'eus la conscience d'un prisonnier volontaire, d'un adieu définitif à la vie. Il y a des harmonies entre la vie du dehors et la vie du dedans. J'entendis, pour ainsi dire, le silence.

27 novembre

Encore un beau matin, mais je suis du soir. Mme de Castries a bien voulu fêter ma 86e année. Sur la table de la salle à manger un gâteau orné de 86 bougies.

L'enthousiasme a été le meilleur de ma vie.

ANNEXES

NOTES

1. L'abbé Mugnier (1853-1944) avait été nommé professeur au Petit Séminaire de Notre-Dame-des-Champs en 1876, après avoir été interne au Grand Séminaire de Saint-Sulpice. Il quitta le séminaire en 1879 pour aller à Saint-Nicolas-des-Champs comme vicaire.

2. Eugène Napoléon (1856-1879), le prince impérial, qui vivait avec ses parents en Angleterre après la chute de l'Empire, fut élève à l'école militaire de Woolwich jusqu'en 1875. Sur sa demande, il fut attaché en 1878 à l'état-major de l'armée britannique du Zoulouland (actuellement Natal, province d'Afrique du Sud). Il fut tué le 1er juin 1879, au cours d'une mission de reconnaissance.

3. Paul Granier de Cassagnac (1842-1904) était le fils de Bernard de Cassagnac, célèbre publiciste, partisan de Guizot et adversaire de la République de 1848. Paul suivit les traces de son père, et, en tant que directeur du *Pays*, il fut le porte-parole du parti bonapartiste, hostile à la République.

4. Le comte Albert de Mun (1841-1914) fonda en 1871 avec René de La Tour du Pin les Cercles catholiques d'ouvriers, en cherchant à concilier évangélisation et syndicalisme, ce dernier étant conçu comme une entente entre patrons et ouvriers. Quoique monarchiste, Albert de Mun se rallia à la République sur l'invitation de Léon XIII (encyclique *Au milieu des sollicitudes*, février 1892), ce qui ne l'empêcha pas de s'opposer à la politique anticléricale du régime.

5. Au mois de mars 1879, Jules Ferry (1832-1893) avait déposé un projet de loi qui retirait aux universités libres la collation des grades officiels. De plus, l'article 7 de cette loi interdisait aux membres des congrégations non autorisées toute participation à l'enseignement public ou privé. L'article

fut rejeté par le Sénat le 2 août 1879, sur quoi Ferry répliqua par les deux décrets du 29 mars 1880. Le premier ordonnait aux jésuites de dissoudre leurs établissements sous trois mois ; le second soumettait les autres congrégations à une autorisation législative. Ayant refusé d'obéir, les jésuites furent expulsés à partir du 30 juin 1880. Les autres congrégations subirent le même sort sous le ministère Ferry (à partir de septembre 1880), mais se reconstituèrent rapidement.

6. Émile Eudes (1843-1888), disciple de Blanqui, était chef de bataillon de la garde nationale en 1870. Il fut mis à la tête des troupes de la Commune le 18 mars 1871. Après une période d'exil en Suisse, puis en Angleterre, il fut amnistié et revint en France (1880) pour reprendre ses activités révolutionnaires avec Blanqui.

7. Les élections législatives du 21 août 1881 envoyèrent en effet à l'Assemblée 467 républicains.

8. Après avoir accueilli favorablement la Révolution, le comte Joseph de Maistre (1753-1821) ne tarda pas à en être l'un des plus farouches adversaires. Il échafauda une théorie providentialiste de la Révolution, selon laquelle Dieu avait voulu punir la France pour avoir renié sa mission chrétienne. Sous la Restauration, opposé à l'esprit de la Charte, il défendit des positions monarchistes et ultramontaines extrêmes.

9. Jean-Baptiste Lacordaire (1802-1861) renonça à une carrière d'avocat qui s'annonçait prometteuse, pour entrer au séminaire de Saint-Sulpice en 1824. Adepte des idées libérales, Lacordaire se joignit pour un temps à Lamennais et à Montalembert. À partir de 1835, il se consacra d'une part à la prédication dans le cadre de ses conférences de Notre-Dame où il eut une très large audience, d'autre part à l'apostolat, dans le but de restaurer en France l'ordre des Frères Prêcheurs, supprimé à la Révolution.

10. Le comte Charles de Montalembert (1810-1870) avait une sensibilité religieuse et politique proche de celle de Lamennais. Comme lui, il milita en faveur de la séparation de l'Église et de l'État, puis prit parti pour l'indépendance polonaise. Après la condamnation de *l'Avenir* auquel il avait collaboré, Montalembert tenta d'empêcher Lamennais de quitter l'Église et se sépara de lui après la publication des *Paroles d'un croyant*. Par la suite, il entama une carrière politique qui l'amena à soutenir la Révolution de 1848 en ses débuts, puis à approuver le coup d'État de Louis-Napoléon. Il n'en fut pas moins un opposant à l'Empire.

11. Charles Freppel (1827-1891), évêque d'Angers à partir

de 1869, était célèbre pour la virulence de ses prises de position contre la République. Prédicateur, polémiste redoutable, il fut un adversaire acharné de Renan.

Le duc de Broglie (1821-1901) était le chef de l'opposition monarchiste sous la IIIe République. Il fut le président du conseil de 1873 à 1874, puis en 1877. Pierre Chesnelong (1820-1899) fut le négociateur de la fusion à l'Assemblée des légitimistes et des orléanistes. C'est à lui que le comte de Chambord écrivit pour annoncer qu'il renonçait au trône (1873).

12. C'est au cours de ce séjour que Maurice de Guérin (1810-1839), fervent admirateur et disciple de Lamennais, écrivit son journal intime *Le Cahier vert*.

13. Les années 1831 à 1833 furent décisives dans la vie de Félicité de Lamennais, surnommé Féli (1782-1854) ; ses démêlés avec Rome atteignent alors leur point culminant. Le 15 novembre 1831, à cause de l'opposition d'une partie du clergé, et parce qu'il ne se sent pas approuvé par le pape qui n'a pas répondu à la *Déclaration des principes de l'Avenir* que Lamennais lui avait adressée en février 1831, ce dernier décide d'interrompre la publication de *L'Avenir* où il défendait les positions du catholicisme libéral. Dans le dernier numéro de son journal, Lamennais insère *l'Acte d'Union* qui est un appel à tous les catholiques libéraux d'Europe pour qu'ils forment une fédération afin de conquérir certaines libertés dans le domaine de la pensée, de la presse, de l'enseignement, ainsi que la reconnaissance du droit à l'insurrection en cas de nécessité. Dans l'esprit de Lamennais, le pape devait jouer un rôle moteur dans ce mouvement. Quoique le « silence » de Rome se prolonge, Lamennais sent qu'il est désavoué par Grégoire XVI. C'est alors que Lacordaire le convainc d'aller se justifier ensemble devant le pape. L'audience a lieu en mars 1832 sans qu'on y parle de son affaire. Cependant, le 15 août, Lamennais à Munich reçoit l'encyclique *Mirari vos* qui le condamne, même si ni son nom, ni celui de *l'Avenir* n'apparaissent à aucun moment. Rentré à Paris, Lamennais déclare se soumettre en ne reprenant pas la publication de son journal, et se retire dans sa propriété de La Chesnaie, près de Dinan. L'épilogue de cette affaire se situe à la fin de l'année suivante, lorsque Lamennais décide d'abandonner toute fonction ecclésiastique. À l'origine de sa rupture avec Rome, la fin de non-recevoir opposée par la hiérarchie aux idées défendues dans *l'Acte d'Union*, ainsi que le soutien indirect de Grégoire XVI apporté à l'écrasement du soulèvement polonais (1831-1832), semblent avoir été déterminants. Celui qui déclara par la suite

ne pas vouloir quitter l'Église fut condamné une deuxième fois en 1834, par l'encyclique *Singulari nos*, pour ses *Paroles d'un croyant*. Ce raidissement de l'Église catholique contre les idées libérales, et d'une façon plus générale contre l'« esprit du siècle », ira en s'accentuant. Le *Syllabus* de 1864 et la lutte contre le modernisme en seront deux temps forts.

14. Dans une période de consolidation définitive du régime républicain, Jules Ferry, président du conseil, fit procéder à une nouvelle révision des Lois Constitutionnelles de 1875. Ainsi fut déclarée intangible *la forme républicaine du gouvernement*, tandis que les membres des familles ayant régné sur la France ne pouvaient pas être élus à la présidence.

15. Louis Veuillot (1813-1883) ne pouvait pas voir d'un bon œil que l'abbé Lagrange publiât un livre favorable sur Mgr Dupanloup, un de ses plus mortels ennemis. L'évêque d'Orléans (1802-1878) s'était illustré, entre autres, en publiant une brochure dans laquelle il atténuait de façon très habile les condamnations portées par Pie IX, à travers le *Syllabus* (1864), contre le libéralisme et contre les idées et réalités du siècle (progrès, science, liberté de conscience etc.). Ce faisant, Mgr Dupanloup rendait ce texte acceptable pour les libéraux, dont il était l'un des représentants, même s'il ne partageait pas toutes leurs idées ; de plus, il était approuvé par le pape qui lui avait envoyé un bref de félicitation. Au-delà de ces querelles de personnes souvent violentes, il s'agit bien là, comme Mugnier le fait voir, de la désunion foncière des catholiques français de la deuxième moitié du XIXe siècle, divisés en « libéraux », qui cherchent un accommodement entre l'Église et le siècle, et leurs adversaires, ceux qui s'intitulent les « catholiques tout court », hostiles à tout compromis ou rapprochement, et dont certains comme Louis Veuillot (le directeur de *l'Univers* est très influent auprès du clergé rural) ont vite évolué vers des positions réactionnaires qu'ils défendent parfois avec violence. Quant aux catholiques royalistes, leur entente avec les libéraux était rendue difficile, voire impossible, pour des raisons politiques évidentes.

16. L'amiral Amédée Courbet (1827-1885) fut nommé commandant de la division navale du Tonkin. À ce titre, il imposa le protectorat français sur l'Annam par le traité de Hué (août 1883).

17. Mme Lockroy avait épousé Charles Hugo, l'un des deux fils du poète puis, en secondes noces, le journaliste Lockroy fils du comédien ami de Victor Hugo.

18. Le Panthéon construit par Soufflot (1780) et achevé

après sa mort changea plusieurs fois de destination au cours du XIXe siècle, soit qu'il fût rendu au culte ou utilisé comme panthéon. Il fut définitivement affecté à la sépulture des grands hommes au moment des funérailles de Hugo.

19. L'origine des Assemblées du clergé remonte au colloque de Poissy (1561), lorsque les évêques réunis signèrent un contrat par lequel ils promettaient au Trésor le versement annuel de sommes déterminées. Un peu plus tard, il fut décidé de se réunir tous les cinq ans pour fixer le montant de cette somme. Cependant, au début du XVIIe siècle, les Assemblées se mirent à traiter de problèmes plus généraux concernant l'Église de France en matière de discipline et de doctrine, sans l'approbation du pape d'ailleurs. L'Assemblée de 1681-1682 signa la célèbre *Déclaration du clergé de France* sur les rapports de l'Église gallicane et du pape. La dernière Assemblée se tint en 1788.

20. Le vicomte Eugène de Vogüé (1848-1914) contribua à faire connaître en France la littérature russe du XIXe siècle. Il a publié de nombreux essais ainsi que deux romans. Il fut élu à l'Académie française en 1888.

21. Émile Augier (1820-1889), auteur dramatique très en vogue en son temps, écrivit un grand nombre de pièces en vers, puis en prose. *Le Gendre de M. Poirier* (1855) le révéla au public. Il fut le rival de Dumas fils.

22. Mugnier y était vicaire depuis 1888.

23. Maurice le Sage d'Hauteroche d'Hulst (1841-1896), prélat, fut chargé en 1875 d'organiser l'université catholique de Paris, transformée par la loi de 1880 en Institut catholique, dont il fut le recteur jusqu'à sa mort.

24. Jacques Monsabré (1827-1907), dominicain, fut nommé prédicateur de l'Avent à Notre-Dame de Paris en 1869. Il prêcha le Carême de 1873 à 1890 avant de laisser la place à Mgr d'Hulst.

25. Berthe Courrière (1858-1916), personnage étrange qui fut internée deux fois pour crises de démence, et qui, d'après certains témoins, était adepte de messes noires. Grâce à la protection de Remy de Gourmont dont elle était la maîtresse, elle collabora au *Mercure de France*. Elle fit la connaissance de l'abbé Mugnier en 1890 et lui présenta Huysmans, alors désireux de rencontrer un prêtre. Berthe Courrière a inspiré en partie à Huysmans le personnage satanique de Hyacinthe Chantelouve dans *Là-bas*.

26. Le vicomte Charles Spoelberch de Lovenjoul (1836-1907), érudit belge, constitua une très riche collection de docu-

ments portant sur les écrivains romantiques qu'il légua à l'Institut de France.

27. Sainte Angèle de Foligno (1248-1309), italienne, fit également le récit de ses visions.

28. Marie d'Agreda (1602-1665), religieuse espagnole, célèbre pour ses visions. Son livre *La Mystique cité de Dieu* (1670) fut condamné par l'Église.

29. L'abbé Boullan, prêtre interdit, avait recueilli la succession de Vintras (voir note 30) et s'était installé à Lyon. Il vivait chez un architecte, Pascal Misme, qui s'était laissé naïvement entraîner dans le culte vintrasien. Misme portait le titre de « Pontife du Chrème divin Melchisédéen » et était entouré de deux voyantes, Mmes Laure et Thibault. Les excentricités dont parle l'abbé ont trait au culte que Boullan rendait à Melchisédech, sans doute plus ridicule que dangereux. Huysmans avait été mis en contact avec Boullan en 1870, par l'intermédiaire de Berthe Courrière, à un moment de sa vie où il était fasciné par le surnaturel dans ses formes les plus variées, ce qu'il évoqua dans *Là-Bas*. Huysmans fit plusieurs séjours chez Boullan, avant de rompre d'avec ce monde au moment de sa conversion. Quant à Stanislas de Guaïta, il jouait, semble-t-il, un rôle important aux côtés de Boullan. À la mort de ce dernier, en janvier 1893, Huysmans et Jules Bois accusèrent Guaïta de l'avoir assassiné en recourant à des moyens magiques. La mère Thibault fut recueillie par Huysmans à la mort de Boullan ; elle lui servit de gouvernante, sans cesser pour autant son activité de prosélyte du culte de Vintras. Elle fascinait Huysmans, car elle se prétendait en contact avec des personnages surnaturels.

30. Pierre Vintras (1807-1875) est le fondateur d'une secte *l'Œuvre de la Miséricorde*, condamnée par Grégoire XVI en 1843. Après cinq ans de prison, Vintras constitua sa secte en Église, et ordonna des pontifes, tous anciens prêtres. La paroisse de Sion en Lorraine devint l'un des principaux centres de cette Église qui, après 1851, se répandit en Italie, Angleterre, Espagne. Barrès a évoqué Vintras et son culte dans *La Colline inspirée*.

31. La vie et l'œuvre de Joseph Peladan (1859-1918), qui s'était donné le titre de Sâr, relèvent du courant spiritualiste et mystique qui s'épanouit dans le symbolisme français de la fin du XIXe siècle. Avec Stanislas de Guaïta, il remit en honneur l'ordre des Rose-Croix. Il publia plusieurs traités d'initiation dont *Comment on devient mage* (1891), où en fait il préconisait un retour à la beauté face aux laideurs de la civilisation moderne. Il laissa également des tragédies et des romans.

32. Il s'agit de Edmond de Goncourt (1822-1896), son frère Jules étant né en 1830 et mort en 1870.

33. Séverine, dont le vrai nom était Caroline Rémy (1855-1929), fut secrétaire et disciple de Vallès. Elle eut une intense activité journalistique au *Réveil*, au *Cri du peuple* qu'elle dirigea de 1886 à 1888, ainsi que dans différents journaux comme *le Figaro*, et bien plus tard *l'Humanité*. Dans cet entretien, Léon XIII condamnait l'antisémitisme de façon voilée.

34. Henri Girard, avec Georges Landry, était ami intime de Huysmans. Il était archiviste au théâtre des Variétés. Il mourut en 1923.

35. Georges Landry (1849-1924) fut l'ami intime de Bloy, puis de Huysmans et de Barbey d'Aurevilly.

36. Lasserre, en fait Paul-Joseph Henri de Monzie (1828-1900), se montra un adversaire résolu de Renan en écrivant *L'Évangile selon Renan* (1863). Son livre, *Notre-Dame de Lourdes*, dans lequel il défendait la véracité des miracles connut cent vingt-quatre éditions entre 1869 et 1891, date à laquelle le tirage avait atteint 298 000 exemplaires.

37. À la demande des Pères du concile de Vatican I, saint Joseph fut déclaré patron de l'Église universelle par Pie IX, le 8 décembre 1870. Un *triduum* est un temps de prière de trois jours, individuel ou collectif, se plaçant en général à l'occasion de fêtes importantes. Le *triduum* en faveur de saint Joseph, juste avant sa fête le 19 mars, fut introduit par Léon XIII par son encyclique *Quamprimum pluries* du 15 août 1889.

38. L'idée de fonder une académie remonte, chez les frères Goncourt, à l'année 1882, mais la réalisation du projet fut longue, notamment parce que Edmond de Goncourt (1822-1896) modifiait souvent les termes de son testament et donc la composition de cette académie. Pour finir, la première séance de l'académie Goncourt eut lieu le 7 avril 1900. Y siégeaient, désignés par E. de Goncourt : J.-K. Huysmans, O. Mirbeau ; les deux Rosny ; L. Hennique ; P. Marguerite, G. Geoffroy. L'académie étant incomplète, elle admit en son sein L. Daudet, E. Bourges, et L. Descaves.

39. Lucien Descaves (1861-1949), écrivain naturaliste, auteur d'une dizaine de romans dont *Sous-offs* (1889) qui lui vaudra d'être poursuivi en Cour d'assises pour injures à l'armée et outrages aux bonnes mœurs. Descaves était un ami intime de Huysmans et fit la rencontre de l'abbé Mugnier en 1896, avec qui il resta longtemps en relation.

40. *Manette Salomon*, roman des deux Goncourt publié en 1867 ; *La Faustin*, roman de Edmond paru en 1882.

41. L'abbé Ferret était vicaire à Saint-Sulpice lorsque, par l'entremise de Mugnier, Huysmans le rencontra. Il s'agissait pour ce dernier de soumettre à une personne compétente les éléments théologiques de *En route*, avant publication. L'abbé Ferret était déjà le confesseur de Georges Landry. Il se lia d'une profonde amitié avec Huysmans, et exerça sur lui une forte influence intellectuelle, jusqu'à sa mort en 1897.

42. L'abbé Mugnier sera nommé la même année vicaire à Sainte-Clotilde.

43. Antoine Fabre d'Olivet (1768-1825) est parfois considéré comme le précurseur des félibres, quoique son *Troubadour, poésie occitanique du XIII*[e] *siècle* (1803) soit une mystification littéraire. Érudit, théosophe protestant, il est l'auteur de plusieurs ouvrages philosophiques et philologiques. Le livre dont il est question s'intitule *L'Histoire philosophique du genre humain* (1824), où l'auteur dégage les trois grands principes de l'univers (Providence, Destin, Volonté), et où il se montre un partisan résolu de la théocratie.

44. Après son mariage avec la comtesse de Keller, cet occultiste se fit appeler Saint Yves d'Alveydre (1842-1909). Influencé par Fabre d'Olivet, il tenta un syncrétisme religieux entre christianisme et paganisme, qu'il teintera par la suite d'hindouisme. Il exprima dans différents ouvrages ses idées politiques et sociales sur la France et le monde.

45. La condamnation des écrits hérétiques par l'Église remonte au IVe siècle, mais l'institutionnalisation de cette pratique date du XVIe siècle lorsque la Congrégation de l'Index fut mise sur pied pour mieux combattre le protestantisme (1571). Elle fut supprimée en 1917, son travail incombant désormais à la Congrégation du Saint-Office.

46. *La Conversion de M. Huysmans* par l'abbé Belleville date de 1898. Le livre se présente sous la forme d'un dialogue entre le « missionnaire » (le procureur) et le « chanoine » (l'avocat) autour de la vie et de l'œuvre de Huysmans. Au total, l'auteur doute de la qualité de la conversion de l'écrivain, et d'une façon générale se déclare scandalisé par son œuvre : « Il est inouï qu'un écrivain ait prétendu se convertir sans désavouer ses écrits scandaleux. » Plus loin, l'abbé Belleville exprime la crainte que « ce converti soit entré dans l'Église sans sortir de l'école du naturalisme pornographique ».

47. Jeanne Bibesco (1858-1943) était la troisième fille du prince Nicolas Bibesco. Après avoir été carmélite au couvent de Meyerling près de Vienne, elle fonda le Carmel d'Alger, dont elle devint la Prieure à l'âge de vingt et un ans. Elle intercéda

auprès du Saint-Siège pour que *La Cathédrale* de Huysmans ne fût pas mise à l'Index, comme des rumeurs l'avaient laissé entendre. Au moment du ministère Combes, elle fut envoyée par Mgr Oury, archevêque d'Alger, pour négocier un arrangement entre l'Église d'Afrique et le gouvernement français. Elle fut relevée de ses vœux en 1912 pour des raisons obscures qui tiennent sans doute aux motifs de sa vocation : elle était entrée au Carmel pour étouffer un scandale. Elle mourut en 1943 à Paris.

48. L'abbé Mugnier était né à Lubersac en 1853 après que son père, architecte, eut restauré le château du marquis de Lubersac dans les années 1840. Par la suite, après la mort du père de Mugnier, le marquis fut le protecteur de ce dernier en lui permettant d'entrer au séminaire de Nogent-le-Rotrou (octobre 1864) et d'y faire ses études.

49. Léonille de Sayn Wittgenstein (1816-1918), née Bariatinsky, appartenait, de par son mariage avec le prince Louis, à la branche de la famille médiatisée installée en Russie au XVIIIe siècle. Elle était une grande amie de Mugnier qui prononça un discours à l'occasion du centenaire de la princesse en 1916.

50. La comtesse Greffulhe (1860-1952) était née Élisabeth de Caraman-Chimay. Son salon où se côtoyaient artistes et gens du monde était réputé dans le faubourg Saint-Germain. Pour certains exégètes de Proust, elle est, avec la comtesse de Chevigné, le modèle de la duchesse de Guermantes.

51. Robert de Montesquieu (1855-1921), très célèbre dans la vie mondaine parisienne, ami de Proust, a laissé une œuvre raffinée qui compte des vers, des romans, des essais critiques.

52. Mugnier avait une passion pour Wagner. Il fera sur lui une causerie en novembre 1914, dans le cadre des *Conférences Sainte-Geneviève*. Il y dit notamment : « Saluez, saluez un dieu en deux personnes », les deux personnes étant le poète et le musicien.

53. Daniel Stern s'appelait en réalité la comtesse d'Agoult (1805-1876) par son mariage avec le comte d'Agoult en 1827. Sous Charles X, elle connut la célébrité à cause de son salon littéraire, fréquenté par la plupart des Romantiques. Elle fit scandale en vivant avec Liszt jusqu'en 1844. Elle eut trois enfants de lui, dont l'une, Cosima, épousera Wagner après avoir divorcé de H. von Bülow. La comtesse d'Agoult a écrit divers ouvrages dont une *Histoire de la Révolution de 1848* en trois volumes (1851-1853).

54. Dès la mort de Wagner (1893), Cosima fit l'impossible

pour que *Parsifal* ne fût jamais représenté ailleurs qu'à Bayreuth. Elle invoquait pour cela une convention passée entre son mari et Louis II de Bavière en 1880, laquelle, dès après la mort du souverain (1886), fut contestée, puisque celui-ci avait été déposé pour cause de folie. Par ailleurs, depuis 1898, le *Reischtag* discutait du délai de protection des œuvres musicales et littéraires à fixer après la mort de leur auteur (trente ou cinquante ans). Cosima se servit de cette occasion comme d'un tremplin et, le 9 mai 1901, adressa une lettre publique aux députés leur demandant d'accorder à *Parsifal* un traitement particulier, en considérant qu'il s'agissait d'un *legs* de Wagner à la *nation allemande*. Cosima n'eut jamais gain de cause et le 1er janvier 1914, le temps de protection de l'œuvre — trente ans après la mort de l'artiste selon la convention de Berne — étant écoulé, *Parsifal* fut représenté à travers toute l'Europe, avec le triomphe que l'on sait. Ajoutons enfin que l'œuvre avait déjà été donnée intégralement hors de Bayreuth, au *Metropolitan Opera* de New York, le 24 décembre 1903, avec un succès prodigieux. C'est en pure perte que la veuve de Wagner intenta un procès, puisque les États-Unis n'avaient pas adhéré à la convention de Berne.

55. François Richard (1819-1908), archevêque de Paris en 1886, cardinal en 1889, prit une part active à la défense des congrégations.

56. Renonciation de courte durée, car Barrès fut élu député à Paris en 1906.

57. Louise Read était à la fois la collaboratrice, la gouvernante et l'amie de Barbey d'Aurevilly à partir des années 1870. L'écrivain lui légua ses papiers personnels.

58. Après avoir quitté Ligugé, Huysmans habita dans un appartement mis à sa disposition par les bénédictines dans l'annexe de leur couvent, 20, rue Monsieur.

59. La suppression des écoles congréganistes était en effet inscrite dans la loi du 1er juillet 1901 régissant les associations. L'article 13 de cette loi soumettait les congrégations religieuses à une autorisation législative, interdisait d'enseigner celles qui n'étaient pas autorisées. L'application de ce texte, défendu par Waldeck-Rousseau, fut rigoureuse sous le ministère Combes. Le décret du 1er août 1902 ordonnait la fermeture de tous les établissements en contradiction avec la loi, alors que cent vingt avaient déjà été frappés par cette mesure par le décret du 27 juin. L'offensive contre les congrégations continua par la suite, jusqu'à la loi du 7 juillet 1904 qui supprimait tout enseignement congréganiste.

60. Laurent Tailhade (1854-1919), poète et pamphlétaire anarchisant, écrivait dans différents journaux. Il regroupa ses articles dans ce livre *Imbéciles et gredins*, qui parut en 1900.

61. Auguste Dutuit (1812-1902) fut l'élève de Thomas Couture. Il légua à la Ville de Paris la collection — aujourd'hui au Petit Palais — qu'il avait constituée avec son frère Eugène.

62. Charles Loyson, dit le père Hyacinthe (1827-1912), prédicateur à Notre-Dame à partir de 1865 s'opposa avec virulence au concile de Vatican I (1869) sur le problème de l'infaillibilité pontificale, au point de rompre avec l'Église. En 1872, il épousa Émilie Mériman, protestante américaine qu'il avait convertie. Par la suite, il organisa à Genève une Église libérale puis, à Paris, une Église gallicane (1879).

63. Julien de Narfon : journaliste. Il travailla à *la Concorde* de 1890 à 1892, une des premières feuilles catholiques favorables au Ralliement. Par la suite, il fut chroniqueur religieux au *Figaro*. Julien de Narfon s'intéressait beaucoup à la conversion de Huysmans.

64. La mère de Mugnier était la fille d'un chapelier de Commercy. Elle arriva à Paris en 1832 à l'âge de quinze ans, et s'y maria quatre ans plus tard.

65. Peu après la publication de *l'Oblat* (janvier 1903), Huysmans fut d'abord félicité par l'abbé de Ligugé, Dom Bourigaud. Devant le nombre de critiques faites à Huysmans à cause de sa peinture des milieux monastiques, l'abbé se rétracta et publia dans le bulletin du monastère une protestation modérée. Malgré ses qualités d'ensemble, il regrettait que le livre présentât des « personnages grotesques ou ridicules, représentant des moines et autres personnes respectables ». De plus, le 30 avril 1903, *le Temps* rapportait les propos d'un bénédictin de Ligugé, Dom Roche, qui se montrait très critique envers Huysmans, allant jusqu'à douter de sa conversion.

66. Jean-Louis Forain (1852-1931) qu'on surnommait le « Juvénal du crayon » a laissé une très grosse production de dessins et de caricatures (plus de trois mille) qu'il avait fait paraître dans les journaux à partir de 1887. Il était un ami de Huysmans et, sous l'influence de celui-ci, ses idées anarchistes évoluèrent vers le catholicisme et le patriotisme.

67. Myriam Harry (1875-1958) était la fille d'un juif russe et d'une diaconesse allemande. Elle passa son enfance en Orient, ce qui lui permit d'écrire de nombreux romans exotiques. *La Conquête de Jérusalem* date de 1904.

68. Judith Gautier (1850-1917) était la fille de Théophile Gautier. Grâce à son père, elle fut très tôt mise en contact avec

les milieux artistiques de son temps. Elle se passionna pour la littérature et la civilisation chinoises, et à l'âge de dix-sept ans publia *Le Livre de jade*, recueil de poésies traduites ou inspirées du chinois. Elle continua dans cette voie, publiant romans et traductions se rapportant à l'Orient. Elle fut la maîtresse de Wagner et traduisit *Parsifal* en 1893.

69. Rachilde (1860-1953) était la femme de A. Vallette, fondateur, en 1889, et directeur du *Mercure de France*. Elle écrivit des romans centrés sur des cas psychologiques exceptionnels dont certains firent scandale, comme *Monsieur Vénus* en 1884.

70. Dans *La Bible d'Amiens* (1885), John Ruskin (1819-1900), le célèbre critique d'art anglais, se livre à une réflexion d'ordre artistique et philosophique sur la cathédrale d'Amiens qu'en même temps il décrit précisément. Elle lui est aussi le prétexte à une méditation sur la civilisation. Cet ouvrage devait être le premier volume des *Esquisses de l'histoire de la chrétienté pour les garçons et les filles qui ont été tenus sur les fonts baptismaux*. Marcel Proust, fervent admirateur de Ruskin, fit paraître une traduction de *La Bible d'Amiens* en 1904.

71. De ses nombreux voyages et séjours en Italie, en Allemagne et en Angleterre, Charles Du Bos (1882-1939) acquit une parfaite maîtrise des langues étrangères ainsi qu'une vaste culture. Installé de nouveau à Paris, il se lia avec le groupe de la *Nouvelle Revue française* et commença une activité de critique dont la production abondante et éclectique (études sur Tolstoï, Byron, Constant, Gide, Hardy, etc.) sera rassemblée dans les sept volumes d'*Approximations* (1922-1937). L'abbé Mugnier lui conseilla de tenir un journal qui fut publié, sous forme d'extraits, en 1929.

72. Georges Desvallières (1861-1950), après avoir perdu un fils pendant la 1re Guerre Mondiale fit le vœu de ne plus peindre de sujets profanes. Il participa avec Maurice Denis au renouveau de l'art religieux en France.

73. D'un tempérament moraliste, Paul Hervieu (1857-1915) s'est attaché à dépeindre dans ses nombreux romans et pièces de théâtre la corruption par l'argent, de l'humanité en général, et des gens du monde en particulier. *Peints par eux-mêmes* (1893) est un roman par lettres où les correspondants décrivent — en toute ingénuité — leurs propres vices. Paul Hervieu rencontra très vite le succès qui ne se démentit pas lorsqu'il passa au théâtre, dès 1892, où il mit en scène des conflits sociaux et passionnels. Il fut élu à l'Académie française en 1900.

74. Eugène Ledrain, prêtre défroqué, auteur d'une *Histoire d'Israël* en deux volumes (1879-1882) dans la lignée de Renan.

75. Xavier de Mérode (1820-1874) prélat belge, membre de la Curie romaine, nommé proministre des armées en 1860 par Pie IX, beau-frère de Montalembert.

76. Le père Loyson, qu'on a déjà vu à la note 62, avait assisté le 24 juin 1869 à un congrès de la *Ligue internationale de la paix*. Le discours qu'il y prononça fit scandale ; on lui reprocha d'avoir mis sur un pied d'égalité judaïsme, protestantisme et catholicisme alors que, semble-t-il, il n'avait fait que comparer leur influence civilisatrice respective. Quoi qu'il en soit exactement, l'opposition du père Hyacinthe à l'Église était déjà trop vive pour qu'il pût y rester en toute quiétude. À la suite de son discours, son supérieur, le général des Carmes, lui enjoignit de rétracter ses propos par voie de presse, puis de cesser toute prédication et de se retirer quelque temps. Loyson annonça à l'archevêque de Paris sa décision de ne pas se soumettre et de se justifier par une lettre publique, qu'il adressa à Rome le 20 septembre 1869 en même temps qu'il la faisait paraître dans le *Journal des débats* et dans le *Temps*. Loyson s'y exprimait de façon très violente contre le fonctionnement autoritaire de l'Église, contre le concile qu'il estimait manipulé par le pape, contre la « perversion sacrilège de l'Évangile ». Quant aux propos de Mgr Darboy, ils s'expliquent sans doute par le fait que l'archevêque de Paris était lui aussi opposé à la définition du dogme de l'infaillibilité pontificale. Cependant, il est peu probable qu'il ait approuvé la teneur même de la lettre.

77. En fait, Mugnier resta à Sainte-Clotilde jusqu'en 1909.

78. Médecin, beau-frère de Descaves, il soigna Huysmans dans les derniers mois de sa vie.

79. Jean de Caldain fut pendant un temps le secrétaire de Huysmans, alors président de l'académie Goncourt. Les deux hommes s'installèrent ensemble à Issy en août 1896 puis, peu après, à Paris, jusqu'à la mort de l'écrivain en 1907.

80. La loi du 9 décembre 1905 sur la Séparation prescrivait de faire l'inventaire des objets du culte et du mobilier des églises avant de transmettre le tout aux associations cultuelles. À ces mesures, il y eut de nombreuses oppositions encouragées par l'encyclique *Vehementer nos* du 11 février 1906. Clemenceau, récent ministre de l'Intérieur, ordonna de surseoir à tout inventaire forcé.

81. Les Fabriciens étaient un groupe de personnes nommées par l'évêque pour administrer les biens d'une église particulière. L'assemblée était divisée en conseil de fabrique (organe délibérant) et bureau des marguilliers (exécutif). Le système fut supprimé au moment de la Séparation ; la loi décida de

mettre en place des associations cultuelles qui ne furent jamais constituées. Les biens des fabriques allèrent à des organismes de bienfaisance ou à l'État.

82. Les élections des 6 et 20 mai 1906 enregistraient, en effet, un recul sensible de la droite qui perdait 60 sièges, une forte poussée de la SFIO avec 59 députés, mais surtout un triomphe du radicalisme soutenu par l'Alliance démocratique (250 députés).

83. Jean Bourdeau (1848-1928), philosophe, traducteur de *Pensées et fragments* de Schopenhauer (1880).

84. À l'origine (début du XIIIe), l'Abbaye-aux-Bois se situait dans le diocèse de Noyon. En 1654, les cisterciennes qui l'occupaient, s'installèrent à Paris, dans la maison dite des *dix vertus*, en plein faubourg Saint-Germain. Après l'incendie du monastère de Noyon, le nom ainsi que les privilèges qui y étaient attachés furent reportés sur le monastère de Paris (1667), qui devint vite un des couvents les plus aristocratiques de Paris. Mme Récamier habita l'abbaye de 1819 jusqu'à sa mort en 1849. On dut expulser les religieuses augustines qui l'occupaient pour pouvoir construire à sa place deux maisons de rapport séparées aujourd'hui par la rue Récamier.

85. Fils de Henri Germain, fondateur du Crédit lyonnais en 1863. Son mariage avec la fille d'Alphonse Daudet dura six mois. Il est l'auteur de *La bourgeoisie qui brûle*.

86. Pour résoudre le problème posé par les inventaires, Briand, qui avait été le rapporteur de la loi de Séparation (9 décembre 1905), décida d'organiser le culte en l'assimilant à une réunion publique et libre, le clergé conservant la disposition des édifices religieux sans titre juridique.

87. L'abbé Broussolle, ami de Huysmans, lui prêta sa maison d'Issy alors que l'écrivain était déjà atteint du cancer qui devait l'emporter en 1907. Huysmans y séjourna d'août à septembre 1906.

88. Henri Céard (1851-1924) fut introduit dans le *Groupe de Médan* par Maupassant à partir de 1880, comme l'auteur d'une nouvelle, *La Saignée*. Outre plusieurs pièces de théâtre de médiocre valeur, il est l'auteur de deux romans : *Une belle journée* (1881), *Terrains à vendre au bord de la mer* (1906). Il fut élu à l'académie Goncourt en 1918.

89. Journaliste puis homme politique, Jules Roche (1841-1923) fut ministre du Commerce et de l'Industrie de mars 1890 à mars 1892.

90. Madame Arman de Caillavet (1844-1910), maîtresse

d'Anatole France, tenait un salon littéraire et politique très influent.

91. Pierre Mille (1864-1941) journaliste et romancier, auteur de récits humoristiques et exotiques.

92. Gabriel Yturri (1868-1905), né en Argentine, émigré à Paris en 1883, devint, deux ans plus tard le secrétaire très intime de Robert de Montesquiou, jusqu'à sa mort.

93. Pauline Viardot (1821-1910), une des plus grandes cantatrices françaises du XIXe siècle, sœur de la Malibran. Elle remporta un triomphe dans *l'Orphée* de Gluck en 1859. Tourgueniev fut très épris d'elle.

94. Les journaux rendaient compte ce jour-là du livre de A. Houtin : *Un prêtre marié, Charles Perraud*. Charles Perraud (1831-1892), oratorien, avait été un prédicateur très estimé et sa vie, particulièrement édifiante. Or, dans son livre, l'abbé Houtin, en utilisant des documents que le père Hyacinthe lui avait remis, disait apporter la preuve que l'abbé Perraud avait contracté un mariage secret, que lui-même avait béni dans sa sacristie, avec l'une de ses pénitentes, Rosalie Duval. Ensuite, la vie du couple n'aurait été qu'un long calvaire moral ; le prêtre et sa femme étant tous les deux incapables de révéler leur union, ou bien d'y mettre un terme. En même temps, l'abbé Houtin ternissait la mémoire d'un deuxième oratorien distingué, Henri Perreyve (1831-1865), professeur d'histoire ecclésiastique à la Sorbonne. Comme on le verra plus loin, les accusations de Houtin pouvaient être discutées. Pour sa part, Mugnier refusa toujours d'y croire.

95. La princesse Georges Bibesco (1886-1973), née Marthe Lahovary, avait épousé Georges Bibesco en 1902, lequel était le petit-fils du dernier *hospodar* de Valachie (prince roumain placé à la tête de l'administration de Valachie par le gouvernement ottoman). Elle était la cousine par alliance de Jeanne Bibesco qu'on a vue à la note 47. Célèbre dans les milieux du faubourg Saint-Germain pour sa beauté et son esprit, la princesse Bibesco écrivit de nombreux ouvrages dont un roman, *Le Perroquet vert*, qui lui donna une certaine notoriété. Cette rencontre avec l'abbé Mugnier inaugura une amitié profonde, qui ne s'éteignit qu'avec la mort de ce dernier. Tous deux ont échangé une longue correspondance que la princesse a publiée en trois volumes sous le titre *La Vie d'une amitié* (1951-1957).

96. Il s'agit de la célèbre poétesse Anna de Noailles (1876-1933). Née princesse Brancovan, elle avait épousé le comte Mathieu de Noailles en 1897.

97. Henri Lavedan (1859-1940), d'abord chroniqueur mon-

dain, écrivit un grand nombre de pièces légères et frivoles, puis plus sérieuses comme *Le Marquis de Priola* (1902) ou *Le Duel* (1905). Elles lui valurent un très grand succès. Il fut élu à l'Académie française en 1898. Il s'essaya au roman après la guerre. Il reste le peintre de la vie parisienne de la « Belle époque ».

98. Loïe Fuller (1862-1928), danseuse moderne célèbre, créa un genre de chorégraphie où les longs voiles flottants des danseurs, associés à des jeux de lumières ingénieux, jouaient un rôle scénique essentiel.

99. En fait, Mugnier s'est laissé insensiblement attirer dans une polémique qui lui causera beaucoup de tort. Celle-ci, au départ circonscrite dans *l'Univers* entre Mgr Baudrillart et l'abbé Houtin, l'un réfutant les arguments de l'autre, a entraîné Mugnier dès lors qu'est entré en jeu le fils de Loyson, Paul. Déjà, dans sa lettre à *l'Univers* du 17 juillet 1909, Mugnier était obligé de se justifier : il n'a jamais traité Loyson-père d'*imposteur* ou de *faussaire professionnel*. Dans le même journal, en date du 26 août, l'abbé expliquait ses agissements dans les mêmes termes qu'ici : l'accueil favorable réservé par lui à un Loyson prétendument repentant, la trahison de celui-ci. Il concluait son article par la déclaration suivante : « J'accepte, sans réserve, tous les dogmes de la Sainte Église catholique, apostolique et romaine, et je leur donne la pleine adhésion de mon esprit, de mon cœur et de ma vie. » C'est dire à quel point il pressentait déjà la mesure disciplinaire dont il allait être l'objet quelque temps plus tard.

100. « Visite de l'abbé Mugnier, prêtre mondain, vicaire à Sainte-Clotilde, admirateur et propagateur de Huysmans. Que vient faire chez moi ce serviteur de Mammon, à figure de vieux renard qui retrousserait sa soutane pour entrer dans l'église de Bethléem ? Jamais entrevue n'a pu être plus vaine. Sentant l'espion je me suis fait impénétrable, et le domestique des esclaves du Démon, désorienté dans mon pauvre gîte, a bafouillé lamentablement. Qu'il retourne à ses chiennes de Sainte-Clotilde ! Sa place n'est pas parmi les chrétiens. » Léon Bloy, *l'Invendable*, tome II du Journal, Paris, 1958, p. 237. Ce jugement de Bloy date du 17 juin 1904. Sa lettre à Mugnier (janvier 1905), d'un ton faussement badin, est très insultante.

101. Denys Cochin (1851-1922), homme politique, sous-secrétaire d'État aux Affaires étrangères pendant la guerre (ministère Briand). Auteur de plusieurs ouvrages, il entra à l'Académie française en 1911.

102. Par le décret *Quam singulari Christus amore* rendu par

la Congrégation des sacrements, le 8 août 1910. Le pape attachait une très grande importance à cette réforme.

103. Sur Charles Demange, voir la note 109.

104. Comme l'on sait, Renée Vivien (pseudonyme de Pauline M. Tarn, 1877-1909), anglaise, auteur de nombreux recueils de poésie écrits en français, aimait les femmes. Elle se laissa mourir de faim par désespoir sentimental.

105. Béatrice Dussan dite Mme Dussane, célèbre actrice de la Comédie-Française, où elle interpréta les grands rôles du répertoire. Elle fut une inoubliable Mme Sans-Gêne.

106. L'*Action française* avait commencé une campagne de presse contre le comte Henri de Larègle, chef du bureau politique du duc d'Orléans, dans un article (30 novembre 1910) intitulé « Une exécution nécessaire ». Le duc avait aussitôt répliqué en faisant insérer une lettre où il rejetait les accusations du journal, et maintenait le comte dans ses fonctions. L'*Action française* qualifiait cette lettre comme étant « celle d'un grand prince, trompé par un concert habile, et préparé de longue main », ce qui lui permettait de continuer à déverser des tombereaux d'injures sur H. de Larègle, dont le plus gros défaut, semble-t-il, était de ne pas être antisémite. Rappelons que Philippe, duc d'Orléans (1869-1926), réfugié à Londres après la deuxième loi d'exil (1886) était, depuis la mort de son père en 1894, le prétendant officiel au trône de France.

107. Jules Lemaitre (1853-1914), après plusieurs années de professorat, se rendit célèbre par les articles qu'il faisait paraître dans la *Revue bleue*, réunis en huit volumes sous le titre *Contemporains*. Il y faisait la critique des écrivains de son temps. Il entra à l'Académie française en 1896.

108. Par modernisme, on entend non pas une doctrine structurée et systématique, mais un mouvement de rénovation à l'intérieur de l'Église catholique, s'étant incarné à travers certaines personnalités dont les positions et les objectifs étaient parfois très différents. L'initiateur en fut Alfred Loisy (1857-1940) dont le livre, *l'Évangile et l'Église* (1902), eut un profond retentissement, parce qu'il remettait en cause la dogmatique traditionnelle et les méthodes d'exégèse biblique. Les idées de Loisy, même si elles n'étaient pas admises par tous, provoquèrent une véritable fermentation intellectuelle chez ceux qui travaillaient au sein ou en marge de l'Église, renouvelant profondément le champ de l'histoire, de la philosophie et de la théologie, en même temps qu'elles déclenchaient un malaise certain Le modernisme, qualifié de « rendez-vous de toutes les hérésies » par l'encyclique *Pascendi* (1907) fut sévèrement

réprimé, souvent injustement, tout au long du pontificat de Pie X (1903-1914). Pour sa part, Loisy fut excommunié en 1908.

109. Au sujet de cette lamentable affaire, la version de Barrès est différente, et assez accablante pour Mme de Noailles. Selon lui, Charles Demange était follement épris de Mme de Noailles qui ne s'attachait à lui que parce qu'il lui rappelait Barrès, dont elle était incapable de se séparer définitivement. Quant à l'entrevue de Nancy, elle serait due à la vanité de la poétesse qui, par pure coquetterie, aurait envoyé un télégramme à Demange l'invitant à la rencontrer en gare de Nancy. Le jeune homme, pensant que Mme de Noailles répondait enfin à ses avances, fut cruellement déçu lorsqu'elle lui avoua qu'elle continuait sa route sur Strasbourg où elle se rendait en visite. Demange, resté dans le train, l'aurait suppliée de revenir avec lui à Nancy où il avait loué une chambre d'hôtel. Sur son refus, il la quitta à Sarrebourg, revint à Nancy et se suicida peu après. Charles Demange (1884-1909) avait fait des débuts remarqués en littérature avec *Le Livre de désir, histoire cruelle* (1909). On publia de lui, après sa mort, *Lettre d'Italie* (1913) puis, un roman inachevé, *Hélène* (1931).

110. Lucien Corpechot, journaliste, ami intime de Barrès, auteur d'ouvrages de souvenirs sur différents écrivains, dont Barrès et Mme de Noailles.

111. Même s'il ne l'avouait pas en public, Barrès avait bien compris cet aspect de la personnalité de son neveu ainsi que le rôle néfaste qu'il avait joué sur lui, ce dont il se repentait. Il en témoigne dans *Mes cahiers*, vol. VII, p. 269, Paris 1936.

112. Cette mise à l'Index ne concerne que *Le Martyre de saint Sébastien* (1911).

113. Le Père Janvier (1860-1939), prédicateur, dominicain, occupa la chaire de Notre-Dame, prêchant le carême de 1903 à 1923.

114. Il s'agit de *Philémon, vieux de la vieille* (1913).

115. F. Pyat (1810-1889), journaliste, écrivain, est l'un des fondateurs de la Société des gens de lettres. Ami de Louis Blanc, député montagnard pendant la Révolution de 1848, il a un duel célèbre avec Proudhon. Exilé en Angleterre sous le second Empire, il publie une *Apologie de l'attentat d'Orsini* (1858). Il est amnistié en 1869, participe à la Commune, puis est exilé une seconde fois. De retour en France en 1880, il fonde un journal, *La Commune*.

116. Julien Benda (1867-1956) collabora à la *Revue blanche*, puis aux *Cahiers de la quinzaine*, avant de publier *L'Ordination*

en 1910. Il a été un polémiste redoutable, critiquant l'irruption du sentiment et de l'action dans la littérature de son époque, thème qu'il développe, entre autres, dans son ouvrage le plus célèbre *La Trahison des clercs* (1927).

117. Hansi, pseudonyme de Jean-Jacques Waltz (1873-1951), écrivain et dessinateur alsacien, se réfugia en France pendant la guerre où il rédigea des tracts et des livres contre les Allemands. Son ouvrage le plus célèbre est sans doute *L'Alsace racontée aux petits enfants par l'oncle Hansi* (1912).

118. Hélène Vacaresco (1866-1947), poétesse, appartenait à la très ancienne famille roumaine des Vacarescu. Elle est l'auteur de plusieurs recueils poétiques comme *La Dormeuse éveillée* (1914) ou *Dans l'or du soir* (1928). Elle fit partie de la délégation roumaine à la Société des Nations.

119. Francis de Croisset (1877-1939), d'origine belge, s'appelait en réalité Franz Wiener. Il écrivit des comédies légères à succès d'abord seul, puis, après la guerre avec Robert de Flers.

120. Il s'agit de *L'Évolutionnisme de M. Bergson* (1911). Pour Maritain, le bergsonnisme est « la plus audacieuse tentative de nihilisme intellectuel ».

121. Ernest Psichari (1883-1914), le petit-fils de Renan, évolua d'abord dans un milieu purement laïque et athée avant de se convertir en 1913. Dans sa jeunesse, il prend fait et cause pour Dreyfus, collabore aux Universités populaires, rencontre Maritain, Péguy, découvre Bergson à la Sorbonne. À partir de 1903 commence pour le jeune homme une lente évolution qui l'amènera à la conversion. *L'Appel des armes* (1913) est le récit de son apprentissage militaire où Psichari exalte les valeurs héroïques et patriotiques. Il est tué au front le 22 août 1914, ce que Mugnier évoque un peu plus loin.

122. Victor Bérard (1864-1931), célèbre helléniste, spécialiste de Homère, traduisit *l'Odyssée* en 1925. Il a collaboré aux recherches de « géographie odysséenne » en identifiant certains sites décrits par Homère.

123. Joseph Caillaux (1863-1944) occupa plusieurs postes ministériels importants sous la IIIe République. C'est sous son impulsion que fut institué l'impôt sur le revenu. À l'instigation de Barthou et de Poincaré, *Le Figaro* mena une très violente campagne contre lui, ce qui poussa sa femme à assassiner Calmette, le directeur du journal (mars 1914).

124. Étrange sévérité de la part de l'abbé. Si Barrès ne repousse pas catégoriquement l'éventualité d'un départ pour Bordeaux, il n'en conclut pas moins son article de la manière suivante : « Seulement tant que Paris n'est pas investi, tant que

la liberté des mouvements semble possible, je veux tenir ici, au milieu de mes concitoyens et dans ce journal, mon rôle, qui est d'exprimer selon mes forces la bonne volonté de Paris. » (*L'Écho de Paris*, 4 septembre 1914.)

125. Dans leur article respectif, Barrès et Maritain ont en effet une conception différente de Psichari. Ils s'accordent à peu près sur son portrait moral, quoique Maritain accentue la dimension spirituelle du personnage qu'il qualifie de « soldat chrétien » et de « frère du centurion de l'Évangile » (Barrès parle du « frère immortel de Péguy », insistant sur sa dimension héroïque). En revanche, leur jugement diverge dès lors qu'ils en arrivent à Renan. Pour Barrès, Psichari « rachète s'il en était besoin, son aïeul et, au sens mystique, le sauve » alors que chez Maritain, « s'il espérait de quelque manière "racheter son grand-père", ce n'était pas pour amnistier celui-ci. » Et le philosophe de conclure que Psichari jugeait sans indulgence l'œuvre impie de son grand-père et que, déjà tertiaire dominicain au moment de sa mort, il avait décidé de « réparer » l'offense de Renan à Dieu en entrant dans les ordres. (*L'Écho de Paris*, 13 novembre 1914 ; *La Croix*, 19 novembre 1914).

126. *Le Voyage de Sparte* (1905) est le récit par Barrès du voyage qu'il avait fait en Grèce en 1900. Il s'y montre peu séduit et peu convaincu par l'hellénisme.

127. Roland Garros (1888-1918) le célèbre aviateur, auteur de la première traversée en avion de la Méditerranée (Saint-Raphaël-Bizerte, le 23 septembre 1913).

128. Édith Wharton (1862-1937), riche Américaine, s'installa en France en 1906, et devint l'amie de nombreux écrivains. Son œuvre compte une quarantaine de romans où, dans la lignée de Henry James — dont elle était une intime —, elle décrit la décadence de la haute société américaine et s'attache à une exploration psychologique fouillée de ses personnages.

129. Américain né à Paris, Walter Berry (1859-1927) était le président de la chambre de commerce américaine de Paris. Il fréquentait assidûment les salons parisiens.

130. Bakst, de son vrai nom Lew Samoïlevitch Rosenberg (1866-1924), travailla à Moscou avant de s'installer à Paris en 1893. Il réalisa les costumes et les décors des ballets russes de Diaghilev de 1909 à 1921. Ses créations pour *Shéhérazade* (1910) sont un modèle du genre.

131. *L'Histoire littéraire du sentiment religieux en France depuis la fin des guerres de Religion jusqu'à nos jours* est l'œuvre maîtresse, et encore irremplacée, de l'abbé Brémond (1865-1933) à laquelle il consacra une partie de sa vie sans avoir pu

la mener à son terme. Après avoir été écarté de la Compagnie de Jésus en 1904, l'abbé Brémond, de par son activité intellectuelle, joua un rôle important dans le renouveau du catholicisme français d'entre les deux guerres sur le plan spirituel, philosophique et littéraire. Il fut élu à l'Académie française en 1923.

132. Outre ses collections d'art, Jacques Doucet (1853-1929), qui était aussi couturier, fut à l'origine de grandes publications d'histoire de l'art comme le *Répertoire d'art et d'archéologie*. Il légua ses acquisitions (art et littérature) à l'université de Paris : bibliothèque Doucet.

133. Georges Lecomte (1867-1960) auteur de romans de mœurs, élu à l'Académie française en 1924.

134. La princesse Hélène Soutzo (1879-1975), née Chrissoveloni, épousa en secondes noces Paul Morand (1927).

135. Laure de Sade, célèbre dans le faubourg Saint-Germain, avait épousé en 1879 le comte Adhéaume de Chevigné, membre du service d'honneur du comte de Chambord. Elle a inspiré en partie à Proust le personnage de la duchesse de Guermantes.

136. *Huit jours chez M. Renan* est un dialogue imaginaire que Barrès a composé en 1888, où il se montre à l'égard de son maître spirituel, qu'il avait rencontré l'année précédente en Bretagne, d'une irrévérence ironique.

137. Jean Ajalbert (1863-1947), avocat de formation, écrivain et poète, auteur de romans et de récits de voyage. Il a été aussi conservateur de la Malmaison et de la manufacture nationale de Beauvais.

138. Ramon Fernandez (1894-1944), écrivain et critique, prit parti pour les Allemands pendant la guerre, ce qui l'amena à jouer un rôle de direction important à la N.R.F aux côtés de Drieu La Rochelle. Il a écrit plusieurs essais, entre autres sur Balzac, Proust et Gide et deux romans *Le Pari* (1932), *Les Violents* (1935).

139. Il s'agit d'Amélie d'Orléans, veuve du roi Carlos de Portugal, assassiné en 1908. Son fils régna deux ans, jusqu'à la chute de la monarchie.

140. Bernhard Berenson (1865-1959), riche collectionneur et critique d'art américain, sut s'imposer comme un expert en peinture de la Renaissance italienne et conseilla collectionneurs et musées américains dans leurs acquisitions. Il a laissé plusieurs ouvrages de critique.

141. Oscar Milosz (1877-1939), d'origine lituanienne, s'installa à Paris en 1889 qu'il ne quitta que pour quelques séjours

dans sa patrie. Son œuvre — imprégnée d'un sens religieux profond — relève à la fois du roman, du théâtre, de la poésie, et même de l'exégèse. Sa poésie, qu'on a qualifiée de « décadente » dépeint de façon obsessionnelle la solitude et la souffrance humaines.

142. Ève Francis, célèbre actrice, contribua beaucoup au succès des premières pièces de Claudel.

143. Miśia Godebska (1872-1950), la femme du peintre Jose-Maria Sert, avait d'abord épousé Thadée Nathanson directeur de la *Revue blanche,* puis Alfred Edwards fondateur du *Matin.* Elle fut au centre de la vie artistique et culturelle de son temps, amie de Mallarmé, Claudel, Cocteau, modèle de Renoir, Vuillard, Bonnard... Elle fut également le mentor de Coco Chanel.

144. Jacques-Émile Blanche (1861-1942), peintre et écrivain, très mondain, fut le portraitiste de ses contemporains (Gide, Bergson, Cocteau, Claudel, Maurois, etc.). En plus de romans, il a laissé des *Propos de peintre* et *Les Cahiers d'un artiste.*

145. Fausse nouvelle, Cosima Wagner est morte en 1930

146. Lord Arthur Balfour (1848-1930), homme politique britannique, fut Premier ministre de 1902 à 1905. Il est surtout célèbre pour la déclaration qui porte son nom selon laquelle, en tant que ministre des Affaires étrangères, il préconisait la fondation d'un foyer juif en Palestine (2 novembre 1917).

147. Albert Gleizes (1881-1953), peintre cubiste, auteur de nombreux ouvrages théoriques.

148. Le comte Joseph Primoli était le neveu de la princesse Mathilde et fréquentait assidûment son salon.

149. Joseph Reinach (1856-1921) fut chef de cabinet de Gambetta, puis secrétaire de la *Ligue des patriotes.* Il fut un adversaire résolu de Boulanger. Au moment de l'affaire Dreyfus, il prit violemment parti en faveur de celui-ci, en dénonçant dans *Le Siècle* le faux fabriqué par Henry. Il est l'auteur d'une *Histoire de l'affaire Dreyfus* en sept volumes (1910-1911).

150. Ignacy Paderewski (1860-1941) est connu pour sa carrière pianistique qui lui conféra une notoriété internationale et son activité politique. En Pologne, il fut président du Conseil et ministre des Affaires étrangères en 1919, et signataire du traité de Versailles. Il abandonna le pouvoir en novembre de la même année. Son œuvre musicale compte parmi d'autres deux opéras et une symphonie.

151. Lucie Delarue-Mardrus (1880-1945) publia des recueils de poésie puis plusieurs romans à partir de 1908 où elle exprime une sensibilité inquiète et passionnée.

152. Anne-Marie Javouhey (1779-1851) qu'on surnommait la « mère des Noirs » est célèbre pour son activité missionnaire. À partir de 1818, elle installa en différents pays d'Afrique (Sénégal, Guinée, etc.) en Guyane et aux Antilles la congrégation qu'elle avait fondée à Chalon-sur-Saône en 1807, dont le but était l'enseignement et l'apostolat. Elle fut béatifiée en 1950.

153. Marie Rouget, dite Marie Noël (1883-1967), est l'auteur d'une œuvre poétique dans laquelle elle a exprimé de façon exigeante l'intensité de son sentiment religieux.

154. Dans son œuvre, citée à la note 131, Brémond lui-même est plus nuancé sur le cas de M. Olier dont il dit que lui « et le père Surin ne sont pas seulement d'insignes contemplatifs, de vrais saints, ils sont encore, ou ils ont été, pendant quelque temps des malades ». (t. III, 2e partie, p. 135). Les crises de folie de Olier, d'origine névrotique, s'arrêtèrent peu après la mort du père de Condren. Jean-Jacques Olier (1608-1657) est le fondateur de la Compagnie des prêtres de Saint-Sulpice. Il joue un rôle important dans l'histoire de l'Église et de la spiritualité françaises au XVIIe siècle comme missionnaire et fondateur de séminaires, dont celui de Saint-Sulpice en 1645.

Charles de Condren (1588-1641), deuxième général de la Congrégation de l'Oratoire dont il rédigea les constitutions, fut le confesseur de Olier. Il a laissé plusieurs ouvrages de théologie.

155. Les premières œuvres de Francis Vielé-Griffin (1864-1937) publiées en 1885 sont d'inspiration nettement parnassienne. Sous l'influence de Mallarmé qu'il rencontrait régulièrement au cours des fameux « mardis », l'œuvre de Vielé-Griffin évolua vers le symbolisme. Il dirigea de 1890 à 1892 la revue symboliste *Les Entretiens politiques et littéraires* où il se montrait partisan du vers libre.

156. Henri Ghéon (1875-1944) de son vrai nom Henri Vangeon vint assez tard à la littérature après ses études de médecine. Sa conversion au catholicisme décida de son inspiration dramatique, de sorte que beaucoup de ses pièces sont tirées de vies de saints. *Le Pauvre sous l'escalier* fut représenté en 1920. L'histoire en est inspirée de la *Légende dorée :* le jour de ses noces, Saint Alexis disparaît pour mener une vie d'ascète. Lorsqu'il reviendra chez lui, sous l'aspect d'un mendiant, personne ne le reconnaîtra.

157. Roman d'Alphonse Daudet, publié en 1884.

158. Il s'agit de René Benjamin (1885-1948), auteur d'un roman *Gaspard* (prix Goncourt en 1915) et de plusieurs pièces

de théâtre. Il a laissé des biographies critiques de Balzac, Molière, Barrès, etc.

159. Maurice Wilmotte (1861-1942) fut professeur à l'université de Liège où il fonda l'enseignement de la philologie romane.

160. Louise de Vilmorin (1902-1969) écrivain et femme du monde. *Julietta* et *Madame de* (1951) sont caractéristiques de l'élégance habituelle de son style, du charme et de l'humour de ses intrigues.

161. Liane de Pougy, de son vrai nom Anne-Marie de Chasseigne (1871-1950), célèbre courtisane de la fin du siècle, fut entretenue par les hommes les plus célèbres de son époque, avant d'épouser le prince Ghika. Elle finit sa vie dans la dévotion.

162. Il s'agit de *Marius l'Épicurien*, roman philosophique de Walter Horatio Pater (1839-1894) publié en anglais en 1885, dont le propos est de décrire les réactions et les états d'âme d'un personnage face aux divers courants intellectuels de son temps, en particulier le christianisme. Marius se convertit finalement, et meurt en martyr, par esprit de sacrifice. Ce roman, dans lequel Pater exposait sa vision de l'existence, un épicurisme exigeant centré sur le culte de l'art et de la beauté, eut beaucoup de retentissement sur les contemporains.

163. Reynaldo Hahn (1875-1947) fit représenter son premier drame musical *l'Île du rêve* à l'Opéra-Comique en décembre 1898. Par la suite, il développa brillamment une activité de chef d'orchestre, de compositeur (de ballets et d'opérettes ; de mélodies qu'il interprétait lui-même). Il fut nommé directeur de l'Opéra en 1945. Très mondain, très apprécié, il était un grand ami de Proust.

164. Proust et l'abbé Mugnier qui fréquentaient le même monde se connaissaient depuis longtemps, mais eurent des relations plus suivies à partir de 1917, dans lesquelles entrait une admiration réciproque. L'écrivain, que l'abbé surnommait avec esprit « l'abeille des fleurs héraldiques », avait exprimé le désir que Mugnier vienne se recueillir chez lui « un quart d'heure après sa mort ».

165. Henri Massis (1886-1970), écrivain, critique et journaliste, consacra son œuvre à la défense de l'Occident, titre de son célèbre livre publié en 1927. Il Collabora à l'*Action française*, fonda *La Revue universelle*, monarchiste, avec Bainville en 1920. Plus tard, il apporta son soutien au franquisme, puis au régime de Vichy auquel il participa activement. Il fut élu à l'Académie française en 1960. Outre l'aspect polémique de son

œuvre, on lui doit de nombreux ouvrages critiques sur Zola, Proust, Barrès, Maurras.

166. Charles Le Goffic (1863-1932) poète, critique et romancier. Il fonda avec Barrès et Jules Tellier une revue littéraire *Les Chroniques*. Son œuvre vaut surtout par ses vers, d'un lyrisme affirmé.

167. Sur les deux condamnations de Lamennais, voir la note 13.

168. Marie Laurencin (1885-1956) peintre, fut amie d'Apollinaire. Elle fréquenta les artistes du Bateau-Lavoir. Ses tableaux, assez fades, figuraient aux expositions cubistes.

169. Georges Valois, pseudonyme de Georges Gressent (1878-1945). Syndicaliste révolutionnaire, membre de L'Action française, fondateur du Faisceau français en 1925.

170. *Brand*, drame en cinq actes d'Ibsen, publié en 1866, met en scène l'histoire d'un prêtre, Brand, qu'aucun obstacle ne fait renoncer à sa devise, « Tout ou rien ». Le refus de toute espèce de compromis l'amène aux sacrifices de ses affections humaines, jusqu'à sa mort même.

171. François de Curel (1854-1928), héritier d'une riche famille d'industriels lorrains, fit ses débuts en littérature dans les années 1880, avant d'en arriver au théâtre, sur les conseils de Maurras. Il y connut aussitôt un très grand succès, qui le fit élire à l'Académie française en 1918. Son théâtre met en relief la violence des caractères, le conflit des idées et des sentiments, ce qui lui valut le surnom d'« Ibsen français ».

172. Marie-Laure de Noailles (1902-1970) était la fille du banquier richissime Maurice Bischoffscheim et de Marie-Thérèse de Chevigné. Avec son mari, le vicomte Charles de Noailles, elle exerça un véritable mécénat, protégeant les artistes et notamment les surréalistes. Elle était célèbre pour son esprit et son extravagance.

173. Il s'agit de l'ouvrage de G. Monod *La Vie et la Pensée de Jules Michelet* (1923).

174. *L'Action française* du 23 janvier 1923 titrait en première page et sur cinq colonnes : « Une balle allemande a tué Marius Plateau ». Marius Plateau, né en 1886, était le secrétaire général des Camelots du roi, organisation qu'il avait contribué à fonder ; membre de l'Action française depuis 1908, il était aussi l'un des secrétaires de la ligue. Il fut assassiné dans les locaux du journal par une anarchiste, Germaine Berton, qui entendait ainsi protester contre l'appui que donnait le journal à l'occupation de la Ruhr par l'armée française. À la police, elle expliqua qu'elle avait voulu tuer Maurras et Daudet et que, devant

la difficulté de la tâche, elle avait finalement opté pour une cible plus facile. L'*Action française* vit dans cette affaire la main de l'Allemagne, et ne cessa de le répéter pendant plus d'un mois. Quant à Philippe Daudet, on sait qu'à la faveur des circonstances peu claires de sa mort, son père, qui ne voulut jamais croire à son suicide, accrédita la thèse du meurtre, ce qu'il n'arriva jamais à prouver. Il ne fut pas difficile au journal de lier ces deux affaires. Ainsi lit-on, sous la signature de Maurice Pujo le 4 décembre 1923, que Philippe Daudet s'était mis en tête de venger la mort de Marius Plateau et qu'à cet effet, il s'était infiltré dans les milieux anarchistes où il aurait été assassiné en représailles à l'arrestation de Germaine Berton.

175. André Chaumeix (1874-1955), rédacteur en chef du *Journal des débats* en 1905, puis directeur de la *Revue de Paris*, collabora aussi à la *Revue des deux mondes*. Il fut élu à l'Académie française en 1930.

176. Il s'agit du *Lion devenu vieux* (1924).

177. En fait, Aragon est né à Neuilly-sur-Seine, en 1897.

178. Revue littéraire trimestrielle dirigée par Valéry, L.-P. Fargue et Larbaud de 1924 à 1932. La revue s'est ouverte aux auteurs contemporains de qualité (Max Jacob, Claudel, Gide, Jouhandeau, etc.), aux surréalistes (Breton, Michaux, etc.), aux littératures étrangères (allemande, anglaise et espagnole surtout).

179. Un chanoine honoraire est un prêtre doté du titre et des insignes d'un chanoine sans en avoir les fonctions, tandis qu'un chanoine prébendé jouit d'un revenu affecté à sa fonction, et est tenu d'assister à l'office canonial.

180. Sur ces événements, voir les notes 94 et 99.

181. Mugnier publia en fait une brochure sous le titre *J.-K. Huysmans à la Trappe* (1927).

182. Cocteau a surtout joué un rôle d'intermédiaire en faisant se rencontrer Maritain et Sachs. Maurice Sachs (1906-1945 ?) fut en effet baptisé par le Père Pressoir dans la chapelle privée des Maritain à Meudon, en août 1925. Le parrain était Cocteau, et la marraine Raïssa Maritain, son mari étant à l'origine de cette conversion. Puis, Sachs entra au séminaire en janvier 1926 pour en sortir six mois plus tard, sur un scandale. Il est sûr que si cette conversion a abusé Maritain, Cocteau et Sachs lui-même, qui confesse se repentir sincèrement de cette mascarade, il n'en n'a pas été de même de l'entourage de l'écrivain, lequel rapporte drôlement le propos d'un de ses amis : « Quand nous avons appris que tu étais dans le "Séminaire" nous avons cru que c'était une nouvelle boîte de nuit et nous

avons demandé l'adresse pour aller souper avec toi. » (*Le Sabbat*, Éd. Gallimard, 1979, p. 128).

183. Cecil Blumenthal était le fils d'un riche banquier. Sa mère, épouse du duc de Montmorency, tenta en vain de le faire adopter par son second mari. Plus tard, il épousa la petite nièce du pape Léon XI, Pecci, et fut fait comte Pecci-Blunt.

184. Edouard Bourdet (1887-1945), auteur de pièces à caractère psychologique, où il critiquait les mœurs de son temps. *La Prisonnière* (1926), son œuvre la plus célèbre, lui permit d'obtenir une grande audience. Il confirma son talent avec *Le Sexe faible* (1931) et *Fric-Frac* (1936). Il fut administrateur du théâtre Français de 1936 à 1940, secondé dans sa tâche par Jouvet, Dullin, Copeau, Baty.

185. F. Harris, ami très dévoué de Wilde, est en effet l'auteur de *Oscar Wilde, his life and confessions* en deux volumes (1923). L'ouvrage a été traduit en français en 1928.

186. Violet Trefusis, née Keppel, Anglaise d'origine, mais très francophile. Sa mère était la maîtresse d'Édouard VII. Femme du monde surtout, elle a écrit des romans.

187. Comtesse Jean de Pange, née princesse Pauline de Broglie, descendait de Mme de Staël, d'où l'intérêt qu'elle portait à cette revue. Elle a écrit plusieurs ouvrages sur sa famille.

188. La princesse de Grèce n'est autre que Marie Bonaparte (1882-1962), l'arrière-petite-fille de Lucien Bonaparte. Elle avait en effet épousé en 1907 Georges de Grèce, deuxième fils de Georges Ier et petit-fils du roi Christian IX de Danemark. C'est après son mariage qu'elle entra en contact avec Freud. Elle fut une de ses principales amies et tenta d'imposer son œuvre en France en travaillant à sa traduction et en fondant en 1915 le premier Institut français de psychanalyse. C'est elle également qui versa la rançon que les nazis exigeaient pour autoriser le départ de Freud de Vienne en 1938.

189. Le comte de Polignac, père de l'actuel Rainier de Monaco, portait ce titre de par son mariage avec la fille légitimée du prince Louis II de Monaco, Charlotte, duchesse de Valentinois.

190. Robert de Traz (1884-1951), écrivain suisse d'expression française, auteur de plusieurs romans, dont les premiers, publiés avant la première guerre mondiale, s'inscrivent dans la lignée de Barrès. Il s'installa en Suisse en 1920, fonda *La Revue de Genève* et consacra des essais à B Constant, Amiel et Vauvenargues.

191. Nikos Kazantzakis (1883-1957) est la figure la plus marquante de la littérature grecque du XXe siècle. Au cours d'une

vie particulièrement instable et aventureuse, il aborda à peu près tous les genres littéraires, composant des romans et des essais, ainsi qu'une œuvre poétique de plus de trente mille vers, *L'Odyssée*. Mais c'est surtout grâce à ses romans, notamment *Le Christ recrucifié* (1954) qu'il connut la consécration internationale. Il eut le temps, avant de mourir, de publier une sorte de testament spirituel, *La Lettre au Gréco* (1956).

192. *L'Offrande lyrique* valut à Rabindranâth Tagore (1861-1941) le prix Nobel de poésie en 1913, tout en lui conférant une notoriété universelle. Ce recueil fut le prélude à une œuvre abondante (romans, nouvelles, ouvrages de spiritualité, etc.). Dans ses recueils poétiques, l'universalisme de Tagore se fonde sur une vision panthéiste de l'univers telle qu'on la trouve dans les anciennes *Upanishads* dont Tagore était nourri. Son œuvre est écrite en bengali, sa langue natale, et en anglais.

193. Chateaubriand avait acheté en 1807 une maison, la Vallée-aux-Loups, près de Châtenay, avec l'indemnité qu'il avait perçue au moment de la suppression du *Mercure de France* dont il était devenu le propriétaire, et dans lequel il avait publié un article hostile à l'empereur.

194. En mai 1940, l'abbé relisant son Journal note : « Me suis-je trompé ? Je le confesse. »

195. Sainte Marguerite-Marie Alacoque (1647-1690), religieuse visitandine, eut au cours de sa vie trois grandes visions où elle reçut la mission de répandre la dévotion au Sacré-Cœur de Jésus. Elle fut canonisée en 1920. Le Père de La Colombière (1641-1682), supérieur de Paray-le-Monial, était le directeur de la sainte et contribua à vulgariser l'enseignement de celle-ci. Il fut béatifié en 1929.

196. Charles de Noailles n'a jamais été exclu du Jockey, comme le bruit en a couru. Il en a été membre jusqu'à sa mort, mais il est exact que des membres voulaient alors qu'il fût radié.

197. Hugo von Hofmannsthal (1874-1929), écrivain et poète autrichien, a frappé ses contemporains par sa précocité en écrivant son premier drame en vers *Hier* à l'âge de dix-sept ans. Par la suite, il collabora avec Stefan George à la publication des *Feuilles pour l'art* et composa plusieurs pièces. Il s'intéressa à la Grèce antique, traduisant *Œdipe-roi* de Sophocle, adaptant l'*Électre* d'Euripide sous le titre *Œdipe et le Sphinx* (1906). Il écrivit aussi les livrets des grands opéras de Richard Strauss comme *Le Chevalier à la rose, Ariane à Naxos* ou *La Femme sans ombre*. Ce très grand prosateur et dramaturge était consi-

déré comme un esthète décadent par la critique littéraire de l'époque.

198. À partir de cette date, le Journal est dicté.

199. Le Père Damien (1840-1889) missionnaire belge passa plusieurs années, jusqu'à sa mort, parmi les lépreux de l'île de Molokai (Hawaï).

200. Rappelons que les accords Laval-Mussolini de janvier 1935 visaient à régler le contentieux méditerranéen et colonial entre les deux pays, afin de mieux s'entendre sur la question autrichienne qui sera momentanément réglée à Stresa. Laval fit à Mussolini des concessions territoriales mineures, tandis que celui-ci acceptait une modification, très favorable à la France, du statut des Italiens de Tunisie. En fait, Mussolini obtint l'engagement verbal de son interlocuteur que la France ne s'opposerait pas à la politique italienne en Éthiopie. Ceci, qui apparut clair quelques mois plus tard, fit scandale, et Laval fut violemment critiqué tant en France qu'en Angleterre.

201. Jean Richepin (1849-1926) est célèbre pour sa vie aventureuse — il fait mille métiers après s'être engagé dans un corps de francs-tireurs pendant la guerre de 1870 — et ses excentricités au quartier Latin à partir de 1875. Son poème, *La Chanson des gueux* (1876), le révèle au public en même temps qu'il lui vaut d'être emprisonné un mois pour outrage aux bonnes mœurs. Après ce succès, et tout en continuant à publier des recueils de mauvaise qualité, Richepin se lance dans la carrière théâtrale comme acteur et auteur, il publie également des romans populaires. Il est élu à l'Académie française en 1908.

202. Paul Arène (1843-1896) dramaturge et romancier. Il fut le nègre d'Alphonse Daudet pour la composition des *Lettres de mon moulin*. Il est l'auteur d'une œuvre variée et abondante dans la lignée de Mistral ; elle porte la marque de sa province natale, la Provence. Paul Arène, installé à Paris, n'aura de cesse de l'évoquer.

203. Albert Mérat (1840-1909) poète parnassien.

204. Léon Valade (1841-1884), outre plusieurs recueils de vers, a laissé une traduction de l'*Intermezzo* de H. Heine ainsi que des comédies en vers.

205. Germain Nouveau (1851-1920), ami de Verlaine et Rimbaud dans les années 1870, est l'auteur d'une œuvre poétique mince mais dense qui fut publiée en grande partie à titre posthume. Il fut tour à tour employé au ministère de l'Instruction publique, puis professeur de dessin jusqu'en 1891. Après une violente crise de mysticisme qui lui valut un an d'internement, il consacra sa vie à un long vagabondage à travers l'Europe.

206. Pendant vingt ans, Raoul Ponchon (1848-1937) a commenté l'actualité dans des « Gazettes rimées » qu'il donnait aux journaux. Il a écrit plus de cent cinquante mille vers dont il a extrait, de son vivant, un volume : *La Muse au cabaret* (1920).

207. André Gill (1840-1885) fut le fondateur de *la Lune* et de *l'Éclipse* où il faisait paraître des caricatures de ses contemporains. Il fut aussi l'illustrateur de Zola, Murger et Daudet.

208. C'est-à-dire Jacqueline Delubac.

209. Joseph Guibert (1802-1886) fut nommé archevêque de Paris à partir de 1871 et cardinal en 1873. Son épiscopat a été marqué par la construction de la basilique de Montmartre (1875), la création de paroisses dans les faubourgs et la défense de l'enseignement libre.

210. Hans Carossa (1878-1956), médecin de formation, se consacra à la littérature à partir de 1929. Son œuvre est écrite à contre-courant des tendances littéraires de son temps, en particulier de l'expressionnisme, et fait une très grande part à son expérience personnelle. Ainsi en est-il, par exemple, de son plus célèbre roman, *Le docteur Gion* (1931).

INDEX

Composition IGS,
Impression Société Nouvelle Firmin-Didot
à Mesnil-sur-l'Estrée, le 16 décembre 2003.
Dépôt légal : décembre 2003.
1er dépôt légal : octobre 2003.
Numéro d'imprimeur : 66526.

ISBN 2-7152-2472-9/Imprimé en France.

129246